캐치-22 Ⅱ

Catch-22

CATCH-22

50th Anniversary Edition

by Joseph Heller

세계문학전집 187

캐치-22 II

Catch-22

조지프 헬러

안정효 옮김

민음사

나의 어머니와 아내 셜리,
그리고 나의 두 아이 에리카와 테드에게(1961)

저작권 대리인, 캔디다 도나디오
로버트 고틀립,
편집자, 그리고 동료들에게(1994)

차례

역사와 배경과 비평 2부: 다른 목소리들

22

마일로 시장

요사리안이 혼비백산했던 것은 그 출격에서였다. 아비뇽 출격에서 요사리안이 혼비백산했던 까닭은 그들의 조종사가 겨우 열다섯 살밖에 안 된 허플이었으며, 부조종사는 더 형편없는 데다가 캐스카트 대령을 살해하려는 계획에 요사리안을 가담시키려던 도브스였으므로 스노든이 겁을 냈기 때문이었다. 허플이 훌륭한 조종사임을 요사리안은 알고 있었지만, 그는 아직 어린아이에 지나지 않았고, 도브스도 그를 전혀 신뢰하지 못해서 그들이 폭탄을 투하한 다음 아무 예고도 없이 그에게서 조종간을 빼앗아 잡고는 공중에서 소동을 부리고 비행기를 한쪽으로 기울여 그들의 심장이 멈추고, 귀청이 떨어지고, 형언할 수 없을 만큼 온몸이 굳어 버리게 한 치명적인 급강하를 해서, 요사리안의 수신기는 연결이 끊어져 기수의 천장에 제멋대로 매달려 그의 머리 꼭대기에서 흔들렸다.

아, 하느님! 그들이 모두 추락한다는 것을 깨닫고 요사리안은 소리 없이 비명을 질렀다. 아, 하느님! 아, 하느님! 아, 하느님! 아, 하느님! 열리지 않는 입으로 애원하듯 그가 비명을 지르는 사이에 비행기는 떨어졌고, 그는 무중력 상태에서 그의 머리끝으로 매달려 있었고, 그러다가 결국 허플이 조종간을 다시 잡아 작렬하는 고사포 포화가 미친 듯이 얼룩덜룩 수놓은 계곡에서 비행기의 평형을 바로잡았는데, 아까 솟아올라 도망쳤던 이곳에서 그들은 다시 도망쳐야만 했다. 거의 순식간에 "쿵" 소리와 더불어 플라스틱 유리에 주먹만 한 구멍이 났다. 반짝거리는 사금파리가 요사리안의 뺨을 스쳐 쓰라렸다. 피는 나지 않았다.

"어떻게 됐어? 어떻게 됐어?" 그는 소리를 지르고는 자신의 목소리가 귀에 들리지 않자 요란하게 몸을 떨었다. 그는 인터콤의 공허한 침묵에 겁을 집어먹고는 너무나 무서워서 움직이지도 못하고 덫에 걸린 생쥐처럼 엎드려 몸을 쪼그리고 감히 숨도 쉬지 못하고 기다리다가, 결국 수신기의 반짝거리는, 대롱처럼 생긴 꽂이쇠가 눈앞에 매달려 흔들리는 것을 보고 덜덜 떨리는 손으로 그것을 잡아 제자리에 다시 끼워 넣었다. 오, 하느님! 그는 고사포가 쿵쿵 소리를 내며 그의 주변 사방에서 버섯처럼 피어오르는 동안 조금도 누그러지지 않은 공포 속에서 자꾸만 비명을 질렀다. 오, 하느님!

요사리안이 꽂이쇠를 인터콤 장치에 다시 끼워 넣어 소리를 들을 수 있게 되었을 때, 도브스는 흐느껴 울고 있었다.

"가서 도와줘. 가서 도와줘." 도브스가 훌쩍거렸다. "가서 도와줘. 가서 도와줘."

"누굴 도와줘? 누굴 도와줘?" 요사리안이 마주 소리쳤다. "누굴 도와줘?"

"폭격수. 폭격수를 도와줘." 도브스가 외쳤다. "응답이 없어. 폭격수를 도와줘, 폭격수를 도와줘."

"내가 폭격수야." 요사리안이 다시 그에게 소리쳤다. "내가 폭격수야. 난 괜찮아. 난 괜찮아."

"그럼 가서 도와줘, 가서 도와줘." 도브스가 다그쳤다. "가서 도와줘, 가서 도와줘."

"누굴 도와줘? 누굴 도와줘?"

"무전 사수를 도와줘." 도브스가 애원했다. "무전 사수를 도와줘."

"난 추워요." 스노든이 인터콤을 통해 힘없이 징징거리더니 고뇌에 찬 목소리로 힘겹게 울어 댔다. "제발 날 도와줘요. 난 추워요."

그래서 요사리안은 통로로 기어 나가 폭탄실로 올라가서 비행기의 후미로 갔는데, 그곳에는 스노든이 부상을 당해 새로 온 후미 포수가 죽은 듯이 기절해 넘어진 옆의 샛노란 햇빛 한가운데 꽁꽁 얼어 누워 있었다.

도브스는 스스로 알고 있었듯이 세상에서 가장 형편없는 조종사였으며, 자기가 이제는 더 이상 비행기를 조종할 능력이 없음을 상관들에게 인식시키려고 끊임없이 노력하던, 씩씩한 청년의 파멸된 찌꺼기였다. 그의 상관들은 아무도 그의 얘기에 귀를 기울이지 않았고, 출격 횟수가 예순 번으로 늘어난 날 도브스는 오르가 개스킷[1]을 찾으러 나간 사이에 요사리안의 천막으로 와서 캐스카트 대령을 살해하려고 그가 궁리해 낸 음모를 알려 주었다. 그는 요사리안의 협조가 필요했다.

"그를 냉혹하게 죽여 버리자, 이 얘기야?" 요사리안이 반발했다.

"그래." 요사리안의 즉각적인 사태 파악에 용기를 얻어 낙관적인 미소를 지으며 도브스가 말했다. "내가 시칠리아에서 구해 왔지만 아무도 내가 가지고 있는 줄 모르는 루거 권총으로 쏘아 죽이는 거야."

"난 그럴 수 없을 것 같아." 얼마 동안 말없이 그 계획을 속으로 따져 본 다음에 요사리안이 결론을 내렸다.

도브스는 놀랐다. "왜 못해?"

"이봐, 그 개새끼 모가지가 부러지든지, 사고를 당해 죽거나, 다른 사람이 쏘아 죽인다면 그보다 기분 좋을 일은 또 없겠지. 하지만 내 손으로는 죽일 수 없을 것 같아."

"그 작자가 자넬 죽일 텐데." 도브스가 따졌다. "사실은 우리로 하여금 이렇게 오랫동안 전투를 하게 해서 결국 죽게 만들려고 한다는 얘기를 한 사람은 자네였어."

"하지만 난 그럴 수는 없을 것 같아. 그 사람한테는 살 권리가 있으니까."

"자네하고 나한테서 살 권리를 빼앗으려고 하지만 않는다면야 상관이 없겠지. 자네 왜 그래?" 도브스는 어리둥절해졌다.

1) 실린더나 파이프를 메우는 고무, 석면, 코르크 따위의 테.

"난 자네가 바로 그 얘기를 클레빈저와 하는 걸 자주 들었어. 그런데 그 친구가 어떻게 되었는지 보라고. 그 구름 속에서 말야."

"소리는 지르지 마, 알겠어?" 요사리안이 을박질렀다.

"내가 언제 소리를 질렀어!" 혁명적인 열성으로 얼굴이 새빨개져서 도브스가 더 크게 소리를 질렀다. 그는 눈물과 콧물을 흘렸고, 파르르 떨리는 진홍빛 아랫입술에는 거품 같은 물방울이 튀었다. "출격 횟수를 예순 번으로 늘렸을 때쯤에는 대대에 쉰다섯 번의 출격을 끝마친 사람이 거의 100명이나 되었어. 자네처럼 한두 번만 더 비행하면 끝나는 사람들이 적어도 100명은 되었을 거고. 우리가 끝까지 가만히 내버려 둔다면 그는 우리를 모두 죽게 할 거야. 우리가 먼저 그를 죽여야 해."

얽혀 들려고 하지 않으면서 요사리안은 무표정하게 머리를 끄덕였다. "그래도 우리가 무사할 것 같아?"

"계획은 내가 다 세워 놓았어. 계획은……."

"제발 소리는 지르지 마!"

"내가 언제 소리를 질렀다고 그래. 계획은……."

"소리 좀 그만 지르지 못해!"

"계획은 내가 다 세워 놓았어." 손가락 마디가 하얘진 손이 떨리지 않도록 억제하느라고 오르의 야전침대 옆구리를 움켜잡으면서 도브스가 나지막이 말했다. "목요일 아침에 그가 산 위에 있는 그 거지 같은 농가에서 돌아올 때가 되면, 난 숲속으로 몰래 기어 올라가 길이 U자로 회전하는 곳으로 가서 덤불 속에 숨을 거야. 그곳에서는 그가 차의 속도를 늦춰야 하고, 우린 근처에 아무도 없다는 걸 확인하기 위해 길의 양쪽을 살펴볼 수가 있지. 그가 오는 것이 보이면, 나는 커다란 통나무를 길로 밀어내어서 지프를 세우게 하겠어. 그런 다음에 나는 루거 총을 들고 덤불에서 나와 그의 머리를 쏘아 죽일 거야. 나는 총을 파묻어 버리고 숲을 지나 중대로 내려와서는 다른 사람들이나 마찬가지로 내 볼일을 보지. 도대체 잘못될 일이 어디 있겠어?"

요사리안은 그 과정을 자세히 검토했다. "내가 할 일은 뭐지?" 그는 알쏭달쏭해서 물었다.

"자네가 없이는 난 일을 해낼 수가 없어." 도브스가 설명했다. "난 자네가 나더러 행동을 취하라고 말해 주기를 바라."

요사리안은 그의 말이 믿기지가 않았다. "내가 할 일이 그것뿐이란 말야? 행동을 취하라고 얘기만 하면 돼?"

"자네의 도움이 필요한 건 그것뿐이야." 도브스가 대답했다. "나더러 행동만 취하라고 하면 난 모레, 나 혼자서 그의 골통을 박살 내겠어." 그의 목소리는 감정이 격해져 다시 높아지기 시작했다. "이왕 일을 벌이는 김에 난 콘 중령도 쏘고 싶은데, 만일 자네만 상관없다면 댄비 소령은 살려 두겠어. 그런 다음에 난 애플비와 하버마이어도 죽여 버리고 싶고, 애플비와 하버마이어를 처치한 후에는 맥워트도 죽여 버리고 싶어."

"맥워트라고?" 놀라서 벌떡 일어서다시피 하면서 요사리안이 소리쳤다. "맥워트는 내 친구야. 맥워트가 어쨌다고 그러지?"

"그건 난 몰라." 무척 난처한 표정으로 도브스가 고백했다. "난 그저 이왕 우리가 애플비와 하버마이어를 살해하는 김에 맥워트도 처치하는 게 어떤가 하는 생각이 들었지. 자넨 맥워트를 죽이고 싶지 않아?"

요사리안은 태도가 단호했다. "이봐, 만일 자네가 이 섬 전체에 다 들릴 만큼 소리나 지르지 않고, 캐스카트 대령을 죽이는 데서 끝장을 낸다면 난 이 일에 관심을 가질지도 모르겠어. 하지만 만일 이 일을 대량 학살로 발전시킬 생각이 있다면, 나는 잊어버리는 편이 좋겠어."

"좋아, 좋아." 도브스는 그를 무마하려고 애썼다. "캐스카트 대령만 처치하겠어. 내가 이 일을 감행해야 하나? 행동을 취하라고 나에게 말해."

요사리안은 머리를 저었다. "난 자네더러 행동을 취하라는 말을 할 수가 없겠어."

도브스는 결사적이었다. "난 타협할 용의가 있어." 그는 열띤 목소리로 애걸했다. "자네가 나더러 행동을 취하라는 말을 하지 않아도 좋아. 그저 훌륭한 계획이라는 얘기만이라도 해. 됐어? 훌륭한 계획이지?"

그래도 요사리안은 머리를 저었다. "나한테는 얘기도 하지 않고 자네 혼자서 행동을 취했다면 훌륭한 계획이었을지도 모르지. 이제는 너무 늦었어. 난 자네에게 아무 말도 할 수 없을 것 같으니까. 나에게 시간을 좀 더 줘. 내 마음이 달라질지도 모르니까."

"그런다면 너무 늦어질 거야."

요사리안은 자꾸만 머리를 저었다. 도브스는 실망했다. 그는 비굴한 표정으로 잠깐 동안 앉아 있더니 갑자기 벌떡 일어서서, 비행 근무를 해제시켜 달라고 다네카 군의관을 설득하려는 맹렬한 시도를 또 한 번 해 보려고 달려 나가다가, 몸이 기우뚱하면서 엉덩이로 요사리안의 세면대를 넘어뜨리고 오르가 아직도 공사 중이던 난로의 기름을 넣는 줄에 걸려 넘어졌다. 다네카 군의관은 도브스의 말 많고 손짓 발짓이 심한 공격에 짜증스럽게 자꾸만 머리를 끄덕임으로써 맞서고는 그의 증상을 의무실에 가서 보고하라고 했는데, 그가 얘기를 시작하려고 입을 열자 거스와 웨스는 그의 잇몸에 보랏빛 용담 강장제 용액을 발라 주었다. 그들은 그의 발가락도 보랏빛으로 바르고 그가 불평을 하려고 다시 입을 열자 하제를 강제로 목구멍 속으로 쑤셔 넣은 다음에 내쫓았다.

악몽을 꾸지 않을 때는 적어도 출격을 나갈 수 있는 헝그리 조보다도 도브스는 꼴이 더 형편없었다. 도브스는 오르만큼이나 꼴이 형편없었는데, 정신이 나간 듯 발작적으로 낄낄대며 히쭉거리는 왜소한 오르는 달걀을 구하러 요사리안과 마일로와 함께 휴가를 떠났고, 마일로는 대신에 목화를 샀고, 비행기는 후미 포탑까지 희귀한 거미와 덜 익은 붉은 바나나로 가득 채워 새벽에 이스탄불로 떠났다. 오르는 요사리안이 여태껏 만났던 사람들 가운데 가장 매력 있고 가족적인 괴물들 가운데 하나였다. 그의 얼굴은 두툼하고 거칠었으며, 엷은 갈색 눈은 똑같이 반으로 갈라 놓은 구슬처럼 튀어나왔고, 숱이 많고 굽이치며 얼룩덜룩한 머리카락은 머리 꼭대기에서 포마드를 먹인 개인용 천막처럼 비탈을 이루었다. 오르는 이륙을 하기만 하면 바다로 떨어지거나 엔진에 포탄을 맞았으며, 나폴리를 향해 이륙한 다음에 그는 난폭한 사람처럼 요사리안의 팔꿈치에서 조바심을 내기 시작했는데, 시칠리아에 도착하자 그들은 마일로를 위한 방밖에 없는 시내 호텔 앞에서 그들을 기다리는 열두 살짜리 처녀 누이 두 명을 준비한, 꾀가 많고, 시가를 피우는 열 살짜리 뚜쟁이 아이를 만났다. 요사리안은 단호한 태도로 오르에게서 물러서면서 조금쯤 걱정스럽고 당황한 태도로 베수비오산[2]이 아니라 에트나산을 물끄러미 쳐다보고, 그들이 나폴리 대신 시칠리아에서 무엇을 하고 있는지 궁금하게 생각했다. 그동안에 오르는 킬킬거리고 말을 더듬고 색욕이 넘쳐 소란을 떨며 그에게 자기와 함께 꾀가 많은 열 살짜리 뚜쟁이의 뒤를 따라 사실은 처녀도 아니었고, 사실은 누이들도 아니었고, 사실은 겨우 스물여덟 살인 그의 열두 살 난 두 처녀 누이들에게로 가자고 부탁했다.

"같이 가세요." 마일로가 무뚝뚝하게 요사리안에게 일러 주었다. "당신 임무를 잊지 말아요."

"좋아." 요사리안은 자기의 임무를 기억하고는 한숨을 지으며 포기했다. "하지만 나중에 잠을 푹 잘 수 있게 적어도 호텔 방이나 하나 잡게 해 줘."

"여자들하고 잠을 푹 잘 수 있을 거예요." 변함없이 묘한 태도로 마일로가 대답했다. "당신 임무를 잊지 마세요."

그러나 그들은 전혀 잠을 잘 수가 없었으니, 요사리안과 오르는 열두 살이며 스물여덟 살 난 두 창녀와 함께 같은 침대에 끼어 자야 했고, 여자들은 알고 보니 기름지고 뚱뚱했으며

2) 나폴리만에 있는 화산.

상대를 바꾸자고 밤새도록 자꾸만 그들을 깨웠다. 요사리안의 감각은 곧 희미해져 그는 자기에게 덮쳐 오는 뚱뚱한 여자가 쓴 베이지 빛깔의 터번 모자에도 신경을 쓰지 않을 정도가 되었는데, 이튿날 아침 느지감치 쿠바산 파나텔라[3]를 물고 나타난 꾀 많은 열 살짜리 뚜쟁이가 야수적인 변덕을 부리며 남들이 있는 자리에서 터번을 잡아채 벗겼더니 찬란한 시칠리아의 햇빛을 받으며 놀랍게도 찌그러진 삭발 머리가 드러났다. 그녀가 독일 사람들과 잤다고 해서 이웃 사람들은 복수를 하느라고 매끄러운 뼈가 드러날 때까지 그녀의 머리카락을 밀어 버렸다. 그 여자는 여성적인 분노로 발악을 하면서, 꾀가 많은 열 살짜리 뚜쟁이의 뒤를 우스꽝스럽게 뒤뚱거리며 쫓아다녔고, 그녀의 소름끼치는 음산하고 상처 입은 머리 가죽은 표백해 놓은 음탕한 그 무엇처럼 그녀의 이상하고 거무스레한 얼굴에서 어이없게 오르락내리락 흐느적거렸다. 요사리안은 여태껏 그토록 황량한 광경을 본 적이 없었다. 뚜쟁이는 터번을 트로피처럼 손가락에 걸고 높이 쳐들어 휘둘렀으며 그녀의 손가락 끝에 닿을락 말락 앞에서 자꾸만 뛰어가며 약을 올리고 맴을 돌았고, 광장에 모여든 사람들은 요란하게 웃어 대면서 요사리안을 조롱하며 손가락질했는데, 그때 마일로가 험악한 표정으로 서둘러 뚜벅뚜벅 걸어와서는 그토록 악하고 간사한 믿을 수 없는 광경을 보고 꾸짖듯이 입술을 빼물었다. 마일로는 당장 몰타로 떠나자고 고집을 부렸다.

---

3) 길고 가느다란 시가.

"우린 졸려." 오르가 칭얼거렸다.

"그건 다 당신들 탓입니다." 마일로는 자기만 잘났다는 투로 그들을 비판했다. "이 부도덕한 여자들하고 같이 지내는 대신에 호텔 방에서 밤을 보냈더라면, 나처럼 오늘 기분들이 좋았을 테죠."

"여자들하고 같이 가라고 자네가 그랬잖아." 요사리안이 탓을 하면서 말대꾸했다. "그리고 우린 호텔에 방도 얻지 못했어. 호텔 방을 구할 수 있었던 사람은 자네뿐이었지."

"그것도 내 탓이 아네요." 마일로가 오만하게 설명했다. "병아리콩 구매자들이 모두 시내에 와 있으리라는 걸 내가 미리 알 수야 없잖아요?"

"자넨 알고 있었어." 요사리안이 공박했다. "우리가 나폴리 대신 시칠리아에 와 있다는 사실이 그것을 설명해 주니까. 자넨 아마 그 거지 같은 병아리콩을 벌써 비행기에 가득 실어 놓았을지도 몰라."

"쉬이!" 마일로는 의미심장한 눈길을 오르에게 던지면서 엄격하게 주의를 주었다. "당신 임무를 잊지 마세요."

몰타로 떠나기 위해서 그들이 비행장에 도착했을 때, 폭탄실과 비행기의 후미, 꼭대기 포탑의 대부분은 병아리콩 통으로 가득 차 있었다.

그 여행에서 요사리안이 띤 임무는 비록 오르가 마일로의 신디케이트 회원이었으며, 마일로의 신디케이트에 소속된 모든 다른 회원들과 마찬가지로 몫을 차지하고 있기는 해도, 마일로가 어디서 달걀을 사는지 오르가 관찰하지 못하도록 그의 관심을 다른 곳으로 돌리는 일이었다. 마일로가 하나에 7센트씩 주고 몰타에서 달걀을 사다가 그의 신디케이트 소속인 식당에 하나에 5센트씩 받고 판다는 것은 모두들 다 알고 있는 상식이었으므로 요사리안은 그의 임무가 우스꽝스럽다고 느꼈다.

"난 저 사람을 전혀 믿을 수가 없어요." 엉킨 밧줄처럼 쪼그린 자세로 나지막한 병아리콩 통 위에 앉아 고통스럽게 잠을 이루려고 애쓰는 오르를 뒤쪽으로 고갯짓을 해서 가리키며 마일로가 비행기 안에서 생각에 잠겨 말했다. "그리고 난 내 사업상의 비밀을 알아내려고 그가 근처에서 어물쩍거리지 않는 사이에 재빨리 달걀을 사야만 할 입장이죠. 또 궁금한 것이 있습니까?"

요사리안은 그의 옆 부조종사석에서 비행하고 있었다. "자네가 몰타에서 달걀을 하나에 7센트씩 주고 사서는 5센트씩에 파는 이유를 난 모르겠어."

"이윤을 남기려고 그러죠."

"하지만 어떻게 이윤이 남지? 달걀 하나에 2센트씩 손해를 보는데."

"그래도 난 달걀 하나에 7센트씩 내가 사 주는 몰타 사람들에게 달걀 하나에 4.25센트씩에 팔아서 달걀 하나에 3.25센트씩 이윤을 남겨요. 물론 이윤을 보는 건 내가 아닙니다. 신디케이트가 이윤을 남기죠. 그리고 모든 사람들에게 그 몫이 돌아갑니다."

요사리안은 차츰 이해가 되는 기분이 들었다. "그리고 자네가 하나에 4.25센트씩 받고 달걀을 파는 사람들은 자네한테 다시 하나에 7센트씩 받고 팔면 개당 2.75센트씩 이윤을 남기는구먼. 그렇지? 왜 자넨 그 달걀들을 직접 자네한테 팔아서 자네가 달걀을 사게 되는 중간 사람들을 없애 버리지 않나?"

"그건 내가 달걀을 사들이는 사람들이 바로 나이기 때문이죠." 마일로가 설명했다. "난 내가 그것들을 나한테 팔면 하나에 3.25센트씩 이윤을 남기고 내가 그것들을 다시 나한테서 사들이면 하나에 2.75센트씩 이윤을 남깁니다. 그러면 하나에 합계 6센트씩 이윤을 보죠. 난 식당에서 하나에 5센트씩 받고 달걀을 팔면 2센트씩만 손해를 보고, 그래서 난 달걀을 하나에 7센트씩 주고 사서 5센트씩 받고 팔아 이윤을 남겨요. 난 시칠리아에서 달걀을 살 때 하나에 1센트씩만 지불하죠."

"몰타에서지." 요사리안이 바로잡아 주었다. "자넨 시칠리아가 아니라 몰타에서 달걀을 사."

마일로가 자랑스럽게 킬킬 웃었다. "난 달걀을 몰타에서 사지 않아요." 요사리안이 여태껏 보아 온 근면한 긴장감과는 거리가 먼 가볍고 은근한 유쾌함을 보이며 그가 고백했다. "난 그것들을 시칠리아에서 하나에 1센트씩 주고 사서는 사람들이 달걀을 구하러 몰타로 올 때는 그 가격이 하나에 7센트가 되도록 하기 위해서, 남몰래 개당 4.25센트의 가격에 몰타로 운반합니다."

"그곳에서는 가격이 그렇게 비싼데 왜 사람들이 몰타로 달걀을 구하러 오지?"

"항상 그랬으니까 그렇죠."

"왜 시칠리아에서 사람들이 달걀을 구하지 않지?"

"여태껏 그런 적이 없었으니까 그렇죠."

"이젠 난 정말 이해를 못하겠어. 자넨 왜 식당에서 달걀을 하나에 5센트가 아니라 7센트씩 받고 팔지 않지?"

"그렇게 한다면 식당에서는 나를 필요로 하지 않을 테니까요. 하나에 7센트짜리 달걀은 누구라도 하나에 7센트씩 주고 살 수가 있으니까요."

"그들은 왜 자네를 제쳐 놓고 몰타에서 4.25센트씩 주고 직접 달걀을 사오지 않나?"

"내가 그들에게 팔지 않을 테니까 그렇죠."

"왜 그들에게 팔지 않아?"

"그랬다가는 이윤을 남길 여지가 많지 않거든요. 적어도 이렇게 하면 난 중간 상인으로서 나 자신을 위해 이윤을 남길 수 있어요."

"그렇다면 자네 자신을 위한 이윤을 남기기는 남기는구먼." 요사리안이 소리쳤다.

"물론 그렇죠. 하지만 그 이익은 모두 신디케이트로 돌아갑니다. 그리고 그 몫이 모든 사람들에게 배당되지요. 이해가 안 갑니까? 내가 캐스카트 대령에게 파는 플럼 토마토도 마찬가지죠."

"사는 거지." 요사리안이 그의 말을 바로잡아 주었다. "자넨 캐스카트 대령과 콘 중령에게 플럼 토마토를 파는 게 아냐. 자넨 그들에게서 플럼 토마토를 사들이지."

"아뇨, 팔아요." 마일로가 요사리안의 말을 바로잡았다. "내가 가명을 사용하면서 피아노사 각처의 모든 시장에다 플럼 토마토를 공급하면 캐스카트 대령과 콘 중령은 가명을 써서 그것을 한 개에 4센트씩 주고 사서 다음 날 하나에 5센트씩 신디케이트에 다시 팔죠. 그들은 한 개에 1센트씩 이윤을 남기고, 나는 하나에 3.5센트씩 이윤을 남겨서, 모두들 재미를 보죠."

"신디케이트만 빼놓고 모두들 그렇겠지." 코웃음을 치면서 요사리안이 말했다. "자네가 하나에 0.5센트밖에 돈을 안 들인 플럼 토마토를 신디케이트는 하나에 5센트씩이나 지불하니까. 신디케이트는 어떻게 이윤을 남기지?"

"내가 득을 보면 신디케이트도 득을 봅니다." 마일로가 설명했다. "그 까닭은 모든 사람들에게 제 몫이 돌아가기 때문이죠. 그리고 신디케이트는 캐스카트 대령과 콘 중령의 지원을 받아서 내가 이번처럼 이런 여행을 할 수 있도록 허락합니다. 우리가 팔레르모에 착륙하면 약 십오 분 사이에 우리가 얼마나 이윤을 남기는지 알게 될 겁니다."

"몰타라고 했잖아." 요사리안이 그의 말을 바로잡았다. "우린 지금 팔레르모가 아니라 몰타로 가는 거야."

"아녜요, 우린 팔레르모로 갑니다." 마일로가 대답했다. "팔레르모에 가면 곰팡이가 피어 상한 버섯을 베른으로 수송할 일에 대해 잠깐 의논하려고 내가 만나야 할 사람이 있습니다."

"마일로, 어떻게 그런 일을 해내지?" 놀랍고 감탄스러운 웃음을 터뜨리며 요사리안이 물었다. "이곳으로 갈 비행 계획을 주선해 놓고는 다른 곳으로 가다니. 관제탑에 있는 사람들이 지랄하는 일은 없나?"

"그들은 모두 신디케이트에 들어 있어요." 마일로가 말했다. "그리고 신디케이트를 위해서 좋은 일이라면 국가를 위해서도 좋은 일임을 그들은 알죠. 새미가 뛰는 이유가 그것이니까요.[4] 관제탑에 있는 사람들에게도 몫이 돌아가고, 그래서 그들은 항상 무슨 수를 써서라도 신디케이트를 도우려고 하죠."

"나한테도 몫이 돌아오나?"

"누구한테나 몫이 돌아가죠."

"오르한테도 몫이 돌아가나?"

"누구한테나 몫이 돌아가죠."

"그리고 헝그리 조는? 그에게도 몫이 돌아가나?"

"누구한테나 몫이 돌아가죠."

"세상에, 그럴 수가." 무슨 몫이 돌아온다는 생각에 감동해서 요사리안은 생각에 잠겼다.

마일로는 약간 장난기가 어린 얼굴을 그에게 돌렸다. "난 연방 정부를 속여서 6000달러를 벌 수 있는 완전한 계획을 가지고 있어요. 우리 두 사람 다 아무런 위험도 없이 한 사람 앞에 3000달러씩 생기죠. 관심 있어요?"

"아니."

깊은 감정을 느끼며 마일로는 요사리안을 쳐다보았다. "난 그래서 당신이 좋아요." 그가 감탄했다. "당신은 정직하죠! 내가 아는 사람들 가운데 정말 믿을 수 있는 건 당신뿐입니다.

---

4) 버드 슐버그의 소설 제목 『무엇이 새미를 뛰게 하는가?(What Makes Sammy Run?)』에서 연유한 말.

그렇기 때문에 난 당신이 나를 도와주길 바랍니다. 어제 카타니아에서 당신이 그 두 갈보들하고 도망쳤을 때 난 정말 실망했습니다."

요사리안은 믿기지 않는다는 듯 묘한 눈으로 마일로를 노려보았다. "마일로, 자네가 나더러 그 여자들하고 가라고 그랬잖아. 생각 안 나?"

"그건 내 탓이 아니었죠." 마일로가 근엄하게 말했다. "우리가 일단 시내에 도착한 다음 난 무슨 수를 써서라도 오르를 제거해야 했으니까요. 팔레르모에서는 입장이 상당히 다를 겁니다. 우리가 팔레르모에 착륙하면, 난 당신과 오르가 여자들하고 비행장에서 당장 가 버리기를 바랍니다."

"어떤 여자들하고 말인가?"

"난 미리 무전을 쳐서, 스페인 피가 반이 섞인 여덟 살짜리 처녀 두 명을 주선하도록 네 살짜리 뚜쟁이에게 손을 써 두었죠. 뚜쟁이는 공항에서 리무진을 타고 기다릴 겁니다. 비행기에서 내리자마자 리무진을 타세요."

"어림도 없어." 머리를 저으면서 요사리안이 말했다. "내가 갈 곳이라고는 잠을 잘 곳뿐이니까."

마일로는 화가 나서 안색이 흐려졌고, 그의 가느다랗고 긴 코는 검은 눈썹 사이에서 발작적으로 경련을 일으켰으며, 균형이 맞지 않는 황갈색 콧수염은 외로운 촛불처럼 가느다랗고 창백했다. "요사리안, 당신의 임무를 잊지 말아요." 그가 엄숙하게 일깨워 주었다.

"내 임무 따위는 엿 먹으라고 해." 요사리안이 무관심하게 대답했다. "비록 내 몫이 있기는 하지만, 신디케이트도 엿 먹으라고 하고, 난 스페인 피가 반이 섞였다고 해도 여덟 살짜리 처녀는 싫어."

"당신을 나무랄 수는 없죠. 하지만 이 여덟 살짜리 처녀들은 사실 서른두 살이에요. 그리고 그들은 스페인 피가 반이 섞인 게 아니라, 에스토니아 피가 3분의 1이 섞였을 따름이고요."

"난 어떤 처녀라도 흥미가 없어."

"그리고 그들은 처녀도 아네요." 마일로는 계속 설득했다. "당신을 위해서 내가 골라 놓은 여자는 나이 많은 선생과 짧은 기간 동안 결혼을 했고 일요일에만 같이 잤으니까, 사실은 신품이나 마찬가지죠."

그러나 오르 또한 졸렸고, 요사리안과 오르가 마일로와 나란히 차를 타고 공항에서 팔레르모로 들어가 보니 호텔에는 두 사람이 묵을 방이 없었을뿐더러 더욱 중요한 사실은, 마일로가 그곳의 시장(市長)이었다.

마일로를 위한 이상하고 가당치도 않은 환영은 비행장에서 시작되었는데, 그를 알아본 민간인 노무자들은 걸음을 멈추고 공손하게 그를 쳐다보며 통제가 잘된 열성과 아첨을 나타냈다. 그의 도착 소식은 앞질러 시내에 전해졌고, 그들이 작고 뚜껑을 덮지 않은 트럭을 타고 달려가노라니까 교외의 길거리들은 벌써부터 환호성을 올리는 사람들로 넘쳤다. 요사리안과 오르는 어안이 벙벙해서 아무 말도 없이 보호라도 받으려는 듯 마일로에게 몸을 기대었다.

시내에서는 마일로에 대한 환영이 더욱 요란해졌으며, 트럭은 속력을 늦추고 시내 한가운데로 천천히 나아갔다. 어린 남녀 아이들은 수업을 쉬고 새 옷을 입고는 길거리에 줄지어 늘어서서 깃발을 흔들었다. 요사리안과 오르는 이제 완전히 말문이 막혀 버렸다. 길거리는 기뻐하는 사람들의 무리로 메어졌으며 머리 위에는 마일로의 사진이 담긴 거대한 깃발들이 내걸렸다. 그 사진에서 마일로는 둥글고 높다란 옷깃이 달린 칙칙한 농민 윗옷을 입고, 신중하고 아버지다운 얼굴은 참을성 있고, 현명하고, 비판적이고, 강한 표정이었으며, 제멋대로 자란 콧수염과 통일이 안 된 박식한 두 눈으로 민중을 노려보았다. 일어설 수 없는 불구자들은 창문에서 그에게 손으로 키스를 보냈다. 앞치마를 두른 가게 주인들은 상점의 좁다란 입구 앞에서 열광적으로 환호성을 올렸다. 큰 나팔이 울렸다. 여기저기서 사람들이 넘어져 밟혀 죽었다. 늙은 여자들은 흐느껴 울면서 마일로의 어깨를 만지거나 손을 잡아 보려고 떼를 지어 천천히 움직이는 트럭 주위에서 서로 미친 듯이 밀어 댔다. 마일로는 인자한 은총으로 이 요란한 축하를 참아 냈다. 그는 우아하게 모든 사람들한테 마주 손을 흔들어 주었고, 기뻐하는 군중에게 은종이에 싼 허시 초콜릿을 너그러운 마음으로 한 주먹씩 뿌려 댔다. 씩씩한 어린 소년 소녀들은 길게 서로 팔짱을 끼고 그의 뒤를 따라 깡충깡충 뛰어오면서, 눈을 유리알처럼 반짝이며 찬양하고 읊조렸다. "마일로! 마일로! 마일로!"

이제는 그의 비밀이 알려진 이후인지라, 마일로는 요사리안과 오르에게 느끼던 긴장을 풀고는, 수줍고도 한없는 자부심으로 화려하게 부풀었다. 그의 뺨에는 홍조가 돌았다. 마일로가 팔레르모에서 (근처의 카리니, 몬레알레, 바게리아, 테르미니 이메레세, 체팔루, 미스트레타, 그리고 니코시아에서까지도 마찬가지로) 시장으로 뽑힌 까닭은 그가 스카치를 시칠리아로 가져왔기 때문이었다.

요사리안은 기가 막혔다. "여기 사람들이 스카치를 그렇게 좋아하나?"

"그들은 스카치를 전혀 마시지 않아요." 마일로가 설명했다. "스카치는 무척 비싸고, 여기 사람들은 무척 가난하니까요."

"그럼 아무도 마시지 않는데 그걸 왜 시칠리아로 수입하지?"

"가격을 설정하려고요. 내가 다른 사람을 위해서 그것을 나한테 팔 때 이윤의 여지를 더 남기기 위해서 스카치를 몰타에서 이곳으로 가져옵니다. 난 여기서 새로운 산업을 완전히 이루어 놓았죠. 시칠리아는 스카치 수출에서 세계적으로 세 번째로 꼽히는 곳이 되었고, 그래서 그들은 나를 시장으로 선출했어요."

"자네가 그렇게 대단한 인물이라면 우리한테 방이나 하나 얻어 주는 게 어때?" 피곤해서 혀가 풀린 목소리로 오르가 건방지게 투덜거렸다.

마일로는 미안한 듯 대답했다. "그 일은 꼭 해 줄게." 그가 약속했다. "두 사람을 위한 방을 마련하라고 미리 무전을 치는 일을 그만 깜박 잊어버려서 미안하군. 나하고 같이 내 사무실로 가면 부시장에게 당장 해결하라고 지시하겠어."

마일로의 사무실은 이발소였고 뚱뚱한 이발사가 부시장이었는데, 그는 마일로 전용의 면도하는 컵을 쑤셔 만들어 내던 비누 거품만큼이나 잔뜩 아첨에 능숙한 입으로 정중한 인사말을 마구 늘어놓았다.

"이봐, 비토리오." 비토리오의 이발소 의자에 게으르게 누우면서 마일로가 말했다. "내가 없는 사이에 어떻게들 지냈지?"

"무척 슬펐어요, 시뇨르 마일로, 무척 슬펐어요. 하지만 이제 선생님이 돌아오셔서 사람들은 다시 모두 즐거워졌어요."

"사람들이 어찌나 많은지 이상하게 생각되더군. 어째서 호텔들이 모두 만원이지?"

"다른 도시에서 선생님을 보려고 사람들이 너무 많이 몰려왔기 때문이랍니다, 시뇨르 마일로. 그리고 아티초크 경매 때문에 모든 구매자들이 시내에 와 있기 때문이죠."

마일로의 손은 독수리처럼 곧장 위로 솟아올라서 비토리오의 면도솔을 붙잡았다. "아티초크가 뭔데?" 그가 물었다.

"아티초크 말예요, 시뇨르 마일로? 아티초크는 아주 맛 좋은 채소인데, 어디에서나 인기가 있죠. 여기 오신 김에 아티초크 맛을 좀 보셔야죠, 시뇨르 마일로. 여기에서는 세계 최고의 아티초크를 재배합니다."

"정말이야?" 마일로가 물었다. "금년에는 아티초크 값이 어떻지?"

"아티초크를 위해서는 무척 좋은 해인 것 같아요. 아주 흉작이었으니까요."

"정말 그래?" 마일로는 생각에 잠겼다가, 비토리오가 자리를 뜬 다음 잠시 후에야 그를 감싸고 있던 줄무늬 진 이발 앞치마가 떨어질 만큼 재빨리 의자에서 몸을 빼고 사라졌다. 요사리안과 오르가 문간으로 달려갔을 때 마일로는 이미 자취를 감추고 없었다.

"다음 손님 누구요?" 마일로의 부시장이 사무적으로 말했다. "다음은 누구인가요?"

풀이 죽은 요사리안과 오르는 이발소를 나왔다. 마일로에게 버림을 받고 그들은 헛되이 잘 곳을 찾으며 하염없이 흥청거리는 사람들 사이를 터벅거렸다. 요사리안은 피곤했다. 그의 머리는 둔감하고 쇠약한 통증으로 지끈거렸고, 어디선가 능금 두 개를 찾아 뺨에 넣고 걷던 오르를 보자 그는 짜증을 냈고, 요사리안에게 들키자 오르는 그것을 입에서 꺼냈다. 그러고는 어디선가 호두를 두 개 찾아서 몰래 입에 넣었는데 요사리안이 보고는 다시 능금을 꺼내라고 야단쳤다. 오르는 히죽 웃고는 그것은 능금이 아니라 호두이고, 능금은 입 안이 아니라 손에 쥐고 있다고 대답했지만, 입 안에 호두를 물고 있어서 요사리안은 그 말을 한마디도 알아들을 수 없었으며, 아무튼 그것을 꺼내라고 했다. 오르의 눈이 간사하게 반짝였다. 그는 술에 취해 정신이 빠진 사람처럼 주먹으로 이마를 문지르고는 음탕하게 웃었다.

"그 여자 생각나겠죠……." 그는 다시 음탕한 웃음을 터뜨렸다. "로마의 숙소에서 둘 다 발가벗고 있을 때 내 머리를 신발로 때리던 그 여자 생각나죠?" 그는 야릇한 기대를 품고 물었다. 그는 요사리안이 조심스럽게 머리를 끄덕일 때까지 기다렸다. "만일 내게 호두를 다시 입에 넣게 해 준다면 그 여자가 왜 나를 때렸는지 얘기하겠어요. 그만하면 타협이 될까요?"

요사리안이 머리를 끄덕였고, 오르는 네이틀리의 갈보가 사는 숙소에서 왜 여자가 그의 머리를 구두로 때렸는지 그 기막힌 얘기를 모두 했지만, 그가 다시 호두를 물고 있었기 때문에 요사리안은 한마디도 알아들을 수가 없었다. 그 장난에 요사리안은 화를 내며 요란하게 웃었지만, 밤이 되었을 때 결국 그들은 할 일이 아무것도 없어서 너저분한 식당으로 가 눅눅한 저녁을 먹고는 비행장으로 돌아가서 비행기의 차가운 바닥에서 잠을 자며 괴로운 신음을 내고 몸을 뒤쳤는데, 두 시간도 안 되어 아티초크 상자를 잔뜩 실은 트럭들이 폭음을 울리고 오더니 그들을 땅바닥으로 몰아내고는 비행기를 짐으로 가득 채웠다. 비가 심하게 내리기 시작했다. 트럭들이 가 버렸을 때쯤에는 요사리안과 오르는 흠뻑 젖어 빗물을 줄줄 흘리고 있었으며, 하는 수 없이 그들은 비행기 속으로 비집고 들어가 새우처럼 나무상자들 사이에 쪼그리고 있었다. 새벽에 마일로는 그것을 싣고 나폴리로 가서 계피와 정향, 바닐라 열매, 후추 열매와 바꾸고 같은 날 곧장 남쪽 몰타로 서둘러 비행했는데, 알고 보니 그는 그곳의 부총독이었다. 몰타에도 요사리안와 오르가 묵을 방이 없었다. 마일로는 몰타에서 마일로 마인더바인더 소령 경(卿)으로 통했고 총독부에 거대한 사무실을 가지고 있었다. 그의 마호가니 책상은 거대했다. 영국 깃발을 엇갈려 걸어 놓은 참나무 벽의 널빤지에는 왕실 웨일스의 퓨질리어 연대[5]의 군복을 입은 마일로 마인더바인더 소

5) 수발총을 쓰던 옛날 영국 군대.

령 경의 극적이고도 멋진 사진이 걸려 있었다. 사진에서는 그의 콧수염이 가느다랗고 짧게 깎여 있었고, 턱은 말끔하게 다듬었으며, 눈은 가시처럼 날카로웠다. 마일로는 그곳에서의 달걀 사업에 힘입어 작위를 받았고, 영국 웨일스 퓨질리어 연대[6]의 소령으로 임관했고, 몰타의 부총독으로 선출되었다. 그는 요사리안과 오르에게 그의 사무실에 있는 두꺼운 양탄자에서 밤을 지내라고 너그럽게 허락했지만, 그가 나간 다음 얼마 지나지 않아 전투복을 걸친 보초 한 사람이 들어오더니 대검을 들이대며 그들을 건물 밖으로 몰아냈다. 그들은 바가지를 씌우는 무뚝뚝한 운전사가 모는 택시를 타고 지친 몸으로 공항으로 나가 다시 비행기 안으로 잠을 자러 들어갔는데, 그 안에는 갓 빻은 커피와 코코아를 담아 물이 줄줄 새는 굵은 삼베 자루들이 가득했다. 그곳은 악취가 어찌나 심했던지 그들이 둘 다 밖으로 나가 탑승 디딤대에 기대고 요란하게 헛구역을 하고 있으려니까 아침이 되자마자 마일로는 운전사를 따로 둔 차를 타고 깡깡이처럼 야윈 모습으로 나타났다. 그들은 곧바로 오랑으로 떠났으며, 그곳에도 요사리안과 오르가 묵을 방은 없었고, 마일로는 그곳의 부왕(富王)이었다. 마일로는 연어 살처럼 분홍빛인 궁전 안에서 상당한 면적을 마음대로 썼지만, 요사리안과 오르는 이교도인 기독교 신자들이라 마일로와 함께 안으로 들어갈 수가 없었다. 그들은 초승달 모양의

6) 말총을 쓰던 옛날 영국 군대.

7) 종족 이름.

칼을 든 거대한 베르베르[7] 경비병들에게 문간에서 저지를 당하고 쫓겨났다. 오르는 힘겨운 두통 감기로 코를 훌쩍이며 재채기를 했다. 요사리안은 널찍한 등을 구부리고 괴로워했다. 그는 당장이라도 마일로의 모가지를 분질러 놓고 싶었지만, 마일로는 오랑의 부왕이어서 신성한 인물이었다. 알고 보니 마일로는 오랑의 부왕일 뿐 아니라, 바그다드의 칼리프[8]였고, 다마스쿠스의 이맘[9]이었고, 아라비아의 추장이었다. 무식하고 미신적인 사람들이 아직도 어수룩한 신들을 섬기는 곳에서 마일로는 강냉이 신이었고, 비의 신이었고, 쌀의 신이었으며, 아프리카의 깊은 밀림 속에는 점잖고, 커다랗게 조각한 콧수염이 난 그의 상(像)들이 인간의 피로 붉게 물든 원시적 돌 제단을 굽어보고 있었다. 그들이 닿는 곳 어디에서나 그는 영광스러운 대접을 받았으며, 이 도시에서 저 도시로 옮겨 갈 때마다 계속해서 찬란한 환영을 받았는데, 결국 그들은 다시 중동 지역을 거쳐서 카이로에 도달했고, 마일로는 세상의 어느 누구도 원하지 않는 목화 시장에 손을 대었다가 삽시간에 파산 지경에 이르렀다. 드디어 카이로에는 요사리안과 오르가 묵을 호텔이 있었다. 그들이 쓸 침대는 부드러웠고, 베개는 두툼하고 푹신했으며, 홑이불은 깨끗하고 물기가 없었다. 그들이 옷을 걸 옷걸이를 갖춘 벽장도 있었다. 몸을 닦기 위한 물도 있었다. 요사리안과 오르는 김이 무럭무럭 나는 욕탕에서 고약

8) 이슬람 교주로서의 국왕.
9) 이슬람 국가의 종교적 수령.

한 냄새를 풍기며 지저분한 몸이 빨개질 때까지 때를 불려 씻어 낸 다음에 마일로와 함께 호텔을 나서 새우 칵테일과 필레 미뇽 살코기를 먹으러 아주 멋진 식당으로 갔다. 그 식당에는 증권 시세 텔레타이프가 로비에 설치되어 있었고, 마침 이집트 목화의 최근 시세가 찍혀 나오던 중이어서 마일로는 웨이터 우두머리에게 그것이 무슨 기계냐고 물어보았다. 마일로는 증권 시세 텔레타이프처럼 멋진 기계를 그때까지 본 적이 없었다.

"정말이오?" 우두머리 웨이터가 설명을 끝내자 그는 감탄했다. "그런데 이집트 목화 가격은 얼마죠?" 우두머리 웨이터가 그에게 알려 주었고, 마일로는 목화를 몽땅 사들였다.

그러나 요사리안은 마일로가 사들인 이집트 목화에 대해서는 그들이 시내로 차를 타고 들어가는 동안 원주민 장터에서 초록빛 바나나 다발들이 마일로의 눈에 띄었을 때만큼 겁이 나지는 않았는데, 그의 걱정은 들어맞아서, 마일로는 자정이 넘었을 때 깊은 잠이 들었던 그를 흔들어 깨우고는 반쯤 벗긴 바나나를 그에게 내밀었다.

"맛 좀 봐요." 요사리안의 뿌리치는 얼굴을 집요하게 바나나로 좇으면서 마일로가 권했다.

"마일로, 이 자식아." 요사리안이 신음했다. "난 잠을 자야 해."

"먹어 보고 맛이 좋은지 얘기해 줘요." 마일로는 끈질겼다. "내가 줬다고 오르에게 얘기하지 말아요. 그에게는 2피아스터씩 주고 팔았으니까요."

요사리안은 얌전하게 바나나를 받아먹었고, 맛이 좋다는

말을 하고는 눈을 감았지만, 마일로는 그를 다시 흔들어 깨운 다음에 당장 피아노사로 떠날 터이니 어서 옷을 입으라고 말했다.

"당신하고 오르는 당장 바나나를 비행기에 실어야 해요." 그가 설명했다. "다발을 만질 때는 거미들을 조심하라고 그러더군요."

"마일로, 아침까지 기다리면 안 돼?" 요사리안이 부탁했다. "난 잠을 좀 자야 되겠어."

"바나나는 아주 빨리 익어요." 마일로가 대답했다. "그래서 우린 시간을 조금도 놓칠 수가 없어요. 이 바나나를 보면 비행 중대 사람들이 얼마나 좋아할지 상상해 봐요."

그러나 비행 중대에서는 어느 누구도 전혀 그 바나나를 구경도 못 하게 되었으니, 이스탄불에는 바나나를 팔기에 좋은 시장이 있었고, 베이루트에는 회향풀 열매를 구입하기에 좋은 시장이 있었으며, 마일로는 바나나를 판 다음 회향풀 열매를 싣고 뱅가지로 달렸고, 그래서 그들이 오르의 휴가가 끝나는 엿새 후에 숨 가쁘게 피아노사로 되돌아왔을 때, 마일로의 말로는 이집트에서 가져왔다지만 사실은 시칠리아에서 가져온 최고급 흰 달걀을 한짐 싣고 온 그들은 그것을 식당에다 하나에 4센트씩만 받고 팔았으며, 그래서 그의 신디케이트에 속한 지휘관들은 카이로에 가서 초록 바나나 다발을 더 사서 터키로 가져가 뱅가지에서 소비될 회향풀 열매를 살 수 있도록 마일로에게 서둘러 다시 떠나라고 재촉했다. 그리고 모든 사람들에게 몫이 돌아갔다.

23

네이틀리의 아버지

비행 중대에서 마일로의 바나나를 구경이라도 했던 사람이라고는 알피뿐이었는데, 그는 바나나가 익어 정상적인 암시장의 유통망을 거쳐 이탈리아로 흘러 들어가기 시작할 때 병참부대 소속의 영향력 있는 동지로부터 두 개를 얻어먹은 일이 있으며, 네이틀리가 헛되이 몇 주 동안 애타게 찾아다닌 끝에 그의 갈보를 다시 만나 그녀와 그녀의 다른 두 여자 친구에게 한 사람당 30달러씩 주마고 약속해서 숙소로 끌고 온 날 밤 요사리안과 함께 장교 숙소에 있었다.

"한 사람에 30달러씩이라고?" 못마땅한 감정가처럼 미심쩍은 표정으로 옷을 벗는 세 여자들을 하나씩 찔러 보고 쓰다듬으면서 알피가 천천히 말했다. "이런 것들을 30달러씩 주다니 너무 비싸. 더구나 난 그것을 하기 위해서 돈을 지불한 적이 한 번도 없었어."

"그 돈을 당신더러 내라는 게 아녜요." 네이틀리가 재빨리 그를 안심시켰다. "그저 당신들이 다른 여자 둘만 데리고 가라는 얘기죠. 날 도와주지 않겠어요?"

알피는 흐뭇해서 벌쭉 웃고는 부드럽고 둥근 그의 머리를 저었다. "이 알피 선생을 위해서라면 어느 누구도 그것을 위한 돈은 낼 필요가 없어. 난 마음만 내키면 내가 바라는 것을 언제라도 구할 수 있으니까. 난 그저 지금 기분이 내키지 않을 뿐이야."

"자네가 세 여자 값을 다 물고 두 명은 그냥 돌려보내지그래?" 요사리안이 제안했다.

"그런다면 내 여자는 받은 돈에 대한 대가로 자기만 일을 한다고 나한테 화를 낼 거예요." 네이틀리는 그를 초조하게 노려보면서 투덜거리기 시작한 여자를 불안한 눈으로 쳐다보며 대답했다. "이 여자는 만일 내가 진짜로 자기를 좋아한다면 자기는 보내 주고 두 여자 가운데 한 명하고 자라는군요."

"더 좋은 수가 있어." 알피가 뽐내면서 말했다. "세 명을 통행금지 시간이 될 때까지 여기에 붙잡아 두었다가, 가진 돈을 다 내놓지 않으면 길거리로 내쫓아 붙잡혀 가게 하겠다고 협박하는 게 어떨까. 창문으로 밀어 던지겠다는 협박을 해도 좋겠지."

"알피!" 네이틀리는 기가 막혔다.

"난 그저 돕고 싶은 마음에서 그랬을 뿐이야." 알피가 멋쩍게 말했다. 알피는 또한 네이틀리의 아버지가 돈 많고 지체 높은 사람이라서 전쟁이 끝나면 자신을 도와줄 수 있을 터이기에 항상 네이틀리를 도우려고 했다. "정말 신났었지." 그는 자신을 변호하려고 말이 많아졌다. "옛날 학교 다닐 때 우린 언제나 그런 짓을 많이 했어. 어느 날 시내에서 멍청한 여고생 두 명을 꾀어서 친목회 건물로 끌고 들어갔던 생각이 나는데, 부모들한테 전화를 걸어서 그 애들이 우리하고 그 짓을 하려 한다고 얘기하겠노라고 협박해 생각이 있는 모든 녀석들에게 몸을 내놓게 했지. 우린 그 애들을 열 시간 이상이나 침대에 붙잡아 두었어. 그 애들이 불평을 할라치면 뺨도 몇 대 갈겨 주었지. 그런 다음에 우리는 그들이 가진 동전하고 껌을 뺏고 내쫓아 버렸어. 그 친목회 건물에서는 정말 재미를 많이 보았지." 그가 평화롭게 회상하자, 그의 투실투실한 뺨은 향수를 느끼는 추억의 즐겁고 불그레한 따스함으로 광채가 났다. "우린 모든 사람들을 배척했고, 심지어는 우리까지도 서로 배척했어."

그러나 네이틀리가 그토록 깊이 사랑에 빠진 여자가 이제 점점 더 앙칼진 격분을 느끼면서 그에게 삐쳐 욕을 하기 시작하자 알피는 네이틀리를 도울 수가 없었다. 다행히도 마침 그때 헝그리 조가 뛰어들었고, 모든 일이 다시 아무 탈이 없게 되었지만, 잠시 후 술에 취해 비틀거리며 던바가 들어서서는 킬킬거리는 다른 여자 하나를 당장 끌어안으려고 덤볐다. 이제는 남자가 넷에 여자가 셋이었고, 그들 일곱 사람은 알피를 숙소에 남겨 두고, 여자들이 선금을 내라고 버티는 동안에 꼼짝 않고 길모퉁이에서 기다리던 마차로 기어올랐다. 네이틀리는 요사리안에게서 20달러를, 던바에게서 35달러를, 그리고 헝그리 조에게서 17달러를 빌려서는 사내답게 멋을 부리며 그들에게 90달러를 내주었다. 그러자 여자들은 상냥해져 마부에게 주소를 알려 주었고, 그들은 도시를 반쯤 가로질러 마차를 달려 전에는 가 본 적이 없는 지역에 이르렀고, 어두운 길거리의 낡고 높다란 건물 앞에서 멈추었다. 여자들은 무척 가파르고 기다랗고 삐걱거리는 나무 층계를 네 계단 그들을 이끌고 올라가서는, 문을 지나 그들의 멋지고 휘황찬란한 셋집으로 안내했다. 그 안은 유연하고 젊고 발가벗은 여자들이 갑자기 기적처럼 한없이 숫자가 많아져 넘쳐흘렀고, 신랄한 웃음을 쉬지 않고 터뜨림으로써 네이틀리의 마음을 불안하게 만드는 악하고 타락하고 못생긴 늙은 남자와, 그곳에서 벌어지고 있는 모든 부도덕한 일을 못마땅하게 여겨서 정돈하려고 있는 힘을 다해 애를 쓰며 혀를 차던 단정한 늙은 여자도 섞여 있었다.

그 놀라운 장소는 여자의 젖꼭지와 배꼽들이 들끓는 비옥한 '풍요의 뿔'[10]이었다. 처음에는, 이상하고 멋진 이 매음굴의 먼 밀실들 쪽으로 저마다 뻗어 나간 침침한 세 갈래의 복도가 만나는 지점에 위치한, 불빛이 희미하고 칙칙한 갈색 응접실에는 그들이 데리고 온 여자 셋뿐이었다. 여자들은 당장 옷을 벗으면서, 몸을 놀릴 때마다 한 번씩 동작을 멈추고는 그들이 속에 걸친 야한 옷을 자랑스럽게 손가락으로 가리키며 놀려 대었다. 그러면 길고 초라한 백발에, 단추를 채우지 않은

10) 어린 제우스 신에게 젖을 먹였다는 양의 뿔.

후줄근한 흰 셔츠를 입은 깡마르고 주색에 곯은 늙은 남자가 방의 한가운데에 자리 잡은 퀴퀴하고 푸른 안락의자에 앉아 탐욕스럽게 캑캑거리며 웃었고, 그는 네이틀리와 그의 동료들을 유쾌하고 비꼬는 듯한 예의를 갖춰 환영했다. 그러자 헐뜯기를 좋아하는 늙은 여자는 구슬프게 머리를 떨어뜨리고 헝그리 조를 위해 여자를 고르러 터벅거리며 나가서는 젖가슴이 큼지막한 미녀 두 사람을 끌고 왔는데, 하나는 벌써 옷을 벗었고 다른 하나는 투명한 분홍빛 반쪽 슬립을 걸치고 있다가 자리에 앉는 동안 몸을 비틀어 뺐다. 발가벗은 여자 세 사람이 저마다 다른 방향에서 한가하게 서성거리며 들어오더니 자리에 앉아 잡담을 했고, 그러더니 또 두 여자가 들어왔다. 다른 네 명의 여자들이 또 대화에 몰두한 채 나태하게 방을 거쳐 지나갔는데, 셋은 맨발이었으며 한 여자는 제 것 같지가 않은 듯한 무도용 은빛 구두를 고리는 채우지 않고 위험스럽게 신고서 절뚝거렸다. 팬티만 걸친 여자가 또다시 나타나서는 자리에 앉았고, 그래서 몇 분 사이에 그곳에는 모두 열한 명이 모였는데, 그들 가운데 한 사람만 제외하고는 모두가 완전히 옷을 벗은 채였다.

어디에서나 벌거벗은 육체가 노닐었으며, 대부분은 통통했고, 헝그리 조는 환장하기 시작했다. 그는 여자들이 한가하게 들어와서 편안히 자리를 잡는 사이에 뻣뻣하게 굳을 만큼 놀라서 꼼짝 않고 그 자리에 서 있었다. 그러더니 그는 갑자기 찢어지는 듯한 고함을 지르고는 문으로 뛰어나가 곧장 카메라를 가지러 사병 숙소로 달려가려고 했지만, 잠깐 동안이라도 만일 그가 눈을 돌렸다가는 이 모든 사랑스럽고, 지극히 화려하고, 풍요하고, 다채로운 이교도적 천국이 되찾을 수 없을 만큼 멀리 그에게서 달아날 듯한 무시무시하고 차가운 예감에 또 한 번 난폭한 비명을 지르며 발을 멈추었다. 그는 문간에서 걸음을 멈추고 헐떡거렸으며, 그의 얼굴과 목덜미에서 불끈 솟은 핏줄과 힘줄은 요란하게 뛰기 시작했다. 왕좌에 앉은 악마적이거나 쾌락적인 신처럼 늙은 남자는 그의 퀴퀴하고 파란 안락의자에 앉아 추위를 이기려고 훔쳐 온 미군 군용 담요로 가느다란 다리를 감고는 승리한 기쁨에 젖어 그를 지켜보았다. 그는 소리 없이 웃었으며, 푹 꺼지고 예리한 그의 눈은 냉소적이고 방종한 기쁨으로 깊이 반짝였다. 그는 술에 취해 있었다. 네이틀리는 이 사악하고, 퇴폐적이고, 비애국적이고, 그의 아버지가 생각날 만큼이나 나이가 많고, 미국에 대해서 경멸이 담긴 농담을 하던 노인을 보자마자 증오가 치솟는 반응을 보였다.

"미국 말야." 노인이 말했다. "전쟁에서 질 거야. 그리고 이탈리아는 이기지."

"미국은 세계에서 가장 강하고 가장 번창하는 나라입니다." 숭고한 정열과 위엄을 보이면서 네이틀리가 그에게 알려 주었다. "그리고 미국의 국민은 누구에게도 뒤지지 않아요."

"바로 그거야." 놀리는 듯한 즐거움을 나타내며 노인은 유쾌하게 긍정했다. "그런가 하면 이탈리아는 세상에서 가장 가난한 나라들 가운데 하나지. 그리고 이탈리아 군대는 아마 누구한테나 질 거야. 바로 그 이유 때문에 자네 나라가 전쟁에서 그토록 형편없는 한편, 내 나라는 이렇게 잘 꾸려 나가지."

네이틀리는 놀라서 웃음을 터뜨리고는 자신의 무례함에 대해서 미안하다는 듯 낯을 붉혔다. "당신을 보고 웃어서 미안합니다." 그는 진심으로 사과하고 나서 존경이 담긴 겸손한 어투로 말을 계속했다. "하지만 이탈리아는 독일 사람들에게 점령당했고 지금은 우리한테 점령되었어요. 그것이 잘 꾸려 가는 거라고야 할 수 없겠죠. 안 그렇습니까?"

"하지만 물론 난 우리가 잘 꾸려 간다고 생각해." 노인이 기분 좋게 말했다. "독일 사람들은 쫓겨났지만 우린 여기 그대로 있어. 몇 년 안에 자네들도 가 버리겠지만 우린 그대로 여기 있겠지. 자네도 알듯이 이탈리아는 무척 가난하고 힘없는 나라인데, 그래서 우리는 강해지는 거야. 이제 이탈리아 군인들은 더 이상 죽지 않아. 하지만 미국하고 독일 군인들은 죽어. 내 생각엔 그만하면 우리가 아주 잘 꾸려 나가는 셈이야. 그래, 이탈리아는 전쟁을 견뎌 내고 자네 나라가 멸망한 다음에도 오랫동안 그대로 존재할 거라고 난 꽤 자신 있게 믿어."

네이틀리는 그의 귀를 믿을 수가 없을 지경이었다. 그는 여태껏 그런 충격적인 모독을 들어 본 적이 없었으며, 어째서 이 반역적인 노인을 잡아가려고 형사들이 당장 나타나지 않는지 본능적으로 당연한 의심을 했다. "미국은 멸망하지 않습니다!" 그는 열을 올려 소리쳤다.

"영원히?" 노인이 부드럽게 넘겨짚어 보았다.

"하기야……." 네이틀리가 우물쭈물했다.

더 깊고 더욱 폭발적인 기쁨을 억제하면서 노인은 한껏 웃었다. 그는 계속해서 점잖은 말투로 약을 올렸다. "로마도 멸망했고, 그리스도 멸망했고, 페르시아도 멸망했고, 스페인도 멸망했어. 모든 위대한 국가들이 멸망했지. 자네 나라라고 다를 것이 있나? 자네 나라가 얼마나 더 존속되리라고 믿고 있지? 영원히? 이 지구 자체도 2500만 년쯤 되면 태양에 의해서 파괴되리라는 사실을 잊지 말게."

네이틀리는 거북살스럽게 몸을 비비 꼬았다. "하기야 영원이라는 건 꽤 오랜 세월인 것 같군요."

"100만 년?" 비꼬는 노인은 날카롭게 남을 괴롭히려는 열정으로 끈질기게 말했다. "50만 년? 개구리는 거의 5억 년 전부터 살았어. 자넨 정말 그 모든 힘과 번영을 자랑하고, 누구에게나 지지 않는 군대를 보유하고, 세계 최고라고 일컬어지는 생활 수준을 갖춘 미국이 개구리만큼이라도 오랫동안 존속할 수 있다고 자신 있게 말할 수 있나?"

네이틀리는 곁눈질을 하는 그의 얼굴을 후려치고 싶었다. 그는 이 약아빠지고 죄악에 물든 비방자의 흉악한 중상으로부터 국가의 장래를 지키는 일을 도와줄 사람을 찾느라고 간절하게 주위를 둘러보았다. 그는 실망했다. 요사리안과 던바는 멀리 저쪽 구석에서 여섯 병의 붉은 포도주와 까불어 대는 여자 네댓 명을 주물럭거리면서 주지육림에 빠져 바빴고, 헝그리 조는 벌써 오래전에, 그의 나약하고 허우적거리는 팔로 한꺼번에 안을 수가 있고 더블베드 하나에 쑤셔 넣을 수 있는 최대한으로 많이, 엉덩이가 풍성하고 젊은 창녀들을 탐욕스러운 폭군처럼 앞으로 몰면서 미지의 복도로 사라져 버린 다음이었다.

네이틀리는 당황해서 어쩔 줄을 몰랐다. 그의 계집은 나태한 권태감이 담긴 표정으로 속을 너무 많이 채운 소파에 고상하지 못하게 널브러져 앉아 있었다. 네이틀리는 그에 대한 그녀의 둔감한 무관심에, 푼돈 걸고 블랙잭 놀이를 하던 사람들이 가득 찬 사병 숙소 거실에서 그녀가 처음으로 그를 보고 무시해 버렸던 때부터 그토록 생생하게, 그토록 감미롭게, 그토록 비참하게 기억하고 있는 바로 그 졸린 듯하고 둔한 자세에 얼이 빠졌다. 그녀의 힘 빠진 입은 완전한 동그라미를 그리며 헤벌어졌고, 그녀가 그토록 짐승 같은 무정한 태도와 윤기 있고 아련한 눈으로 도대체 무엇을 노려보고 있는지는 하느님이나 알 노릇이었다. 노인은 조용히 기다리면서, 비웃는 듯하기도 하고 동정하는 듯하기도 한, 통찰력이 있는 미소를 지으며 그를 지켜보았다. 다리가 아름답고 피부 빛깔이 꿀빛인, 나긋나긋하고 굴곡이 있는 금발 여자 하나가 노인의 의자 팔걸이에 기분 좋게 몸을 기대고는 그의 모나고, 창백하고, 방종한 얼굴을 애교를 부리며 한가하게 간질이기 시작했다. 네이틀리는 그토록 늙은 남자의 그렇게 색욕적인 장면을 보고는 기분이 나쁘고 반감을 느껴서 몸이 뻣뻣해졌다. 그는 낙심해서 몸을 돌리고는 왜 자기는 그냥 아무 여자나 데리고 침대로 가 버리지 못할까 한심하게 생각했다.

이 비열하고, 탐욕스럽고, 흉악한 노인은 네이틀리로 하여금 그의 아버지를 생각나게 했는데, 그 까닭은 두 사람은 비슷한 점이 하나도 없었기 때문이었다. 네이틀리의 아버지는 점잖은 백발의 신사였고, 옷차림이 티 하나 없이 말끔했는데, 이 노인은 지저분한 건달이었다. 네이틀리의 아버지는 합리적이고, 사색적이고, 책임감이 있는 남자였는데, 이 노인은 변덕쟁이에 음탕했다. 네이틀리의 아버지는 분별력과 교양이 있었는데, 이 노인은 무식했다. 네이틀리의 아버지는 명예를 소중히 여겼고 모든 것에 대한 답을 알고 있었는데, 이 노인은 아무것도 소중히 여기지 않았고 아는 것이 없었다. 네이틀리의 아버지는 멋진 흰 콧수염을 길렀는데, 이 노인은 콧수염이 전혀 없었다. 네이틀리의 아버지는 (그리고 네이틀리가 여태까지 만났던 모든 사람의 아버지는) 위엄이 있고, 현명하고, 존경스러웠는데, 이 노인은 정말로 역겨웠다. 네이틀리는 그가 그토록 짙은 사랑에 빠진 권태롭고 냉담한 여자의 관심을 끌고 그녀의 영원한 존경심을 얻겠다는 각오로 복수심에 불타는 욕망에 사로잡혀 다시 그와 토론을 개시했다.

"뭐 사실 미국이 얼마나 오랫동안 존속될지는 나도 잘 모르겠어요." 그는 기세도 당당하게 말을 시작했다. "언젠가는 이 지구 자체도 파괴된다면, 내 생각엔 우리가 영원히 지속되리라고는 할 수 없겠죠. 하지만 우리가 오래오래 이겨 나가고 승리하리라는 건 알고 있어요."

"얼마나 오랫동안 말인가?" 악의로 의기양양한 미소를 지으며 노인이 모독적으로 비꼬았다. "개구리만큼 오랫동안은 아니겠지?"

"당신이나 나보다는 훨씬 오랫동안 존재하겠죠." 네이틀리가 우물쭈물 말을 뱉었다.

"아, 겨우 그 정도인가! 자네가 그토록 남에게 잘 속아 넘어가고 용감한 데다가 나는 벌써 이렇게 함빡 늙은 몸이라는 걸 고려하면, 그건 별로 오랜 기간이 아니겠구먼."

"당신은 몇 살이신가요?" 자기도 모르게 이 노인에게 점점 관심과 매력을 느끼면서 네이틀리가 물었다.

"백일곱 살이야." 노인은 통쾌하게 킬킬대면서 네이틀리의 짜증 난 얼굴을 쳐다보았다. "자넨 그 말도 믿지 않는구먼."

"당신이 나한테 하는 얘기를 난 하나도 믿지 못하겠어요." 상대방을 진정시키려는 듯 수줍게 미소를 지으며 네이틀리가 대답했다. "내가 믿는 건 미국이 전쟁에서 이기리라는 것뿐입니다."

"자넨 전쟁에서 이긴다는 걸 너무 대단하게 생각하고 있어." 구접스럽고 꼬장꼬장한 노인이 코웃음을 쳤다. "진짜로 전쟁에 지는 데서, 어느 전쟁들에서 져야 하느냐를 아는 데서 솜씨가 드러나지. 이탈리아는 수백 년 동안이나 전쟁에서 졌지만, 그래도 우리가 얼마나 훌륭하게 살아왔는지를 봐. 프랑스는 전쟁에서 여러 번 이겼지만 항상 위기의 순간을 맞고 있어. 독일은 패배했지만 번영하고, 최근의 우리 역사를 살펴보라고. 이탈리아는 전쟁에서 에티오피아를 이겼지만 곧 심각한 사태에 휘말렸어. 우리는 승리감에 도취해 정신이상에 가까운 웅대한 환상에 젖었고, 이길 가능성이 전혀 없는 세계 전쟁을 일으키는 데 도움을 주었지. 하지만 이제 우리는 다시 지고 있으니까 모든 사태가 다 호전될 터이고, 만일 우리가 패배함에 있어서 성공을 거둔다면 우린 다시 틀림없이 정상에 오를 거야."

네이틀리는 어리둥절한 표정을 조금도 숨기지 않았고, 저절로 입이 벌어졌다. "당신 얘기를 이제는 정말로 이해할 수가 없군요. 당신은 꼭 미친 사람처럼 얘기를 해요."

"하지만 난 말짱한 사람처럼 살아가지. 난 무솔리니가 정상에 있었을 때는 파시스트였는데, 그가 몰락한 지금은 반파시스트가 되었어. 미국인들로부터 우리를 보호하려고 독일인들이 이곳에 와 있을 때는 난 광신적으로 친독일파였고, 독일인들로부터 우리를 보호하려고 미국인들이 이곳에 와 있는 지금은 광신적으로 친미파야. 화가 난 이 젊은 친구야. 내 말은 믿어도 좋아." 네이틀리가 점점 더 놀라서 말을 더듬게 되자 노인의 교만하고 꿰뚫어보는 듯한 눈은 더욱 초롱초롱 빛났다. "자네하고 자네 나라에서는 나보다 더 충성스러운 지지자를 이탈리아에서 찾아낼 수 없겠지만 그건 자네들이 이탈리아에 남아 있는 동안에만 그렇지."

"하지만……." 네이틀리가 믿어지지 않아서 소리를 질렀다. "당신은 변절자예요! 시간의 노예라고요! 수치스럽고, 앞뒤를 가리지 않는 기회주의자죠!"

"난 백일곱 살이야." 노인이 차분하게 그를 일깨워 주었다.

"당신은 줏대도 없어요?"

"물론 없지."

"도덕은요?"

"아, 나야 무척 도덕적인 사람이지." 악당 같은 노인은 비꼬는 듯한 진지함을 보이며 그에게 말하고는 그의 안락의자의 다른 쪽 팔걸이 위에 선정적으로 몸을 누이고 있던, 예쁘게 보조개가 들어가는 튼튼한 검은 머리 여자의 벗은 엉덩이를 쓰다듬었다. 그는 발가벗은 두 여자의 엉덩이를 쓰다듬었다. 그는 발가벗은 두 여자들 사이에 앉아 거만한 손으로 하나씩 만지며 점잖고 고루한 찬란함에 젖어 네이틀리에게 비꼬는 미소를 지었다.

"난 믿기지가 않아요." 여자들과 관련지어 그를 관찰하지 않으려고 고집스럽게 눈을 피하느라 애쓰면서 네이틀리는 못마땅해서 말했다.

"하지만 그건 다 분명히 사실이야. 독일 사람들이 시내로 행군해 들어올 때, 난 발랄한 발레리나처럼 길거리로 춤을 추며 나가서 내 목이 꽉 잠길 때까지 '하일 히틀러!' 소리를 질렀지. 난 엄마가 한눈을 파는 사이에 예쁘장한 어린 소녀에게서 빼앗은 나치 깃발을 휘두르기도 했어. 독일인들이 이 도시에서 떠날 때, 난 고급 브랜디 한 병에다 꽃 한 바구니를 들고 미국 사람들을 환영하러 뛰어나갔지. 브랜디는 물론 내가 마실 것이었고, 꽃은 해방군에게 뿌려 줄 거였어. 첫 번째 차에는 무척 꼿꼿하고 까다로워 보이는 늙은 소령이 타고 있었는데, 난 빨간 장미로 그의 눈을 정통으로 맞췄어. 기가 막힌 명중이었지! 그 사람이 움찔하는 꼴을 자네도 봤어야 하는데."

네이틀리는 기가 차서 벌떡 놀라 일어섰고, 그의 뺨에서 핏기가 가셨다. "―드 커벌리 소령이었구나!" 그가 소리쳤다.

"그 사람 자네도 아나?" 노인은 기분이 좋아서 물었다. "정말 멋진 우연의 일치구먼."

네이틀리는 너무 얼이 빠져서 그의 말이 들리지도 않았다.

"그러니까 바로 당신이 ――드 커벌리 소령에게 부상을 입힌 사람이군요!" 그는 공포에 질리고 분노하며 감탄했다. "어쩌면 그럴 수가 있나요?"

악마 같은 노인은 꿈쩍도 하지 않았다. "어떻게 가만히 있을 수 있었겠나. 자넨 그 건방진 늙은 녀석이, 머리가 크고 꼿꼿하고 바보 같은 얼굴로 마치 전지전능하신 하느님이라도 된 듯이 엄숙한 표정을 짓고 그 차에 근엄하게 앉아 있던 꼴을 봤어야 해. 정말 유혹적인 목표물이었지! 난 미국산 장미로 그의 눈을 맞췄어. 내 생각엔 아주 적절한 처사였지. 안 그런가?"

"그건 정말 나쁜 짓이었어요!" 네이틀리는 큰 소리로 그를 꾸짖었다. "악하고 범죄적인 짓이었다고요! ――드 커벌리 소령은 우리 비행 중대의 부관이에요!"

"그래?" 노인은 짐짓 회개한다는 듯이, 장난을 하느라고 그의 뾰족한 턱을 엄숙하게 꼬집으면서, 여전히 악질적으로 약을 올렸다. "그렇다면 자넨 내가 편파적이 아니었음을 높이 평가해 줘야지. 독일군이 차를 타고 들어올 때, 난 에델바이스 꽃가지로 건장하고 젊은 중위(Oberleutnant) 한 사람을 찔러 죽일 뻔했으니까."

네이틀리는 자기가 범한 잘못이 얼마나 엄청난 것인지 파악할 능력이 없는 흉악한 노인에 대해서 기가 질리고 어안이 벙벙했다. "당신이 저지른 죄도 몰라요?" 그는 열띤 목소리로 꾸짖었다. "――드 커벌리 소령은 고귀하고 훌륭한 사람이어서, 모두들 그를 존경해요."

"그 친구는 사실 젊고 바보 같은 멍텅구리처럼 행동할 권리가 전혀 없는 바보 같고 젊은 멍텅구리야. 그 친구 지금 어디 있어? 죽었나?"

네이틀리는 기가 차서 나지막한 목소리로 대답했다. "아무도 몰라요. 행방불명이 된 것 같아요."

"알겠지? 그토록 나이를 먹은 사람이 국가처럼 어처구니없는 그 무엇을 위해서 얼마 안 남은 목숨을 바친다는 걸 상상해 봐."

네이틀리는 당장 다시 덤벼들었다. "국가를 위해서 목숨을 바친다는 건 조금도 어처구니없는 일이 아니에요!" 그가 선언했다.

"그래?" 노인이 물었다. "국가가 뭐지? 국가는 흔히 인위적인 경계선으로 사방을 둘러싼 땅덩어리에 지나지 않아. 영국 사람들은 영국을 위해서 죽고, 미국 사람들은 미국을 위해서 죽고, 독일 사람들은 독일을 위해서 죽고, 러시아 사람들은 러시아를 위해서 죽지. 지금 이 전쟁에서 싸우는 나라의 숫자는 쉰이나 예순쯤 되지. 그렇게 많은 나라들이 모두 목숨을 바칠 만한 가치가 있다는 건 분명히 거짓말이야."

"살기 위해서 가치가 있는 것이라면 무엇이나 다 목숨을 바칠 가치가 있겠죠." 네이틀리가 말했다.

"그리고 목숨을 버릴 가치가 있는 것이 있다면 그것을 위해서 살아야 할 가치도 있지." 세속적인 노인이 말했다. "알겠나, 자네가 얼마나 순수하고 어수룩한 젊은이인지. 난 자네가 가엾다는 생각도 들어. 자네 몇 살이지? 스물다섯? 스물여섯?"

"열아홉요." 네이틀리가 말했다. "1월이면 스물이 돼요."

"그때까지 살아 있다면 말이겠지." 노인은 머리를 저으면서, 잠깐 동안, 못마땅해하며 조바심을 하던 늙은 여자와 마찬가지로, 깊은 생각에 잠겨 처량하게 찌푸린 표정을 지었다. "조심하지 않았다가는 그들이 자넬 죽일 터이고, 보아하니 자넨 조심할 만한 사람이 아니구먼. 왜 머리를 좀 써서 나처럼 되려고 하지 않나? 자네도 백일곱 살까지 살 수 있을지도 모르는데."

"무릎을 꿇고 사느니 떳떳하게 일어서서 죽는 것이 낫기 때문이죠." 승리감에 찬 숭고한 신념을 지니고 네이틀리가 반박했다. "그 속담 들어 보셨겠죠?"

"그래, 물론 들어 봤지." 다시 미소를 지으며 반역적인 노인이 말했다. "하지만 자네가 얘기를 거꾸로 한 것 같아. 떳떳이 일어서서 사는 것이 무릎을 꿇고 죽는 것보다 낫지. 속담에 그렇게 되어 있어."

"확실해요?" 말짱한 정신에 혼란을 느끼며 네이틀리가 물었다. "내 식으로 얘기해야 뜻이 더 잘 통하는 것 같은데요."

"아냐, 내 식으로 얘기해야 뜻이 더 잘 통하지. 자네 친구들한테 물어보라고."

친구들에게 물어보려고 얼굴을 돌렸더니 그들은 보이지 않았다. 요사리안과 던바 두 사람 다 없어졌다. 놀라고 당황한 네이틀리의 표정을 보고 노인은 경멸하듯 유쾌하게 요란한 웃음을 터뜨렸다. 네이틀리는 창피해서 얼굴이 벌게졌다. 그는 잠깐 동안 어쩔 줄 몰라서 쩔쩔매다가 몸을 돌렸고, 노인과 ——드 커벌리 소령 사이에 있었던 기막힌 대결에 대한 얘기를 알려 그들이 다시 구조하러 돌아오도록 때늦지 않게 그들을 찾아내기를 바라면서 가장 가까운 복도로 뛰어들었다. 복도마다 모든 문이 닫혀 있었다. 문 밑으로 불이 비치는 곳은 하나도 없었다. 벌써 시간이 너무 늦었다. 네이틀리는 허탈하게 수색을 포기했다. 결국 그는 자기가 할 수 있는 일이라는 것이 사랑하는 여자를 찾아내 어디엔가 누워 부드럽고 정중하게 그녀한테 섹스를 해 주고 그들의 장래를 함께 설계한다는 것뿐임을 깨달았다. 그러나 그녀를 찾으러 다시 그가 응접실로 되돌아왔을 때쯤에는 그녀 또한 잠을 자러 가 버렸으며, 그가 할 일이라고는 귀찮은 노인과 좌절된 토론을 다시금 계속하는 것뿐이었지만, 노인은 안락의자에서 일어나 깍듯이 예의를 차리며 실례기는 하지만 이제는 자러 가야 되겠다고 했다. 네이틀리는 그의 갈보가 어느 방으로 들어갔는지를 그에게 얘기해 줄 수가 없다던, 눈이 흐리멍덩한 두 여자와 남았는데, 여자들은 그의 관심을 끌려고 하다가 실패하자 잠시 후에 역시 잠을 자려고 타박거리며 나갔고, 그는 응접실에 홀로 남아 울퉁불퉁하고 작은 소파 위에서 잠을 잤다.

네이틀리는 민감하고 돈 많은 미남 청년이었고, 검은 머리에 눈은 순진했으며, 다음 날 아침 일찍 소파에서 잠이 깨자 목에 통증을 느끼고는 자기가 어디에 와 있는지 어리둥절해했다. 그의 천성은 변함없이 부드럽고 겸손했다. 그는 심리적인 충격이나 긴장이나 증오심이나 노이로제를 겪지 않고 거의 이십 년을 살았는데, 요사리안은 그것을 그가 정말 미쳤다는 증거로 여겼다. 그의 어린 시절은 엄격하기는 해도 즐거웠다. 그는 형제자매들과 사이가 좋았으며 어머니와 아버지 두 사람

다 그에게 아주 잘해 주었어도 그는 그들을 증오하지 않았다.

네이틀리는 그의 어머니가 출세주의자들이라고 못 박은 알피 같은 사람들이나, 주제넘게 나서는 자들이라고 그의 아버지가 못 박은 마일로 같은 사람들을 혐오하도록 훈련을 받으며 자랐지만, 그런 사람들 근처에는 절대로 가지도 못하게 금지되었기 때문에 그는 그들을 어떻게 혐오해야 하는지 알 수 없었다. 그가 기억하고 있는 한, 필라델피아, 뉴욕, 메인, 팜비치, 서댐튼, 런던, 도빌, 파리, 그리고 프랑스 남부에 있었던 그의 집들은 항상 출세주의자나 주제넘게 나서는 자들이 아닌 신사와 숙녀 들로만 우글거렸다. 뉴잉글랜드 손턴 가문의 후손인 네이틀리의 어머니는 미국 혁명의 딸이었다. 그의 아버지는 개의 자식이었다.

"항상 잊지 마라." 어머니는 자주 그에게 일깨워 주었다. "너는 네이틀리 집안사람이라는 것을. 넌 속된 예인선 선장 노릇을 해서 재산을 모은 밴더빌트 집안이나, 원유에 마구 투기를 해서 돈을 긁어모은 록펠러 집안이나, 암을 유발하는 타르와 수지(樹脂)가 함유된 제품을 어수룩한 대중에게 팔아서 수입을 얻는 레이놀즈 집안사람이나 무슨 공작 나부랭이가 아니고, 그리고 넌 물론 지금도 방을 세놓아 먹고산다들 하는 애스터 집안사람도 아니지. 넌 네이틀리 집안사람이고, 네이틀리 집안사람이라면 돈을 벌기 위해서 절대로 일을 안 하는 법이지."

"얘야, 네 어머니가 얘기하고자 하는 것은, 옛 돈이 새 돈보다 좋고, 새로 부자가 된 사람들은 새로 가난뱅이가 된 사람들만큼 높이 받들어 줄 수가 절대로 없다 이거야." 언젠가 아버지는 네이틀리가 그토록 감탄했던 고상하고 경제적인 표현을 빌려 멋지게 어머니의 말을 막았다. "여보, 그렇지 않소?"

네이틀리의 아버지는 그런 종류의 세련되고 현명한 충고를 쉴 새 없이 쏟아냈다. 그는 향기로운 붉은 포도주처럼 불그레하고 원기가 왕성했으며, 네이틀리는 향료를 친 붉은 포도주는 좋아하지 않았어도 아버지는 무척 좋아했다. 전쟁이 터지자, 네이틀리의 가족은 그가 외교관 생활을 하기에는 나이가 너무 어린 데다가, 그의 아버지는 몇 주일이나 몇 달 안에 러시아는 붕괴될 터이고 그러면 히틀러와, 처칠과, 루스벨트와, 무솔리니와, 간디와, 프랑코와, 페론과, 일본 천황이 모두 다 함께 평화 조약을 체결하고 오래오래 행복하게 살리라던 무척 권위 있는 주장을 믿었기 때문에 그를 군대에 입대시키기로 결정했다. 그가 공군에 입대해 봤자 러시아 사람들이 항복하고 휴전을 위한 세부 사항들이 준비되는 동안 안전하게 조종사 훈련이나 받는 일이 고작일 것이며 또한 장교로서 오직 신사들하고만 사귀리라고 믿었던 사람은 네이틀리의 아버지였다.

대신에 그는 로마의 갈봇집에서 요사리안과 던바와 헝그리 조와 어울렸고, 그곳에 있는 무관심한 여자를 열렬히 사랑한 나머지 응접실에서 혼자 밤을 보낸 다음 날 마침내 그는 그녀와 함께 눕게 되었으나, 버릇이 고약한 그녀의 꼬마 여동생이 아무런 예고도 없이 방으로 뛰어 들어와서 네이틀리더러 자기도 안아 달라고 하며 투정을 부리고 침대에 몸을 던지는 통에 그만 중단되고 말았다. 네이틀리의 갈보는 벌떡 일어나 으르렁거리며 화를 내고 동생을 후려치더니 머리채를 잡아채 그녀를 일으켜 세웠다. 열두 살 난 그 계집아이는 네이틀리의 눈에 털이 뽑힌 닭이나 껍질을 벗긴 나뭇가지처럼 보였는데, 물이 오른 그녀의 몸은 윗사람들을 흉내 내려는 사춘기의 여자다운 시도로 모든 사람을 당황케 했으며, 그녀는 옷을 입고 길바닥으로 나가 신선한 공기를 마시면서 다른 아이들과 함께 놀라고 항상 쫓겨나는 신세였다. 두 자매는 이제 미친 듯이 서로 욕설을 퍼부었으며, 거침없고 시끄러운 소란을 벌이는 통에 구경꾼들이 낄낄거리며 잔뜩 방 안으로 몰려 들어왔다. 네이틀리는 화를 내며 포기했다. 그는 여자더러 옷을 입으라고 하고는 아침을 먹으려고 아래로 데리고 내려갔다. 여동생이 꽁무니를 따라왔고, 근처의 노천카페에서 그들 세 사람이 점잖게 식사를 하는 동안 네이틀리는 한 가족을 거느린 가장이라도 된 듯 자랑스러운 기분이 들었다. 그러나 그들이 되돌아올 때쯤에는 네이틀리의 갈보는 벌써 권태를 느꼈고, 그와 더 같이 지내기보다는 다른 두 여자하고 길에서 손님이나 끌어야 되겠다고 작정했다. 소중한 교훈을 얻으려는 야심만만한 어린아이와 구슬픈 좌절감에 속이 상한 네이틀리는 한 구간쯤 거리를 두고 얌전히 뒤따라갔는데, 차를 타고 온 군인들이 여자들을 차에 태워 가 버리자 두 사람 모두 슬퍼졌다.

네이틀리는 카페로 되돌아가서, 여동생의 기분을 맞춰 주려고 초콜릿 아이스크림을 사 준 다음에 둘이서 함께 아파트로 돌아갔는데, 그곳에서는 요사리안과 던바가 응접실에 맥이 빠져 앉아 있었고, 그들과 함께 있던 헝그리 조는 뼈가 수없이 부러진 사람처럼 그날 아침에 그의 거창한 하렘으로 절룩거리며 시야에서 사라질 때나 마찬가지로, 뭉개진 얼굴에 환희에 차고, 얼이 빠지고, 승리에 도취한 미소를 짓고 있었다. 색욕적이고 퇴폐적인 노인은 입술이 갈라지고 눈자위가 시커먼 헝그리 조를 보고 즐거워했다. 그는 전날 밤에 입었던 구겨진 옷을 그대로 걸치고 네이틀리에게 따스한 미소를 지었다. 네이틀리는 그의 음흉하고 망측한 모습을 보고 심히 마음이 언짢았으며, 아파트를 찾을 때마다 그는 그 부패하고 비도덕적인 노인이 깨끗한 브룩스 브러더스 셔츠를 입고, 면도를 하고, 머리를 빗고, 트위드 저고리를 입고, 날씬하게 흰 콧수염을 길러서, 그를 볼 때마다 아버지가 머리에 떠오르는 혼란스러운 수치심으로 괴로워하지 않게 되기를 바랐다.

24
마일로

4월은 마일로에게 최고의 달이었다. 4월이 오자 라일락은 꽃이 만발했고, 덩굴에는 과일이 영글었다. 심장의 맥박이 빨라지고 입맛이 새로워졌다. 4월이 오자 윤을 내기 시작한 비둘기들의 광채가 더욱 눈부셨다. 4월은 봄이었으며, 봄이 오면 마일로 마인더바인더의 꿈은 경쾌하게 밀감 생각으로 줄달음쳤다.

"밀감이라고?"

"그렇습니다."

"내 부하들은 밀감을 좋아할 거야." B-26기 비행 중대 넷을 지휘하는 사르데냐의 대령이 인정했다.

"식비에서 돈을 낼 수 있는 한 밀감은 얼마든지 구해서 먹을 수 있죠." 마일로가 그를 안심시켰다.

"카사바 멜론[11]은?"

"다마스쿠스에 가면 헐값이죠."

"난 카사바 멜론이라면 사족을 못 쓰지. 난 항상 카사바 멜론이라면 사족을 못 썼어."

"한 비행 중대에서 비행기 한 대씩만, 더도 말고 한 대씩만 빌려주시면 카사바 멜론은 돈 닿는 대로 얼마든지 구해서 잡수실 수 있죠."

"우선 신디케이트에서 구입하게 되는 건가?"

"그리고 모든 사람들에게 배당이 돌아가고요."

"놀라운 일이야. 정말 놀라운 일이지. 그 일을 어떻게 해내지?"

"대량 구입 능력이 큰 힘을 쓰죠. 예를 들면 송아지고기 빵 말입니다."

"송아지고기 빵이라면 난 별로 흥미 없어." 코르시카 북부의 B-25 사령관은 미심쩍은 듯이 투덜거렸다.

"송아지고기 빵은 영양분이 아주 많습니다." 마일로는 겸허하게 그를 힐책했다. "그 안에는 달걀 노른자위와 빵 조각이 들어 있거든요. 양고기 다짐도 마찬가지지만요."

"아, 양고기 다짐." B-25 사령관이 말을 받았다. "질이 좋은 놈인가?"

"최상품이죠." 마일로가 말했다. "암시장에서 구할 수 있는 것으로 말입니다."

"새끼 양고기 다짐인가?"

---

11) 겨울에 나는 참외의 일종.

"귀엽고, 어리고, 분홍빛 종이에 담긴 기막힌 놈이죠. 포르투갈에 가면 헐값으로 구할 수 있습니다."

"난 비행기를 포르투갈로 보낼 수는 없어. 난 그럴 권한이 없지."

"비행기만 빌려주시면 그건 제가 처리할 수 있습니다. 비행할 조종사와 함께 말이죠. 그리고 이걸 알아 두세요. 드리들 장군도 잡으실 수 있을 겁니다."

"드리들 장군이 다시 내 식당에서 식사를 할까?"

"일단 제가 제공할 진짜 버터에 부친 신선한 흰 달걀을 내놓기 시작만 하면 걸신이 들린 듯 먹어 댈 겁니다. 밀감에다가 카사바 멜론, 감로(甘露) 멜론, 도버 필레 살코기, 베이크드 알래스카, 그리고 새조개와 담치도 있어요."

"그리고 모든 사람들에게 배당이 돌아가나?"

"그것이 가장 기막힌 사실이죠." 마일로가 말했다.

"난 그것은 마음에 안 들어." 마일로를 싫어하는 비협조적인 폭격기 사령관이 으르렁거렸다.

"제 일을 못마땅하게 생각하는 비협조적인 폭격기 사령관 한 사람이 본부에 있습니다." 마일로는 드리들 장군에게 불평을 했다. "한 사람만 그런 식으로 나와도 만사를 그르치고, 그러면 장군님은 이제 제가 구해 오는 진짜 버터에 부친 신선한 달걀을 잡숫지 못하게 되죠."

드리들 장군은 비협조적인 폭격기 사령관을 솔로몬 군도로 전출시켜서 무덤을 파게 하고, 그 후임으로 여지(荔枝)열매를 좋아하고 활액낭염(滑液囊炎)에 걸린 늙은 대령을 들어앉혔는데, 그는 폴란드 소시지를 그리워하는 본토의 B-17 비행 대대 장군에게 마일로를 소개했다.

"크라쿠프에 가면 폴란드 소시지는 땅콩하고 같은 값이죠." 마일로가 그에게 정보를 알려 주었다.

"폴란드 소시지라." 향수에 젖어 장군이 한숨을 지었다. "자네도 알다시피 폴란드 소시지 한 덩어리를 위해서라면 난 무엇이라도 다 주겠어, 무엇이라도."

"아무것도 주실 필요가 없습니다. 그저 한 식당에 비행기 한 대씩하고, 명령에 따를 조종사만 내주세요. 그리고 신용을 뜻하는 의미에서 첫 번째 주문에 대한 계약금이나 조금 내고요."

"하지만 크라쿠프는 적지 너머 수백 마일이나 뒤쪽에 있잖아? 자네가 어떻게 소시지를 구하지?"

"제네바에서는 폴란드 소시지를 위한 국제적 통상이 이루어집니다. 전 땅콩만 싣고 스위스로 날아가서 정식 시장 가격으로 폴란드 소시지와 바꿉니다. 그들은 땅콩을 크라쿠프로 가져가고 전 폴란드 소시지를 장군님께로 가져오죠. 장군님은 신디케이트를 통해서 폴란드 소시지를 원하시는 만큼만 사시면 됩니다. 약간 인위적인 색채를 가미하기는 했지만 밀감도 구할 거예요. 그리고 몰타의 달걀과 시칠리아의 스카치도 있죠. 장군님에게도 배당이 돌아가니까 장군님이 신디케이트에서 구입한다면 장군님은 장군님께 돈을 내는 셈이고, 그러니까 아무것도 내지 않고 모든 것을 사는 것이죠. 그만하면 괜찮지 않아요?"

"정말 천재구먼. 도대체 어디서 그런 생각이 났지?"

"제 이름은 마일로 마인더바인더입니다. 나이는 스물일곱 살이고요."

마일로 마인더바인더의 비행기들은 어디에서나 날아왔고, 명령을 고분고분 따르는 조종사들이 조종간을 잡은 추격기, 폭격기, 수송기 들이 캐스카트 대령의 비행장으로 줄지어 도착했다. 비행기들은 용기, 힘, 정의, 진리, 자유, 사랑, 명예, 애국심 같은 고귀한 이상을 뜻하는 비행 중대의 화려한 상징들로 장식되어 있었는데, 마일로의 정비사들은 그것들을 당장 하얀 페인트로 밋밋하게 두 겹으로 칠하고는 '엠 앤드 엠 기업, 질 좋은 과일과 채소'라는 규격을 맞춘 명칭을 야한 보랏빛으로 대신 써 넣었다. '엠 앤드 엠 기업'의 '엠 앤드 엠(M&M)[12]'은 마일로 앤드 마인더바인더를 의미했는데, 마일로가 솔직하게 밝혔듯이 '앤드'를 넣은 까닭은 신디케이트를 한 사람이 운영한다는 인상을 없애기 위해서였다. 마일로를 찾아오는 비행기들은 이탈리아, 북아프리카, 영국의 비행장에서, 그리고 라이베리아, 어센션섬과 카이로, 카라치의 공군 수송 사령부로부터 날아왔다. 추격기들은 추가로 수송기 노릇을 하거나 긴급 송장(送狀) 일이나 소화물 업무를 위해 마련해 두었고, 트럭과 탱크 들은 지상군으로부터 확보해 단거리 육상 수송을 위해 사용했다. 모든 사람들에게 다 배당이 돌아갔고, 사람들은 살이 쪄서, 기름진 입술에 이쑤시개를 물고 얌전하게 돌아다녔다. 마일로는 혼자서 확장하는 사업을 모두 관장했다. 걱정으로

---

12) 초콜릿 캔디의 이름이기도 하다.

시달린 그의 얼굴에는 깊은 초조함과 수달처럼 갈색인 주름이 영원히 남았고, 긴장과 불신의 괴로운 표정이 담겼다. 요사리안을 제외한 모든 사람은 취사 장교의 일을 맡겠다고 스스로 나섰을 뿐 아니라 그 일을 너무나 심각하게 여겼던 마일로를 괴짜라고 생각하기는 했었다. 요사리안도 그가 괴짜라는 것은 알았지만, 마일로가 천재라는 사실도 알았다.

어느 날 마일로는 터키 할바[13]를 가지러 영국으로 날아갔다가, 고구마와 케일, 양배추, 겨자와 조지아 검정콩을 가득 실은 독일 전투기 네 대를 이끌고 마다가스카르에서 돌아왔다. 마일로는 땅으로 내려서자 독일 조종사들을 감옥에 넣고 그들의 비행기들을 압수하려고 기다리는 무장한 헌병 한 떼를 보고는 기가 막혔다. 압수하다니! 그 말은 그에게 저주처럼 들렸고, 캐스카트 대령과, 콘 중령과, 전투에서 입은 상처가 흉측한 얼굴로 기관단총을 들고 헌병들을 지휘하던 불쌍한 대위의 미안해하는 얼굴에다 비난의 손가락을 찌르듯이 휘둘러 댔다.

"여기가 러시아입니까?" 마일로는 잔뜩 목청을 돋워서 믿기지 않는다는 듯이 그들을 공박했다. "압수를 한단 말예요?" 자기의 귀를 믿을 수 없다는 듯 그는 소리를 질렀다. "시민의 사유 재산을 압수한다는 것이 언제부터 미국 정부의 정책이었던가요? 창피한 분들이군요! 그런 무서운 생각을 한다니 모두들 한심한 사람들입니다."

---

13) 깨를 짓이겨 꿀과 섞어서 만든 당과.

"하지만 마일로, 우린 독일과 전쟁을 하고 있으며, 저것들은 독일 비행기야." 댄비 소령이 머뭇거리며 말을 가로막았다.

"그렇지 않아요!" 마일로는 격분해서 반박했다. "저 비행기들은 신디케이트의 소유이고, 그 배당은 모든 사람에게 돌아갑니다. 압수를 하겠단 말입니까? 여러분들 자신의 소유물을 어떻게 압수한다는 얘기죠? 압수를 하다뇨! 난 평생 그토록 한심한 얘기는 처음 듣습니다."

그리고 물론 마일로의 말이 옳았으니, 그들이 눈을 돌려 보았을 때, 그의 정비사들은 독일을 나타내는 기호(卍)를 날개와 꼬리와 동체에서 하얀 페인트로 밋밋하게 두 겹을 입혀 지우고는, '엠 앤드 엠 기업, 질 좋은 과일과 채소'라는 판박이 글을 새겨 넣었다. 바로 그들의 눈앞에서 그는 그의 신디케이트를 국제 카르텔로 바꾸어 놓았다.

마일로의 수많은 상품 수송기들이 하늘을 뒤덮었다. 비행기들은 노르웨이, 덴마크, 프랑스, 독일, 오스트리아, 이탈리아, 유고슬라비아, 루마니아, 불가리아, 스웨덴, 핀란드, 폴란드—마일로가 거래를 트지 않겠다고 거절한 러시아만 빼고는 유럽의 모든 곳으로부터 쏟아져 들어왔다. 질 좋은 과일과 채소를 취급하는 '엠 앤드 엠 기업'에 가입할 만한 사람이 모두 가입한 다음 마일로는 자회사인 '엠 앤드 엠 화려한 풀빵회사'를 만들었고, 비행기와 식당 운영비에서 돈을 더 얻어내어 영국 제도로부터 스콘 핫케이크와 크럼펫 핫케이크를, 코펜하겐에서 말린 자두와 덴마크 치즈를, 파리와 랭스와 그르노블에서 에클레르 과자와 슈크림과 나폴레옹 생과자와 프

티 포르(petits fours)[14]를, 베를린에서 거친 호밀빵과 페퍼쿠첸(Pfefferkuchen)[15]을, 빈에서 린체르(Linzer)[16]와 도보스 토르텐(Dobos Torten)[17]을, 헝가리에서 슈트루델(Strudel)[18]을, 그리고 앙카라에서 바클라바(baklava)[19]를 구해 왔다. 아침마다 마일로는 커다랗게 또박또박 쓴 글씨로 '쇠고기 79센트 …… 뱅어 21센트'라고 그날의 특별 상품을 선전하는 길고 빨간 광고를 늘어뜨린 비행기들을 유럽과 북아프리카 전체에 높이 떠올렸다. 그는 애완동물 우유와, 게인스 개밥과, 낙시마[20]를 선전하는 광고를 비행기에 매달고 다님으로써 신디케이트의 현금 수입을 잔뜩 올렸다. 공적인 일을 도모하려는 뜻에서 그는 정기적으로 공중 광고 공간의 일정한 부분을 무료로 페켐 장군에게 할애해서 "청결함은 소중하고, 서두르면 그것은 즉 낭비다."라든가 "함께 기도하는 가족은 함께 지낸다." 같은 공공의 이익을 위한 말들을 널리 알렸다. 마일로는 사업의 발전을 위해서 베를린의 '악시스 샐리'나 '호 호 경(卿)'의 선전 방송들로부터 짤막한 라디오 공지 사항 시간을 샀다. 어느 전투지에서나 사업은 번창했다.

마일로의 비행기들은 눈에 익은 존재가 되었다. 그 비행기

---

14) 작은 비스킷.
15) 후춧가루가 든 과자.
16) 자른 아몬드, 버터, 밀가루, 코코아, 향료 등을 넣어 만든 간식.
17) 카스텔라 비슷한 생과자.
18) 빵과자의 일종.
19) 웨이퍼 비슷한 과자.
20) 화장품 이름. 베트남에서 한국군들에게도 선물용으로 인기가 있던 품목.

들은 어디나 자유롭게 통과했고, 어느 날 마일로는 미국의 군사 고위층과 계약을 맺어 독일이 점령한 오르비에토의 도로 교량을 폭격하기로 했고, 독일의 군사 당국과도 계약을 맺어서 자기가 행할 공격으로부터 대공 포화로 오르비에토의 도로 교량을 보호하기로 했다. 미국을 위해 교량을 공격하는 요금으로는 작전의 비용 전체 액수에다 6퍼센트를 가산하기로 했으며, 독일을 위해 교량을 보호하는 요금은 마찬가지로 비용에 6퍼센트를 가산하며 보너스로 그가 쏘아 떨어뜨리는 미국 비행기 한 대에 1000달러씩 추가하기로 합의를 보았다. 양쪽 나라의 군대가 사회화한 조직이었기 때문에, 이런 계약의 달성은 개인 사업의 중요한 승리를 뜻한다고 그는 지적했다. 일단 계약에 서명하고 난 다음에는 그 일을 하기에 충분한 인원과 물자를 양쪽 정부가 다 보유하고 있었으며 기꺼이 그런 공헌을 할 터여서, 교량을 폭격하거나 지키는 데 신디케이트의 자원을 사용할 필요가 없는 것 같았고, 결국 마일로는 그의 이름을 두 번 서명하는 이외의 아무 일을 하지 않아도 양쪽에서 이 계획으로 인해 굉장한 이득을 볼 수 있음을 깨달았다.

그 계약은 양쪽에 다 공정했다. 마일로는 어디나 비행기를 보낼 자유가 있었기 때문에, 그의 비행기들은 독일군의 대공 포화 사수들에게 들키지 않고 몰래 공격하러 침투할 수 있었으며, 또한 마일로는 그 공격에 대해서 알고 있었으므로 그는 비행기들이 사정거리에 들어서는 순간에 정확한 발포를 시작하도록 독일 대공 포화 사수들에게 비상을 걸 수 있었다. 그것은 도착하는 날로 목표물 상공에서 목숨을 잃은, 요사리안의 천막에 있는 사람 말고는 모든 사람들을 위해서 이상적인 계약이었다.

"난 그 남자를 죽이지 않았어요!" 요사리안이 격분해서 항의할 때마다 마일로는 열을 올리며 대답했다. "말씀드렸지만, 난 그날 그곳에 있지도 않았어요. 비행기들이 상공에 나타났을 때 내가 땅에서 고사포를 쏘고 있었다고 생각해요?"

"하지만 모든 일을 자네가 다 꾸몄잖아, 안 그래?" 수송부에 세워 둔 차들을 지나 노천극장으로 뻗은 길을 뒤덮은 짙은 어둠 속에서 요사리안이 마주 소리쳤다.

"그리고 난 아무 일도 꾸미지 않았어요." 화가 나서 헐떡이며 식식거리고, 핏기를 잃은 얼굴에서 널름거리는 코로 숨을 잔뜩 들이마시면서 마일로가 대답했다. "교량은 독일 사람들이 차지하고 있었기 때문에, 내가 끼어들었건 않았건 간에 우린 그것을 폭격해야 할 입장이었죠. 난 그 출격에서 이득을 좀 볼 수 있을 기회를 찾았고, 속셈을 차렸을 뿐예요. 그것이 뭐 그렇게 나쁜 짓인가요?"

"그것이 뭐 그렇게 나쁜 짓이냐고? 마일로, 내 천막에 사는 사람 하나가 짐도 풀기 전에 그 출격에서 목숨을 잃었어."

"하지만 그 사람은 내가 죽이지 않았어요."

"자넨 그 일로 1000달러를 더 받았어."

"하지만 난 그 사람을 죽이지는 않았어요. 말씀드렸지만, 난 그곳에 있지도 않았고요. 난 올리브기름과, 껍질과 가시를 바른 정어리를 구입하려고 바르셀로나에 가 있었고, 그 사실을 증명할 구입 주문서도 가지고 있어요. 그리고 난 1000달러를 받지 않았어요. 그 1000달러는 신디케이트로 돌아갔고, 당신까지도 포함한 모든 사람들이 그 배당을 타게 되었죠." 마일로는 진심으로 요사리안에게 탄원했다. "윈터그린 그 거지 같은 자식이 뭐라고 그러든지 간에 내가 이 전쟁을 시작한 건 아네요, 요사리안. 난 그저 전쟁을 사업으로 다루어 보고 싶을 뿐이죠. 그것이 뭐 잘못입니까? 아시겠지만, 평범한 폭격기 한 대와 그 승무원에 대해서 1000달러를 받는다면 별로 형편없는 가격은 아니죠. 만일 독일 사람들이 격추시키는 비행기에 대해서 한 대에 1000달러씩 나에게 지불하라고 설득시킬 수만 있다면, 내가 그 돈을 받아서 안 될 이유는 없잖아요?"

"자넨 적하고 거래를 하고 있으니까 안 돼. 우리가 전쟁에서 싸우고 있다는 걸 자넨 모르나? 사람들은 죽어 가고 있지. 제기랄, 주위에 눈을 돌려 보라고!"

짜증스러운 인내심을 보이며 마일로는 머리를 저었다. "그리고 독일 사람들은 우리의 적이 아녜요." 그가 선언했다. "아, 당신들이 무슨 말을 하려는지 난 알아요. 그래요, 우린 그들과 전쟁을 하죠. 하지만 독일 사람들도 신분이 확실한 신디케이트 회원들이고, 주주인 그들의 권리를 보호하는 건 내 의무예요. 그들이 전쟁을 시작했을지도 모르고, 그들이 사람을 수백만 명이나 죽이고 있는지도 모르지만, 내가 당장 이름을 댈 수 있는 우리의 어떤 우방들보다도 그들이 훨씬 빨리 요금을 냅니다. 독일 사람들과 맺은 내 계약의 신성한 의무를 내가 존중해야 한다는 것이 이해가 안 갑니까? 그것을 내 관점에서 생각해 볼 수는 없나요?"

"없어." 요사리안이 거칠게 그를 윽박질렀다.

마일로는 기분이 상했고, 그의 불쾌한 기분을 감추려고 애를 쓰지는 않았다. 각다귀와 불나방과 모기 들이 들끓는 무더운 밤이었다. 마일로는 갑자기 팔을 들어 노천극장을 가리켰는데, 그곳에서는 영사기에서 수평으로 쏟아져 나오는 희부옇고 먼지로 가득 찬 광선이 어둠 속의 원추형 관객석을 갈랐고, 형광 빛에 둘러싸인 관객은 알루미늄 같은 영사막 쪽으로 얼굴을 쳐들고는 최면에 빠진 듯 늘어져서 비뚜름하게 의자에 앉아 있었다. 마일로의 눈은 진실성으로 글썽였고, 그의 숨김없이 타락하지 않은 얼굴은 땀과 벌레 쫓는 물약으로 범벅이 되어 번득였다.

"저 사람들을 봐요." 그는 감정이 격해져 목멘 목소리로 감탄했다. "그들은 내 친구들이고, 내 동포들이고, 내 전우들입니다. 저렇게 훌륭한 전우들은 또 없을 겁니다. 필요도 없이 내가 그들을 해칠 일을 조금이라도 할 것같이 생각되나요? 그러잖아도 내게는 생각할 문제들이 많지 않을까요? 이집트의 여러 항구에 쌓이고 있는 목화 때문에 내가 벌써부터 얼마나 마음이 상했는지 당신은 모르겠어요?" 마일로의 목소리는 산산조각으로 흩어졌고, 그는 물에 빠지기라도 한 듯 요사리안의 셔츠 앞자락을 움켜잡았다. 그의 눈은 갈색 송충이처럼 눈에 드러날 만큼 움찔거렸다. "요사리안, 그렇게 많은 목화를 난 어디다 쓰죠? 내가 그것을 사도록 내버려 둔 건 다 당신 잘못이에요."

목화는 이집트의 여러 항구에 쌓이고 있었으며, 그것을 조금이나마 원하는 사람은 아무도 없었다. 마일로는 나일강 계곡이 그토록 비옥하다거나, 또는 그가 사들인 목화를 팔 시장이 전혀 없으리라고는 꿈도 꾸지 못했다. 그의 신디케이트에 속한 식당들도 도우려고 하질 않았으니, 그들은 이집트 목화를 모든 사람이 제 몫에 따라 소유할 수 있도록 하기 위해 개인별로 세금을 부과하자는 그의 제안에 반대하며 타협이 불가능한 반란을 일으키려고 봉기했다. 믿을 만한 그의 친구인 독일 사람들까지도 이 위기에서 그를 도와주지 않았으니, 그들은 합성 섬유를 더 좋아했다. 마일로의 식당들은 목화를 보관하는 일조차도 그를 도와주지 않았고, 창고 경비는 마구 뛰어올라 그의 현찰 예비비는 곤란할 만큼 바닥이 났다. 오르비에토 출격에서 벌어들인 수입도 날아가 버렸다. 그는 형편이 좋았을 때 집으로 보냈던 돈을 돌려 달라고 편지를 쓰기 시작했지만, 그것도 곧 거의 다 없어졌다. 그리고 날마다 알렉산드리아의 여러 선창에는 새 목화 가마니들이 도착했다. 손해를 보면서 세계 시장에 그가 얼마쯤 처분하는 데 성공할 때마다, 레반트에 있는 교활한 이집트 브로커들이 그것을 재빨리 손에 넣어서는 본디 계약 가격으로 다시 그에게 팔았고, 그래서 그는 전보다 더욱 곤란한 처지가 되었다.

엠 앤드 엠 기업은 파탄의 위기에 이르렀다. 마일로는 이집트에서 생산된 목화를 몽땅 구입한 기념비적인 탐욕과 어리석음 때문에 매 시간 자신을 저주했지만, 계약은 계약이어서 지켜야만 했다. 따라서 어느 날 밤 거창하게 저녁 식사를 하고 난 다음 마일로의 모든 전투기들과 폭격기들이 이륙해 바로 머리 위에서 편대를 이루고는 대대에 폭탄을 투하하기 시작했다. 그는 독일 사람들과 또다시 계약을 맺었는데, 이번에는 자기 부대를 폭격한다는 것이 그 골자였다. 마일로의 비행기들은 능률적인 공격을 위해 분산한 채로 연료 저장고와, 병기 폐기장과, 수리 격납고와, 들판 위의 막대 사탕처럼 생긴 주기장(駐機場)에 세워 둔 B-25 폭격기들을 폭격했다. 승무원들은 일이 끝난 다음에 무사히 착륙해 취침하기 전에 따끈한 간식을 즐기기 위해 활주로와 식당만큼은 그대로 두었다. 반격하는 사람이 아무도 없었으므로 그들은 착륙할 때 켜는 불을 켠 채로 폭격을 감행했다. 그들은 네 비행 중대 모두와 장교 클럽과 대대 본부 건물을 폭격했다. 사람들은 완전히 겁에 질려 그들의 천막에서 뛰쳐나왔지만 어느 쪽으로 달아나야 할지 알 수 없었다. 부상자들이 곧 비명을 지르며 사방에 널브러졌다. 파쇄성 폭탄[21] 한 무더기가 장교 클럽의 마당에서 터져 나무 건물의 옆쪽 벽과 바에 한 줄로 서 있던 중위와 대위 들의 배와 등에 톱날 같은 구멍들을 뚫어 놓았다. 그들은 고통스럽게 고꾸라져 넘어졌다. 나머지 장교들은 공포에 젖어 양쪽 출구를 향해 도망쳤고, 거기서 더 나가지 못하고 움츠러든 그들은 인간의 육체로 이루어진, 고함을 지르는 두꺼운 둑처럼 문간들을 메웠다.

캐스카트 대령은 무질서하고 당황한 사람들을 잡아 젖히고 팔꿈치로 밀면서 뚫고 나가 혼자 바깥에 서 있게 되었다. 그는

21) 파열과 동시에 파편이 되는 폭탄.

아주 놀라고 공포에 질려 하늘을 노려보았다. 폭탄 투하실 문을 활짝 열고, 접는 날개를 내리고, 괴물 같고, 곤충의 눈 같고, 눈부시고, 무섭게 깜박이는 괴이한 착륙용 불을 켠 채 꽃이 만발한 나무들 위로 침착하게 떠다니는 마일로의 비행기들은 그가 여태껏 본 적이 없는 가장 묵시적인 광경이었다. 캐스카트 대령은 경악해 거친 숨을 몰아쉬고는, 울음을 터뜨릴 지경이 되어서 그의 지프로 뛰어올랐다. 그는 휘발유 발판을 찾아 시동을 건 다음 흔들리는 차가 낼 수 있는 최대한의 속력을 내면서 비행장으로 달려가며 커다랗고 살진 두 손으로 운전대를 움켜쥐고 고통스럽게 경적을 울려 댔다. 속옷 바람에 얼빠진 얼굴을 숙이고 나약한 방패처럼 그들의 가느다란 두 팔을 높이 들어 관자놀이를 감싸고 산을 향해서 미친 듯이 달아나는 사람들 한 패거리를 갈아 버리지 않으려고 피하기 위해 바퀴들이 곡(哭)을 하는 귀신처럼 끼익 소리를 내며 기우뚱거리는 바람에 그는 하마터면 죽을 뻔했다. 길의 양쪽에서 노랗고, 주황색이고, 빨간 불이 타올랐다. 천막과 나무들이 불길에 휩싸였고, 마일로의 비행기들은 하얀 착륙용 불을 깜박이며 폭탄 투하실 문들을 열고는 한없이 자꾸만 되돌아왔다. 캐스카트 대령은 관제탑에서 브레이크를 갑자기 밟아 지프가 뒤집힐 뻔했다. 그는 아직도 위험할 정도로 미끄러져 나가고 있던 차에서 뛰어내려 안에 있는 층계를 뛰어 올라갔는데, 그곳에서는 세 사람이 기계와 조종기를 분주히 만지고 있었다. 그는 두 사람을 옆으로 밀쳐 버리고는, 눈은 난폭하게 이글거리고 통통한 얼굴은 긴장으로 뒤틀린 채, 니켈 판이 달린 마이크를 잡았다. 그는 야수처럼 마이크를 움켜쥐어 누르고는 목청을 한껏 돋우어 신경질적으로 소리를 지르기 시작했다.

"마일로, 이 개새끼야! 너 미쳤냐? 도대체 너 뭘 하고 있는 거야? 내려와! 내려와!"

"너무 그렇게 고함을 지르지 마세요, 아시겠어요?" 역시 마이크를 들고 관제탑에서 바로 그의 옆에 서 있던 마일로가 대답했다. "전 여기 있습니다." 마일로는 꾸짖듯이 그를 쳐다보고는 돌아서서 다시 그의 일을 계속했다. "아주 잘했어요, 여러분, 아주 잘했어요." 그는 마이크에다 대고 읊었다. "하지만 내가 보니 보급 창고 하나가 그대로 남아 있어요. 그래선 영 가망이 없어, 퍼비스. 그렇게 서투른 짓은 말라고 내가 벌써 타일렀는데. 그럼 어서 당장 되돌아가서 다시 해 봐. 그리고 이번에는 천천히 …… 천천히 와. 서두르면 그건 즉 낭비야, 퍼비스. 서두르면 그건 즉 낭비라고. 아마 그 얘기는 내가 자네한테 백번은 했을 거야. 서두르면 그건 즉 낭비라고."

머리 위의 확성기가 빽빽대기 시작했다. "마일로, 난 앨빈 브라운이다. 폭탄 투하를 끝마쳤다. 난 이제 무엇을 해야 하는가?"

"기총 소사를 해." 마일로가 말했다.

"기총 소사?" 앨빈 브라운은 충격을 받았다.

"어쩔 수가 없어." 마일로는 자포자기한 듯 그에게 알려 주었다. "계약에 그렇게 되어 있으니까."

"아, 그럼 알았어." 앨빈 브라운이 순종했다. "그렇다면 난 기총 소사를 하겠다."

이번만큼은 마일로가 너무 심했다. 자기편의 장병들과 비행기들을 폭격한다는 것은 가장 냉담한 방관자까지도 참을 수 없는 일이었고, 그는 이제 끝장이 난 듯싶었다. 정부의 고위 관리들이 조사를 하려고 밀어닥쳤다. 신문들은 맹렬한 제목으로 마일로를 통렬히 비난했고, 상원 의원들은 격앙된 어조로 격분해서 만행을 규탄하고 책임자를 처벌하라고 시끄럽게 떠들었다. 자식을 군대에 보낸 어머니들은 투쟁적인 단체들을 조직하고 복수를 요구했다. 그를 변호하는 소리는 하나도 없었다. 모든 곳의 점잖은 사람들은 반발했고, 마일로는 완전히 곤경에 빠졌는데, 결국 그는 대중에게 그의 장부를 공개하고, 그가 거둔 엄청난 이익을 발표했다. 그는 자기가 피해를 입힌 모든 사람과 재산에 대해서 정부에 보상을 하고도 계속해서 이집트의 목화를 살 만큼 충분한 돈이 남았다. 물론 모든 사람들에게 그 배당이 돌아갔다. 그리고 그 계약의 가장 달콤한 점은 정부에 보상을 해야 할 필요가 조금도 없다는 것이었다.

"민주주의에서는 정부가 곧 국민입니다." 마일로가 설명했다. "우린 국민입니다, 안 그렇습니까? 그러니까 돈은 우리가 간직하고, 중간 과정은 생략할 수가 있죠. 솔직히 얘기해서, 전 정부가 전쟁에서 완전히 손을 떼고 그 일을 전부 개인 기업에 맡겼으면 하고 생각합니다. 만일 우리가 가진 돈을 모두 정부에 지불한다면, 그것은 즉 자기편 장병과 비행기를 스스로 폭격하는 개인들의 기를 꺾고 정부만 옹호하는 셈이 됩니다. 우린 그들의 보상을 박탈하게 되는 셈이죠."

마일로의 말은 물론 옳았으며, 다네카 군의관 같은 몇 명의 격분한 낙오자들을 제외한 모든 사람이 곧 그의 말에 동의했는데, 다네카 군의관은 심술궂게 골을 내고는 모든 투기의 도덕성에 대해서 공박하느라고 욕설만 투덜거리다가, 화이트 하프오트 추장이 그의 천막 안으로 들어올 때마다 접어서 편리하게 천막 밖으로 들고 나갔다가, 화이트 하프오트 추장이 밖으로 나오기만 하면 그의 천막 안으로 다시 가지고 들어갈 수 있는 알루미늄으로 만들어진 가볍고 접을 수 있는 의자를 마일로가 신디케이트의 이름으로 증정한 다음에야 마음이 누그러졌다. 마일로의 폭격 동안에 다네카 군의관은 정신이 나가 숨을 곳을 찾아 도망가는 대신에 바깥에 나와 그의 임무를 수행하느라고 꾀 많은 도마뱀처럼 은밀하게 파편과, 기총소사와, 소이탄 속에서 땅 위로 기어 다니면서 이 사상자에서 저 사상자로 옮겨 다니며 필요 이상의 얘기는 한마디도 하지 않고, 남들의 시퍼렇게 변한 상처를 볼 때마다 자신이 썩어가는 듯한 무시무시하고 불길한 징후를 느끼면서, 어둡고 구슬픈 얼굴로 지혈대와 부목과 술파닐아미드[22]로 치료를 해 주었다. 그는 기나긴 밤이 지날 때까지 몸이 지치도록 서슴지 않고 일을 계속했고, 다음 날 코를 훌쩍이면서 잔소리를 하며 의무실로 서둘러 가서 거스와 웨스에게 자기의 체온을 재 보라고 하고는 겨자 연고와 분무기를 달라고 했다.

다네카 군의관은 아비뇽 출격이 있던 날 비행장에서 보여

---

22) 화농성 질환의 특효약.

주었던 것과 똑같은 심오하고 내성적인 슬픔과 무뚝뚝함을 나타내며 그날 밤 신음하던 모든 사람들을 돌보았는데, 아비뇽으로 출격을 했던 날 요사리안은 신발을 벗어 버린 발뒤꿈치와, 발가락과, 무릎과, 팔과, 손가락이 온통 스노든의 피로 뒤덮인 채 굉장히 충격을 받은 상태로 비행기에서 발가벗은 채 몇 개 안 되는 계단을 내려와서는, 아무 말도 하지 못하면서 젊은 무전 사수가 바닥에 누워 죽어 가고 있으며, 그보다도 더 젊은 후미 사수가 겨우 눈을 뜨기만 하면 죽어 가는 스노든의 꼴을 보고는 다시 졸도를 해 버리던 비행기 안을 손가락으로 가리켰다. 스노든을 비행기에서 끌어내려 들것에 담아 구급차로 옮긴 다음에 다네카 군의관은 요사리안의 어깨를 담요로 덮어 주었다. 그는 요사리안을 그의 지프로 이끌고 갔다. 맥워트가 도와주었고, 그들 세 사람은 침묵을 지키며 비행 중대의 의무실로 차를 몰고 갔다. 맥워트와 다네카 군의관은 요사리안을 의자로 끌고 가 흡수력이 있는 차가운 물에 적신 솜뭉치로 그에게서 스노든의 흔적을 씻어 냈다. 다네카 군의관은 그에게 알약을 주고, 열두 시간 동안 그가 잠을 자도록 주사를 놓았다. 요사리안이 잠에서 깨어나 다네카 군의관을 만나러 갔을 때 그는 다시 요사리안에게 알약을 주고 열두 시간 동안 잠을 자도록 또 주사를 놓았다. 요사리안이 다시 잠에서 깨어나 그를 만나러 갔을 때 다네카 군의관은 또 한 번 그에게 알약을 주고 주사를 놓았다.

"언제까지 그 알약을 주고 주사를 놓을 작정이지?" 요사리안이 물었다.

"자네 상태가 좋아질 때까지."

"지금 난 괜찮은데."

다네카 군의관의 연약하고 햇빛에 그은 이마가 놀라움으로 주름졌다. "그렇다면 왜 옷을 입지 않나? 왜 발가벗고 돌아다닌 거야?"

"난 이제 다시는 군복을 입고 싶지 않아."

다네카 군의관은 그 설명을 받아들이고 그의 피하(皮下) 주사기를 치웠다. "자네 정말 아무렇지도 않다고 느끼나?"

요사리안은 그날 하루 종일 전혀 옷을 입지 않은 채로 볼일을 보러 돌아다녔고, 다음 날 아침 느지감치 여기저기 찾아다니던 마일로가 스노든이 묻히고 있던 괴상하고 조그마한 군인 묘지의 조금 뒤쪽에 있는 나무 위에 앉은 그를 발견했을 때도 나체였다. 마일로는 여느 때처럼 사업가 옷차림이어서, 올리브빛 칙칙한 바지에 산뜻한 올리브빛 셔츠를 입고 넥타이를 맸으며, 옷깃에는 은빛 중위 계급장이 반짝이고, 빳빳한 가죽 챙이 달린 정복 모자를 썼다.

"당신을 찾으려고 사방을 뒤졌어요." 마일로는 꾸중을 하듯이 땅에서 위를 향해 요사리안에게 소리쳤다.

"이 나무에서 찾아봤으면 내가 있었을 텐데." 요사리안이 대답했다. "난 아침 내내 여기 있었으니까."

"이리 내려와서 이거 맛 좀 보고 괜찮은지 말해 줘요. 이건 아주 중요해요."

요사리안은 머리를 저었다. 그는 나무의 밑가지에 앉아 바로 위에 있는 나뭇가지를 두 손으로 잡고 균형을 유지했다. 그는 꼼짝도 않으려고 했으며, 마일로는 별 도리가 없어서 두 팔로 나무줄기를 껴안고 불쾌한 듯이 기어오르기 시작했다. 그는 요란하게 낑낑대고 식식거리면서 미련하게 애를 쓰며 올라갔고, 나뭇가지에 한 다리를 걸치고 숨을 돌릴 만큼 높이 올라가 멈추었을 때는 옷이 잔뜩 구겨져 있었다. 그의 모자는 비뚜름한 것이 곧 벗겨질 듯싶었다. 땀방울들이 투명한 진주처럼 그의 콧수염에서 반짝거렸고 눈 밑은 불투명한 물집처럼 부풀어 올랐다. 요사리안은 무감각하게 그를 지켜보았다. 마일로는 요사리안을 마주 볼 수 있도록 조심스럽게 몸을 반쯤 돌렸다. 그는 보드랍고, 둥그렇고, 갈색인 물건을 싼 휴지를 벗겨서 요사리안에게 내밀었다.

"제발 이것을 맛보고 어떻게 생각하는지 나한테 얘기해 줘요. 난 그것을 장병들에게 제공하고 싶어요."

"이게 뭐야?"라고 물으면서 요사리안은 그것을 덥석 깨물었다.

"초콜릿을 입힌 솜이죠."

요사리안은 발작적으로 숨을 캑캑거리면서 한입 잔뜩 물었던 초콜릿을 입힌 솜을 마일로의 얼굴에다 내뿜어 버렸다. "자, 이거 도로 가져가!" 그는 화가 나서 소리쳤다. "하느님 맙소사! 자네 미쳤나? 목화 씨도 뽑지 않았구먼."

"한번 먹어 보지 않겠어요?" 마일로가 애걸했다. "그렇게 나쁘지는 않아요. 정말 그렇게 형편없나요?"

"정말 형편없어."

"하지만 난 그걸 식당에서 장병들에게 먹여야 해요."

"이건 절대로 삼킬 수 없을 거야.[23]"

"삼키지 않으면 안 되죠." 마일로는 독재자처럼 허세를 부렸고, 훈계하는 시늉으로 손가락을 허공에서 휘젓느라고 한쪽 손을 놓았다가 하마터면 떨어져서 목이 부러질 뻔했다.

"이쪽으로 나와." 요사리안이 그에게 청했다. "여기가 훨씬 안전하고, 전망도 더 좋지."

위에 있는 나뭇가지를 두 손으로 움켜쥐면서 마일로는 무척 조심스럽고 걱정스럽게 조금씩 나뭇가지 위를 향해 몸을 옆으로 움직였다. 그의 얼굴은 긴장해서 뻣뻣했고, 요사리안의 옆에 안전하게 자리를 잡자 그는 안도의 한숨을 내쉬었다. 그는 사랑스럽게 나무를 쓰다듬었다. "아주 멋진 나무군요." 그는, 당연히 그럴 만도 하지만, 고마움을 나타내며 감탄했다.

"이건 생명의 나무야." 발가락을 꼼지락거리면서 요사리안이 대답했다. "그리고 선과 악의 지혜를 가르치는 나무이기도 하지."

마일로는 나무껍질과 가지들을 자세히 곁눈질해 보았다. "아뇨, 그렇지 않아요." 그가 대답했다. "이건 밤나무예요. 난 알아요. 난 밤 장사를 하니까 말입니다."

"마음대로 생각해."

그들은 다리를 내리고, 손은 위에 있는 나뭇가지를 잡기 위해 바짝 위로 뻗고, 한 사람은 주름 비단으로 바닥을 댄 샌들 이외에는 알몸이고, 다른 한 사람은 거칠고 칙칙한 올리브빛

23) 삼킨다는 뜻의 swallow는 영어에서 억지로 참는다는 뜻도 된다.

양털 제복에 넥타이를 꽉 매고, 얼마 동안 아무 얘기도 없이 나무 위에 앉아 있었다. 일부러 머뭇거리면서, 마일로는 무표정하게 곁눈질로 요사리안을 살펴보았다.

"한 가지 묻고 싶은 것이 있어요." 그는 마침내 입을 열었다. "당신은 옷을 하나도 입지 않았군요. 뭐 참견을 하고 싶거나 해서가 아니지만, 그저 궁금해서 그래요. 왜 군복을 입지 않죠?"

"싫어서."

마일로는 모이를 쪼는 참새처럼 재빠르게 머리를 끄덕였다. "알겠어요. 알겠어요." 그는 당황한 표정을 역력히 드러내면서 잽싸게 말했다. "난 완전히 이해합니다. 난 애플비하고 블랙 대위가 당신이 미쳐 버렸다고 하는 얘기를 들었지만, 확실히 알고 싶었어요." 그는 다음 질문을 신중히 검토하면서 겸손하게 다시 머뭇거렸다. "이제 다시는 군복을 입지 않을 생각인가요?"

"그럴지도 몰라."

마일로는 그래도 이해한다는 뜻을 나타내려고 활기차게 머리를 끄덕인 다음 조용히 앉아서 난처한 기분을 느끼며 엄숙하게 반추했다. 밑에서 머리가 주홍빛인 새 한 마리가 흔들리는 덤불을 자신 있게 검은 날개로 치면서 총알처럼 날아갔다. 휴지처럼 얇은 초록빛으로 경사를 이루고 층층이 쌓인 나무 그늘이 요사리안과 마일로를 뒤덮었고, 그 바깥쪽에는 다른 회색 밤나무들과 은빛 가문비나무들이 그들을 에워쌌다. 건조하고 티끌 하나 없는 구름들이 나지막하게 따로따로 거품처럼 줄지은 광활하고 사파이어처럼 파란 하늘 높이 태양이 떠 있었다. 바람은 불지 않았고, 잎사귀들은 꼼짝도 하지 않았다.

그늘은 폭신했다. 모든 것이 평화로웠지만 마일로는 달라서, 그는 갑자기 숨 막힌 소리를 지르며 허리를 펴고는 흥분해서 손가락질을 했다.

"저걸 봐요!" 그가 놀라서 소리쳤다. "저걸 봐요! 저 아래서 장례식이 거행되는군요. 저긴 묘지 같아요. 그렇죠?"

요사리안은 무미건조한 목소리로 천천히 대답했다. "지난번에 아비뇽 상공에서 죽은, 내 비행기에 탔던 아이를 묻고 있군. 스노든 말이야."

"그 친구가 어떻게 되었는데요?" 놀라움에 질린 목소리로 마일로가 물었다.

"죽었어."

"정말 무섭군요." 마일로는 슬퍼했고, 그의 커다란 갈색 눈에는 눈물이 가득했다. "불쌍한 녀석. 정말 무서운 일입니다." 떨리는 입술을 꼭 깨물고 그는 감정이 격한 목소리로 얘기를 계속했다. "그리고 식당들이 내 목화를 사겠다고 동의하지 않았다가는 사태가 더욱 험악해지겠죠. 요사리안, 그 사람들 어떻게 된 건가요? 신디케이트가 그들의 것이라는 사실을 모르나 보죠? 자기들 모두에게 배당이 돌아간다는 걸 모르고들 있나요?"

"내 천막에서 죽은 사람에게도 배당이 있었나?" 요사리안은 아픈 곳을 찔러 물었다.

"물론 있었죠." 마일로가 선심을 쓰며 그를 안심시켰다. "비행 중대의 모든 사람에게 배당이 돌아가니까요."

"비행 중대에 전입되기도 전에 그 친구는 죽어 버렸어."

마일로는 잽싸게 비탄의 표정을 짓고 얼굴을 돌렸다. "당신 천막에서 죽은 그 사람 얘기를 가지고 나를 그만 책망해요." 그는 멋쩍게 부탁했다. "그를 죽이는 일에는 내가 아무런 관계가 없었다고 말씀드렸잖아요. 이집트 목화 시장을 궁지에 몰아넣을 이 위대한 기회를 포착해서 우리가 이 모든 고생을 하게 된 것이 내 잘못일까요? 공급 과잉이 되리라는 걸 내가 어떻게 알았겠어요? 난 그 당시에는 공급 과잉이라는 게 뭔지도 몰랐어요. 시장을 궁지에 몰아넣는 기회란 자주 오는 것이 아닌 데다가, 난 기회가 생기면 그 기회를 포착하는 데 빠른 사람이에요." 마일로는 군복을 입은 여섯 명의 관측장송자(觀測葬送者)들이 구급차에서 초라한 소나무 관을 들어내어 새로 판 무덤의 입 벌린 구덩이 옆 땅바닥에 조용히 내려놓는 것을 보고는 겁이 나서 침을 삼켰다. "그리고 이제 난 한 푼어치도 처분할 수 없게 되었어요." 그가 탄식했다.

요사리안은 장례식의 야단스러운 시늉이나 마일로의 뼈아픈 애도를 보고 감동하지 않았다. 군목의 목소리는 증발한 웅얼거림처럼 거의 들리지 않는 단조롭고 알아들을 수 없는 소리로 멀리서부터 그에게로 희미하게 떠올라 왔다. 요사리안은 늘씬하고 흐느적거리는 큰 키로 메이저 메이저를 알아볼 수 있었고, 손수건으로 이마를 닦는 사람이 댄비 소령이라는 생각이 들었다. 댄비 소령은 드리들 장군과 마주친 후 계속해서 덜덜 떨고 있었다. 나무토막처럼 꿈쩍 않는 세 명의 장교와, 땀으로 흠뻑 젖은 작업복을 걸치고는 파헤친 구릿빛 붉은 흙을 아무렇게나 쌓아 놓은 무더기 근처에서 삽을 깔고 앉아 무관심하게 노닥거리는 네 명의 무덤 파는 사람들 둘레에는 사병들이 곡선을 이루면서 줄줄이 서 있었다. 요사리안이 노려보는 동안에 군목은 환희에 넘치는 눈을 들어 요사리안을 보고는, 고뇌에 찬 듯 눈알을 손가락으로 누르고, 궁금해서 다시 요사리안 쪽을 올려다보았으며, 머리를 숙이고는 요사리안이 생각하기에 장례식에서 절정을 이루는 부분 같은 것을 끝내었다. 작업복을 입은 네 사람이 끈을 잡고 관을 들어서 무덤 속으로 내려보냈다. 마일로는 마구 떨었다.

"난 차마 눈 뜨고 볼 수 없어요." 그는 고통스럽게 얼굴을 돌리면서 소리쳤다. "난 여기 이렇게 가만히 앉아서, 내 신디케이트가 죽어 버리도록 식당들이 그대로 내버려 두는 꼴을 볼 수가 없습니다." 그는 이를 악물고, 뼈아픈 슬픔과 회한으로 머리를 저었다. "만일 그들에게 조금이라도 충성심이 남아 있다면, 고통을 받을 때까지 계속해서 내 목화를 살 것이고, 그러고는 더 고통을 받을 때까지 계속해서 내 목화를 사야 하죠. 그들은 수요를 증가시키기 위해서 불을 지피고 그들의 속옷과 여름 군복을 태워 버려야 합니다. 하지만 그들은 손 하나 까딱하지 않아요. 요사리안, 나를 위해서 이 초콜릿을 입힌 나머지 솜을 먹어 봐요. 이제는 맛이 훌륭하게 느껴질지도 모르니까요."

요사리안은 그의 손을 밀쳐 버렸다. "집어치워, 마일로. 사람은 솜을 먹을 수 없어."

마일로의 얼굴에 꾀가 스쳤다. "사실 이건 목화가 아녜요." 그가 꼬드겼다. "난 농담을 하고 있었어요. 사실 그건 솜사탕,

맛 좋은 솜사탕이랍니다. 한번 맛을 보세요."

"거짓말이지."

"난 절대로 거짓말을 안 해요!" 마일로는 자랑스럽게 다시 위엄을 보여 주었다.

"자넨 지금 거짓말을 하고 있어."

"난 꼭 필요할 때만 거짓말을 합니다." 마일로는 변론에 가까운 설명을 하고는 잠깐 동안 고개를 돌리고 이겼다는 듯 눈을 깜박였다. "이건 정말이지 솜사탕보다도 좋아요. 진짜 솜으로 만들었으니까 말입니다. 요사리안, 당신은 꼭 나를 도와서 사람들이 이것을 먹게 만들어야 합니다. 이집트 목화는 세계 최고의 목화니까요."

"하지만 그건 소화가 안 돼." 요사리안이 꼬집어 말했다. "그걸 먹으면 사람들이 병에 걸릴 거라는 걸 자넨 모르겠나? 만일 내 말을 못 믿겠다면 자네가 그것만 먹고 살아 보는 것이 어때?"

"그러려고 해 봤어요." 마일로는 음울하게 인정했다. "그랬더니 병이 나더군요."

묘지는 마른 풀처럼 노랗고 삶은 배추처럼 초록빛이었다. 얼마 있다가 군목이 뒤로 물러섰고, 베이지빛 초승달을 이루고 늘어섰던 사람들이 건달처럼 느릿느릿 흩어지기 시작했다. 사람들은 울퉁불퉁한 흙길가에 세워 둔 자동차들을 향해서 서두르지도 않고 소리도 없이 걸어갔다. 군목과 메이저 메이저와 댄비 소령은 아주 상심한 듯이 머리를 숙이고 서로 다른 두 사람으로부터 몇 피트 떨어져 따로따로 저마다 그들의 지프를 향해 갔다.

"다 끝났군." 요사리안이 말했다.

"끝장이에요." 풀이 죽은 마일로가 동의했다. "희망이라고는 남아 있지 않아요. 그리고 그건 다 내가 그들에게 스스로 결정할 수 있도록 내버려 두었기 때문이에요. 다음에 내가 이런 시도를 할 때는 어떻게 그들을 다뤄야 하는지 교훈을 얻기는 했죠."

"왜, 자네 목화를 정부에다 팔지그래?" 구리처럼 빨간 흙을 다시 무덤 안으로 삽질해 덥석덥석 퍼 넣는, 땀에 젖은 작업복을 걸친 네 남자를 쳐다보면서 요사리안이 무관심하게 제안했다.

마일로는 그 제안을 퉁명스럽게 반대했다. "그건 원칙에 관한 문제예요." 그가 단호하게 설명했다. "정부는 사업이라면 관련이 없고, 난 무슨 일이 있더라도 내 사업에 정부를 끌어들이려고 애를 쓰지는 않겠어요. 하지만 정부 사업도 사업은 사업이죠." 그는 재빨리 기억해 내고는 신이 나서 말을 계속했다. "캘빈 쿨리지가 그런 말을 했는데 캘빈 쿨리지는 대통령이었으니까 그 말이 옳겠죠. 그리고 내가 이윤을 남길 수 있도록 정부는 아무도 사려고 하지 않는 내 목화를 사야 합니다, 안 그래요?" 다시 마일로의 얼굴에는 갑자기 구름이 끼었고 그의 기분은 구슬픈 초조함에 빠졌다. "하지만 어떻게 정부를 끌어들이죠?"

"뇌물을 먹여." 요사리안이 말했다.

"뇌물을 먹이다뇨!" 마일로는 화를 벌컥 냈고 또다시 몸이 균형을 잃어 목이 부러질 뻔했다. "한심하군요!" 거만한 입술과 흐느적대는 콧구멍으로 녹슨 빛깔의 콧수염에다 열기를 뿜어내면서 그는 준엄하게 꾸짖었다. "뇌물은 위법이고, 그건 당신도 알죠. 하지만 이윤을 남긴다는 건 위법이 아녜요, 그렇죠? 그러니까 정당한 이윤을 남기기 위해서 내가 누구한테 뇌물을 준다면 그건 위법이 될 수가 없겠죠? 그래요, 물론 위법이 아녜요!" 그는 다시 불쌍한 지경으로 얌전히 절망에 빠지면서 생각에 잠겼다. "하지만 누구한테 뇌물을 줘야 할지 어떻게 알죠?"

"아, 그 걱정은 하지 말아." 요사리안이 소리 없이 코웃음을 치면서 그를 안심시키고 있으려니까 지프와 구급차의 엔진들이 졸린 듯한 침묵을 깨뜨렸고 뒤에 있는 차들은 뒤로 빠져나가기 시작했다. "뇌물의 액수만 많으면 그들이 제 발로 자네를 찾아올 테니까. 그저 틀림없이 모든 일을 공개적으로 하기만 해. 자네가 바라는 바가 무엇이며 그것을 위해서 자네가 돈을 얼마나 낼 용의가 있는지를 분명히 밝히기만 하라고. 부끄러워하거나 죄를 지은 듯이 행동을 하기만 했다가는 자넨 당장 입장이 곤란해지지."

"당신이 나하고 일을 같이해 줬으면 좋겠어요." 마일로가 말했다. "뇌물을 받는 사람들하고 같이 있으면 난 불안한 기분이 들 테니까요. 그들은 사기꾼이나 마찬가지예요."

"자넨 아무 일 없을 거야." 요사리안이 자신 있게 그를 안심시켰다. "만일 자네한테 말썽이 생기면, 국가의 안보를 위해서는 강력한 국내의 이집트 목화 투기 사업이 필요하다는 얘기를 모든 사람에게 해 줘."

"그건 사실이에요." 마일로는 엄숙하게 말했다. "강력한 이집트 목화 투기 사업은 미국을 더욱 강하게 만드니까요."

"물론 그렇지. 그리고 그 설득이 실패할 경우엔 그것에 의존해서 수입을 올리는 수많은 미국인 가족의 숫자를 지적해."

"수많은 미국인 가족이 진짜로 그것에 수입을 의존하죠."

"알겠지?" 요사리안이 말했다. "자넨 나보다 그 일에 훨씬 솜씨가 뛰어났어. 자넨 그것이 진짜인 것처럼 얘기를 하니까."

"그건 진짜예요." 몸에 밴 오만불손함을 강렬하게 드러내면서 마일로가 소리쳤다.

"내 얘기가 그거야. 자넨 적절한 신념을 가지고 일을 해내니까."

"정말 나하고 같이 가시지 않으시겠어요?"

요사리안은 머리를 저었다.

마일로는 어서 시작하고 싶어서 조바심을 했다. 그는 초콜릿을 입힌 솜의 나머지를 셔츠 주머니에 집어넣고는 나무의 매끄러운 회색 몸통을 향해서 조심스럽게 나뭇가지를 따라 되돌아갔다. 그는 너그럽고 어색하게 두 팔로 나무를 끌어안고는 미끄러져 내려가기 시작했는데, 가죽으로 바닥을 댄 구두가 자꾸만 미끄러져 떨어져 다칠 것만 같았다. 반쯤 내려가던 그는 마음을 고쳐먹고 다시 기어 올라왔다. 나무껍질 부스러기들이 그의 콧수염에 달라붙었고, 건장한 얼굴은 기운을 써서 벌겋게 달아올랐다.

"그렇게 발가벗고 돌아다니지 말고 군복을 입으셨으면 좋겠어요." 그는 차분하게 마음먹은 바를 털어놓은 다음에야 다시 나무를 기어 내려가서 서둘러 사라졌다. "그러다가 당신 때문에 나체가 유행하면 난 이 염병할 목화를 절대로 처분할 수 없게 될 거예요."

25
군목

군목이 온갖 것들을 궁금하게 여기기 시작한 것은 벌써 오래전부터였다. 신은 존재하는가? 어떻게 확실히 알 수 있을까? 아무리 좋은 환경이더라도 미국 군대에서 재침례교파 목사 노릇을 하기는 상당히 어려운 일이었으며, 교리가 없다면 그것은 불가능했다.

그는 목소리가 큰 사람들을 무서워했다. 캐스카트 대령처럼 용감하고 적극적인 행동파 남자들을 보면 그는 꼼짝도 못했고, 그는 혼자였다. 군대에서는 어디를 가나 그는 내놓은 사람이었다. 사병과 장교들은 다른 사병과 장교들 앞에서 처신하듯이 그에게 행동하지 않았으며, 심지어는 다른 군목들까지도 자기들끼리 그러듯이 그를 친구처럼 대하지 않았다. 성공만이 유일한 미덕인 세상에서 그는 자신이 실패작이라고 자포자기했다. 그는 다른 신앙을 믿거나 다른 교파에 속하는 그토록 수많은 동료들을 출세하게 만드는 성직자로서의 침착성이나 수완(savoir-faire)이 결핍된 자신을 뼈아프게 의식했다. 그는 빼어난 인물이 될 자질이 없을 따름이었다. 그는 자신이 추하다고 생각했고 날마다 아내가 있는 고향으로 돌아가고 싶었다.

사실상 군목은 사암(砂巖)처럼 희고 연약한 얼굴이 유쾌하고 민감한 인상을 주어서, 잘생긴 편이라고 해야 옳았다. 그는 모든 문제에 대해서 마음을 열어 놓았다.

어쩌면 그는 정말로 워싱턴 어빙인지도 모를 일이었고, 아마도 그는 자기가 전혀 알지도 못하는 편지들에다 정말로 워싱턴 어빙이라고 서명했는지도 모른다. 의학의 학보에는 그런 기억상실의 예가 흔히 게재된다는 사실을 그는 알고 있었다. 어느 것이나 정말로 알 수 있는 방법이 없음을 그는 알았고, 심지어는 어느 것이나 정말로 알 수 있는 방법이 없음을 아는 방법 그 자체도 마찬가지였다. 그는 병원의 침대에 누워 있던 요사리안을 처음 만났을 때, 어디에선가 전에 요사리안을 만난 적이 있다는 생각이 들었음을 무척 생생하게 기억했고, 아니면 무척 생생하게 기억하고 있다는 생각만 들었다. 그는 거의 두 주일이 지난 다음에 요사리안이 전투 임무를 면제해 달라고 부탁하러 그의 천막에 나타났을 때에도 똑같은 혼란스런 감정을 경험했음을 기억했다. 물론 그 즈음에는 군목도 어디에선가, 머리끝부터 발끝까지 하얀 붕대와 석고로 온통 뒤덮였으며 어느 날 체온계를 입에 물고 죽어 버린 불운한 환자를 제외한 모든 환자들이 범죄자처럼 보이던 묘하고 비정상적인 병동에서 요사리안을 이미 만난 경험이 있었다. 그러나 어떤 곳에선가 과거에 만났다는 군목의 인상은 그것보다 훨씬 더 중요하고 신비로운 사건에 대한 것이었으니, 까마득한 옛날에, 어딘가 파묻혀 버린 시절, 전적으로 영적인 시대에, 그를 돕기 위해서 그가 할 수 있는 일이 아무것도, 전혀 아무것도 없다고 운명이 미리 결정해 놓았음을 인정해야 했던 상황에서 이루어진 요사리안과의 의미심장한 만남이었을지도 모른다고 느꼈다.

그런 종류의 의혹이 군목의 가냘프고 괴로워하는 몸을 지칠 줄 모르고 갉아먹었다. 단 하나라도 참된 신앙은 정말로 존재하며, 죽음 다음의 삶이 있는가? 바늘 끝에 올라서서 천사들이 몇이나 춤을 출 수 있으며, 천지창조 이전의 무한한 영겁의 기간 동안에 하느님은 무엇으로 시간을 보냈을까? 다른 사람들이 없었으니까 카인을 보호할 필요도 없었을 텐데 왜 그의 이마에 보호의 표식을 할 필요가 있었을까? 아담과 이브는 딸들도 낳았던가? 이런 거창하고 복잡한 본체론적 문제들 때문에 그는 고통을 받았다. 그래도 그것들은 친절함이나 훌륭한 몸가짐이라는 문제만큼 그에게 중대하다고 느껴졌던 적은 한 번도 없었다. 그는 풀 수가 없다고 제쳐 놓고 싶지 않은 문제들에 대한 해답을 받아들이지 못해, 회의주의자의 인식론적인 갈등에 땀을 흘리며 궁지에 몰렸다. 그는 언제나 비참했고, 언제나 희망을 지녀 왔다.

"당신 혹시 말예요." 그는 그날 그의 천막에서, 군목이 요사리안에게 위안을 느끼게 하려고 제공해 줄 수 있었던 미지근한 코카콜라 병을 두 손으로 들고 앉아 있는 요사리안에게 머뭇거리면서 물었다. "혹시, 어떤 일을 처음으로 경험하고 있다는 걸 알면서도, 전에 그런 경험을 했다고 느껴지는 상황에 처해 본 일이 있어요?" 요사리안은 형식적으로 머리를 끄덕였고, 군목은 존재의 영원한 신비들을 감싸고 있는 두껍고 검은 장막을 마침내 찢어 버리려는 거창한 노력에 요사리안과 정신력을 함께 모아 보려는 각오를 하면서 기대감에 젖어 숨결이 빨라졌다. "지금 그런 기분을 느낍니까?"

요사리안은 머리를 흔들고는 데자뷔(déjà vu)란 보통 때는 동시에 기능을 발휘하는 두 가지 감각적 신경중추의 작용에서 순간적이고 무한히 작은 부분에 지나지 않는다고 설명했다. 군목은 그의 말에 거의 귀를 기울이지도 않았다. 그는 실망했지만, 아직도 용기가 없어서 털어놓지 못하는 어떤 계시를, 비밀을, 신비한 환상을 받았던 터여서, 요사리안의 말을 믿고 싶은 마음이 없었다. 군목이 받은 계시가 지닌 놀라운 의미는 의심할 여지가 없었으니, 그것은 신에게서 받은 통찰력이거나 환각이었고, 그는 축복을 받았거나 아니면 미쳐 가고 있었다. 두 가지 가능성이 다 그로 하여금 똑같은 공포와 좌절감을 느끼게 했다. 그것은 데자뷔도 아니었고, 프레크뷔(presque vu)나 자메뷔(jamais vu)도 아니었다. 그가 전혀 들어보지도 못했던 다른 뷔(vu)들이 존재할 가능성도 있었고, 이 다른 뷔(vu)들 가운데 하나가 어쩌면 그가 증인이며 참여자이기도 한 난처한 현상들을 명료하게 설명할 수도 있었으며, 일찍이 발생했다고 그가 생각하는 것들이 정말은 하나도 발생하지 않았으며, 그는 파악이라기보다는 기억의 변이를 따지고 있음에 불과하고, 그가 본 적이 있다고 언젠가 생각했다고 지금 생각하고 있는 것을 그가 보았다고 정말로 한 번도 생각한 적이 전혀 없으며, 그가 언젠가 그렇게 생각했다고 지금 그가 받는 인상은 다만 환상의 환상이고, 그리고 묘지에서 나무 위에 앉아 있던 발가벗은 남자를 보았다고 언젠가 그가 상상했다고 지금 상상만 하고 있을 가능성도 있었다.

지금 맡은 일에 자신이 퍽 적절하지는 못하다고 군목은 분명히 깨달았고, 그래서 그는 군대의 다른 분야에서 보병이나 야전 포대, 또는 심지어 낙하산병으로나마 복무한다면 더 즐거웠을지도 모른다고 자주 생각했다. 그에게는 참된 친구가 하나도 없었다. 요사리안을 만나기 전에는 그가 만나서 불편하지 않은 사람이 비행 대대에 아무도 없었고, 그는 요사리안을 만나도 별로 마음이 놓이지 않았으니, 요사리안이 자주 경솔하고 반항적인 욕설을 퍼부을 때마다 그는 거의 언제나 신경이 날카로웠고 즐거운 전율의 애매한 상태가 되었다. 군목은 장교 클럽에서 요사리안과 던바나, 아니면 그저 네이틀리와 맥워트와 자리를 같이할 때나 마음이 놓였다. 그들과 함께 있으면 그는 다른 사람들과 자리를 같이할 필요가 없었고, 어디에 앉아야 하느냐 하는 문제가 해결되었으며, 그는 그가 다가가면 지나치게 겸손을 떨면서 변함없이 그를 환영하고는 그가 가 버리기만을 거북하게 기다리던 모든 다른 장교들과 마음이 내키지 않는 합석을 해야 할 상황으로부터 보호를 받았다. 그는 수많은 사람들로 하여금 거북함을 느끼게 만들었다.

언제나 모든 사람들이 무척 친절하게 그를 대했고, 진짜 대화를 조금이라도 나누는 사람은 전혀 없었다. 요사리안과 던바는 훨씬 덜 긴장했고, 군목은 그들과 함께 있으면 불편함을 거의 느끼지 않았다. 그들은 캐스카트 대령이 그를 다시 장교 클럽에서 쫓아내려고 하던 날 밤에 그를 변호하기까지 해서, 요사리안은 중재를 하려고 사납게 벌떡 일어났고, 네이틀리는 그를 말리려고 "요사리안!" 하고 소리를 질렀다. 요사리안이라는 이름을 듣고 캐스카트 대령은 얼굴이 종잇장처럼 창백해졌는데, 모든 사람들이 놀랄 일이었지만, 그는 무시무시한 무질서에서 물러서다가 드리들 장군과 부딪쳤으며, 장군은 짜증을 내면서 팔꿈치로 그를 밀쳐 버리고 군목이 매일 밤 다시 장교 클럽으로 오도록 당장 명령하라고 명령했다.

군목은 비행 대대에 있는 열 개의 식당 가운데 다음 식사를 어디에서 하도록 계획되어 있는지를 기억해야 하는 일만큼이나 장교 클럽에서 그가 지니는 입장을 알아 두느라고 고생이 심했다. 그는 만일 요즈음 그의 새로운 동반자들에게서 얻는 즐거움만 아니었더라면 당장 장교 클럽에서 쫓겨나도 괜찮다고 생각했다. 만일 장교 클럽으로 가지 않는다면 군목은 밤에 찾아갈 다른 곳이 하나도 없었다. 그는 수줍고 조용한 미소를 지으며, 누가 말을 걸어오기 전에는 입을 열지도 않고, 앞에 놓인 짙고 달콤한 포도주 한 잔은 거의 입에 대지도 않고, 조심스럽게 매만지던 조그만 옥수숫대 파이프를 어색하게 주무르다가 가끔 잎담배를 채우고 피우면서, 요사리안과 던바의 탁자에 앉아서 시간을 보내곤 했다. 그는 네이틀리의 얘기를 즐겨 들었는데, 네이틀리의 감상적이고 씁쓸하고도 달콤한 한탄을 들으면 자신의 낭만적인 고적함이 꽤나 많이 생각나서 언제나 변함없이 아내와 아이들에 대한 그리움이 마음속에서 파도처럼 다시 일었다. 군목은 그의 솔직함과 미숙함에 재미가 나서, 알았다거나 그렇다는 뜻으로 머리를 끄덕임으로써 네이틀리의 흥을 돋우었다. 네이틀리는 그의 애인이 창녀라는 사실을 영광스럽게 내세우지는 않았고, 군목은 그들의 탁자 옆을 지나칠 때마다 군목에게 잔뜩 윙크를 하고는 네이틀리에게 그녀에 대해서 점잖지 못하고 기분 상하게 농담을 하던 블랙 대위에게서 주로 정보를 알아냈다.

그 어느 누구도, 네이틀리까지도, 앨버트 테일러 태프먼인 그가 군목일 뿐 아니라 인간이며, 그가 거의 미칠 지경으로 사랑하는 매혹적이고 정열적인 예쁜 아내와, 언젠가 어른이 되면 그를 괴짜라고 생각하며 그의 직업 탓으로 그들이 겪어야 할 모든 사회적인 곤란함 때문에 결코 그를 용서하지 않을지도 모를, 잊어버린 얼굴이 낯설어지는 눈이 파란 어린 세 아이가 있다는 사실을, 달갑게 여기지 않았다. 왜 아무도 그가 사실은 괴짜가 아니고, 정상적이며 외로운 어른의 인생을 이끌어 가려고 애쓰는 정상적이고 외로운 어른이라고 이해해 주지 않는가? 만일 그들이 그를 찌른다면, 그는 피를 흘리지 않겠는가? 그리고 만일 누가 간지럼을 태운다면 그는 웃지 않겠는가? 그들이나 마찬가지로 눈과, 손과, 기관과, 체격과, 감각과, 애정이 그에게 있으며, 그들과 마찬가지로 똑같은 무기에 그는 부상을 입으며, 똑같은 바람에 따스함과 시원함을 느끼고, 비록 억지 양보로 식사 때마다 다른 식당으로 번갈아 가기는 했어도 그들과 똑같은 음식을 받아먹는다는 사실을 그들은 전혀 깨닫지 못하는 듯싶었다. 그에게도 감정이 있음을 깨달은 듯싶은 사람은 휘트콤 상등병이었는데, 그는 군목을 제쳐 놓고 캐스카트 대령을 찾아가 전투에서 죽거나 부상당한 장병들의 가족에게 애도를 표하는 규격 편지를 보내자는 제안을 함으로써 그의 감정에 상처를 입혔다.

군목이 확신을 가질 수 있었던 대상이라고는 이 세상에서 그의 아내밖에 없었는데, 그녀와 아이들과 같이 살 수만 있었더라면 그는 더 바랄 나위가 없었으리라. 군목의 아내는 내성적이고, 몸집이 자그마하고, 마음에 드는 여자였는데, 나이는 서른을 갓 넘기고, 무척 거무스레하고, 매우 매력적이며, 허리는 가늘고, 차분한 눈은 이지적이었고, 생기가 있고 어린애 같은 예쁘장한 얼굴에 이빨은 작고, 깨끗하고, 날카로웠다. 그는 아이들의 모습을 자꾸만 잊어버렸고, 사진을 다시 볼 때마다 그들의 얼굴을 처음 보는 느낌이 들었다. 군목은 그의 아내와 아이들을 어찌나 무턱대고 사랑했던지 가끔 땅바닥에 털썩 주저앉아서 버림받은 불구자처럼 흐느껴 울고 싶은 심정이었다. 그는 그들에 대한 흉측한 환상 때문에, 질병과 사고에 대한 음울하고 무시무시하고 불길한 징조 때문에 괴로워했다. 그의 명상들은 유잉육종이나 백혈병 같은 무서운 질병의 위협으로 어지러워졌고, 그가 아내에게 동맥 출혈을 멈추는 방법을 가르쳐 준 적이 없었기 때문에 그는 매주 그의 어린 아이들이 두세 번씩 죽는 환각을 보았고, 인체에 전류가 통한다는 것을 그의 아내에게 얘기해 준 적이 한 번도 없었기 때문에 그는 눈물을 흘리며 얼빠진 침묵 속에서 집안 식구들이 모두 하나씩 차례로 굽도리널 소켓에 감전되어 죽는 광경을 지켜보았고, 물을 데우는 히터가 폭발해 2층짜리 목조 건물에 불이 나서 거의 매일 밤마다 네 사람 모두 불길에 타 버렸고, 술 취하고 멍청한 자동차 운전사 탓으로 시장 건물의 벽돌담에 깔려 그의 가엾고 소중한 아내가 열심히 다듬던 연약한 몸이 찐득찐득한 과육처럼 짓이겨지는 기막히고 무정하고 역겨운 모습을 생생하게 보았고, 발버둥치는 그의 다섯 살 난 딸을 눈처럼 머리가 새하얗고 친절한 중년 신사가 이 처참한 장면에서 끌고 가서는 한적한 모래 구덩이에 다다르자 즉시 강간한 다음 죽여 버리고, 그런가 하면 그의 아내가 당한 사고 소식을 전화로 듣고는 심장마비를 일으켜 아이들을 돌보던 장모가 죽어 자빠진 다음에 두 동생이 집에서 서서히 굶어 죽는 광경이 자꾸만 머리에 떠올랐다. 군목의 아내는 상냥하고, 너그럽고, 생각이 깊은 여자였으며, 그는 그녀의 매끄럽고 따스한 손목의 살결을 다시 만지고, 그녀의 부드럽고 검은 머리카락을 쓰다듬고, 그녀의 친근하고 마음을 진정시키는 목소리를 듣고 싶은 그리움을 느꼈다. 그녀는 그보다 훨씬 강한 사람이었다. 그는 일주일에 한 번씩, 어떤 때는 두 번, 그녀에게 이런 걱정을 드러내지 않고 짧은 편지를 썼다. 그는 하루 종일 그녀에게 다급한 사랑의 편지를 쓰고 종이에다 끝없이, 인공호흡법을 설명하는 조심스러운 지시를 곁들여서 그가 느끼는 아내에 대한 보잘것없는 숭배와 아쉬움을 보여 주려고 절망적이고도 거침없는 고백을 잔뜩 써넣고 싶었다. 그는 폭포처럼 쏟아지는 자아 연민 속에서 그의 고독과 절망을 그녀에게 털어놓고 아이들의 손이 닿는 곳에는 붕산이나 아스피린을 절대로 두지 말고 파란 불이 켜지기 전에는 길을 건너지 말도록 조심을 시키고 싶었다. 그는 그녀에게 걱정을 끼치기가 싫었다. 군목의 아내는 통찰력이 있고, 얌전하고, 동정심이 많고, 반응이 빨랐다. 거의 언제나 틀림없이 그녀와의 재회에 대한 그의 환상은 노골적인 성교 행위로 끝났다.

군목은 장례식을 치르는 동안 가장 거짓된 기분을 느꼈고, 그날 나무 위에 나타났던 유령이 그의 직책이 수반하는 모독과 자만심에 대한 전지전능하신 하느님의 비판을 나타내는 계시라고 해도 놀라지 않았을 것이다. 죽음처럼 무섭고 은밀한 상황에서 엄숙함을 지어내고, 슬픈 척하고, 내세에 대한 초현실적인 지식을 지니고 있는 듯 행동한다는 행위는 가장 악랄한 범죄였다. 그는 묘지에서의 광경을 생생하게 기억했고, 아니면 기억한다고 거의 확신했다. 그는 지금까지도 그의 양쪽에서 무너진 돌기둥처럼 쓸쓸하게 서 있던 메이저 메이저와 댄비 소령을 눈에 선하게 볼 수가 있었으며, 장례식에 참가한 사병들의 숫자를 거의 정확하게, 그리고 그들이 서 있던 정확한 위치까지 기억했고, 소름끼치는 관과 삽을 들고 꼼짝도 않던 네 사람과, 적갈색 흙으로 아무렇게나 쌓아 만든 커다랗고 우뚝 솟은 작은 봉분과, 어찌나 괴이하게 공허하고 파랗던지 독을 품은 듯했던 거대하고, 정체되고, 한없이 깊고 두꺼운 하늘도 눈에 선했다. 그것들은 그에게 여태껏 벌어졌던 것들 가운데 가장 독특한 사건이요, 어쩌면 놀랍고, 어쩌면 병적인 사건, 그러니까 나무 위에 있는 발가벗은 남자의 환상이라는 기막힌 사건의 일부분이요 한 덩어리였기 때문에 그는 영원히 잊지 않을 터였다. 어찌 그가 그것을 설명할 수 있겠는가? 그것은 이미 보았거나, 전혀 보지 않았거나, 그리고 보일락 말락 했던 것은 확실히 아니었으니 데자뷔도 아니요, 프레크뷔나 자메뷔로도 설명이 되지 않았다. 그렇다면 그것은 귀신이었나? 죽은 사람의 영혼이었나? 천국에서 온 천사나 지옥의 형무관인가? 아니면 이 모든 환상적인 사건은 다만 자기 자신의 악화된 마음이, 썩어 가는 두뇌가 만들어 낸 병든 상상력의 허구에 지나지 않는가? 나무 위에 진짜로 발가벗은 남자 하나가 (그러나 조금 있다가 갈색 콧수염이 나고 머리끝부터 발끝까지 음산한 검은 옷을 걸친 두 번째 남자가 나타나서 갈색 술잔에 담긴 무엇인가를 마시라고 첫 번째 남자에게 무슨 예식을 거행하듯 몸을 앞으로 굽혔으니까 사실은 두 사람이) 올라가 있었으리라는 가능성은 군목의 머리에 전혀 떠오르지 않았다.

군목은 성실하고 꽤나 도움이 될 사람이었는데 아무도 도울 수가 없었고, 요사리안이 쇠뿔을 단김에 빼겠다고 하면서, 요사리안의 표현을 빌리면, 캐스카트 대령의 비행 대대 장병들이 정말로 어느 누구보다도 더 많이 출격을 나가야 하는지 남몰래 알아보려고 메이저 메이저를 찾아가기로 자정했을 때에도 그는 마찬가지였다. 그것은 또다시 휘트콤 상등병과 말다툼을 하고 나서 즐겁지 못한 점심을 들기 위해 밀키 웨이와 베이비 루스를 수통에 담긴 미지근한 물로 씻은 다음에 내린 용맹하고 충동적인 결심이었다. 그는 휘트콤 상등병이 눈치를 채지 못하게 걸어서 메이저 메이저를 찾아갔고, 개활지의 두 천막이 뒤로 사라질 때까지 숲속으로 소리 없이 몰래 가다가는 훨씬 발 딛기가 안전한, 버려진 철도 옆 배수로로 뛰어들었다. 그는 반란적인 분노를 점점 더 심하게 느끼면서 화석처럼 굳어 버린 침목들을 따라 길을 서둘렀다. 그는 그날 아침에 캐스카트 대령과 콘 중령과 휘트콤 상등병에게 연달아 괄시를 받고 창피를 당했다. 그는 어떻게 해서라도 체면을 좀 회복해야만 했다! 그의 가냘픈 가슴은 숨을 몰아쉬느라고 헐떡이기 시작했다. 속력을 늦추면 결심이 무너질까 두려워 그는 달리지는 않았어도 가능한 한 빨리 움직였다. 얼마 후에 그는 녹슨 철로 사이로 그를 향해 다가오는, 군복을 입은 사람의 모습을 보았다. 그는 곧 배수로의 한쪽 옆으로 기어올라서, 몸을 숨기려고 나지막한 나무들이 울창한 잡목 숲 안으로 뛰어들었다. 그러고는 그늘진 숲 안에서 심하게 구불거리고, 좁다랗고, 멋대로 자란 이끼가 낀 오솔길을 찾아 그 길을 따라 처음에 뜻했던 방향으로 계속 서둘러 갔다. 길은 더 험했지만, 그는 조금도 변함없는 무모하고 불타는 결심에 따라 앞으로 치달렸고, 자꾸 미끄러지고 고꾸라지면서, 그의 길을 가로막는 고집스런 나뭇가지들에 손이 찔렸고, 그러다가 양쪽의 잡목들과 커다란 고사리들이 활짝 길을 벌렸고, 그는 점점 엷어지는 잡목들 사이로 분명하게 보이는 올리브빛 황갈색 군용 트레일러를 지나치면서 몸이 기우뚱거렸다. 다음에 그는 바깥에서 햇볕을 쬐던, 진주처럼 회색으로 빛나는 고양이가 있는 천막을 지나고, 침목들 위에 얹힌 또 다른 트레일러를 하나 지나서, 요사리안의 비행 중대가 있는 개활지로 튀어 나갔다. 짭짤한 땀방울이 그의 입술에 엉겼다. 그는 멈추지 않았고, 개활지를 가로질러 뚜벅뚜벅 중대 사무실로 갔으며, 그를 맞아 준 야위고, 허리가 굽고, 광대뼈가 튀어나오고, 긴 머리카락이 엷은 노란 빛깔인 상사는 메이저 메이저가 나가셨으니까 어서 들어가 보시라고 싹싹하게 말했다.

군목은 그에게 고맙다고 무뚝뚝하게 목례를 하고는 타자기와 책상 사이로 뻗은 통로를 따라 걸어가서 뒤쪽에 천막 천으로 칸막이를 한 방으로 갔다. 그는 삼각형으로 뚫린 출입구로 머리를 숙이고 들어갔는데, 사무실 안은 비어 있었다. 그의 뒤에서 들어 올렸던 천막 자락이 내려와 닫혔다. 그는 숨을 헐떡이고 땀을 철철 흘렸다. 사무실에는 아무도 나타나지 않았다. 그는 어디선가 수군거리는 귓속말이 들려온다고 느꼈다. 십 분이 지나갔다. 꿋꿋하게 입을 꽉 다물고는 불쾌하고 준엄한 태도로 주위를 둘러본 그는 메이저 메이저가 나가셨으니까 어서 들어가 보시라고 한 상사의 말이 생각나자 갑자기 힘이 빠졌다. 사병들이 장난을 치다니! 군목은 괴로운 눈물을 글썽이면서 공포에 휩싸여 몸을 움츠리며 벽에서 뒤로 물러섰다. 그의 떨리는 입술에서 애원하는 울음소리가 새어나왔다. 메이저 메이저는 다른 곳에 가 있었고, 다른 방에 있는 사병들은 그를 비인간적인 농담의 제물로 삼았다. 그는 천막 자락으로 된 벽의 저쪽에서 탐욕스럽게 히죽거리며 닥치는 대로 잡아먹는 짐승들처럼 무리를 지어 기다리다가 그가 다시 나타나는 순간에 야만적인 기쁨과 코웃음으로 무자비하게 자기를 때려잡으려고 벼르는 그들의 모습이 눈에 선했다. 그는 자신의 어리석음을 저주하면서, 변장할 만한 가면이나, 검정 안경이나, 가짜 콧수염 같은 것이 있거나, 또는 캐스카트 대령처럼 목소리가 위압적이고 굵으며 어깨와 이두박근이 넓고 단단해서, 무서움을 모르고 밖으로 걸어 나가 그들로 하여금 회개하며 모두들 풀이 죽어 슬금슬금 도망치도록 할 만한 넘치는 자신감과 권위로 악질적으로 그를 괴롭히려는 자들을 무찌를 수 있었으면 하고 바랐다. 그는 그들을 마주 볼 용기가 없었다. 밖으로 나가는 다른 길이라고는 창문뿐이었다. 지켜보는 사람은 아무도 없었고, 군목은 창문을 통해서 메이저 메이저의 사무실을 뛰어넘어 나와서는 재빨리 천막의 모퉁이를 돌아 줄달음을 치고, 철도 옆 배수로로 뛰어내려 몸을 감추었다.

그는 허리를 숙이고, 혹시 누가 그를 볼 경우에 대비해 억지로 태연하고 사교적인 미소를 짓느라고 뒤틀린 얼굴로 도망쳤다. 그는 반대쪽에서 그를 향해 오는 사람이 눈에 띈 순간 배수로를 나와 숲으로 갔고, 모욕감에 빰이 달아오르며 쫓기는 사람처럼 잘 가꾼 숲속을 미친 듯이 달렸다. 그의 주위에서 온통 요란하게 울려 퍼지는, 거칠게 조롱하는 웃음소리가 귀에 울리는 듯했고, 머리 위 높은 곳에 있는 나무들의 잎사귀와 저쪽 멀리 뒤에 있는 잡목 속에서 벌쭉거리며 웃어 대는 사악하고 술 취한 얼굴들을 얼핏 본 듯했다. 쓰라린 통증의 경련이 그의 폐부를 찔러서 그는 절름절름 걸음을 늦추었다. 그는 더 이상 앞으로 나아갈 수 없을 때까지 비틀거리며 걸었고, 뒤틀린 사과나무에 별안간 쓰러지면서 나무줄기에 머리를 쾅 찧고는 넘어지지 않으려고 두 손으로 매달리면서 휘청거렸다. 그의 귀에는 자신의 숨소리가 식식거리는 시끄러운 신음처럼 들렸다. 몇 시간처럼 여겨지는 몇 분이 지난 다음에야 그는 자기가 걷잡을 수 없을 만큼 요란한 폭소의 원인이 되었음을 깨달았다. 가슴속의 통증이 가라앉았다. 얼마 안 있다가 그는 일어설 수 있을 만큼 기운을 차렸다. 그는 주위를 살피며 귀를 기울였다. 숲은 고요했다. 악마 같은 웃음소리도 없었고, 그를 뒤쫓는 사람도 없었다. 그는 너무 지치고 슬프고 더러워서 안도감을 느끼지도 못했다. 그는 얼얼하고 떨리는 손가락으로 헝클어진 옷을 가다듬고는 꿋꿋한 자제력으로 개활지까지 나머지 길을 걸어갔다. 군목은 심장마비의 위험에 대해서 자주 골똘히 생각했다.

휘트콤 상등병의 지프는 개활지에 그대로 세워져 있었다. 군목은 휘트콤 상등병의 천막 앞으로 지나가다가 그의 눈에 띄어 모욕을 받는 것이 싫어서 뒤쪽으로 발돋움을 하고 살그머니 돌아갔다. 마음을 놓고 한숨을 내쉰 그는 재빨리 자기 천막 안으로 미끄러져 들어갔는데, 그곳에는 휘트콤 상등병이 무릎을 괴고 그의 야전침대 위에서 편안하게 자리를 잡고 있었다. 휘트콤 상등병은 진흙투성이 신발로 군목의 담요를 밟고, 비웃는 표정으로 군목의 성경을 들춰 가면서 군목의 과자를 먹고 있었다.

"도대체 어딜 갔다 왔어요?" 그는 얼굴을 들지도 않으면서 무관심하고 불손하게 추궁했다.

군목은 낯을 붉히면서 멋쩍게 얼굴을 돌렸다. "숲속으로 산책을 나갔지."

"좋습니다." 휘트콤 상등병이 딱딱거렸다. "날 신임하지 않으셔도 좋습니다. 하지만 내 사기에 어떤 영향을 미칠지 두고 보세요." 그는 게걸스럽게 군목의 과자를 입 안에 가득 문 채로 말을 계속했다. "군목님이 안 계신 동안에 손님이 찾아왔죠. 메이저 메이저요."

군목은 놀라서 몸을 홱 돌리고는 소리쳤다. "메이저 메이저가? 메이저 메이저가 여길 왔었어?"

"내가 방금 그렇게 말씀드리지 않았던가요?"

"어디로 갔지?"

"그 철도 배수로로 뛰어내리더니 놀란 토끼처럼 도망쳤어요." 휘트콤 상등병이 코웃음을 쳤다. "정말 볼만하더군요."

"왜 왔는지 얘기를 하던가?"

"굉장히 중요한 일 때문에 군목님의 도움이 필요하다고 그랬어요."

군목은 얼이 빠졌다. "메이저 메이저가 그런 말을 했어?"

"말로 하지는 않았어요." 휘트콤 상등병은 남을 위축시킬 만큼 정밀하게 말을 바로잡았다. "그것을 직접 편지에 써서 봉하고는 군목님 책상 위에 두었죠."

군목은 책상으로 사용하는 브리지 탁자를 힐끗 쳐다보았는데, 바로 그날 아침에 캐스카트 대령에게서 얻은, 모양이 배처럼 생긴 흉측한 주황빛깔의 플럼 토마토가 자신의 무능함을 나타내는, 없애 버릴 수 없는 담홍색 상징처럼 그대로 놓여 있을 뿐이었다. "편지는 어디 있지?"

"내가 찢어 열어서 읽어 본 다음에 곧 버렸어요." 휘트콤 상등병은 성경을 소리 나게 덮고는 벌떡 일어섰다. "왜 이러시는 거예요? 내 말을 믿지 못하시겠어요?" 그는 밖으로 나가 버렸다. 그는 당장 다시 안으로 들어오다가, 메이저 메이저를 만나려고 그의 뒤를 따라 서둘러 나가려던 군목과 충돌할 뻔했다. "군목님은 권한을 이양할 줄 모르죠." 휘트콤 상등병이 뚱해서 말했다. "군목님은 그것도 탈이에요."

군목은 사과할 시간적인 여유가 없어서 미안하다는 듯 머리만 끄덕이고는 그를 지나쳤다. 그는 자기의 행동을 멋대로 이끌어 가는 운명의 숙련된 손길을 느낄 수 있었다. 바로 그날 메이저 메이저가 이미 두 차례나 배수로에서 그를 향해 달려왔음을 이제야 그는 깨달았는데, 군목은 두 차례나 미련하게도 숲으로 달아남으로써 숙명적인 해후를 지연시켰다. 그는 자책감으로 속을 부글부글 끓이면서 불규칙한 간격으로 흩어진 철도 침목들을 따라 될 수 있는 대로 빨리 걸었다. 구두와 양말 속에 낀 굵은 모래와 자갈 조각들이 발가락들을 쓰라리게 긁어 대었다. 창백하고 힘겨운 얼굴은 갑작스러운 불편함으로 자기도 모르게 찌푸려졌다. 8월의 이른 오후는 점점 더 뜨겁고 습기가 찼다. 그의 천막에서 요사리안의 비행 중대까지는 거의 1.5킬로미터이나 되었다. 군목의 여름 셔츠는 중대에 도착했을 때쯤에는 땀으로 흠뻑 젖었다. 그가 숨 가쁘게 중대 사무실로 다시 뛰어 들어갔더니, 아까 만난, 동그란 안경을 쓰고 빰이 홀쭉한 바로 그 악질적이고 말소리가 사근사근한 상사가 그를 붙잡아 세우더니 메이저 메이저가 안에 계시니까 밖에서 기다려야 하고, 메이저 메이저가 밖으로 나갈 때까지는 안으로 들어가게 해 줄 수 없다고 말했다. 군목은 영문을 몰라 멍하니 그를 쳐다보았다. 왜 상사는 그를 증오하고 있을까? 그는 알고 싶었다. 그는 입술이 하얘지고 파르르 떨렸다. 그는 갈증으로 괴로웠다. 사람들이 왜 이러는 것일까? 그래도 비극이 모자란단 말인가? 상사는 손을 내밀어 군목이 쓰러지지 않도록 부축했다.

"미안합니다, 군목님." 그는 나지막하고, 예의 바르고, 우울한 목소리로 죄송하다는 듯이 말했다. "하지만 그건 메이저 메이저의 명령입니다. 소령님은 아무도 만나려고 하지 않아요."

"소령님은 날 만나고 싶어 해." 군목이 애원했다. "아까 내가 여기 왔을 때 소령님은 날 만나려고 내 천막으로 왔었어."

"메이저 메이저가 그랬어요?" 상사가 물었다.

"그래, 그랬지. 어서 들어가서 물어보라고."

"죄송합니다만 전 안으로 들어갈 수 없어요, 군목님. 소령님은 저도 절대로 만나지 않으려고 하시니까요. 혹시 편지를 써 놓고 가신다면 어떨까요?"

"난 편지를 써 놓고 가고 싶지는 않아. 소령님은 예외를 만든 적이 없나?"

"극한의 상황에서만 그러시죠. 소령님이 마지막으로 천막에서 나간 것은 어느 사병의 장례식에 참석하기 위해서였어요. 그리고 마지막으로 소령님이 사무실에서 사람을 만난 것은 피치 못할 사정이 있어서였습니다. 요사리안이라는 폭격수가 억지로…….”

“요사리안?” 이 새로운 우연의 일치에 군목은 흥분해서 얼굴빛이 환해졌다. 이것은 또 하나의 기적이 일어날 것임을 뜻하는가? “난 바로 그 사람에 대해 얘기를 하려고 이러는 거야! 요사리안이 비행해야 할 출격 횟수에 대해 말씀을 드렸나?”

“예, 그랬죠, 바로 그 얘기를 했습니다. 요사리안 대위는 쉰한 번 출격을 나갔고, 네 번 더 비행을 하지 않아도 되도록 자기의 비행 근무를 해제시켜 달라고 메이저 메이저에게 부탁했어요. 그 당시에는 캐스카트 대령이 쉰다섯 번의 출격을 요구했습니다.”

“그래서 메이저 메이저는 뭐라고 하던가?”

“메이저 메이저는 자기가 손을 쓸 수 있는 길이 하나도 없다고 그에게 말했죠.”

군목은 고개를 떨어뜨렸다. “메이저 메이저가 그렇게 말했어?”

“예, 군목님. 사실은 소령님이 요사리안더러 군목님에게 도움을 청하러 가라고 그랬어요. 정말 편지를 써 놓고 가실 생각이 없으신가요, 군목님? 여기 종이하고 연필이 있는데요.”

군목은 머리를 흔들고, 말라붙은 아랫입술을 아쉬운 듯 씹으면서 밖으로 나갔다. 아직도 하루가 다 가려면 멀었는데, 벌써 벌어진 일들이 너무나 많았다. 숲속의 공기는 훨씬 시원했다. 그의 목구멍은 칼칼하고 쓰라렸다. 그가 천천히 걸으면서 어떤 새로운 불운이 자기에게 밀어닥칠지 구슬프게 혼자 따지고 있으려니까 갑자기 숲속의 딸기나무 덤불 뒤에서 미친 은

둔자가 예고도 없이 그에게로 뛰어나왔다. 군목은 있는 힘을 다해서 비명을 질렀다.

군목의 비명에 겁이 난 키가 크고 시체 같은 낯선 사람이 뒤로 자빠지면서 고함을 질렀다. "날 해치지 말아요!"

"당신 누구요?" 군목이 소리쳤다.

"제발 날 해치지 말아요!" 그 남자가 마주 소리쳤다.

"난 군목이오!"

"그런데 왜 당신은 날 해치려고 그래요?"

"난 당신을 해칠 생각이 없어요!" 군목은 뿌리가 박힌 듯 그 자리에 아직도 서 있으면서 점점 더 화가 난 기색을 보이며 주장했다. "당신이 누구이며, 나한테서 바라는 것이 무엇인지만 얘기해요."

"난 그저 화이트 하프오트 추장이 지금쯤은 폐렴으로 죽지 않았을까 하는 것만 알고 싶을 뿐이에요." 그 남자가 마주 소리쳤다. "내가 원하는 건 그것뿐이죠. 난 여기서 살아요. 내 이름은 플룸이고요. 난 비행 중대 소속이지만 이곳 숲속에서 살죠. 아무한테나 물어보세요."

몸을 도사리는 그 괴상한 사람의 모습을 자세히 살펴보는 동안 군목은 서서히 침착성을 되찾았다. 녹이 슬어 썩어 가는 대위 계급장 두 개가 그 남자의 남루한 옷깃에 달려 있었다. 그의 한쪽 콧구멍 아래쪽에는 털이 난 숯처럼 새까만 사마귀가 있었고, 거칠고 두툼한 콧수염은 포플러 껍질 빛깔이었다.

"비행 중대 소속이라면 당신은 왜 숲속에서 살죠?" 군목이 궁금해서 물었다.

"난 숲속에서 살아야만 하니까요." 군목이 그것도 모르냐는 듯 대위는 어물어물 대답했다. 그는 천천히 몸을 일으키면서, 키가 머리 하나만큼이나 더 큰데도 몸을 도사리며 군목에게서 눈을 떼지 않았다. "사람들이 모두들 내 얘기를 하는데 당신은 들어 보지 못했나요? 내가 잠이 푹 들면 어느 날 밤 화이트 하프오트 추장이 내 목을 자르겠다고 맹세를 했고, 그래서 난 그가 살아 있는 한 비행 중대에서 마음 놓고 잠을 잘 수가 없어요."

군목은 못 믿겠다는 듯이 가당치도 않은 그 설명에 귀를 기울였다. "하지만 그건 믿기지 않아요." 그가 대답했다. "그건 계획적인 살인이죠. 왜 그 사건을 메이저 메이저에게 보고하지 않았죠?"

"난 그 사건을 메이저 메이저에게 보고했어요." 대위가 구슬프게 말했다. "그리고 메이저 메이저는 내가 자기한테 또다시 말을 걸면 내 목을 베어 버리겠다고 그랬어요." 남자는 겁에 질려서 군목을 살펴보았다. "당신도 내 목을 베어 버릴 건가요?"

"아, 아뇨, 아, 아닙니다." 군목은 그를 안심시켰다. "물론 아니죠. 당신 정말로 숲속에서 살아요?"

대위는 머리를 끄덕였고, 군목은 연민과 존경이 뒤섞인 감정으로 피로와 영양실조 때문에 잿빛으로 창백해지고 꺼칠한 얼굴을 쳐다보았다. 뼈다귀로 얼기설기 엮은 껍질 같은 그의 몸에는 아무렇게나 자루를 쌓아 올린 듯한 구겨진 옷이 덮여 있었다. 마른풀 냄새가 그의 온몸에 배었고, 오랫동안 이발을 하지 못한 몰골이었다. 그의 눈 밑에는 커다랗게 검은 얼룩이 났다. 군목은 대위가 보여 주는 병들고 고통스러운 모습을 보고 마음이 아파 눈물이 날 지경이었고, 그 불쌍한 남자가 날마다 견뎌 내야 했던 수많은 고통을 생각하니 동정심과 경의로 마음이 가득 찼다. 겸손하게 숨죽인 목소리로 그는 말했다.

"당신 빨래는 누가 하나요?"

대위는 사무적인 태도로 입술을 삐죽 내밀었다. "길 아래쪽에 있는 농가에 사는 세탁부에게 그 일을 시키죠. 난 내 물건들을 트레일러에 보관해 두고, 깨끗한 손수건이 필요하거나 속옷을 갈아입어야 할 때면 하루에 한두 번씩 남몰래 안으로 기어 들어갑니다."

"겨울이 오면 어떻게 하겠어요?"

"아, 그때쯤이면 다시 비행 중대로 돌아갈 수 있겠죠." 순교자적인 자신감을 보이면서 대위가 대답했다. "화이트 하프오트 추장은 자기가 폐렴으로 죽겠다고 모든 사람들에게 자꾸만 약속을 되풀이하는데, 그래서 난 그저 날씨가 더 춥고 습기가 더 차기만 끈기 있게 기다릴 작정입니다." 그는 당황한 눈으로 군목을 노려보았다. "이 얘기 다 모르시나요? 사람들이 내 얘기 하는 걸 하나도 못 들었어요?"

"당신 얘기를 하는 사람은 아무도 없었던 것 같아요."

"그건 정말 납득이 안 가는군요." 대위는 기분이 상했지만 낙관적인 척했다. "아무튼 9월이 다 되었으니 이젠 얼마 안 가겠죠. 다음에 혹시 누가 내 얘기를 물으면, 난 화이트 하프오트 추장이 죽자마자 옛날처럼 보도 자료들을 가지고 돌아갈 거라고 전해 주세요. 그 얘기를 그들에게 해 주시겠어요? 겨울이 되자마자 화이트 하프오트 추장이 폐렴으로 죽기만 하면 즉시 난 비행 중대로 돌아갑니다. 아시겠죠?"

군목은 그 예언적인 말들을 엄숙하게 암기하고, 그 말의 비밀스러운 의미에 더욱 매료되었다. "당신은 딸기하고, 풀하고, 나무뿌리를 먹고 삽니까?" 그가 물었다.

"아뇨, 물론 아닙니다." 대위가 놀라서 대답했다. "난 뒷문으로 식당에 몰래 들어가 부엌에서 식사를 해요. 마일로가 저한테 샌드위치와 우유를 줍니다."

"비가 올 때는 어떻게 하나요?"

대위가 솔직하게 대답했다. "젖죠."

"잠은 어디서 잡니까?"

대위는 재빨리 허리를 굽혀 몸을 피하면서 뒷걸음질을 치기 시작했다. "당신도 그런가요?" 그는 미친 듯이 소리를 질렀다.

"아, 아녜요." 군목이 소리쳤다. "맹세합니다."

"당신은 내 목을 베고 싶어 해요!" 대위가 우겼다.

"난 맹세해요." 군목이 애원했지만, 때는 너무 늦어, 다정다감한 털보 유령은 이미 사라져 아주 능숙하게 꽃이 만발하고, 얼룩지고, 자자분한 잎사귀들과, 빛과 그림자들 속으로 스며들어서, 군목은 그가 나타났었다는 사실조차도 벌써 의심하기 시작했다. 어찌나 많은 괴이한 사건들이 발생했던지 그는 어떤 사건들이 괴이하며 또 어떤 사건들이 실제로 일어났는지 이제는 자신이 없었다. 그는 될 수 있는 대로 플룸 대위라는 사람이 정말로 존재하는지 확인하고, 숲속의 미친 사람에 대해서 알아보고 싶었지만, 그가 우선 해야 할 일은 휘트콤 상등병의 권위를 충분히 인정해 주지 않았기 때문에 벌어진 일을 무마시켜야 한다는 것이라는 마음 내키지 않는 사실이 생각났다. 그는 갈증으로 목이 타고 걸을 수도 없을 만큼 피곤함을 느끼면서, 숲속으로 구불구불 뻗어 나간 오솔길을 따라 힘없이 터벅거리며 걸었다. 그는 휘트콤 상등병 생각을 하니 가슴이 아팠다. 그는 당황하지 않고 옷을 벗고는 팔과 가슴과 어깨를 완전히 씻고, 물을 마시고, 정신을 차리고 누워서 혹시 잠깐 잠이라도 잘 수 있도록, 그가 개활지에 도착할 때쯤에는 휘트콤 상등병이 어디로 가 버렸기를 기원했지만, 그러나 휘트콤 상등병은 또 한 번 실망시키고 싶기라도 한 듯 천막 안에 있었으며, 심지어 그가 도착했을 때 휘트콤 상등병은 휘트콤 병장이 되어 있어 다시 충격을 주었는데, 그는 군목의 바늘과 실로 그의 옷소매에 병장 계급장을 새로 다느라 셔츠를 벗고 군목의 의자에 앉아 있었다. 휘트콤 상등병을 휘트콤 병장으로 승진시킨 캐스카트 대령은 편지 때문에 당장 군목을 만나고 싶어 했다.

"아, 이런." 맥이 풀려 야전침대에 털썩 주저앉으면서 군목이 신음했다. 그의 따스한 수통은 비었고, 그는 너무나 낙심해 두 천막 사이의 그늘에 걸어 둔 소독한 물 자루를 기억하지 못했다. "믿을 수가 없어. 내가 워싱턴 어빙의 이름을 위조했다고 정말로 믿는 사람이 하나라도 있다는 건 믿기지가 않아."

"그 편지가 아녜요." 군목이 짜증을 내자 재미있어하면서 휘트콤 상등병이 일러 주었다. "사상자들의 가족을 위해서 고향으로 보낼 편지 때문에 군목님을 만나고 싶어 하죠."

"그 편지 말야?" 군목이 놀라서 물었다.

"그래요." 휘트콤 상등병이 벌쭉 웃었다. "내가 그걸 발송하지 못하게 막았다고 해서 대령님이 군목님을 정말 괴롭힐 겁니다. 그 편지에 자기 이름을 서명할 수 있다는 얘기를 내가 알려 주자마자 그 계획에 홀딱 빠지던 대령의 모습을 보셨어야 하는 건데 그랬어요. 그 이유로 날 승진시켜 주었죠. 대령님은 그 편지 때문에 틀림없이 대령님에 대한 기사가《새터데이 이브닝 포스트》에 실리리라고 철석같이 믿고 있어요."

군목은 더욱 어리둥절했다. "하지만 우리가 그런 생각을 하고 있다는 걸 어떻게 알았지?"

"내가 사무실로 찾아가서 얘기를 해 주었죠."

"무엇이 어쨌다고?" 군목은 날카로운 목소리로 다그치면서 보기 드문 격분을 나타내며 벌떡 일어섰다. "자네 정말 내 허락도 없이 날 제쳐 놓고 대령을 찾아가 그 얘기를 했다 이거야?"

휘트콤 상등병은 만족스러운 코웃음을 치면서 뻔뻔스럽게 미소를 지었다. "그렇습니다, 군목님." 그가 대답했다. "그리고 나쁜 일을 당하지 않으시려면 가만히 계시는 게 좋을 겁니다." 그는 악의에 찬 반항을 나타내며 소리 없이 웃었다. "내가 그 계획을 전해 주었다고 해서 나한테 분풀이를 하신다면 캐스카트 대령이 좋아하지 않을걸요. 한 가지 얘기해 드릴까요, 군목님?" 휘트콤 상등병은 요란한 소리를 내며 역겨운 듯이 군목의 검정 실을 물어뜯고 셔츠에 단추를 달면서 얘기를 계속했다. "그 바보 같은 자식은 그것이 여태껏 들어 보지도 못했던 굉장한 계획이라고 정말 믿고 있어요."

"그것 때문에 《새터데이 이브닝 포스트》에 나에 대한 기사가 실릴지도 모르지." 캐스카트 대령은 그의 사무실에서 미소를 짓고 자랑스러운 듯 흥이 나서 으쓱거리고 오락가락하며 군목을 꾸짖었다. "그런데 자넨 그걸 대견하게 생각할 만한 머리가 없단 말야. 휘트콤 상등병은 정말 훌륭한 사람이야, 군목. 그것만큼은 대견하게 생각해 주었으면 좋겠군."

"휘트콤은 병장이 되었죠." 미처 앞뒤를 살펴볼 겨를도 없이 군목은 말이 헛나가고 말았다.

캐스카트 대령이 눈을 부라렸다. "난 휘트콤 병장이라고 그랬어." 그가 대답했다. "자네가 남을 헐뜯기만 하는 대신에 가끔 남의 얘기에 귀를 기울여 주기도 했으면 좋겠어. 자넨 평생 대위로 눌어붙고 싶지는 않겠지, 안 그래?"

"예?"

"어쨌든, 만일 자네가 자꾸만 이런 식으로 나간다면 언제쯤이나 되어야 변변한 사람이 될는지 난 통 모르겠구먼. 휘트콤 상등병은 자네 같은 친구들이란 일천구백사십사 년 동안 새로운 착안이라고는 하나도 해 본 적이 없다고 믿는데, 난 그의 생각에 동감이야. 그 휘트콤 상등병, 똑똑한 녀석이야. 어쨌든 모두 다 달라지겠지." 캐스카트 대령은 단호한 태도로 그의 책상에 앉아 기입 장부에 커다랗고 깨끗하게 칸을 하나 만들었다. 그 일이 끝나자 그는 그 안을 손가락으로 두드렸다. "내일부터 시작해." 그가 말했다. "난 자네하고 휘트콤 상등병이, 죽었거나, 부상을 당했거나, 포로가 된 대대의 모든 사람들의 가장 가까운 친지에게 보낼 애도의 편지를 나를 위해서 대신 써 주기를 바라. 난 그 편지들이 진지한 편지이기를 원해. 자네가 하는 말 한마디 한마디가 조금도 의심할 나위가 없도록 상세한 개인적인 얘기들로 편지를 가득 채우기를 바라. 알겠나?"

군목은 충동적으로 앞으로 나서서 간언했다. "하지만 대령님, 그건 불가능합니다!" 그가 불쑥 말했다. "우린 모든 장병들을 그 정도로 잘 알지 못해요."

"그게 어쨌다는 거야?" 캐스카트 대령은 질문을 하고 나서 친근하게 미소를 지었다. "휘트콤 상등병은 어떤 상황이라도 거의 다 해결할 수 있는 기본적인 규격 편지를 나한테 가져다주었어. 들어 봐. '친애하는 ○○부인, 선생님, 양, 또는 선생님 그리고 부인께. 당신의 남편, 아들, 아버지 또는 동생이 전사했을, 부상을 당했을, 전투 중에 실종이 되었을 때 본인이 느낀 깊은 개인적인 슬픔은 말로써 다 표현할 길이 없습니다.' 어쩌고저쩌고. 내 생각엔 그 첫 구절이 내 감정을 정확하게 요약한 것 같아. 이봐, 만일 자네가 다 처리할 자신이 없을 것 같으면, 휘트콤 상등병더러 모든 일의 책임을 맡으라고 하는 게 어떨지 모르겠어." 캐스카트 대령은 담뱃대를 휙 꺼내더니 마노(瑪瑙)와 상아로 만든 담뱃대를 말채찍처럼 두 손으로 휘었다. "자넨 그것이 탈이란 말이야, 군목. 휘트콤 상등병이 그러는데 자넨 책임을 남에게 이양할 줄 모른다더구먼. 자넨 독창력도 없다고 그러더군. 자넨 내 말에 반박하지는 않겠지, 안 그래?"

"그럼요, 대령님." 군목은 자기가 책임을 이양할 줄 모르고,

독창력도 없었기 때문에, 그리고 사실은 대령의 말에 반대하고 싶은 유혹을 느꼈기 때문에 혐오할 만한 태만함을 느끼면서 머리를 끄덕였다. 그의 마음은 마구 어지러웠다. 바깥에서 사람들이 스키트 사격을 하고 있었는데, 총이 발포될 때마다 그의 신경을 날카롭게 쑤셔 대었다. 그는 총소리에 적응할 수가 없었다. 그는 플럼 토마토 통에 둘러싸여 있었고, 아주 먼 과거의 어떤 비슷한 상황에서 캐스카트 대령의 사무실에 서 있었으며, 바로 그 플럼 토마토 상자들에 둘러싸여 있었다고 거의 확신했다. 또다시 데자뷔다. 배경은 너무나 낯이 익은 듯싶었고, 그러면서도 너무나 아련했다. 그의 옷은 지저분하고 낡은 듯 느껴졌고, 그는 자기가 악취를 풍길까 봐 죽을 지경으로 걱정이 되었다.

"자넨 항상 너무 심각하게 사물을 생각하지, 군목." 어른스러운 객관적 태도를 나타내며 캐스카트 대령이 무뚝뚝하게 말했다. "자넨 그것도 탈이야. 자네의 그 우울한 얼굴을 보면 모두들 답답하게 느껴. 가끔 자네의 웃는 모습을 봤으면 좋겠어. 이봐, 군목. 지금 당장 나를 실컷 웃게 해 준다면 난 자네한테 플럼 토마토 한 통을 다 주겠어." 그는 빤히 쳐다보면서 잠깐 기다렸다가는 이겼다는 듯이 킬킬 웃었다. "내가 뭐랬어, 군목, 내 말이 맞지. 자넨 날 실컷 웃게 할 수 없어, 그렇지?"

"그렇습니다, 대령님." 힘들어하는 기색을 역력히 드러내며 천천히 침을 삼키고 군목은 얌전하게 인정했다. "지금 당장은 못하죠. 전 무척 갈증이 나요."

"그렇다면 뭘 좀 마시지그래. 콘 중령은 책상에 항상 버번을 준비해 두지. 자넨 언제쯤 저녁에 우리하고 장교 클럽에 들러서 좀 놀기라도 해야 해. 가끔 가다가 한 번씩은 기분을 내야지. 자네가 맡은 천직이 있다고 해서 우리보다 잘났다고 생각하지 않기를 바라."

"아, 아닙니다, 대령님." 군목은 당황해서 그에게 고백했다. "사실은 지난 며칠 동안 전 저녁이면 장교 클럽에 갔어요."

"자넨 기껏해야 대위란 말야." 군목의 얘기에는 신경도 쓰지 않으면서 캐스카트 대령이 말을 계속했다. "자네에겐 천직이 있지만, 그래도 자넨 기껏해야 대위에 지나지 않아."

"예, 대령님. 압니다."

"그렇다면 좋아. 여태까지 웃지 않았어도 상관이 없고. 어쨌든 난 자네에게 플럼 토마토는 주지 않았을 테니까. 휘트콤 상등병이 그러는데, 자네가 오늘 아침 이곳에 들렀을 때 플럼 토마토를 하나 가져갔다고 말하더군."

"오늘 아침에요? 하지만, 대령님! 그건 대령님이 저한테 주신 겁니다."

캐스카트 대령은 의심이 가서 머리를 갸우뚱거렸다. "그걸 내가 주지 않았다는 얘기를 난 하지 않았어, 그렇지? 난 그저 자네가 가져갔다고만 그랬지. 만일 자네가 정말로 훔치지 않았다면 어째서 그렇게 죄의식을 느끼는지 난 알 수가 없어. 그걸 내가 자네한테 주었나?"

"예, 대령님. 대령님이 주셨다는 걸 맹세합니다."

"그렇다면 난 자네 말을 믿는 수밖에 없겠군. 내가 왜 자네한테 플럼 토마토를 주고 싶어 했는지 도무지 상상도 가지 않기는 하지만.” 캐스카트 대령은 유리로 만든 둥근 서진(書鎭)을 능숙하게 책상의 왼쪽 끝에서 오른쪽 끝으로 옮기고는 뾰족하게 깎은 연필을 집었다. “좋아, 군목, 난 이제 중요한 할 일이 많으니까 자네 얘기가 끝났으면 가 보게나. 휘트콤 상등병이 그 편지를 십여 장 발송하고 나면 자네가 나한테 알려 주고. 우린 《새터데이 이브닝 포스트》의 편집자들과 연락을 취해야지.” 갑자기 영감을 얻어 그의 얼굴이 밝아졌다. “어이! 우리 비행 대대가 다시 지원해서 아비뇽으로 출격하면 어떨까 하는 생각이 드는군. 그러면 일이 더 빨리 진행되겠지!”

“아비뇽으로요?” 군목의 심장이 잠깐 멈추었고, 온몸이 쑤시고 소름이 돋기 시작했다.

“그래.” 대령은 신이 나서 설명했다. “사상자들이 빨리 나오면 빨리 나올수록 우린 이 계획을 더 빨리 발전시킬 수 있어. 가능하다면 난 성탄절 특집호에 실리고 싶어. 그때는 판매 부수가 더 많을 것 같은데.”

그리고 군목이 공포를 느낄 일이었지만, 대령은 전화를 집어 들더니 곧바로 아비뇽 출격을 그의 대대가 자원해서 떠맡았고, 바로 그날 밤 다시 군목을 장교 클럽에서 쫓아내려고 했는데, 바로 그때 요사리안이 술에 취해 의자를 쓰러뜨리며 몸을 일으켜 복수의 주먹을 휘두르기 시작했으며, 네이틀리가 요사리안의 이름을 큰 소리로 불렀고, 그 소리에 캐스카트 대령은 얼굴이 창백해져 조심스럽게 뒷걸음질을 치다가 드리들 장군과 부딪혔고, 장군은 역겹게 다친 발에서 캐스카트 대령을 밀어 버리고는 군목을 당장 장교 클럽으로 다시 끌어들이라고 명령했다. 캐스카트 대령에게는 모두가 한심스러운 일들이어서, 우선 운명의 경고처럼 또다시 분명하게 울려 대는 요사리안이라는 두려운 이름과, 다음에는 드리들 장군의 다친 발이 그랬는데, 드리들 장군을 볼 때마다 그가 어떤 반응을 보일지 점치기가 불가능한 노릇이어서, 캐스카트 대령은 그것도 군목의 탓으로 돌렸다. 드리들 장군이 불그레하고, 땀에 젖고, 술에 취한 얼굴을 들어 노란 담배 연기의 휘장을 통해 벽 근처에서 홀로 어물쩍거리던 군목을 한참 노려보고, 장교 클럽 안에서 처음으로 군목의 존재를 인식했던 첫날 저녁을 캐스카트 대령은 절대로 잊지 않으리라.

"이런, 세상에." 드리들 장군은 군목을 알아보고는 터부룩하고 하얀, 무시무시한 눈썹을 찌푸리면서 거친 목소리로 외쳤다. "저기 보이는 게 군목 아냐? 하느님의 사람이 이런 장소에서 더러운 주정뱅이와 노름꾼 들하고 같이 어울리다니 정말 잘하는 일이구나."

캐스카트 대령은 골이 나서 입술을 꼭 깨물고는 일어서려고 했다. "장군님 말이 정말 맞습니다, 장군님." 그는 못마땅함을 겉으로 드러내는 목소리로 힘차게 동의했다. "요즈음에는 성직자들이 어떻게 되어 가는 판인지 정말 모르겠어요."

"더 좋아지고 있어." 드리들 장군이 힘주어 으르렁거렸다.

캐스카트 대령은 거북하게 침을 삼키고는 재빨리 정신을 차렸다. "예, 장군님. 더 좋아지고 있습니다. 제가 생각했던 것이 바로 그겁니다, 장군님."

"바로 여기가 군목이 있어야 할 곳이어서, 술을 마시고 노름을 하는 장병들이 있는 곳에 나와 그들을 이해하고, 그들의 신임을 받아야지, 그러지 않고서야 어떻게 사람들이 하느님을 믿게 만드나?"

"군목더러 이곳으로 오라고 제가 명령을 내렸을 때, 전 바로 그런 생각을 하고 있었죠." 캐스카트 대령은 조심스럽게 얘기한 다음 친한 듯이 군목의 어깨에 팔을 얹고는 그를 구석으로 끌고 가서 냉기가 깔린 어조로 장병들이 술을 마시고 노름을 하는 동안 그들과 어울려서 그들을 이해하고 그들의 신임을 받기 위해 매일 밤 장교 클럽에 출두하라고 명령했다.

군목은 그러마고 말하고는, 그를 피하려고 하는 장병들과 어울리려고 매일 밤 장교 클럽에 출두했다. 그러던 어느 날 저녁에 탁구대에서 무시무시한 주먹 싸움이 벌어졌고, 시비를 걸지도 않았는데 화이트 하프오트 추장은 몸을 획 돌리더니 무더스 대령의 콧등을 정통으로 후려쳐 무더스 대령이 엉덩방아를 찧었고, 드리들 장군은 갑자기 통쾌하게 웃음을 터뜨리다가, 놀라서 고통스럽게 근처에 서서 괴이하게 멍한 눈으로 그를 쳐다보는 군목을 발견했다. 드리들 장군은 그의 모습을 보고 얼어붙었다. 그는 유쾌한 기분이 싹 가셔서, 분노가 끓어올라 잠깐 동안 그에게 눈을 부라리더니, 못마땅한 표정으로 바를 향해 몸을 돌리고는 짧은 안짱다리로 뱃사람처럼 이쪽저쪽으로 기우뚱거렸다. 캐스카트 대령은 겁이 나서 허둥지둥 뒤를 따라다니며, 도움이 될 무슨 암시를 바라면서 헛되이 콘 중령을 초조하게 쳐다보았다.

"정말 잘하는 일이구먼." 두툼한 손으로 빈 술잔을 움켜쥐고 드리들 장군이 바에서 고함쳤다. "하느님의 사람이 이런 장소에서 더러운 주정뱅이와 노름꾼 들하고 같이 어울리다니 정말 잘하는 일이구먼."

캐스카트 대령은 안도의 한숨을 내쉬었다. "예, 장군님." 그는 자랑스럽게 소리쳤다. "그건 정말 잘하는 일이죠."

"그렇다면 어째서 자넨 가만히 있는 거야?"

"예?" 캐스카트 대령이 눈을 깜박이면서 물었다.

"군목이 여기서 밤마다 어물쩍거리면 자네한테 무슨 득이 있다고 생각하나? 내가 여기 올 때마다 저 친구 꼭 여기에 와 있단 말야."

"맞습니다, 장군님, 정말 그렇습니다." 캐스카트 대령이 대답했다. "저한테 득이 될 일은 하나도 없죠. 그리고 전 지금 당장 무슨 수를 쓰겠습니다."

"그에게 이곳으로 오라고 명령한 사람은 바로 자네 아닌가?"

"아닙니다, 장군님. 콘 중령이 그랬죠. 전 콘 중령에게도 심한 처벌을 내리겠습니다."

"군목만 아니라면 난 저 친구를 끌고 나가 총살시켰을 거야." 드리들 장군이 투덜거렸다.

"그는 군목이 아닙니다, 장군님." 캐스카트 대령은 도우려는 뜻에서 알려 주었다.

"아니라고? 그렇다면 군목도 아닌데 도대체 무엇 때문에 옷깃에 십자가를 달지?"

"그는 옷깃에 십자가를 달지 않았습니다, 장군님. 은빛 계급장을 달았죠. 그는 중령입니다."

"자네 부대에는 군목이 중령인가?" 드리들 장군이 놀라서 물었다.

"아, 아닙니다, 장군님. 우리 군목은 대위에 불과합니다."

"그렇다면 도대체 겨우 대위인 주제에 왜 옷깃에다 중령 계급장을 달고 있지?"

"그는 옷깃에 은빛 계급장을 달고 있지 않습니다, 장군님. 십자가를 달았죠."

"이 새끼, 저리 가." 드리들 장군이 말했다. "그러지 않으면 난 널 밖으로 끌어내서 총살을 시키겠어!"

"예, 장군님."

캐스카트 대령은 침을 꿀꺽 삼키고는 드리들 장군에게서 몸을 피하며 군목을 장교 클럽에서 쫓아냈고, 바로 그런 상태에서 거의 두 달이 지나갔으며, 그런 다음에 출격 횟수를 예순 번으로 늘린다는 명령을 철회하라고 캐스카트 대령을 설득하려고 했던 군목은 그 일에서도 꼼짝없이 실패했고, 이제 완전히 절망에 항복할 지경이었다. 하지만 그가 그토록 육감적이고 환희에 찬 열의로 사랑했고 그토록 비참하게 그리워하던 아내에 대한 추억과, 이제는 흔들리기 시작했지만 평생 동안 믿어 왔던 불멸하고, 전지전능하고, 인간적이고, 우주적이고, 신인 동형 동성적(神人同形同性的)이고, 영어로 말을 하고, 앵글로색슨이고, 미국 편인 하느님의 지혜와 정의 때문에 겨우 참았다. 그의 신앙을 시험하는 것들은 그토록 많았다. 물론 성경이 있었지만, 성경은 한 권의 책이었고, 『음울한 집』이나, 『이선 프롬』이나, 『모히칸 족의 최후[24]』나, 『보물섬』도 마찬가지였다. 언젠가 던바가 묻는 얘기를 우연히 들었듯이, 창조의 수수께끼에 대한 답을 비가 내리는 과정을 이해하지 못할 만큼 무지한 사람들로부터 얻어 낼 수 있다는 얘기가 정말로 가능한가? 무한한 지혜를 지닌 전능하신 하느님이 6000년 전에 사람들이 천국에 다다르는 탑을 세우는 데 성공할까 봐 겁을 냈다는 얘기가 정말인가? 도대체 천국은 어디에 있을까? 위에 있나? 밑에? 거대하고, 불타오르고, 눈부시고, 결국은 지구까지도 파괴할 으리으리한 태양이 점차적으로 부식되는 상태에 있는, 유한하지만 팽창하는 우주에는 위아래가 따로 없었다. 기적도 없었고, 기도를 드려도 응답이 없었으며, 불운은 덕망 있는 사람이나 부패한 사람들을 똑같은 잔혹성으로 짓밟았고, 양심과 개성을 지닌 군목은 만일 몇 주일 전 가엾은 병장의 장례식 때 나무 위에 발가벗고 있던 남자나, 바로 그날 오후에 겨울이 오면 내가 돌아가마고 그들에게 말해 달라던, 머릿속에서 떠나지 않는 숲속의 예언자 플룸의 신비하고 고무적인 예언 따위의 미지의 현상들만 줄지어 일어나지 않았더라면, 이성에 굴복해서 그의 조상들이 지녔던 하느님에 대한 신앙을 포기하고, 정말로 그의 천직과 장교직을 다 버리고 보병이나 포병 사병으로, 아니면 심지어 공수부대의 상등병으로 다시금 기회를 찾으려고 했을 것이다.

24) 제임스 페니모어 쿠퍼가 쓴 미국 서부 개척 시대에 관한 소설.

26
알피

만일 요사리안이 볼로냐 대공방전 동안에 폭격선을 이동시키지 않았더라면 —드 커벌리 소령이 근처에 있다가 네이틀리를 구할 수도 있었고, 그리고 만일 그가 사병들의 숙소를 기거할 곳이 없는 여자들로 가득 채우지 않았더라면 네이틀리는 그녀를 무시하면서 골이 나 블랙잭을 하던 사람들로 가득 찬 방에서 아랫도리를 홀랑 벗고 앉아 있던 갈보와 절대로 사랑에 빠지지 않았을지도 모르니까 어떻게 보면 그것은 모두 요사리안의 잘못이었는지도 모른다. 네이틀리는 속을 너무 많이 넣은 노란 안락의자에 앉아서 몰래 그녀를 훔쳐보며, 집단적인 거절을 받아들이던 그녀의 따분하고 냉담한 힘을 신기해했다. 그녀가 하품을 하자 그는 무척 감동했다. 그는 여태껏 그토록 영웅적인 침착성을 본 적이 없었다.

그 여자는 온통 함께 살고 있는 여자들로 에워싸여 여자라면 신물이 난 사병들에게 몸을 팔려고 가파른 층계를 다섯 계단이나 올라왔는데, 탄력 있고 단단하고 정말로 육욕적이며 키가 큰 육체로 그들을 유혹하려고 참된 열정도 없이 옷을 벗어 버린 다음에도, 가격이 어떻든 간에 그녀를 원하는 사람은 아무도 없었다. 그녀는 실망했다기보다는 피곤한 듯싶었다. 이제 그녀는 공허한 나태함 속에 앉아서 휴식을 취하며, 무딘 호기심으로 카드놀이를 구경하며 나머지 옷을 차려입고 일을 하러 돌아가는 지루한 직업을 위해 굽힐 줄 모르는 정력을 비축했다. 조금 있다가 그녀는 몸을 움직였다. 또 조금 있다가 그녀는 무의식적으로 한숨을 쉬며 몸을 일으키고는 팽팽한 면직 팬티와 까만 치마를 무기력하게 걸친 다음에 구두끈을 매고 밖으로 나섰다. 네이틀리는 그녀를 뒤따라 나갔고, 거의 두 시간 후에 요사리안과 알피가 장교 숙소에 들어섰을 때에도, 그녀는 또다시 팬티와 치마를 입고 있었는데, 주머니에 두 손을 찌르고 막무가내로 슬퍼하던 네이틀리만 없었더라면 그것은 전에도 어떤 똑같은 상황에 처했다는, 군목이 느끼던 반복되는 기분과 거의 똑같았다.

"이제는 가겠대요." 그는 이상하고 힘없는 목소리로 말했다. "머물고 싶지 않다는군요."

"왜 돈을 좀 줘서 하루 종일 데리고 있지그래?" 요사리안이 조언했다.

"내 돈을 돌려주었어요." 네이틀리가 얘기했다. "이제는 내가 싫증 난다고 다른 사람을 찾아 나서겠답니다."

구두를 신은 다음에 여자는 퉁명스럽게 유혹하는 눈길을

요사리안과 알피에게 던지기 위해 멈추었다. 몸 윤곽을 내보이며 착 달라붙어 감질나는, 엉덩이 꼭대기에서 바깥쪽으로 휘는, 얇고 하얀 소매가 없는 스웨터 속에 든 그녀의 젖가슴은 뾰족하고 컸다. 요사리안은 강렬한 매력을 느껴 그녀를 마주 쳐다보았다. 그는 머리를 저었다.

"더러운 쓰레기를 잘 처리했구먼." 알피가 동요하지 않고 반응했다.

"저 여자에 대해서 그따위 소린 하지 말아요!" 네이틀리는 애원이기도 하고 반박이기도 한 정열로 항의했다. "난 저 여자하고 같이 지내고 싶어요."

"저 여자가 뭐 그렇게 특별해서 그래?" 짐짓 놀란 척하면서 알피가 조롱했다. "기껏해야 갈보인데."

"그리고 저 여자를 갈보라고 그러지 말아요!"

얼마 더 있다가 그녀는 할 수 없다는 듯이 어깨를 추스르고는 문을 향해서 천천히 걸어갔다. 네이틀리는 초라하게 앞으로 뛰어가서는 문을 열었다. 민감한 얼굴에 웅변적인 슬픔을 드러내면서 그는 상심해서 아득한 기분으로 다시 어슬렁거리며 되돌아왔다.

"걱정할 것 없어." 요사리안은 될 수 있는 대로 친절하게 그에게 조언했다. "아마 저 여자를 다시 찾아낼 수 있을 거야. 갈보들이 모두 어디서 서성거리는지 우린 다 알고 있으니까."

"제발 그 여자를 그런 식으로 부르지 말아요." 당장 울음이라도 터뜨릴 듯한 표정으로 네이틀리가 부탁했다.

"미안해." 요사리안이 어물어물했다.

알피가 유쾌하게 떠들었다. "길거리에 나가면 그만한 갈보들이 수백 명이나 우글거려. 아까 그건 예쁘지도 않더군." 그는 당당하게, 업신여기는 기색이 완연한 투로 매끄러운 웃음을 웃었다. "자넨 마치 그 여자를 사랑이라도 하는 듯이 쪼르르 달려가서 문을 열어 주더군."

"난 그 여자를 사랑하는 것같이 느껴요." 창피함에 아득해진 목소리로 네이틀리가 고백했다.

알피는 그의 통통하고 동그랗고 발그레한 이마를 우스꽝스러워서 믿기지 않는다는 듯 찌푸렸다. "호호, 호, 호!" 그는 대견스럽게 그가 입은 장교복 윗도리의 펑퍼짐하고 초록빛인 옆구리를 쓰다듬으면서 웃었다. "그것 대단하군. 자네가 그 여자를 사랑한다고? 그것 정말 대단하구먼." 알피는 바로 그날 오후에 아버지가 유력한 마그네시아 우유 공장 주인이며 스미스에서 온 적십자 여자 대원과 만나기로 약속이 되어 있었다. "이봐, 자넨 이런 여자하고 교제를 해야지, 그런 흔한 갈보들이라면 곤란해. 이봐, 그 여자는 깨끗해 보이지도 않더군."

"난 상관 안 해!" 네이틀리가 결사적으로 소리를 질렀다. "그리고 당신 입 좀 닥쳤으면 좋겠어요. 당신하고는 그 얘기를 하기도 싫어요."

"알피, 입 닥쳐." 요사리안이 말했다.

"호, 호, 호, 호!" 알피는 계속했다. "자네가 그런 너저분한 매춘부하고 어울려 돌아다닌다는 걸 부모가 알면 무슨 말을 할지 눈에 선하구먼. 자네 아버지는 상당히 높으신 어른이지."

"난 아버지한테 얘기하지 않겠어요." 네이틀리는 결심을 굳히고 선언했다. "난 우리가 결혼하기 전에는 그녀에 대해서 아버지나 어머니에게 한마디도 하지 않겠어요."

"결혼이라고?" 알피의 즐거움은 엄청나게 증가했다. "호, 호, 호, 호, 호! 이젠 정말로 바보 같은 얘기가 나오는군. 이봐, 자넨 진짜 사랑이 무엇인지 알 만큼 나이를 먹지도 못했어."

알피는 전쟁이 끝난 다음에 네이틀리와 친했다는 보상으로 어떤 간부직을 맡아 네이틀리의 아버지 밑에서 일하려는 희망을 품고 네이틀리의 아버지를 진짜로 사랑했으므로, 그는 진짜 사랑이라는 문제에 있어서는 권위자였다. 알피는 대학을 졸업한 이후로 한 번도 자아를 찾을 수 없었던 선두 항행사였다. 그는 출격을 해서 길을 잃고 비행 중대의 다른 장병들을 집중된 대공 포화 위로 이끌어 갈 때마다 격분해서 그를 욕하던 그들을 언제나 용서할 수 있을 만큼 너그럽고 상냥한 선두 항행사였다. 그는 그날 오후에 로마의 길거리에서 길을 잃었고, 유력한 마그네시아 우유 공장과 더불어 손에 넣을 수 있었던 스미스 출신의 적십자 여자 대원을 찾아내지 못했다. 그는 크라프트가 포에 맞아 떨어져 죽은 날의 페라라 출격 때에도 길을 잃었고, 또다시 파르마로 매주 나가는 정기적인 폭격 비행에서도 길을 잃어, 요사리안이 내륙에 있는 무방비 상태의 목표물에 폭탄을 투하하고는 눈을 감고 향기로운 담배를 손가락 끝에 끼우고 장갑판으로 이루어진 두툼한 벽에 기댄 동안에 레고른시(市)를 지나 비행기들을 바다로 끌고 나가려 했다. 갑자기 대공 포화가 터졌고, 맥워트는 단숨에 인터콤을 통해 소리를 질렀다. "대공 포화다! 대공 포화다! 도대체 우리 위치는 어디인가? 도대체 무슨 일인가?"

요사리안은 놀라서 얼른 눈을 뜨고, 높은 곳으로부터 그들을 향해서 이동하며 작렬하는, 전혀 예기치 않았던 고사포의 부풀어 오르는 검은 포연과, 다가오며 작렬하는 포연을 기분 좋게 즐기면서 내다보던 알피의 만족스럽고, 멜론처럼 둥글고, 눈이 작은 얼굴을 보았다. 요사리안은 아연실색했다. 그의 다리가 갑자기 감각을 잃었다. 맥워트는 상승하면서 인터콤을 통해 지시를 해 달라고 아우성을 치기 시작했다. 요사리안은 그들의 위치를 알아보려고 앞으로 왈칵 일어섰지만 그대로 있었다. 그는 움직일 수가 없었다. 곧 그는 자기의 몸이 흠뻑 젖고 있음을 깨달았다. 그는 가슴이 철렁하고 속이 뒤집히는 기분을 느끼며 자신의 사타구니를 내려다보았다. 그를 집어삼키려고 솟아오르는 바다의 거대한 괴물처럼 진홍빛 얼룩이 빠른 속도로 그의 셔츠 앞자락을 따라 위로 마구 번져 올라왔다. 그는 맞았다! 핏방울들이 걷잡을 수 없이 꿈틀거리는 무수한 빨간 벌레들처럼 촉촉하게 젖은 한쪽 바짓가랑이를 타고 바닥을 작은 웅덩이로 만들며 흘러내렸다. 그는 심장이 멈추는 것 같았다. 비행기는 두 번째로 심하게 다시 흔들렸다. 요사리안은 자기가 입은 부상과 묘한 광경에 기가 질려 떨면서 살려 달라고 알피에게 고함쳤다.

"내 불알이 없어졌어! 알피, 내 불알이 날아갔어!" 알피가 그 소리를 듣지 못하자, 요사리안은 몸을 앞으로 굽혀서 그의 팔을 끌어당겼다. "알피, 날 도와줘." 울먹이며 그가 애원했다. "나 맞았어! 나 맞았어!"

멍하고 묘한 미소를 지으며 알피가 천천히 얼굴을 돌렸다. "뭐가 어쨌다고?"

"나 맞았어, 알피! 나 좀 살려 줘!"

알피는 다시 미소를 짓고 상냥하게 어깨를 추슬렀다. "난 자네 말이 들리지 않아." 그가 말했다.

"내가 보이지도 않아?" 요사리안은 믿기지 않는다는 듯 소리를 지르고, 그의 주위에서 온통 철벅거리며 번져 나가고 있다고 느껴지는, 점점 깊어지는 피의 웅덩이를 가리켰다. "난 부상을 당했어! 제발 도와줘! 알피, 날 도와줘!"

"난 아직도 자네 얘기가 들리지 않아." 하얘진 그의 귓볼에다 통통한 손을 대면서 알피가 참을성 있게 불평했다. "뭐라고 그랬지?"

요사리안은 너무 소리를 많이 질렀기 때문에, 그리고 그 모든 답답하고 신경질 나고 기가 막힌 상황에 갑자기 짜증이 나서 맥 빠진 목소리로 대답했다. 그는 죽어 가고 있었지만, 관심을 보이는 사람이 아무도 없었다. "그만두지."

"뭐라고?" 알피가 소리쳤다.

"내 불알이 날아갔다고 그랬어! 내 말이 안 들려? 난 사타구니에 부상을 입었어!"

"난 아직도 자네 말이 들리지 않아." 알피가 꾸짖었다.

"그만두자고 그랬어!" 요사리안은 함정에 빠진 듯한 기분으로 비명을 지르고는 갑자기 무척 춥고 매우 기운이 없는 듯 느끼면서 공포에 젖어 떨기 시작했다.

알피는 한심하다는 듯이 다시 머리를 흔들고는 그의 음탕하고 젖빛 나는 귀를 요사리안의 코앞까지 가져갔다. “어이, 조금 큰 소리로 얘기를 해 줘야 되겠어. 조금 큰 소리로 얘기를 해야 되겠다고.”

“내 걱정은 말아, 이 거지 같은 자식아! 이 멍청하고 무감각한 새끼야, 날 가만 내버려 둬!” 요사리안은 훌쩍훌쩍 울었다. 그는 알피를 두들겨 패고 싶었지만, 손을 들 힘도 없었다. 그는 대신 잠을 자기로 마음먹고는 죽은 시늉을 하며 벌렁 나자빠졌다.

그는 허벅지에 부상을 당했고, 의식을 되찾고 보니 맥워트가 그의 양쪽 무릎을 보살피고 있었다. 맥워트의 어깨 너머로 알피의 통통 부은 얼굴이 침착한 흥미를 보이며 아직도 내려다보고 있기는 했지만, 그는 안심이 되었다. 요사리안은 병이 든 기분을 느끼고 힘없이 맥워트에게 미소를 지어 보이며 물었다. “일은 누가 맡아서 하고 있지?” 맥워트는 그 말을 들었다는 기색을 전혀 나타내지 않았다. 점점 공포를 느끼면서, 요사리안은 깊은 숨을 들이마시고는 있는 힘을 다해서 큰 소리로 그 말을 되풀이했다.

맥워트가 올려다보았다. “히야, 자네가 살아났다니 기분 좋구먼!” 잔뜩 심호흡을 하면서 그는 감탄했다. 요사리안이 느끼기에 한쪽 허벅지 안쪽을 너무 압박하고 있던, 솜으로 만든 두툼한 압정포(壓定布)를 감싼 한없이 긴 붕대를 계속 풀어 대던 그의 친근하고 다정한 눈가의 주름이 긴장으로 하얘졌다. “네이틀리가 조종간을 잡고 있어. 그 불쌍한 녀석은 자네가 맞았다는 얘기를 듣더니 징징 울기 시작하더군. 그 친구는 아직도 자네가 죽은 걸로 알아. 자넨 동맥이 하나 끊어졌는데, 내 생각엔 출혈을 내가 멈추게 한 것 같아. 난 자네한테 모르핀을 좀 주사했지."

"주사를 좀 더 줘."

"아직은 너무 이른 것 같아. 아프기 시작하면 내가 또 주사를 놓지."

"지금 아파."

"아, 그렇다면, 알 게 뭐람." 맥워트는 그렇게 말하고 요사리안의 팔에다 또다시 모르핀을 주사했다.

"내가 괜찮다고 네이틀리에게 얘기를 하면서……."라고 맥워트에게 얘기를 하던 요사리안은 다시 의식을 잃었고, 모든 것은 딸기로 물든 듯 끈끈한 눈꺼풀 뒤로 흐릿하게 사라졌고, 거창하게 윙윙거리는 바리톤 소리가 그를 삼켰다. 그는 구급차 안에서 정신이 들어 그늘진 얼굴로 바구미처럼 뚱한 표정을 짓는 다네카 군의관을 격려하듯 잠깐 동안 어지러운 순간에 미소를 지었고, 그런 다음에는 모든 것이 다시 장미 꽃잎처럼 분홍빛이 되었다가 아주 까맣고, 한없이 깊은 고요함으로 바뀌었다.

요사리안은 병원에서 정신이 들었고 다시 잠이 들었다. 다시 병원에서 잠이 깨었을 때는 에테르 냄새가 나지 않았고, 던바가 통로 건너편에 있는 침대에 잠옷 바람으로 누워서 자기는 던바가 아니라 포르티오리라며 우겨 대고 있었다. 요사리안은 그가 미쳤다고 생각했다. 그는 던바가 한 얘기를 듣고 미심쩍어 입술을 꼬고는 그 생각을 하느라고 발작적인 상태에서 하루나 이틀쯤 계속해서 잠을 잤고, 간호사들이 다른 곳으로 간 사이에 잠이 깨어 직접 알아보려고 슬그머니 침대에서 빠져나왔다. 던바의 침대 발치에 매달린 체온 카드에 적힌 이름을 보려고 그가 다리를 절름거리며 통로를 건너가려니까 마룻바닥은 바닷가에 떠 있는 뗏목처럼 기우뚱거렸고, 허벅지 안쪽의 꿰맨 자리는 물고기의 가지런한 이빨이 살 속을 파고드는 듯했는데, 생각했던 대로 던바의 말이 옳았으니, 그는 이제 던바가 아니라 앤서니 F. 포르티오리 소위가 되었다.

"도대체 어떻게 된 일이야?"

A. 포르티오리는 침대에서 빠져나오더니 요사리안더러 따라오라고 손짓했다. 손에 닿는 것만 있으면 의지하려고 붙잡으면서, 요사리안은 그의 뒤를 따라 절름거리며 복도로 나가 인접한 병동으로 내려가서는 여드름이 나고 턱이 쑥 들어갔으며 괴로워하는 젊은 남자가 누운 침대로 갔다. 괴로워하는 젊은 남자는 그들이 다가가자 민첩하게 한쪽 팔꿈치를 괴고 몸을 일으켰다. A. 포르티오리는 엄지손가락을 젖혀 어깨 너머를 가리키면서 말했다. "꺼져." 괴로워하는 젊은 남자는 침대에서 뛰어나와 도망쳤다. A. 포르티오리는 침대로 기어 들어갔고, 다시 던바가 되었다.

"그 친구가 A. 포르티오리였어요." 던바가 설명했다. "당신 병동에는 빈 침대가 없었기 때문에 난 내 계급으로 눌러서 그를 이곳에 있는 내 침대로 몰아넣었죠. 계급으로 행세를 하다니, 상당히 만족스러운 경험을 한 셈이에요. 기회가 있으면 당신도 한번 그래 봐요. 지금 쓰러질 것 같아 보이니까, 당장 한

번 그걸 시험해 봐야 할 것 같군요."

요사리안은 쓰러질 것만 같은 기분이 들었다. 그는 던바의 옆 침대에 누워 있던, 턱이 갸름하고 뾰족하며 얼굴은 빳빳한 중년 남자를 향해 돌아서서는 어깨 너머를 엄지손가락으로 가리키면서 말했다. "꺼져." 중년 남자는 무섭게 몸이 굳어지면서 눈을 부라렸다.

"그 사람은 소령이에요." 던바가 설명했다. "조금 더 낮게 겨냥을 해서, 얼마 동안 호머 럼리 준위가 되어 보는 게 어때요? 그러면 당신한테는 주(州) 입법부에서 근무하는 아버지와 스키 챔피언과 약혼한 여동생이 생길 테니까요. 그저 당신이 대위라는 말만 해요."

요사리안은 던바가 가리키던 놀란 환자에게로 돌아섰다. "난 대위다." 그는 어깨 너머를 엄지손가락으로 가리키면서 말했다. "꺼져."

놀란 환자는 요사리안의 명령에 마룻바닥으로 뛰어내리더니 도망쳤다. 요사리안은 그의 침대로 기어 올라가서 호머 럼리 준위가 되었는데, 문득 토하고 싶었고 갑자기 온몸이 끈끈한 땀으로 뒤덮였다. 그는 한 시간 동안 잠을 자고 나니 다시 요사리안이 되고 싶었다. 주 입법부에서 근무하는 아버지와 스키 챔피언과 약혼한 여동생이 생겨도 별것이 아니었다. 던바는 요사리안의 병동으로 다시 그를 끌고 가서, A. 포르티오리를 침대에서 엄지손가락으로 끌어내 잠깐 동안 다시 던바가 되게 했다. 호머 럼리 준위의 모습은 전혀 눈에 띄지도 않았다. 하지만 물에 젖은 폭죽처럼, 경건한 체하는 분노로 끓어

오르던 크레이머 간호사가 그곳에 있었다. 그녀는 요사리안더러 당장 침대로 들어가라고 명령했지만, 그녀가 길을 가로막고 있었기 때문에 그는 명령에 따를 수가 없었다. 그녀의 예쁜 얼굴은 그 어느 때보다도 더욱 역겨웠다. 크레이머 간호사는 마음씨가 곱고, 감상적이었으며, 비록 자기와는 아무런 상관이 없는 사람들이더라도 남들의 결혼이나, 약혼이나, 출생이나, 기념일에 대한 얘기만 들으면 이기심을 버리고 즐거워했다.

"당신 미쳤어요?" 그의 눈앞에다 화가 난 손가락을 흔들어 대면서 그녀는 착실하게 꾸중했다. "당신은 죽거나 말거나 상관을 않는군요, 그렇죠?"

"내 몸인데 왜 그래." 그는 그녀를 깨우쳐 주었다.

"당신은 다리를 하나 잃건 말건 아무 관심도 없는 것 같군요, 안 그래요?"

"이건 내 다리야."

"이건 분명히 당신 다리가 아니랍니다!" 크레이머 간호사가 반박했다. "그 다리는 미국 정부의 소유예요. 그건 요강이나 배낭(gear)하고 다를 것이 없어요. 군대는 당신을 비행기 조종사로 훈련시키느라고 막대한 돈을 투자했고, 당신에게는 의사의 명령을 거역할 권리가 없어요."

요사리안은 자기가 투자의 대상이 되는 것이 좋은 일인지 어떤지를 확실히 알 수가 없었다. 크레이머 간호사가 아직도 그의 앞을 가로막고 서 있어서 그는 지나갈 수가 없었다. 그는 머리가 지끈거렸다. 크레이머 간호사는 그에게 몇 가지 소리쳐 물었지만 그는 알아듣지 못했다. 그는 엄지손가락으로 어깨 너머를 가리키면서 말했다. "꺼져.[25]"

크레이머 간호사가 그의 얼굴을 어찌나 힘차게 때렸던지 그는 나가떨어질 뻔했다. 요사리안은 주먹을 뒤로 당겨 겨누어서 그녀의 턱에 한 방 먹이려고 했지만 다리가 삐끗하더니 넘어질 뻔했다. 마침 더케트 간호사가 성큼성큼 와서 그를 붙잡았다. 그녀는 그들 두 사람에게 똑같이 딱딱한 투로 말했다.

"도대체 왜들 이래요?"

"저 사람이 침대에 들지 않으려고 해." 속이 상한 목소리로 크레이머 간호사가 열심히 고자질을 했다. "수 앤, 이 사람이 정말 흉측한 말을 나한테 했어. 그 말은 정말이지 다시 입에 담을 수도 없어!"

"이 여잔 나더러 좆[26]이라고 그러더군." 요사리안이 투덜거렸다.

더케트 간호사는 공감을 나타내지 않았다. "침대로 들어가지 않으시겠어요?" 그녀가 말했다. "그러지 않으면 내가 당신 귀를 잡아끌어 집어넣겠어요."

"귀를 잡아끌어서 거기에 넣지그래." 요사리안이 그녀에게 대들었다.

더케트 간호사는 그의 귀를 잡아끌어서 도로 침대에 뉘었다.

25) 영어로 이 말 screw는 성교를 뜻하는 속어와 같다.

26) 배낭이라는 뜻의 gear와 같은 단어를 쓴다.

27

더케트 간호사

간호사 수 앤 더케트는 키가 크고, 검소하고, 성숙하고, 몸매가 꼿꼿한 여자였으며, 엉덩이는 동그스름하게 두드러졌고, 젖통은 자그마했고, 윤곽이 뚜렷하고, 금욕적인 뉴잉글랜드 용모 또한 무척 사랑스럽고 무척 평범한 인상을 주었다. 그녀의 피부는 하얗고 분홍빛이었으며, 눈은 작았고, 코와 턱은 매끄러우면서도 날카로웠다. 그녀는 책임을 마다하지 않았으며 어떤 위기를 맞아도 당황하는 일이 없었다. 그녀는 어른스러웠고 자부심이 강했으며, 어느 누구의 어떤 도움도 필요 없었다. 요사리안은 그녀를 불쌍히 여겨서 도와주기로 결심했다.

다음 날 아침에 그의 침대 발치에서 홑이불을 펴느라고 그녀가 허리를 굽히고 서 있을 때, 그는 그녀의 무릎 사이에 있는 좁다란 공간으로 은근하게 손을 밀어 넣고, 손이 닿는 곳까지 치마 밑에서 재빨리 위로 더듬어 올라갔다. 더케트 간호사는 비명을 지르고 공중으로 1킬로미터나 뛰어올랐지만, 그 만큼 높이 뛰어오르고도 모자라 그녀는 거의 십오 초 동안이나 신성한 지렛목 위에서 앞뒤로 몸을 뒤틀고 꿈틀거리고 꽁치빵치를 뛴 다음에야 드디어 자유롭게 몸을 빼고는 잿빛이 된 얼굴을 떨면서 미친 듯이 통로로 물러섰다. 그녀가 너무 뒤로 물러서서, 처음부터 그 광경을 구경하고 있던 던바가 예고도 없이 그의 침대에서 앞으로 튀어나와 뒤에서 두 팔로 그녀의 가슴을 왈칵 껴안았다. 더케트 간호사는 또다시 비명을 지르고 몸을 비틀어 던바로부터 빠져나와 멀리 도망쳤고, 그래서 요사리안이 앞으로 몸을 내밀어 다시 그녀를 잽싸게 움켜잡았다. 더케트 간호사는 또 한 번 다리가 달린 탁구공처럼 통로를 가로질러 깡충깡충 뛰었다. 던바는 덮칠 준비를 갖추고 열심히 기다리던 참이었다. 그녀는 얼른 그가 기억이 나서 옆으로 몸을 피했다. 던바는 그녀를 완전히 놓치고 옆으로 벗어나 침대 너머 마룻바닥으로 떨어졌는데, 둔탁하게 으스러지는 쿵 소리를 내며 머리를 찧고 뻗어 버렸다.

그는 여태까지 꾀병을 부리던 것과 똑같은, 처량한 두통 증상들을 느끼고 코피를 흘리면서 마룻바닥에서 정신이 들었다. 병동 안은 웃음소리로 수라장이 되었다. 더케트 간호사는 눈물을 흘렸고, 요사리안은 침대 언저리 그녀의 곁에 앉아 사과하면서 위로했다. 병원을 통솔하는 대령은 격노해서, 환자들이 간호사들과 지저분하게 놀아나는 짓은 용서하지 못하겠다고 요사리안에게 소리를 질렀다.

"저 사람을 어쩌겠다고 그러시는 건가요?" 던바가 마룻바닥에서 푸념하듯 물었는데, 목소리에 관자놀이가 울려 통증으로 진동을 일으키자 그는 몸을 움츠렸다. "저 사람은 아무 죄도 없어요."

"난 귀관 얘기를 하고 있어!" 깡마르고 위엄 있는 대령이 목청을 한껏 돋워서 고함쳤다. "귀관은 귀관이 저지른 짓 때문에 처벌을 받아야 마땅해."

"저 사람이 어쨌다고 그러시는 건가요?" 요사리안이 소리쳤다. "기껏해야 거꾸로 떨어진 것 말고는 죄도 없는데요."

"그리고 난 귀관에 대해서도 얘기하고 있어!" 요사리안에게 분을 풀려고 몸을 획 돌리면서 대령이 선언했다. "귀관은 더케트 간호사의 젖가슴을 주물렀던 일을 후회하고, 처신을 잘해야 될 거야."

"난 더케트 간호사의 젖가슴을 만지지 않았어요." 요사리안이 말했다.

"그 여자 젖가슴을 만진 건 나예요." 던바가 말했다.

"귀관들 두 사람 다 미쳤나?" 당황해서 창백해진 의사는 뒷걸음질을 치면서 날카롭게 소리쳤다.

"그래요, 저 사람은 진짜로 미쳤습니다, 군의관님." 던바가 그의 말을 시인했다. "밤마다 그는 손으로 살아 있는 물고기를 쥐고 있는 꿈을 꾸죠."

군의관은 우아한 놀라움과 역겨움의 표정으로 우뚝 멈춰섰고, 병동 안은 고요해졌다. "저 사람이 어쩐다고?" 그가 물었다.

"손으로 살아 있는 물고기를 쥐고 있는 꿈을 꾼다고요."

"어떤 종류의 물고기인가?" 군의관은 요사리안에게 엄한 목소리로 물었다.

"모르겠습니다." 요사리안이 대답했다. "전 물고기의 종류를 분간하지 못하니까요."

"어느 쪽 손에 들지?"

"때에 따라 달라요." 요사리안이 대답했다.

"물고기의 종류에 따라 다르죠." 던바가 말을 거들었다.

대령은 몸을 돌리더니 눈을 가늘게 흘겨 뜨면서 수상하다는 듯이 던바를 내려다보았다. "그래? 그런데 귀관은 어떻게 그걸 그토록 잘 알지?"

"그 꿈에 나도 나오거든요." 미소조차 짓지 않으면서 던바가 대답했다.

대령은 당황해서 얼굴을 붉혔다. 그는 차갑고, 용서하지 못할 분함을 느끼면서 그들 두 사람에게 눈을 부라렸다. "마룻바닥에서 일어나 침대로 들어가." 그는 얇은 입술로 던바에게 지시했다. "그리고 난 귀관들 어느 누구한테서도 이 꿈 얘기는 한마디도 듣고 싶지 않아. 이런 구역질 나는 똥물 같은 얘기를 들을 사람은 따로 있으니까."

"글쎄, 왜 페렛지 대령은 귀관의 꿈이 구역질 난다고 생각한다고 귀관은 생각하나?" 대령의 명령을 받고 요사리안이 찾아간, 부드럽고 잔뜩 미소를 짓는 정신과 담당 군의관인 샌더슨 소령이 조심스럽게 물었다.

요사리안이 존경스럽게 대답했다. "내 생각에 그건 꿈의 어떤 요소나 아니면 페렛지 대령의 어떤 성품 때문에 그런 것 같아요."

"표현을 아주 잘했구먼." 찍찍 소리를 내는 미군 구두를 신고, 숯처럼 검은 머리가 곤두서다시피 한 샌더슨 소령이 칭찬했다. "왜 그런지는 몰라도, 페렛지 대령을 보면 난 항상 바닷갈매기를 연상했어." 그는 비밀을 털어놓았다. "귀관도 짐작했지만, 그는 정신의학을 별로 믿지 않아."

"소령님은 갈매기를 좋아하지 않는군요, 그렇죠?" 요사리안이 물었다.

"그래, 별로 안 좋아하지." 샌더슨 소령은 날카롭고 신경질적으로 웃으면서 시인하고는 그의 축 늘어진 두 번째 턱을 기다란 턱수염이라도 되는 듯 쓰다듬었다. "난 귀관의 꿈이 매혹적이라 생각하고, 그것이 자주 반복되어서 우리가 계속 얘기를 나눌 수 있기를 바라. 담배 하나 피우겠어?" 요사리안이 거절하자 그는 미소를 지었다. "귀관 생각에는 어째서 귀관은 나한테서 담배를 받는 데 대해 그토록 강렬한 기피증을 느끼는 것 같은가?" 그는 다 안다는 듯이 물었다.

"방금 하나 피웠으니까 그렇죠. 소령님 재떨이에서 그 담배가 아직도 연기를 피우고 있어요."

샌더슨 소령이 킬킬 웃었다. "그건 아주 명석한 대답이구먼. 하지만 우린 곧 그 참된 이유를 찾아내게 될 거야." 그는 풀린 구두끈을 엉성하게 두 번 동그라미를 지어 매고는 줄을 친 노란 필기장을 책상에서 그의 무릎으로 가져갔다. "귀관이 꾸는 물고기 꿈 말일세. 우리 그 얘기를 하지. 그건 항상 똑같은 물고기겠지. 아닌가?"

"모르겠어요." 요사리안이 대답했다. "난 물고기를 잘 알아볼 수 없으니까요."

"그 물고기를 보면 자넨 무엇이 연상되지?"

"다른 물고기요."

"그리고 다른 물고기를 보면 무엇이 연상되지?"

"또 다른 물고기요."

샌더슨 소령은 실망하고 뒤로 몸을 기대었다. "자넨 물고기를 좋아하나?"

"별로요."

"도대체 왜 귀관은 물고기에 대해서 그런 병적인 기피증을 느낀다고 생각하나?" 이제는 걸렸다는 듯이 샌더슨 소령이 물었다.

"물고기는 맛이 너무 싱거워요." 요사리안이 대답했다. "그리고 가시가 너무 많고요."

샌더슨 소령은 보기에는 좋아도 진지하지 못한 미소를 지으며 이해한다는 듯 머리를 끄덕였다. "그건 아주 흥미 있는 설명이군. 하지만 우린 곧 그 참된 이유를 찾아내게 되겠지? 귀관은 그 특정한 물고기를 좋아하나? 귀관이 손에 들고 있는 것 말야."

"뭐 좋다 싫다 할 게 없어요."

"귀관은 그 물고기를 싫어하나? 귀관은 그것에 대해서 냉정하거나 괴롭히고 싶은 어떤 감정을 느끼나?"

"아니, 전혀 안 그래요. 사실은 물고기를 좋아하는 셈이죠."

"그렇다면 귀관은 물고기를 좋아하는군그래."

"아, 아닙니다. 뭐 좋다 싫다 할 게 없어요."

"하지만 그걸 좋아한다고 귀관이 방금 말했잖아. 그리고 이젠 좋다 싫다 할 게 없다는 소리를 또 하고 있지. 난 귀관의 이율배반성을 찾아냈어. 이해가 안 가나?"

"갑니다, 소령님. 소령님이 제 이율배반성을 찾아냈다는 생각이 드는군요."

샌더슨 소령은 굵고 검은 연필로 그의 필기장에다 '이율배반성'이라고 자랑스럽게 적어 넣었다. "귀관 생각엔 어째서 귀관이 귀관과 물고기에 대한 상반되는 감정을 나타내는 두 가지 반응을 보이는 얘기를 했다고 생각하나?" 그는 다 쓰고 난 다음에 머리를 들고 얘기를 계속했다.

"내 생각엔 그것에 대해서 난 상극을 이루는 태도를 지니고 있나 봅니다."

샌더슨 소령은 '상극을 이루는 태도'라는 말을 듣고는 기뻐서 벌떡 일어났다. "귀관은 이해를 하는구먼!" 황홀해서 두 손을 꼬며 그는 감탄했다. "아, 내가 정신의학에 대해서는 조금도 지식이 없는 환자들과 날이면 날마다 얘기를 나누면서, 내 일이나 나에 대해서는 조금도 진짜 관심을 보이지 않는 사람들을 치료하려고 애쓰는 동안 여태까지 얼마나 고독했는지 귀관은 상상도 못 할 거야! 그래서 난 내가 부족하다는 두려운 기분을 느껴야 했지." 불안의 그림자가 그의 얼굴에 스쳤다. "그 생각을 떨쳐 버릴 수가 없는 것 같았어."

"정말이에요?" 달리 할 말도 별로 생각나지 않고 해서 요사리안이 말했다. "다른 사람들의 교육에서 나타난 공백에 대해 왜 소령님은 자신을 탓하려고 합니까?"

"바보 같은 짓이라는 건 알아." 자기도 모르게 어지러운 웃음을 웃으며 샌더스 소령이 불안하게 대답했다. "하지만 난 항상 다른 사람들의 훌륭한 견해에 상당히 많이 의존해 왔어. 난 내 또래의 다른 소년들보다 조금 늦게 사춘기를 맞았는데, 그 까닭에 나는 뭐랄까…… 온갖 문제들을 겪게 되었지. 그 얘기를 귀관과 나눈다면 틀림없이 재미있으리라는 생각이 드는군. 난 그 얘기를 어찌나 하고 싶은지 지금 귀관 문제를 중간에 끼워 넣을 마음이 내키지 않을 지경이지만, 어쩔 수가 없는 것 같아. 우리가 내 얘기로 시간을 다 보냈다는 걸 알면 페렛지 대령이 골을 내겠지. 내가 귀관한테 잉크 얼룩들을 보여 줄 테니, 그 모양과 색깔이 귀관에게 무엇을 연상시키는지 알려 줘."

"공연히 고생할 필요 없어요, 군의관님. 모든 것이 나로 하여금 섹스를 연상하게 하니까요."

"그래?" 자기 귀가 믿어지지 않는다는 듯이 샌더스 소령은 기뻐서 소리쳤다. "이제야 우린 정말로 진전을 보았어! 귀관은 혹시 섹스에 관한 멋진 꿈을 꿀 때가 있나?"

"내 물고기 꿈은 섹스 꿈이죠."

"아니, 진짜 섹스 꿈 얘기야. 귀관이 어떤 발가벗은 계집년의 모가지를 움켜쥐고, 그 여자가 온통 피투성이가 될 때까지 꼬집고 얼굴을 주먹으로 때린 다음에 귀관 몸으로 덮쳐서 그 여자에게 난행을 하고는, 귀관이 그녀를 너무나 사랑하고 그리고 그녀를 너무나 미워해서 어쩔 줄을 모르고 울음을 터뜨리는 그런 꿈 말야. 난 그런 섹스 꿈 얘기를 나누고 싶어. 귀관은 그런 섹스 꿈은 꾼 적이 없나?"

요사리안은 현명한 표정을 지으며 잠깐 동안 생각에 잠겼다. "내가 꾸는 건 물고기 꿈이에요." 그가 단정을 지었다.

샌더슨 소령은 마치 뺨이라도 맞은 듯이 뒷걸음질을 쳤다. "그래, 물론이지." 태도를 초조하고 방어적인 반발로 바꾸면서 그는 냉정하게 양보했다. "하지만 난 귀관이 어떤 반응을 보이는지 알아보기 위해서라도 아무튼 귀관이 그런 꿈을 하나 꾸었으면 해. 오늘은 그만하지. 그리고 또 내가 귀관한테 물어본 질문들에 대한 답들도 귀관이 생각해 두기를 바라. 이런 면담은 귀관 못지않게 나에게도 별로 유쾌한 일은 아닐세."

"그 얘기를 던바에게 해 주죠." 요사리안이 대답했다.

"던바?"

"이 모든 일을 처음 벌여 놓은 사람이죠. 그건 그의 꿈이었어요."

"아, 그 던바 말이군." 다시 자신감을 되찾으면서 샌더슨 소령이 냉소를 지었다. "항상 귀관이 욕을 먹게 되는 그 못된 짓들을 하는 그 나쁜 친구가 틀림없이 던바겠지, 그렇지 않은가?"

"그렇게 나쁜 사람은 아네요."

"그런데도 귀관은 죽는 순간까지 그를 옹호하겠지, 안 그런가?"

"그 정도까지는 아니죠."

샌더슨 소령은 의기양양하게 미소를 짓고는 필기장에다 '던바'라고 써넣었다. "귀관은 왜 다리를 절지?" 요사리안이 문 쪽으로 가자 그가 날카롭게 물었다. "그리고 도대체 왜 다리에는 붕대를 감았지? 귀관, 뭐 미쳤거나 그런 거 아냐?"

"난 다리에 부상을 입었어요. 그래서 병원에 있는 겁니다."

"아, 아냐, 귀관은 그렇지 않아." 샌더슨 소령은 악의에 차서 벌쭉 미소를 지었다. "귀관은 타액선에 결석(結石)이 생겼기 때문에 입원했어. 그러니까 따지고 보면 귀관은 별로 똑똑하지 못해, 안 그런가? 귀관은 자기가 왜 입원했는지도 몰라."

"난 다리에 부상을 입었기 때문에 입원했죠." 요사리안이 우겼다.

샌더슨 소령은 비꼬는 웃음을 웃으며 그의 주장을 무시했다. "어쨌든 귀관 친구 던바에게 내 안부를 전해 줘. 그리고 나를 위해서 아까 그런 꿈을 꾸라는 말도 해 주고."

그러나 던바는 두통과 현기증을 느꼈고 두통이 계속되어서, 샌더슨 소령에게 협조할 마음이 내키지 않았다. 헝그리 조는 예순 번의 출격을 마치고 또다시 고향으로 돌아가기를 기다리게 되었기 때문에 악몽을 꾸었지만, 병원으로 찾아왔을 때 그는 그 꿈을 하나라도 남과 나눌 생각이 없었다.

"샌더슨 소령을 위한 꿈을 가진 사람 혹시 누구 없나?" 요사리안이 물었다. "난 그 사람을 실망시키고 싶지가 않아. 그 사람 벌써부터 굉장히 풀이 죽었던데."

"난 당신이 부상을 당했다는 얘기를 들은 다음 줄곧 무척 이상한 꿈을 꾸었어요." 군목이 고백했다. "난 내 아내가 죽거나 살해를 당하고, 내 아이들이 음식을 삼키다가 목구멍이 막혀 죽는 꿈을 밤마다 꾸곤 했죠. 요즈음에는 머리를 물속에 담그고 헤엄을 쳐 나가는데 내 다리의 당신이 붕대를 감은 곳과 같은 바로 그곳을 상어가 뜯어 먹는 꿈을 꾸어요."

"그것 참 멋진 꿈이군요." 던바가 선언했다. "샌더슨 소령이 틀림없이 좋아하겠어요."

"그건 무서운 꿈이야!" 샌더슨 소령이 소리쳤다. "그건 고통과, 사지의 절단과, 죽음으로 가득 찼어. 내 생각엔 틀림없이 귀관이 나한테 감정이 있어서 그런 꿈을 꾼 것 같아. 그렇게 구역질 나는 꿈을 꾸다니, 난 귀관이 정말 군인인가 하는 의심이 들어."

요사리안은 희망의 빛을 본 듯한 기분이었다. "아마 소령님 말이 맞을지도 모릅니다, 소령님." 그는 약삭빠르게 제안했다. "아마 난 비행 근무가 해제되고 미국으로 돌아가야만 할지도 몰라요."

"귀관은 오직 귀관의 성적인 불능에 대한 잠재의식적인 공포를 진정시키려는 뜻에서 난잡한 여성 편력을 하고 있다는 생각이 머리에 떠오르는 일은 없나?"

"그래요, 소령님, 있어요."

"그렇다면 왜 그런 짓을 하지?"

"성적인 불능에 대한 공포를 진정시키려고요."

"왜 귀관은 그 대신에 좋은 취미를 하나 갖지 않나?" 우호적인 관심을 보이며 샌더슨 소령이 물었다. "낚시 같은 거 말야. 귀관은 정말 더케트 간호사가 그렇게 매력적이라고 생각하나? 내 생각에 그 여잔 뼈만 앙상한 편인 듯싶은데. 맛이 싱겁고 가시가 많다는 거 귀관도 알지, 물고기처럼."

"난 더케트 간호사를 잘 몰라요."

"그렇다면 귀관은 왜 그 여자의 젖가슴을 움켜쥐었지? 그저 젖가슴이 달렸기 때문인가?"

"그건 던바가 한 짓이죠."

"아, 그 얘긴 또 시작하지 말게." 샌더슨 소령이 신랄한 경멸을 보이며 소리치고는 역겹다는 듯 연필을 집어던졌다. "귀관은 정말 자신이 다른 사람이라고 꾸며 대서 귀관의 죄를 용서받을 수 있다고 생각하나? 난 귀관이 싫어, 포르티오리. 알겠어? 난 귀관이 조금도 마음에 들지를 않아."

요사리안은 차갑고 눅눅한 불안의 바람이 그에게로 불어오는 것을 느꼈다. "난 포르티오리가 아닙니다, 소령님." 그는 멋쩍게 말했다. "난 요사리안이에요."

"귀관이 누구라고?"

"내 이름은 요사리안이에요, 소령님. 그리고 난 다리에 부상을 입어 입원했고요."

"귀관 이름은 포르티오리야." 샌더슨 소령이 도전적으로 반박했다. "그리고 귀관은 타액선에 결석이 생겨 입원했어."

"아, 이러지 마세요, 소령님!" 요사리안이 화를 벌컥 냈다. "내가 누구인지는 내가 더 잘 알아요."

"그리고 난 그것을 증명하는 군대의 공식 기록을 가지고 있어." 샌더슨 소령이 반박했다. "너무 늦어지기 전에 귀관은 자신에 대해서 제대로 파악하는 것이 좋겠어. 처음에 귀관은 던바였지. 이제 귀관은 요사리안이야. 그러다가 귀관은 자기가 워싱턴 어빙이라고 우겨 대기 시작하겠지. 귀관은 어디가 탈인지 알겠나? 귀관은 복합 성격의 소유자야. 그게 탈이지."

"당신 말이 맞는지도 모르죠, 소령님." 요사리안은 정책적으로 동의했다.

"내가 옳다는 건 나도 알아. 귀관은 아주 심한 피해망상증에 걸렸어. 귀관은 남들이 귀관을 해치려고 한다고 생각하지."

"사람들은 진짜로 나를 해치려고 그러죠."

"내가 뭐랬어? 귀관은 지나친 권한이나 폐물이 된 전통을 조금도 받들지 않아. 귀관은 위험하고, 퇴폐적이고, 그리고 당장 밖으로 끌고 나가서 총살을 시켜야 할 사람이야!"

"그거 진담이에요?"

"귀관은 민중의 적이야!"

"당신 미쳤어요?" 요사리안이 소리쳤다.

"아니, 난 안 미쳤어." 자기 딴에는 은밀히 귓속말을 한다는 것이 고함을 지르며 도브스는 격분해서 병동으로 다시 들어왔다. "헝그리 조가 봤다니까. 그는 어제 캐스카트 대령의 농가에 들일 에어컨을 암시장에서 실어 오려고 나폴리로 날아갔다가 그들을 보았지. 그곳에는 커다란 보충대가 있었고, 그곳은 고향으로 돌아가는 조종사와 폭격수와 포수 들이 수백 명 우글거렸대. 그들은 마흔다섯 번 출격을 하고는 그것으로 끝이었지. 명예 부상장(負傷章)을 탄 사람들은 횟수가 더 적었고, 교체 병력은 미국에서 다른 폭격기 비행 대대들로 쏟아져 들어가고 있어. 본국에서는 행정 요원들까지 포함한 모든 사람들이 적어도 한 번쯤 해외 복무를 하기를 바라. 자네는 신문도 안 읽어? 이제 우린 그를 죽여야 해!"

"자넨 겨우 두 번만 더 출격하면 되는데 뭘 그래." 요사리안이 나지막한 목소리로 그를 타일렀다. "무엇 하러 모험을 해?"

"난 그 두 번의 출격에서 죽을 수도 있어." 도브스는 거칠고, 떨리고, 탁한 목소리로 싸움을 벌이려는 듯이 대답했다. "우린 내일 아침 일찍 그가 농장에서 차를 타고 돌아올 때 죽여 버릴 수가 있어. 내 총이 여기 있지."

도브스가 주머니에서 총을 꺼내 공중에 높이 들어 보여 주는 것을 요사리안은 아연실색하여 쳐다보았다. "자네 미쳤어?" 그는 공포에 질려서 이를 악물고 말했다. "그거 저리 치워 버려. 그리고 그 백치 같은 목소리 좀 낮추고."

"무엇 때문에 그렇게 걱정하지?" 기분이 상한 순진함을 보이며 도브스가 물었다. "아무도 우리 얘기를 듣지 못할 텐데."

"이봐요, 그쪽 좀 닥치지 못하겠어요." 병동의 저쪽 끝에서 어떤 목소리가 울려왔다. "우리가 낮잠을 청하려고 하는 걸 모르겠단 말이오?"

"야 인마, 넌 도대체 뭐야?" 도브스가 마주 소리를 지르고는 당장 싸움이라도 벌일 듯이 주먹을 움켜쥐고 몸을 획 돌렸다. 그는 다시 요사리안에게 몸을 획 돌리고는, 재채기가 나오려고 할 때마다 그것을 막으려고 공연히 두 팔꿈치를 들어 올리고, 흐느적거리는 다리로 비틀거리면서 여섯 차례 재채기를 하고 난 다음에야 얘기를 했다. 축축한 그의 눈을 덮은 눈꺼풀은 푸석푸석하고 불타는 듯했다. "자기가 뭐라고 저러는지 모르겠어." 발작적으로 코를 훌쩍이고 튼튼한 손목으로 코를 닦으면서 그가 물었다. "뭐 경찰이라도 되나?"

"그 사람은 범죄 수사대 요원이야." 요사리안이 침착하게 알려 주었다. "여기에 지금 세 명이 와 있고, 또 오고 있는 중이야. 아, 겁을 먹진 마. 그들은 워싱턴 어빙이라고 위조한 자를 쫓고 있어. 그들은 살인자들에게는 관심이 없지."

"살인자들이라고?" 도브스는 기가 질렸다. "자넨 왜 우리가 살인자라고 그러는 거야? 우리가 캐스카트 대령을 살해하려고 그러기 때문이야?"

"조용해, 염병할!" 요사리안이 타일렀다. "귓속말로 얘기할 수는 없어?"

"난 귓속말을 하고 있어. 난……."

"자넨 아직도 소리를 지르고 있어."

"아냐, 그렇지 않아. 난……."

"이봐, 거기들 입 닥치지 못해?" 병동의 모든 환자들이 도브스에게 고함을 치기 시작했다.

"내가 너희 모두 상대하마!" 도브스가 그들에게 소리를 지르더니 삐걱거리는 나무 의자에 올라서서 권총을 마구 휘둘렀다. 요사리안이 그의 팔을 잡아 밀쳐 끌어내렸다. 도브스가 다시 재채기를 시작했다. "난 알레르기가 있어." 재채기가 끝나자 콧물을 흘리고 눈에는 눈물을 글썽이면서 그가 사과했다.

"그것 참 안됐군. 그것만 아니라면 자넨 더 위대한 지도자가 될 수 있을 텐데."

"살인자는 캐스카트 대령이야." 더러워지고 구겨진 카키색 손수건을 치워 버리고 나서 도브스가 목쉰 소리로 불평했다. "만일 우리가 무슨 수를 써서 그를 막지 못한다면, 캐스카트 대령은 우리를 모두 죽일 거야."

"혹시 이제는 출격 횟수를 다시는 올리지 않을지도 몰라. 혹시 예순 번 이상은 넘어가지 않을지도 몰라."

"대령은 출격 횟수를 계속 올릴 거야. 그건 나보다 자네가 더 잘 알지." 도브스는 침을 꿀꺽 삼키고는 긴장한 얼굴을 요사리안에게 아주 가까이 가져갔고, 그의 청동 같고 바위 같은 턱의 근육은 응어리가 져서 불끈거렸다. "그저 괜찮다는 소리만 자네가 해 주면 모든 일은 내일 아침에 내가 맡아 하겠어. 내가 하는 얘기가 무슨 뜻인지 이해가 가? 지금 난 귓속말을 하고 있어. 그렇지?"

요사리안은 자기에게 고정된 도브스의 불타는 애원의 눈길로부터 시선을 돌렸다. "도대체 왜 자네는 그냥 나가서 혼자 해치워 버리지 못하는 거야?" 그가 항의했다. "자넨 왜 나를 끌어들이지 않고 혼자 처리하지 못하지?"

"난 혼자 해치우기가 겁이 나. 난 무엇이나 혼자서 하려면 겁이 나지."

"그렇다면 난 좀 빼 줘. 난 지금 미치지 않고서야 그런 일에 얽혀들 수 없어. 난 여기 100만 달러짜리 부상당한 다리가 있지. 이것 때문에 난 고향으로 갈 거야."

"자네 미쳤나?" 믿지 못하겠다는 듯 도브스가 소리쳤다. "그건 스친 상처에 지나지 않아. 자네가 명예 부상장을 탔건 말았건, 퇴원하면 그날로 대령이 자넬 다시 출격시킬 거야."

"그런다면 난 정말 그를 죽이겠어." 요사리안이 맹세했다. "난 자네를 찾아갈 것이고, 우린 일을 같이하게 되겠지."

"그렇다면 아직 우리한테 기회가 있을 때, 내일 그것을 해치우자." 도브스가 부탁했다. "군목이 그러는데 대령의 대대가 다시 아비뇽 출격을 나가겠다고 자원했다는군. 자네가 퇴원하기 전에 난 죽을지도 몰라. 이 떨리는 손을 보라고. 난 비행을 할 수 없어. 난 몸이 좋지 않아."

요사리안은 그러마고 말하기가 두려웠다. "우선 일이 어떻게 돌아가는지 두고 봐야겠어."

"자넨 아무것도 행동을 취하지 않는다는 게 흠이지." 화가 나서 볼멘 목소리로 도브스가 불평했다.

"난 가능한 일이면 무엇이나 다 합니다." 도브스가 나간 다음에 군목은 작은 소리로 요사리안에게 설명했다. "당신을 도울 길이 없을까 해서 난 다네카 군의관과 의논하려고 의무실까지도 찾아갔어요."

"예, 그건 알겠어요." 요사리안은 미소를 짓고 싶은 것을 참았다. "어떻게 되었나요?"

"내 잇몸을 보랏빛으로 칠해 주데요." 군목이 멋쩍게 대답했다.

"발가락도 보랏빛으로 칠했답니다." 네이틀리가 격분해서 한마디 덧붙였다. "그런 다음에 그에게 하제를 주었어요."

"하지만 난 오늘 그를 만나러 다시 찾아갔죠."

"그리고 그들은 그의 잇몸을 다시 보랏빛으로 칠했어요." 네이틀리가 말했다.

"하지만 난 아무튼 그와 얘기를 했어요." 자기변호를 하는 애처로운 말투로 군목이 설명했다. "다네카 군의관은 참으로 불행한 사람 같아 보이더군요. 그는 누가 자기를 태평양으로 전출 보낼 흉계를 꾸미고 있다고 의심합니다. 여태까지 그는 나에게 도움을 청하러 올 생각을 하고 있었어요. 내가 그의 도움이 필요하다고 얘기를 해 주었더니, 그는 자기가 찾아갈 군목은 없느냐고 묻더군요." 군목은 풀이 죽어서 참을성 있게 기다렸고, 요사리안과 던바 두 사람은 다 같이 웃음을 터뜨렸다. "난 불행해진다는 건 부도덕하다고 믿었죠." 고독하게 큰 소리로 곡을 하듯이 그는 말을 계속했다. "이젠 뭐가 뭔지 도대체 하나도 모르겠어요. 난 이번 일요일 설교의 내용으로 부도덕이라는 소재를 택하고 싶지만, 이런 보랏빛 잇몸을 하고도 설교를 해야 할지 어쩔지 잘 모르겠어요. 이걸 보더니 콘 중령은 아주 기분 나빠하데요."

"군목님, 왜 우리처럼 입원해서 얼마 동안 푹 쉬시지 그래요?" 요사리안이 권했다. "여기서라면 무척 편하게 지낼 겁니다."

그 제안의 뻔뻔스러운 죄악은 잠깐 동안 군목으로 하여금 유혹과 즐거움을 느끼게 했다. "아뇨, 난 그렇게 생각하지는 않아요." 그는 마지못해서 결심했다. "난 윈터그린이라는 우편 담당 직원을 만나려고 본토로 여행할 길을 마련했으면 해요. 다네카 군의관이 그가 날 도와줄 수 있을 것 같다고 하더군요."

"윈터그린은 아마도 이 작전 지역 전체에서 가장 유력한 인물일지도 모릅니다. 그는 우편 수발원일 뿐 아니라, 등사기도 사용할 수 있어요. 하지만 그는 아무도 도우려고 하질 않아요. 그것이 그가 성공할 가능성이 있는 이유들 가운데 하나죠."

"어쨌든 난 그 사람하고 얘기를 해 보고 싶어요. 누군가 당신을 도울 사람이 있을 겁니다."

"던바를 도와줘요, 군목님." 초연한 태도를 보이며 요사리안이 제안했다. "난 이렇게 100만 달러짜리 부상을 다리에 입었으니까 전투에서 빠질 수가 있죠. 만일 이걸로 해결이 안 된다면, 내가 군복무에 적당하지 못하다고 생각하는 정신과 의사도 있어요."

"군복무에 적당치 못한 사람은 바로 나예요." 던바는 샘이 나서 징징거렸다. "그건 내 꿈이었으니까요."

"꿈 때문이 아냐, 던바." 요사리안이 설명했다. "그는 자네 꿈을 좋아해. 내 성격 때문이지. 그는 내가 복합 성격이라고 생각하니까."

"완전히 분리된 이중성격이야." 모양을 내느라고 뭉툭한 미군 구두에 끈을 맵시 있게 매고, 냄새가 좋은, 머릿결을 빳빳하게 하는 기름으로 숯처럼 푸석푸석한 머리털을 다듬어 내린 샌더슨 소령이 말했다. 그는 자기가 착하고 분별력이 있음을 보여 주려고 야하게 미소를 지었다. "난 무자비하거나 모욕을 주고 싶어서 그런 소리를 하지는 않았어." 그는 무자비하고 모욕을 주는 즐거움을 느끼면서 말을 계속했다. "난 귀관을 증오하거나 복수를 하려고 이런 소리를 하는 게 아냐. 난 귀관이 날 거부했거나 내 기분을 무척 상하게 했다고 해서 이런 소리를 하는 건 아니지. 아냐, 난 의학도여서, 냉정하고 객관적으로 행동하는 거야. 난 귀관한테 아주 나쁜 소식을 전해 줘야 되겠어. 귀관, 사내답게 참겠나?"

"맙소사, 아뇨!" 요사리안이 비명을 질렀다. "난 당장 혼비백산하겠죠."

샌더슨 소령은 순식간에 분노를 터뜨렸다. "귀관은 하나라도 제대로 할 수 있는 게 없나?" 격분해서 사탕무처럼 얼굴이 빨개지고 두 주먹으로 한꺼번에 책상의 옆구리를 짓찧으면서 그가 애원했다. "귀관은 사회의 모든 관습을 너무 시답잖게 생각하는 게 흠이지. 귀관은 아마 내가 사춘기를 늦게 맞았다는 이유 하나만으로 날 너무 시답잖게 생각하는지도 몰라. 그래, 귀관이 뭔지 알겠나? 귀관은 욕구불만을 느끼고, 불행하고, 환멸을 느끼고, 세련되지 못하고, 환경에 적응하지 못하는 젊은이야!" 달갑지 않은 형용사들을 풀어내는 동안 샌더슨 소령의 성격은 무르익어 가는 것 같았다.

"그렇습니다, 소령님." 요사리안이 조심스럽게 인정했다. "당신 말이 맞는 것 같군요."

"물론 내 말이 맞지. 귀관은 미숙해. 귀관은 전쟁이라는 개념에 적응하지 못했어."

"그렇습니다."

"귀관은 죽음에 대해 병적인 기피증을 갖고 있어. 귀관은 아마 귀관이 전쟁터에 와 있으며 어느 순간에 머리가 날아갈지도 모른다는 사실을 못마땅하게 생각하겠지."

"못마땅하게 생각하는 정도가 아닙니다, 소령님. 난 완전히 속이 뒤집혔죠."

"귀관에게는 생존을 위한 뿌리 깊은 불안감이 있어. 그리고 귀관은 고집통이들과 깡패들과 속물들과 위선자들을 싫어하지. 귀관은 잠재의식적으로 증오하는 사람들이 많아."

"의식적으로죠, 소령님, 의식적으로요." 요사리안은 도우려는 뜻에서 말을 바로잡아 주었다. "난 그들을 의식적으로 증오해요."

"귀관은 강탈이나 착취나 굴종이나 모욕이나 기만을 당한다는 개념에 반발하지. 비참한 것을 보면 귀관은 마음이 우울해져. 무지를 보면 귀관은 마음이 우울해져. 빈민굴을 보면 귀관은 마음이 우울해져. 탐욕을 보면 귀관은 마음이 우울해져. 처형 장면을 보면 귀관은 마음이 우울해져. 폭력을 보면 귀관은 마음이 우울해져. 범죄를 보면 귀관은 마음이 우울해져. 부패를 보면 귀관은 마음이 우울해져. 정말이야. 만일 귀관이 조울증에 걸렸다고 해도 난 놀라지 않을 거야."

"예, 소령님. 아마 난 그런지도 모르죠."

"부인할 생각은 말아."

"난 부인하지 않아요, 소령님." 마침내 그들 사이에 존재하게 된 기적 같은 영교(靈交)로 기분이 좋아진 요사리안이 말했다. "난 소령님의 모든 얘기에 동의합니다."

"그렇다면 귀관은 자기가 미쳤다는 사실을 인정하겠나?"

"미쳐요?" 요사리안은 충격을 받았다. "무슨 소리를 하는 거예요? 어째서 내가 미쳤나요? 미친 사람은 당신이죠!"

샌더슨 소령은 화가 나서 다시 얼굴이 붉어졌고, 두 주먹으로 자기 넓적다리를 후려쳤다. "나더러 미쳤다고 한다는 건 전형적으로 사디스트적이고, 복수심에 휩싸이고 편집병적(偏執病的)인 반응이야!" 그는 분해서 침을 튀기며 말했다. "귀관은 정말 미쳤어!"

"그렇다면 당신은 왜 날 귀국시키지 않나요?"

"그래서 난 자넬 귀국시킬 거야!"

"날 귀국시키겠대!" 다리를 절름거리며 병동으로 돌아온 요사리안은 신이 나서 발표했다.

"나도요!" A. 포르티오리가 기뻐했다. "방금 내 병동으로 와서 나더러 그렇게 말했어요."

"나는 어떻고?" 던바가 의사들에게 성을 내며 물었다.

"귀관 말인가?" 그들은 무뚝뚝하게 대답했다. "귀관은 요사리안하고 같이 가. 당장 전투지로!"

그리고 두 사람 다 전투지로 돌아갔다. 요사리안은 구급차를 타고 비행 중대로 돌아가자 격분했고, 그는 다리를 절면서 잘잘못을 따지려고 다네카 군의관에게로 갔는데, 군의관은 비참하고 모욕적인 태도로 그를 뚱하게 노려보았다.

"자네 말이야!" 두 눈 밑에 달걀처럼 늘어진 눈자위가 단호하고 비판적인 다네카 군의관이 역겨움에 비난하며 구슬프게 소리쳤다. "자네가 생각하는 거라고는 자기뿐이지. 자네가 병원으로 간 다음에 어떤 일이 벌어지고 있었는지 알고 싶으면 가서 폭격선을 봐."

요사리안은 놀랐다. "우리 편이 밀리나?"

"밀리느냐고?" 다네카 군의관이 소리쳤다. "우리가 파리를 점령한 이후로 전체적인 군사 상황은 엉망이 되었어. 난 그럴 줄 알았지." 뿌루퉁한 분노가 우울증으로 바뀌면서 그는 말을 멈추고, 마치 그것이 모두 요사리안의 탓이라는 듯 흥분해서 얼굴을 찌푸렸다. "미국 병력이 독일 땅으로 밀고 들어가는 중이야. 러시아인들은 루마니아 전체를 되찾았고, 어제만 하더라도 8군의 그리스 병력이 리미니를 탈환했어. 독일인들은 어디에서나 수세에 몰렸지!" 다네카 군의관은 다시 말을 멈추고, 찢어지는 듯한 슬픔의 개탄을 내뿜기 위해서 잔뜩 숨을 들이마셨다. "이젠 독일 공군(Luftwaffe)도 다 박살이 났어!" 그가 울부짖었다. 당장이라도 울음을 터뜨릴 것 같았다. "고딕 라인[27] 전체가 무너질 위험에 처했어!"

"그래서?" 요사리안이 물었다. "뭐가 어쨌다는 거야?"

"뭐가 어쨌다고?" 다네카 군의관이 소리쳤다. "만일 곧 무슨 일이 일어나지 않았다가는 독일이 항복할지도 몰라. 그러면 우린 모두 태평양으로 전출된단 말야!"

괴이한 경악을 느끼며 요사리안은 다네카 군의관을 멍하니 쳐다보았다. "자네 미쳤나? 자네가 무슨 얘기를 하고 있는지나 알아?"

"그래. 자네가 웃는다는 건 쉬운 일이지." 다네카 군의관이 코웃음을 쳤다.

"웃긴 누가 웃어?"

"적어도 자네에게는 기회가 있어. 자넨 전투에 나가니까 죽을 수도 있지. 하지만 난 어떡하나? 난 바랄 것이 하나도 없어."

"자넨 미쳐도 크게 미쳤어!" 그의 셔츠 앞자락을 움켜쥐면서 요사리안은 힘을 주어 그에게 소리쳤다. "그걸 알겠어? 이젠 그 바보 같은 입 좀 닥치고 내 말을 들어 봐."

---

27) 1944년 독일이 이탈리아에 구축한 방위선.

다네카 군의관은 몸을 비틀어서 빼냈다. "나한테 감히 그런 식으로 얘기하지 마. 난 면허가 있는 의사야."

"그렇다면 그 바보 같고 면허가 있는 의사의 입 좀 닥치고 병원에서 나한테 한 얘기나 들어 봐. 난 미쳤어. 자넨 그걸 알고 있었어?"

"그래서?"

"진짜로 미쳤어."

"그래서?"

"난 돌았어. 미치광이지. 이해가 안 가? 난 머리가 삐끗했어. 그들은 실수로 나 대신에 다른 사람 하나를 귀국시켰지. 병원에는 면허증이 있는 정신과 의사가 있어서 나를 진단했고, 그가 판결을 내렸지. 난 진짜 정신이상이야."

"그래서?"

"그래서라니?" 이해를 못 하는 다네카 군의관의 무능함에 요사리안은 어리둥절했다. "그것이 무슨 뜻인지를 모르겠나? 이젠 자네가 내 전투 임무를 면제시키고 날 고향으로 보낼 수 있어. 그들은 미친 사람을 죽으라고 내보내지는 않을 거야, 안 그래?"

"그럼 미치지 않았다면 누가 나가지?"

28
도브스

맥워트는 싸움터에 나갔고, 맥워트는 미치지 않았다. 그리고 아직도 다리를 절면서 요사리안도 나갔고, 요사리안이 두 차례 출격을 더 나갔을 때쯤에 그는 볼로냐로 또 출격을 나가리라는 소문에 위협을 느껴서, 어느 더운 날 이른 오후에 결심을 하고는 도브스의 천막으로 절름거리며 들어가 입에 손가락을 대고 말했다. "입 다물고 있어!"

"왜 입 다물라고 그래요?" 귀퉁이가 너덜너덜해진 만화를 넘기면서 앞니로 밀감 껍질을 벗기던 키드 샘슨이 물었다. "맥워트는 입도 열지 않았는데."

"꺼져." 어깨 너머로 천막의 입구를 엄지손가락으로 가리키며 요사리안이 키드 샘슨에게 말했다.

키드 샘슨은 눈치를 채고 노란 눈썹을 쫑긋하더니 협조적으로 몸을 일으켰다. 그는 축 늘어진 노란 콧수염을 향해 위쪽으로 네 번 휘파람을 불고는 몇 달 전에 중고품으로 사들인 낡고 찌그러진 초록빛 모터사이클을 타고 산 쪽으로 달려갔다. 요사리안은 모터사이클의 희미한 마지막 소음이 멀리 사라질 때까지 기다렸다. 천막 안의 물건들은 어쩐지 정상적인 듯싶지 않았다. 그것은 너무 말끔했다. 도브스는 굵직한 시가를 피우면서 호기심에 차서 그를 지켜보았다. 용감해지기로 결심하고 나니 이제 요사리안은 죽을 지경으로 겁이 났다.

"좋아." 그가 말했다. "캐스카트 대령을 죽이기로 하지. 우린 그 일을 같이하는 거야."

도브스는 굉장한 공포를 느끼는 표정으로 그의 야전침대에서 벌떡 뛰어나왔다. "조용히 해!" 그는 소리를 질렀다. "캐스카트 대령을 죽인다고? 도대체 무슨 얘기야?"

"조용해, 염병할." 요사리안이 으르렁거렸다. "섬 전체가 다 듣겠어. 그 총 아직 가지고 있지?"

"자네 뭐 미치거나 한 거 아냐?" 도브스가 외쳤다. "뭐 하러 내가 캐스카트 대령을 죽여?"

"뭐 하러라니?" 믿기지 않는 듯 얼굴을 찡그리면서 요사리안은 도브스를 노려보았다. "뭐 하러라고? 그건 자네가 제안했어, 안 그래? 자네가 병원으로 찾아와서 나더러 해치우자고 청하지 않았어?"

도브스는 천천히 미소를 지었다. "하지만 그건 내가 쉰여덟 번밖에 출격을 안 나갔을 때 일이었어." 기분 좋게 시가를 빼끔거리면서 그가 설명했다. "난 이제 짐을 다 꾸리고 귀국하기만 기다리는 참이야. 난 예순 번의 출격을 끝냈거든."

"그래서 어쨌다는 거야?" 요사리안이 반박했다. "대령은 횟수를 또 올릴 텐데."

"이번에는 안 그럴지도 몰라."

"대령은 항상 횟수를 올려. 자네 도대체 어떻게 된 거야, 도브스? 헝그리 조한테 얼마나 여러 번 짐을 꾸렸나 물어봐."

"난 어떤 일이 일어날지 기다려 봐야 되겠어." 도브스가 고집스럽게 우겼다. "내가 정신이 돌지 않고서야 전투 임무를 끝낸 지금에 와서 그런 일에 얽혀 들 수는 없지." 그는 시가의 재를 떨었다. "안 돼." 그가 말했다. "난 자네한테 남들처럼 예순 번의 출격을 끝내고 사태가 어떻게 돌아가는지 두고 보라는 충고를 하고 싶어."

요사리안은 그의 면상에다 정통으로 침을 뱉어 주고 싶은 충동을 억눌렀다. "난 예순 번을 끝낼 때까지 살아남지 못할지도 몰라." 그는 힘없고 비관적인 목소리로 꾀었다. "비행 대대를 다시 볼로냐로 출격시키겠다고 대령이 자원했다는 소문이 돌고 있어."

"그건 소문에 지나지 않아." 도브스는 잘난 척하면서 지적했다. "자넨 들려오는 소문을 모두 믿어서는 안 돼."

"나한테 충고는 그만두지 못해?"

"오르한테 얘기해 보지 그래?" 도브스가 제안했다. "오르는 두 번째 아비뇽 출격을 나갔다가 지난주에 또 바다로 격추되었어. 아마 그는 대령을 죽이고 싶을 만큼 기분이 나쁠지도 몰라."

"오르는 기분 나빠할 만큼 머리가 똑똑하지 못해."

오르는 요사리안이 병원에 있는 동안에 또다시 바다로 격추되었는데, 그는 망가진 비행기로 어찌나 빈틈없는 기술을 발휘해 마르세유 부근의 유리알처럼 파란 바닷물에 얌전히 내려앉았던지, 승무원 여섯 명 가운데 단 한 명도 타박상조차 입지 않았다. 비행기 둘레에서 바닷물이 여전히 하얗고 초록빛으로 거품을 일으키고 있는 동안 기수와 뒤쪽의 탈출구들이 활짝 열렸고, 장병들은 그들의 목과 허리에 부풀지 않아서 쓸모없이 매달려 흐느적거리는 오렌지 빛 메이 웨스트 구명조끼를 걸치고 가능한 한 재빨리 몰려나왔다. 구명조끼가 부풀어 오르지 않았던 까닭은 마일로가 장교 식당에서 제공하던, 딸기와 찧은 파인애플로 만든 아이스크림소다를 장만하려고 공기 주입구의 이중 이산화탄소 실린더를 뽑아내고 그 대신에 "엠 앤드 엠 기업을 위해 좋은 것은 국가를 위해서도 좋다."라는 내용의 글을 등사한 쪽지를 바꿔 넣었기 때문이었다. 가라앉는 비행기에서 마지막으로 나온 사람은 오르였다.

"그 모습을 한번 봐 둬야 하는 건데 그랬어요!" 그때 얘기를 요사리안에게 전해 주면서 나이트 병장이 요란하게 웃었다. "그렇게 기막힐 정도로 우스운 꼴은 처음 보았어요. 당신들이 장교 식당에서 먹은 그 아이스크림소다를 만들려고 마일로가 이산화탄소를 빼냈기 때문에 구명조끼는 하나도 쓸 수가 없었죠. 하지만 지나고 보니 그 정도는 상관없었어요. 우리 가운데 수영을 못하는 사람은 하나뿐이었는데, 우리가 아직 모두 비행기 위에 서 있는 동안에 오르가 밧줄을 써서 기체에 뗏목을 바싹 붙인 다음 그 친구를 번쩍 들어 태웠어요. 그 조그만 양반이 그런 일에는 정말 소질이 있었죠. 그러자 다른 뗏목이 풀려 떠내려갔고, 그래서 우리 여섯 사람은 서로 팔꿈치와 다리가 맞닿은 채로 모두 옹기종기 뗏목 하나에 타고 앉았어요. 몸을 움직이기만 하면 옆에 있는 친구가 떠밀려 물에 빠질 지경이었습니다. 우리가 벗어난 지 삼 초쯤 되어서 비행기가 가라앉았고, 그다음 즉시 우리는 도대체 어디가 고장인지 보려고 구명조끼의 마개를 돌려 뽑고, 자기를 위해 좋은 것은 뭐든지 다 우리를 위해서도 좋다고 마일로가 써놓은 그 거지 같은 쪽지들을 보게 되었어요. 망할 자식! 우린 모두 그에게 욕설을 퍼부었는데, 당신 친구 오르만큼은 달라서, 마치 마일로에게 좋은 일이라면 우리 모두에게도 좋은 일이라는 걸 믿기라도 하는 듯 웃고만 있더군요.

맹세컨대, 우리가 무턱대고 쳐다보기만 하면서 무슨 명령이라도 내려 주기를 기다리는 동안 배의 선장처럼 뗏목의 언저리에 올라앉아 있던 그의 모습을 당신도 보았어야 해요. 그 사람은 마치 풍이라도 걸린 듯 자꾸만 다리를 손으로 치고는 '이젠 됐어, 됐어.' 하면서 미치광이처럼 낄낄거리다가 '이젠 됐어, 됐어.' 하면서 또 미치광이처럼 낄낄거렸죠. 마치 무슨 정신박약아를 구경하는 것 같았습니다. 파도가 밀려와서 구명정 안의 우리를 뒤덮어 버리거나, 우리 몇 명이 바다에 나가떨어졌다가 다시 기어오르면 다음 파도가 와서 우릴 다시 밖으로 쓸어 내던 처음 몇 분 동안에는 그를 구경하는 일만이 우리가 미쳐 버리는 걸 막아 주었죠. 그거 정말 재미있더군요. 우린 자꾸만 밖으로 나가떨어졌다가 다시 기어 들어오곤 했습니다. 우린 수영을 못하는 친구를 구명정 바닥 한가운데다 뉘어 놓았지만, 구명정 안의 물이 그의 얼굴에 찰랑일 만큼 깊어서 그 사람도 익사할 뻔했어요. 아, 세상에!

그러더니 오르는 구명정에 있는 상자들을 열기 시작했는데, 진짜로 재미있는 일은 여기부터였죠. 처음에는 그가 초콜릿이 든 상자를 찾아서는 우리에게 돌렸고, 우리가 짭짤하게 젖은 초콜릿을 먹고 있는 동안에 파도는 자꾸만 우리를 구명정에서 바다로 휩쓸어 던졌어요. 다음에 그는 부용[28] 덩어리와 양은 컵들을 찾아내어 우리에게 죽을 만들어 주었어요. 다음에 그는 차를 좀 찾아냈죠. 그럼요, 그는 차를 만들었어요! 궁둥이까지 물에 흠뻑 빠져 앉아 있는 우리에게 차를 주던 그의 모습을 상상할 수 있나요? 어찌나 웃어 댔던지 이제는 제가 구명정에서 떨어지기 시작했어요. 우린 모두 웃어 댔죠. 그리고 멍청하게 낄낄거리거나 미친 사람처럼 히죽 웃을 때 말고는 그는 무지무지하게 심각했어요. 정말 괴짜더군요! 그는 손에 닿는 것은 무엇이나 사용했죠. 상어를 쫓는 약을 발견하자 그것을 당장 바닷물에 뿌렸습니다. 그러고는 위치를 표시하는 물감을 찾아내어 바다에 던졌어요. 다음에 그가 찾아낸 것은 낚싯줄과 말린 미끼였는데, 그것을 보더니 그는 마치 독일인들이 라스페치아에서 배를 내보내 우리를 포로로 잡아 기관총으로 갈겨 버리거나 우리가 표류하다 죽기 직전에 우리를 구원하려는 공중과 해상의 구조가 개시되기라도 한 듯 얼굴이

28) 쇠고기, 새고기 따위의 맑은 고깃국.

환해졌습니다.

어느 틈에 오르는 그 낚싯줄을 물에 던지고는 종달새처럼 즐겁게 쉬지 않고 노래를 불렀어요. '중위님, 뭐가 잡힐 것 같아요?' 내가 그에게 물었습니다. '대구.' 그가 나에게 말했죠. 그건 진담이었어요. 그리고 대구를 날로 먹어도 좋다고 쓰여 있는 어떤 작은 책을 읽은 적이 있어서 그는 만일 대구를 잡기만 했더라면 그것을 날로 먹고 우리한테도 먹으라고 했을 테니까 차라리 잡지 못한 것이 더 좋은 일이었죠.

그가 다음에 찾아낸 것은 딕시 컵[29]의 숟가락만큼 작고 파란 노였는데, 물론 그는 그 작은 막대기를 저어서 400킬로그램이나 나가는 우리 모두를 끌고 가려 했습니다. 상상이 갑니까? 그다음에 그는 작은 자력 나침반과 커다란 방수 지도를 찾아내어서 지도를 무릎 위에 펼쳐 놓고는 나침반을 그 꼭대기에다 올려놓았죠. 그리고 거의 삼십 분쯤 후에 기정(汽艇)이 우리를 구조할 때까지 그는 미끼가 달린 낚싯줄을 뒤로 늘어뜨리고, 다리 위에 지도를 펼치고 무릎에는 나침반을 놓고, 마치 마요르카로 도망이라도 가는 듯 있는 힘을 다해서 그 귀엽고 파란 노를 젓고 있었어요. 맙소사!"

나이트 병장이 마요르카에 대해서 훤히 알고 오르 역시 환했던 까닭은, 미국 공군 장병들이 비행기로 날아가기만 하면 최고로 편안하고 아늑한 상태에서 전쟁이 끝날 때까지 수용될 수 있는 도피처가 스페인과 스위스와 스웨덴에 있다는 얘

29) 캠프용 반합.

기를 요사리안이 그들에게 자주 해 주었기 때문이었다. 수용소에 대해서라면 요사리안은 비행 중대에서 가장 뛰어난 권위자였고, 이탈리아 북부로 출격을 나갈 때마다 스위스로 방향을 돌릴 돌발 사고를 벌써부터 계획하고 있었다. 그는 물론 지식 수준이 높고, 목소리가 나지막하고 반항적인 아름다운 여자들과 나체로 수영을 할 수 있고, 국가의 도움을 받아 출산될 요사리안의 사생아들로 이루어진 행복하고 버릇없는 족속을 새끼 치며 치욕이 없는 새 삶을 시작할 수 있는 스웨덴을 더 좋아했지만, 스웨덴은 너무 멀어서 닿지 않았다. 그래서 요사리안은 언젠가 이탈리아 알프스 상공에서 한쪽 엔진이 고사포에 맞아 날아가는 상황이라도 벌어져 그에게 스위스로 비행할 핑계를 마련해 줄 날이 오기를 기다렸다. 자기가 그쪽으로 길을 안내하고 있음을 조종사에게조차도 알리지 않으리라. 요사리안은 믿을 만한 어느 조종사와 짜고서 엔진 하나가 고장인 척 꾸며 대고는 불시착을 함으로써 거짓 증거를 없애겠다는 계획을 자주 생각해 보았다. 그러나 그가 믿을 수 있을 만한 조종사라고는 맥워트뿐이었는데 그는 어디에 있든지 무척이나 행복했으며, 요사리안의 천막 위로 비행기를 윙윙거리며 날거나 바닷가에서 수영하는 사람들 머리 위로 아주 나지막이 비행해서 프로펠러의 사나운 바람이 바닷물에 시커먼 고랑을 가르고 물방울이 튀는 물살이 서로 부딪히는 광경을 보면 여전히 신이 났다.

도브스와 헝그리 조는 다 틀린 일이고 오르도 마찬가지였는데, 도브스에게 거절당한 다음 풀이 죽은 요사리안이 다리를 절며 천막으로 돌아갔더니 오르는 또다시 난로의 밸브를 고치고 있었다. 금속 드럼통을 뒤집어 오르가 만들고 있던 난로는 그가 만든 매끄러운 시멘트 바닥 한가운데에 놓여 있었다. 그는 무릎을 꿇고 부지런히 일했다. 요사리안은 그에게 신경을 쓰지 않으려고 애쓰면서 맥없이 그의 야전침대로 절룩거리며 가서는 힘들고 기운 빠진 신음을 하며 주저앉았다. 이마에 솟은 땀방울들이 차가워졌다. 그는 도브스 때문에 우울했고 다네카 군의관 때문에 우울했다. 그는 오르를 쳐다보고는 숙명의 불길한 예감 때문에 우울했다. 그는 갖가지 내적인 동요 때문에 숨이 가빠지기 시작했다. 신경이 경련을 일으켰고, 한쪽 팔목의 핏줄이 뛰기 시작했다.

오르는 볼록하게 줄지어 난 뻐드렁니를 축축한 입술로 바싹 가리면서 어깨 너머로 요사리안을 살펴보았다. 그는 옆으로 손을 뻗어 발치의 관물함에서 미지근한 맥주 한 병을 꺼내 뚜껑을 딴 다음 요사리안에게 넘겨주었다. 두 사람 다 아무 얘기도 하지 않았다. 요사리안은 주둥이에 이는 거품을 마시고는 머리를 뒤로 젖혔다. 오르는 소리 없이 미소를 지으며 그의 눈치를 살폈다. 요사리안은 조심스럽게 오르를 살폈다. 오르는 약간 냉소적으로 나지막한 웃음소리를 내고는 돌아앉아 몸을 쪼그린 채로 일을 계속했다. 요사리안은 더욱 긴장했다.

"시작하지 마." 그는 두 손으로 맥주병을 움켜쥐면서 위협적인 목소리로 부탁했다. "그 난로 고치는 일 시작하지 마."

오르는 소리 없이 킥킥 웃었다. "거의 다 끝났어요."

"아냐, 그렇지 않아. 막 시작하려는 거지."

"이건 밸브예요. 보이죠? 거의 다 맞추어 놓았어요."

"그리고 자넨 조금 있으면 그걸 또 뜯겠지. 난 자네가 뭘 하려는지 안다고. 자네가 그걸 만지는 걸 300번이나 보았어."

오르는 환희로 몸을 부르르 떨었다. "난 이 휘발유 줄이 새기를 바라요." 그가 설명했다. "내가 손질을 해서 지금은 겨우 비치기만 할 정도지만요."

"난 자네를 쳐다볼 수가 없어." 요사리안은 어조가 없는 목소리로 고백했다. "만일 자네가 뭔가 큰 물건을 가지고 일을 한다면, 그건 좋아. 하지만 그 밸브는 작은 부품들로 가득 찼고, 자네가 그렇게 한심하도록 작고 쓸데없는 물건을 놓고 그토록 애쓰는 꼴은 차마 눈뜨고 볼 수가 없어."

"작다고 해서 꼭 시시한 건 아닙니다."

"난 관심 없어."

"한 번만 더 할까요?"

"내가 없을 때 해. 자넨 행복한 멍청이여서, 내 기분이 어떻다는 건 이해도 못 하겠지. 내가 설명조차 할 수 없는 자질구레한 것들을 놓고 자네가 일하는 동안, 나한테는 사건들이 생겨. 따지고 보니 난 자넬 참을 수가 없어. 난 자넬 미워하기 시작하고, 그리고 난 곧 이 술병으로 자네의 머리통을 부수든가 저기 있는 저 사냥칼로 자네의 목을 찌를 생각을 진지하게 고려하겠지. 알겠어?"

오르는 아주 똑똑하게 머리를 끄덕였다. "난 지금 밸브를 뜯지 않겠어요."라고 말하더니, 그는 촌스럽고 볼품없는 얼굴을 마룻바닥에 아주 바싹 붙이고, 전혀 의식하지 않은 듯이 여겨질 정도로 한없이 침착하게 신경을 집중해서 손가락으로 아주 작은 기계 부속품들을 힘들여 집어 들었다. 그러고는 느리고, 지칠 줄 모르며, 한없이 정밀한 솜씨로 그것을 뜯기 시작했다.

요사리안은 말없이 그를 저주하고는 무시하기로 결심했다. "그건 그렇고, 도대체 왜 그렇게 서둘러서 난로를 만지는 거야?" 그는 조금 있다가 자기도 모르게 소리를 질렀다. "바깥에 나가면 아직도 더워. 이따가 우린 수영하러 갈지도 몰라. 무엇 때문에 그렇게 추위 걱정을 하지?"

"날이 점점 짧아져요." 오르가 심각하게 말했다. "아직 시간적인 여유가 있을 때 당신을 위해 이 일을 모두 끝내고 싶어요. 내가 일을 끝내면 당신은 비행 중대에서 최고로 훌륭한 난로의 소유자가 될 겁니다. 내가 부착하고 있는 이 주입 조작 장치 덕분에 난로는 밤새도록 탈 것이고, 이 철판들은 천막 안에 골고루 열기를 발산시키겠죠. 만일 당신이 잠자리에 들 때, 이 위에다 물을 가득 담은 철모를 얹어 둔다면, 아침에 일어나서 세수할 따스한 물이 준비가 다 되죠. 그러면 좋지 않겠어요? 만일 당신이 계란이나 국을 요리하고 싶다면, 여기에 냄비를 올려놓고 불만 지피면 됩니다."

"왜 자꾸 내 얘기를 하지?" 요사리안은 궁금했다. "자넨 어디 가기라도 할 거야?"

오르의 위축된 몸통은 유쾌함을 못 견디는 경련으로 갑자기 떨렸다. "모르겠어요." 그는 소리쳤고, 그의 덜덜 부딪치는 뻐드렁니 사이로 갑자기 감정이 폭발하듯 괴이하고 머뭇거리는 웃음이 쏟아져 나왔다. 그는 여전히 웃어 대면서, 목이 꽉 잠긴 소리로 얘기를 계속했다. "만일 이런 식으로 그들이 자꾸만 날 격추시킨다면, 내가 어디로 가 있게 될지는 나도 모를 일이죠."

요사리안은 감동했다. "그럼 비행을 중지하도록 해 보지그래, 오르? 핑계가 있는데."

"난 출격을 열여덟 번밖에 안 나갔어요."

"하지만 자넨 나갈 때마다 격추되었어. 자넨 하늘에 떴다 하면 꼭 바다나 육지에 비상 착륙을 했지."

"뭐 출격하는 건 개의치 않아요. 내 생각엔 아주 재미있는 일인 것 같으니까요. 선두 비행하지 않을 때가 있으면 당신도 나와 함께 몇 번 비행해 보는 것이 좋겠어요. 장난 삼아서요, 히히." 앙칼진 즐거움이 담긴 곁눈질을 하면서 오르는 요사리안을 올려다보았다.

요사리안은 그의 눈길을 피했다. "나더러 또 선두 비행을 하라고 벌써 계획이 되어 있어."

"선두 비행을 안 할 때 얘기예요. 만일 당신에게도 머리가 있다면, 당신이 무엇을 해야 하는지 알겠어요? 당신은 곧장 필트차드와 렌에게 가서 나하고 같이 비행하고 싶다는 얘기를 해야죠."

"그러고는 자네가 비행할 때마다 자네와 함께 격추가 된다 이거지? 그게 뭐 재미있다는 얘기야?"

"바로 그 이유 때문에 당신은 그 일을 해야죠." 오르가 고집을 부렸다. "내 생각엔 지금 현재로서는 해상 추락이나 불시착에서라면 내가 가장 훌륭한 조종사인 것 같아요. 당신한테도 좋은 연습이 되겠죠."

"무슨 좋은 연습이야?"

"당신이 해상 추락을 한다거나 불시착해야 할 경우를 위한 좋은 연습요, 히히히."

"나에게 맥주 한 병 더 줄 수 있겠나?" 요사리안이 시무룩하게 물었다.

"그걸로 내 머리통을 부수게요?"

이번에는 요사리안도 웃으며 말했다. "로마의 그 숙소에서 그 갈보가 그랬듯이 말인가?"

오르가 음탕하게 킬킬거렸고, 튀어나온 그의 뺨은 유쾌한 기분으로 부풀어 올랐다. "그 여자가 구두로 왜 내 머리를 때렸는지 정말 알고 싶죠?" 그는 약을 올렸다.

"난 알고 있어." 요사리안이 마주 약을 올렸다. "네이틀리의 갈보가 나한테 얘기해 주었지."

오르는 가고일[30]처럼 히죽 웃었다. "아니죠, 그 여잔 얘기하지 않았어요."

요사리안은 오르를 불쌍하게 여겼다. 오르는 너무나 키가 작고 너무나 못생겼다. 만일 그가 살아난다면, 누가 그를 보호할 것인가? 불량배나 깡패 들, 눈에 파리가 끼고 기회만 있으면 으쓱거리고 자만심에 가득 차서 쫓아오는 애플비 같은 노련한 운동가들로부터, 마음이 착하고 단순한 오르 같은 난쟁

30) 고딕 건축에서 괴물 같은 짐승의 모양을 따서 만든 물받이 홈통.

이를 누가 보호하겠는가? 요사리안은 오르에 대해서 자주 걱정했다. 원한과 기만으로부터, 야심이 있는 사람들이나 명사의 아내들이 지닌 집요한 속물근성으로부터, 이윤을 추구하려는 동기에서 발생한 추악하고 부패한 냉대와 질이 나쁜 고기를 파는 친절한 이웃집 고기 장수로부터 누가 그를 막아 주겠는가? 숱이 많은 다색(多色)의 곱슬머리를 가운데서 갈라 내린 오르는 행복하고, 의심할 줄 모르고, 단순한 사람이었다. 그는 그런 나쁜 자들이 보기에는 어린애 장난감처럼 여겨질 터였다. 그들은 그의 돈을 빼앗고, 그의 아내를 건드리고, 그의 아이들에게 조금도 친절을 보이지 않으리라. 요사리안은 그에 대한 동정에 휩싸였다.

오르는 괴팍한 난쟁이였고, 마음에 드는 변덕스러운 난쟁이였으며, 음탕한 생각만 하고, 평생 저소득층 생활을 계속하게 만드는 수많은 훌륭한 재주가 있었다. 그는 납땜인두를 쓸 줄 알았고, 나무가 갈라지거나 못이 구부러지지 않도록 하면서 널빤지 두 개를 한꺼번에 박을 줄도 알았다. 그는 구멍을 뚫을 줄 알았다. 그는 요사리안이 병원에 가 있는 동안에 많은 것들을 만들어 놓았다. 그는 시멘트 바닥을 줄칼 아니면 끌로 파내어서, 바깥의 높은 단 위에 그가 만든 탱크에서 난로까지 가느다란 휘발유 흡입선이 제대로 흐르게 멋진 길을 냈다. 그는 남아도는 폭탄 부속품으로 벽난로의 장작 받침대를 만들어 그 안에 단단한 은빛 장작들을 가득 넣었으며, 값싼 잡지에서 오려 낸 젖통이 큰 여자들의 사진을 얼룩진 목재로 만든 틀에 넣어 벽난로 선반 위에 걸었다. 오르는 페인트 깡통을 딸

줄 알았다. 그는 페인트를 섞고, 페인트를 묽게 하고, 페인트를 지울 줄 알았다. 그는 장작을 패고, 자로 물건들을 잴 줄 알았다. 그는 불을 피울 줄도 알았다. 그는 구덩이를 팔 줄 알았고, 식당 근처에 있는 탱크에서 깡통이나 수통에 그들이 마실 물을 길어오는 데도 정말 소질이 있었다. 그는 나무토막처럼 피로를 모르고 거의 나무토막 못지않게 과묵하게, 초조해하거나 싫증을 내지 않으면서 몇 시간씩이라도 하잘것없는 일에 몰두할 수 있었다. 그는 야생 동식물에 대해서 소름 끼칠 만큼 지식이 많았으며, 개나 고양이나 딱정벌레나 나방 들, 또는 대구포나 곱창 같은 음식을 무서워하지 않았다.

요사리안은 섬뜩한 기분으로 한숨을 쉬고는 볼로냐 출격에 대한 소문을 곰곰이 따져 보았다. 오르가 뜯고 있던 밸브는 크기가 엄지손가락만 했고, 겉통을 빼고도 부속품이 서른일곱 개나 되었는데, 대부분 어찌나 작았던지 오르는 손톱 끝으로 집어 올려야 했으며, 그는 그것들을 조심스럽게 땅바닥에다 질서 있게 명단처럼 늘어놓으며, 동작은 절대로 빨라지거나 느려지지도 않았고, 지칠 줄도 모르고, 장난기가 어린 눈으로 요사리안을 곁눈질할 때를 제외하고는 절대로 쉬지도 않으면서, 거침없이, 능숙하게, 단조롭게 일을 계속했다. 요사리안은 부속품들을 헤아려 보고는 완전히 미칠 것만 같았다. 그는 눈을 감고 얼굴을 돌렸지만, 그래 봤자 더욱 나빴으니, 이제는 소리만 들려왔고, 조그맣고, 미칠 것 같은, 지치지도 않는 손과 가벼운 부속품들이 딸그락대고 사각거리는 소리만 분명하게 들렸다. 오르는 비위에 거슬릴 만큼 씩씩거리는 소리를 내며 박자에 맞춰 호흡했다. 요사리안은 두 주먹을 불끈 쥐고 죽은 사람이 쓰던 야전침대 위에 걸린 칼집에 담겨 있는, 뼈로 만든 손잡이가 기다란 사냥칼을 쳐다보았다. 오르를 칼로 찌르는 상상을 하자마자 그는 긴장이 풀어졌다. 오르를 살해한다는 생각은 너무나 어처구니없는 일이어서, 그는 묘한 매혹과 공상 속에서 그것을 심각하게 고려해 보았다. 그는 연수(延髓)[31]가 있을 만한 자리를 오르의 목덜미에서 찾아보았다. 그곳만 멋지게 찔러 버리면 그를 죽이고, 그들 두 사람 사이의 그토록 수많은 심각하고 골치 아픈 문제들을 해결할 수 있으리라.

"아파요?" 보호 본능이라도 발동했는지 바로 그 순간에 오르가 물었다.

요사리안은 그를 자세히 살펴보았다. "뭐가 아파?"

"당신 다리요." 이상하고 신비한 웃음을 띠고 오르가 말했다. "아직도 다리를 좀 저는군요."

"버릇이 되어서 그러나 봐." 다시 안도의 한숨을 쉬면서 요사리안이 말했다. "곧 괜찮아지겠지."

오르는 땅바닥에서 몸을 굴려 한쪽 무릎을 괴고 일어나 요사리안 쪽으로 돌아앉았다. "그날 로마에서 내 머리를 때리던 그 여자 생각나요?" 기억을 더듬느라고 애쓰는 듯 그는 생각에 잠겨 천천히 말했다. 속아 넘어가서 짜증이라도 났는지 요사리안이 자기도 모르게 탄성을 올리자 그는 낄낄 웃었다. "난 그 여자에 대해서 당신과 타협하고 싶어요. 만일 당신이

31) 후두(後頭)의 경부(頸部)에서 뇌와 척수를 연결하는 뇌수의 한 부분.

내 질문에 한 가지만 대답해 준다면, 그 여자가 왜 신발로 내 머리를 때렸는지 얘기해 주겠어요."

"질문이 뭔데?"

"당신, 네이틀리의 애인을 먹어 준 적이 있어요?"

요사리안은 놀라서 웃음을 터뜨렸다. "내가? 아니. 그럼 이젠 왜 그 여자가 자네를 구두로 때렸는지 얘기해."

"질문은 그것이 아니었어요." 이겼다는 듯 즐거워서 오르가 그에게 알려 주었다. "그건 그냥 얘기였죠. 그 여자는 당신이 먹어 준 것처럼 행동하더군요."

"아무튼 난 안 그랬어. 그 여자가 어떻게 행동을 하기에?"

"그 여잔 당신을 싫어하는 것처럼 행동해요."

"그 여잔 누구도 좋아하지 않아."

"블랙 대위는 좋아해요." 오르가 일깨워 주었다.

"그건 그가 그 여자를 걸레처럼 취급하기 때문이야. 그렇게 하면 누구라도 여자를 손에 넣을 수 있어."

"그 여잔 그의 이름을 새긴 팔찌를 다리에 차고 있어요."

"그건 네이틀리를 약 올리려고 블랙 대위가 그 여자한테 차라고 시킨 거야."

"그 여잔 네이틀리에게서 받은 돈도 그에게 좀 떼어 주죠."

"이봐, 무슨 꿍꿍이속이 있어서 이러지?"

"당신, 내 애인도 건드렸나요?"

"자네 애인? 도대체 누가 자네 애인이야?"

"구두로 내 머리를 때리던 그 여자요."

"나 그 여자하고 두어 번 어울렸어." 요사리안이 인정했다.

"언제부터 그 여자가 자네 애인이야? 자네 왜 이러지?"

"그 여자도 당신을 좋아하지 않아요."

"그 여자가 날 좋아하건 말건 내가 알 게 뭐야? 그 여잔 자넬 좋아하는 만큼은 날 좋아해."

"그 여자가 당신 머리를 구두로 때린 적이 있나요?"

"오르, 난 지쳤어. 왜 날 그냥 놔두지 못하지?"

"히히히, 로마의 그 말라깽이 백작 부인하고 그 여자의 말라깽이 며느리는 어때요?" 점점 더 신이 난 오르는 장난꾸러기처럼 고집스러웠다. "그 여자들을 먹어 준 적이 있어요?"

"아, 그럴 수 있었으면 하고 난 무척 바랐지." 그 질문을 듣기만 해도 벌써 그들의 조그마하고 말랑말랑한 엉덩이와 젖가슴을 손으로 만지는 호색적이고, 익숙하고, 푹신한 감촉을 머릿속에 그려 보면서 요사리안은 솔직하게 한숨을 지었다.

"그 여자들도 당신을 좋아하지 않더군요." 오르가 결론을 지었다. "그들은 알피를 좋아하고 네이틀리를 좋아했지만, 당신은 좋아하지 않았어요. 어쩐지 여자들은 당신을 좋아하는 것 같지가 않아요. 내 생각에 그들은 당신을 신통치 않다고 생각하는 것 같아요."

"여자들은 미쳤어." 요사리안은 대답을 하고, 그다음에 뒤따라오리라고 생각되던 것을 음울하게 기다렸다.

"당신이 아는 그 다른 여자는 어때요?" 깊은 호기심을 느끼는 척하면서 오르가 물었다. "뚱뚱한 여자였던가요? 대머리 여자였던가요? 알잖아요, 밤새도록 우리에게 뜸을 들이던, 터번을 쓴 뚱뚱하고 대머리이던 그 시칠리아 여자요. 그 여자도 미쳤나요?"

"그 여자도 나를 좋아하지 않던가?"

"머리털이 없는 여자하고 어떻게 그걸 할 수가 있었죠?"

"그 여자가 머리털이 없는지 내가 무슨 수로 알았겠어?"

"알았어요." 오르가 자랑했다. "난 처음부터 그런 줄 알았어요."

"그 여자가 까까머리라는 걸 알았단 말야?" 요사리안은 신기해서 감탄했다.

"아뇨, 부속품을 하나라도 빼놓으면 이 밸브가 작동하지 않으리라는 걸 난 알았죠." 방금 또다시 요사리안을 골탕 먹여서 신이 나 애기월귤처럼 빨갛게 얼굴을 반짝이면서 오르가 대답했다. "그쪽으로 굴러간 그 조그만 조립 개스킷 좀 집어 주시겠어요? 당신 발 바로 옆에 있는데요."

"아니, 없어."

"여기 있잖아요."라고 말하고, 오르는 손톱 끝으로 보이지도 않는 무엇을 집어 들고는 요사리안에게 보여 주었다. "이젠 처음부터 일을 다시 시작해야 되겠네요."

"그러면 난 자넬 죽여 버리겠어. 당장 자네를 죽이겠어."

"왜 당신은 나하고 비행을 한 적이 없죠?" 오르가 갑자기 묻고는, 처음으로 요사리안의 얼굴을 빤히 쳐다보았다. "그거예요, 당신이 대답해 주길 바라는 내 질문은 그겁니다. 왜 당신은 나하고 함께 비행하는 일이 없죠?"

심한 부끄러움과 난처함을 느끼면서 요사리안은 얼굴을 돌렸다. "그 이유는 내가 벌써 설명했어. 거의 언제나 난 선두 비행을 하는 일을 맡았어야 했으니까."

"그건 이유가 안 돼요." 머리를 저으면서 오르가 말했다. "당신은 첫 번째 아비뇽 출격 후에 필트차드와 렌에게 가서 나하고는 절대로 비행하지 않겠다고 말했죠. 그것이 이유죠, 그렇죠?"

요사리안은 온몸이 화끈거리는 기분이었다. "아냐, 난 그러지 않았어." 그는 거짓말을 했다.

"맞아요, 당신이 그랬어요." 오르는 꿈쩍도 않고 주장했다. "당신은 그들에게 도브스나 허플이나 내가 조종간을 잡으면 마음이 놓이지 않기 때문에 우리 가운데 누가 조종하는 비행기에는 배치시키지 말아 달라고 부탁했죠. 그리고 필트차드와 렌은 우리하고 비행하게 될 다른 사람들에게는 불공평한 처사가 될 테니까 예외는 만들 수 없다고 그랬어요."

"그래서?" 요사리안이 말했다. "그랬다고 해서 뭐 달라진 건 없잖아, 안 그래?"

"하지만 그들은 당신이 절대로 나하고 비행하지 않도록 했어요." 두 무릎을 꿇고 다시 일을 시작한 오르는 악감이나 불만은 없이, 자존심은 상했어도 그냥 겸허한 태도로 요사리안에게 얘기했는데, 그 상황이 우스꽝스럽기도 한 듯 여전히 히죽히죽 웃고 코웃음을 치는 그의 모습을 지켜보기란 한없이 더 고통스러운 일이었다. "당신은 정말 나하고 같이 비행해야 돼요. 난 상당히 훌륭한 조종사이고, 당신은 내가 돌봐 줄 겁니다. 난 꽤 여러 번 격추되었지만, 그건 내 잘못이 아니고, 내 비행기에서는 다친 사람이 하나도 없죠. 예, 그래요. 만일 당신에게 조금이라도 두뇌가 있다면, 당신이 무엇을 해야 하는지 알아요? 당신은 곧장 필트차드와 렌에게로 가서 출격할 때마다 나하고 같이 가게 해 달라고 말하세요."

요사리안은 몸을 앞으로 숙이고 상반되는 감정들이 담긴 오르의 난해한 얼굴을 자세히 들여다보았다. "나한테 뭔가 꼭 하고 싶은 얘기가 있어서 그러는 거야?"

"히히히히." 오르가 대답했다. "난 그날 그 키 큰 여자가 왜 내 머리를 구두로 때렸느냐 하는 얘기를 하려고 그래요. 하지만 당신이 자꾸만 방해를 하는군요."

"얘기해 봐."

"나하고 같이 비행을 하겠어요?"

요사리안은 웃으면서 머리를 저었다. "자넨 또다시 바다로 격추나 당할 텐데 뭘."

소문이 돌던 볼로냐 출격이 이루어졌을 때 오르는 또다시 바다로 격추되었고, 그는 엔진이 하나밖에 남지 않은 그의 비행기를 머리 위에서 몰려드는 전쟁 같은 검은 뇌운(雷雲) 밑에서 솟구쳤다가 떨어지며, 바람에 밀려 거칠게 풍랑이 치는 파도 위에 내동댕이치듯 진동을 일으키면서 착륙시켰다. 그는 뒤늦게 비행기에서 빠져나와 다른 구명정을 탄 사람들로부터 멀어져 가는 한 척의 구명정에 혼자 남았고, 공중과 해상 구조대 기정이 바람을 가르고 물방울을 뿌리며 와서 그들을 끌어올렸을 때쯤에는 그의 모습이 보이지 않게 되었다. 그들이 비행 중대로 돌아왔을 때는 이미 어둠이 내리고 있었다. 오르에 대한 소식은 전혀 없었다.

"걱정 말아요." 구조원들이 배에서 감싸 준 묵직한 담요와 비옷을 아직도 몸에 걸치고 있던 키드 샘슨이 안심을 시켰다. "그 폭풍우 속에서 빠져 죽지만 않았다면 아마 벌써 구조가 되었을 겁니다. 폭풍우는 곧 멎었어요. 그 사람 당장이라도 나타나리라고 난 믿어요."

요사리안은 오르가 당장이라도 나타나기를 기다리기 위해 걸어서 그의 천막으로 갔고, 그가 오면 따뜻하게 몸을 녹이라고 불을 지폈다. 오르가 결국은 수리를 끝낸 덕택에 난로는 기능을 완전히 발휘해서, 꼭지를 틀면 강렬하고 힘찬 불꽃이 오르락내리락하며 타올랐다. 가벼운 빗발이 천막과 나무들과 땅 위를 부드럽게 두드렸다. 오르를 위해 준비하느라고 요사리안은 뜨거운 국을 한 그릇 끓였다가 시간이 흐르자 자기가 먹어 버렸다. 그는 오르를 위해서 달걀 몇 개를 푹 삶았다가 그것도 먹었다. 다음에 그는 K레이션[32] 꾸러미에서 체더치즈를 꺼내 한 깡통 다 먹었다.

걱정에 빠진 자신을 의식할 때마다, 그는 오르가 못하는 일이 없다는 생각을 일부러 하고는, 나이트 병장이 묘사했듯이, 구명정을 타고, 분주하게 여러 생각에 잠겨서 빙긋 웃고 무릎 위에 놓인 지도와 나침반을 보고 미소를 지으며, 히죽거리고 킬킬거리는 입에다 물에 흠뻑 젖은 초콜릿을 자꾸만 집어넣으면서, 새파랗고 쓸모없는 장난감 노를 번개와 천둥과 빗속에서 꾸준히 저어 대고, 말린 미끼를 단 낚싯줄을 뒤로 늘어뜨

32) C레이션보다 고급인 군용 식량.

린 오르의 모습을 상상하고는 소리 없이 웃었다. 요사리안은 오르의 생존 능력을 정말로 조금도 의심하지 않았다. 그 어처구니없는 낚싯줄에 물릴 대구가 있다면 그것을 잡을 수 있는 사람은 바로 오르였고, 비록 여태까지 이곳의 바다에서 대구가 잡힌 일은 없었더라도 만일 그가 잡으려는 것이 대구였다면 오르는 대구를 잡을 것이었다. 요사리안은 국을 또 한 깡통 요리했고 그것이 뜨거워지자 또 먹어 버렸다. 차의 문이 꽝 소리를 내고 닫힐 때마다, 그는 희망찬 미소를 짓고는, 발자국 소리에 귀를 기울이며 기대를 걸고 입구 쪽으로 얼굴을 돌렸다. 그는 지금 당장이라도 오르가 커다랗고, 반짝거리고, 비에 젖은 눈과 뺨과, 뻐드렁니를 보이며, 우스꽝스럽게도 유쾌한 뉴잉글랜드의 굴장수 같은 모습으로, 기름을 먹인 노란 우비 모자와 그에게는 너무나 큰 헐렁헐렁한 비옷 차림에, 요사리안이 즐거워하라고 그가 잡은 커다란 죽은 대구를 자랑스럽게 치켜들면서 천막 안으로 걸어 들어오리라고 믿었다. 그러나 그는 나타나지 않았다.

29
페켐

다음 날도 오르에 대한 소식은 없었으며, 휘트콤 병장은 칭찬할 만한 신속성과 상당한 희망을 보이며 아흐레가 더 지난 다음에 오르의 가장 가까운 친지에게 캐스카트 대령의 서명이 담긴 규격 편지를 보내야 한다는 사항을 그의 비망록에 적어 두었다. 그런데 페켐 장군의 본부에서 전갈이 왔고, 요사리안은 반바지와 수영복을 입은 장교와 사병들이 몰려들어 퉁명스럽게 웅얼거리며 소란을 피우는 중대 사무실 바깥에 있는 게시판으로 갔다.

"이번 일요일이 뭐 그렇게 유별나다고 그러는지 난 모르겠는걸?" 헝그리 조는 화이트 하프오트 추장에게 고래고래 소리를 지르며 물었다. "우린 어느 일요일에도 열병식을 하지 않는데, 이번 일요일에는 열병식이 없다는 건 무슨 얘기야? 어?"

요사리안은 앞으로 비집고 나가서 그곳에 있는 짤막한 통고문을 보고는 고민스러운 신음을 길게 했다.

> 본인의 능력으로는 해결할 수 없는 피치 못할 이유 때문에 금주 일요일 오후에는 열병식이 없음.
>
> 셰이스코프 대령

도브스의 말이 옳았다. 그들은 정말로 어중이떠중이 모든 사람을 다 해외로 내보냈으며, 심지어는 그가 지닌 모든 힘과 지혜로 파병 움직임에 항거했지만 결국은 심각한 불만을 나타내며 페켐 장군의 사무실에 전입 신고를 하게 된 셰이스코프 중위도 마찬가지였다.

페켐 장군은 철철 넘치는 매력으로 셰이스코프 대령을 환영하고, 함께 일하게 되어서 즐겁다고 그에게 말했다. 그의 참모진에 남아도는 대령이 하나 늘었다는 사실은 그의 지위를 뜻하는 권위에 공헌하고 그가 드리들 장군에게 선포한 전쟁에서 공격력을 증가시킬 남아도는 소령 두 명과, 남아도는 대위 네 명과, 남아도는 중위 열여섯 명과, 밝혀지지 않은 숫자의 남아도는 사병과, 타자기와, 책상과, 서류함과, 자동차와, 상당한 양의 다른 장비나 보급품을 놓고 이제 그가 초조해하기 시작해야 한다는 것을 의미했다. 그에게는 이제 대령이 두 명이었는데, 드리들 장군에게는 다섯이었고, 그들 가운데 넷이 지휘관이었다. 별다른 계략을 세우지 않고 페켐 장군은 결국 그의 힘을 배가할 작전을 실천했다. 게다가 드리들 장군은 더욱 술을 많이 마셨다. 미래는 멋질 듯싶었고, 페켐 장군은 그의 똑똑한 새 대령을 눈부신 미소를 지으며 황홀하게 쳐다보았다.

모든 중요한 일에 있어서, 어느 가까운 동료의 과업을 공공연히 비판하려고 할 때면 항상 스스로 밝혔듯이, P. P. 페켐 장군은 현실주의자였다. 그는 미남에, 피부가 분홍빛이고, 나이가 쉰셋인 남자였다. 그의 몸가짐은 항상 여유가 있고 태연자약했으며, 군복은 맞춰 입었다. 그의 머리카락은 은빛 백발이었고, 눈은 약간 작았고, 입술은 얇고 밑으로 늘어졌으며 육감적이었다. 그는 이해심이 깊고 우아하고 세련된 사람이었으며, 자신을 제외한 모든 사람의 약점에 민감했고, 자신을 제외한 모든 사람이 모순투성이라고 생각했다. 페켐 장군은 취향과 형식의 사소한 문제들을 굉장히 까다롭게 중요시했다. 그는 항상 '증대(增大)'시킨다 따위의 어려운 표현을 열심히 사용했다. 다가오는 일들은 '가까운' 것이 아니라 언제나 '급박(急迫)'했다. 그가 자화자찬하는 '각서(各書)'를 썼다거나 모든 전투의 작전을 포함하도록 그의 권위를 '강화(强化)'시켜야 한다고 제안했다는 남들의 얘기는 사실이 아니었고, 그는 '각서(覺書)'라고 썼다. 그리고 다른 장교들의 '각서(覺書)'는 항상 '과장(誇張)'되고, '무미(無味)'하고, '모호(模糊)'했다. 다른 사람들의 과실은 언제나 '한탄(恨歎)'스러웠다. 규칙들은 '엄중(嚴重)'했고, 그의 '자료(資料)'가 아니라 '재료(材料)'는 전혀 믿을 만한 근거가 없었다. 페켐 장군은 자주 '강박(强迫)'당했고, 그에게는 '의무적(義務的)'인 일들이 너무나 많았고, 그는 '타의(他意)'에 의해 행동하는 일이 자주 있었다. 검정이나 하양이 색깔이 아니라는 것은 그의 기억력에서 사라진 일이 없었으며, 그는 '구두(口頭)'라는 뜻으로 '구두(句頭)'라는 말을 사용하는 일이 없었다. 그는 플라톤과, 니체와, 몽테뉴와, 시어도어 루스벨트와, 사드 후작과, 워렌 G. 하딩을 인용했다. 셰이스코프 대령 같은 풋내기 청중은 페켐 장군의 방앗간에서는 빻으려고 가져온 곡식 격이어서, 말장난과, 재치 있는 농담과, 비방과 교훈적인 설교와, 일화와, 격언과, 잠언과, 경구(警句)와 재담(bon mot)과, 다른 신랄한 얘기들로 가득 찬 찬란하고 박식한 보물의 집 문을 활짝 열어 보이는 기막힌 기회를 마련해 주었다. 그는 셰이스코프 대령에게 그의 새로운 환경에 대한 안내 교육을 시키면서 세련된 미소를 지었다.

"나에게 결점이 없다는 게 내 유일한 결점이지." 그는 미리 연습해 둔 유쾌한 표정을 내보이며 자기가 한 말의 효과를 기다려 보았다.

셰이스코프 대령은 웃지 않았고, 페켐 장군은 어리둥절해졌다. 무거운 회의가 그의 열성을 산산조각 냈다. 그는 방금 그가 가장 믿어 온 패러독스를 하나 공개했는데, 사용하지 않은 비누 지우개의 빛깔과 결을 갑자기 연상시키는 상대방의 둔감한 얼굴에 전혀 반응이 나타나지 않아서 그는 놀라지 않을 수 없었다. 아마도 셰이스코프 대령이 지쳤나 보다고 페켐 장군은 스스로 아량을 보였는데, 그는 먼 길을 왔으니 모든 것이 생소하게 여겨질 터였다. 장교나 사병을 가릴 것 없이, 그의 휘하에 있는 모든 사람에 대한 페켐 장군의 태도에서는 변함없이 여유 있는 참을성과 관용이 두드러졌다. 그는 만일 자기를 위해서 일하는 사람들이 절반만 자기를 따라온다면, 자기는 절반 이상을 마중 나가게 되고, 그가 항상 교활한 웃음을 지으며 한마디 덧붙이듯이 그 결과로 그들은 마음이 서로 만나는 일이 절대로 없으리라고 그는 자주 말했다. 페켐 장군은 자기가 탐미적인 지성인이라고 자처했다. 사람들이 그와 의견을 달리하면, 그는 그들더러 '객관적(客觀的)'이 되어야 한다고 충고했다.

그리고 참으로 객관적인 페켐은 격려하는 눈길로 셰이스코프 대령을 쳐다보고는 너그러운 관용의 태도로 세뇌를 계속했다. "귀관은 시간 맞춰 우리에게 왔어, 셰이스코프. 여름철 공세는 우리가 우리 군사들에게 보여 준 무능한 지도력 덕택에 흐지부지 끝나 버렸고, 우리가 얼마나 훌륭하며 우리가 얼마나 많은 업적을 이룩하는지를 사람들에게 알리기 위해서 우리가 그토록 의존하는 각서를 만들어 내는 데 도움이 될 귀관같이 강인하고 경험이 많고 유능한 장교를 나는 애타게 기다리고 있었지. 난 귀관이 글을 많이 쓰는 사람이기를 바라네."

"전 글에 대해서는 아는 것이 없는데요." 셰이스코프 대령이 무뚝뚝하게 대답했다.

"그렇다면 그걸 가지고 걱정하지는 말게." 태연하게 손을 흔들면서 페켐 장군이 말을 계속했다. "그냥 내가 귀관에게 맡기는 것이나 다른 사람에게 전해 주고 뒷일은 다 운수에 맡겨 버려. 우린 그걸 책임 이양이라고 하지. 내가 통솔하는 이 유기적인 조직의 맨 밑에 가까운 어느 단계에는 일이 그들 앞에 떨어지기만 하면 당장 처리해 내는 사람들이 따로 있고, 그래서 내가 별로 애를 쓰지 않더라도 무난히 다 일이 되어 가지. 내 생각엔 내가 지닌 행정력이 훌륭해서 그런 것 같아. 우리가 담당한 이 거대한 부처에서 우리가 하는 일 가운데에는 정말로 중요한 것이 하나도 없고, 꼭 서둘러야 할 것도 없지. 오히려 우리가 일을 많이 한다고 남들에게 제대로 알려 주는 일이 더 중요해. 귀관, 혹시 손이 모자라게 되면 나한테 알려 줘. 난 벌써 귀관을 도울 소령 두 사람과 대위 네 사람, 중위 열여섯 명을 신청했어. 우리가 하는 일은 그렇게 중요한 것이 하나도 없기는 하지만, 그런 일을 많이 할 필요성은 있어. 안 그런가?"

"열병식은 어떤가요?" 셰이스코프 대령이 말을 가로막았다.

"무슨 열병식 말인가?" 자신의 광채가 어쩐지 빛을 발하지 못한다고 느끼면서 페켐 장군이 물었다.

"일요일 오후마다 제가 열병식을 거행할 수는 없을까요?" 셰이스코프 대령이 짜증스럽게 말했다.

"안 되지. 물론 안 돼. 도대체 어디서 그런 생각이 났어?"

"하지만 제가 열병식을 할 수 있으리라고들 그랬는데요."

"누가 그랬어?"

"절 해외로 내보낸 장교들이요. 그들은 제가 마음만 내키면 얼마든지 장병들에게 열병식을 거행시킬 수 있으리라고 말했어요."

"그들은 귀관한테 거짓말을 했어."

"그건 공정치 못한 일입니다, 장군님."

"미안하게 됐군, 셰이스코프. 귀관이 이곳에서 즐겁게 지내도록 난 무슨 일이고 다 해 주고 싶지만, 열병식만은 어림도 없어. 볼만한 열병식을 거행할 만큼 이곳에는 장병 수가 많지도 않을뿐더러, 전투 부대들은 우리가 행진을 시키면 공공연히 반항하고 봉기할 거야. 우리가 통제력을 장악하게 될 때까지 귀관은 얼마 동안 참아야만 될 것 같아. 그다음에라면 귀관은 장병들을 마음 내키는 대로 해도 되겠지."

"제 아내는 어떡하죠?" 못마땅한 의심을 품고 셰이스코프 대령이 물었다. "아내를 데려올 수 있겠죠, 안 되나요?"

"귀관 부인 말야? 도대체 귀관은 왜 아내를 불러오려고 하지?"

"남편과 아내는 함께 있어야죠."

"그것도 어림없는 일이야."

"하지만 그들은 아내를 데려올 수 있다고 했어요!"

"그들은 또 귀관한테 거짓말을 했구먼."

"그들은 저한테 거짓말할 권리가 조금도 없었어요!" 격분해서 눈물을 글썽이며 셰이스코프 대령이 항변했다.

"물론 그들에게는 그럴 권리가 있었어." 궁지에 빠진 새로 온 대령의 성품을 당장 그 자리에서 시험해 보겠다는 생각에 페켐 장군은 일부러 냉정하고 혹독하게 딱딱거렸다. "그렇게 멍청히 굴지 말아, 셰이스코프. 사람들은 법이 금지하지 않는 것이라면 무엇이나 다 할 수 있는 권리가 있고, 귀관한테 거짓말하는 걸 금지하는 법은 없어. 또다시 그런 감상적인 불평불만으로 내 시간을 낭비하지는 말아. 알겠나?"

"예, 장군님." 셰이스코프 대령이 우물우물 대답했다.

셰이스코프 대령은 처량할 만큼 위축되었고, 페켐 장군은 그에게 나약한 부하를 보내 준 운명을 축복했다. 용기 있는 남자란 상상만 해도 골칫거리였다. 이겼기 때문에 페켐 장군은 마음이 누그러졌다. "만일 귀관 부인이 여군이라면, 난 아마 그 여자를 이곳으로 전입시켜 데려올 수 있을지도 몰라. 하지만 그 이상은 내 힘으론 불가능해."

"아내에게는 여군인 친구가 있죠." 희망을 걸고 셰이스코프 대령이 말했다.

"그 정도로는 안 될 것 같구먼. 그럴 용의가 있다면 부인더러 여군에 입대하도록 시키고, 그런다면 내가 그녀를 이곳으로 데려오지. 그건 그렇고, 나의 친애하는 대령, 우리의 작은 전쟁 얘기를 다시 해 보는 게 어떨지 모르겠군. 간단히 얘기하면 우리가 직면한 군사적 상황은 이렇지." 페켐 장군은 몸을 일으키고 거대한 채색 지도가 있는 회전걸이 쪽으로 갔다.

셰이스코프 대령은 얼굴이 새하얘졌다. "우리가 전투에 나가는 건 아니겠죠, 그렇죠?" 그는 겁에 질려 퉁명스럽게 물었다.

"아, 아냐, 물론 그렇지 않아." 다정하게 웃으면서 페켐 장군은 열심히 그를 안심시켰다. "내 실력을 너무 우습게 보지는 말아 줘, 알겠나? 우리가 지금까지 이곳 로마에 내려와 있는 것도 다 내 실력 덕분이니까. 물론 난 윈터그린 전직 일등병과 더 긴밀하게 접촉을 유지할 수 있는 피렌체에 가 있고 싶기도 하지. 하지만 피렌체는 내 마음이 내키기에는 실제 전투지와 거리가 약간 너무 가까워." 페켐 장군은 나무 막대기에 달린 고무 꼬투리로 이탈리아의 이쪽 해안에서 저쪽 해안까지 기분 좋게 휩쓸어 갔다. "이건 독일인들이야, 셰이스코프. 그들은 고딕 라인을 형성하면서 아주 견고하게 이 산들 속으로 파고들어 갔고, 내년 늦봄까지는 밀려나지 않을 테지만, 그렇다고 해서 우리들 휘하에 있는 얼간이들이 노력을 중단하지는 않을 거야. 그렇게 되면 휼병대(恤兵隊) 소속인 우리는 우리의 목표를 달성하기 위해 아홉 달이라는 기간이 생기지. 그리고 그 목표란 미국 공군의 모든 폭격기 비행 대대를 장악하는 거야. 어쨌든 적에게 폭탄을 투하하는 것이 휼병대가 아니라면, 도대체 세상에서 무엇이 휼병대지?" 페켐 장군은 나지막하고 세련된 웃음을 킬킬거리면서 말했다. "귀관은 그렇게 생각하지 않나?" 셰이스코프 대령은 그렇게 생각한다는 눈치를 전혀 보이지 않았지만, 페켐 장군은 벌써부터 자신의 수다스러움에 너무 열중해서 알아채지 못했다. "지금 현재의 우리 입장은 아주 훌륭해. 귀관 같은 교체 병력은 계속 도착하고, 우리에게는 전체적인 전략을 세밀하게 계획하기에 충분한 시간이 있어. 우리가 당장 달성해야 할 목표는……." 그가 말했다. "바로 여기에 있어." 그러면서 페켐 장군은 막대기를 남쪽으로 돌려 피아노사섬으로 가져가서, 검정 기름 연필로 그곳에 써 놓은 커다란 글자를 의미심장하게 톡톡 두드렸다. 그곳에 씌어진 글자는 '드리들'이었다.

셰이스코프 대령은 눈을 가늘게 뜨고 지도로 아주 가까이 다가갔으며, 방으로 들어온 다음 처음으로 그의 멍청한 얼굴에 걱정스러운 빛이 희미하게 스쳤다. "이해가 가는 것 같아요." 그는 소리쳤다. "예, 이해가 가는 것 같습니다. 우리가 가장 먼저 수행할 일이란 적에게서 드리들을 탈환하는 것이군요. 그렇죠?"

페켐 장군은 상냥하게 웃었다. "아냐, 세이스코프. 드리들은 우리 편에 있고, 드리들이 바로 적이야. 드리들 장군은 폭격 대대 넷을 지휘하고 있는데, 우리의 공세를 계속하기 위해서는 우린 그 폭격 대대들을 장악하지 않으면 안 되지. 드리들 장군을 정복하면 우리는 다른 지역에서 우리의 작전을 전개하는 데 필요한 비행기와 중요한 기지들을 얻을 수 있어. 그런데 그 전투는 이긴 것이나 마찬가지야." 페켐 장군은 창문 쪽으로 어슬렁어슬렁 가면서 다시 조용히 웃었고, 자신의 재치와 박식하고 세련된 교만함에 대단히 만족해서 팔짱을 끼고는 창살에 기대었다. 그가 발휘하던 노련한 어휘 선택은 기막히게 짜릿짜릿했다. 페켐 장군은 자신이 하는 얘기를 듣는 것을 좋아했고, 자신이 자신에 대해서 하는 얘기를 듣는 것을 무엇보다도 좋아했다. "드리들 장군은 어쨌든 나에게 어떻게 맞서야 할지도 모르고 있어." 그는 벌쭉 웃었다. "난 나하고는 전혀 상관이 없는 비평이나 비난을 함으로써 그의 관할 구역을 자꾸만 침범하는데, 그는 그것에 대해 어떻게 해야 할지를 모르고 있어. 자기를 업신여길 기회만 노린다고 그가 나를 비난할 때면, 그저 그의 잘못을 일깨워 주려는 나의 유일한 목적은 비능률성을 제거함으로써 우리의 전투력을 강화하기 위한 것뿐이라고 대답하지. 그런 다음에 난 태연하게 우리의 전투력 강화를 반대하느냐고 그에게 물어봐. 아, 그는 투덜거리고, 화를 잔뜩 내고, 고함을 지르지만, 그는 정말 아무 맥도 못 추지. 그는 멋이 없어. 그는 술고래가 되어 가고 있지. 그 가 없은 멍청이는 장군을 시켜 주지 말았어야 하는 건데. 그에게는 품격이, 전혀 품격이 없어. 그 친구 오래가지 못하게 된 것만도 다행이지." 페켐 장군은 상쾌하게 즐기면서 킬킬 웃고는 그가 좋아하는 학구적 비유를 향해 순조롭게 항해를 계속했다. "난 가끔 내가 포틴브라스라고 생각하는데…… 하, 하, 윌리엄 셰익스피어의 연극 『햄릿』에 나오는 그 사람은 모든 것이 다 파멸될 때까지 곁에서만 뱅뱅 돌다가 마지막에 나타나서 제 속셈을 차리지. 셰익스피어는……."

"전 연극은 하나도 몰라요." 셰이스코프 대령이 무뚝뚝하게 말을 가로막았다.

페켐 장군은 놀라서 그를 쳐다보았다. 그토록 무례한 무관심 때문에 셰익스피어의 신성한 『햄릿』에 대한 그의 언급이 이토록 무시되고 짓밟혔던 때가 전에는 한 번도 없었다. 그는 펜타곤에서 그에게 도대체 어떤 멍텅구리를 보내 골탕을 먹이려고 그러나 하는 진지한 걱정에 휩싸여 궁금증을 느꼈다. "귀관이 알고 있는 건 뭐야?" 그는 시틋하게 물었다.

"열병식요." 셰이스코프 대령이 솔깃해서 대답했다. "제가 열병식에 대한 회람을 돌려도 될까요?"

"실제로 거행할 계획만 하지 않는다면야 상관없지." 아직도 얼굴을 찌푸린 채로 페켐 장군은 그의 의자로 되돌아갔다. "그리고 휼병대의 권한이 전투 활동을 포함하게끔 확대시키도록 제안하는 귀관의 주요 업무에 방해가 되지도 않고 말야."

"열병식을 계획했다가 취소하면 안 될까요?"

페켐 장군은 당장 낯빛이 환해졌다. "그것 정말 희한한 제안이군! 하지만 열병식을 취소한다는 통고문만 매주 내보내. 계획하느라고 신경 쓸 필요도 없고. 그러면 더욱 마음만 착잡할 뿐이니까." 페켐 장군은 또다시 정중함을 한껏 발휘했다. "그래, 셰이스코프." 그가 말했다. "내 생각엔 귀관한테 할 일이 생겼어. 어쨌든 돌아오는 일요일에는 열병식이 없을 거라고 장병들에게 통고한다고 해서 우리에게 따지고 덤빌 만한 지휘관이야 없겠지? 우린 그저 널리 알려진 사실을 진술할 뿐이니까. 하지만 그 내포된 의미가 멋있어. 그래, 확실히 멋있어. 우린 마음이 내킨다면 열병식을 계획할 수도 있었다는 뜻이 되니까. 귀관이 마음에 드는 것 같아, 셰이스코프. 카르길 대령에게 들러서 자기소개를 하고 귀관의 계획을 얘기해. 귀관들 둘이 서로 좋아하게 되리라고 난 믿어."

잠시 후에 소심한 분노를 격렬하게 나타내며 카르길 대령은 페켐 장군의 사무실로 뛰어 들어왔다. "전 셰이스코프보다 여기서 일을 더 오래 했습니다." 그가 불평했다. "어째서 열병식을 취소하는 사람이 저여서는 안 되죠?"

"셰이스코프는 열병식에 경험이 있는데 귀관은 그렇지 않으니까 그래. 귀관은 그럴 생각만 있다면 USO 쇼를 취소할 수 있어. 생각해 보니 귀관, 그러는 게 어떻겠나? USO 쇼를 보여 줄 계획이 전혀 없는 곳들이 얼마나 많은지 한번 생각해 봐. 유명한 연예인들이 방문하지 않을 계획인 곳들을 전부 꼽아 보라고. 그래, 카르길, 내 생각엔 귀관한테 할 일이 생겼어. 귀관은 우리가 작전을 전개할 새로운 분야를 방금 활짝 펼쳐 놓았지. 이 업무를 귀관의 통제하에 셰이스코프 대령과 함께 시행하라고 내가 그러더라고 그에게 알려 줘. 그리고 지시가 끝나면 나한테 그를 들여보내."

"카르길 대령이 그러는데, 장군님이 저더러 그의 통제하에 USO 계획을 함께 처리하라고 그러셨다더군요." 셰이스코프 대령이 불평했다.

"난 그런 얘기를 하지 않았어." 페켐 장군이 대답했다. "이건 비밀이지만, 셰이스코프, 난 카르길 대령 때문에 별로 기분이 좋지 않아. 그는 너무 잘난 체하고 행동이 느려. 난 그가 무슨 짓을 하는지 귀관이 잘 감시하기를 바라고, 그가 일을 좀 더 열심히 하도록 귀관이 어떻게 해 볼 수 없는지 알아봐."

"그가 자꾸 간섭합니다." 카르길 대령이 항의했다. "그 사람 때문에 난 아무 일도 할 수가 없어요."

"셰이스코프는 상당히 묘한 데가 있더군." 페켐 장군은 차분하게 그의 말에 동의했다. "그 사람을 귀관이 잘 감시하고, 그가 무슨 일을 꾸미고 있지나 않은지 살펴봐."

"이제는 그가 제 일에 간섭합니다!" 셰이스코프 대령이 소리를 질렀다.

"그런 일로 걱정하지 마, 셰이스코프."라고 말하면서 페켐 장군은 그의 기본적인 작전 방법에 따라 셰이스코프 대령을 자기가 제대로 길들였다고 생각하고 자축했다. 두 대령은 서로 벌써부터 거의 얘기도 하지 않는 정도였다. "열병식에 대해서 귀관이 훌륭한 솜씨를 발휘했기 때문에 카르길 대령은 귀관에게 샘을 내지. 그는 내가 귀관에게 탄착점 패턴의 책임을 맡길까 봐 걱정이지."

셰이스코프 대령은 귀가 솔깃했다. "탄착점 패턴이 뭔가요?"

"탄착점 패턴 말인가?" 혼자서 기분이 좋아져 눈을 깜박이며 페켐 장군이 말을 되풀이했다. "탄착점 패턴이란 몇 주일 전에 내가 생각해 낸 용어야. 그건 아무 의미도 없지만, 그것이 얼마나 빨리 유행되었는지를 알면 귀관은 놀랄 거야. 폭탄들이 서로 가까이 폭발해서 깨끗한 항공사진을 찍을 수 있게 하는 것이 중요하다고 나는 모든 사람들로 하여금 믿게 만들었어. 피아노사에는 목표물을 적중시키느냐 못 시키느냐 하는 건 이제 거의 관심조차 없는 대령도 하나 있지. 우리 오늘 비행기를 타고 가서 그 친구하고 재미나 보는 게 어때. 그러면 카르길 대령이 질투를 할 터이고, 오늘 아침 윈터그린에게서 알아냈는데, 드리들 장군은 사르디니아로 가고 없을 거라는구먼. 자기가 다른 곳을 시찰하러 간 사이에 내가 그의 시설을 한 군데 시찰했다는 걸 알게 되면 드리들 장군은 미칠 거야. 우린 빨리만 가면 브리핑도 들을 수 있겠지. 그들은 방비가 되어 있지 않은 작은 동네를 폭격해서 마을 전체를 쑥밭으로 만들 계획이야. 그 출격이 완전히 불필요하다는 얘기를 난 윈터그린에게서 알아냈는데……. 참, 윈터그린은 이제 전직 병장이야. 그 계획의 유일한 목적이라고는, 우리가 공격은 계획조차 하고 있지 않은데도 독일의 교체 병력을 지체시키자는 것이지. 하지만 평범한 사람들의 권위를 높여 주면 그런 사태가 벌어지게 마련이야." 그는 힘없이 거대한 이탈리아 지도 쪽을 가리켰다. "이 작은 산골 마을은 어찌나 보잘것없는지 이 지도에는 나타나지도 않아."

그들은 캐스카트 대령의 비행 대대에 너무 늦게 도착했기 때문에 예비 브리핑에서 댄비 소령이 "하지만 그곳에 있단 말이야. 거기 있어. 거기 있다고."라고 주장하는 것을 듣지 못했다.

"어디에 있어요?" 보이지 않는 척하면서 던바가 맹렬하게 물었다.

"이 도로가 이렇게 약간 구부러진 곳에, 바로 이 지도에 있어. 자네 눈에는 지도에서 이렇게 약간 구부러진 곳이 보이지 않아?"

"아뇨, 난 보이지 않아요."

"난 보여." 하버마이어가 나서더니 던바의 지도에서 그 지점을 가리켰다. "그리고 바로 이 사진에도 마을의 윤곽이 잘 나타나지. 난 다 이해가 가. 이 출격의 목적은 이 마을을 몽땅 때려 부수고 그 잔해들이 산기슭을 타고 내려가 길을 막아 놓아서 그것을 독일인들이 치우게 하는 것이지. 그렇지 않습니까?"

"맞았어." 손수건으로 이마의 땀을 훔치면서 댄비 소령이 말했다. "누군가 이해하는 사람이 있다니 기쁘구먼. 그 두 기갑사단은 이 길을 따라 오스트리아에서 이탈리아로 내려올 거야. 이 마을은 어찌나 가파른 경사에 서 있는지, 귀관들이 파괴하게 될 집과 다른 건물들의 모든 부스러기가 틀림없이 길 위로 굴러 내려 쌓일 거야."

"그래 봤자 뭐가 어떻다는 거죠?"

아첨과 놀라움이 뒤섞인 감정으로 요사리안이 흥분해서 그를 쳐다보고 있는 사이에 던바가 캐물었다. "그들이 그것을 치우는 데는 이틀밖에 안 걸릴 텐데요."

댄비 소령은 언쟁을 피하려고 애를 쓰고 있었다. "어쨌든 그것은 본부를 위해서는 틀림없이 상당히 중요한 일이야." 타협적인 어조로 그는 대답했다. "내 생각엔 그렇기 때문에 그들이 출격을 명령한 것 같아."

"마을에 있는 사람들에게는 경고를 했나요?" 맥워트가 물었다.

댄비 소령은 맥워트도 반대편에 가담하는 것을 보고 기가 막혔다. "아니, 그런 것 같지는 않아."

"이번에는 우리가 그들을 치러 간다는 것을 알리기 위해서 전단도 뿌리지 않았나요?" 요사리안이 물었다. "그들이 피할 수 있도록 우린 귀띔조차 해 줄 수가 없나요?"

"아니, 그럴 수 없는 것 같아." 댄비 소령은 초조하게 눈알을 굴려 대면서 땀을 좀 더 흘렸다. "독일인들이 눈치를 채고 다른 길을 택할지도 모르니까. 난 이런 건 확실히 알지 못해. 난 그저 짐작만 할 뿐이지."

"그들은 피신조차 못 하겠죠." 던바가 맹렬하게 따졌다. "그들은 어린애들, 개들, 늙은 사람들 할 것 없이 모두 우리 비행기들이 오는 걸 보면 길바닥으로 쏟아져 나와서 손을 흔들어 줄 겁니다. 맙소사! 왜 우린 그들을 그냥 놔둘 수가 없죠?"

"왜 우린 다른 곳에서 길을 폐쇄하지 못하나요?" 맥워트가 물었다. "어째서 꼭 그곳이어야 하나요?"

"난 모르겠어." 댄비 소령이 불쾌하게 대답했다. "난 모르겠어. 이것 봐, 우린 우리에게 명령을 내리는 우리 윗사람들에 대해서 신뢰를 좀 가져야 해. 그들은 다 까닭이 있어서 이럴 테니까."

"어련하겠어요." 던바가 말했다.

"왜들 그래?" 주머니에 두 손을 찌르고 축 늘어진 가죽 셔츠 차림으로 한가하게 상황실을 가로질러 밖으로 나가던 콘 중령이 물었다.

"아, 아무 일도 없어요, 중령님." 진실을 숨기려고 애쓰면서 초조하게 댄비 소령이 말했다. "우린 출격에 대해 의논하고 있었습니다."

"마을을 폭격하기 싫다고들 합니다." 댄비 소령을 배반하면서 하버마이어가 코웃음을 쳤다.

"야, 이 자식아!" 요사리안이 하버마이어에게 말했다.

"하버마이어를 가만히 내버려 둬." 콘 중령이 무뚝뚝하게 요사리안에게 명령했다. 그는 요사리안이 첫 번째 볼로냐 출격 전의 어느 날 밤 장교 클럽에서 자기에게 시비를 걸어 오던 주정뱅이였음을 알아보고는, 신중하게 그의 불쾌감을 던바에게로 돌렸다. "귀관은 어째서 마을을 폭격하기가 싫지?"

"잔인하기 때문이죠."

"잔인해?" 던바의 적대감이 뿜어내던 거침없는 열기에 잠깐 동안 두려움을 느꼈던 콘 중령이 냉정하고 다독거리는 듯한 말투로 물었다. "우리 병사들과 싸우라고 독일군 2개 사단을 그냥 통과시키는 건 그것보다 조금이라도 덜 잔인한가? 미국인들의 생명도 역시 위험해. 귀관은 차라리 미국인이 피를 쏟는 걸 보고 싶나?"

"미국인들은 피를 흘리고 있어요. 하지만 그 사람들은 그곳에서 평화롭게 살고 있죠. 우린 왜 그들을 가만히 내버려 두지 못하나요?"

"그래, 귀관이 그렇게 얘기하기는 쉬울 거야." 콘 중령이 비꼬았다. "피아노사에 있으면 귀관은 안전하니까. 이 독일 교체 병력이 언제 도착하느냐 하는 건 귀관에겐 아무런 상관도 없지, 안 그래?"

던바는 창피해서 얼굴이 새빨개졌고, 갑자기 수세에 몰린 목소리로 대답했다. "왜 우린 다른 곳에서 길을 차단하지 못합니까? 산등성이나 아예 길을 폭격하면 안 되나요?"

"귀관은 차라리 볼로냐로 다시 갔으면 좋겠나?" 조용한 이 질문은 방 안에 총성처럼 울렸고, 거북하고 불길한 침묵을 자아냈다. 요사리안은 수치심에 던바가 입을 다물기를 열심히 기도했다. 던바는 눈을 내리깔았고, 콘 중령은 자기가 이겼음을 알았다. "아냐, 난 그래선 안 되겠다고 생각했어." 그는 노골적으로 비꼬면서 얘기를 계속했다. "귀관들도 알다시피 이런 쉬운 폭격에 귀관들을 나가게 해 주려면 캐스카트 대령과 나는 고생을 많이 해야 해. 만일 귀관들이 볼로냐나 라스페치아나 페라라로 더 선뜻 출격을 나서겠다면, 우린 그런 목표물은 아주 간단하게 맡을 수 있어." 테 없는 안경 뒤에서 그의 눈은 위엄스럽게 반짝였고, 지저분한 턱은 모가 나고 단단했다. "생각 있다면 나한테 얘기만 해."

"그러죠." 또다시 잘난 체하며 코웃음을 치고 하버마이어가 선뜻 대답했다. "난 곧장 볼로냐로 날아가서, 폭격 조준기에 내 머리를 처박고, 내 주변에서 온통 퉁탕거리는 고사포 소리를 듣고 싶어요. 출격에서 돌아온 다음에 사람들이 몰려와 온갖 욕설을 나한테 퍼부으면 난 아주 신이 나죠. 사병들까지도 너무나 화가 나서 나한테 욕설을 퍼붓고 주먹으로 치고 싶어 해요."

콘 중령은 하버마이어의 말을 못 들은 체하며 턱 밑을 유쾌하게 툭툭 친 다음에 멋없고 단조로운 목소리로 던바와 요사리안에게 말했다. "난 귀관들한테 엄숙하게 맹세하지. 그 거지 같은 산골 이탈리아 촌놈들에 대해서라면 캐스카트 대령과 나보다 더 걱정을 많이 하는 사람은 없을 거야. 메 세 라 게레(Mais cést la guerre.)[33] 전쟁을 시작한 건 우리가 아니라 이탈리아임을 잊지 않도록 해. 그리고 그들이 스스로 그들 자신에게 범한 것 이상으로 우리가 이탈리아인들이나, 독일인들이나, 러시아인들이나, 중국인들에게 잔인성을 범한다는 건 불가능하다는 사실도." 콘 중령은 그의 냉정한 표정을 바꾸지도 않으면서 댄비 소령의 어깨를 다정하게 잡았다. "브리핑을 계속하게, 댄비. 그리고 밀집된 탄착점 패턴의 중요성을 그들에게 꼭 이해시키도록 하고."

"아, 아닙니다, 중령님." 깜빡거리는 눈으로 올려다보면서 댄비 소령이 불쑥 말했다. "이 목표물에서는 그렇지가 않아요. 전 그들에게 한 지점이 아니라 마을 전체의 길이와 똑같은 도로를 폐쇄하기 위해서 20미터 간격으로 폭탄을 투하하라고 말했습니다. 산개된 탄착점 패턴이 도로 폐쇄에는 훨씬 더 효

33) '하지만 그게 전쟁이지.'라는 뜻의 이탈리아어.

과적일 겁니다.”

“난 도로 폐쇄에는 관심 없어.” 콘 중령이 그에게 말했다. “캐스카트 대령은 요소요소에 발송할 때 부끄럽지 않을 만큼 훌륭하고 깨끗한 항공사진이 이 출격에서 나오기를 바라. 전체적인 브리핑을 들으려고 페켐 장군이 이곳에 오리라는 것을 잊지 말고. 그가 탄착점 패턴에 대해서 어떻게 생각하는지는 귀관도 알겠지. 그건 그렇고 소령, 어서 이런 세부 사항 설명을 빨리 끝내고 그가 이곳에 오기 전에 없어져 버려. 페켐 장군은 자넬 보면 참지 못하니까.”

“아, 아닙니다, 중령님.” 댄비 소령이 공손하게 말을 수정했다. “저를 보면 참지 못하는 사람은 드리들 장군이죠.”

“페켐 장군도 자넬 보면 참지 못해. 사실은 자넬 보면 누구도 참지 못하지. 자네가 하던 일을 중단하고 댄비, 사라져 버려. 브리핑은 내가 맡겠어.”

“댄비 소령은 어디 갔지?” 페켐 장군, 셰이스코프 대령과 함께 차를 타고 전반적인 브리핑에 참석하러 온 캐스카트 대령이 물었다.

“대령님이 차를 타고 오는 것을 보자마자 자리를 뜨게 허락해 달라고 그러더군요.” 콘 중령이 대답했다. “페켐 장군이 자기를 싫어할까 봐 걱정이 되어서요. 어쨌든 브리핑은 제가 맡기로 했죠. 제가 훨씬 더 잘하니까요.”

“좋았어!” 캐스카트 대령이 말했다. “아냐!” 첫 번째 아비뇽 브리핑 때 드리들 장군 앞에서 콘 중령이 얼마나 일을 잘했는지를 기억해 낸 캐스카트 대령은 곧 자신의 말을 번복했다.

"내가 직접 하겠어."

캐스카트 대령은 자기가 페켐 장군이 좋아하는 사람들 가운데 하나라는 사실을 알았으므로 힘을 내어서 모임의 책임을 맡고는, 드리들 장군에게서 본받은 허세와 냉정한 강인함을 과시하며 부하 장교들로 이루어진 열성적인 청중에게 산뜻하고 간결하게 얘기를 했다. 그는 셔츠 옷깃을 풀어헤치고, 담뱃대를 들고, 머리털은 짧게 깎고, 희끗희끗한 검은 머리가 곱슬거리는 자신의 모습이 연단에서 멋진 인상을 주리라고 믿었다. 그는 아름답게 얘기를 술술 풀어 나가면서, 드리들 장군의 특징인 잘못된 발음까지 경쟁적으로 모방했고, 페켐 장군이 거느린 새로운 대령 때문에 조금도 주눅이 드는 일이 없었는데, 그러다가 갑자기 그는 페켐 장군이 드리들 장군을 혐오한다는 사실이 생각났다. 그러자 그의 목소리가 갈라졌으며, 모든 자신감이 그를 저버렸다. 그는 화끈거리는 수치심 속에서 본능에만 의존하며 덤벙거렸다. 그는 갑자기 셰이스코프 대령에 대한 공포를 느꼈다. 같은 지역의 또 다른 대령은 또 다른 경쟁자를, 또 다른 적을, 자기를 미워하는 또 다른 사람을 의미했다. 그리고 이 사람은 강했다! 무서운 생각이 캐스카트 대령에게 떠올랐으니…… 첫 번째 아비뇽 출격 때 그랬듯이 방 안의 모든 사람더러 신음을 하라고 셰이스코프 대령이 벌써 매수를 했다면, 그는 어떻게 그들을 조용하게 만들 것인가? 그것은 얼마나 무서운 타격인가! 캐스카트 대령은 이런 두려움에 어찌나 심하게 사로잡혔던지 하마터면 콘 중령을 손짓해 부를 뻔했다. 그는 겨우 정신을 가다듬고 시계를 맞추었다. 그 일을 끝내고 나자 그는 당장이라도 브리핑을 끝낼 수 가 있으므로 이제는 이겼다고 생각했다. 그는 위기를 벗어났다. 그는 승리감과 악감으로 셰이스코프 대령의 면전에다 웃어 주고 싶었다. 그는 압박감 속에서도 찬란하게 자신의 능력을 과시했고, 그의 모든 본능이 그에게 알려 준 바로는 웅변적인 기교와 오묘함의 거룩한 전시장이었던 영감을 불러일으키는 열변으로 브리핑을 종결지었다. "자, 귀관들." 그는 간곡하게 말했다. "오늘 이 자리에는 우리에게 모든 소프트볼과 만화책과 USO 쇼를 마련해 주는 아주 고귀한 손님인 휼병대의 페켐 장군이 참석하였다. 나는 이 출격을 그분에게 바치고자 한다. 어서 가서 폭격하라. 나를 위해서, 여러분의 국가를 위해서, 그리고 저 위대한 미국인인 P. P. 페켐 장군을 위해서. 그리고 여러분이 모든 폭탄을 동전 하나만 한 공간 속에 투하하기를 바란다!"

30

던바

요사리안은 그의 폭탄들이 어디에 떨어지든지 간에 이제는 더 이상 개의치 않았지만, 마을을 수백 야드 지나쳐서 폭탄을 투하하고는 고의적으로 그랬다는 사실이 어쩌다 발각되면 군사재판에 회부될 각오를 한 던바처럼 심하게 행동하지는 않았다. 요사리안에게까지도 한마디 얘기도 없이 던바는 출격에서 손을 뗐다. 병원 침대에서 떨어지고 난 다음 그의 머리는 광명을 보았거나 돌아 버렸는데, 어느 쪽인지는 알 길이 없었다.

던바는 이제 웃는 일이 별로 없었으며, 몸이 쇠약해지는 듯싶었다. 그는 상관들에게, 심지어는 댄비 소령에게도 도전적으로 으르렁거렸고, 군목의 앞에서까지 무례하고 무뚝뚝하게 신을 모독해서, 군목은 이제 던바를 무서워하고, 던바처럼 몸이 초췌해졌다. 윈터그린을 찾아간 군목의 순례는 실패로 끝났으니, 또 하나의 성지가 비어 있었다. 윈터그린은 너무 바빠서 군목을 직접 만나 줄 수 없었다. 어느 뻔뻔스러운 조수가 훔쳐 온 지포 라이터를 군목에게 선물로 가져다주고는 윈터그린은 전시의 활동에 너무나 깊숙이 얽매여 있기 때문에 장병들이 비행해야 할 출격 횟수처럼 시시한 일에는 신경을 쓸 수가 없다고 점잖게 말해 주었다. 군목은 던바에 대해서 걱정했으며, 오르가 사라진 요즈음에는 요사리안 때문에 더욱 고심했다. 뾰족한 꼭대기가 밤마다 폭탄의 꼭지처럼 그를 음산한 고독감 속에 가두는 널찍한 천막 속에서 혼자 살던 군목에게는 요사리안이 정말로 혼자 살기를 좋아해서 같이 지낼 사람을 바라지 않는다는 사실이 믿기지 않았다.

또다시 선두 폭격수로서, 요사리안은 맥워트를 조종사로 동반했는데, 비록 그는 여전히 무방비 상태이기는 했어도 그나마 위안이 되었다. 되돌아 갈 길은 없었다. 그는 자리가 기수에 위치해서 맥워트나 부조종사를 볼 수조차 없었다. 그의 눈에 보이는 사람은 알피뿐이었는데, 얼굴이 달덩이 같고 야단스러운 그의 무능함에 결국 그는 참을성을 잃었다. 하늘에 떠 있는 동안이면 그는 차라리 다시 강등되어서, 사실은 아무짝에도 쓸모없는 정밀한 폭격 조준기 대신에 장전한 기관총이 달린 사격실에서, 힘차고 묵직한 50구경 기관총을 복수심에 불타며 두 손으로 움켜쥐고는, 그를 못살게 구는 모든 악마들에게, 고사포의 검은 포연 때문에 비록 그가 시간을 충분히 갖고 발포할 수 있다고 해도 피해를 줄 가능성이 전혀 없고 볼 수조차 없지만 어쨌든 밑에 있는 독일 대공 포화 포수들에게, 바로 지난번 잠깐 천둥과 폭풍우가 휘몰아치기 직전에 224개의 포로 오르의 엔진 하나를 때려 부숴서 그가 제노바와 라스페치아 사이의 바다로 격추당하게 했던 볼로냐의 세 번째 출격 때 겁도 없이 곧장 수평 폭격을 감행하던 선두 비행기의 하버마이어와 애플비에게 미친 듯이 마구 쏘아 대고 싶은 고통스러운 분노의 순간들이 있었다.

사실은 장전하고 몇 발 시험 삼아 사격하는 이외에 그 강력한 기관총으로 그가 할 수 있는 일이라고는 별로 없었다. 그것은 폭격 조준기만큼이나 그에게는 소용이 없었다. 그는 공격해 오는 독일 전투기들에다 대고 그것을 정말로 마구 쏘아 댈 수도 있었겠지만 이제는 독일 전투기들은 없었고, 언젠가 키드 샘슨에게 되돌아 내려가라고 명령했듯이 허플이나 도브스 같은 조종사들에게 조심해서 착륙하라고 명령하기 위해 기관총을 한 바퀴 돌려서 꼼짝 못 하는 그들의 얼굴에 들이댈 수조차 없었지만, 무시무시한 첫 번째 아비뇽 출격 때, 하버마이어와 애플비가 이끌던 편대에서 도브스와 허플과 함께 비행기를 타고 하늘 높이 떠 있는 자신을 의식한 순간에, 그가 처한 기막힌 곤경을 의식한 순간에, 그는 도브스와 허플에게 바로 그런 행동을 취하고 싶었다. 도브스와 허플이라? 허플과 도브스? 그들은 누구였던가? 비행기 안에서 정말로 정신이 돌아 버리기라도 했는지 부조종사 자리를 떠나지도 않으며 목표물 상공에서 멋대로 돌아다니고, 허플에게서 조종간을 빼앗아 쥐고는 그들 모두가 등골이 오싹해질 만한 급강하를 해서 요사리안의 수신기가 날아가게 만들고, 그들이 겨우 도망을 쳤던 극심한 고사포 공격의 한가운데로 다시 뛰어들게 했던 신경질적인 미치광이 도브스나, 허플이라는 수염도 나지 않은 아이, 이 두 맥 빠진 낯선 사람들의 보잘것없는 기술과 지능에 의존해서 죽음으로부터 탈출하기를 기대하며, 두께가 2센티미터나 3센티미터밖에 안 되는 쇠붙이를 타고 고도가 3킬로미터쯤 되는 공중에 떠 있다는 것은 얼마나 한심한 일이었던가? 그다음에 눈을 돌리니 또 다른 낯선 사람인 무전 포수 스노든이 뒤쪽에서 죽어 가고 있었다. 요사리안이 수화기를 다시 꽂았을 때 도브스는 벌써부터 인터콤을 통해 누가 앞으로 가서 폭격수를 도와주라고 애걸하고 있었던 것으로 미루어 보아 도브스가 그를 죽였을 리는 전혀 없었다. 그리고 거의 동시에 스노든의 흐느끼는 소리가 끼어들었다. "살려 줘요. 제발 살려 줘요. 난 추워요. 난 추워요." 그래서 요사리안은 천천히 기수에서 기어 나와 폭탄 투하실의 꼭대기로 올라가 (나중에 그것을 가지러 다시 되돌아가야 했지만 도중에 있던 구급상자를 지나치고는) 몸을 꿈틀거리며 비행기의 후미로 가서, 절단되지 않고 피에 흥건히 젖은 근육 조직이 저 혼자 살아서 눈먼 생명체처럼 괴이하게 팔딱이던, 허벅지 안쪽의 축구공만큼 커다란 헤벌어지고, 헐벗고, 참외처럼 생긴 구멍을 보고는 요사리안이 충격과 동정으로 신음하고 구토를 일으킬 뻔했던, 스노든의 거의 2센티미터나 되는 노출된 상처를 치료했다. 자그마하고 몸집이 가벼운 후미 포수는 얼굴이 손수건처럼 새하얗게 창백해져 죽은 듯이 스노든의 옆 바닥에 누워 있었고, 그래서 요사리안은 우선 그를 도우려고 반사적으로 그에게로 달려갔다.

그렇다, 긴 안목으로 따지고 보면 맥워트와 비행하는 것이 훨씬 더 안전하기는 했지만, 맥워트와 비행한다고 해도 안전하다고는 할 수 없었던 노릇이, 그는 비행을 너무나 좋아했고, 연습 비행에서 돌아오는 길에 그는 기수에 요사리안을 태우고 무모하게도 땅 위에서 겨우 몇 센티미터밖에 안 떠서 비행함으로써 오르가 실종된 후에 캐스카트 대령이 구해 온 모든 신임 탑승원들의 간담을 서늘하게 했다. 폭격 연습장은 피아노사의 다른 쪽에 있었는데, 돌아오는 길에 맥워트는 게으르게 느릿느릿 날던 비행기의 밑바닥이 길목에 있는 산의 정상을 스칠 정도로 비행하며, 고도를 유지하지도 않고 양쪽 엔진을 모두 한껏 돌려 한쪽으로 비행기를 기우뚱 숙이고는, 요사리안이 질겁할 노릇이었지만, 속도를 최대한으로 내며 산의 경사면을 따라 내려가면서 유쾌하게 날개를 흔들고, 거친 갈색 파도 위를 어지럽게 날아가는 갈매기처럼 바위가 솟은 곳은 있는 힘을 다해 요란하게 폭음을 내며 간신히 넘고 굽이쳐 내리는 지형이 나오면 다시 급강하해서 내려갔다. 요사리안은 혼비백산했다. 그의 옆에 앉은 새로 온 폭격수는 홀린 듯한 미소를 머금고 근엄하게 앉아서 "히야!" 하며 계속해서 휘파람을 불었고, 요사리안은 앞에 갑자기 휘청거리는 나뭇가지들과 언덕들과 커다란 바위들이 나타났다가 삽시간에 획 지나가서 미끄러져 가라앉을 때마다 몸을 피하려고 움찔거리면서, 손을 뻗어 한 손으로 그 폭격수의 얼굴을 묵사발로 만들고 싶었다. 그의 목숨을 걸고 그토록 무서운 모험을 할 권리가 있는 사람은 아무도 없었다.

"상승해, 상승해, 상승해!" 그는 맥워트를 한없이 증오하면서 미친 듯이 소리를 질렀지만, 맥워트는 인터콤을 통해 홍이 나서 노래를 부르고 있었기 때문에 그의 말이 들리지 않았을지도 모른다. 분노로 속이 끓어오르고 복수하고 싶어 울음을 터뜨릴 지경이 된 요사리안은 통로로 몸을 던지고는 기를 써서 중력과 관성을 이기고 나가 가운데까지 이르러서는 비행갑판으로 자기 몸을 끌고 가서 부르르 떨며 조종석에 앉은 맥워트의 뒤에 섰다. 그는 결사적으로 권총을, 장전해서 맥워트의 두개골 밑에 들이댈 시커먼 45구경 권총을 찾으려고 두리번거렸다. 권총은 없었다. 사냥칼도 없었고. 요사리안은 숨을 몰아쉬면서 맥워트의 전투복 옷깃을 움켜쥐어 잡아채면서 그에게 상승하라고, 상승하라고 고함을 질렀다. 비행기 양쪽에서 땅은 아직도 밑에서 소용돌이를 치거나 머리 위로 휙휙 지나갔다. 맥워트는 얼굴을 돌려 요사리안을 쳐다보고는 마치 요사리안이 자기와 함께 즐기고 있기라도 한다는 듯 즐겁게 웃었다. 요사리안은 두 손을 맥워트의 노출된 목에다 감고 조였다. 맥워트는 뻣뻣해졌다.

"상승해." 요사리안은 이를 악물고 나지막하고 위협적인 목소리로 분명하게 명령했다. "말 안 들으면 죽여 버리겠어."

뻣뻣하게 굳어 버린 몸으로 맥워트는 조심스럽게 모터를 끄고 서서히 상승했다. 요사리안의 두 손은 힘을 잃고 맥워트의 어깨로 미끄러져 내려가 맥없이 축 늘어졌다. 그는 이제 분노가 수그러졌다. 그는 창피했다. 맥워트가 얼굴을 돌렸을 때, 그는 자기의 손이 자기 것임을 미안해했고, 손을 어디에라도 묻어 버리고 싶었다. 손들이 죽어 버린 것 같았다.

맥워트는 그를 뚫어지게 쳐다보았다. 그의 눈길에는 다정함이 없었다. "이봐." 그는 차갑게 말했다. "자네 꼴이 정말 말이 아니군. 자넨 귀국해야 되겠어."

"보내 주질 않아." 요사리안은 시선을 피하며 대답하고는 자리를 떴다.

요사리안은 비행 갑판에서 내려와 바닥에 앉아서는 죄의식과 자책감에 머리를 떨어뜨렸다. 그는 땀으로 온몸이 흠뻑 젖었다.

맥워트는 곧장 비행장을 향해서 방향을 고정시켰다. 요사리안은 자기가 남몰래 필트차드와 렌을 찾아가서 도브스와 허플과 오르에 대해서, 그리고 실패로 돌아가기는 했지만 알피에 대해서 얘기를 했듯이, 맥워트가 그들에게 찾아가 앞으로 다시는 요사리안을 그의 비행기에 태우지 말아 달라고 부탁이나 하지 않으려는지 궁금해졌다. 그는 맥워트가 불쾌해하는 것을 본 적이 없었으며, 언제 보아도 아주 경쾌한 기분에 젖어 있었으므로, 방금 친구를 또 하나 잃지 않았나 걱정되었다.

그러나 맥워트는 비행기에서 내리며 그에게 안심을 시키듯 윙크를 했고, 중대로 지프차를 타고 돌아가는 동안에 잘 속아 넘어가는 새 조종사와 폭격수와 친절하게 농담을 나누었지만, 네 사람이 모두 낙하산을 반납한 다음에 뿔뿔이 흩어져서 두 사람만 남아 그들의 천막이 나란히 줄지어 선 곳으로 함께 걸을 때까지 그는 요사리안에게 한 번도 말을 걸지 않았다. 그러더니 주근깨가 드문드문 나고 햇볕에 그은 스코틀랜드와 아일랜드 사람 같은 맥워트의 얼굴에 갑자기 미소가 떠올랐고, 마치 주먹질이라도 하듯 그는 장난스럽게 요사리안의 옆구리를 쿡쿡 찔렀다.

"야, 이 새끼야." 그는 웃었다. "너 정말 날 죽이려고 그랬어?"

요사리안은 사죄하는 미소를 지으며 머리를 저었다. "아냐, 그렇지는 않았어."

"네가 그 정도로 심한 줄은 몰랐어. 세상에! 왜 누구한테 그 얘기를 해 보지그래?"

"난 누구한테나 그 얘기를 하지. 도대체 왜 이러는 거야? 내가 하는 얘기는 들어 보지도 못했어?"

"난 그 얘기가 어쩐지 믿기지 않았지."

"넌 겁이 날 때도 없어?"

"겁이 나야 마땅하겠지."

"출격할 때도?"

"아마 난 머리가 좀 모자라나 봐." 맥워트는 얌전하게 미소를 지었다.

"내가 죽을 수 있는 방법은 정말 여러 가지가 있지." 요사리안이 말했다. "그런데도 모자라서 자네가 또 한 가지를 찾아냈구먼."

맥워트는 다시 미소를 지었다. "이봐, 내가 자네 천막 위를 비행기로 스치고 날아가면 자넨 정말 무서워하겠구나, 그렇지?"

"죽을 지경으로 겁이 나지. 그 얘기는 내가 했잖아."

"난 자네가 소음 때문에 시끄럽다고 불평하는 줄 알았어." 맥워트는 맥이 빠져서 어깨를 추슬렀다. "아, 그렇다면 알 게 뭐야.” 그는 노래했다. “아마 난 그 짓을 집어치워야 할까 봐.”

그러나 맥워트는 버릇을 고칠 수 없었고, 요사리안의 천막을 스치고 날아가는 일은 다시 없었지만, 기회만 있으면 놓치지 않고 바닷가를 스치며 비행했는데, 요사리안이 더케트 간호사를 주무르고 있거나 네이틀리와, 던바와, 헝그리 조와 함께 포커나 피너클이나 하트 카드놀이를 하는 모래밭의 외딴 구덩이나 물 위에 뜬 뗏목 위로 비행기가 사납게 우르르하며 나지막이 번개처럼 날아가곤 했다. 요사리안은 두 사람 다 한가하기만 하면 거의 매일 오후에 더케트 간호사를 만났고, 그녀를 데리고 다른 장교들과 사병들이 나체로 수영하는 곳을 가로막아 분리시킨, 어깨만큼 높은 모래언덕들이 좁다랗게 솟은 부분의 다른 쪽 바닷가로 갔다. 네이틀리와 던바와 헝그리 조도 자주 그곳으로 오곤 했다. 맥워트가 어쩌다가 한 번씩 그들과 어울렸고, 언제나 정복 차림의 땅딸막한 알피도 자주 왔는데, 그는 신발과 모자 외에는 옷을 전혀 벗지 않았고 수영을 하는 법이 없었다. 다른 남자들은 더케트 간호사를 존중하는 의미에서, 그리고 또한 항상 더케트 간호사와 요사리안을 따라 해변으로 와서는 10미터쯤 떨어져 꼿꼿이 앉아 있는 크레이머 간호사를 존중하는 의미에서 수영복을 입었다. 바닷가를 더 내려가면 환히 보이는 곳에서 일광욕을 하거나, 침적토로 이루어진 모래톱 너머에 있는, 빈 석유 드럼통에 실려 출렁거리는 거대하고 하얀 물살에 쓸리는 뗏목에서 다이빙을 하거나 뛰어내리는 발가벗은 남자들에 대해서 얘기를 꺼냈던 사람이라고는 알피뿐이었다. 크레이머 간호사는 요사리안에게 화가 났고, 더케트 간호사에게 실망을 느꼈기 때문에 혼자 떨어져 앉았다.

수 앤 더케트 간호사는 알피를 혐오했는데, 그것은 요사리안이 즐기던 더케트 간호사의 수많은 매력적인 괴팍함들 가운데 하나였다. 그는 수 앤 더케트 간호사의 길고 흰 다리와 유연하고 잘 발달된 엉덩이를 즐겼으며, 그녀의 허리 위쪽은 상당히 날씬하고 연약하다는 사실을 깜박 잊어버리는 일이 자주 있어서 격정의 순간에 그녀를 너무 거칠게 끌어안음으로써 그녀에게 고의가 아닌 고통을 주기도 했다. 그는 해 질 녘 바닷가에 함께 누워 있을 때 보여 주던 그녀의 졸린 듯한 묵종에 가까운 태도를 사랑했다. 그는 그녀와의 밀착에서 위안과 평화를 얻었다. 그는 항상 그녀를 감촉하고, 항상 그녀와 육체적인 소통을 하는 상태로 있고 싶어 했다. 그는 네이틀리와 던바, 헝그리 조와 함께 카드놀이를 하면서 손가락으로 그녀의 발목을 헐겁게 감아쥐기를 좋아했고, 손톱의 등으로 그녀의 깨끗하고 보드라운 허벅지의 솜털 같은 살갗을 가볍게 그리고 사랑스럽게 눌러 주기를 좋아했고, 또는 꿈을 꾸듯이 육감적으로, 거의 무의식 속에서, 젖꼭지가 기다란 그녀의 자그마한 젖가슴을 담아 감추려고 그녀가 항상 입던 비키니 수영복의 꼭대기에 달린 신축성이 있는 끈 밑으로 그녀의 조가비 같은 척추를 따라 그의 자신만만하고 존경심을 나타내는 손을 위로 밀어 올리기를 좋아했다. 그는 더케트 간호사의 차분하고 즐거워하는 반응을, 그녀가 자랑스럽게 과시하던 그에 대한 애착심을 사랑했다. 헝그리 조 또한 더케트 간호사를 만져 보고 싶어 환장했지만, 요사리안이 그러지 말라고 눈을 부라리는 통에 자제한 적이 여러 번이었다. 더케트 간호사는 헝그리 조의 마음만 들뜨게 하려고 그에게 꼬리를 쳤고, 그러지 말라고 요사리안이 팔꿈치나 주먹으로 날카롭게 그녀를 쥐어박을 때마다 그녀의 동그랗고 연한 갈색 눈은 장난기로 반짝였다.

남자들은 수건이나 속셔츠나 담요를 깔아 놓고 그 위에서 카드놀이를 했는데, 더케트 간호사는 모래언덕에 등을 기대고 앉아서 여벌의 카드를 섞었다. 여벌의 카드를 치고 있지 않을 때면 그녀는 주머니에 넣고 다니는 조그마한 거울에 곁눈질을 하며 앉아서, 그녀의 꼬부라지고 빨간 속눈썹이 영원히 더 길어지게 하려고 한심하게 애를 쓰면서 마스카라를 칠했다. 그녀는 카드를 쌓아 올릴 줄도 알았고, 게임이 한창 계속될 때까지 아무도 발견할 수 없도록 교묘하게 카드를 몇 장 없애 버리고는, 그들이 모두 핏대를 올리며 카드를 집어던지고는 그녀에게 더러운 욕설을 퍼붓고 쓸데없는 장난은 그만하라고 경고하며 그녀의 팔다리를 때리기 시작하면 그녀는 환희에 찬 만족감으로 상기된 얼굴로 웃어 댔다. 그들이 정신을 집중하려고 잔뜩 신경을 곤두세울 때면 그녀는 어처구니없는 얘기들을 떠들어 대고, 그들이 그녀의 팔다리를 주먹으로 또 때리면서 입 닥치라고 얘기할 때면 의기양양한 분홍빛 홍조가 그녀의 뺨에 번졌다. 더케트 간호사는 그렇게 관심의 대상이 되면 흥이 났으며, 요사리안과 다른 남자들이 그녀에게 관심의 초점을 돌리면 좋아서 어쩔 줄을 몰라 하면서도 짧게 깎은 밤색

앞머리를 숙여 시선을 피했다. 모래언덕의 저쪽 편 가까운 곳에 그렇게 많은 나체의 소년과 남자 들이 놀고 있다는 사실을 알게 되자 그녀는 푸근하고 기대에 찬 만족감 같은 묘한 기분을 느꼈다. 그녀는 머리를 좀 들거나 무슨 핑계를 대고 일어서기만 한다면 햇빛을 받으며 공놀이를 하거나 빈들거리는 발가벗은 남자들을 스무 명이나 마흔 명쯤 볼 수 있을 터였다. 그녀에게는 자신의 몸이 어찌나 낯익고 보잘것없는 물건이었던지, 그녀는 그것에 남자들이 경련을 일으키며 황홀감을 느끼거나, 그저 만지기라도 하고 싶어서 손을 황급히 뻗어 그것을 주무르고, 그것을 쥐어 보고, 그것을 꼬집고, 그것을 비벼 보려고 하는 그들의 강렬하고 우스운 욕구에 대해서 의아한 기분이 들었다. 그녀는 요사리안의 욕정을 이해하지 못했지만, 그의 말을 믿어 주고 싶은 마음이었다.

색욕을 느끼는 밤이면 요사리안은 담요 두 장을 가지고 더케트 간호사를 바닷가로 데리고 가서, 그들은 옷을 거의 다 그대로 입은 채로 섹스를 했는데, 그것은 로마의 발가벗고, 부도덕하고, 정력적인 어떤 여자와 성교를 하는 것보다도 더 즐거웠다. 그들은 밤에 바닷가로 가서 성교를 하지 않고, 두 장의 담요 사이에서 축축하고 상쾌한 추위를 몰아내려고 서로 몸을 꼭 붙이고는 덜덜 떨면서 누워 있기만 하는 일도 자주 있었다. 잉크처럼 시커먼 밤은 자꾸만 추워 왔고, 별들은 싸늘하고 숫자도 적었다. 유령 같은 달빛 그늘 속에서 뗏목은 흔들거리며 멀리 떠내려가는 듯싶었다. 차가운 날씨의 뚜렷한 징후가 대기를 꿰뚫고 지나갔다. 다른 사람들은 이제 와서야 난로를 설치하기 시작해서, 낮이면 요사리안의 천막으로 찾아와 오르의 솜씨에 감탄했다. 그들이 함께 있는 동안이면 요사리안은 그녀에게서 잠시도 손을 떼지 않았기 때문에 더케트 간호사는 황홀감으로 몸이 짜릿짜릿했지만, 그러면서도 그녀는 낮이면 근처에서 누가, 심지어는 모래언덕의 다른 쪽에서 못마땅하다고 코를 하늘로 치켜들고 아무것도 보이지 않는 척하면서 앉아 있곤 하던 크레이머 간호사라도 가까운 곳에 있다가 볼지 모르겠다는 생각이 들어, 그녀의 수영복 속으로 그가 손을 밀어 넣지 못하게 막았다.

크레이머 간호사는 요사리안과의 관계 때문에 그녀의 가장 친한 친구인 더케트 간호사와 이제는 말도 하지 않았지만, 더케트 간호사는 그녀의 가장 친한 친구였기 때문에 어디를 가도 그녀와 함께 갔다. 그녀는 요사리안과 그의 친구들이 못마땅했다. 그들이 일어서서 더케트 간호사와 수영을 하러 나가자 크레이머 간호사도 일어나서 10미터의 간격을 유지하고, 침묵을 지키고, 물속에서까지도 그들을 거들떠보지도 않으면서 콧대를 세우고 수영을 했다. 그들이 웃고 물장구를 치면 그녀도 웃고 물장구를 쳤으며, 그들이 다이빙을 하면 그녀도 다이빙을 했고, 그들이 모래톱으로 헤엄쳐 가서 휴식을 취하면 크레이머 간호사도 모래톱으로 헤엄쳐 가서 휴식을 취했다. 그들이 밖으로 나오자 그녀도 밖으로 나와서 자기 수건으로 어깨의 물기를 닦고는 자기 자리에 똑바로 앉아서 허리를 꼿꼿하게 폈고, 그녀의 밝은 금발에서 반사되어 빛나는 햇빛은 동그랗게 후광을 이루었다. 더케트 간호사가 만일 회개하고 사과만 한다면 크레이머 간호사는 그녀와 다시 말할 용의가 있었다. 그러나 더케트 간호사는 현재의 상태를 그대로 유지하는 것이 더 좋았다. 오래전부터 그녀는 입 좀 다물라고 크레이머 간호사를 쥐어박고 싶어 했다.

더케트 간호사는 요사리안이 멋진 남자라고 생각했으며 벌써부터 그를 개조하려고 애썼다. 그녀는 그가 엎드려 그녀의 몸에 팔을 걸치고 잠깐 낮잠을 자는 모습을 지켜보거나, 모래밭을 몇 발자국 가볍게 뛰어 올라갔다가 다시 뒤로 물러서는 물가의 귀여운 강아지처럼 끝없이 얌전하게 부서지는 파도를 우울하게 구경하는 그의 모습을 좋아했다. 그의 침묵 속에서 그녀는 차분함을 느꼈다. 그녀는 자기 때문에 그가 지루해하지 않음을 알았고, 따스하고 살랑거리는 오후의 산들바람에 모래밭 표면에서 미세하게 진동이 일어나는 동안 그가 졸고 있거나 무언가 골똘히 생각에 잠겨 있으면 그사이에 열심히 손톱에 칠을 하고 다듬었다. 그녀는 청동 같은 살갗에 흠집이 없는 그의 널찍하고, 길고, 근육이 단단한 등을 쳐다보기를 좋아했다. 그녀는 갑자기 그의 귀를 몽땅 그녀의 입 안에 집어넣어 물고 손을 그의 앞쪽 밑에까지 더듬어 내려감으로써 순식간에 그를 활활 타오르게 하기를 좋아했다. 그녀는 그로 하여금 저물녘까지 타오르고 괴로워하도록 놔뒀다가 나중에 충족시켜 주곤 했다. 그런 다음에는 자기가 그에게 그토록 환희를 가져다주었기 때문에 혼자 흐뭇해하며 그에게 키스했다.

요사리안은 정말로 비밀을 지킬 줄 알면서도 또한 변덕스럽기도 한 더케트 간호사와 함께 있으면 절대로 외로움을 느낄 줄 몰랐다. 그는 광활하고 끝이 없는 바다가 고통스럽고 귀신 같은 존재라고 생각했다. 더케트 간호사가 손톱을 다듬는 동안에 그는 물속에서 죽어 간 모든 사람에 대한 구슬픈 생각에 잠겼다. 벌써 그 숫자가 백만은 넘었으리라. 그들은 어디에 있는가? 그들의 육체는 어떤 벌레들이 먹어 버렸을까? 그는 꼼짝도 못 할 만큼 엄청나게 거대한 물속에 빠져서 호흡을 할 수 없는 기막힌 상태를 상상해 보았다. 요사리안은 저 멀리에서 오락가락 엇갈리며 지나가는 작은 고기잡이배들과 군용 기정들을 지켜보았는데, 그것은 진짜처럼 느껴지지가 않았고, 항상 부지런히 움직이고 있을 진짜 크기의 사람들이 그 배에 타고 있다는 것이 정말 같지가 않았다. 그는 바위투성이인 엘바 쪽을 보았고, 그의 눈은 기계적으로 클레빈저가 그 속에서 사라져 버린 솜털 같고, 하얗고, 무처럼 생긴 구름을 찾으려고 했다. 그는 아른아른한 이탈리아의 지평선을 쳐다보고는 오르를 생각했다. 클레빈저와 오르. 그들은 어디로 갔는가? 요사리안은 언젠가 새벽에 방파제 위에 서서 파도에 실려 그가 있던 쪽으로 떠오던, 잎이 많이 나고 둥근 나무토막을 지켜보고 있었는데 그것은 갑자기 물에 빠져 죽은 남자의 퉁퉁 부어오른 얼굴로 바뀌었고, 그것은 그가 처음으로 본 죽은 사람이었다. 그는 삶에 대한 갈증을 느끼고는 탐욕스럽게 손을 뻗어 더케트 간호사의 육체를 움켜쥐었다. 그는 클레빈저와 오르의 소름 끼치는 어떤 모습이 나타나기를 기다리며 겁에 질려 물에 떠오른 물체를 모두 살펴보는 동안 엄습할 어떤 병적인 충격에 대해서도 마음의 준비가 되어 있었지만, 어느 날 맥워트가 한적한 고요함으로부터 갑자기 폭음을 일으키며 비행기를 몰고 나타나서 으르렁거리는 굉장한 소음을 일으키며 물가를 따라 무자비하게 날고, 금발에 피부가 창백한 키드 샘슨이 멀리서 봐도 뼈만 앙상한 옆구리를 드러내며 출렁거리는 뗏목 위에 있다가 요란한 굉음을 내는 비행기를 만져 보려고 광대처럼 펄쩍 뛰어오르고, 바로 그 순간에 무슨 변덕스러운 바람 때문이거나 아니면 맥워트의 사소한 감각적 오산(誤算)으로 그 빠른 비행기가 밑으로 내려와 프로펠러가 키드 샘슨의 몸을 반 토막으로 갈아 버렸을 때의 그런 충격은 바라지 않았다.

그곳에 없었던 사람들까지도 그 순간에 벌어진 광경을 생생하게 기억하고 있었다. 아주 짤막하고 아주 자그마한 "스르륵!" 소리가 귀를 찢는 듯이 우렁차게 울리는 비행기 엔진의 소리 속으로 빨려 들어갔고, 그러고는 피투성이로 절단된 엉덩이에 겨우 연결된 채 남은 키드 샘슨의 하얗고 야윈 두 다리만, 일 분이나 이 분쯤 될 듯한 동안 뗏목 위에 꼼짝 않고 서 있다가 결국은 뒤쪽으로 넘어가 희미하게 울리는 찰랑 소리를 내며 완전히 거꾸로 물에 빠졌고, 보이는 것이라고는 키드 샘슨의 괴이한 발가락과 석고처럼 하얀 발바닥뿐이었다.

바닷가에서는 굉장한 혼란이 벌어졌다. 크레이머 간호사가 난데없이 나타나 요사리안의 가슴에 매달려 발작적으로 흐느껴 울었고, 요사리안은 그녀의 어깨를 껴안고 위로했다. 그의 다른 팔은 역시 그에게 기대어 흐느끼며 떨면서, 기다랗고 윤곽이 뚜렷한 얼굴은 죽은 사람처럼 창백해진 더케트 간호사를 꽉 껴안았다. 바닷가의 모든 사람은 비명을 지르며 날뛰었고, 남자들의 목소리는 여자 같았다. 그들은 간이나 허파 같은 무슨 흉측하고, 빨갛고, 징그러운 기관이 물에 쓸려 곧장 그들에게로 밀려오기라도 할까 봐 부드럽고 무릎까지 올라오는 물거품을 힐끗거리면서 허리를 굽힌 채로 공포에 질려 그들의 물건을 찾아 허둥지둥 뛰어다녔다. 물속에 있던 사람들은 너무 서두르는 통에 헤엄치는 것도 잊어버리고는 울부짖으며 걸어 나오다가 살을 에는 바람이라도 되는 듯 악착같이 쫓아오는 바다로부터 도망치려고 허우적거렸다. 키드 샘슨은 비가 쏟아지듯 사방으로 흩어졌다. 그들의 팔다리나 몸에 그의 살점이 떨어지는 것을 본 사람들은 그들 자신의 악취 풍기는 살갗으로부터 옴츠러들 듯이 공포와 역겨움으로 몸을 도사렸다. 모두들 넋이 빠져 마구 도망치면서 고통스럽고 겁에 질린 눈으로 뒤를 돌아보았고, 깊고 컴컴하고 부스럭거리는 숲은 힘없이 몰아쉬는 그들의 숨소리와 비명으로 가득했다. 요사리안은 고꾸라지고 비틀거리는 두 여자를 미친 듯이 앞으로 몰아내면서, 어서 서두르라고 밀치고 떠밀었다. 그러고는 헝그리 조가 들고 있던 담요인지 아니면 카메라 가방인지에 발이 걸려 진흙탕 속으로 엎어지자 욕설을 퍼부으며 그를 도와주려고 달려갔다.

비행 중대에 돌아오니 모든 사람이 그 소식을 알고 있었다. 군복을 걸친 사람들은 그곳에서도 비명을 지르고 뛰어다니거나, 나이트 병장이나 다네카 군의관처럼 얼이 빠져 뿌리가 박힌 듯 꼼짝 않고 한자리에 서서 엄숙하게 목을 빼고 하늘을 쳐다보며, 천천히, 천천히 돌면서 상승하는, 저 멀리 경사를 지어 올라가는 맥워트의 죄 많은 비행기를 구경했다.

"저거 누구지?" 음울한 눈은 끓어오르는 고뇌로 눈물을 글썽이며, 힘이 빠지고 숨을 헐떡이는 요사리안이 달려오더니 다네카 군의관에게 초조한 목소리로 물었다. "저 비행기에 누가 탔지?"

"맥워트요." 나이트 병장이 말했다. "훈련 비행을 하느라고 새로 온 두 조종사를 같이 태우고 있죠. 다네카 군의관도 함께 탔어요."

"난 여기 있어." 불안한 눈길을 나이트 병장에게 던지면서 걱정스럽고 이상한 목소리로 다네카 군의관이 말했다.

"저 친구 왜 내려오지 않아?" 요사리안이 절망에 휩싸여 소리쳤다. "왜 자꾸만 올라가는 거야?"

"아마 내려오기 겁이 나는 모양입니다." 외롭게 상승하는 맥워트의 비행기에서 숙연한 눈길을 떼지 않으며 나이트 병장이 대답했다. "자기 입장이 얼마나 난처해졌는지 알고 있을 테니까요."

그리고 맥워트는 계속해서 점점 더 높이 자꾸만 상승했고, 서서히 둥그런 나선을 그리며 꾸준히 비행기를 끌고 올라가서는, 바다 위로 멀리 나가 남쪽으로 향했다가 팥빛의 작은 언덕들을 넘어 다시 비행장 위를 선회하더니 북쪽으로 날아가기 시작했다. 그는 곧 1.5킬로미터 상공에 이르렀다. 그의 엔진들은 귓속말처럼 소리가 부드러웠다. 갑자기 하얀 낙하산 하나가 펼쳐졌다. 조금 있자 두 번째 낙하산이 펼쳐져서, 첫 번째 것처럼 활주로의 공터를 향해서 곧장 내려왔다. 땅 위에서는 아무도 움직이지 않았다. 비행기는 삼십 초 동안 계속해서 남쪽으로 날아갔고, 이제는 낯익고 규칙적인 패턴을 따랐으며, 맥워트는 한쪽 날개를 들어 우아하고 비스듬히 날면서 회전했다.

"두 사람이 더 있어요." 나이트 병장이 말했다. "맥워트하고 다네카 군의관요."

"난 여기 있어, 나이트 병장." 다네카 군의관이 그에게 투덜거렸다. "난 비행기에 타지 않았어."

"왜 뛰어내리지 않을까?" 큰 소리로 혼잣말을 하면서 나이트 병장이 걱정했다. "왜 뛰어내리지 않을까?"

"말도 안 되는 일이야." 입술을 깨물면서 다네카 군의관이 탄식했다. "도대체 말도 안 되는 일이야."

그러나 요사리안은 갑자기 어째서 맥워트가 뛰어내리지 않는지 그 이유를 이해했으며, 맥워트의 비행기를 뒤쫓아 비행중대를 가로질러 마구 뛰어가면서 손을 저으며 애원하듯 그에게 내려오라고, 맥워트, 내려오라고 소리를 질렀고, 그리고 아무도, 물론 맥워트도, 그의 말을 듣지 못하는 듯싶었다. 그리고 맥워트가 다시 회전하고 날개를 기우뚱거려 경례를 하고는 자, 될 대로 되거라 작정이라도 했는지 산으로 곧장 달려들자 요사리안의 목에서는 숨 막히는 신음 소리가 요란하게 터져 나왔다.

캐스카트 대령은 키드 샘슨과 맥워트의 죽음에 어찌나 기분이 상했던지 출격 횟수를 예순다섯 번으로 올렸다.

31

다네카 부인

다네카 군의관도 맥워트의 비행기 안에서 죽었음을 알게 되자, 캐스카트 대령은 출격 횟수를 일흔 번으로 올렸다.

다네카 군의관이 죽었다는 사실을 비행 중대 안에서 가장 먼저 알아낸 사람은 타우저 병장이었는데, 그는 맥워트가 이륙하기 전에 제출한 조종사의 탑승자 명단에 다네카 군의관의 이름이 손님으로 올라 있다는 얘기를 관제탑에 있는 사람에게서 들어 이미 알고 있었다. 타우저 병장은 눈물을 훔쳐 내고 다네카 군의관의 이름을 비행 중대의 인원 명부에서 지워 버렸다. 아직도 입술을 파르르 떨면서, 그는 자리에서 일어나 마지못해 터벅거리며 밖으로 나가서는, 중대 사무실과 의무실 천막 사이에서 늦은 오후 햇빛을 받으며 동글의자에 맥이 빠져 올라 앉아 있는 공군 군의관의 연약하고 죽은 듯한 모습을 마주치게 되자, 다네카 군의관과 직접 대화를 하지 않도록 신중하게 피하면서, 거스와 웨스에게 그 흉보를 알려 주었다. 타우저 병장의 마음은 무거웠으니, 이제 그는 존재도 하지 않았다가 죽은 요사리안의 천막에 사는 죽은 남자 머드와, 죽었지만 비행 중대에 다시금 꿋꿋하게도 존재했기 때문에 그에게 훨씬 더 까다로운 행정상의 문제를 야기할 것이 어느 모로 보나 확실해진 다네카 군의관, 이렇게 두 죽은 사람의 문제를 처리해야만 하게 되었다.

거스와 웨스는 냉정한 놀라움을 얼굴에 나타내면서 타우저 병장의 얘기에 귀를 기울였고, 한 시간쯤 지난 다음에 그날 벌써 세 번째로 체온을 재고 혈압을 확인하러 다네카 군의관이 들어올 때까지는 그들이 당한 상(喪)에 대해서 아무에게도 한마디도 하지 않았다. 체온계는 그의 평상시 표준 이하의 체온인 36도보다 0.5도가 낮아졌음을 나타냈다. 다네카 군의관은 깜짝 놀랐다. 그의 부하인 두 사병의 고정되고, 공허하고, 딱딱한 응시는 어느 때보다도 더욱 그를 짜증 나게 했다.

"제기랄." 흔히 볼 수 없을 정도로 심하게 격분한 그는 점잖게 타일렀다. "자네들 두 사람은 도대체 어떻게 된 거야? 항상 체온이 낮고 코가 꽉 막힌 사람이라면 그 사람은 어딘가 이상이 있어." 다네카 군의관은 자신을 불쌍히 여겨 통명스럽게 코를 훌쩍이고는 낙심해서 천막을 가로질러 아스피린과 유황 알약을 좀 들고 목구멍에 아르지롤을 발랐다. 푹 숙인 그의 얼굴은 참새처럼 나약하고 고독했으며, 그는 두 팔의 뒤쪽을 율동 있게 문질렀다. "지금 내가 얼마나 추워하고 있는지 보라고. 자네들 정말 뭐 숨기고 있는 사실 없어?"

"당신은 죽었어요, 군의관님." 두 사병 가운데 한 사람이 설명했다.

다네카 군의관은 역겨운 불신감을 나타내는 얼굴을 재빨리 번쩍 쳐들었다. "뭐라고?"

"당신은 죽었어요, 군의관님." 다른 사병이 되풀이했다. "아마 그래서 항상 그렇게 춥다고 느끼시는 모양이에요."

"그렇습니다, 군의관님. 군의관님은 벌써부터 죽어 있었는데, 우린 그걸 모르고 있었나 봐요."

"자네들 도대체 무슨 얘기를 하고 있지?" 어떤 피치 못할, 마구 밀어닥치는 재난에 대한 벅차고 넋 빠지는 감정을 느끼면서 다네카 군의관이 날카롭게 소리쳤다.

"정말입니다, 군의관님." 사병 한 사람이 말했다. "기록을 보면 군의관님은 비행시간을 채우기 위해서 맥워트의 비행기에 탑승했습니다. 당신은 낙하산을 타고 내려오지 않았고, 따라서 군의관님은 추락 사고로 죽었죠."

"그렇습니다, 군의관님." 다른 사람이 말했다. "그나마 몸에 온도가 있는 것만도 다행이라고 생각하셔야 됩니다."

다네카 군의관의 머릿속은 혼란으로 비틀거렸다. "자네들 둘 다 미쳤나?" 그가 물었다. "난 이 반항적인 사건을 모두 타우저 병장에게 보고하겠어."

"그 얘기를 한 사람이 바로 타우저 병장이었어요." 거스나 웨스 두 사람 가운데 하나가 말했다. "전쟁성(省)에서는 군의관님 부인께 통고도 하려는 모양이더군요."

다네카 군의관은 캑캑거리면서 의무실 천막에서 달려 나와 타우저 병장에게 따지러 갔지만, 병장은 화가 나서 그를 밀어내고는 다네카 군의관더러 그의 유해를 처분하는 데 대한 무슨 결정이 내릴 때까지는 가능한 한 눈앞에 나타나지 말라고 충고했다.

"세상에, 그 사람 정말 죽은 것 같아." 그의 사병 한 사람이 나지막하고 존경스러운 목소리로 탄식했다. "난 그를 그리워하게 될 거야. 꽤 멋진 사람이었는데, 안 그래?"

"그래, 정말 그랬지." 다른 사람이 슬퍼했다. "하지만 그 씹새끼 죽어 버렸다니까 기분 좋아. 난 항상 혈압만 재 주느라고 신물이 나던 참이었으니까."

다네카 군의관의 아내인 다네카 부인은 다네카 군의관이 죽어 버렸다니까 기분이 좋지 않았고, 그녀의 남편이 전투 중에 죽었다는 사실을 전쟁성의 전보를 받고 알게 되자 탄식의 슬픈 비명으로 평화스러운 스테튼섬의 밤을 찢어 놓았다. 그녀를 위로하려고 여자들이 찾아왔고, 그들의 남편들은 애도의 뜻을 표하러 방문하고는 그녀가 곧 다른 동네로 이사해 그들로 하여금 계속해서 동정해야 한다는 의무에서 벗어나게 해 주기를 마음속으로 은근히 바랐다. 가엾은 여인은 거의 일주일 내내 완전히 넋을 잃었다. 서서히 영웅적으로 그녀는 자신과 아이들에 대한 암담한 문제로 가득 찬 미래를 곰곰이 따져 볼 만큼 기운을 차렸다. 죽은 남편 때문에 그녀가 막 자포자기하고 있을 때 난데없이 우편집배원이 초인종을 눌렀고, 그에 대한 어떤 나쁜 소식도 믿지 말라고 미친 듯이 그녀를 설득하는 남편의 서명이 담긴 편지가 외국에서 날아왔다. 다네카 부인은 어안이 벙벙해졌다. 편지에 적힌 날짜는 읽기가 힘들었다. 처음부터 끝까지 글씨는 서둘러 마구 흘려 썼지만, 그 필체는 남편의 글씨를 닮았고, 우울하고 자신을 불쌍히 여기는 어조도 낯익었으며, 그저 보통 때보다 더 쓸쓸한 듯싶었을 뿐이었다. 다네카 부인은 기쁨에 넘쳐서, 안도감으로 걷잡을 수 없이 마구 울어 댔고, 구겨지고 너저분한 군사 우편 편지지에 1000번은 입을 맞추었다. 그녀는 자세한 얘기를 어서 알려 달라고 재촉하는 감사의 편지를 남편에게 서둘러 보내고 전쟁성에는 실수를 일깨워 주는 전보를 쳤다. 전쟁성은, 실수를 범한 일은 없으며, 남편의 비행 중대에 있는 어떤 사디스트적이고 정신병적인 위조범에게 그녀가 제물이 된 것이 틀림없다는 동정 어린 대답을 보냈다. 남편에게 보낸 편지는 개봉도 되지 않은 채 '전사'라는 도장이 찍혀 돌아왔다.

다네카 부인은 잔인하게도 또다시 미망인이 되었지만, 이번에는 그녀가 요구만 하면 받아 낼 수 있는 돈인, 남편의 1만 달러짜리 미군 보험금의 유일한 수취인이 바로 그녀라는 통고를 워싱턴으로부터 받자 슬픔은 어느 정도 누그러졌다. 그녀와 아이들이 당장 굶주림에 직면하지는 않게 되었다는 사실을 깨닫자 그녀의 얼굴에는 용감한 미소가 떠올랐고, 그녀의 슬픔에 전환점이 찾아왔다. 바로 그다음 날 재향 군인 사무처에서 남편의 사망으로 인해 그녀는 죽을 때까지 연금 혜택을 받을 권리가 있으며, 남편의 장례식 비용으로 250달러를 받아 가라는 연락이 왔다. 정부가 발행한 250달러짜리 수표가 봉투 속에 들어 있었다. 서서히, 꾸준히, 그녀를 위한 전망이 밝아졌다. 바로 그 주에 사회보장 행정처에서는 1935년의 노년 및 생존자 보험 법령의 규정에 따라 그녀가 자신과 자신이 부양할 자식들을 위한 보험금을 아이들이 열여덟 살이 될 때까지 매달 받을 것이며 장례비 250달러를 타게 되리라고 알리는 편지가 왔다. 정부에서 보낸 이런 편지들을 죽음에 대한 증거로 삼아서 그녀는 하나에 5만 달러씩 되는, 다네카 군의관이 가입했던 세 가지 생명보험금을 신청했고, 그녀의 요구는 인정되어 신속하게 처리되었다. 날마다 예기치 않던 새로운 보물들이 굴러 들어왔다. 은행의 비밀 금고를 열쇠로 열어 보니 액면 가치가 5만 달러인 네 번째 생명보험 가입서가 나왔으며, 소득세를 한 번도 물지 않았고 앞으로도 절대로 물지 않아도 좋은 현찰 1만 8000달러도 함께 들어 있었다. 그가 소속되어 있던 친목회의 지부에서는 그녀에게 묘지를 위한 터를 주었다. 그가 회원이던 또 다른 친목회에서는 그녀에게 장례비로 250달러를 보냈다. 그가 소속했던 군(郡) 의사 협회에서는 그녀에게 장례비로 250달러를 보냈다.

그녀의 가장 가까운 친구들의 남편들이 그녀에게 꼬리를 치기 시작했다. 다네카 부인은 사태가 돌아가는 것을 보고는 그저 기분이 좋을 따름이었고, 머리를 염색했다. 그녀의 엄청난 재산은 자꾸 쌓이기만 했는데, 그녀는 손에 들어오는 수십만 달러에 달하는 모든 돈은 이 훌륭한 재산을 그녀와 함께 쓸 남편 없이는 한 푼의 가치도 없음을 날마다 스스로 상기해야만 했다. 다네카 군의관을 매장하기 위해서 그토록 수많은 여러 기관이 그토록 많은 일을 해 주려는 데 대해서 그녀는 놀랐는데, 한편 피아노사에 있는 군의관은 땅 속에 묻히지 않으려고 무척 애를 쓰며, 그가 써 보낸 편지에 대해서 왜 아내가 답장을 보내지 않는지 음울한 걱정에 차서 궁금해했다.

그는 전투 비행 출격의 횟수를 올리도록 캐스카트 대령을 자극할 만한 근거를 제공했기 때문에 그를 마구 욕하던 비행 중대 사람들에게 따돌림을 당하는 자신의 처지를 깨닫게 되었다. 그의 죽음을 증빙하는 기록들은 곤충의 알처럼 번식하면서 반박할 수 없을 정도로 서로 확인을 해 주었다. 그는 월급이나 PX 배당표를 받지 못했고, 그가 죽었음을 알고 있는 타우저 병장과 마일로의 자선 덕분에 겨우 연명했다. 캐스카트 대령은 그를 만나기를 거절했고, 콘 중령은 댄비 소령을 통해 만일 다네카 군의관이 비행 대대 본부에 나타나기만 하면 그 자리에서 화장을 시켜 버리겠다는 말을 전했다. 댄비 소령은 머리가 텁수룩하고, 턱이 축 늘어지고, 지저분하고, 던바의 비행 중대에서 군의관으로 복무하는 스터브스 군의관 때문에 대대 본부가 모든 공군 군의관들에 대해 격분을 느끼게 되었다는 얘기를 귀띔으로 알려 주었는데, 스터브스가 예순 번의 출격을 끝낸 모든 장병을 정식으로 서류 절차를 밟아 비행 임무를 면제해 달라는 신청을 일부러 집요하게 계속한 탓에, 화가 난 대대 본부가 그 신청을 거부하고는 오히려 영문을 모르는 조종사들과, 항행사들과, 폭격수들과, 포수들을 모두 전투 임무로 되돌려 보내는 명령을 내리게 만드는 은근히 교활한 획책을 꾸미고 있다고 했다. 매우 빠른 속도로 사기가 떨어지고 있었으며 던바는 감시를 받았다. 대대 본부에서는 다네카 군의관의 죽음을 기쁘게 생각했고 그 후임을 요청할 생각이 없었다.

그런 상황에서는 군목조차도 다네카 군의관을 다시 살릴 수가 없었다. 놀라움은 자포자기로 바뀌었고, 다네카 군의관의 모습은 점점 더 병든 쥐의 꼴이 되어 갔다. 그의 눈자위는 공허하고 시커멓게 되었으며, 그는 어디서나 출몰하는 유령처럼 쓸데없이 그림자들 속으로 터벅거리며 돌아다녔다. 다네카 군의관이 도움을 청하려고 숲속으로 가서 찾아낸 플룸 대위까지도 그를 보자 뒷걸음질을 쳤다. 무정하게도 거스와 웨스는 체온계조차 내주지 않고 그를 의무실 천막에서 몰아냈고, 그제야, 겨우 그제야 그는 모든 의도와 목적에도 불구하고 자신이 정말로 죽었으며, 구원을 받고 싶은 생각이 조금이라도 있다면 더럽게 빨리 무언가 손을 쓰는 것이 좋겠다고 깨닫게 되었다.

그가 의지할 사람이라고는 아내밖에 없었고, 그래서 그는 자기의 난처한 입장에 전쟁성이 관심을 보이도록 힘써 달라고 그녀에게 부탁하고, 당장 그의 대대장인 캐스카트 대령과 연락을 취해서 그녀에게 도움을 청하는 사람은 시체나 협잡꾼이 아니라 정말로 자기임을, 그녀의 남편임을, 다네카 군의관임을 (그녀에게 누가 뭐라고 하더라도) 믿어 주도록 전해 달라고 재촉하는, 애타는 편지를 마구 갈겨써 보냈다. 다네카 부인은 거의 글씨를 알아보기 힘든 애절한 편지에 담긴 깊은 감정에 놀랐다. 그녀는 양심의 가책으로 가슴이 찢어졌고, 그 요구에 응하고 싶은 유혹을 느꼈지만, 그다음 날 그녀가 뜯은 편지는 남편의 대대장이라던 바로 그 캐스카트 대령이 보낸 것이었고, 이런 서두로 시작되었다.

> 친애하는 다네카 부인, 선생님, 양, 또는 선생님
>
> 그리고 부인께.
>
> 당신의 남편, 아들, 아버지 또는
>
> 동생이 전사했을, 부상을 당했을, 전투 중에 실종이
>
> 되었을 때 본인이 느낀 깊은 개인적 슬픔은 말로써
>
> 다 표현할 길이 없습니다.

다네카 부인은 아이들과 함께 미시간주 랜싱으로 이사를 하고는 새로 이사 가는 곳의 주소를 남기지 않았다.

32
요요의 동거인들

두 달 전 날씨가 추워지고 남부 프랑스 침공이 있던 날 이탈리아의 장거리 공군 기지로부터 B-17과 B-24 폭격기들이 윙윙거리는 시커먼 쇳덩이로 만든 벌 떼처럼 잿빛이며 소란스러운 하늘에서 고래처럼 생긴 나직이 뜬 구름들 사이로 거의 끝도 없이 날아왔을 때, 요사리안은 따뜻했다. 키드 샘슨의 야윈 다리가 젖은 모래 위로 밀려 올라와 버려진 채로 뒤틀린 보랏빛 새의 뼈처럼 썩어 가고 있음을 비행 중대의 모든 사람은 알고 있었다. 거스와 웨스, 심지어는 병원의 시체 안치소에서 일하는 사람들까지도, 어느 누구도 그 다리를 가지러 가려는 사람이 없었고, 모두들 키드 샘슨의 다리가 그곳에 없으며, 클레빈저나 오르처럼 파도에 실려 영원히 남쪽으로 너울너울 떠내려갔다고 상상했다. 이제 추위가 닥치고 나니, 곰팡이가 피는 다리 토막을 정신병자처럼 숲속에 숨어서 몰래 구경하려고 혼자 빠져나가는 사람도 거의 없어졌다.

아름다운 나날은 사라져 버렸다. 편한 출격은 이제는 없었다. 쓰라린 빗발과 둔감하고 싸늘한 안개뿐이었으며, 날씨가 걷히기만 하면 장병들은 일주일 간격으로 비행했다. 밤에는 바람이 신음했다. 뒤틀리고 발육이 멈춘 나무줄기들이 삐걱거리며 고통스러운 소리를 냈고, 아침만 되면 요사리안은 제대로 정신이 들기도 전부터, 눈앞을 가릴 만큼 바람이 휘몰아치는 차가운 10월 내내 싸늘한 비와 젖은 모래 속에서 부풀어 오르고 썩어 가는 키드 샘슨의 야윈 다리가 재깍거리는 시계처럼 정확하게 자꾸만 머리에 떠올랐다. 키드 샘슨의 다리를 생각한 다음이면 그는 비행기의 뒤쪽에서 죽을 지경으로 추위를 느끼며 그의 다리에 난 엉뚱한 상처를 요사리안이 소독하고 붕대로 다 감아 줄 때까지 누빈 방탄복 속에다 그의 영원한 불멸의 비밀을 감추고 있다가 갑자기 바닥에 온통 그것을 쏟아 내며 처량하게 흐느껴 울던 스노든을 생각했다. 밤에 잠을 이루려고 애쓰는 동안이면 요사리안은 이제는 죽었지만 그가 여태껏 알았던 모든 남자와, 여자와, 아이들의 명단을 검토했다. 그는 모든 병사들을 기억하려고 했으며, 어렸을 때 그가 알았던 모든 나이 먹은 사람들—자기의, 그리고 다른 모든 사람들의 모든 아주머니들과, 아저씨들과, 이웃 사람들과, 부모들과, 조부모들, 그리고 새벽이면 먼지투성이인 조그만 상점의 문을 열고 자정까지 그 안에서 바보처럼 일하던 모든 가련하고, 속으면서 사는 상점 주인들의 모습을 되살렸다. 그들도 역시 모두 죽었다. 죽은 사람들의 숫자는 자꾸 늘어나기만

하는 듯싶었다. 그리고 독일 사람들은 아직도 싸웠다. 죽음은 철회할 수 없다고 그는 생각했으며, 자기가 패배하리라고 믿기 시작했다.

요사리안은 날씨가 추워지자 오르의 기막힌 난로 덕분에 따스하게 지냈고, 만일 오르에 대한 추억만 없었더라면, 만일 키드 샘슨과 맥워트의 후임으로 캐스카트 대령이 요청한 (그리고 사십팔 시간 이내에 확보한) 2개 조의 전투 승무원인 활달한 새 동거인들이 어느 날 누구라도 잡아먹을 듯이 안으로 몰려 들어오지만 않았더라면, 따스한 천막 안에서 상당히 편안하게 지낼 수 있었을지도 모른다. 요사리안은 출격을 끝내고 지친 몸으로 터벅거리며 돌아와 벌써 자리를 차지하고 있던 그들을 보자 큰 소리로 못마땅한 신음을 길게 내뿜었다.

그들은 네 명이었고, 야전침대를 설치하느라고 서로 도와주면서 굉장히 재미있어했다. 그들은 난장판을 벌였다. 그들을 보는 순간 요사리안은 그들이 돼먹지 않은 작자들이라는 것을 깨달았다. 그들은 수선을 피우고 열성적이고 활기가 있었으며, 모두 본국에서 서로 친구였던 사이였다. 그들은 분명히 한심한 자들이었다. 그들은 시끄럽고, 자신만만하고, 나이는 스물한 살인 아이들이었다. 그들은 대학을 다녔고, 오르의 벽난로 선반에 벌써 늘어놓은 사진에서 볼 수 있듯이 예쁘고 말끔한 여자들과 약혼한 몸이었다. 예전에 그들은 쾌속정을 타보았고 테니스도 쳤다. 그들은 승마를 했다. 한 사람은 나이 많은 여자와 육체관계를 맺었다. 그들은 다른 지역에 살기는 했어도 부류가 똑같은 사람들과 사귀었고, 서로 다른 사람들의 사촌들과 학교를 같이 다녔다. 그들은 월드 시리즈 방송을 들었고, 축구 시합에서 누가 이기느냐 하는 데 대해서 정말로 관심이 많았다. 그들은 미련했고, 그들의 사기는 높았다. 그들은 전투가 정말로 어떤지를 체험할 수 있을 만큼 전쟁이 오래 계속되어서 기뻐했다. 그들이 짐을 반쯤 풀었을 때 요사리안은 그들을 밖으로 몰아냈다.

그들은 도대체 어림도 없는 작자들이었다. 요사리안은 타우저 병장한테 단호하게 항의했는데, 병장은 깡마르고 말 같은 얼굴에 실망을 나타내며 새로 온 장교들을 받아들여야만 한다고 요사리안에게 말했다. 요사리안이 혼자 천막을 통째로 쓰고 있는 판인데 타우저 병장이 육인용 천막을 하나 더 신청할 수는 없는 노릇이었다.

"난 이 천막에서 혼자 살고 있지는 않아." 뾰로통해서 요사리안이 말했다. "그 안에는 죽은 사람이 하나 있어. 그 사람 이름이 머드지."

"부탁입니다, 대위님." 입구 바깥쪽에서 영문을 모른 채 침묵을 지키며 귀를 기울이는 당황한 네 명의 새로 온 장교들에게 곁눈질을 하면서 타우저 병장은 한심스러운 한숨을 짓고는 부탁했다. "머드는 오르비에토로 출격했다가 죽었어요. 대위님도 그건 알고 계시잖아요. 바로 대위님 옆에서 나란히 비행을 했죠."

"그렇다면 어째서 자넨 그의 물건들을 치우지 않지?"

"그는 이곳에 오지도 않았기 때문입니다. 대위님, 그 얘기를 다시는 꺼내지 마세요. 그럴 생각이 있으시다면 네이틀리 중위의 천막에서 함께 지내셔도 좋습니다. 대위님의 소유물을 운반하도록 중대 사무실에서 사역병을 몇 명 보내 드릴 수도 있어요."

그러나 오르의 천막을 포기한다면, 그것은 안으로 밀고 들어오려고 기다리는 이 네 명의 단순하기 짝이 없는 장교들에게 족보상으로 오르가 모욕을 당하고 쫓겨나는 셈이고, 자기가 오르를 저버리는 것이나 마찬가지였다. 모든 힘든 일을 겨우 끝내고 나니 이 시끄럽고 미숙한 젊은이들이 나타나서, 이 섬에서 가장 탐나는 천막을 차지하도록 내버려 둔다는 것은 옳지 않은 듯싶었다. 그러나 그것이 법이라고 타우저 병장은 설명했고, 요사리안이 할 수 있는 일이라고는 처량한 사과의 뜻으로 그들에게 눈을 부라리고는 그들을 위해 자리를 내주고, 그들이 그의 사생활에 침투해 제멋대로 구는데도 그들에게 회개하는 의미로 도움이 될 만한 얘기나 해 주는 것뿐이었다.

그들은 요사리안이 여태껏 같이 지냈던 사람들 가운데 가장 답답한 인물들이었다. 그들은 항상 기분이 좋았다. 그들은 무엇을 보아도 웃었다. 그들은 농담 삼아 그를 '요요'라고 불렀으며, 밤늦게 술이 흥건해 가지고 들어와서는 시끄럽게 굴지 않으려고 노력한답시고 미련하게 여기저기 부딪히면서 소리 죽여 낄낄대는 바람에 그의 잠을 깨웠고, 그가 불평하려고 욕설을 퍼부으며 몸을 일으키면 실컷 웃어 대며 친해 보자고 바보 같은 소리를 버럭버럭 지르면서 그에게 달려들었다. 그들이 그럴 때마다 그는 그들을 모두 죽여 버리고 싶었다. 그들을 보면 그는 도널드 덕의 조카들이 연상되었다. 그들은 요사리안을 두려워했고, 끈질긴 너그러움과 자질구레한 호의를 그에게 베풀려는 고집스러운 너그러움으로 쉴 새 없이 그를 괴롭혔다. 그들은 무모하고, 철이 없고, 친근하고, 어수룩하고, 염치없고, 공손하고, 버릇이 없었다. 그들은 둔감했고, 불만이 전혀 없었다. 그들은 캐스카트 대령을 숭배했고, 그들은 콘 중령이 재치 있다고 생각했다. 그들은 요사리안을 두려워했지만, 그들은 캐스카트 대령의 칠십 회 출격을 조금도 두려워하지 않았다. 그들은 무척 재미있어하는 네 명의 산뜻한 아이들이었고, 그들은 요사리안을 미치게 했다. 그는 자기가 나이가 스물여덟인 옹고집이며 완고한 사람이어서, 그들과는 다른 세대, 다른 시대, 다른 세계에 속해 있으며, 즐긴다는 것이 그에게는 오히려 짜증스럽기만 하고, 그래 봤자 기운만 빠지고, 그들을 짜증스럽게 생각한다는 점을 그들에게 이해시킬 수가 없었다. 그는 그들로 하여금 입을 닥치게 할 수가 없었는데, 그들은 여자들보다도 더 말이 많았다. 그들에게는 내성적이 되거나 자제할 만한 두뇌가 없었다.

그들의 막역한 친구들이 다른 비행 중대에서 찾아와 부끄러운 줄도 모르고 그의 천막을 술집으로 사용하기 시작했다. 그가 붙어 있을 자리가 모자랄 때도 많았다. 가장 곤란한 것은 더 이상 더케트 간호사를 데려다가 같이 잘 수 없다는 점이었다. 날씨가 험해져 그럴 만한 마땅한 장소가 다른 곳에는 없었다. 이것은 그가 예견하지 못했던 재난이었고, 그는 그들의 머리를 주먹으로 후려쳐서 박살을 내거나, 아니면 그들의 목덜미와 바지 궁둥이를 잡고 하나씩 하나씩 집어 들어다가,

바닥에 못 구멍이 난 그의 녹슨 수프 깡통 소변기와 별로 멀지 않은 곳에 바닷가 탈의실처럼 서 있는, 옹이가 진 비행 중대의 화장실 사이에서 자라는 축축하고 흐느적거리는 다년생(多年生) 잡초 속으로 아주 던져 버리고 싶었다.

그들의 머리통을 부숴 놓는 대신에, 그는 검정 비옷 차림에 가죽신을 신고 부슬비가 내리는 어둠 속을 지나서 화이트 하프오트 추장을 찾아갔다. 그러고는 그에게로 이사 와 같이 살면서 그의 돼지 같은 버릇과 윽박지름으로 까다롭고 깨끗하게 사는 이놈들을 쫓아내라고 청했다. 그러나 화이트 하프오트 추장은 추위를 느끼고, 벌써부터 폐렴으로 죽기 위해서 병원으로 거처를 옮길 계획을 하던 참이었다. 화이트 하프오트 추장은 본능적으로 때가 거의 다 되었음을 깨달았다. 그의 가슴에는 통증이 있었고, 그는 만성적으로 기침을 했다. 위스키를 마셔도 이제는 몸이 따뜻해지지 않았다. 무엇보다도 기막힌 일은, 플룸 대위가 그의 트레일러로 다시 돌아왔다는 사실이었다. 틀림없이 불길한 일이 있으리라는 징조였다.

"그 사람은 돌아오지 않을 수 없는 처지였어." 잘도 찌푸리던 밤색 얼굴의 빨간빛이 아주 빨리 황폐한 석회석처럼 잿빛으로 몰락해 가던, 무뚝뚝하고 가슴이 딱 벌어진 인디언의 기분을 즐겁게 해 주려고 헛되이 애쓰면서 요사리안이 따졌다. "이런 날씨에 숲속에서 살려고 했다가는 얼어 죽을 거야."

"아냐, 그렇다고 해서 그 겁쟁이가 돌아올 리는 없어." 화이트 하프오트 추장이 고집스럽게 반박했다. 그는 신비한 영감을 얻어 이마를 손으로 쳤다. "아냐, 절대 아니지. 그 친구 뭔가 알고 있어. 그는 내가 폐렴으로 죽을 때가 되었다는 걸 알고 있지, 그걸 알고 있어. 그리고 난 그렇기 때문에 때가 되었다는 걸 알아."

"다네카 군의관은 뭐라고 해?"

"난 아무 얘기도 하면 안 되지." 깜박이는 촛불 속에서 부드럽고, 끝이 뾰족하고, 왜소한 얼굴이 거북처럼 초록빛으로 변한 채로, 모퉁이의 그림자에 있는 동글의자에 앉아 다네카 군의관이 구슬프게 말했다. 모든 것에서 더러운 냄새가 났다. 천막 안의 전구는 며칠 전에 끊어졌고, 두 사람은 누구도 그것을 갈아 끼울 마음이 선뜻 내키지 않았다. "난 이제 의사 노릇을 할 수 없게 되었어." 다네카 군의관이 말을 덧붙였다.

"저 사람은 죽었지." 가래가 끓는 목쉰 웃음을 웃으며 화이트 하프오트 추장이 싱글벙글했다. "그거 정말 재미있구먼."

"난 이제 봉급도 탈 수 없어."

"그것 정말 재미있구먼." 화이트 하프오트 추장이 되풀이했다. "저 사람은 여태까지 줄곧 내 간을 모욕했는데, 이제 어떻게 되었나 보라고. 저 사람은 죽었어. 자신의 탐욕 때문에."

"내가 죽은 이유는 그것이 아냐." 다네카 군의관은 차분하고 밋밋한 목소리로 말했다. "탐욕은 조금도 나쁠 것이 없어. 그건 다 공군 군의관들에 대해서 캐스카트 대령과 콘 중령을 흥분하게 만든 스터브스 군의관의 탓이지. 그 사람은 원리 원칙을 찾다가 의학이라는 직업에 종사하는 사람들의 명예를 엉망으로 만들어 놓을 거야. 그 사람, 조심하지 않았다가는 그가 거주하는 주(州)의 의사 협회에서 배척당하고 모든 병원에서 쫓겨나겠지."

요사리안은 화이트 하프오트 추장이 위스키를 조심스럽게 빈 샴푸 병 세 개에다 부어서, 꾸리고 있던 잡낭에 넣는 것을 지켜보았다.

"자네, 병원으로 가는 길에 내 천막에 들러서 나를 위해 그 놈들 가운데 한 명의 면상을 갈겨 줄 수 없겠나?" 그는 큰 소리로 따져 보았다. "네 명이 있는데, 그들은 자리를 다 차지하고 날 아주 몰아내려고 해."

"자네도 알겠지만, 그 비슷한 일이 옛날에 우리 부족 전체에도 일어난 적이 있어." 야전침대에 다시 앉아 킬킬거리면서 화이트 하프오트 추장이 즐겁게 회상했다. "왜 블랙 대위를 시켜서 그 애들을 쫓아내지그래? 블랙 대위는 사람들을 몰아내는 게 취미인데."

요사리안은 지도나 정보를 얻으려고 정보과 천막으로 새로 온 비행사들이 들어서기만 하면 못살게 굴던 블랙 대위의 이름만 듣고도 속이 트릿해서 얼굴이 찌푸려졌다. 그의 동거인들에 대한 요사리안의 태도는 블랙 대위를 생각하고 나니 오히려 자비로운 보호 본능으로 바뀌었다. 그들이 젊고 명랑한 것은 그들의 잘못이 아니라고 어둠 속에서 손전등 불빛을 휘두르며 되돌아가던 그는 자신을 일깨워 주었다. 그는 자기도 젊고 명랑해질 수 있었으면 하고 바랐다. 그들이 용기가 있고, 자신이 있고, 자유분방한 것은 그들의 잘못이 아니었다. 그는 그들이 한두 사람 죽고 나머지는 부상을 당해서 결국은 다 참을 만하게 될 때까지 그냥 견뎌야만 되겠다고 생각했다. 그는 보다 참을성 있게 자비로워지기로 맹세했지만, 보다 친절해진 태도로 천막 안으로 머리를 숙이며 들어가 보니, 벽난로에서는 노란 불꽃이 커다랗게 활활 타올랐고, 그는 공포에 질리고 놀라서 숨이 막혔다. 오르의 아름다운 흰 자작나무 토막들이 연기 속에 사라지고 있었다! 그는 벌겋게 달아오른 네 사람의 무감각한 얼굴을 보고 입이 딱 벌어져서 그들에게 욕설을 퍼붓고 싶었다. 그는 시끄럽고 쾌활하게 소리를 지르며 의자를 끌고 와서 그들이 구운 감자와 밤을 같이 먹자고 너그럽게 그를 청하는 그들의 머리를 서로 부딪히게 해 주고 싶었다. 그들을 어떻게 할 수 있단 말인가?

그리고 바로 그다음 날 아침에 그들은 그의 천막 안에 있는 죽은 남자를 없애 버렸다! 아주 간단하게 그들은 그를 내동댕이쳐 버렸다! 그들은 그의 야전침대와 모든 소유물을 곧장 숲으로 들고 나가서 그곳에다 그냥 버리고는 멋지게 해치웠다는 듯이 힘차게 손뼉을 치면서 돌아왔다. 요사리안은 그들의 엄청난 활력과 정열에, 그들의 실질적이고 직선적인 능률성에 기가 막혔다. 삽시간에 그들은 요사리안과 타우저 병장이 몇 달 동안이나 실패만 거듭하며 씨름해 온 문제를 정력적으로 처리했다. (그들이 자기도 그렇게 재빨리 처치해 버릴지도 모른다는 걱정에) 요사리안은 더럭 겁이 나서, 헝그리 조에게로 달려가서는, 네이틀리의 갈보가 마침내 하룻밤 잠을 푹 자고 나서 사랑을 느끼며 깨어나기 전날 그와 함께 로마로 도망쳤다.

33
네이틀리의 갈보

로마에서 그는 더케트 간호사가 그리워졌다. 헝그리 조가 우편 비행을 떠난 다음에는 따로 할 일이 별로 없었다. 요사리안은 더케트 간호사가 어찌나 보고 싶었던지, 루치아나를 찾아 정신없이 길거리를 헤맸는데, 그녀의 웃음과 보이지 않는 상처를 그는 잊어 본 적이 없으며, 그리고 또한 터질 듯 꽉 찬 하얀 브래지어와 단추를 풀어헤친 오렌지색 블라우스를 입었으며, 자동차 창문으로 알피가 딱딱거리면서 연어 빛깔인 카메오 반지를 내버렸던, 건방지고 술에 취하고, 거세고, 눈동자가 흐리멍덩한 탕녀도 그는 잊지 않았다. 그 두 여자를 그는 얼마나 애타게 그리워했던가! 그는 그들을 찾아다녔지만 소용이 없었다. 그는 그들을 무척이나 깊이 사랑했으며, 그들 두 사람을 다시는 만나지 못하리라는 것을 알았다. 절망이 그를 괴롭혔다. 환상들이 그를 사로잡았다. 그는 치맛자락을 치켜들고 날씬한 허벅지를 엉덩이까지 노출시킨 더케트 간호사를 원했다. 그는 호텔들 사이에 있는 골목길에서 축축하게 기침을 하며 그를 끌던 깡마른 길거리 여자와 놀았지만 전혀 재미가 없었으며, 뽀얀 빛깔의 팬티를 입은 뚱뚱하고 다정한 하녀를 찾아 사병들의 숙소로 서둘러 갔는데, 그를 보고 그녀는 떨 듯이 기뻐했지만 그를 발기시킬 수는 없었다. 그는 그곳에서 일찍 잠자리에 들어 혼자서 잠을 잤다. 그는 실망을 느끼며 잠에서 깨어나 아침을 먹은 다음 숙소에서 찾아낸 방정맞고, 키가 작고, 통통한 여자와 놀았지만, 그것도 약간 정도만 좋았을 뿐이어서 그는 일을 치르자마자 그녀를 내쫓고는 다시 잠을 잤다. 그는 점심때까지 낮잠을 자고 난 다음 더케트 간호사에게 줄 선물과 뽀얀 빛깔의 팬티를 입은 하녀에게 줄 스카프를 사러 나갔으며, 하녀는 수다스럽게 고마움을 나타내면서 그를 껴안았고, 그는 더케트 간호사가 생각나서 곧 몸이 화끈화끈 달아올라 또다시 열정적으로 루치아나를 찾아 뛰어다녔다. 그녀 대신에 그는 알피를 만났는데, 그는 헝그리 조가 던바와 네이틀리와 도브스와 함께 돌아왔을 때 로마에 도착했고, 그날 밤 중년의 고위층 군인들에게 아저씨라고 하지 않았다고 해서 호텔에 포로로 잡혀 있던 네이틀리의 갈보를 구출하려는, 술에 취한 탈취 작전을 위해 함께 가려고 하지 않았다.

"내가 뭣 하러 그 여자 하나 구출하려고 골치 아픈 일에 얽혀 든단 말이지?" 알피가 교만하게 물었다. "하지만 내가 그런 소리 했다는 건 네이틀리한테 말하지 마. 아주 중요한 친목회 친구들과 약속이 있어서 꼭 가 봐야 했다고 얘기해."

중년의 거물들은 그녀가 아저씨라고 말할 때까지는 네이틀리의 갈보를 보내 주지 않으려고 했다.

"아저씨라고 해." 그들은 그녀에게 말했다.

"아저씨." 그녀가 말했다.

"아냐, 아냐. 아저씨라고 해."

"아저씨." 그녀가 말했다.

"이 여잔 아직도 이해를 못 하는구먼."

"넌 아직도 이해를 못 하고 있어, 그렇지? 네가 아저씨라고 하기를 싫어하지 않는다면 우린 억지로 너더러 아저씨라고 하게 할 수는 정말 없는 노릇이지. 모르겠어? 내가 너더러 아저씨라고 그러라고 할 때는 아저씨라고 하지 마. 알았지? 아저씨라고 해."

"아저씨." 그녀가 말했다.

"아냐, 아저씨라고 그러지 말아. 아저씨라고 해."

그녀는 아저씨라고 하지 않았다.

"좋았어!"

"아주 좋았어."

"그건 이제 시작이지. 그럼 아저씨라고 해."

"아저씨." 그녀가 말했다.

"소용없구먼."

"아냐, 그래 봤자 소용이 없어. 이 여잔 우릴 신통하게 생각하질 않아. 우리가 자기한테 아저씨라고 말하도록 시키거나 말거나 관심이 없는 여자더러 아저씨라고 하도록 시켜 봤자 재미가 없지."

"그래, 이 여잔 정말 관심이 없어, 그렇지? 발이라고 해."

"발."

"봤지? 우리가 무엇을 하든 이 여잔 관심이 없어. 이 여잔 우리에 대해서 관심이 없어. 너한테는 우리가 아무 의미도 없어, 그렇지?"

"아저씨." 그녀가 말했다.

그녀는 그들에 대해서 전혀 관심이 없었고, 그것 때문에 그들은 기분이 언짢아졌다. 그들은 그녀가 하품을 할 때마다 거칠게 그녀를 흔들었다. 그녀는 아무것도, 심지어는 그녀를 창문으로 집어던지겠다고 위협했을 때도 전혀 관심이 없었다. 그들은 완전히 사기가 저하된 귀한 분들이었다. 그녀는 따분했고, 무관심했고, 자고 싶어 죽을 지경이었다. 그녀는 스물두 시간째 일을 하고 있었으며, 난잡한 향연을 함께 시작했던 다른 두 여자와 함께 이곳을 나가려던 그녀를 막은 남자들을 섭섭하게 생각했다. 그녀는 그들이 어째서 자기들이 웃으면 그녀도 웃고, 그들이 그녀와 성교를 하는 동안 그녀가 즐거워하기를 바랐는지 막연하게 궁금해했다. 그것은 모두 그녀에게는 무척 신기했고 무척 흥미 없는 일이었다.

그들이 그녀에게서 무엇을 원하는지 그녀는 확실히 알 수가 없었다. 그녀가 눈을 감고 축 늘어질 때마다 그들은 그녀를 흔들어 깨우고는 또다시 "아저씨." 소리를 하게 했다. 그녀가 "아저씨."라고 말할 때마다 그들은 실망했다. 그녀는 '아저씨'가 무슨 뜻일까 궁금해졌다. 그녀는 수동적이고 냉담하게 소파에 앉아서 입을 벌리고, 그녀의 옷은 모두 한쪽 구석 마룻바닥에 구겨져 놓여 있는 채로, 그들이 앞으로 얼마 동안이나 더 발가벗은 채 그녀를 둘러싸고 앉아서 그녀에게 아저씨 소리를 시키려는지 알 수가 없었는데, 그 무렵 오르의 옛 여자 친구가 술 취한 요사리안과 던바의 익살에 걷잡을 수 없이 낄낄 웃어 대면서 네이틀리와 오합지졸 구원대의 다른 사람들을 그녀가 있던 우아한 호텔 특실로 안내했다.

던바는 오르의 옛날 애인의 엉덩이를 흐뭇하게 주무르고는 그녀를 요사리안에게 넘겨주었고, 그는 그녀를 문설주에 기대어 세우고는 두 손으로 그녀의 둔부를 누르며 자기의 몸을 그녀에게 대고 음탕하게 꿈틀거렸고, 한참 그러고 있는데 네이틀리가 그의 팔을 잡더니 그녀에게서 그를 떼어 내고는 파란 응접실로 끌고 들어갔는데, 그곳에서는 던바가 이미 눈에 보이는 물건은 모두 창문 밖 마당으로 내던지고 있었다. 도브스는 세워 놓는 재떨이로 가구들을 부수었다. 발그레한 맹장 수술 상처가 난 우스꽝스럽고 발가벗은 남자가 갑자기 나타나더니 고함쳤다.

"무슨 짓이야?"

"당신 발가락이 더럽군요." 던바가 말했다.

남자는 두 손으로 사타구니를 가리고는 눈앞에서 사라졌다. 던바와 도브스와 헝그리 조는 그들이 집어 들 수 있는 것이라면 무엇이나 창밖으로 내던지면서 요란하게 소리를 지르며 좋아했다. 그러다가 그들은 곧 긴 의자에 걸려 있는 옷과, 마룻바닥에 놓인 짐을 처분했고, 막 삼나무 벽장을 뒤지고 있으려니까 이번에는 안쪽 문이 열리더니 목의 윗부분부터는 굉장히 높은 사람 같이 보이는 남자가 의젓하게 맨발로 나타났다.

"어이, 이봐, 왜 이러는 거야?" 그가 소리쳤다. "도대체 무슨 짓들이지?"

"당신 발가락이 더럽군요." 던바가 그에게 말했다.

첫 번째 남자가 그랬듯이 이 남자도 사타구니를 가리고 사라졌다. 네이틀리가 그를 뒤에서 공격했지만, 풍선 춤을 추는 사람처럼 베개를 들고 다시 나타난 첫 번째 장교가 그의 길을 가로막았다.

"어이, 자네들!" 그는 화가 나서 소리쳤다. "그만해!"

"그만해요!" 던바가 말을 따라 했다.

"그건 내가 한 말이야."

"그건 내가 한 말이죠." 던바가 말했다.

장교는 화가 나서 몸을 가누지 못하며 야단스럽게 발을 굴렀다. "자넨 고의적으로 내가 하는 말을 모두 따라 하는 건가?"

"당신은 고의적으로 내가 하는 말을 모두 따라 하는 건가요?"

"널 두들겨 패겠어." 남자가 주먹을 쳐들었다.

"당신을 두들겨 패겠어요." 던바가 차갑게 그에게 경고했다. "당신은 독일의 첩자이고, 그래서 난 당신을 총살시킬 겁니다."

"독일의 첩자? 난 미군 대령이야."

"당신은 미군 대령처럼 보이지 않아요. 당신은 베개를 들고 있는 뚱뚱한 남자 같아요. 만일 당신이 미군 대령이라면, 군복은 어디 있죠?"

"자네가 조금 아까 창밖으로 던져 버렸어."

"자, 알았어요." 던바가 말했다. "이 웃기는 놈을 감금하죠. 이 병신 같은 새끼를 경찰서로 끌고 가서 집어넣고 열쇠는 갖다 버려요."

대령은 놀라서 얼굴이 새하얘졌다. "자네들 모두 미쳤나? 자네들 경찰관 배지는 어디 있어? 어이, 이봐! 이리 와!"

그러나 그는 너무 늦게 몸을 돌렸으며, 다른 방의 소파에 앉아 있던 그의 애인을 얼핏 보고는 대령의 등 뒤로 돌아 날쌔게 문으로 뛰어 들어간 네이틀리를 막을 수가 없었다. 다른 사람들이 그의 뒤를 따라서 발가벗은 거물들의 한가운데로 왈칵 쏟아져 들어갔다. 헝그리 조는 그들을 보더니 믿기지 않는다는 듯이 그들을 하나씩 하나씩 손가락으로 가리키면서 자기 머리와 옆구리를 붙잡고는 발작적으로 웃어 댔다. 몸집이 투실투실한 두 사람이 사납게 앞으로 나오다가는 도브스가 아직도 응접실에서 물건들을 부수느라고 사용하던 세공한 재떨이를 양쪽으로 갈라진 몽둥이처럼 휘두르고 있음을 보았다. 네이틀리는 이미 그녀의 곁에 가 있었다. 그녀는 몇 초 동안 알아보지 못하면서 그를 쳐다보았다. 그러더니 그녀는 힘없이 미소를 짓고는 눈을 감은 채로 머리를 그의 어깨에 기댔다.

"훨포." 안락의자에서 꼼짝도 않고 있던 침착하고, 날씬하고, 말처럼 보이는 남자가 말했다. "자네들은 명령에 복종하지 않는군. 자네들더러 그들을 쫓아내라고 내가 시켰는데도, 자네들은 오히려 그들을 데리고 들어왔어. 그런 차이점도 모르나?"

"그들이 우리 물건들을 창문 밖으로 던져 버렸습니다, 장군님."

"그것 잘되었어. 군복도 버렸나? 그것 참 똑똑한 짓이군. 군복이 없다면 우린 우리가 상관이라는 걸 아무한테도 인정시킬 수가 없으니까."

"저 사람들 이름을 알아 놓죠, 루. 그리고……."

"이봐, 네드, 흥분하지 마." 잘 훈련된 짜증스러움을 나타내며 몸이 가냘픈 남자가 말했다. "자넨 기갑사단들을 전투에 출동시키는 데는 솜씨가 상당히 훌륭하지만, 사교적인 문제에서는 쓸모가 거의 없어. 조금만 있으면 우린 군복을 다시 입게 될 터이고, 그러면 우린 다시 그들의 상관이 되는 거야. 정말 그들이 우리 군복을 내버렸나? 그건 굉장히 훌륭한 전술이구먼."

"그들은 몽땅 다 던져 버렸어요."

"옷장에 있던 것들도?"

"옷장까지도 던져 버렸습니다, 장군님. 그들이 우리를 죽이러 들어오나 보다 하는 생각이 들었을 때 들려온 부서지는 소리가 그때 난 소리였죠."

"그리고 다음엔 당신들을 내가 내던져 버리겠소." 던바가 협박했다.

장군은 얼굴이 약간 창백해졌다. "도대체 저 친구는 왜 저렇게 화가 났지?" 그는 요사리안에게 물었다.

"저건 진담입니다." 요사리안이 말했다. "당신들은 여자를 보내 주는 것이 좋을 거예요."

"맙소사, 그 여자라면 데리고 가." 안심했다는 듯 장군이 소리쳤다. "그 여자가 한 일이라곤 우릴 불안하게 만든 것뿐이었으니까. 우리가 그 여자한테 준 100달러가 마음에 들지 않았거나 기분이 상했는지도 모르지. 하지만 저 여잔 그런 감정조차 보이지 않았어. 저기 있는 자네들의 젊은 친구가 그 여자한테 무척 애착을 느끼는가 보군. 저 여자 스타킹을 올려 주는 척하면서 손가락으로 허벅지 안쪽을 더듬는 걸 보니까 말야."

하던 짓을 들키자 네이틀리는 죄의식을 느끼며 얼굴을 붉히고는 그 여자에게 옷을 입히는 속도를 서둘렀다. 그녀는 푹 잠이 들어서 어찌나 규칙적으로 호흡을 했던지 조용하게 코를 고는 듯했다.

"이제 저 여자를 공격하죠, 루!" 다른 장교가 재촉했다. "우린 인원이 더 많으니까, 우리가 포위하면……."

"아, 아냐, 빌." 장군이 한숨을 쉬면서 대답했다. "자넨 예비 병력을 이미 투입시킨 적에 대해서 평탄한 지역과 맑은 날씨에 협공 작전을 지휘하는 데는 귀신일지 모르지만, 다른 곳에서는 그렇게 머리가 잘 돌아가지는 않지. 뭣 하러 저 여자를 우리가 데리고 있어야 하나?"

"장군님, 우린 아주 불리한 전략적 위치에 있습니다. 우린 옷이라곤 한 가닥도 걸치지 않았고, 옷을 가지러 로비로 가려고 아래층으로 내려가면 대단히 수치스럽고 난처할 겁니다."

"그래, 휠포, 자네 말이 퍽 그럴듯하군." 장군이 말했다. "그리고 바로 그 일을 자네가 해야 되겠어. 어서 가."

"발가벗고 말입니까, 장군님?"

"베개로 앞을 가리든지 마음대로 해. 그리고 이왕 내 속옷과 바지를 구하러 아래층으로 내려가는 김에 담배도 좀 구해 와, 알았나?"

"무엇이든지 다 올려 보내죠." 요사리안이 나섰다.

"됐습니다, 장군님." 휠포가 안심이 되어 말했다. "이제 전 내려갈 필요가 없어졌습니다."

"휠포, 이 멍텅구리야. 저 친구가 거짓말을 하고 있다는 걸 모르겠나?"

"자네 거짓말을 하고 있나?"

요사리안은 머리를 끄덕였고, 휠포의 믿음은 산산조각이 났다. 요사리안은 웃음을 터뜨리고 네이틀리를 도와서 그의 여자를 복도로 데리고 나와 엘리베이터에 태웠다. 아직도 머리를 네이틀리의 어깨에 얹고서 잠이 든 그녀는 멋진 꿈이라도 꾸고 있는 듯 얼굴에 미소가 번졌다. 도브스와 던바는 길로 뛰어나가 택시를 잡았다.

네이틀리의 갈보는 그들이 차에서 내리자 머리를 들었다. 그녀가 사는 아파트의 가파른 층계를 올라가는 동안에 그녀는 몇 차례 목마른 듯 침을 삼켰지만, 네이틀리가 그녀의 옷을 벗기고 침대에 뉘었을 때쯤에 다시 푹 잠이 들었다. 그녀가 열여덟 시간 동안 잠을 자는 사이에 네이틀리는 눈에 띄는 사람마다 조용히 해 달라고 하면서 이튿날 아침 내내 아파트에서 뛰어다녔고, 잠에서 깨어난 그녀는 그를 깊이 사랑했다. 마지막으로 분석을 해 보건대, 그녀의 마음을 빼앗기 위해서 필요한 것이라고는 하룻밤의 푸짐한 잠이 전부였다.

그녀는 눈을 뜨고 그를 보자 만족해서 미소를 지었고, 부스럭거리는 홑이불 밑으로 그녀의 긴 다리를 게으르게 뻗으면서 침대로 들어오라고 그를 손짓해 부르며, 달아오른 여인의 백치 같은 선웃음을 보여 주었다. 네이틀리는 행복한 얼떨떨함을 느끼면서 그녀에게로 갔고, 어찌나 황홀했던지 그녀의 여동생이 방 안으로 뛰어 들어와 그들 사이의 침대로 몸을 던졌을 때도 별로 개의치 않았다. 네이틀리의 갈보는 그녀의 뺨을 갈기고 욕을 했지만, 이번에는 웃음과 너그러운 애정으로 그랬으며, 네이틀리는 힘이 나고 보호를 한다는 기분을 느끼면서 그들을 한쪽 팔에 하나씩 껴안고 기분 좋게 뒤로 기대었다. 그들은 아주 멋진 가족을 이룬다고 그는 생각하기로 했다. 어린 계집아이는 대학에 갈 만큼 나이가 차면 스미스나 래드클리프나 브린 모어로 꼭 보내 줘야 되겠다고 그는 작정했다. 몇 분 후에 네이틀리는 친구들에게 그의 행운에 대해서 큰 소리로 알려 주려고 침대에서 뛰어나왔다. 그는 그들에게 방으로 오라고 유쾌하게 소리를 지르고는 그들이 도착하자마자 놀란 그들의 면전에서 문을 쾅 닫아 버렸다. 그의 여자가 옷을 하나도 입지 않았다는 사실이 때마침 생각났던 것이다.

"옷을 입어." 자신의 재빠른 행동을 자축하면서 그는 그녀에게 명령했다.

"페르케?(왜요?)[34]" 그녀가 궁금해서 물었다.

"페르케?(왜라니?)" 기분 좋게 킬킬 웃으면서 그가 되풀이했다. "옷을 하나도 입지 않은 모습을 그들이 보기를 바라지 않

---

34) Perché는 '왜'라는 뜻의 이탈리아어.

기 때문이지."

"페르케 노?(왜 안 돼요?)" 그녀가 물었다.

"페르케 노?(왜 안 되느냐니?)" 그는 놀라서 그녀를 쳐다보았다. "당신의 알몸을 남들이 본다는 건 옳지 않으니까 그렇지."

"페르케 노?"

"내 말을 들어야 하니까 그렇지!" 네이틀리는 어찌해야 좋을지를 몰라서 버럭 소리를 질렀다. "나한테 따지고 덤비지 말아. 당신은 내 여자니까 내 말을 들어야 해. 당신은 이제부터 옷을 다 입기 전에는 이 방에서 나가면 안 돼. 알았지?"

네이틀리의 갈보는 미친 사람을 보듯 그를 쳐다보았다. "당신 미쳤어요? 체 수체데?(왜 이러시죠?)"

"내 말은 모두 진담이야."

"투 세 파초!(당신 미쳤어요!)[35]" 그녀는 믿어지지 않는 듯 화가 나서 그에게 소리를 지르고는 침대에서 뛰어나왔다. 알아들을 수도 없는 소리를 으르렁대면서 그녀는 팬티를 훽 추켜올린 다음에 문 쪽으로 성큼성큼 걸어갔다.

네이틀리는 사내다운 권위를 한껏 발휘하면서 허리를 폈다. "그런 차림으로 이 방을 나가면 안 돼." 그는 그녀에게 말했다.

"투 세 파초!" 그녀는 그에게 마주 소리를 지르고는 방을 나서면서 기가 막힌다는 듯 머리를 흔들었다. "이디오타!(바보!)[36] 투 세 운 파초 임베칠레!(당신은 미치광이 멍텅구리예

---

35) Tu sei pazzo!

36) Idiota!

요!)[37]"

"투 세 파초." 그녀의 뒤를 따라 똑같이 거만한 걸음걸이로 방을 나가면서 야윈 여동생이 말했다.

"넌 이리 와." 네이틀리가 그녀에게 명령했다. "너도 그런 차림으로 밖에 나가면 안 돼!"

"이디오타!" 으쓱거리며 그를 지나친 다음에 여동생은 그를 돌아다보며 소리쳤다. "투 세 운 파초 임베칠레."

네이틀리는 몇 초 동안 정신이 혼란해 꼼짝도 못 하면서 화를 냈고, 친구들이 그의 여자 친구를 보지 못하게 하려고 응접실로 달려 나가 보니 그녀는 팬티만 입은 채로 그에 대해서 한창 불평을 늘어놓던 참이었다.

"왜 안 돼?" 던바가 물었다.

"왜 안 되느냐고요?" 네이틀리가 소리를 질렀다. "그 여잔 내 애인이니까 안 되고, 그 여자가 옷을 다 입지 않았을 때 당신들이 본다는 건 옳지 않아요."

"왜 옳지 않아?" 던바가 물었다.

"알겠죠?" 그의 여자는 어깨를 추스르면서 말했다. "루이 에 파초.(저이는 미쳤어요.)[38]"

"시, 에 몰토 파초.(예, 미쳐도 많이 미쳤어요.)[39]" 여동생이 말을 따라했다.

"그렇다면, 만일 우리가 그녀를 보지 않기를 바란다면, 이

37) Tu sei un pazzo imbecille!

38) Lui é pazzo.

39) Sì, é molto pazzo.

여자한테 옷을 입게 해." 헝그리 조가 따졌다. "도대체 자넨 우리더러 어떻게 하라는 거야?"

"저 여잔 내 말을 들으려고 하지 않아요." 네이틀리가 멋쩍게 고백했다. "그러니까 이제부터는 저 여자가 저런 꼴로 나타나면 당신들은 눈을 감거나 다른 곳을 쳐다봐야 해요. 알았어요?"

"마돈!(맙소사!)[40]" 그의 여자가 격분해서 소리를 지르고는 발을 구르며 방을 나갔다.

"마돈'!" 그녀의 여동생이 소리를 지르고는 뒤따라 발을 구르며 나갔다.

"루이 에 파초라니." 요사리안이 허탈하게 말했다. "내 생각엔 그 말이 맞는 것 같아."

"이봐, 자네 뭐 미치거나 한 거 아냐?" 헝그리 조가 네이틀리에게 물었다. "그러다가 자넨 그 여자가 손님을 끌러 돌아다니는 것도 못 하게 막을 거야."

"이제부터 당신은 손님을 끌러 돌아다니면 안 돼." 네이틀리가 그의 여자에게 말했다.

"페르셰?(왜요?)" 그녀는 궁금해서 물었다.

"페르셰?(왜라니?)" 그는 놀라서 물었다. "그야 그건 점잖지 못하니까 그렇지!"

"페르셰 노?(왜 안 돼요?)"

"그냥 그렇단 말야!" 네이틀리가 고집을 부렸다. "당신처럼

---

40) Madonn'!

착한 여자가 같이 잘 남자들을 찾아다닌다는 건 아무튼 좋지 않아. 당신이 이제는 더 이상 그 짓을 하지 못하도록 난 당신한테 필요한 돈은 다 주겠어."

"그러면 난 그 대신 하루 종일 뭘 하나요?"

"하다니?" 네이틀리가 말했다. "당신은 모든 당신 친구들이 하는 걸 해야지."

"내 친구들은 같이 잘 남자들을 찾아다녀요."

"그럼 새 친구들을 사귀어야지! 어쨌든 난 당신이 그런 여자들과는 사귀지 않기를 바라니까. 매음은 나빠! 그건 누구나 다 알고, 저 사람도 알아." 그는 경험 많은 노인에게로 자신 있게 얼굴을 돌렸다. "내 얘기가 맞죠?"

"자네 말은 틀려." 노인이 대답했다. "매음은 그녀에게 사람들을 만날 기회를 주지. 그건 신선한 공기와 유익한 운동을 제공하고, 그녀가 말썽에 얽혀 들지 않게 하니까."

"이제부터는 말이야." 네이틀리는 그의 여자 친구한테 준엄하게 선언했다. "저 악한 노인과는 조금이라도 아는 척해서는 안 돼."

"바 폰굴!(씹할!)[41]" 답답한 눈길로 천장을 올려다보면서 그의 여자가 대답했다. "도대체 저 사람이 왜 나한테 이럴까요?" 그녀는 두 주먹을 휘두르면서 애원했다. "라시아미!(날 놔줘요!)[42]" 그녀는 위협적인 탄원의 어조로 그에게 말했다. "스투피

41) Va fongul!

42) Lasciami!

도!(바보!)[43] 만일 당신 생각에 내 친구들이 그렇게 나쁘다면, 당신 친구들한테 가서 그들과 자꾸만 그걸 하지 말라고 그러세요!"

"이제부터는 말이에요." 네이틀리가 그의 친구들에게 말했다. "내 생각엔 당신들은 저 여자의 친구들과는 그만 같이 돌아다니고 정착을 하는 게 좋겠어요."

"마돈!" 답답한 눈길로 천장을 올려다보면서 그의 친구들이 소리쳤다.

네이틀리는 깨끗하게 머리가 돌아 버렸다. 그는 그들이 모두 사랑에 빠져 결혼하기를 바랐다. 던바는 오르의 갈보와 결혼하면 되었고, 요사리안은 더케트 간호사나 그가 좋아하는 누구하고라도 결혼할 수도 있었다. 전쟁이 끝나면 그들은 모두 네이틀리의 아버지 밑에서 일을 하고, 교외의 같은 동네에서 아이들을 기를 수도 있으리라. 네이틀리는 확실히 그런 것들을 예견했다. 사랑은 그를 낭만적인 백치로 변신시켰고, 그들은 그를 침실 안으로 다시 몰아넣었으며, 그는 블랙 대위에 대해서 그녀와 아옹다옹했다. 그녀는 블랙 대위와 다시는 같이 자지 않을 것이며 네이틀리의 돈을 그에게 주는 일이 없으리라고 약속했지만, 그 추하고, 너저분하고, 방탕하고, 마음이 추잡한 노인과의 우정에 관해서는 한 치도 양보를 하지 않았는데, 노인은 네이틀리의 꽃다운 연애를 모욕적인 조롱의 눈으로 지켜보았고, 이 세상에서 생각을 가장 깊이 하는 것이

---

43) Stupido!

하원(下院)이라는 사실을 인정하려고 하지 않았다.

"이제부터는 말이야." 네이틀리가 단호하게 그의 여자에게 명령했다. "당신은 그 구역질 나는 늙은이하고는 절대로 얘기도 하면 안 돼."

"또 그 노인 얘기예요?" 혼란을 느끼면서 그녀가 징징거렸다. "페르체 노?"

"그 사람은 하원을 좋아하지 않아."

"맘마 미아!(세상에!)[44] 도대체 당신 왜 이러시는 거예요?"

"에 파초.(미쳤어.)[45]" 그녀의 어린 여동생이 철학적으로 얘기했다. "그래서 저러는 거지."

"시.(그래.)[46]" 두 손으로 그녀의 기다란 갈색 머리털을 잡아 뜯으면서 언니가 당장 동의했다. "루이 에 파초.(저이는 미쳤어.)[47]"

그러나 그녀는 네이틀리가 가 버린 다음에는 그가 보고 싶었으며, 요사리안이 있는 힘을 다해서 네이틀리의 얼굴을 후려쳐 그가 나가떨어지고, 코가 부러져 병원으로 가게 되자 요사리안에게 마구 화를 냈다.

---

44) Mamma mia!

45) È pazzo.

46) Sì.

47) Lui è pazzo.

34
추수감사절

추수감사절 날에, 오후 내내 지칠 줄도 모르고 장교들과 사병들이 게걸스럽게 먹어 댄 기막히게 푸짐한 음식을 마련해 주었으며, 달라는 사람이 있으면 누구에게나 서슴지 않고 뚜껑을 따지 않은 값싼 위스키 병을 얼마든지 나누어 준 마일로에게 비행 중대의 모든 사람들이 겸손하게 고마움을 나타낸 다음에 요사리안이 네이틀리의 코뼈를 부러뜨린 것은 사실 모두가 나이트 병장 탓이었다. 날이 어두워지기도 전에 밀가루 빵처럼 얼굴이 하얘진 젊은 병사들은 여기저기서 먹은 것을 토하고 술에 취해 정신을 잃고 땅바닥에 널브러졌다. 공기가 더러워졌다. 다른 사람들은 기운을 차렸고, 요란하고 목적도 없는 잔치는 계속되었다. 그 난폭하고 거칠고 게걸스러운 잔치는 제멋대로 마구 숲속으로 번져 나가서 장교 클럽에 이르고 언덕을 올라가 병원과 대공 포대에까지 이르렀다. 비행 중대에서는 주먹 싸움들이 벌어졌고 칼질도 한 번 있었다. 콜로드니 상등병은 장전한 권총을 가지고 장난하다가 정보과 천막에서 오발로 자기 다리를 쏘았고, 상처에서 피를 뿜어내며 질주하는 구급차 안에 누워 있는 동안에 그의 잇몸과 발가락은 자줏빛으로 칠해졌다. 손가락이 잘렸거나, 머리에서 피를 흘리거나, 위경련을 일으켰거나, 발목이 부러진 사람들이 후회하면서 절름거리며 의무실 천막으로 왔고, 거스와 웨스는 그들의 잇몸과 발가락을 보랏빛으로 칠해 주고 숲속에 가서 배설하라고 하제를 주었다. 즐거운 잔치는 밤이 늦도록 계속되었고, 유쾌하거나 몸이 불편한 사람들의 난폭하거나 환희에 찬 고함이나 비명이 고요함을 자꾸만 깨뜨렸다. 헛구역이나 신음, 웃음, 인사말, 협박과 욕지거리, 술병이 바위에 부딪혀 깨어지는 소리가 거듭 들려왔다. 멀리서 추잡한 노래를 부르는 소리도 들렸다. 그것은 망년회보다도 더 심했다.

요사리안은 안전하게 일찍 잠자리에 들었고, 곧 발뒤꿈치로 요란하고 단음적(斷音的)인 소리를 내면서 끝없는 나무 층계를 거의 고꾸라질 듯 달려 내려가며 도망치는 꿈을 꾸었다. 그러자 그는 조금 잠이 깨었고, 누가 자기에게 기관총을 쏘아 대고 있음을 깨달았다. 고통스럽고 겁에 질린 흐느낌이 그의 목구멍에서 울려 나왔다. 그에게 가장 먼저 떠오른 생각은 마일로가 다시 비행 중대를 공격하고 있다는 것이었으며, 그는 야전침대에서 몸을 굴려 땅바닥으로 떨어져서는 벌벌 떨고, 간절하게 기도를 드리고, 가슴은 쿵쾅거리며 방망이질을 하고, 몸은 식은땀으로 흠뻑 덮인 채 밑에 엎드렸다. 비행기 소리는 들려오지 않았다. 술 취하고 즐거운 웃음소리가 멀리서 들려왔다. "신년을 축하합니다. 신년을 축하합니다!" 짤막하고 날카로운 기관총 소리 사이사이에, 아주 높은 곳에서 신이 나서 마구 웃어 대는 귀에 익은 목소리를 들었고, 요사리안은 마일로가 비행 중대를 습격한 뒤로 산 위에다 설치하고 부하들을 배치한, 모래주머니로 쌓아 올린 기관총좌가 있는 곳으로 어떤 사람들이 올라간 모양이라고 생각했다.

요사리안은 그의 잠을 방해하고 그로 하여금 징징 우는 멍청한 꼴이 되게 한 무책임한 장난에 자기가 제물이 되었음을 알고는 증오와 분노로 치를 떨었다. 그는 죽이고 싶었고, 살인을 하고 싶었다. 그는 지금까지 그 어느 때보다도 더 화가 났고, 맥워트를 목 졸라 죽이려고 그의 목에다 손을 감았을 때보다도 더 화가 났다. 총소리가 다시 울렸다. 목소리들이 "신년을 축하합니다!"라고 외쳤으며, 거침없는 웃음소리는 마녀의 노래처럼 어둠을 통해 산을 굴러 내려왔다. 가죽신과 작업복을 걸친 요사리안은 복수를 하려고 그의 45구경 권총을 들고 천막에서 뛰쳐나가 탄창에 총알 한 클립을 때려 박고 권총의 노리쇠를 뒤로 밀어 장전했다. 그는 안전장치를 딸가닥 풀고는 쏠 준비를 했다. 그는 자기의 이름을 소리치면서 말리려고 뒤따라 뛰어오는 네이틀리의 목소리를 들었다.

수송부 위쪽의 검은 언덕에서 기관총이 다시 한번 발사되었고, 오렌지색 예광탄들이 나지막이 미끄러지는 점선처럼 그림자만 보이는 천막들의 꼭대기를 베어 낼 듯이 위를 스치며 튀어 나갔다. 잠깐씩 긁어 대는 총성 사이사이에 요란하고 거친 웃음소리가 울렸다. 요사리안은 분노가 뱃속에서 산(酸)처럼 끓어오르는 것을 느꼈고, 저 새끼들이 그의 목숨을 위협한다고 생각했다. 사납고 눈먼 분노와 결심으로 그는 비행 중대와 수송부를 지나 있는 힘을 다해서 달렸고, 걱정이 되어 애걸하며 멈추라고 애원하는 네이틀리가 아직도 "요요! 요요!" 라고 외치면서 마침내 그를 따라잡았을 때쯤에는, 이미 꼬불꼬불하고 좁은 오솔길을 따라 마구 언덕을 뛰어 올라가던 참이었다. 네이틀리는 요사리안의 어깨를 움켜잡고 그를 뒤로 끌어당기려고 했다. 요사리안은 몸을 비틀어 뺐다. 네이틀리는 다시 그를 붙잡으려고 했으며, 요사리안은 그에게 욕설을 퍼부으면서 있는 힘을 다해 세차게 네이틀리의 섬세하고 어린 얼굴을 정통으로 때렸고, 다시 때리려고 팔을 뒤로 당겼지만, 네이틀리는 신음하면서 고꾸라져 땅바닥에서 몸을 움츠리고는 두 손으로 얼굴을 감쌌고 손가락 사이로 피가 줄줄 흘러내렸다. 요사리안은 몸을 휙 돌리더니 뒤는 돌아보지도 않고 길을 따라 달려 올라갔다.

곧 기관총이 그의 눈에 띄었다. 그가 오는 소리를 듣고는 두 사람의 그림자가 벌떡 일어서더니 그가 그곳에 다다르기도 전에 약을 올리는 웃음을 터뜨리며 어둠 속으로 도망쳤다. 그는 너무 늦었다. 상긋하고 바람도 없는 달빛 속에 텅 비고 조용한, 둥그렇게 쌓아 올린 모래주머니들만 남겨 두고 그들의 발자국 소리가 멀어져 갔다. 그는 풀이 죽어 사방을 둘러보았다. 멀리서 놀리는 웃음소리가 다시 그에게로 들려왔다. 근처에서 나뭇가지가 부러졌다. 냉정한 흥분을 느끼며 요사리안은 무릎을 꿇고 앉아 겨냥을 했다. 그는 모래주머니의 다른 쪽에서 잎사귀들이 조심스럽게 부스럭거리는 소리를 듣고는 재빨리 두 발을 쏘았다. 누가 그에게 한 발을 마주 사격했는데 그 총성이 귀에 익었다.

"던바?" 그가 소리쳤다.

"요사리안?"

두 사람은 숨어 있던 곳에서 앞으로 걸어 나와 권총을 내리고 짜증스러운 실망을 느끼며 개활지에서 서로 만났다. 싸늘한 공기 때문에 두 사람 다 조금 떨고 있었으며, 언덕을 올라오느라고 힘이 빠져서 식식거렸다.

"망할 자식들." 요사리안이 말했다. "달아났어."

"그 자식들 때문에 십년감수했어요." 던바가 탄식했다. "난 마일로 그 개새끼가 또 폭격하는 줄 알았죠. 이렇게 겁이 났던 적은 또 없어요. 그 새끼들이 누군지 알고 싶군요."

"하나는 나이트 병장이었어."

"가서 그 자식 죽여 버리죠." 던바는 이빨을 덜덜 떨기 시작했다. "그 자식은 우릴 그렇게 놀라게 할 권리가 없어요."

요사리안은 이제 죽이고 싶은 사람이 없어졌다. "우선 네이틀리를 도와줘야 되겠어. 언덕 밑에서 나 때문에 다친 것 같아."

요사리안이 돌멩이에 묻은 핏자국으로 정확한 위치까지 확인하기는 했어도, 길에는 네이틀리의 자취가 전혀 보이지 않았다. 네이틀리는 그의 천막에도 없었고, 그들은 코가 부러져 그가 병원에 입원했다는 얘기를 듣고 그다음 날 아침에 자기들도 환자로 입원한 다음에야 그를 만날 수 있었다. 그들이 슬리퍼와 욕의 차림으로 크레이머 간호사의 뒤를 따라 병동으로 들어와 침대가 지정되는 것을 보고 네이틀리는 놀라서 미소를 지었다. 네이틀리의 코는 뭉툭하게 석고를 씌웠고, 두 눈은 멍이 들었다. 그는 수줍게 당황해서 어지러움을 느끼며 자주 얼굴을 붉혔다. 네이틀리는 요사리안이 때려서 잘못했다고 사과하려고 다가오자 자꾸만 미안하다고 했다. 요사리안은 아주 기분이 언짢았기 때문에, 비록 그 꼴이 어찌나 우스꽝스러운지 웃어 주고 싶은 유혹을 느끼기는 했어도 네이틀리의 뭉개진 얼굴을 차마 쳐다볼 수가 없었다. 던바는 그들의 감상적인 태도에 구역질이 났고, 헝그리 조가 갑자기 그의 복잡하고 검은 카메라를 들고 뛰어 들어와서 더케트 간호사를 주물러 올라가는 요사리안의 사진을 찍을 수 있을 만큼 그와 가까운 자리를 얻으려고 맹장염인 척 거짓말을 하자 세 사람 다 마음이 놓였다. 요사리안이나 마찬가지로 그는 곧 실망했다. 더케트 간호사는 의사와 (의사들이란 누구나 다 돈을 잘 벌기 때문에 아무 의사하고나) 결혼하기로 결심하고는 까딱하다가는 장차 그녀의 남편이 될 남자가 있을지도 모르는 지역에서라면 위험한 짓은 저지르지 않기로 작정했던 터였다. 헝그리 조는 화가 나서 마음이 진정되지 않았는데, 그때 하필이면 너무나 엄청나서 감출 수도 없는 흡족하고 빛나는 미소를 등대처럼 반짝이며 적갈색 코르덴 욕의를 입은 군목이 안내를 받으며 들어왔다. 군목이 입원한 까닭은 심장에 통증을 느꼈기 때문인데 군의관은 그의 뱃속이 가스로 가득 찼다고 생각했으며, 그에게는 위스콘신 대상포진(帶狀疱疹)의 초기 증상도 있었다.

"도대체 위스콘신 대상포진이 뭔가요?" 요사리안이 물었다.

"의사들이 알고 싶은 것도 바로 그거예요!" 군목은 자랑스럽게 불쑥 말을 꺼내고는 웃음을 터뜨렸다. 그가 그렇게 행복하고, 그렇게 까부는 것을 본 사람은 여태껏 아무도 없었다. "위스콘신 대상포진이라는 건 있지도 않거든요. 모르겠어요? 난 거짓말을 했어요. 난 군의관들하고 짰죠. 만일 의사들이 내 위스콘신 대상포진을 치료하기 위해서 아무 손도 쓰지 않겠다고 약속해 주면, 난 그것이 나은 다음에 알려 주마고 약속했어요. 난 지금까지 거짓말을 한 적이 없어요. 멋있잖아요?"

군목은 죄를 범했고, 그랬더니 기분이 좋았다. 상식적으로 따져 보면 거짓말을 하거나 의무를 저버린다는 것은 죄악이었다. 그런가 하면 죄는 악이었으며, 악에서는 선이 나올 수가 없었다. 그러나 그는 선하게 느꼈고, 확실히 기분이 좋았다. 결과적으로, 논리적으로 따지자면, 거짓말을 하거나 의무를 저버린다는 것은 죄악일 수가 없었다. 군목은 성스러운 깨우침의 순간에 보호적인 합리화라는 편리한 기술에 숙달되었고, 이 발견으로 그는 환희를 느꼈다. 그것은 기적이었다. 그가 보기에는 악을 미덕으로, 그리고 중상(中傷)을 진실로, 성적 불능을 금욕으로, 교만을 겸손으로, 약탈을 박애로, 도둑질을 명예로, 모략을 지혜로, 잔혹성을 애국심으로, 그리고 사디즘을 정의로 바꿔 놓는다는 것은 재주라고 할 것조차 없음을 그는 알게 되었다. 그것은 누구나 다 할 수가 있었고 거기에는 두뇌가 전혀 필요 없었다. 거기에는 개성조차 전혀 요구되지 않았다. 비등하는 민첩성으로 군목이 정통적인 부도덕성들의 모든 분야를 섭렵하는 사이에 네이틀리는 미친 친구들의 패거리에서 자신이 그 핵심을 이루고 있다는 사실을 깨닫고는, 놀라고 신이 나서 얼굴을 붉히며 침대에서 벌떡 일어나 앉았다. 그는 기분이 좋아졌고 걱정이 되었으며, 어떤 준엄한 관리가 곧 나타나서 그들을 모두 건달패거리처럼 쫓아내리라고 믿었다. 그들에게 시비를 거는 사람은 아무도 없었다. 저녁이 되자 그들은 모두 씩씩하게 몰려 나가서 거지 같은 할리우드의 총천연색 호화판 영화를 보고 왔는데, 하얀 군인이 병실에 와 있었고 던바는 혼비백산하여 비명을 질렀다.

"그가 돌아왔다!" 던바가 소리를 질렀다. "그가 돌아왔다! 그가 돌아왔다!"

요사리안은 석고와 거즈로 머리끝부터 발끝까지 하얗게 덮인 군인의 하얗고, 역겹고, 낯익은 모습뿐 아니라 괴이하게 찢어지는 던바의 목소리에 얼이 빠져서 우뚝 걸음을 멈추었다. 이상하게 떨리는 소리가 자기도 모르게 요사리안의 목구멍에서 부글부글 끓어올랐다.

"그가 돌아왔다!" 던바가 다시 비명을 질렀다.

"그가 돌아왔다!" 열이 나서 헛소리를 하는 어느 환자가 자동적으로 겁에 질려 따라 했다.

순식간에 병동은 수라장이 되었다. 병이 났거나 부상을 당한 사람들이 패를 지어 두서없이 고함을 지르고, 마치 건물에 불이라도 난 듯 통로에서 이리 뛰고 저리 뛰었다. 다리가 하나이고, 한쪽은 목발을 짚은 환자가 겁에 질려 빠른 속도로 앞뒤로 뛰면서 소리쳤다. "왜 그래? 왜 그래? 여기 불이 났나? 여기 불이 났어?"

"그가 돌아왔대!" 어떤 사람이 그에게 소리쳤다. "그 소리 못 들었어? 그가 돌아왔어! 그가 돌아왔어!"

"누가 돌아왔어?" 다른 사람이 소리쳤다. "누가?"

"그건 무슨 소리야? 우린 어떻게 하지?"

"여기 불이 났나?"

"일어나서 도망치란 말야, 염병할! 모두들 일어나서 도망쳐!"

모든 사람들이 침대에서 뛰쳐나와 병동의 이쪽 끝에서 저쪽 끝 사이를 뛰어다녔다. 어느 범죄 수사대 요원은 그의 눈을 팔꿈치로 치받은 다른 범죄 수사대 요원 한 사람을 쏘려고 권총을 찾았다. 병동은 혼돈에 빠졌다. 열이 높아 혼수상태인 환자는 통로로 뛰어내려 외다리 환자와 부딪쳐 쓰러뜨릴 뻔했고, 외다리는 까만 고무로 된 목발의 끄트머리로 우연히 다른 사람의 맨발을 찍어서 발가락 몇 개를 으스러뜨렸다. 열이 나서 헛소리를 하고 발가락이 으스러진 사람은 마룻바닥에 주저앉아 고통스럽게 울어 댔고, 앞뒤도 살피지 않고 밀리며 고뇌에 빠져 폭주를 하던 다른 사람들이 그에게 걸려 넘어지자 그는 더욱 아팠다. "그가 돌아왔다!" 모든 사람들이 이리저리 달려가면서 발작적으로 중얼거리고, 합창을 하고, 소리를 질렀다. "그가 돌아왔다, 그가 돌아왔어!" 크레이머 간호사는 팽이같이 돌며 경찰관처럼 갑자기 한가운데 나타나서, 질서를 되찾으려고 결사적으로 노력하다가 실패로 돌아가자 걷잡을 수 없이 눈물을 펑펑 쏟았다. "가만히들 있어요, 제발 꼼짝 말고 가만히들 있어요." 그녀는 거창하게 흐느껴 울면서 소용없이 타일렀다. 유령처럼 창백해진 군목은 무슨 일이 벌어지고 있는지 전혀 알 수가 없었다. 요사리안의 옆구리에 바싹 붙어서 그의 팔꿈치에 매달린 네이틀리나, 겁에 질린 얼굴로 이쪽 저쪽 힐끗거리며 살펴보고 앙상한 두 주먹을 움켜쥔 채 뒤를 따르던 헝그리 조도 마찬가지였다.

"이봐, 무슨 일이야?" 헝그리 조가 칭얼거렸다. "도대체 왜들 이러는 거야?"

"바로 그 사람이야!" 귀에 거슬리는 소란 속에서도 뚜렷하게 들리는 목소리로 힘을 주어 던바가 소리쳤다. "모르겠어? 바로 그 사람이야."

"바로 그 사람이라고!" 요사리안은 주체할 수 없는 깊고 불길한 흥분으로 떨면서 자기도 모르게 마주 소리를 지르고는 던바를 따라 하얀 군인이 누워 있는 침대로 갔다.

"흥분들 하지 마, 이 친구들아." 어물어물 미소를 지으면서 키가 작고 애국적인 텍사스인이 다정하게 일러 주었다. "당황할 이유는 하나도 없어. 모두들 조용히 하는 게 어때?"

"바로 그 사람이다!" 다른 사람들이 중얼거리고, 합창을 하고, 소리를 지르기 시작했다.

갑자기 더케트 간호사도 그곳에 나타났다. "무슨 일이지?" 그녀가 물었다.

"그 사람이 돌아왔어!" 그녀의 품 안으로 뛰어들면서 크레이머 간호사가 비명을 질렀다. "그 사람이 돌아왔어! 그 사람이 돌아왔어!"

그는 정말로 같은 사람이었다. 키가 몇 인치 작아지고 체중이 조금 늘기는 했지만, 그의 위에 달려 있는 도르래에 매달린 기다란 납덩이와 팽팽한 밧줄로 거의 수직에 가깝게 공중으로 모두 치켜든 뻣뻣하고, 두껍고, 쓸모없는 두 다리와, 그리고 뻣뻣한 두 팔과, 입 위의 붕대에 뚫린 너덜너덜하고 검은 구멍을 보고 요사리안은 당장 그를 기억해 냈다. 사실 그는 거의 달라진 데가 없었다. 그의 사타구니 위에 있는 단단한 돌 부형약(賦形藥)에서는 아연 파이프가 솟아올라 땅바닥의 깨끗한 유리그릇으로 내려갔다. 그의 팔꿈치 안쪽으로 액체를 주입하는, 말뚝에 매달린 맑은 유리병도 그대로였다. 어디에서라도 요사리안은 그를 알아볼 수 있었을 터였다. 그는 그가 누구인지 궁금했다.

"속에는 아무도 없어!" 갑자기 던바가 그에게 소리를 질렀다.

요사리안은 심장이 잠깐 멈추고 두 다리에서 힘이 빠지는 것을 느꼈다. "그건 무슨 소리야?" 던바의 눈에서 핼쑥하게 반짝이는 고뇌를 보고, 공포와 충격으로 미쳐 버린 듯 난폭해진 그의 얼굴에서 기가 질린 표정을 보고 무서워서 그가 소리쳤다. "자네 뭐 미치거나 한 거 아냐? 속에 아무도 없다니, 도대체 그게 무슨 소리야?"

"누가 그를 훔쳐 갔어요!" 던바가 마주 소리를 질렀다. "초콜릿 병정처럼 속이 텅 비었어요. 누가 그를 꺼내 가고는 붕대만 저렇게 남겨 놓았죠."

"왜 그런 짓을 할까?"

"누가 그를 훔쳐 갔다!" 다시 누가 비명을 질렀고 병동의 모든 사람들이 비명을 지르기 시작했다. "누가 그를 훔쳐 갔다! 누가 그를 훔쳐 갔다!"

"침대로들 돌아가요." 요사리안의 가슴을 힘없이 밀면서 더케트 간호사가 던바와 요사리안에게 부탁했다. "제발 자기 침대로들 돌아가요."

"자네 미쳤군!" 요사리안이 화를 내며 던바에게 소리쳤다. "도대체 자네 왜 그런 소리를 하지?"

"그 사람을 누가 봤어요?" 열을 올려 냉소를 띠고 던바가 물었다.

"당신은 봤잖아, 안 그래?" 요사리안이 더케트 간호사에게 말했다. "안에 누가 있다고 던바한테 얘기해 줘."

"슈물커 중위가 안에 있어요." 더케트 간호사가 말했다. "온몸에 화상을 입었죠."

"저 여자가 그를 봤대요?"

"당신이 그를 봤지, 안 그래?"

"그에게 붕대를 감아 준 군의관이 그를 봤어요."

"그 사람 데리고 와, 알겠어? 어느 군의관이었지?"

더케트 간호사는 그 질문에 놀라서 숨을 멈추는 반응을 보였다. "군의관님은 이곳에 계시지도 않아요!" 그녀가 탄성을 올렸다. "환자는 저런 모습으로 야전병원에서 우리한테로 실려 왔어요."

"다들 알겠죠?" 크레이머 간호사가 소리쳤다. "속에는 아무도 없어요!"

"속에는 아무도 없다!" 헝그리 조가 고함을 지르고는 마룻바닥에 발을 구르기 시작했다.

던바는 사람들을 헤치고 나와 자기 눈으로 직접 보려고 하얀 군인의 침대로 사납게 달려들어서, 흰 붕대로 이루어진 껍데기의 찢어진 검은 구멍에다 반짝거리는 눈을 바싹 댔다. 하얀 군인의 입이 있어야 할 위치의 깜깜하고 꼼짝 않는 공백을 한쪽 눈으로 들여다보느라고 그가 몸을 아직도 숙이고 있는데 군의관들과 헌병들이 달려와서 요사리안을 도와 그를 떼어 놓았다. 군의관들은 허리에 권총을 차고 있었다. 경비원들은 칼빈과 소총을 휴대했는데, 투덜거리는 환자들을 총으로 밀치고 떠밀었다. 바퀴가 달린 들것이 왔고, 하얀 군인은 솜씨 있게 침대에서 들려 잠깐 사이에 시야에서 사라졌다. 군의관들과 헌병들은 이제는 아무 일도 없을 것이라고 모든 사람을 안심시키면서 병동 안을 지나갔다.

더케트 간호사는 요사리안의 팔을 잡아끌고는 바깥 복도에 있는 빗자루를 넣어 두는 창고 속에서 만나자고 남몰래 귓속말로 그에게 알려 주었다. 그녀의 얘기를 듣고 요사리안은 뛸 듯이 기뻤다. 그는 더케트 간호사가 결국은 한번 하고 싶은 생각이 있어서 그들이 빗자루 벽장 안에 들어가자마자 치마를 끌어올리리라고 생각했지만, 그녀는 그를 밀어냈다. 그녀는 던바에 관한 긴급한 소식을 알고 있었다.

"그들이 그를 사라지려고 해요." 그녀가 말했다.

요사리안은 무슨 말인지 이해하지 못하고 그녀를 곁눈질했다. "그들이 어쩐다고?" 그는 놀라서 묻고 불안하게 웃었다. "그게 무슨 말이야?"

"몰라요. 난 그들이 하는 얘기를 문 뒤에서 들었어요."

"누가?"

"몰라요. 난 볼 수가 없었어요. 난 그저 그들이 던바를 사라지려고 하겠다는 얘기만 들었어요."

"왜 그들이 그를 사라지려고 한단 말이야?"

"몰라요."

"말도 안 돼. 문법까지도 틀리고. 그들이 누굴 사라진다니 도대체 그게 무슨 소리야?"

"몰라요."

"맙소사, 당신 참 큰 도움이 되는구먼!"

"왜 날 트집 잡는 거예요?" 더케트 간호사는 기분이 상해서 항의하고는 훌쩍거리며 눈물을 거두기 시작했다. "난 그저 도우려고 했을 뿐이에요. 그들이 그를 사라지려고 한다는 건 내 잘못이 아녜요. 그렇죠? 난 당신한테 얘기도 하지 않아야 되는 건데 그랬어요."

요사리안은 그녀를 품에 안고는 부드럽고 미안한 애정으로 껴안아 주었다. "미안해." 그는 사과를 하고, 존경스럽게 그녀의 뺨에 키스하고는 던바에게 경고하려고 갔지만, 그는 어디서도 찾을 수가 없었다.

35

투사 마일로

평생 처음으로 요사리안은 빌었다. 그는 무릎 꿇고 앉아서 화이트 하프오트 추장이 병원에서 정말 폐렴으로 죽은 다음 네이틀리가 그의 자리를 맡겠다고 신청하자 그에게 칠십 회 이상의 출격을 하겠다고 자원하지 말아 달라고 빌었다. 그러나 네이틀리는 말을 들으려고 하지 않았다.

"난 출격을 더 나가야만 해요." 비뚤어진 미소를 지으며 네이틀리가 우물쭈물 주장했다. "그러지 않았다가는 난 귀국당하고 말 거예요."

"그래서?"

"난 그 여자를 데리고 갈 수 있을 때까지는 귀국하고 싶지 않아요."

"그 여자가 자네한테 그토록 소중한가?"

네이틀리는 풀이 죽어서 머리를 끄덕였다. "난 그 여자를 다시는 못 보게 될지도 몰라요."

"그러면 비행 근무를 해제받지그래." 요사리안이 제안했다. "자넨 출격 횟수를 채웠고, 비행 수당도 필요 없잖아. 만일 블랙 대위 밑에서 일을 하면서 참을 수만 있다면, 화이트 하프오트 추장의 일자리를 달라고 하지그래?"

네이틀리는 수줍고 후회스러운 굴욕으로 뺨을 붉히면서 머리를 저었다. "나한테 그 자리를 주려고 하질 않아요. 난 콘 중령한테 얘기해 봤는데, 나더러 출격을 더 나가든지 귀국을 하라고 그러더군요."

요사리안은 미친 듯이 욕설을 퍼부었다. "그렇게 비열할 수가 있나."

"난 개의치 않아요. 난 일흔 번 출격을 하고도 다치지 않았어요. 몇 번쯤이야 더 비행을 해도 되겠죠."

"내가 누구하고 얘기해 보기 전까지는 섣불리 무슨 짓을 저지르지 마." 요사리안은 결심하고는 마일로에게 도움을 청하러 갔는데, 마일로는 나중에 곧장 캐스카트 대령을 찾아가서 자기가 전투 출격을 더 하게 해 달라고 도움을 청했다.

마일로는 여러 가지로 점수를 따고 있었다. 그는 위험과 비난을 무릅쓰고 용감하게 비행을 해서 훌륭한 값을 받고 독일에 석유와 볼 베어링을 팔아 이익도 남기고 서로 싸우는 양쪽 군대의 균형도 유지했다. 포화 속에서 그의 용기는 우아하고 무한했다. 그다음에 그는 그의 임무가 요구하는 이상의 목적을 달성하기 위해 헌신적으로, 식당들마다 음식 가격을 어찌나 올렸던지 모든 장교와 사병은 먹기 위해서 그들의 봉급을 모두 갖다 바쳐야 했다. 마일로는 탄압을 싫어했고 선택의 자유를 부르짖는 수호자였으므로 물론 선택권은 있었는데 그들에게 주어진 다른 선택권이란 굶어 죽는 길이었다. 이 공격에 대한 적의 저항이 밀려들자, 그는 그의 안전이나 평판은 돌보지도 않고 자신의 입장에 매달렸으며, 용감무쌍하게도 수요와 공급의 법칙에 호소했다. 그리고 어디선가 누가 안 된다고 하자, 마일로는 마지못해 물러서면서도, 그들이 생존하기 위해서 필요한 것들을 구하려면 요구받은 액수를 지불해야 한다는 자유인의 역사적인 권리를 후퇴하는 속에서도 과감하게 수호했다.

마일로는 그의 동포들을 약탈하는 행위를 자행하다가 백주에 들켰고, 그 결과로 그의 주가는 어느 때보다도 더 높아졌다. 어느 미네소타 출신의 말라깽이 소령이 반항적인 거부를 하며 입술을 뒤틀고는 마일로가 모든 사람에게 돌아간다고 걸핏하면 얘기하던 신디케이트의 배당에서 자기 몫을 요구했을 때, 그는 자기가 말한 대로 신용을 지켰다. 마일로는 그 도전에 맞서는 방법으로 근처에 있는 종잇조각 한 장을 주워서 '배당'이라는 글을 써서는 덕이 높은 교만함을 보이며 넘겨주었고, 그래서 그를 알고 있는 거의 모든 사람들에게서 부러움과 존경을 샀다. 그의 영광은 정상에 달했고, 그의 전쟁 기록을 훤히 알고 감탄했던 캐스카트 대령은 마일로가 공손한 태도로 비행 대대 본부에 출두해서 보다 위태로운 보직을 달라는 기막힌 청원을 하자 놀라지 않을 수 없었다.

"전투 비행을 더 나가고 싶다 이 얘긴가?" 캐스카트 대령이 숨을 몰아쉬었다. "도대체 왜 이래?"

마일로는 얌전하게 고개를 숙이고는 새침한 목소리로 말했다. "전 제 임무를 수행하고 싶습니다, 대령님. 우리나라는 전쟁을 하고 있으며, 전 다른 사람들과 마찬가지로 나라를 지키고 싶어요."

"하지만 마일로, 자넨 자네의 임무를 잘해 내고 있어." 유쾌하게 천둥치는 웃음소리와 함께 캐스카트 대령이 소리쳤다. "난 이곳 장병들을 위해서 자네보다 일을 더 많이 한 사람을 알지 못해. 초콜릿 바른 솜을 그 어느 누가 줄 수 있었겠어?"

마일로는 천천히 구슬프게 머리를 저었다. "하지만 전시에는 훌륭한 취사 장교로서만은 부족하죠, 캐스카트 대령님."

"정말 부족할 건 없어, 마일로. 자네가 왜 이러는지 난 모르겠구먼."

"정말 부족합니다, 대령님." 마일로는 조금쯤 단호한 목소리로 반박하면서 캐스카트 대령의 시선을 겨우 사로잡을 만큼만 알랑거리는 눈을 의미 있게 들었다. "어떤 사람들은 뒤에서 수군수군합니다."

"아, 그래? 그 사람들 이름을 대, 마일로. 나한테 그 이름을 가르쳐 주면, 비행 대대에서 나가는 모든 위험한 출격에 그들이 꼭 나가도록 처리할 테니까."

"아닙니다, 대령님. 제 생각엔 그들의 말이 맞는 것 같아요." 다시 머리를 축 늘어뜨리면서 마일로가 말했다. "전 조종사로서 해외로 파견되었고, 전투 출격을 더 많이 나가고, 취사 장교로서의 임무에 바치는 시간을 줄여야죠."

캐스카트 대령은 놀라기는 했어도 협조적이었다. "그렇다면 말야, 마일로. 만일 자네 기분이 정말 그런 식이라면, 우린 자네가 원하는 대로 되도록 어떻게 손을 쓸 수 있겠지. 자넨 해외로 나온 지 얼마나 되었나?"

"열한 달요."

"그리고 출격은 몇 번 했지?"

"다섯 번요."

"다섯 번?" 캐스카트 대령이 물었다.

"다섯 번요, 대령님."

"다섯 번이라 이거지?" 캐스카트 대령은 생각에 잠겨 뺨을 문질렀다. "그건 별로 신통치 않구먼, 안 그래?"

"그런가요?" 다시 힐끗 올려다보면서 날카로운 목소리로 마일로가 물었다.

캐스카트 대령은 움찔했다. "사실은 그와 반대로, 상당히 좋아, 마일로." 그는 허둥지둥 자신이 한 말을 수정했다. "그건 전혀 나쁘지 않아."

"아닙니다, 대령님." 기운 빠지고, 생각이 깊은 긴 한숨을 내쉬면서 마일로가 말했다. "그건 아주 좋지 않죠. 그렇게 말씀해 주시니 상당히 너그러우시기는 하지만 말입니다."

"하지만 그건 정말 나쁘지 않아, 마일로. 자네가 보여 준 다른 훌륭한 공헌들을 고려해 보면, 전혀 나쁘지 않지. 출격이 다섯 번이었다고 그랬지? 꼭 다섯 번?"

"꼭 다섯 번요, 대령님."

"꼭 다섯 번이라." 마일로가 정말로 무슨 생각을 하고 있으며, 그가 상대방에게 벌써 점수를 잃은 것이냐 아닌지 따지면서 잠깐 동안 캐스카트 대령은 무척 답답한 기분이 들었다. "다섯 번이면 아주 좋아, 마일로." 희망의 빛을 찾으려고 하면서 그는 열을 올려 말했다. "그러면 평균 두 달에 한 번 출격을 나간 셈이군. 그리고 그 총계 숫자에는 자네가 우리를 폭격했던 때는 포함되지 않았겠지."

"아닙니다, 대령님. 포함시켰습니다."

"그랬어?" 가볍게 궁금증을 느끼면서 캐스카트 대령이 물었다. "자넨 그 출격에 실제로 참여하지는 않았어, 그렇지? 내 기억력이 정확하다면, 자넨 우리하고 관제탑에 같이 있었어, 안 그래?"

"하지만 그건 제 출격이었어요." 마일로가 따졌다. "그건 제가 준비했고, 우린 제 비행기와 제 보급품을 사용했어요. 모든 일을 제가 계획하고 지휘했죠."

"아, 그렇지, 마일로. 그랬어. 자네 얘기를 따지는 건 아냐. 난 자네의 공적이 될 만한 것을 자네가 잊지 않고 다 내세우는지 그 숫자를 확인하고 있을 뿐이지. 자네가 오르비에토 교량을 폭격하기로 우리와 계약을 맺었던 때도 포함시켰나?"

"아, 아닙니다, 대령님. 그때 전 대공 포화를 지휘하면서 오르비에토에 있었기 때문에 그러면 안 될 것 같다고 생각했죠."

"그래서 뭐가 어쨌다는 건지 난 모르겠구먼. 그래도 그건 자네의 출격이었어. 그리고 굉장히 훌륭한 출격이었다는 말도 해 두어야 되겠지. 우린 그 교량을 없애 버리지 못했지만, 그래도 멋진 탄착점 패턴을 얻었어. 페켐 장군이 그것에 대해서 언급하던 일이 생각나. 아냐, 마일로. 난 자네가 오르비에토 출격을 포함시켜야 한다고 주장하겠어."

"꼭 그러시겠다면야 할 수 없죠, 대령님."

"난 꼭 그래야 되겠어, 마일로. 자, 그럼 한번 따져 보세……. 자네의 출격 횟수는 총계 여섯 번이 되고, 그만하면 아주 훌륭해. 마일로, 정말 아주 훌륭하지. 여섯 번의 출격이라면 단 일, 이 분 사이에 20퍼센트의 증가를 보인 셈이고, 그건 정말 나쁘지 않아, 마일로. 정말 나쁘지 않아."

"하지만 남들은 모두 명예와 기회를 누리고 있어요." 코를 훌쩍이고 흐느낄 정도의 심술을 나타내며 마일로는 고집을 부렸다. "대령님, 전 한데 어울려서 다른 사람들처럼 싸우고 싶어요. 제가 이곳에 와 있는 목적은 그것이죠. 저도 훈장을 타고 싶어요."

"그래, 마일로. 물론이지. 우린 모두 전투에 더 많은 시간을 바치기를 바라. 하지만 자네나 나 같은 사람은 다른 방법으로 공헌을 하지. 내 기록을 보라고." 캐스카트 대령은 애원하는 웃음소리를 냈다. "잘 알려지지는 않았겠지만, 마일로. 난 겨우 네 번 출격을 나갔어, 그렇지?"

"아닙니다, 대령님." 마일로가 대답했다. "대령님은 출격을 겨우 두 번 했다고 널리 알려져 있어요. 그리고 그 가운데 한 번은 암시장에서 음료수 냉각기를 구하려고 대령님을 태우고 나폴리로 항행하다가 실수로 적지 상공을 비행했던 때였죠."

얼굴을 붉히며 어쩔 줄 모르던 캐스카트 대령은 더 이상 따지지 않았다. "좋아, 마일로. 자네가 하고자 하는 일에 대해서 내가 아무리 칭찬을 하더라도 모자라겠지. 만일 그것이 자네한테 그토록 중요한 일이라면, 난 메이저 메이저를 시켜서 자네가 칠십 회를 채울 수 있도록 앞으로 예순네 번의 출격에 자네를 내보내게 하겠어."

"고맙습니다, 대령님. 고마워요, 대령님. 이것이 어떤 의미를 지니는지 대령님은 모르실 겁니다."

"그런 소리 말아, 마일로. 난 그것이 무엇을 뜻하는지 정확히 알고 있으니까."

"아닙니다, 대령님. 그것이 지니는 의미를 대령님은 모르고 계실 것 같아요." 마일로는 꼬장꼬장하게 따졌다. "지금 당장 누군가 제 대신 신디케이트를 운영하기 시작해야죠. 그건 아주 복잡한 일이고, 전 언제 격추당할지 모릅니다."

그 생각이 들자 캐스카트 대령은 당장 표정이 밝아졌고 탐욕스러운 정열을 느끼며 손을 비비기 시작했다. "자네도 알겠지만 말이야, 마일로. 내 생각엔 콘 중령하고 내가 신디케이트를 맡아 자네 손을 덜어 줄 수 있을 것 같아." 그는 입맛 당기는 기대를 품고 입술을 핥다시피 하면서 태연한 태도로 제안했다. "암시장 플럼 토마토에서의 우리 경험은 아주 큰 도움이 될 거야. 우린 어디서부터 일해야 되지?"

마일로는 미적지근하고 엉큼한 속셈이 없는 표정을 짓고는 캐스카트 대령을 빤히 쳐다보았다. "고맙습니다, 대령님. 아주 고마우신 말씀이군요. 페켐 장군을 위한 소금기 없는 식사와 드리들 장군을 위한 기름기 없는 식사부터 시작하시죠."

"연필을 꺼낼 때까지 잠깐 기다리게. 다음은 뭐지?"

"삼나무 목재요."

"삼나무 목재?"

"레바논에서 오죠."

"레바논?"

"레바논에서 오는 삼나무 목재는 오슬로의 목재소로 가서 코드 곳의 건축업자를 위해 널빤지로 만들죠. 배달 즉시 현금 지불입니다. 그리고 완두콩이 있습니다."

"완두콩?"

"대양을 건너고 있는 중입니다. 애틀랜타에서 출발해 바다를 건너고 있는 몇 척의 배에 실린 완두콩은 네덜란드로 가지고 가 빈에서 MIF로 내야 할 치즈의 대가로 제네바로 운송할 튤립을 위한 값을 치르죠."

"MIF라니?"

"현금 우선이라는 뜻이죠. 합스부르크도 비틀비틀하니까요."

"마일로."

"그리고 플린트의 창고에 있는 도금한 아연을 잊지 마세요. 플린트로부터 차량으로 네 대분의 도금한 아연이 FOB[48]로 18일 정오 이전에 다마스쿠스에 있는 제련소까지 비행기로 운송되어야 합니다. 캘커타는 열흘간 2퍼센트 EOM 조건입니다. 우리가 하르툼에서 C-47 수송기 한 대 반 적재량에 상당하는 반쯤 말린 대추야자를 사기 위해서 삼베를 메서슈미트로 하나 가득 베오그라드에 도착시켜야 합니다. 우리가 리스본

48) 본선 인도 가격, 파는 사람이 배에 짐을 싣기까지의 비용을 부담한다.

에 포르투갈 새우를 되팔아 생기는 돈은, 머매러넥으로부터 우리에게로 되돌아오는 이집트 목화를 사고, 스페인에서 돈이 닿는 대로 오렌지를 구하는 데 쓰세요. 나란자스(Naranjas)는 항상 현찰을 줘야 합니다."

"나란자스라니?"

"스페인에서는 오렌지를 그렇게 부르는데, 그건 스페인 오렌지를 뜻하죠. 그리고…… 아, 그래요. 필트다운인[49]을 잊지 마세요."

"마일로."

"프랑스는 우리가 보내 줄 수 있다면 풀빵을 얼마든지 살 터이고, 제 생각엔 그것도 손을 대는 것이 좋을 듯합니다. 말린 대추야자를 살 때 필요한 페니히[50]를 구하는 데 쓸 리라[51]를 얻으려면 프랑이 필요하기 때문이죠. 전 또한 신디케이트의 모든 식당에 일정 비율로 분배할 발사(Balsa)[52] 목재를 엄청나게 많이 페루에 주문했습니다."

"발사 목재? 식당에서 발사 목재는 뭣에다 쓰는데?"

"요즈음에는 좋은 발사 목재를 구하기가 쉽지 않아요, 대령님. 그것을 살 수 있는 기회를 그냥 지나쳐 버린다는 건 좋지

49) 유사 이전의 인류로 그 두개골이 영국 서섹스주의 필트다운에서 발견되었으나 나중에 가짜로 판명되었다.

50) 독일의 화폐 단위.

51) 이탈리아의 화폐 단위.

52) 뗏목이나 부유물을 뜻하는 스페인어. 남아메리카 열대 지역 원산. 부력성이 강하다.

않다는 생각이 들었기 때문에 그런 겁니다."

"그래, 그렇겠지." 뱃멀미를 일으키는 사람처럼 멍한 얼굴로 캐스카트 대령은 감탄했다. "그리고 가격은 적당하겠지?"

"가격은 기가 막히게 비쌌어요." 마일로가 말했다. "정말로 엄청났죠! 하지만 우리 자회사에서 샀기 때문에 우린 기꺼이 지불했습니다. 가죽도 잘 처리하시고요."

"무슨 가죽?"

"가죽요."

"가죽?"

"가죽요. 부에노스아이레스에 있습니다. 무두질을 해야죠."

"무두질?"

"뉴질랜드에서요. 그리고 봄에 얼음이 녹기 전에 NMIF로 헬싱키까지 운반해야죠. 봄에 얼음이 녹기 전에 핀란드로 가는 건 모두 NMIF예요."

"NMIF라니, 현금을 미리 내지 않는다는 뜻인가?" 캐스카트 대령이 어림짐작을 했다.

"훌륭해요, 대령님. 대령님은 소질이 있군요. 그리고 코르크도 있죠."

"코르크?"

"그건 뉴욕으로 보내야 하고, 신발은 툴루즈로, 햄은 태국으로, 못은 웨일스로, 그리고 밀감은 뉴올리언스로 갑니다."

"마일로."

"뉴캐슬에는 석탄이 있습니다, 대령님."

캐스카트 대령은 두 손을 번쩍 들었다. "마일로, 그만해!" 그는 울음을 터뜨리려고 하면서 소리를 질렀다. "소용이 없어. 자넨 나하고 마찬가지야……. 없어서는 안 될 인물이지!" 그는 연필을 옆으로 밀어 놓고 미친 듯이 화를 내며 일어섰다. "마일로, 자넨 예순네 번의 출격을 더 나갈 수 없어. 자넨 한 번이라도 출격을 더 나가면 안 돼. 자네한테 무슨 일이 일어났다가는 전체 조직이 산산조각이 나겠어."

마일로는 흐뭇한 고마움을 느끼며 엄숙히 머리를 끄덕였다. "대령님, 그럼 제가 출격을 더 나가는 걸 금지시키는 건가요?"

"마일로, 난 자네가 출격을 더 나가는 걸 금지시키겠어." 준엄하고 굽힐 줄 모르는 권위가 담긴 목소리로 캐스카트 대령이 선언했다.

"하지만 그건 공정치 않아요, 대령님." 마일로가 말했다. "제 기록은 어떡하고요? 다른 사람들은 모두 명예와 훈장에 명성도 얻죠. 어째서 전 취사 장교 일을 잘한다는 이유 하나만으로 형벌을 받아야 합니까?"

"아냐, 마일로, 그건 공정치 못하지. 하지만 우리가 어떻게 손을 써야 할지 난 전혀 모르겠어."

"혹시 저 대신 출격할 다른 사람을 구할 수 있을지도 모르죠."

"하지만 혹시 자네 대신 출격을 나갈 다른 사람을 구할 수 있을지도 몰라." 캐스카트 대령이 제안했다. "펜실베이니아와 웨스트버지니아에서 파업하고 있는 석탄 탄광의 광부들은 어떨까?"

마일로는 머리를 저었다. "그들을 훈련시키려면 시간이 너무 많이 걸려요. 하지만 비행 중대 안에 있는 사람을 쓰면 어떨까요, 대령님? 뭐니 뭐니 해도 전 그들을 위해서 이 모든 일을 하고 있죠. 그들은 그 보답으로 기꺼이 저를 위해 뭔가 해 줄 겁니다."

"하지만 비행 중대 안에 있는 사람을 쓰면 어떨까, 마일로?" 캐스카트 대령이 탄성을 올렸다. "뭐니 뭐니 해도 자넨 그들을 위해서 이 모든 일을 하고 있어. 그들은 그 보답으로 기꺼이 자네를 위해 뭔가 해 줄 거야."

"공평한 게 공평한 거죠."

"공평한 게 공평한 거지."

"그들은 돌아가면서 차례로 할 수도 있겠죠, 대령님."

"그들은 차례로 돌아가면서 자네를 위해 출격을 나갈 수도 있을 거야, 마일로."

"실적은 누구에게로 돌아가나요?"

"실적은 자네에게로 돌아가지, 마일로. 그리고 자네를 위해서 출격을 했다가 누가 훈장을 타게 되면, 그 훈장은 자네가 타는 거야."

"그 사람이 죽게 되면 누가 죽죠?"

"그야 물론 그 사람이 죽지. 어쨌든 공정한 게 공정한 거야, 마일로. 한 가지 문제가 있어."

"대령님은 출격 횟수를 올려야만 되겠죠."

"난 다시 출격 횟수를 올려야만 될지도 모르고, 사람들이 그 출격을 나가 줄는지 궁금하군. 내가 횟수를 칠십 회로 올렸다고 그들은 상당히 화가 나 있으니까. 만일 내가 정규 장교

가운데 하나라도 비행을 더 하게 할 수만 있다면 아마 나머지도 그대로 따라오겠지."

"네이틀리는 출격을 더 나갈 거예요, 대령님." 마일로가 말했다. "꼭 비밀을 지킨다고 하면서 얼마 전에 제가 얘기를 들은 바로는, 그가 사랑하게 된 여자하고 해외에 남기 위해서라면 그는 무슨 짓이라도 할 거라고 그러더군요."

"네이틀리는 비행을 더 할 거야!" 캐스카트 대령이 선언하고는 두 손을 모아 승리의 박수를 쳤다. "그래, 네이틀리는 비행을 더 할 거야. 그리고 이번엔 당장 비행 횟수를 팔십 회로 올리고, 드리들 장군의 눈깔이 나오게 하겠어. 그러면 그 거지 같은 쥐새끼 요사리안을 다시 전투에 내보내서 죽게 할 수가 있어."

"요사리안요?" 마일로의 단순하고 순박한 얼굴에 깊은 근심의 경련이 스쳤고, 그는 생각에 잠겨 불그스름한 갈색 콧수염 끝을 긁적거렸다.

"그래, 요사리안 말이야. 그 친구가 자기의 출격을 끝냈고, 자기에게는 전쟁이 끝난 것이나 마찬가지라고 그러면서 돌아다닌다는 얘기를 들었지. 좋아, 출격 횟수는 채웠을지도 모르지. 하지만 그 녀석은, 자네의 출격은 끝내지 못했어, 그렇지? 하! 하! 그 친구 정말 놀라겠지!"

"대령님, 요사리안은 제 친구예요." 마일로가 반대했다. "전 그를 다시 전투에 내보낸다는 것에 대하여 어떤 책임도 지고 싶지 않아요. 전 요사리안에게 신세를 많이 졌습니다. 그를 위해서 어떻게 예외를 만들 방법은 없을까요?"

"아, 아냐, 마일로." 그 제안에 충격을 받고 캐스카트 대령은 힘주어 혀를 찼다. "우린 편애해서는 절대로 안 돼. 우린 항상 모든 사람을 똑같이 대우해야지."

"전 요사리안에게는 무엇이나 다 내주고 싶어요." 마일로는 요사리안을 위해서 은근히 뜸을 들였다. "하지만 전 무엇이나 다 가지고 있지는 않으니까 그에게 모든 것을 다 줄 수는 없어요, 그렇죠? 그래서 그는 남들과 마찬가지로 운수에다 맡길 수밖에 없겠죠, 안 그래요?"

"공정한 게 공정한 거야, 마일로."

"예, 대령님, 공정한 게 공정한 거죠." 마일로가 동의했다. "요사리안은 다른 사람들과 다를 바 없으니까, 남들과 다른 어떤 특혜도 기대할 권리가 없어요, 안 그렇습니까?"

"그래, 마일로. 공정한 게 공정한 거니까."

그날 오후 늦게 출격 횟수를 팔십 회로 올린다는 발표를 캐스카트 대령이 일단 통고하자, 요사리안은 전투로부터 자신을 구제할 시간이 없었고, 비행하지 않도록 네이틀리를 설득하거나, 심지어는 캐스카트 대령을 살해하려는 음모를 다시 도브스와 꾸밀 시간도 없었다. 다음 날 새벽에 갑자기 비상이 걸려, 아침 식사가 제대로 준비도 되기 전에 장병들은 트럭으로 몰려가 전속력으로 달려 상황실로 실려 갔다가 다음에는 비행장으로 나갔고, 그곳에서는 덜그럭거리는 연료 트럭들이 비행기의 탱크에 휘발유를 아직도 펌프질해 넣고 있었으며, 병기계(係) 대원들은 정신없이 뛰어다니며 450킬로그램짜리 대형 폭탄을 투하실로 끌어올려 넣느라고 있는 힘을 다해 재빠르게 일했다. 모두들 뛰어다녔고, 연료 트럭들이 일을 끝내자마자 엔진은 발동이 걸려 예열을 올렸다.

정보과의 보고에 의하면, 그날 아침에 독일인들이 라스페치아의 건(乾)독에서 고장 난 이탈리아 순양함을 항구의 입구에 있는 수로로 끌고 가 연합군이 도시를 점령했을 때 항구 시설을 쓰지 못하도록 그 배에 구멍을 뚫어 가라앉힌다는 것이었다. 이때만큼은 군사 정보 보고가 정확했음이 밝혀졌다. 그들이 서쪽으로부터 비행해 들어갔을 때 그 기다란 배는 항구를 반쯤 건너간 다음이었고, 그들은 무척이나 만족스러운 집단적인 자부심으로 그들의 마음을 흡족하게 할 정도로 목표를 명중시킴으로써 그것을 산산조각 냈는데, 그러다 보니 그들은 밑에 있는 거대한 편자 같은 산악 지대의 모든 굴곡 부분에서 쏘아 올리는 고사포의 엄청난 포화에 휩싸이고 말았다. 도망치려면 얼마나 먼 거리를 벗어나야 하는지 알게 되자 하버마이어까지도 능력이 닿는 한 마구 회피 동작을 했고, 자기의 편대에서 조종간을 잡고 있던 도브스는 이쪽으로 가야 할 때면 저쪽으로 갔고, 그러다가 그의 비행기로 옆에서 따라오던 비행기를 스쳐 꼬리를 잘라 버렸다. 그의 비행기는 날개가 송두리째 떨어져 나가서 바위처럼 추락해 순식간에 시야에서 사라졌다. 불도 없었고, 연기도 없었고, 조금이라도 이상한 소리도 전혀 없었다. 점점 가속도를 일으키면서 직선으로 기수부터 비행기가 떨어지자 나머지 날개는 빙빙 도는 시멘트 믹서처럼 무겁게 회전하다가 물에 떨어져, 그 충격으로 검푸른 바다에는 하얀 수련처럼 거품이 퍼져 나갔고 비행기가 가라앉은 다음에 능금처럼 초록빛인 거품의 분수가 다시 밀려 들었다. 몇 초 사이에 모든 일이 끝났다. 낙하산도 없었다. 그리고 다른 비행기에 탔던 네이틀리도 죽었다.

36
지하실

네이틀리의 죽음으로 군목도 거의 죽을 뻔했다. 태프먼 군목이 그의 천막 안에 앉아서 독서용 안경을 쓰고 서류를 뒤지며 고생하고 있는데 전화가 울리더니 비행장에서 공중 충돌에 대한 소식을 그에게 알려 주었다. 그의 뱃속은 당장 마른 진흙처럼 변했다. 전화를 내려놓는 그의 손이 떨렸다. 다른 쪽 손도 떨리기 시작했다. 그 사고는 생각만 해도 너무나 엄청난 것이었다. 열두 사람이 죽었다니……. 얼마나 끔찍하고, 얼마나, 정말 얼마나 무서운 일인가! 공포감이 점점 더 심해졌다. 그는 본능적으로 요사리안과 네이틀리와 헝그리 조와 다른 친구들이 피해자 명단에 오르지 않았기를 기도했지만, 그들의 안전을 위해 기도를 드린다는 것은 따지고 보면 그가 알지도 못하는 다른 젊은이들이 죽기를 비는 셈이어서, 그는 회개하며 자신에 대해서 화를 냈다. 기도를 하기에는 너무 늦었지만,

그가 할 줄 아는 것이라고는 그것뿐이었다. 그의 심장은 어디선가 바깥에서 들려오는 듯한 소리를 내며 방망이질했고, 그는 이제 다시 치과 의자에 앉거나, 수술 도구를 쳐다보거나, 자동차 사고를 보거나, 밤에 소리치는 목소리를 듣게 되면 가슴이 이렇게 마구 두근거리고 죽음에 대한 공포를 느끼리라. 그는 누가 주먹을 휘두르며 싸우는 것만 보면 졸도해서 길바닥에 부딪혀 두개골이 깨지거나 치명적인 심장마비나 뇌출혈을 일으킬 것 같았다. 그는 아내와 세 아이들을 다시 볼 날이 있을지 정말 궁금했다. 그는 블랙 대위가 모든 여자들의 정절과 성격에 대해서 그의 마음속에 그토록 강력한 의심을 심어 놓은 지금 과연 아내를 다시 봐야 할지 궁금했다. 그녀를 섹스로 더 만족시켜 줄 만한 다른 남자들이 너무나 많다고 그는 느꼈다. 이제 그는 죽음을 생각하면 항상 아내를 생각했으며, 아내를 생각하면 언제나 그녀를 잃으리라는 생각을 하게 되었다.

조금 있다가 군목은 일어설 만한 기운을 차리고는 휘트콤 병장을 찾으러 마지못해서 음울하게 옆문으로 갔다. 그들은 휘트콤 병장의 지프를 타고 갔다. 군목은 무릎에 얹어 놓은 두 손이 떨리지 않도록 주먹을 꽉 움켜쥐었다. 그는 이를 악물고는 그 비극적인 사건에 대해 신이 나서 재잘대는 휘트콤 병장의 얘기를 듣지 않으려고 애썼다. 열두 사람이 죽었다는 사실은 캐스카트 대령의 이름을 서명한 애도의 편지 열두 장을 한꺼번에 희생자의 가장 가까운 친지에게 보냄으로써 부활절에 때를 맞춰 《새터데이 이브닝 포스트》에 캐스카트 대령에 대한 기사가 실리리라는 희망을 휘트콤 병장이 얻게 되었음을 뜻했다.

비행장에는 무거운 침묵이 흐르고 있었으며, 그 침묵을 깨뜨릴 만한 자들까지도 무자비하고 무감각한 마력 같은 압도적인 힘에 굴복해서 꼼짝도 하지 않았다. 군목은 두려움에 휩싸였다. 그는 여태껏 그토록 거대하고 소름끼치는 적막감을 겪어 본 적이 없었다. 거의 200명에 가까운, 지치고 앙상하고 풀죽은 사람들이 낙하산 꾸러미를 들고, 상황실 밖에서 꼼짝 않고 음울하게 무리를 짓고, 얼이 빠져 제각기 다른 방향을 멍하니 쳐다보았다. 그들은 움직일 수가 없었고, 가기가 싫은 듯싶었다. 군목은 그들에게로 가까이 가면서 그의 발이 내는 희미한 소리를 예민하게 의식했다. 그의 눈은 바쁘게, 미친 듯이 흐늘흐늘하고 꼼짝 않는 사람들의 미궁을 훑어보았다. 그는 마침내 요사리안이 눈에 띄자 엄청난 기쁨을 느꼈는데, 멍청하고 깊은 절망이 담긴 요사리안의 패배하고 음산한 표정을 생생하게 보자 참을 수 없는 공포를 느끼며 천천히 입이 벌어졌다. 그는 네이틀리가 죽었다는 사실을 당장 깨닫고는 고통을 느끼며 애원하고 항의하는 듯 얼굴을 찌푸리면서 머리를 흔들었다. 그 깨달음은 그에게 아찔한 충격을 주었다. 그는 자기도 모르게 흐느꼈다. 그의 다리에서 피가 말라 버렸고, 고꾸라질 듯한 기분이 들었다. 네이틀리는 죽었다. 그가 잘못 알지 않았나 하는 희망은, 그가 갑자기 처음으로 의식하게 된 웅얼거리는 목소리들이 들릴락 말락 하는 소음 속에서, 이제는 뚜렷하게 반복해서 들리는 네이틀리의 이름 소리와 더불어 사라졌다. 네이틀리는 죽었다. 그 청년은 죽어 버렸다. 군목의 목구멍에서 흐느낌 소리가 울려 나왔고, 그의 턱이 떨리기 시작했다. 그의 눈에는 눈물이 가득했고, 그는 울고 있었다. 그는 요사리안과 함께 슬퍼하고 그의 말없는 슬픔을 나누기 위해서 발돋움을 하고 그에게로 다가가기 시작했다. 그 순간에 손 하나가 그의 팔을 거칠게 움켜쥐었고, 무뚝뚝한 목소리로 물었다.

"태프먼 군목인가?"

그가 놀라서 얼굴을 돌리니, 머리가 크고 콧수염이 나고 피부는 매끄럽고 불그레하며, 건장하고 험상궂은 중령이 눈에 띄었다. 그는 그 남자를 전에 한 번도 본 적이 없었다. "예, 왜 그러시죠?" 움켜쥔 손가락 때문에 군목의 팔이 아팠고, 몸을 빼려고 몸부림을 쳤지만 소용이 없었다.

"따라와."

군목은 겁이 나고 당황해서 뒷걸음질을 쳤다. "어디로요? 왜요? 한데 당신은 누구죠?"

"우리하고 같이 가는 것이 좋을 것 같소, 신부님." 군목의 다른 쪽에 있던, 얼굴이 독수리 같고 야윈 소령이 구슬픈 존경심을 나타내며 말을 거들었다. "우린 정부에서 나왔어요. 당신한테 물어볼 것들이 있습니다."

"무얼 물어봐요? 왜 이래요?"

"자네 태프먼 군목 아냐?" 뚱뚱한 중령이 물었다.

"그 사람 맞아요." 휘트콤 병장이 대답했다.

"따라가요." 블랙 대위는 잔혹하고 경멸적인 냉소를 띠고 군목에게 소리를 질렀다. "몸이 성하고 싶다면 차에 타요."

그들의 손이 군목을 꼼짝도 못 하게 끌고 갔다. 그는 도와 달라고 요사리안에게 소리를 지르고 싶었지만, 그는 너무 먼 곳에 있었다. 근처에 있던 사람 몇 명이 호기심을 느끼면서 그를 쳐다보았다. 군목은 화끈거리는 수치를 느끼며 얼굴을 돌리고는 차에 올라서 얼굴이 빨갛고 커다란 뚱뚱보 중령과 깡마르고 욕심 많고 의기소침한 소령의 사이에 자리를 잡았다. 그는 혹시 그들이 수갑을 채우고 싶어 하는지 궁금한 생각이 잠깐 들어서 두 사람에게 손목을 한쪽씩 내밀었다. 호루라기를 휴대하고 하얀 헬멧을 쓴 키가 큰 헌병 한 사람이 운전석으로 올라왔다. 문을 닫은 차가 기우뚱거리며 그곳을 나가 울퉁불퉁하고 표면이 새까만 길 위로 바퀴가 울부짖는 소리를 내며 달릴 때까지 군목은 감히 눈을 들지 못했다.

"날 어디로 데리고 가는 거요?" 아직도 눈길을 피하면서 그는 죄의식을 느끼고 소심한 목소리로 나지막하게 물었다. 그들이 그를 체포한 까닭은 공중 충돌 사고와 네이틀리의 죽음을 추궁하기 위해서인지도 모른다는 생각이 들었다. "내가 뭘 했다고 그래요?"

"자네 왜 아가리 닥치고 질문은 우리가 하게 놔두지그래?" 중령이 말했다.

"저 사람한테 그런 식으로 얘기하지 말아요." 소령이 말했다. "그렇게 불손하게 대할 필요는 없어요."

"그렇다면 저 친구한테 아가리를 닥치고 질문은 우리가 하게 놔두라고 귀관이 말해 줘."

“신부님, 아가리를 닥치시고 질문은 우리가 하게 놔두기를 부탁드립니다.” 소령이 동정적으로 부탁했다. “그러는 것이 당신한테 좋을 테니까요.”

“나더러 신부님이라고 그럴 필요는 없어요.” 군목이 말했다. “난 가톨릭이 아네요.”

“나도 아닙니다, 신부님.” 소령이 말했다. “다만 난 무척 독실한 사람이어서, 모든 성직자들을 신부님이라고 부르기를 좋아할 따름이죠.”

“소령은 개인호 속에 무신론자들이 있다는 사실조차 믿지 않지.” 중령이 조롱하고는 친근하게 군목의 옆구리를 쿡쿡 찔렀다. “어서 얘기를 해 줘, 군목. 개인호에 무신론자들이 있나?”

“모르겠어요, 중령님.” 군목이 대답했다. “난 개인호에는 들어가 본 적이 없으니까요.”

앞에 있던 장교는 싸울 듯한 표정으로 재빨리 머리를 뒤로 돌렸다. “당신은 천당에도 가 본 적이 없지, 안 그래? 하지만 당신은 천당이 있다는 걸 알지, 안 그래?”

“정말 알아?” 중령이 말했다.

“당신이 범한 건 아주 중대한 범죄예요, 신부님.” 소령이 말했다.

“무슨 범죄요?”

“우린 아직 몰라.” 중령이 말했다. “하지만 우린 알아낼 거야. 그리고 그것이 무척 중대한 것이라는 사실을 우리는 알아.”

자동차는 타이어에서 끼익 소리를 내며 비행 대대 본부에서 방향을 바꿔 길을 벗어났고, 속도는 약간만 늦추고서 주차장을 지나 건물의 뒤쪽으로 갔다. 세 장교와 군목이 내렸다. 한 줄로 늘어선 그들은 군목을 안내해 지하실로 연결된 흔들흔들하는 나무 층계를 내려가서, 시멘트 천장이 나지막하고 돌 벽은 완성되지 않은 눅눅하고 음울한 방으로 데리고 들어갔다. 모퉁이와 구석마다 거미줄이 있었다. 커다란 지네 한 마리가 땅바닥을 휙 지나서 수도관의 피신처로 도망쳤다. 그들은 작고 썰렁한 탁자 뒤에 서 있는 딱딱하고 등받이가 곧은 의자에다 군목을 앉혔다.

"편안한 자세를 취하시지, 군목." 중령은 예의 바르게 청하고는 눈부신 스포트라이트를 켜서 곧장 군목의 얼굴에다 비추었다. 그는 청동 손매듭[53]과 성냥 한 갑을 탁자 위에 놓았다. "우린 자네가 긴장을 풀기를 바라."

믿기지가 않는다는 듯 군목의 눈이 휘둥그레졌다. 그는 이빨이 덜덜 떨렸고 팔다리에는 힘이 하나도 없었다. 그는 무력했다. 그들이 그에게 무슨 짓이라도 마음 내키는 대로 할 수 있음을 그는 깨달았는데, 이 무자비한 남자들은 이곳 지하실에서 그를 때려죽일 수도 있었으며, 얼굴이 날카롭게 생긴 독실하고 동정적인 소령은 혹시 어떨지 모르지만 아무도, 그 어느 누구도 그를 구하려고 하지 않을 터였는데, 소령은 요란한 소리를 내며 물이 싱크대로 똑똑 떨어지도록 수도꼭지를 조절해 놓고는 탁자로 돌아와서 청동 손매듭 옆에다 묵직한 고무 호스를 길게 놓았다.

---

53) 불량배들이 손가락에 끼워서 구타하는 도구.

"아무 일도 없을 겁니다, 군목님." 소령이 격려했다. "죄가 없다면 무서워할 것이 없어요. 당신은 뭘 그렇게 무서워하죠? 당신은 죄가 없어요. 안 그래요?"

"물론 죄가 있어." 중령이 말했다. "아주 심한 죄가 있지."

"무슨 죄요?" 점점 더 당황하고 누구에게 자비를 베풀어 달라고 애원해야 할지 모르는 군목이 간청했다. 세 번째 장교는 계급장을 달지 않았는데, 그는 조용히 한쪽으로 물러났다. "내가 뭘 했는데요?"

"우리가 알아내고 싶은 것이 바로 그거야." 중령은 필기장과 연필을 탁자 위에서 군목 쪽으로 밀어 놓으면서 대답했다. "자네 이름을 써 봐, 자네 글씨체로."

"내 글씨체요?"

"그래. 그 종이 아무 데나." 군목이 끝내자 중령은 필기장을 다시 받아서 그가 서류철에서 꺼낸 종이와 겹쳐 쳐들었다. "보여?" 그는, 그의 곁으로 와서 엄숙하게 어깨 너머로 들여다보던 소령에게 말했다.

"같지 않은데요, 그렇죠?" 소령이 말했다.

"그가 한 짓이라고 내가 자네한테 그랬지."

"뭘 해요?" 군목이 물었다.

"군목님, 이건 나한테는 정말 충격적인 일입니다." 무거운 탄식의 어조로 소령이 비난했다.

"뭐가요?"

"내가 당신 때문에 얼마나 실망했는지 차마 얘기할 수가 없군요."

"뭣 때문에요?" 더욱 미친 듯이 군목이 따졌다. "내가 뭘 했다고 말이에요?"

"이것 때문이죠."라고 대답한 소령은 환멸을 느낀 역겨운 태도로 군목이 이름을 쓴 필기장을 탁자 위에다 던졌다. "이건 당신 글씨가 아녜요."

놀란 군목은 빠른 속도로 눈을 깜짝였다. "하지만 그건 물론 내 글씨예요."

"아뇨, 그렇지 않아요, 군목님. 당신은 또 거짓말을 하고 있어요."

"하지만 방금 내가 그걸 썼어요!" 군목은 격분해서 소리쳤다. "당신은 내가 그걸 쓰는 걸 봤고요."

"바로 그거예요." 소령이 고통스럽게 대답했다. "난 당신이 그것을 쓰는 걸 보았어요. 당신이 그것을 썼다는 걸 당신은 부인할 수가 없죠. 자기가 쓴 글씨에 대해서 거짓말하는 사람이라면 무슨 거짓말이라도 다 할 겁니다."

"하지만 내 글씨에 대해서 누가 거짓말을 했다는 말인가요?" 갑자기 속에서 북받쳐 오르는 분노와 짜증 때문에 공포를 잊고 군목이 물었다. "당신 미친 것 아녜요? 당신들 두 사람 다 무슨 얘길 하고 있죠?"

"우린 당신더러 당신 글씨체로 이름을 쓰라고 했어요. 그런데 당신은 그러지 않았죠."

"하지만 난 그대로 했어요. 내 글씨가 아니라면 누구 글씨로 내가 그것을 썼나요?"

"다른 사람 글씨로요."

"누구 글씨요?"

"우리가 알아내려고 하는 것이 바로 그거야." 중령이 위협했다.

"얘기해 봐요, 군목님."

군목은 점점 더 의심과 신경질을 느끼면서 두 사람을 차례로 쳐다보았다. "그 글씨는 내 글씨죠." 그는 열정적으로 주장했다. "그것이 내 글씨가 아니라면 내 글씨는 도대체 어디 있나요?"

"바로 여기 있지." 중령이 말했다. 그리고 아주 자신 있는 태도로 그는 "사랑하는 메리."라는 인사말 이외에는 모든 글자를 지워 버렸고, 그 위에다 검열 장교가 "당신을 비극적으로 그리워하오. 미 육군 군목 A. T. 태프먼."이라고 써넣은 군사 우편 편지의 복사물을 탁자에다 던졌다. 중령은 군목의 얼굴이 새빨개지는 것을 보고는 비꼬듯이 미소를 지었다. "자 어때, 군목? 저것을 누가 썼는지 알겠나?"

군목은 한참 있다가 대답했는데, 요사리안의 글씨를 알아보았기 때문이었다. "아뇨."

"하지만 자넨 글을 읽을 줄 알겠지, 안 그래?" 중령은 비웃으면서 참았다. "글을 쓴 사람이 자기 이름을 적어 넣었잖아."

"저건 내 이름이죠."

"그럼 그건 자네가 썼어. 당연지사지."

"하지만 그것은 내가 쓰지 않았어요. 내 글씨도 아니고요."

"그렇다면 자넨 다른 사람의 글씨로 자네 이름을 적어 넣은 거야." 중령이 어깨를 추스르며 반박했다. "그렇게밖에는 설명이 안 되지.”

“아, 이건 참 한심한 일입니다!” 갑자기 참을성을 모두 잃고 군목이 소리를 질렀다. 두 주먹을 불끈 쥐고 그는 끓어오르는 분노를 느끼며 벌떡 일어섰다. “난 이제 더 이상 참을 수가 없어요! 알겠어요? 방금 열두 명이 죽었고, 난 이런 어리석은 질문으로 낭비할 시간이 없고, 이걸 그냥 참고만 있지는 않겠어요.”

한마디 말도 없이 중령은 군목의 가슴을 힘껏 밀어서 그를 다시 의자에 앉혔고, 군목은 갑자기 힘이 빠지고 다시금 무척 겁이 났다. 소령은 기다란 고무호스를 집어 들더니 위협적으로 그의 펼친 손바닥에다 두드렸다. 중령은 성냥갑을 집어 들더니 성냥개비 하나를 꺼내 그을 준비를 하고는 부라린 눈으로 군목에게 반항할 기색이 또 나타나기만을 기다렸다. 군목은 얼굴이 창백했고, 너무나 소스라치게 놀라서 움직일 수도 없었다. 스포트라이트의 눈부신 불빛에 그는 결국 얼굴을 돌렸으며, 똑똑 수도꼭지에서 떨어지는 물소리는 점점 커져서 참을 수가 없을 지경이 되었다. 그는 무엇을 자백해야 되는지를 자기가 알 수 있도록 그들이 무엇을 원하는지 그에게 얘기해 주기를 바랐다. 중령의 신호에 따라 세 번째 장교가 벽 쪽에서 천천히 걸어와 탁자 맞은편, 군목과 겨우 몇 센티미터 떨어진 곳에 자리를 잡는 동안 그는 긴장해서 기다렸다. 그의 얼굴은 무표정했고, 눈은 차갑고 꿰뚫어보는 듯했다.

“불을 꺼.” 그는 어깨 너머를 향해 나지막하고 침착한 목소리로 말했다. “무척 눈에 거슬리는구먼.”

군목은 고마움을 뜻하는 자그마한 미소를 그에게 보냈다.

"고맙습니다. 그리고 물 떨어지는 소리도요."

"그건 그냥 놔둬." 장교가 말했다. "난 그건 아무렇지도 않으니까." 그는 깔끔한 주름을 구기지 않으려는 듯 바지 자락을 끌어올렸다. "군목." 그는 무관심하게 물었다. "자넨 어느 종파에 속하지?"

"전 재침례교파입니다."

"그건 무척 수상한 종교구먼, 안 그래?"

"수상하다니요?" 순진한 놀라움을 나타내면서 군목이 물었다. "어째서 그런가요?"

"내가 그걸 전혀 모르니까 그렇지. 자넨 그걸 인정해야 해, 그렇지? 그러니까 그건 상당히 수상해지는 것이 아닐까?"

"모르겠습니다." 불안하게 말을 더듬으면서 군목은 외교적으로 대답했다. 그는 그 남자의 계급장이 없어서 마음이 산란해짐을 느꼈고, 존칭어를 꼭 써야 되는지도 궁금했다. 그는 누구인가? 그리고 무슨 권한으로 그는 자기를 심문하나?

"군목, 난 라틴어를 배운 적이 있어. 다음 질문을 내가 하기 전에 그것을 말해 두는 것이 공평하리라는 생각이 들어. 재침례교파(Anabaptist)는 침례교파(Baptist)가 아니라는 뜻에 불과한 것 아냐?"

"아, 아닙니다. 그 이상의 뜻이 있죠."

"자넨 침례교파인가?"

"아뇨."

"그럼 자넨 침례교파가 아냐, 그렇지?"

"예?"

"왜 그 문제를 놓고 나한테 따지고 드는지 모르겠군. 자넨 벌써 그걸 인정했어. 자, 군목. 자네가 침례교파가 아니라는 말은 자네가 어떤 사람이냐 하는 것에 대해서는 사실상 아무것도 밝혀 주지 않아. 그렇지? 자네가 누구인지는 전혀 알 수가 없지." 그는 조금 앞으로 몸을 숙이고는 예민하고 의미심장한 태도를 취했다. "자넨 워싱턴 어빙일 수도 있어, 안 그래?"

"워싱턴 어빙요?" 군목이 놀라서 말을 되풀이했다.

"이러지 마, 워싱턴." 살이 찐 중령이 화를 내며 불쑥 말했다. "왜 속 시원히 털어놓지를 않지? 우린 자네가 플럼 토마토를 훔쳤다는 걸 알아."

잠깐 충격을 느끼고 난 다음에 군목은 불안한 안도감을 느끼며 낄낄 웃었다. "아, 그 얘기군요!" 그는 소리쳤다. "이제야 이해가 가는군요. 난 그 플럼 토마토를 훔치지 않았습니다. 그건 캐스카트 대령이 나한테 준 거예요. 내 말을 못 믿겠다면, 그에게 물어봐도 좋습니다."

방의 다른 쪽에서 문이 열리더니 벽장에서 나오기라도 하는 듯 캐스카트 대령이 지하실로 들어섰다.

"안녕하세요, 대령님. 대령님, 당신이 그 플럼 토마토를 주었다고 이 사람이 주장하더군요. 그런가요?"

"내가 왜 그에게 플럼 토마토를 줍니까?" 캐스카트 대령이 대답했다.

"고맙습니다, 대령님. 그만하면 됐어요."

"상관없어요, 중령." 캐스카트 대령이 대답하고는 지하실에서 다시 밖으로 나가더니 문을 닫았다.

"어때, 군목, 이제 할 말이 무언가?"

"그가 정말 그것을 나에게 주었어요!" 군목은 겁에 질리기도 하고 사납기도 한 목소리로 이를 악물고 나지막하게 대답했다. "그가 정말 나한테 그것을 주었어요!"

"자넨 자네 상관을 거짓말쟁이라고 하는구먼, 그렇지, 군목?"

"자네 상관이 무엇 하러 자네한테 플럼 토마토를 주지, 군목?"

"그래서 당신은 그걸 휘트콤 병장에게 주려고 했나요, 군목님? 그것이 훔친 토마토이기 때문에요?"

"아뇨, 아뇨, 아뇨." 어째서 그들이 이해를 못 하는지 궁금하게 여기면서 군목은 항변했다. "난 그것을 원하지 않았기 때문에 휘트콤 병장에게 주었어요."

"그것을 원하지 않았다면 왜 캐스카트 대령에게서 그것을 훔쳤지?"

"난 그걸 캐스카트 대령한테서 훔치지 않았어요!"

"만일 자네가 그것을 훔치지 않았다면, 왜 자넨 그렇게 죄가 많지?"

"난 죄가 없어요!"

"만일 자네한테 죄가 없다면 무엇 하러 우리가 자넬 심문하나?"

"아, 난 모르겠어요." 무릎에 놓인 손가락을 비틀고, 숙인 머리를 고통스럽게 저으면서 군목이 신음했다. "모르겠어요."

"저 사람은 우리가 시간이 남아서 이러는 줄 아나 봐요." 소령이 코웃음을 쳤다.

"군목." 펼쳐 놓은 서류철에서 타자로 친 노란 종이를 한 장 집어 들면서 계급장이 없는 장교가 더욱 한가한 투로 다시 말을 계속했다. "캐스카트 대령에게서 자네가 그 플럼 토마토를 훔쳤다고 주장하는, 대령이 서명한 진술서가 여기 있어." 그는 서류철의 한쪽 옆에다 그 종이를 엎어 놓고는 다른 쪽에서 두 번째 종이를 집어 들었다. "그리고 자네가 그것을 휘트콤 병장에게 떠맡기려는 태도를 보고 그것이 훔친 물건임을 알았다고 휘트콤 병장이 진술하고 인증한 구술서도 가지고 있어."

"하느님께 맹세하는데, 난 그걸 훔치지 않았습니다." 울음을 터뜨리려고 하면서 낙심한 군목이 애걸했다. "그것이 훔친 토마토가 아니라는 걸 맹세합니다."

"군목, 자네 하느님을 믿나?"

"예, 물론 믿죠."

"그것 참 묘하군, 군목." 서류철에서 또 다른 노란 종이를 꺼내면서 장교가 말했다. "출격할 때마다 상황실에서 기도회를 거행하자는 제안에 자네가 협조를 거절했다고 캐스카트 대령이 주장하는 또 다른 진술서가 여기 내 손에 있으니까 말야."

잠깐 동안 멍한 표정을 지은 다음에 군목은 생각이 났다는 듯 재빨리 머리를 끄덕였다. "아, 그건 사실이 아닙니다." 그는 열을 올리며 설명했다. "사병들이 장교들과 똑같은 하느님에게 기도를 드린다는 걸 깨닫고 캐스카트 대령 자신이 그 계획을 포기했습니다."

"대령이 어쨌다고?" 못 믿겠다는 듯 장교가 탄성을 올렸다.

"어처구니없는 얘기구먼!" 얼굴이 빨개진 중령이 소리를 지르고는 짜증이 나 위엄을 부리며 군목에게서 몸을 돌렸다.

"저 사람은 우리가 그 말을 믿기를 바라나요?" 소령이 기가 차다는 듯 소리쳤다.

계급장이 없는 장교가 아니꼽다는 듯 킬킬 웃었다. "군목, 자넨 과장이 너무 심한 것 같지 않아?" 그는 우호적이 아닌, 자만심에 찬 미소를 지으며 물었다.

"하지만 그건 사실입니다! 사실이라고 난 맹세해요."

"그것이 무슨 상관이 있다는 건지 난 모르겠어." 장교는 태연하게 말하고는 종이가 가득한 서류철로 다시 손을 뻗었다. "군목, 자넨 내가 한 질문에 하느님을 믿는다고 대답했던가? 기억이 안 나는데."

"예, 그렇게 말했어요. 난 정말로 하느님을 믿습니다."

"그렇다면 그건 정말 무척 묘하군, 군목. 무신론이 위법이 아니라고 자네가 언젠가 얘기했다고 캐스카트 대령이 진술하고 인증한 구술서도 여기 있으니까 말야. 어떤 사람에겐가 자네가 그런 진술을 한 적이 있다는 걸 기억하나?"

이제는 상당히 의지할 만한 근거가 생겼다고 느끼면서 군목은 서슴지 않고 머리를 끄덕였다. "예, 난 그런 진술을 했어요. 그것이 사실이기 때문에 난 그런 말을 진술했습니다. 무신론은 위법이 아니죠."

"하지만 그렇다고 그런 말을 꼭 해야 할 이유는 없지, 군목, 안 그래?" 얼굴을 찌푸리면서 장교는 신랄하게 말하고, 서류철에서, 타자로 치고 인증이 된 서류를 또 하나 꺼냈다. "그리고 전투에서 사망했거나 부상당한 사람의 가장 가까운 친지에게 캐스카트 대령의 이름으로 애도의 편지를 보내자는 계획을 자네가 반대했다고 휘트콤 병장이 선서한 진술서도 여기 있어. 그게 정말인가?"

"예, 난 정말 반대했어요." 군목이 대답했다. "그리고 난 그 행동을 자랑스럽게 생각합니다. 그 편지들은 진실되지도 못하고 정직하지도 않아요. 그 편지의 유일한 목적이라고는 캐스카트 대령에게 영광을 가져다준다는 것뿐이었죠."

"하지만 그것이 어쨌다는 거야?" 장교가 되물었다. "그 편지는 그것을 받는 가족에게는 그래도 위안과 마음의 평화를 가져다줄 텐데. 안 그런가? 군목, 난 자네의 사고방식을 이해할 수가 없어."

군목은 말문이 막혀 전혀 대답할 수가 없었다. 그는 혀가 돌아가지 않고, 어리석어진 기분을 느끼며 머리를 떨어뜨렸다.

갑자기 묘안이 생각난, 얼굴이 불그스레하고 건장한 중령이 씩씩하게 앞으로 나섰다. "이 사람이 술술 불게 혼을 내 주는 게 어떨까요?" 그는 잔뜩 열을 올리면서 다른 사람들에게 제안했다.

"그래요, 술술 불게 우리가 혼내 줄 수 있어요, 안 그래요?" 얼굴이 독수리 같은 소령이 찬성했다. "기껏해야 재침례교파인걸요."

"아냐, 우선 그의 죄를 밝혀야 해." 계급장이 없는 장교가 맥이 풀려 자제하면서 조심시켰다. 그는 가볍게 땅바닥을 미끄러져 탁자의 다른 쪽으로 가서 두 손으로 탁자를 짚으며 군목을 마주 보았다. 그의 표정은 어둡고 무척 준엄하고 고집스럽고 위압적이었다. "군목." 그는 군주처럼 딱딱한 태도로 말을 꺼냈다. "우린 자네가 워싱턴 어빙이 되어서 제멋대로, 마음 내키는 대로 장교와 사병 들의 편지를 검열했음을 정식으로 고발한다. 자넨 유죄인가, 무죄인가?"

"무죄입니다." 잔뜩 긴장한 군목은 마른 혀로 마른 입술을 핥고는 의자에서 몸을 앞으로 내밀었다.

"유죄요." 중령이 말했다.

"유죄요." 소령이 말했다.

"그렇다면 유죄야." 계급장이 없는 장교가 말하고는 서류철에 있는 종이 한 장에다 뭐라고 써넣었다. "군목." 그는 얼굴을 들고 말을 계속했다. "우린 우리가 아직 알고 있지도 못한 범죄와 위반을 당신이 범했다고 고발한다. 유죄인가, 무죄인가?"

"모르겠어요. 죄목이 뭔지 얘기해 주지도 않는데, 내가 무슨 말을 하겠어요?"

"우리도 모르는데 어떻게 얘기를 해 줘?"

"유죄요." 중령이 결정을 내렸다.

"확실히 유죄입니다." 소령이 찬성했다. "만일 그것들이 그가 저지른 범죄와 위반 사항 들이라면, 그는 그것들을 범했을 겁니다.

"그렇다면 유죄야." 계급장이 없는 장교가 말하고는 방의 다른 쪽으로 갔다. "귀관이 마음대로 처분하게, 중령."

"감사합니다." 중령이 말했다. "정말 훌륭하게 해내셨습니다." 그는 군목에게로 돌아섰다. "좋아, 군목. 이젠 틀렸어. 가 봐."

군목은 이해할 수가 없었다. "나더러 어떻게 하라는 건가요?"

"가. 꺼지라고 했잖아!" 화가 나서 손가락으로 어깨 너머를 가리키며 중령이 소리를 질렀다. "어서 여기서 꺼지란 말야."

군목은 그의 호전적인 말과 어투에 충격을 받았고, 놀랍고도 신기한 일이었지만, 그들이 자기를 풀어 준다는 데 대해서 무척 마음이 상했다. "나를 처벌하지 않는단 말인가요?" 놀라서 수다스러워진 그가 물었다.

"자네 말마따나 우린 틀림없이 자네를 처벌할 거야. 하지만 우리가 언제 어떻게 자네를 처벌해야 할지를 결정하는 동안 자네가 여기서 어물쩍거리게 내버려 둘 수는 없어. 그러니까 가라고, 가."

군목은 어물어물 일어서서 몇 발자국 걸었다. "가도 되나요?"

"지금 당장은. 하지만 섬을 떠날 생각은 말아. 우린 자네의 군번을 알아, 군목. 하루에 스물네 시간 우리가 자네를 감시한다는 걸 잊지 말아야 해."

그가 가도록 그들이 허락한다는 것은 이해가 가지 않았다. 당장이라도 변덕스러운 목소리가 그를 다시 오라고 명령하거나 누가 그의 어깨나 머리를 후려쳐 걸음을 멈추게 하리라고 예상하면서, 그는 머뭇거리며 출구 쪽으로 걸어갔다. 그들은 그를 멈춰 세우려고 하지 않았다. 그는 어둡고 썩은 냄새가 나고 습기 찬 복도에서 층계로 가는 길을 찾아냈다. 그는 숨을 헐떡이고 비틀거리면서 층계를 올라 신선한 공기가 있는 곳으로 나갔다. 그곳을 벗어나자마자 벅찬 도덕적 분노가 그를 휘감았다. 그는 평생 그 어느 때보다도 그날 겪었던 만행에 대해서 더 격분했다. 그는 끓어오르는 악의에 찬 회한으로 충만해서 널찍하고 반향을 일으키는 건물의 로비를 휩쓸고 갔다. 그는 이런 일을 더 이상 참지 않겠다고, 어쨌든 더 이상 참지 않겠다고 혼자 다짐했다. 입구에 다다르자 그는 널따란 층계를 올라오는 콘 중령을 보고는 재수가 좋다고 생각했다. 심호흡을 해서 정신을 가다듬고 군목은 용기를 내어 앞으로 나가 그를 가로막았다.

"중령님, 난 이제 더 이상 참을 수가 없어요." 그는 열띤 결심을 품고 말하고는, 자기를 쳐다보지도 않고 터벅터벅 층계를 올라가는 콘 중령을 기가 막혀 쳐다보았다. "콘 중령님!"

땅딸막하고 어수룩한 모습의 상관이 걸음을 멈추고 돌아서더니 천천히 되돌아 내려왔다. "왜 그러지, 군목?"

"콘 중령님, 오늘 아침에 있었던 충돌 사고에 대해서 중령님하고 얘기를 하고 싶어요. 그건 무서운 일이었죠, 무서운 일요!"

콘 중령은 독설적인 즐거움의 흥미를 보이면서 군목을 쳐다보고 잠깐 침묵을 지켰다. "그래, 군목. 그건 확실히 무서운 일이었지." 이윽고 그가 말했다. "어떻게 보고서를 써야 우리가 욕을 먹지 않을지 난 모르겠어."

"내 얘기는 그것이 아니었어요." 전혀 겁을 내지 않고 군목이 단호하게 꾸짖었다. "그 열두 명 가운데 몇 사람은 이미 칠십 회 출격을 마친 후였어요."

콘 중령이 웃었다. "그들이 전부 신참이었다면 조금이라도 덜 무서운 일이었을까?" 그가 통렬하게 물었다.

군목은 또 한 번 말문이 막혔다. 어디에서나 부도덕한 논리가 그를 사로잡는 듯했다. 마침내 떨리는 목소리로 이런 말을 했을 때, 그는 어느 때보다도 자신이 없었다. "중령님, 다른 비행 중대에서는 오십 회나 오십오 회의 출격을 마치면 귀국시키는데, 이 비행 중대에서 팔십 회 출격을 시킨다는 건 옳지 않아요."

"그 문제는 고려해 보기로 하지." 싫증이 나서 무관심한 태도로 콘 중령이 말하고는 자리를 뜨려고 했다. "아디오스, 파드레.[54](안녕, 신부.)"

"그게 무슨 소리죠, 중령님?" 목소리가 날카로워지면서 군목이 끈질기게 물었다.

불쾌한 표정으로 걸음을 멈춘 콘 중령이 몇 발자국 다시 내려왔다. "그건 생각해 보겠다는 얘기야, 신부." 그는 경멸과 비웃음을 품고 대답했다. "생각도 해 보지 않고 우리가 무슨 일을 하기는 바라지 않겠지, 안 그런가?"

"아닙니다, 안 그렇겠죠. 하지만 그 생각은 해 봤을 텐데요, 안 그랬나요?"

"그래, 신부, 우린 그 생각을 해 봤지. 하지만 자네 기분이 좋아지게끔 우린 그것을 조금 더 고려해 볼 터이고, 만일 우리가 새로운 결정을 내리게 되면 제일 먼저 자네한테 알려 주겠어. 자, 그럼, 아디오스." 콘 중령은 다시 몸을 돌려 서둘러 층계를 올라갔다.

"콘 중령님!" 군목의 고함 소리에 콘 중령은 다시 걸음을 멈

---

54) Adios, Padre.

추었다. 음울한 짜증이 담긴 표정으로 그는 머리를 천천히 군목에게로 돌렸다. 군목의 입에서 불안한 목소리가 폭포처럼 쏟아졌다. "중령님, 이 문제를 드리들 장군과 의논할 수 있도록 허락해 주시기 바랍니다. 난 비행단 사령부에 항의하고 싶습니다."

콘 중령의 두툼하고 거무스레한 턱이 갑자기 부풀어 억눌렀던 웃음을 터뜨렸고, 그가 대꾸하는 데는 시간이 좀 걸렸다. "그건 좋아, 신부." 엄숙한 표정을 유지하려고 무척 애를 쓰면서 그는 장난기가 어린 유쾌함을 나타내며 대답했다. "드리들 장군과 얘기할 수 있도록 허락하겠네."

"감사합니다, 중령님. 내가 드리들 장군에게는 상당히 영향력이 있다는 사실을 미리 알려 드리는 것이 옳을 듯싶군요."

"알려 줘서 고맙군, 신부. 그리고 나도 자네가 비행단에 가면 드리들 장군을 찾아낼 수 없으리라는 걸 미리 알려 주는 것이 옳을 듯싶다는 생각이 드는구먼." 콘 중령은 사악한 미소를 히죽 짓고는 승리감에 찬 웃음을 터뜨렸다. "드리들 장군은 밀려났어, 신부. 그리고 페켐 장군이 들어섰어. 비행단 사령관이 바뀌었지."

군목은 아연실색했다. "페켐 장군이라고요!"

"그래, 군목. 그 사람한테도 영향력이 있나?"

"이런, 난 페켐 장군은 알지도 못해요." 군목이 비참하게 말했다.

콘 중령이 다시 웃었다. "캐스카트 대령이 그와 잘 아는 사이이고 보니 그것 참 안됐군, 군목." 잠깐 동안 뒷맛을 즐기며 계속해서 한껏 웃어 대더니 콘 중령은 갑자기 웃음을 거두었다. "그리고 한 가지 알려 줄 것이 있어, 신부." 군목의 가슴을 손가락으로 한 번 쿡 찌르면서 그는 차갑게 경고했다. "자네하고 스터브스 군의관은 망했어. 오늘 불만을 얘기하라고 그가 자네를 올려 보낸 걸 우린 잘 알고 있으니까."

"스터브스 군의관요?" 당황한 군목은 항의하는 뜻으로 머리를 저었다. "난 스터브스 군의관은 보지도 못했어요, 중령님. 난 아무런 권한도 없이 나를 지하실로 끌고 내려가서 심문하고 모욕한 세 명의 낯선 장교들에게 이곳으로 끌려왔어요."

콘 중령은 군목의 가슴을 다시 한번 쿡 찔렀다. "자네는, 칠십 회 이상 출격을 나갈 필요가 없다고 비행 중대의 모든 사람에게 스터브스 군의관이 얘기하고 돌아다닌다는 걸 아주 잘 알고 있었지." 그는 거칠게 웃었다. "그렇지만, 군목, 스터브스 군의관은 태평양으로 전출을 보낼 테니까, 그들은 칠십 회 이상 출격을 해야 해. 스터브스 군의관을 태평양으로, 그럼 아디오스, 파드레. 아디오스."

37

셰이스코프 장군

드리들 장군이 밀려나고 페켐 장군이 들어섰는데, 페켐 장군이 드리들 장군의 후임으로 그의 사무실로 옮기자마자 찬란한 군사적 승리는 주위에서 산산조각으로 무너지기 시작했다.

"셰이스코프 장군이라고?" 그날 아침에 접수된 명령을 전해 주려고 그의 새 사무실로 들어온 사병을 보고 그는 아무 의심도 않고 물었다. "셰이스코프 대령 얘기겠지?"

"아닙니다, 장군님, 셰이스코프 장군이죠. 그는 오늘 아침에 장군으로 승진되었습니다."

"그렇다면 그거 정말 신기하군! 셰이스코프가? 장군이라고? 계급은?"

"중장입니다, 장군님. 그리고……."

"중장이라니!"

"그렇습니다, 장군님. 그리고 그는 자기가 먼저 검토하기 전에는 장군님 부대의 어느 누구에게도 장군님이 어떤 명령도 내리지 못하게 했습니다."

"염병할, 이럴 줄이야." 아마도 평생 처음으로 소리 내어 욕을 하면서 페켐 장군이 생각에 잠겼다. "카르길, 그 얘기 들었지? 셰이스코프가 중장까지 진급되었대. 날 진급시키려던 것이 실수로 그에게 돌아간 듯싶구먼."

카르길 대령은 골똘히 그의 튼튼한 턱을 쓰다듬었다. "왜 그가 우리에게 명령을 내릴까요?"

페켐 장군의 미끈하고 말끔하고 두드러진 얼굴이 긴장했다. "맞았다, 병장." 그는 이해가 안 가서 얼굴을 찌푸리며 천천히 말했다. "그가 아직도 훌병대 소속이고 우린 전투 부대라면 어째서 그가 우리에게 명령을 내리지?"

"그것도 역시 오늘 아침에 달라진 겁니다, 장군님. 모든 전투 부대는 이제부터 훌병대 휘하로 들어갑니다. 셰이스코프가 새 사령관이죠."

페켐 장군은 날카롭게 비명을 질렀다. "아, 맙소사." 그는 울부짖었고, 세련된 그의 침착성은 모두 신경질로 바뀌었다. "셰이스코프가 지휘를 한다고? 셰이스코프가?" 그는 공포에 질려 주먹으로 눈을 가렸다. "카르길, 윈터그린에게 전화를 대줘! 셰이스코프가? 셰이스코프는 안 돼."

모든 전화가 한꺼번에 울려 대기 시작했다. 상등병 한 사람이 뛰어 들어와서 경례를 했다.

"캐스카트 대령의 비행 중대에서 있었던 옳지 못한 일에 대한 얘기를 알려 드리겠다고 군목님이 뵙자고 밖에 와 계신

데요."

"보내 버려, 보내 버려! 옳지 못한 일은 여기도 잔뜩 있어. 윈터그린은 어떻게 되었나?"

"장군님, 셰이스코프 장군님이 전화를 걸어왔습니다. 당장 통화하시고 싶답니다."

"난 아직 도착을 안 했다고 그래. 맙소사!" 처음으로 이 엄청난 불운에 벼락이라도 맞은 듯이 페켐 장군은 비명을 질렀다. "셰이스코프라고? 그 친구는 멍청이야! 그 바보를 내가 마음대로 데리고 놀았는데, 이제는 그가 내 상관이 되었어. 아, 맙소사! 카르길, 날 버리지 마! 윈터그린은 어떻게 되었어!"

"장군님, 윈터그린 전직 병장이 전화에 나왔습니다. 아침 내내 장군님께 전화를 걸려고 하던 중이랍니다."

"장군님, 윈터그린을 댈 수가 없어요." 카르길 대령이 소리쳤다. "전화가 통화 중입니다."

다른 전화로 달려가는 페켐 장군은 마구 땀을 흘리고 있었다.

"윈터그린!"

"페켐!"

"윈터그린, 무슨 일이 있었는지 얘기를 들었나?"

"…… 도대체 그런 바보 같은 짓을 왜 했어요?"

"그들이 셰이스코프에게 모든 책임을 맡겼어!"

윈터그린은 격분해서 발작적으로 소리를 질렀다. "당신의 그 거지 같은 회람 때문이에요! 그것이 전투 부대를 휼병대 휘하로 들어가게 했어요!"

"아니, 그럴 리가!" 페켐 장군이 신음했다. "그렇게 되었나? 내 회람이? 그것이 셰이스코프에게 지휘권을 주었어? 왜 나한테 그 자리를 주지 않았지?"

"당신은 이제 휼병대 소속이 아니니까요. 당신은 전출되고 그가 책임자로 들어섰죠. 그리고 그가 원하는 바가 무엇인지 아세요? 그놈이 우리 모두에게서 원하는 바가 무엇인지 아세요?"

"장군님, 제 생각엔 셰이스코프 장군님하고 통화를 하시는 것이 좋을 듯합니다." 병장이 초조하게 부탁했다. "누구에게라도 얘기를 해야 되겠다고 하십니다."

"카르길, 내 대신 셰이스코프하고 통화를 해. 난 못하겠어. 왜 그러는지 알아봐."

카르길 대령은 셰이스코프 장군의 얘기를 얼마 동안 듣더니 얼굴이 백지장처럼 하얘졌다. "그가 무엇을 원하는지 아십니까? 그는 우리가 열병식을 하기를 바랍니다. 그는 누구나 다 행진하기를 바라요!"

38

꼬마 여동생

엉덩이에 권총을 찬 요사리안은 뒷걸음질을 치고 다니면서 출격을 다시는 안 나가겠다고 거절했다. 그는 뒤에서 아무도 덮치지 못하도록 조심스럽게 빙빙 도느라고 뒷걸음질 치고 있었다. 그의 뒤에서 들리는 모든 소리는 경고였고, 그의 옆을 지나치는 모든 사람은 암살자일지도 몰랐다. 그는 권총 손잡이에 항상 손을 댄 채 헝그리 조 이외에는 누구에게도 미소를 짓지 않았다. 그는 비행은 그만하겠다고 필트차드 대위와 렌 대위에게 말했다. 필트차드 대위와 렌 대위는 다음번 출격을 위한 비행 계획에서 그의 이름을 빼고 이 사건을 비행 대대 본부에 보고했다.

콘 중령은 차분하게 웃었다. "그가 출격을 다시는 안 나가려고 한다니 그게 도대체 무슨 소리야?" 요사리안이라는 이름이 그를 괴롭히려고 또 한 번 불길하게 불쑥 튀어나오자, 캐스카트 대령이 한쪽 구석으로 슬금슬금 물러서서 걱정하는 사이에, 그는 미소를 지으며 물었다. "어째서 못 나가겠다는 거야?"

"그의 친구 네이틀리가 라스페치아 상공에서 충돌 사고로 죽었죠. 아마 그 이유 때문인가 봅니다."

"제가 뭐라고……, 아킬레우스인가?" 콘 중령은 그 비유가 신통해서 기분이 좋았고, 다음에 페켐 장군과 자리를 같이하면 그 얘기를 다시 써먹어야 되겠다고 속으로 다짐해 두었다. "그는 출격을 더 나가야 해. 마음대로 할 수가 없어. 그가 생각을 고쳐먹지 않는다면 우리한테 보고하겠다고 돌아가서 그에게 말해."

"그 얘기는 벌써 했습니다, 중령님. 소용없어요."

"메이저 메이저는 뭐라고 하던가?"

"우린 메이저 메이저를 전혀 볼 수가 없어요. 사라져 버린 것 같아요."

"그 친구를 사라져 버리게 할 수 있었으면 좋겠어!" 한쪽 구석에서 캐스카트 대령이 멋쩍게 불쑥 말을 뱉었다. "던바라는 친구를 그랬듯이 말이야."

"아, 그 친구를 다루는 방법이야 많이 있죠." 콘 중령이 자신 있게 그를 안심시키고는 필트차드와 렌에게 얘기를 계속했다. "가장 너그러운 방법부터 시작하지. 며칠 동안 그를 로마로 휴가를 보내게. 혹시 친구의 죽음에 정말로 그가 조금쯤은 상심했는지도 모르니까."

네이틀리의 죽음으로 사실 요사리안도 죽을 뻔했으니, 그 소식을 로마에 있는 네이틀리의 갈보에게 그가 전해 주었을 때, 그녀는 가슴이 찢어지는 듯한 고함을 지르고는 감자를 벗기는 칼로 그를 찌르려고 했다.

"브루토!(짐승!)[55]" 그녀의 손아귀에서 감자를 벗기는 칼이 떨어질 때까지, 그가 그녀의 팔을 뒤로 돌려 조금씩 비틀자 그녀는 발작적인 분노를 터뜨리면서 그에게 소리를 질렀다. "브루토! 브루토!" 그녀는 자유로운 한쪽 손의 기다란 손톱으로 재빠르게 그를 후려서, 그의 뺨이 찢어졌다. 그녀는 독살스럽게 그의 얼굴에다 침을 뱉었다.

"왜 이래?" 그는 얼얼한 아픔에 당황해서 비명을 지르고는 그녀를 벽으로 힘껏 밀어 던졌다. "나더러 어떻게 하라는 거야?"

그녀는 두 주먹을 휘두르며 그에게 다시 달려들어서 그가 그녀의 팔목을 움켜잡고 꼼짝 못 하게 하기 전에 단단히 한 방 먹여 그의 입을 피투성이로 만들었다. 그녀의 머리채가 난폭하게 나부꼈다. 번득이는 증오로 가득 찬 눈에서 눈물을 폭포처럼 줄줄 흘리며 그녀는 광적인 힘과 난폭함으로 사납게 그와 싸우며 그가 설명하려고 할 때마다 야수처럼 으르렁대고 욕설을 퍼붓고 "브루토! 브루토!"라고 발악했다. 그녀의 엄청난 힘이 그의 빈틈을 놓치지 않았고, 그는 중심을 잃었다. 그녀는 거의 요사리안만큼이나 키가 컸으며, 공포로 가득 찬 신기하고 짤막한 순간에 그녀가 광기와 결단력으로 그의 힘을 능가해서는 그를 땅바닥에 짓눌러 넘어뜨리고, 그가 전혀 범한 일이 없는 어떤 흉측한 범죄에 대한 벌로 그의 팔다리를

55) Bruto!

무자비하게 갈기갈기 찢어 버리리라는 생각이 들었다. 그들이 낑낑거리고 헐떡이며 팔이 서로 엉켜 붙어 싸움을 벌이는 동안에, 그는 살려 달라고 비명을 지르고 싶었다. 드디어 그녀는 힘이 빠졌고, 그는 자기 잘못으로 네이틀리가 죽은 것이 아니라고 맹세하며 그녀를 억누르고 설명하게 해 달라고 애걸했다. 그녀는 다시 그의 얼굴에 침을 뱉었고, 그는 분노와 좌절감으로 속이 뒤집혀서 그녀를 힘껏 밀어 버렸다. 그가 놓아주자마자 그녀는 감자 깎는 칼이 있는 곳으로 몸을 던졌다. 그는 그녀에게로 몸을 던졌으며 그들이 몇 차례 땅바닥에서 함께 뒹군 다음에야, 그는 감자 깎는 칼을 빼앗을 수 있었다. 그가 엉금엉금 일어서려고 하자 그녀는 손으로 그를 자빠뜨리려 했고, 그의 발목에서 고통스럽게 살점을 할퀴어 뜯었다. 그는 괴로워하면서 껑충껑충 방을 건너가 감자 깎는 칼을 창문 밖으로 버렸다. 그는 자기가 안전하게 되었음을 깨닫고는 안심이 되어 심호흡을 잔뜩 했다.

"자, 내가 설명하게 해 줘." 그는 성숙하고 열성적이고 타이르는 목소리로 꾀었다.

그녀는 그의 사타구니를 발로 찼다. 헉! 그의 입에서 바람이 새어 나왔고, 그는 혼란한 고뇌를 느끼며 무릎 위로 몸을 굽히면서 숨을 돌리려고 헛구역질을 하고는 날카롭게 울부짖는 신음소리를 내며 옆으로 쓰러졌다. 네이틀리의 갈보는 방에서 뛰쳐나갔다. 요사리안은 시간이 조금 걸려서야 비틀거리며 일어섰고, 그녀는 부엌에서 빵 자르는 기다란 칼을 들고 돌아왔다. 놀라서 믿을 수 없다는 듯 신음을 입술에서 흘리면서, 그는 아직도 두 손으로 움찔거리고 부드럽게 쑤시는 배를 움켜쥐고, 있는 힘을 다해 그녀의 종아리로 몸을 던져 다리를 걷어찼다. 그녀는 그의 머리 위로 완전히 넘어져 쿵 하는 진동 소리를 내면서 팔꿈치로 나가떨어졌다. 칼이 제멋대로 나뒹그러졌고, 그는 그것을 침대 밑 보이지 않는 곳으로 휙 집어넣었다. 그녀는 그것을 잡으려고 덤벼들었지만, 그는 그녀의 팔을 잡아 벌떡 일으켰다. 그녀는 다시 그의 사타구니를 발로 차려고 했지만 그는 격렬하게 욕설을 퍼부으며 그녀를 밀어 던졌다. 그녀는 균형을 잃고 벽에 쾅 부딪히고는 빗과 머릿솔과 화장품 병들로 덮인 화장대 의자를 부서뜨리고 화장품들을 박살 냈다. 방의 다른 쪽에서 틀에 넣은 사진이 떨어져 앞을 막은 유리가 산산조각이 났다.

"나더러 어떻게 하라는 거야?" 그는 화가 나고 혼란을 느끼면서 그녀에게 울부짖었다. "난 그를 죽이지 않았어."

그녀는 그의 머리에다 묵직한 유리 재떨이를 집어던졌다. 그녀가 다시 그에게 달려들자 그는 주먹을 쥐고 그녀의 가슴을 후려치고 싶었지만, 그녀가 다칠까 봐 겁이 났다. 그는 그녀의 턱 끝을 깨끗하게 한 방 후려치고 방에서 달아나고 싶었지만 목표물이 잘 보이지 않아서 마지막 순간에 그냥 옆으로 재빨리 비키고는, 그녀가 제 힘에 그를 지나치게 내버려 두었다. 그녀는 다른 쪽 벽에 세차게 부딪혔다. 이제 그녀는 문을 가로막고 있었다. 그녀는 그에게 꽃병을 집어던졌다. 그다음에 그녀는 가득 찬 포도주 병을 들고 그에게로 와서 그의 관자놀이를 정통으로 갈겼고, 그는 반쯤 정신을 잃으며 무릎을 꿇고 주저앉았다. 귀에서 윙윙 소리가 났고 얼굴 전체가 얼얼했다. 무엇보다도 그는 당황했다. 그녀가 그를 죽이려고 했기에 그는 난처한 기분이 들었다. 그는 무슨 일이 벌어지고 있는지 도대체 이해할 수가 없었다. 그는 어떻게 해야 할지를 몰랐다. 그러나 목숨을 건져야 한다는 것은 알았다. 그래서 그녀가 포도주병으로 그를 또다시 때리려고 치켜들자 그는 땅바닥으로 몸을 던지고 그녀가 그를 때리기 전에 그녀의 몸뚱이를 들이받았다. 그는 추진력을 얻어서 그녀를 뒤로 밀어젖혔고, 밀어 대는 그의 힘에 그녀는 무릎이 침대에 걸려 매트리스 위로 자빠졌고, 요사리안은 그녀의 다리 사이로, 그녀의 몸 위에 엎어졌다. 그녀가 손톱으로 그의 목 옆쪽을 후벼 파는 사이에 그는 그녀의 둥근 몸의 유연하고 팽팽한 언덕들을 기를 쓰며 기어올라서, 결국 그녀를 완전히 덮고 꼼짝 못 하게 누른 다음에, 휘둘러 대는 그녀의 팔을 손으로 찾아 결국 포도주 병이 닿자 그것을 비틀어 빼앗았다. 그녀는 아직도 사납게 발길질을 하고 욕을 하며 그를 할퀴었다. 그녀는 잔인하게 그를 깨물려고 했으며, 그녀의 사납고 육감적인 입술은 이빨 위로, 분노한 게걸스러운 짐승처럼 팽팽해졌다. 그의 밑에서 꼼짝 못 하고 그녀가 누워 있게 되자, 그는 자기가 다치지 않고 어떻게 그녀에게서 도망칠 수 있을지를 궁리했다. 그는 그녀의 요동치는 허벅지 안쪽과 벌어진 두 무릎이 힘을 쓰며 그의 한쪽 다리를 감싸고 누르면서 꿈틀대는 것을 느낄 수가 있었다. 그는 섹스 생각에 흥분하고는 부끄럽게 생각했다. 그는 젊은 그녀의 단단하고 탐욕스러운 육체가, 축축하고 흐느적거리고 유쾌하고, 지칠 줄 모르는 파도처럼 그의 몸에 엉겨 붙고 부딪치며, 그녀의 배와 따스하고 생동하고 말랑말랑한 젖가슴이 감미롭고 위협적인 유혹처럼 힘차게 그를 향해 위로 밀어 올리는 것을 의식했다. 그녀의 숨결은 뜨거웠다.(비록 그의 밑에서는 요란한 몸부림이 조금도 수그러들지 않았지만) 그녀가 이제는 더 이상 그와 싸우고 있지 않다는 사실을 그는 순간적으로 깨달았다. 그는 그녀가 그와 싸우는 대신에 에로틱한 열정과 포기의 원시적이고 힘차고 광란적이고 본능적인 율동을 일으키며 서슴없이 그녀의 사타구니를 그에게로 올려 밀어 대고 있음을 알고 몸을 떨었다. 그는 기쁜 놀라움으로 숨을 몰아쉬었다. 이제는 그에게 만발한 꽃처럼 아름답게 여겨지는 그녀의 얼굴은 새로운 고통으로 뒤틀렸고, 살갗은 차분하게 부풀어 올랐고, 그녀의 눈은 아무것도 보이지 않는 듯, 몽롱한 욕정의 나태함으로 흐릿해져서 반쯤 감겼다.

"카로.[56](당신)" 적막하고 유쾌한 몽롱함의 심연에서처럼 그녀는 숨차게 중얼거렸다. "오오오, 카로 미오.(내 사랑)"

그는 그녀의 머리를 쓰다듬었다. 그녀는 짐승 같은 격정으로 그의 얼굴에 입을 대고 문질렀다. 그는 그녀의 목을 핥았다. 그녀는 팔을 감아 그를 껴안았다. 그녀가 뜨끈뜨끈하고 축축하고 부드럽고 단단한 입술로 거듭거듭 그에게 키스하고, 황홀감에 젖어 정신없는 망각 속에서 사랑하며 깊숙한 소리를 내고, 그의 등을 껴안고 있던 한 손은 재빨리 그의 바지 허리

---

56) Caro.

띠 밑으로 집어넣고 다른 손으로는 몰래 음험하게 빵 자르는 칼을 땅바닥에서 찾아 더듬는 동안에 그는 점점 더 황홀하게 그녀를 사랑하고 있음을 느꼈다. 그는 아슬아슬한 순간에 목숨을 건졌다. 그녀는 아직도 그를 죽이고 싶어 했다! 그는 그녀의 병적인 계략에 충격을 받고 기가 막혀서, 그녀의 손아귀에서 칼을 빼앗아 던져 버렸다. 그는 침대에서 뛰쳐나와 몸을 일으켰다. 그의 얼굴은 환멸과 당황으로 일그러졌다. 그는 자유를 찾아 문으로 달아나야 하는지, 아니면 침대에 엎어져 그녀와 사랑을 하고 다시 그녀의 뜻에 자신을 멍청하게 맡겨야 하는지 알 수가 없었다. 그녀는 갑자기 울음을 터뜨림으로써 머뭇거림에서 그를 구해 주었다. 그는 또다시 영문을 알 길이 없었다.

이번에는 그녀도 그를 완전히 잊어버리고 다른 감정은 없이 오직 슬픔만으로, 심오하고, 허약하고, 겸손한 슬픔만으로 흐느껴 울었다. 폭풍처럼 거세고, 자부심이 강하고, 사랑스러운 머리를 숙이고, 어깨를 축 늘어뜨리고 기운이 빠진 채로 앉아 있는 그녀의 고적함은 처량했다. 이번에 그녀의 괴로움은 진짜였다. 그녀는 찢어지는 듯한 흐느낌으로 숨이 막히고 몸이 흔들렸다. 그녀는 이제 그를 의식하지 않았고 관심도 없었다. 이제 그는 안전하게 방에서 걸어 나갈 수도 있었다. 그러나 그는 남아서 그녀를 위로하고 돕기로 작정했다.

"제발." 그는 그녀의 어깨를 팔로 안고, 알아듣기 힘든 말로 어물어물 그녀에게 부탁하였다. 그는 아비뇽에서 돌아오던 비행기 안에서 춥다고, 춥다고 스노든이 자꾸만 울부짖었고, 요사리안이 할 수 있는 일이라고는 "자, 자, 자, 자." 소리뿐이었을 때 그가 얼마나 맥이 빠지고 말이 나오지 않았던가를 고통스러운 슬픔을 느끼면서 회상했다. "제발." 그는 동정적으로 그녀에게 다시 말했다. "제발, 제발."

그녀는 그에게 몸을 기대고는 너무 힘이 빠져서 더 울 수가 없을 때까지 울었고, 울음을 그치고 그가 손수건을 내밀 때까지 한 번도 그를 쳐다보지 않았다. 그녀는 자그마하고 얌전한 미소를 지으며 뺨을 닦고는 그에게 손수건을 돌려주면서 공손하고 처녀다운 몸가짐으로 "그라치에, 그라치에.[57](고마워요, 고마워요.)"라고 중얼거리더니, 기분이 달라졌다는 어떠한 경고도 없이 갑자기 두 손으로 그의 눈을 후볐다. 그녀는 후벼 팔 때마다 승리감에 찬 소리를 질렀다.

"하! 아사시노![58](살인자!)" 그녀는 고함을 지르고는 그를 없애 버리려고 빵 자르는 칼을 가지러 신이 나서 방을 건너갔다.

장님이 되다시피 한 그는 몸을 일으키고 고꾸라지면서 그녀의 뒤를 쫓았다. 뒤에서 소리가 나서 그는 멈춰 섰다. 눈앞에 벌어진 광경에 그의 감각이 공포로 어지러워졌다. 생각지도 않던 네이틀리의 갈보의 꼬마 여동생이 다른 기다란 빵 자르는 칼을 들고 그를 쫓아오고 있었다.

"아니, 이럴 수가." 그는 부르르 떨면서 탄식하고는 손목을 날카롭게 내리쳐 그녀의 손에서 칼을 떨어뜨렸다. 그는 이 괴

57) Grazie, grazie.

58) Assassino!

이하고 이해할 수 없는 모든 혼전 속에서 완전히 참을성을 잃었다. 다음에는 또 누가 기다란 빵 자르는 칼을 들고 문으로 달려 들어올지 모를 일이었기에, 그는 네이틀리의 갈보의 꼬마 여동생을 마룻바닥에서 잡아 일으켜 네이틀리의 갈보에게 밀쳐 버리고는 방에서 뛰어나와 숙소를 벗어나려고 층계를 내려갔다. 두 여자가 현관으로 그를 쫓아 나왔다. 그가 도망치자 그들의 발자국 소리가 점점 뒤로 처지더니 들리지 않게 되었다. 그는 바로 머리 위에서 흐느끼는 소리를 들었다. 머리를 돌려 층계를 올려다보니 계단에 펄썩 주저앉아서 두 손으로 얼굴을 가리고 우는 네이틀리의 갈보가 눈에 띄었고, 그녀의 이교도적이고 주체할 수 없는 꼬마 여동생은 위험하게 난간에 매달려서 "브루토! 브루토!"라고 즐겁게 소리를 지르고는 빵 자르는 칼이 마치 어서 써 보고 싶은 신나는 새 장난감이라도 되는 듯이 그에게 휘둘렀다.

요사리안은 몸을 피했지만, 길거리를 따라 도망치면서 자꾸만 불안하게 뒤를 돌아보았다. 사람들이 이상한 눈초리로 쳐다봐서 그는 더욱 불안해졌다. 그는 초조하게 걸음을 서두르며, 자기 얼굴이 어째서 남들의 눈길을 끄는지 궁금하게 생각했다. 이마의 쓰라린 곳을 손으로 만져 보니 그의 손가락은 피로 끈적끈적했고, 그래서 이해가 갔다. 그는 손수건으로 얼굴과 목을 찍어 냈다. 누르는 곳마다 새로이 빨간 얼룩들이 묻어났다. 그는 온통 피투성이였다. 그는 적십자 건물로 서둘러 들어가서 대리석 층계를 두 계단 내려가 남자 화장실로 가서는, 눈에 보이는 수많은 상처를 찬물과 비누로 씻고 손질한

다음에 셔츠 옷깃을 펴고 머리를 빗었다. 놀라고 얼빠진 불안함으로 거울 속에서 그에게 눈을 깜박이고 있는 얼굴처럼 심하게 멍이 들고 할퀸 상처가 난 얼굴을 그는 여태껏 본 적이 없었다. 도대체 그녀는 그에게서 무엇을 원했을까?

그가 남자 화장실을 나와 보니 네이틀리의 갈보가 잠복해서 기다리고 있었다. 그녀는 층계 밑바닥 근처의 벽에 기대어 몸을 움츠리고 있다가 번쩍거리는 은제 스테이크 칼을 움켜쥐고 매처럼 그를 덮쳤다. 그는 팔꿈치를 치켜들어 그녀의 공격을 막고는 그녀의 턱에 깨끗하게 한 방 먹였다. 그녀의 눈동자가 돌아갔다. 그는 그녀가 넘어지기 전에 붙잡아서 얌전히 앉혔다. 그런 다음에 그는 층계를 뛰어 올라가서 건물을 나와, 그녀가 다시 그를 발견하기 전에 로마에서 도망치려고 헝그리 조를 찾아 세 시간 동안 시내를 뒤졌다. 그는 비행기가 이륙할 때까지는 정말로 안전하게 느낄 수가 없었다. 그들이 피아노사에 착륙했을 때, 정비사의 초록빛 작업복으로 변장한 네이틀리의 갈보는 비행기가 멈추는 정확한 장소에서 스테이크 칼을 들고 기다렸으며, 그녀가 그의 가슴을 찌르는 순간에 가죽으로 바닥을 댄 굽 높은 구두가 자갈 바닥에 미끄러져 뒤뚱거리지만 않았더라면, 그는 그녀의 칼에서 목숨을 건질 수가 없었을 것이다. 질겁한 요사리안은 그녀를 비행기로 끌어올려 두 팔로 목을 조여 비행갑판에 꼼짝 못 하게 눌렀고, 그사이에 헝그리 조는 로마로 돌아가게 허락해 달라고 관제탑으로 무전 연락을 했다. 로마의 공항에서 요사리안은 그녀를 유도로(誘導路)에 던져 버렸고, 헝그리 조는 엔진도 끄지 않고 있다가 곧장 피아노사를 향해 다시 이륙했다. 요사리안은 헝그리 조와 함께 그들의 천막을 향해 비행 중대를 걸어 지나가면서도 긴장해서 모든 사람을 자세히 살펴보았다. 헝그리 조는 묘한 표정으로 그를 자꾸만 곁눈질했다.

"그거 전부 상상한 얘기 아냐?" 조금 있다가 헝그리 조가 머뭇거리며 물었다.

"상상이라고? 자네도 바로 그곳에 나하고 같이 있었어, 안 그래? 방금 그 여자를 자네가 로마로 태워다 주었지."

"아마 나도 전부 상상한 건지도 몰라. 뭣 때문에 그 여자가 자넬 죽이려고 그러지?"

"그 여잔 조금도 날 좋아하지 않았어. 아마 내가 네이틀리의 코를 분질러 놓았기 때문이거나, 그 소식을 들었을 때 그 여자가 미워할 사람이라고는 나밖에 눈에 띄지 않았기 때문인지 모르지. 그 여자가 다시 올 것 같아?"

그날 밤 요사리안은 장교 클럽으로 가서 늦게까지 시간을 보냈다. 그는 자기의 천막으로 가까이 가면서 혹시 네이틀리의 갈보가 없는지 눈을 두리번거렸다. 피아노사의 농부처럼 잔뜩 변장하고 커다란 끌칼을 움켜쥔 채로 천막 옆의 숲속에 숨은 그녀를 보자 그는 걸음을 멈추었다. 요사리안은 소리 없이 발돋움을 하고 뒤로 돌아가서 그녀를 뒤쪽에서 붙잡았다.

"야!" 그녀는 분노의 소리를 지른 다음 그가 그녀를 천막 안으로 끌어들여 땅바닥에 집어던질 때까지 살쾡이처럼 반항했다.

"무슨 일이에요?" 동거인 한 사람이 졸린 목소리로 물었다.

"내가 돌아올 때까지 이 여자를 꼭 붙잡고 있어." 그를 침대에서 끌어내어 그녀의 위로 밀치고 밖으로 달려 나가면서 요사리안이 명령했다. "그 여자를 잡고 있어!"

"내가 저 사람을 죽이게 놔두면 당신들 모두와 그거 해 줄게요." 그녀가 제안했다.

아기처럼 잠을 자고 있는 헝그리 조를 데리러 요사리안이 달려가고 있는 사이에 다른 동거인들은 그것이 여자임을 알고는 모두들 야전침대에서 뛰쳐나와, 우선 그들 모두하고 그것부터 하자고 그녀를 설득하려고 했다. 요사리안은 헝그리 조의 얼굴에서 허플의 고양이를 치워 버리고는 그를 흔들어 깨웠다. 헝그리 조는 빠른 솜씨로 옷을 입었다. 이번에 그들은 비행기를 북쪽으로 몰아 이탈리아의 적지 후방까지 멀리 갔다. 평지의 상공에 다다르자 그들은 네이틀리의 갈보에게 낙하산을 메어 주고는 탈출구 밖으로 그녀를 밀어냈다. 요사리안은 드디어 그녀를 제거했다고 확신하며 안심했다. 피아노사에서 그의 천막으로 그가 가까이 가고 있을 때 길의 바로 옆에서 검은 그림자 하나가 몸을 일으켰고, 그는 기절했다. 그는 땅바닥에서 일어나 앉아 칼이 내리치기를, 평화를 가져올 그 치명적인 일격을 거의 환영할 지경으로 기다렸다. 대신 친절한 손이 그를 도와 일으켰다. 그것은 던바의 비행 중대에 있는 어느 조종사의 손이었다.

"괜찮아?" 조종사가 나지막이 물었다.

"그런 것 같아." 요사리안이 대답했다.

"조금 아까 자네가 쓰러지는 걸 봤어. 자네한테 무슨 일이 있는 줄 알았지."

"기절했던 것 같아."

"자네가 이제 출격을 다시는 나가지 않겠다고 그랬다는 소문이 우리 비행 중대에서 돌고 있어."

"그건 사실이야."

"그러더니 비행 대대에서 사람들이 와서 그건 거짓말이고 자네가 장난을 치고 있다는 얘기를 우리한테 해 주더군."

"그건 거짓말이야."

"자넬 가만 내버려 둘 것 같아?"

"모르겠어."

"그들이 자넬 어떻게 할까?"

"모르겠어."

"자네를 탈영죄로 군사재판에 회부할 것 같아?"

"모르겠어."

"자네가 무사하기를 바라." 어둠 속으로 모습을 감추면서 던바의 비행 중대 소속인 조종사가 말했다. "어떻게 되어 가는지 알려 줘."

요사리안은 그가 사라진 쪽을 얼마 동안 노려본 다음에 그의 천막을 향해 다시 걷기 시작했다.

"쉬!" 몇 발자국 앞에서 어느 목소리가 말했다. 그것은 나무 뒤에 몸을 숨긴 애플비였다. "자네 어떤가?"

"괜찮아." 요사리안이 말했다.

"자네가 탈영했으니까 군사재판에 회부한다고 그들이 자넬 위협하리라는 얘기를 들었어. 하지만 그것이 자네한테 해당

되는 죄목인지 확실히 알 수조차 없어서 실제로 그러지는 못할 거라는 것도. 그리고 새 사령관들에게 나쁜 인상을 줄 것 같기도 하기 때문이고. 게다가 자넨 페라라에서 다시 목표물로 되돌아갔기 때문에 아직도 상당히 유명한 영웅이지. 내 생각엔 자넨 지금 이 비행 대대에서 둘도 없는 영웅이야. 그들이 큰소리만 치고 있을 뿐이라는 걸 자네한테 알려 주고 싶었어."

"고마워, 애플비."

"말해 두겠지만, 내가 자네하고 다시 얘기하고 싶은 유일한 이유는 그것이었어."

"고마워."

애플비는 멋쩍게 구두코로 땅바닥을 긁었다. "장교 클럽에서 우리가 주먹다짐을 벌인 건 참 섭섭한 일이었어, 요사리안."

"상관없어."

"하지만 그건 내가 시작한 싸움이 아니었어. 탁구채로 내 얼굴을 때린 건 다 오르의 잘못이었던 것 같아. 무엇 때문에 그랬을까?"

"자네가 그에게 자꾸 이겼거든."

"내가 이겨야 당연한 거 아냐? 그렇지 않아? 이젠 그가 죽고 보니, 내가 탁구를 더 잘하느냐 못하느냐 하는 건 아무 의미도 없는 것 같아, 안 그래?"

"그렇겠지."

"그리고 오는 도중에 아테브린 알약에 대해서 내가 그렇게 소란을 떤 것도 미안해. 만일 자네가 말라리아에 걸리고 싶다면, 그건 자네 문제이지, 안 그래?"

"상관없어, 애플비."

"하지만 난 내 할 일을 하려고 했을 뿐이야. 난 명령을 따랐지. 난 항상 명령에 복종해야 한다고 배웠거든."

"상관없어."

"말이지, 난 자네가 원하지 않는다면 자네더러 출격을 더 나가라고 할 수는 없을 것 같다고 캐스카트 대령과 콘 중령에게 얘기했는데, 그들은 나한테 무척 실망했다고 그러더군."

요사리안은 씁쓸한 즐거움을 느끼며 미소를 지었다. "그랬겠지."

"어쨌든 난 관심이 없어. 제기랄, 자넨 일흔한 번 출격했지. 그만하면 충분할 텐데. 그들이 자넬 가만 내버려 둘 것 같아?"

"아니."

"이봐, 만일 그들이 자넬 그냥 내버려 둔다면, 그들은 나머지 우리도 역시 모두 그냥 내버려 둬야 할 거야, 안 그래?"

"그렇기 때문에 그들은 날 그냥 내버려 둘 수가 없어."

"그들은 어떻게 할 것 같아?"

"모르겠어."

"자넬 군사재판에 회부하려고 할까?"

"모르겠어."

"무서워?"

"그래."

"자네 출격을 또 나갈 거야?"

"아니."

"자네가 무사하기를 바라." 애플비는 신념을 가지고 나지막이 말했다. "진심이야."

"고마워, 애플비."

"이제는 전쟁을 다 이긴 것 같은데도 우리가 그렇게 출격을 많이 나간다는 건 나도 마음이 내키지 않아. 무슨 얘기 들으면 알려 줄게."

"고마워, 애플비."

"어이!" 애플비가 가 버린 다음 그의 천막 옆에 허리까지 높이 자란 덤불 속에서 명령조인 목소리가 숨을 죽이고 그를 불렀다. 하버마이어가 그곳에 쪼그리고 앉아 숨어 있었다. 그는 땅콩 과자를 먹던 중이었고, 그의 여드름과 커다랗고 기름이 낀 땀구멍은 검은 비늘 같았다. "어떤가?" 요사리안이 그에게로 가자 그가 물었다.

"괜찮아."

"자네 출격을 또 나갈 거야?"

"아니."

"그들이 강요하면 어떡하지?"

"강요는 안 당하겠어."

"자네 겁쟁이야?"

"그래."

"그들이 자넬 군사재판에 회부할까?"

"아마 그러려고 하겠지."

"메이저 메이저는 뭐라고 해?"

"메이저 메이저는 없어."

"그들이 그를 없애 버렸나?"

"모르겠어."

"그들이 자넬 없애 버리려고 한다면 어떻게 하겠어?"

"그들을 막으려고 해 보겠지."

"만일 자네가 비행을 나가겠다면 어쩌겠다는 타협 같은 거 제안하지 않던가?"

"필트차드와 렌은 내가 폭격 비행만 나가도록 해 주겠다고 그랬어."

하버마이어가 주제넘게 나섰다. "어이, 그거 상당히 훌륭한 타협인 것 같군그래. 나라면 그런 타협은 마다하지 않겠어. 자넨 당장 받아들였겠지."

"거절했어."

"그건 바보 같은 짓이었어." 하버마이어의 멍청하고 둔한 얼굴에 근심으로 주름이 졌다. "이봐, 이런 타협은 나머지 우리에게는 공정하지가 않아, 그렇지? 만일 자네가 정규 폭격 비행만 나간다면, 자네 몫의 위험한 출격을 우리 가운데 누가 대신 나가야 해, 그렇지?"

"그래."

"이봐, 난 그것이 마음에 안 들어." 엉덩이에 두 주먹을 얹고 기분이 상해서 일어서며 하버마이어가 소리쳤다. "난 그것이 조금도 마음에 안 들어. 자네가 너무 겁쟁이여서 출격을 다시는 안 나간다고 하는 이유 하나만으로 그들은 우리한테 정말로 기막힌 골탕을 먹이려고 하는구먼."

"그들하고 잘 사귀어 봐." 요사리안이 말하고는 권총에서 손을 떼지 않았다.

"아냐, 난 자네를 탓하지는 않아." 하버마이어가 말했다. "비록 내가 자네를 좋아하지 않더라도 말야. 나 역시 출격을 너무 많이 나가야 한다니까 기분이 좋지 않아. 나도 어떻게 빠져나갈 방법이 없을까?"

요사리안은 가소롭다는 듯 코웃음을 치고 농담을 했다. "총을 차고 나하고 같이 진군하세."

하버마이어는 심각하게 머리를 흔들었다. "아냐, 난 그럴 수는 없어. 만일 내가 겁쟁이처럼 행동한다면 아내와 아이에게 수치를 안기는 셈이지. 겁쟁이를 좋아하는 사람은 없어. 게다가 난 전쟁이 끝나도 예비역으로 남아 있고 싶어. 예비역에 속해 있으면 일 년에 500달러씩 받게 되지."

"그렇다면 출격을 더 나가."

"그래, 그래야만 할 것 같군. 이봐, 그들이 자네의 전투 임무를 면제하고 귀국시킬 가능성이 있다고 믿어?"

"아니."

"하지만 만일 그들이 그렇게 하고 누구 한 사람 같이 데리고 가라고 한다면, 날 뽑아 주겠어? 애플비 같은 사람은 고르지 마. 날 뽑아."

"도대체 그들이 왜 그런 일을 한단 말야?"

"모르겠어. 하지만 만일 그들이 그런다면, 내가 먼저 신청했다는 걸 잊지 마, 알겠지? 그리고 자네 소식 알려 줘. 난 매일 밤 이 덤불 속에서 기다리겠어. 만일 그들이 혹시 자네한테 아무런 나쁜 짓을 하지 않는다면 나도 출격을 더 나가지 않겠어. 괜찮지?"

이튿날도 저녁 내내 사람들은 불쑥불쑥 어둠 속에서 튀어나와 요즈음은 어떻게 지내느냐고 물었으며, 그의 생각에는 존재하지도 않는 어떤 병적이고 은밀한 유대를 지니기라도 한 듯 짜증 나고 고민스러운 얼굴로 그에게 비밀 정보를 캐물었다. 그가 잘 알지도 못하는 비행 중대 사람들은 그가 지나가면 난데없이 튀어나와서 요즈음 어떻게 지내느냐고 물었다. 심지어는 다른 비행 중대 장병들도 하나씩 하나씩 찾아와서 그들의 마음속 생각들을 털어놓으려고 불쑥불쑥 튀어나왔다. 해가 진 다음이면 어디를 가나 그는 숨어서 기다리다가 요즈음에는 어떻게 지내느냐고 묻는 사람들을 만나게 되었다. 사람들은 나무와 덤불에서, 도랑과 키 큰 나무에서, 천막 주변이나 세워 둔 차의 흙받이 뒤에서 그에게로 튀어나왔다. 심지어는 그의 동거인 한 사람도 튀어나와서 요즈음은 어떻게 지내느냐고 묻고는 자기가 튀어나왔다는 사실을 다른 동거인 어느 누구에게도 얘기하지 말라고 애원했다. 요사리안은, 손짓해 부르는 지나치게 조심스러운 그림자가 나타날 때마다 권총에 손을 얹고 다가갔는데, 속삭이는 그림자들 가운데 어느 누가 결국 솔직하지 못하게 네이틀리의 갈보나, 더 곤란한 일이지만, 무감각해질 때까지 그에게 무자비하게 몽둥이질을 하라고 파견된 정부 기관의 요원으로 둔갑할는지 전혀 알 수가 없었다. 무엇인가 그런 일이 벌어져야만 할 듯한 기분이었다. 그들이 적지에서 탈영했다고 그를 군사재판에 회부하고 싶지 않았던 까닭은 적에게서 217킬로미터 떨어진 곳은 적지라고 하기도 곤란했을 뿐 아니라, 페라라에서 크라프트를 죽이면서 목표물에 두 번째로 되돌아가서 드디어 교량을 폭파한 사람이 바로 요사리안이기 때문이었는데—그는 그가 알고 있는 죽은 사람들을 헤아릴 때마다 거의 언제나 크라프트를 잊어버렸다. 그러나 그들은 그에게 무엇인가 행동을 취해야 했고, 어떤 무시무시한 사건이 벌어질지 모두들 음울하게 기다렸다.

낮이면 그들은, 알피까지도, 그를 피했고, 요사리안은 그들이 밤에 혼자 있을 때와 낮에 함께 있을 때 사람이 달라진다는 것을 이해하게 되었다. 필트차드 대위와 렌 대위가 캐스카트 대령과 콘 중령과의 긴급한 면담을 끝내고 돌아올 때마다 그는 비행 대대에서 내려오는 최근의 감언(甘言)과 협박과 유인을 기대하면서 권총에다 손을 대고 뒤로 걸어 다니면서 그 사람들에 대해서는 아무런 관심도 보이지 않았다. 헝그리 조는 주변에서 눈에 띌 때가 거의 없었고, 그에게 조금이라도 얘기를 하려던 사람이라고는 블랙 대위뿐이었는데, 그는 요사리안더러 "똥배짱"이라며 만날 때마다 유쾌하고 장난스러운 목소리로 인사했고, 주말에 로마에서 돌아와서는 네이틀리의 갈보가 없어졌다고 그에게 알려 주었다. 요사리안은 그리움과 회한이 찌르르하게 찌르는 것을 느끼며 서글픈 기분이 들었다. 그는 그녀가 보고 싶어졌다.

"없어졌다고?" 그는 공허한 어투로 되풀이했다.

"그래, 없어졌어." 흐리멍덩한 눈은 피로로 가늘게 뜨고, 날카롭고 뾰족한 얼굴에는 항상 그렇듯이 불그레하고 노란 수염이 드문드문 돋은 블랙 대위가 웃었다. 그는 눈자위를 두 손으로 비볐다. "난 이왕 로마로 간 김에 옛날을 생각해서 그 바보 같은 년하고 한번 굴러도 괜찮겠다고 생각했지. 알잖아, 네이틀리 녀석의 몸뚱이가 무덤 속에서도 아직 기운을 쓸 수 있게 말야. 하! 그 친구 내가 놀리던 일 생각나지? 하지만 그곳은 텅 비었더군."

"그 여자한테서 무슨 소식 없었어?" 끊임없이 그녀에 대해 골똘하게 생각에 잠기면서, 그녀가 얼마나 고통을 겪고 있으며, 이제는 무마할 수 없는 사나운 공격을 그에게 감행하지 못하게 되어 얼마나 쓸쓸하고 외롭게 느낄까 궁금해하던 요사리안이 넘겨짚어 보았다.

"그곳엔 아무도 없었어." 요사리안을 이해시키려고 하면서 블랙 대위가 유쾌하게 말했다. "무슨 소린지 모르겠어? 그들은 모두 가 버렸어. 그곳은 온통 박살이 났지."

"가 버렸어?"

"그래, 가 버렸어. 길거리로 몽땅 쓸려 났지." 블랙 대위는 다시 속 시원히 웃었고, 그의 꺼칠한 목에서는 결후[59]가 기뻐서 오르락내리락 요동쳤다. "그곳은 텅 비었어. 헌병들이 숙소를 몽땅 두들겨 부수고는 갈보들을 쫓아냈지. 웃기는 일 아냐?"

요사리안은 겁이 나서 부들부들 떨기 시작했다. "뭣 때문에 그랬을까?"

"그게 무슨 상관이야?" 활발한 시늉을 하면서 블랙 대위가 대답했다. "그들이 길거리로 몽땅 쓸어 냈다니까. 어때? 몽땅 말야."

---

59) 남자 목의 툭 튀어나온 부분.

"꼬마 여동생은 어쩌고?"

"쓸려 나갔지." 블랙 대위가 웃었다. "나머지 계집년들하고 함께 쓸려 나갔어, 길바닥으로."

"하지만 그 앤 아직 어린아이인데!" 요사리안이 격정적으로 반발했다. "그 애는 그 도시에 달리 아는 사람도 없어. 그 애가 어떻게 될까?"

"그게 나하고 도대체 무슨 상관이 있어?" 블랙 대위는 무관심하게 어깨를 추스르며 대답했고, 호기심이 돋은 간교한 눈빛으로 놀라서 갑자기 요사리안을 멍하게 쳐다보았다. "이봐, 왜 이래? 자네 기분이 이렇게 나빠질 줄 알았더라면, 자네 속 좀 상하라고 내 당장 쫓아와서 얘기를 하는 건데 그랬군. 이봐, 어디 가는 거야? 이리 와! 이리 와서 속 좀 푹푹 썩으라고!"

39

영원한 도시 로마

요사리안은 마일로와 함께 무단이탈하는 중이었는데, 마일로는 비행기가 로마를 향해서 날아가자 꾸짖듯이 머리를 흔들었고, 착실한 입술을 빼물고는 종교적인 어투로 요사리안 때문에 부끄럽게 여긴다고 말했다. 요사리안은 머리를 끄덕였다. 요사리안은 엉덩이에 권총을 차고 뒷걸음질을 치면서 걸어 다니고 이제는 출격을 더 나가지 않겠다고 거절함으로써 볼썽사나운 꼴불견이 되었다고 마일로가 말했다. 요사리안은 머리를 끄덕였다. 그것은 비행 중대에 충성스럽지 못하고 상관들에게는 난처한 일이었다. 그는 또한 마일로를 무척 거북한 입장으로 몰아넣었다. 요사리안은 다시 머리를 끄덕였다. 사람들은 투덜거리기 시작했다. 마일로나 캐스카트 대령, 콘 중령, 윈터그린 전직 일등병 같은 사람들은 전쟁에 이기기 위해서 무슨 일이라도 할 용의가 있는 한편, 요사리안은 자신의 안전만 생각하다니 그것은 공평치 못한 일이었다. 칠십 회 출격 비행을 나갔던 사람들은 팔십 회를 출격해야 했기 때문에 투덜거리기 시작했으며, 그들 가운데 몇 사람도 권총을 차고 뒷걸음질 치며 돌아다닐지도 모른다는 위험이 있었다. 사기는 저하되었고, 그것은 모두 요사리안의 탓이었다. 국가는 위기에 처했으며, 그는 자유와 독립이라는 전통적인 권리를 선불리 행사함으로써 그 권리들을 위태롭게 했다.

요사리안은 부조종사석에 앉아서 계속 머리를 끄덕이며 마일로가 주절거리는 얘기를 듣지 않으려고 애썼다. 그의 머릿속에서는 네이틀리의 갈보 생각이 오갔으며, 크라프트와 오르와 네이틀리와 던바, 그리고 키드 샘슨과 맥워트, 그리고 그가 이탈리아나 이집트나 북아프리카에서 보았거나 세계의 다른 지역에서 알았던 모든 불쌍하고 어리석고 병든 사람들, 그리고 스노든과 네이틀리의 갈보의 꼬마 여동생도 역시 그의 머리에 떠올랐다. 요사리안은 네이틀리의 갈보가 어째서 네이틀리의 죽음에 대한 탓을 그에게로 돌리고 그를 죽이고 싶어 했는지 그 이유를 알 수 있을 듯싶었다. 그 여자가 그래서 안 될 것도 없지 않은가? 그것은 남자의 세계에서 일어난 일이었으니, 그녀와 그녀보다 나이가 어린 모든 사람은 그를 탓하고 나이가 많은 모든 사람은 그들에게 닥치는 모든 자연적이지 않은 비극들에 대해서 그를 탓할 권리가 얼마든지 있었으며, 마찬가지로 비록 슬픔을 느끼면서도 꼬마 여동생과 다른 모든 아이들에게 찾아온 인간이 빚어 낸 모든 참혹함에 대해서 그녀는 그를 탓했다. 누군가 언젠가는 무엇인가를 해야만 했다.

모든 희생자는 범죄자였고 모든 범죄자는 희생자였으니, 그들을 모두 위태롭게 하는 물려받은 세습의 거지 같은 연속을 누군가 언젠가는 일어나서 깨뜨리려고 시도해야 할 터였다. 아프리카의 어떤 곳에서는 나이 먹은 노예 상인들이 지금까지도 어린 사내아이들을 훔쳐다가 팔았고, 그러면 돈 주고 아이를 산 사람은 내장을 꺼내 버리고 그 아이들을 먹어치웠다. 요사리안은 아이들이 공포나 고통의 암시를 전혀 드러내지 않으면서 그토록 야만적인 희생을 견딘다는 사실에 놀랐다. 그는 그들이 그토록 묵묵히 순종한다는 것을 당연하게 생각했다. 그러지 않았다가는 그 관습은 틀림없이 사라졌을 테니, 부유함이나 불멸성에 대한 어떤 애착도 아이들의 서러움에 비견할 만큼 대단치 못하기 때문이라고 그는 생각했다.

그는 배를 흔들어 대는 사람이나 마찬가지라고 마일로는 말했고, 요사리안은 다시 한번 머리를 끄덕였다. 그는 훌륭한 동료가 되지 못한다고 마일로는 말했다. 요사리안은 머리를 끄덕이고, 만일 그가 캐스카트 대령과 콘 중령이 비행 대대를 통솔하는 방법이 못마땅하다고 생각한다면, 말썽을 일으킬 것이 아니라 러시아로 가는 편이 점잖은 길이라고 마일로가 하는 얘기를 들었다. 요사리안은 만일 자기가 말썽을 일으키는 것이 못마땅하다면 캐스카트 대령과 콘 중령과 마일로가 모두 러시아로 갈 수도 있지 않겠느냐고 꼬집어 얘기하고 싶었지만 참았다. 캐스카트 대령과 콘 중령은 두 사람 다 요사리안에게 아주 잘해 주었다고 마일로가 말했는데, 그들은 마지막 페라라 출격 이후에 그에게 훈장을 주고 그를 대위로 승진시키지 않았던가? 요사리안은 머리를 끄덕였다. 그들은 그에게 먹을 것도 주고 매달 봉급을 주지 않았던가? 요사리안은 다시 머리를 끄덕였다. 만일 그가 그들에게 찾아가서, 사과하고 철회하고 팔십 회 출격을 나가겠다고 약속한다면 그들이 자비를 베풀 것이라고 마일로는 확신했다. 요사리안은 다시 생각해 보마고 말하고는 마일로가 바퀴를 내리고 활주로를 향해 미끄러져 들어가자 숨을 멈추고 무사히 착륙하기를 빌었다. 그가 정말로 비행을 혐오하게 되었다는 것은 우스운 일이었다.

비행기가 내린 다음에 보니 로마는 폐허가 되어 있었다. 비행장은 여덟 달 전에 폭격을 당했고, 마구 쌓인 하얀 자갈 더미들을 불도저로 밀고 들판을 둘러싼 철조망 사이로 난 입구의 양쪽을 평탄하게 다져 활주로로 사용했다. 콜로세움은 황폐한 껍데기뿐이었으며 콘스탄틴 반달문은 무너졌다. 네이틀리의 갈보의 아파트는 쓰레기 더미였다. 여자들은 없어졌고, 남아 있는 사람이라고는 늙은 여자뿐이었다. 아파트의 창문들은 산산조각이 났다. 노파는 스웨터와 치마를 아무렇게나 걸쳤고 머리에는 검은 숄을 둘렀다. 그녀는 팔짱을 끼고, 찌그러진 양은 냄비에다 물을 끓이며 전기 요리판 근처의 나무 의자에 앉아 있었다. 요사리안이 들어섰을 때 그녀는 큰 소리로 혼잣말을 하고 있었는데, 그를 보자마자 앓는 소리를 하기 시작했다.

"가 버렸다오." 그가 물어보기도 전에 그녀가 신음하듯 말했다. 두 팔꿈치를 손으로 엇갈려 잡고 그녀는 삐걱대는 의자에 앉아 구슬프게 앞뒤로 몸을 흔들었다. "가 버렸다오."

"누가요?"

"모두들. 가엾은 어린 계집아이들이 모두."

"어디로요?"

"멀리. 길바닥으로 내쫓겼다오. 그들은 모두 가 버렸다오. 가엾은 어린 계집아이들이 모두."

"누가 쫓아냈어요? 누가 그랬죠?"

"하얗고 딱딱한 모자를 쓰고 몽둥이를 든 키가 크고 야비한 군인들이요. 그리고 우리 경찰관(carabinieri)들 하고요. 그들이 몽둥이를 들고 와서 모두 쫓아냈다오. 외투도 가져가지 못하게 했고. 가엾은 것들. 추운 바깥으로 쫓겨났다오."

"그들을 체포했나요?"

"그들을 멀리 쫓아 버렸다오. 그들이 쫓아 버렸다오."

"체포도 하지 않았다는데, 그럼 왜들 그런 짓을 했죠?"

"모르겠소." 늙은 여인은 흐느껴 울었다. "난 모르겠소. 나는 누가 돌봐 주나요? 가엾은 어린 계집아이들이 모두 가 버렸으니, 이제는 누가 나를 돌봐 주려나. 누가 나를 돌봐 주려나?"

"무슨 이유가 있었을 텐데요." 주먹으로 손바닥을 치면서 요사리안이 끈질기게 물었다. "여기로 그냥 몰려 들어와서 무조건 모두들 쫓아내지는 않았을 거예요."

"이유는 없다오." 늙은 여인이 울부짖었다. "이유는 없다오."

"그들이 무슨 권리로 그랬나요?"

"캐치-22요."

"뭐라고요?" 요사리안은 공포와 놀라움으로 멈칫 얼어붙었고, 온몸이 쑤셔 오는 듯한 기분이 들었다. "뭐라고 그러셨죠?"

"캐치-22요." 머리를 아래위로 끄덕이며 늙은 여인이 말을 되풀이했다. "캐치-22요. 캐치-22에서 밝히는 바로는 우리가 말릴 수 없는 것은 무엇이나 다 할 수 있는 권리가 그들에게 있다오."

"도대체 무슨 얘기를 하시는 거예요?" 요사리안은 당황하고 화가 나서 그녀에게 소리쳤다. "그것이 캐치-22인 줄은 어떻게 알았나요? 그것이 캐치-22라고 도대체 누가 얘기를 하던가요?"

"딱딱하고 하얀 모자를 쓰고 몽둥이를 든 군인들요. 여자들은 울고 있었다오. '우리가 뭘 잘못했나요?' 하고 그들이 물었죠. 남자들은 아니라고 그러면서 몽둥이 끝으로 그들을 문 밖으로 밀어냈다오. '그렇다면 왜 우릴 몰아내나요?' 여자들이 물었어요. '캐치-22요.' 남자들이 말했죠. '무슨 권리로 이래요?' 여자들이 물었어요. '캐치-22요.' 남자들이 말했고요. 그들이 자꾸만 하는 얘기라곤 '캐치-22, 캐치-22'뿐이었다오. 캐치-22라니, 그게 무슨 뜻인가요? 캐치-22가 뭐예요?"

"그것을 당신들한테 보여 주지 않던가요?" 분노와 실망을 느끼며 오락가락하던 요사리안이 물었다. "그것을 읽어 달라고 하지도 않으셨어요?"

"그들은 우리한테 캐치-22를 보여 줄 필요가 없다오." 늙은 여인이 대답했다. "그럴 필요가 없다고 법에 정해져 있으니까요."

"그럴 필요가 없다고 어떤 법이 그래요?"

"캐치-22요."

"아, 염병할!" 요사리안은 고통스럽게 소리를 질렀다. "그건 아마 있지도 않았을 거예요." 그는 걸음을 멈추고는 맥이 풀려 방 안을 둘러보았다. "영감님은 어디 있죠?"

"가 버렸다오." 늙은 여자가 신음했다.

"가 버렸어요?"

"죽었다오." 손바닥으로 머리를 짚으면서 늙은 여인은 힘주어 슬프게 머리를 끄덕이며 그에게 말했다. "여기서 뭐가 고장 났다오. 금방 살아 있었는데, 금방 죽어 버렸다오."

"하지만 그 사람이 죽었을 리 없어요!" 끝까지 따질 각오가 된 요사리안이 소리쳤다. 그러나 물론 그는 그것이 사실임을 알았고, 논리적임을 알았으니—노인은 다시 한번 대부분의 사람들이 가는 길을 따라갔다.

요사리안은 몸을 돌려 음울하게 얼굴을 찌푸리고 아파트 안을 터벅거리며 비관적인 호기심으로 모든 방들을 들여다보았다. 유리로 만든 모든 것은 몽둥이를 든 남자들이 부수어 버렸다. 찢어진 휘장과 침구는 마룻바닥에 버려져 있었다. 의자들과 탁자들과 화장대들은 뒤집혔다. 깨질 만한 것들은 모두 깨졌다. 파괴는 철저했다. 어느 난폭한 파괴자도 이보다 철저할 수는 없었다. 방마다 창문은 모두 부수어졌고 깨진 유리창으로 어둠이 잉크빛 구름처럼 쏟아져 들어왔다. 요사리안은 단호하고 하얀 모자를 쓴 키 큰 헌병들의 묵직하고 짓이기는 발이 눈에 선했다. 그는 파괴하는 그들의 악의에 차고 불길 같은 흥분과, 정의와 헌신을 앞세운 그들의 무자비하고 신성한 체하는 의식을 상상할 수 있었다. 가엾은 젊은 여자들이 모두 떠나 버렸다. 두툼한 갈색 그리고 회색 스웨터와 검은 숄을 걸치고 흐느껴 울던 늙은 여인 이외에는 모두 다 가 버렸고, 곧 그녀도 떠나리라.

"가 버렸다오." 그가 다시 들어오자 말도 꺼내기 전에 그녀가 탄식했다. "이젠 누가 날 돌봐 주나요."

요사리안은 그 말을 못 들은 체했다. "네이틀리의 여자 친구…… 그 여자한테서 소식 들은 사람 없어요?" 그가 물었다.

"가 버렸다오."

"가 버린 건 알아요. 하지만 그 여자한테서 소식 들은 사람 없나요? 그 여자가 어디 있는지 아는 사람도 없고요?"

"가 버렸다오."

"꼬마 여동생, 그 아이는 어떻게 되었죠?"

"가 버렸다오." 늙은 여인의 말투는 변함이 없었다.

"내가 무슨 얘기를 하는지 아세요?" 혼수상태에서 자기에게 말하고 있는 게 아닐까 확인하려고 그녀의 눈을 들여다보면서 요사리안이 날카롭게 물었다. 그는 목청을 돋우었다. "꼬마 여동생, 그 어린 계집아이는 어떻게 되었나요?"

"가 버렸다오, 가 버렸어." 그의 끈기에 짜증이 나서 어깨를 추스르며, 나지막한 울음소리가 더 커지면서, 늙은 여자가 대답했다. "다른 사람들처럼 길바닥으로 쫓겨났어요. 외투조차 못 가지고 가게 했답니다."

"어디로 갔어요?"

"난 몰라요. 난 모르오."

"그 애는 누가 돌봐 주나요?"

"난 누가 돌봐 주나요?"

"그 애는 아는 사람이 없어요! 그렇죠?"

"난 누가 돌봐 주나요?"

요사리안은 늙은 여인의 무릎에다 돈을 놓아 주었고 (남에게 돈을 준다는 나쁜 일이 옳게 여겨질 때가 무척 많다니 묘한 일이었지만) 아파트에서 걸어 나와 층계를 내려가며, 그런 것은 존재하지도 않음을 알고 있으면서도 화가 나서 캐치-22를 저주했다. 캐치-22가 존재하지 않음을 그는 똑똑히 알고 있었지만, 그래도 마찬가지였다. 문제는 그것이 존재한다고 모든 사람들이 믿는다는 것이었으며, 비웃거나 반박하거나 비난하거나 비판하거나 공격하거나 개정하거나 증오하거나 헐뜯거나 침을 뱉거나 갈기갈기 찢어 버리거나 짓밟거나 태워 버릴 대상이나 텍스트가 없기 때문에 훨씬 더 난처했다.

바깥은 추웠고, 어둡고, 무미건조하고 물기가 흐르는 안개가 바람 속에서 부풀어 기념비들의 좌대와 집들의 커다랗고 윤기 없는 주춧돌 위로 흘러내렸다. 요사리안은 서둘러 마일로에게 되돌아가서 그의 주장을 취소했다. 그는 미안하다고 말했으며, 자기의 말이 거짓인 줄을 알면서, 만일 네이틀리의 갈보의 꼬마 여동생을 찾는 데 마일로가 로마에서의 그의 영향력만 동원해 준다면 캐스카트 대령이 원하는 만큼 출격을 더 많이 나가겠다고 약속했다.

"그 애는 겨우 열두 살 난 처녀야, 마일로." 그는 초조하게 설명했다. "그리고 난 너무 늦기 전에 그 애를 찾고 싶어."

마일로는 그의 요구에 상냥한 미소로 답했다. "당신이 찾고 있는 겨우 열두 살 난 처녀를 방금 내가 구했죠." 그는 신이 나서 발표했다. "이 열두 살 난 처녀는 사실은 겨우 서른네 살이지만, 무척 엄격한 부모 밑에서 단백질이 적은 음식을 먹고 자랐으며, 남자들하고 처음 잔 때는……."

"마일로, 난 어린 계집아이 얘기를 하고 있어!" 절망적인 짜증을 느끼며 요사리안은 그의 말을 가로막았다. "모르겠어? 난 그 여자하고 자고 싶은 게 아냐. 난 그 여자를 돕고 싶어. 자네한테도 딸이 있겠지. 그 애는 아직 어리고, 돌봐 줄 사람도 없이 이 도시에서 혼자 살아. 난 그 애가 다치지 않도록 보호해 주고 싶어. 내가 하는 얘기를 이해할 수 없어?"

마일로는 이해했고 깊이 감동했다. "요사리안, 난 당신이 자랑스러워요." 그는 심오한 감정으로 소리쳤다. "정말 그래요. 당신이 언제나 섹스밖에 모르는 건 아니라는 걸 알게 되어 내가 얼마나 기쁜지 당신은 몰라요. 당신한테는 줏대가 있어요. 물론 나한테는 딸이 있고, 난 당신이 하는 얘기를 정확하게 알아들었어요. 우린 그 계집아이를 찾을 겁니다. 걱정 마세요. 당신이 나하고 같이 가면, 이 도시를 몽땅 뒤져서라도 그 계집아이를 찾아낼 거예요. 갑시다."

요사리안은 마일로 마인드바인더의 속력이 빠른 엠 앤드 엠 차를 타고 경찰국으로 가서 가무잡잡하고 단정치 못한 국장을 만났는데, 좁다랗고 검은 콧수염을 기르고 단추를 풀어 헤친 튜닉 차림인 경찰국장은 그들이 사무실에 들어섰을 때 턱이 둘이고 쥐젖이 난 건장한 여자와 희롱하고 있다가 놀라서 따뜻한 인사로 마일로를 맞이했고, 마치 마일로가 무슨 우아한 후작이라도 되는 듯 음탕한 존경심을 나타내며 오른발을 뒤로 빼고 절을 했다.

"아, 마일로 후작님." 그는 뚱뚱하고 심술이 난 여자를 쳐다보지도 않고 문으로 밀어내면서 넘치는 기쁨을 드러내며 말했다. "오신다는 얘기를 왜 하지 않으셨나요? 당신을 위해 큰 잔치를 마련했을 텐데요. 들어오세요. 들어오십시오, 후작님. 이제는 우리를 찾아오시는 일이 거의 없군요."

마일로는 낭비할 시간이 조금도 없음을 알고 있었다.

"안녕, 루이지." 거의 무례하게 보일 정도로 활기 있게 머리를 끄덕이며 그가 말했다. "루이지, 난 당신의 도움이 필요해요. 여기 있는 내 친구가 여자를 하나 찾고 싶어 해요."

"여자요, 후작님?" 골똘히 생각을 하느라고 얼굴을 긁적거리면서 루이지가 말했다. "로마에는 여자들이 우글거립니다. 미국인 장교라면 여자 하나쯤 구하기는 별로 어렵지 않아요."

"아녜요, 루이지, 당신은 이해를 못 하는군요. 이 사람이 당장 찾아내야 할 여자는 열두 살 난 처녀죠."

"아, 예, 이제야 알겠습니다." 루이지는 슬기롭게 말했다. "처녀라면 시간이 좀 걸립니다. 하지만 일자리를 찾는 젊은 시골 처녀들이 도착하는 버스 터미널에서 기다리시면……."

"루이지, 당신은 아직도 이해를 못 하는군요." 마일로가 참을성을 잃고 무뚝뚝하게 딱딱거리자 경찰국장은 얼굴이 새빨개져서 벌떡 일어나 차려 자세로 정신없이 제복의 단추를 채우기 시작했다. "그 계집아이는 친구 집안의 오랜 친구이고, 우린 그 애를 돕고 싶어요. 그 애는 어린아이에 지나지 않아요. 그 애는 이 도시 어디엔가 혼자 있는데, 우린 누가 해치기 전에 그 애를 찾아야 해요. 그럼 이해가 가요? 루이지, 이건 나한텐 아주 중요한 일이에요. 나한테도 그 어린 계집아이하고 나이가 똑같은 딸이 있고, 너무 늦기 전에 그 가엾은 아이를 구한다는 건 지금 당장은 나에게 세상에서 무엇보다도 중요한 일이에요. 도와주시겠소?"

"예, 후작님, 이제야 이해가 갑니다." 루이지가 말했다. "그리고 그 애를 찾기 위해서 전 능력껏 최선을 다하겠습니다. 하지만 오늘 밤엔 사람이 전혀 없다시피 합니다. 오늘 밤엔 엽연초의 불법 거래 현장을 덮치려고 모두들 바쁘죠."

"엽연초의 불법 거래요?" 마일로가 물었다.

"마일로." 모든 것이 수포로 돌아가는구나 하고 순간적으로 깨달아 가슴이 철렁해진 요사리안은 힘없이 그를 불렀다.

"예, 후작님." 루이지가 말했다. "불법 엽연초의 이윤이 어찌나 높은지 밀수를 통제하기란 거의 불가능한 일입니다."

"불법 엽연초가 진짜로 그렇게 이윤이 많이 나요?" 검붉은 눈썹이 탐욕스럽게 올라가고 코를 흥흥거리면서 마일로는 날카로운 흥미를 나타내며 물었다.

"마일로." 요사리안이 그를 불렀다. "나한테 관심을 둬. 알겠어?"

"예, 후작님." 루이지가 대답했다. "불법 엽연초는 이윤이 무척 높죠. 밀수는 국가적 스캔들이죠, 후작님. 정말로 국가적인 수치예요."

"그게 정말인가요?" 생각에 잠겨 미소를 짓고 따져 보더니 마일로는 마술에 걸리기라도 한 듯 문 쪽으로 걸어가기 시작했다.

"마일로!" 요사리안이 고함치더니 그를 붙잡으려고 충동적으로 뛰어갔다. "마일로, 자넨 날 도와줘야만 해."

"불법 엽연초랍니다." 간질병적인 욕망의 표정으로 마일로는 그에게 설명하며 빠져나가려고 기를 썼다. "날 보내줘요. 난 불법 엽연초를 밀수해야 하니까요."

"여기 남아서 그 애를 찾도록 날 도와줘." 요사리안이 애원했다. "불법 엽연초 밀수는 내일이라도 할 수 있어."

그러나 마일로는 귀가 먹어서, 폭력을 쓰지 않아도 저항할 수 없게, 자꾸만 앞으로 밀고 나가며 땀을 흘렸고, 그의 눈은 마치 장님처럼 고정되어서 뜨겁게 이글거렸고, 군침이 흐르는 입은 경련을 일으켰다. 그는 막연하고 본능적인 좌절감이라도 느끼듯 차분하게 신음하고는 "불법 엽연초, 불법 엽연초." 소리를 거듭했다. 그와 합리적인 얘기를 나눈다는 것이 희망 없는 일이라는 사실을 알게 되자 요사리안은 마침내 포기하고 길을 비켜 주었다. 마일로는 총알처럼 사라졌다. 경찰국장은 튜닉의 단추를 다시 풀고 경멸의 눈으로 요사리안을 쳐다보았다.

"당신 여기서 뭘 하고 있소?" 그가 차갑게 물었다. "내가 체포해 줄까요?"

요사리안은 사무실에서 걸어 나와 층계를 내려가서 벌써 되돌아 들어오고 있던 쥐젖이 나고 턱이 둘인 건장한 여자와 현관에서 스친 다음 어둡고 무덤 같은 길거리로 나섰다. 마일로의 자취는 보이지 않았다. 창문은 불을 켜 놓은 곳이 하나도 없었다. 요사리안은 버림받은 인도(人道)의 몇 구간을 계속해서 가파르게 올라갔다. 그는 비탈지고 기다란 자갈길의 꼭대기에서 휘황찬란하고 널따란 도로를 볼 수 있었다. 경찰서는 거의 맨 끝에 있었는데, 입구의 노란 전구들은 젖은 횃불처럼 눅눅함 속에서 반짝였다. 냉랭하고 고운 빗발이 내렸다. 그는 비탈을 올라가느라고 천천히 걷기 시작했다. 곧 그는, 조용하고 아늑하고 마음이 끌리는 식당에 이르렀는데, 그곳은 창문에다 빨간 벨벳 휘장을 드리웠고 문 근처에는 이런 내용의 파란 네온 간판이 있었다. "토니의 식당. 멋진 술과 음식. 들어오지 마시오." 파란 네온 간판의 글을 보고 그는 가볍게 잠깐 동안 놀랐다. 그를 둘러싼 이상하고 뒤틀린 세계에서는 이제 더 이상 어떤 왜곡된 사물도 기묘하지 않았다. 헐벗은 건물들의 꼭대기는 괴이하고 초현실적인 각도로 경사가 졌으며, 길거리는 기우뚱한 듯싶었다. 그는 따스한 털외투의 옷깃을 세우고 몸을 감쌌다. 밤은 썰렁했다. 얇은 셔츠와 얇고 너덜너덜한 바지를 입은 소년이 맨발로 어둠에서 나왔다. 그 소년은 머리카락이 까맣고, 이발과 신발과 양말이 필요했다. 그의 병든 얼굴은 창백하고 처량했다. 그가 지나가자 소년의 발에서 불쾌하고 나지막하게 무엇인가를 빨아들이는 듯한 소리가 빗물 웅덩이에서 들렸다. 요사리안은 그의 가난에 어찌나 심한 연민을 느끼고 마음이 움직였던지, 이 소년이 그 똑같은 날 밤에 이발과 신발과 양말이 필요한 이탈리아의 모든 창백하고 구슬프고 병든 아이들을 연상시켰기 때문에, 그의 창백하고 구슬프고 병든 얼굴을 주먹으로 쳐서 죽어 자빠지게 하고 싶었다. 그를 보자 요사리안은 불구자들과 춥고 배고픈 남자들과 여자들, 그리고 바로 그 똑같은 날 밤 이 똑같은 썰렁한 비에 무감각하게 드러내 싸늘해진 짐승 같은 젖통으로 아이들에게 젖을 먹이던, 눈은 긴장병에 걸리고, 멍청하고 덩치 크고 착실한 모든 어머니들이 생각났다. 암소들. 신호를 받기라도 한 듯이 검은 누더기로 싼 아기를 안고 젖을 먹이는 어머니 한 사람이 터벅거리며 지나갔다. 요사리안은 그 여자가, 약삭빠르고 파렴치한 몇 명을 제외한 모든 사람들에게, 따스함과 음식과 정의를 충분히 마련해 준 적이 여태껏 없었던 세상에서 떨리고 정신 빠지게 하는 모든 비참함을, 그리고 얇은 셔츠와 얇고 너덜너덜한 바지를 입은 맨발의 소년을 그에게 연상시켰기 때문에 그녀의 얼굴도 역시 후려치고 싶었다. 이 얼마나 한심한 세상인가! 그는 바로 그날 밤에, 비록 번영하는 그의 나라에서도 얼마나 많은 사람들이 궁핍을 느끼고, 얼마나 많은 집들이 판잣집들이고, 얼마나 많은 남편들이 술에 취했고 얼마나 많은 아내들이 매질을 당했으며, 얼마나 많은 아이들이 괴롭힘을 당하고 야단을 맞고 버림을 받았을지 궁금하게 생각했다. 얼마나 많은 가족들이 음식을 살 돈이 없어서 굶주렸을까? 얼마나 많은 마음들이 상처를 받았을까? 바로 그날 밤에 얼마나 많은 사람들이 정신 이상을 일으켰을까? 얼마나 많은 바퀴벌레들과 집주인들이 승리를 거둘까? 얼마나 많은 승리자들이 패배자이고, 성공이 실패이고, 부자는 가난한 자일까? 얼마나 많은 똑똑한 녀석들이 바보일까? 얼마나 많은 행복한 종말이 불행한 종말일까? 얼마나 많은 정직한 사람들이 거짓말쟁이이고, 용감한 사람들이 겁쟁이이고, 충성스러운 사람들이 배반자들이며, 얼마나 많은 성자다운 사람들이 부패했고, 신뢰가 필요한 자리에 앉은 얼마나 많은 사람들이 푼돈을 위해 그들의 영혼을 불량배들에게 팔아 버렸고, 영혼이라고는 지녀 본 적이 없었던 사람들은 얼마나 될까? 얼마나 많은 곧고 좁은 길이 비뚤비뚤한 길인가? 얼마나 많은 훌륭한 가족들이 형편없는 가족들이며 얼마나 많은 좋은 사람들이 나쁜 사람들인가? 그것들을 모두 더하고 빼고 나면 남는 것이라고는 오직 아이들뿐이고, 아마도 거기에다가 앨버트 아인슈타인과 어느 곳의 늙은 바이올린 연주가나 조각가가 남을 따름일지도 모른다. 요사리안은 서먹서먹한 기분으로 홀로 괴로워하며 걸었고, 그가 결국 길모퉁이를 돌아 큰길로 나서서 자그마하고, 창백하고, 얼굴이 어린아이 같은 젊은 연합군 소위가 땅바닥에서 발작하는 것이 눈에 띄었을 때까지는 뺨에 병색이 도는 맨발 소년의 괴로운 모습을 머릿속에서 지워 버릴 수가 없었다. 국적이 다른 군인 여섯 사람이 그를 이곳저곳 붙잡아 누르며 꼼짝 못 하게 하려고 씨름을 했다. 그는 이를 악물고 알아들을 수 없는 소리를 지르고 신음했으며 눈알이 하얗게 뒤집혔다. "혀를 물어 끊지 못하게 해요." 요사리안의 근처에 있던 키 작은 병장이 일러 주었고, 아픈 소위의 얼굴과 씨름을 하려고 일곱 번째 사람이 소동 속으로 뛰어들었다. 덤벼든 사람들은 단숨에 이겼고, 젊은 소위를 일단 꼼짝 못 하게 잡아 놓고 나니 그를 어떻게 해야 할지 몰라서 어쩔 줄 모르고 서로 쳐다보았다. 그들의 야수 같은 얼굴에 바보 같은 두려움이 번졌다. "그 사람을 들어서 저 차의 엔진 뚜껑 위에 올려놓지 그러세요?" 요사리안의 뒤에 서 있던 상등병이 느릿느릿 말했다. 그 말이 그럴듯해서 일곱 남자는 젊은 소위를 들어 세워 둔 차의 엔진 뚜껑 위에 길게 누이고는 아직도 반항하는 그의 몸 각 부분을 찍어 눌렀다. 일단 세워 놓은 자동차의 엔진 뚜껑 위에 그를 누이고 나자 그들은 다음에 어떻게 해야 할지 막막했다. "그 사람을 그 차의 엔진 뚜껑에서 들어내 땅바닥에 누이지 그러세요?" 요사리안의 뒤에 있던 상등병이 다시 느릿느릿 말했다. 그 말도 그럴듯해서 그들은 그를 길바닥으로 옮기려고 했지만, 그들이 미처 일을 끝내기도 전에, 지프 한 대가 빨간 스포트라이트를 옆구리에서 번쩍거리며 앞자리에 헌병 두 사람을 태우고 달려왔다.

"무슨 일입니까?" 운전사가 고함을 질렀다.

"이 사람이 발작을 일으켰어요." 젊은 소위의 팔다리 가운데 하나를 잡고 있던 사람이 대답했다. "그래서 우리가 꼼짝 못 하게 붙잡고 있죠."

"좋습니다. 그를 체포합니다."

"우린 이 사람을 어떻게 하죠?"

"체포하고 계시죠!" 헌병은 소리를 지르고, 자신의 재담이 기특해서 쉰 목소리로 웃어 대느라고 허리를 굽히고는 지프를 타고 달려가 버렸다.

요사리안은 자기에게 외출증이 없다는 것이 생각나서 그 이상한 패거리를 신중하게 지나치고는 멀리 앞의 짙은 어둠 속에서 들려오던 웅얼대는 목소리들을 향해 갔다. 넓고 빗물로 얼룩진 큰길은 반 구간마다 뿌연 갈색 안개에 둘러싸여 불꽃이 괴이하게 반짝거리는 짤막하고 구부러진 가로등으로 빛났다. 머리 위의 어느 창문에서 "제발 이러지 마세요. 제발 이러지 마세요."라고 애원하는 불행한 여자의 목소리가 들려왔다. 까만 비옷을 입고, 까만 머리카락을 잔뜩 얼굴 위로 드리운 젊은 여자가 눈을 떨구고 우울하게 그를 지나쳤다. 다음 구간의 공보부 건물에서는 술 취한 젊은 병사 한 사람이 홈을 파 넣은 코린트식 기둥에다 술 취한 여자를 밀어 대고 있었으며, 술 취한 세 전우는 포도주 병들을 그들의 다리 사이에 놓고 근처의 계단에 앉아 구경했다. "제발 이러지 말아요." 술 취한 여자가 애원했다. "나 이제 집에 가고 싶어요. 제발 이러지 말아요." 요사리안이 얼굴을 돌려 쳐다보니까 앉아 있던 세 사람 가운데 하나가 험악하게 욕설을 퍼붓고는 포도주 병을 그에게 던졌다. 짤막하고 둔한 소리를 내면서 병은 멀리서 산산조각이 났다. 요사리안은 두 손을 호주머니에 찌르고 변함없이 힘 빠지고 한가한 걸음걸이로 계속 걸어갔다. "어서, 아가씨." 그는 술 취한 병사가 좀처럼 물러서지 않고 재촉하는 소리를 들었다. "이제는 내 차례야." "제발 이러지 마세요." 술 취한 여자가 빌었다. "제발 이러지 마세요." 바로 길모퉁이에서, 좁다랗고 구불구불한 옆길의 짙고 꿰뚫을 수 없는 그림자 속 깊은 곳에서, 그는 누가 틀림없이 삽으로 눈을 치우는 듯한 이상한 소리를 들었다. 그는 콘크리트에 긁히는 쇠삽의 규칙적이고 힘들고 오싹한 소리가 두려워 온몸에 소름이 돋아 보도를 내려가서 불길한 뒷골목을 건너 그 소름끼치고 어울리지 않는 소리가 들리지 않게 될 때까지 서둘러 앞으로 갔다. 이제 그는 자기가 있는 곳이 어디인지를 알게 되었는데, 방향을 바꾸지 않고 곧장 가면 곧 그는 큰길의 한가운데에 있는, 물이 마른 분수대에 이르고, 다음에 일곱 구간을 더 가면 장교 숙소가 있었다. 그는 갑자기 앞에서 으스스한 어둠을 찢는 비인간적인 으르렁거리는 소리를 들었다. 길모퉁이의 가로등 전구는 끊어져 길거리의 반 이상이 음산한 기운이 돌았고, 보이는 것들은 모두 균형을 잃은 듯했다. 건널목의 다른 쪽에서 한 남자가 라스콜리니코프의 꿈에서 채찍으로 말을 때리는 사람처럼 몽둥이로 개를 때리고 있었다. 요사리안은 보거나 듣지 않으려고 신경을 잔뜩 곤두세웠지만 소용이 없었다. 낡은 마닐라 삼밧줄에 묶여 개는 야수적이고 얼빠진 히스테리를 일으키며 킹킹대고, 비명을 지르고, 엎드려서 아무런 저항도 없이 기었지만, 그래도 남자는 개를 묵직하고 납작한 몽둥이로 때리고 또 때렸다. 몇 사람이 모여서 구경했다. 땅딸막한 여자 하나가 앞으로 나서더니 제발 그만하라고 그에게 부탁했다. "남의 일에 신경 쓰지 마쇼." 남자는 퉁명스럽게 소리를 지르면서 그 여자도 치려는 듯이 몽둥이를 치켜들었고, 여자는 풀이 죽어 창피한 표정으로 머뭇머뭇 물러섰다. 요사리안은 그곳을 벗어나려고 뛰다시피 걸음을 서둘렀다. 밤은 공포로 가득했고, 그는 세상을 돌아다니며 그리스도가, 미치광이들로 가득 찬 병동을 돌아다니는 정신과 의사가, 도둑들로 가득 찬 형무소의 희생자가 느꼈음 직한 기분이 들었다. 거기에 비하면 문둥이의 모습이 얼마나 더 보기가 좋았으랴! 다음 길모퉁이에서는 말리려고 전혀 애쓰지 않고 꼼짝없이 모여선 어른 구경꾼들의 한가운데서 어느 남자가 어린 소년을 무자비하게 때리고 있었다. 요사리안은 속이 뒤집히는 낯익은 광경에 뒷걸음질을 쳤다. 그는 언젠가 이것과 똑같은 광경을 본 적이 있다고 확신했다. 데자뷔인가? 이 불길한 우연의 일치에 그는 떨렸고, 회의와 공포에 휩싸였다. 비록 모든 내용이 상당히 서로 다르기는 했지만, 그것은 한 구간 앞에서 그가 보았던 바로 그 장면이었다. 도대체 무슨 일이 벌어지고 있는가? 땅딸막한 여자 한 사람이 앞으로 나서서 제발 그만하라고 그에게 요구할 것인가? 그는 그녀를 때리려고 손을 치켜들고, 그러면 그녀는 물러설 것인가? 움직이는 사람은 아무도 없었다. 몽롱한 참혹함 속에서처럼 아이는 쉬지 않고 울었다. 남자는 힘찬 소리를 내며 손바닥으로 머리를 때려 아이를 고꾸라뜨리고, 다시 그를 잡아끌어 일으켜 세워서는 또 때려 고꾸라뜨렸다. 그곳에 모인 뚱하고 위축된 사람들 가운데 그 어느 누구도 말리고 싶을 정도로 놀라고 매 맞는 소년을 걱정하는 것 같지가 않았다. 아이는 아홉 살이 될까 말까 했다. 누추한 여인 하나가 접시 닦는 더러운 수건에 얼굴을 대고 소리 없이 흐느껴 울었다. 소년은 야위고 이발을 해야 했다. 새빨간 피가 양쪽 귀에서 흘러나왔다. 요사리안은 구토를 일으키는 광경에서 도피하려고 넓은 대로(大路)의 반대쪽으로 재빨리 건너갔는데, 빗방울이 날카로운 손톱처럼 파고들며 쏟아져 내려 그대로 끈적끈적한 피의 얼룩들 근처를 흠뻑 적시고, 반짝이는 도로에 흩어진 사람의 이빨들 사이를 걷고 있음을 그는 깨달았다. 어금니와 부러진 앞니들이 사방에 흩어져 있었다. 그는 발돋움을 하고 이 괴이한 쓰레기를 돌아 어느 문간으로 가까이 갔는데, 그곳에는 어느 병사가 적신 손수건을 입에 대고, 초조한 기분으로 엄숙하게 기다리는 다른 두 병사의 부축을 받고 축 늘어져 울고 있었는데, 마침내 주황빛 안개등을 켠 군용 구급차가 요란하게 나타나더니, 다음 구간에서 장부를 든 이탈리아 민간인 한 사람과 몽둥이와 수갑을 든 경찰관 한 패거리 사이의 싸움이 벌어진 곳으로 가느라고 그들을 지나쳐 버렸다. 비명을 지르며 발버둥을 치던 민간인은 흑인이었지만 너무 공포에 질려 얼굴이 밀가루처럼 하얘졌다. 수많은 키 큰 경찰관들이 그의 팔다리를 잡고 들어 올리자 그의 눈은 박쥐의 날개처럼 열띤 절망으로 파르르 떨렸다. 그의 장부들이 땅바닥으로 쏟아졌다. "사람 살려!" 경찰관들이 그를 들어 구급차 뒤쪽의 열린 문으로 가서 그를 안으로 집어 던지자, 감정이 격해서 스스로 목을 조르는 듯한 목소리로 그는 날카롭게 비명을 질렀다. "경찰! 사람 살려! 경찰!" 문이 닫히고 잠긴 다음에 구급차는 달려가 버렸다. 그의 둘레에 경찰관들이 우글거리는데도 경찰의 도움을 청하느라고 고함을 치던 그 남자의 익살맞은 전율 속에서는 우습지도 않은 아이러니가 담겨 있었다. 요사리안은 도움을 청하는 우스꽝스럽고 헛된 비명에 심술궂은 미소를 지었다. 그러자 그는 말이 애매하다는 것을 알고는 깜짝 놀랐으며, 그 말은 아마도 경찰을 부르는 뜻이 아니라, 몽둥이와 권총을 지닌 경찰관이나 그 경찰관을 도우려고 몰려든 몽둥이와 권총을 휴대한 다른 경찰관이 아닌 모든 사람들에게 어느 저주받은 친구가 무덤으로부터 보내오는 영웅적인 경고였을지도 모른다는 생각에 섬뜩했다. "사람 살려! 경찰!" 남자는 그렇게 외쳤고, 그는 위험하다고 소리를 지르고 있었는지도 모른다. 요사리안은 그런 생각을 한 다음에 경찰로부터 남몰래 몸을 피하다가 마흔쯤 되어 보이는 듬직한 여자의 발에 걸려 넘어질 뻔했는데, 그녀는 건널목을 서둘러 건너면서 죄라도 지은 듯 어깨 너머로, 점점 더 간격이 멀어지는 가운데 그녀를 터벅거리며 뒤쫓아 오던 굵은 발목에 붕대를 두른 여든 살쯤 되는 여자에게 은밀하고 악의에 찬 눈길을 힐끗힐끗 던졌다. 늙은 여자는 숨을 몰아쉬고 종종걸음을 치면서, 마음이 산란해져 화가 나서 혼자 투덜거렸다. 그 장면의 본질은 분명했으니, 그것은 추격이었다. 승리감에 찬 첫 번째 여자는 두 번째 여자가 이르기도 전에 넓은 대로를 반쯤 건너갔다. 애쓰는 늙은 여자를 뒤돌아볼 때 그녀가 얼굴에 띤, 자그마하고 비열하고 히죽거리는 미소는 악하기도 하면서 근심에 가득 찼다. 요사리안은 입장이 난처한 늙은 여자가 만일 소리만 질렀다면 자기가 그녀를 도울 수 있으리라고 믿었고, 만일 두 번째 여자가 자기에게 곤경의 비명을 질러서 허락해 주기만 했다면 그가 앞으로 뛰어나가 튼튼한 첫 번째 여자를 붙잡고 근처의 경찰 패거리가 올 때까지 그녀를 잡고 있으리라고 생각했다. 그러나 늙은 여자는 그를 보지도 못하고 지나가면서 무시무시하고 비극적인 분노로 투덜거렸고, 곧 첫 번째 여자는 점점 깊어지는 어둠의 결 속으로 사라졌고, 늙은 여자는 어리둥절해서 혼자 남았으니 어느 쪽으로 가야 할지 잘 몰라 길거리의 한가운데 어쩔 줄 모르고 서 있었다. 요사리안은 그녀에게서 시선을 돌리고, 그녀를 도우려고 아무 일도 하지 못한 자신을 부끄럽게 여기면서 서둘러 자리를 떴다. 그는 패배한 몸으로 도망치면서 늙은 여자가 이제부터는 자기를 따라오지 않을까 걱정하며 미안하고 비밀스러운 눈길을 던졌고, 그는, 궂은비가 흩날리는 깜깜하고 거의 불투명한 음울한 어둠이 그에게 마련해 준 숨을 만한 도피처를 다행으로 여겼다. 폭도들…… 경찰관들로 이루어진 폭도들……. 영국만 제외하고는 모든 것이 폭도들, 폭도들, 폭도들의 손아귀에 들어가 있었다. 몽둥이를 든 폭도들이 모든 곳을 장악했다.

요사리안의 외투는 옷깃과 어깨 표면이 흠뻑 젖었다. 양말도 젖고 차가웠다. 다음 가로등도 둥근 유리가 깨져 불이 들어오지 않았다. 시간이 멈춰서 썩어 버린 파도의 수면 같은 건물들과 알 수 없는 형태들이 그의 곁을 지나 소리 없이 흘러갔다. 키 큰 승려 한 사람이 얼굴을 완전히, 심지어는 눈까지도, 거친 회색 수도복의 고깔모자 속에 숨기고 지나갔다. 물구덩이를 건너 철벅거리며 그에게로 가까이 오는 발자국 소리가 들렸고, 그는 그것이 또 다른 맨발의 사내아이일까 봐 겁이 났다. 그는 검은 비옷을 입고, 뺨에는 별처럼 생긴 상처가 나고, 한쪽 관자놀이에는 달걀만 한 크기의 잘라 낸 자국이 반들거리는, 앙상하고 수척하고 비애에 찬 남자를 스치고 지나갔다. 삐그덕거리는 밀짚 샌들을 신고 목에서 시작해 눈을 지나 양쪽 뺨으로 거칠게 주름진 덩어리처럼 번진, 분홍빛이거나 얼룩덜룩하고 무시무시한 화상(火傷)으로 얼굴이 몽땅 뭉개진 한 젊은 여자가 불쑥 나타났다. 요사리안은 차마 그녀를 쳐다볼 수가 없었고, 벌벌 떨기만 했다. 그녀를 사랑할 사람은 영원히 아무도 없을 것이다. 그는 속이 뒤집히는 듯했고, 그를 위로하고 흥분시킨 다음에 잠을 재워 줄, 그가 사랑할 수 있는 어떤 여자와 눕기를 원했다. 피아노사에서는 몽둥이를 든 폭도들이 그를 기다리고 있었다. 여자들은 모두 가 버리고 없었다. 백작 부인과 그녀의 며느리는 이제는 신통치가 않았으며, 그는 재미를 보기에는 너무 나이가 들었고, 그럴 만한 시간도 없었다. 루치아나는 보이지 않았고, 죽었는지도 모를 일이었으며, 아직 살아 있더라도 곧 죽으리라. 알피의 포동포동한 매춘부는 음란한 카메오 반지와 더불어 사라졌고, 더케트 간호사는 그가 다시는 출격을 나가지 않겠다고 거부하며 스캔들을 일으켰기에 그를 부끄럽게 여겼다. 그의 주변에 남아 있는 여자라고는 아무도 데리고 자려고 하지 않던 숙소의 수수한 하녀뿐이었다. 그녀의 이름은 미카엘라였지만, 남자들은 달콤하고 알랑거리는 목소리로 그녀를 추잡한 이름으로 불러 주었고, 그녀는 영어를 전혀 알아듣지 못해서 그들이 그녀에게 칭찬하며 악의 없는 농담을 하는 줄 알고 어린애처럼 기뻐서 낄낄거렸다. 그들이 하는 온갖 난잡한 짓은 그녀의 마음을 황홀한 기쁨으로 채웠다. 그녀는 즐겁고, 생각이 단순하고, 열심히 일하는 여자였으며, 읽을 줄은 모르고 자기 이름이나 겨우 쓸 수 있는 정도였다. 그녀의 머리털은 누저서 썩은 밀짚 빛깔의 직모였다. 그녀의 피부는 흙빛이었고, 눈은 근시였고, 아무도 그럴 마음이 내키지 않았기 때문에 그녀를 데리고 잔 남자는 전혀 없었고, 한 사람이 있었다면 알피뿐이었는데, 그는 그날 밤에 그녀를 한 차례 강간한 다음에, 민간인 통행금지 사이렌이 울려 그녀가 밖으로 나갔다가는 법에 걸릴 터여서 꼼짝도 못 할 때가 되도록 거의 두 시간 동안이나 손으로 그녀의 입을 틀어막고 옷을 넣는 벽장 속에 가두어 두었다.

그런 다음에 그는 그녀를 창밖으로 내던졌다. 요사리안이 도착했을 때 그녀의 시체는 아직도 길바닥에 팽개쳐져 있었으며, 희미한 등불을 든 엄숙한 이웃 사람들이 둥그렇게 모여선 곳을 사과하면서 파고들어 가려니까, 그들은 그에게서 물러서며 독살스러운 눈으로 2층의 창문들을 노려보면서 자기들끼리 음울하고 남을 탓하는 대화를 주고받았다. 깨어진 시체의 처량하고 불길하고 피투성이인 모습을 보고 요사리안의 가슴은 불안과 공포로 두근거렸다. 그는 현관 안으로 목을 숙이고 들어가 층계를 뛰어 올라갔고, 숙소에 들어서니 알피는 도도하고, 조금쯤 불편한 미소를 지으며 불안하게 서성거리던 참이었다. 알피는 약간 불안한 듯이 파이프를 만지작거렸고, 아무 걱정도 할 필요가 없다고 요사리안을 안심시켰다. 걱정할 것은 하나도 없었다.

"난 그 여자를 겨우 한 번밖에는 강간하지 않았어." 그가 설명했다.

요사리안은 기가 막혔다. "하지만 자넨 그 여자를 죽였어, 알피! 자넨 그 여잘 죽였어!"

"아, 강간한 다음에는 그럴 수밖에 없었지." 자기 딴에는 지극히 겸손한 태도로 알피가 대답했다. "우리에 대해서 나쁜 얘기를 하며 나돌아 다니라고 그 여자를 그냥 내버려 둘 수는 없는 노릇이었으니까, 안 그래?"

"하지만 이 멍텅구리 자식아, 왜 그 여자를 애초부터 건드렸지?" 요사리안이 소리쳤다. "여자 생각이 있었다면 길거리에서 하나 구하지 그랬어? 이 도시에는 창녀들이 우글거리는데 말이야."

"아, 아니지, 난 못해." 알피가 뽐냈다. "난 평생 돈을 주고 그걸 한 적이 없어."

"알피, 자네 돌았나?" 요사리안은 말문이 막힐 지경이었다. "자넨 여자를 하나 죽였어. 자넨 감옥에 갇힐 거야!"

"아, 아니지." 억지로 미소를 지으면서 알피가 대답했다. "날 그렇게 하지는 못해. 이 착한 알피는 누구도 감옥에 잡아넣을 수 없지. 그 여자를 죽였다고 말이야."

"하지만 자넨 그 여자를 창밖으로 던져 버렸어. 그 여잔 길바닥에 죽어 넘어져 있어."

"그 여잔 그곳에 있을 권리가 없는데." 알피가 대답했다. "통행금지 시간이니까."

"멍텅구리야! 자네가 무슨 일을 저질렀는지 모르겠어?" 요사리안은 알피의 송충이처럼 두툼하고 부드러운 어깨를 움켜잡고서 정신을 좀 차리라고 흔들어 주고 싶었다. "자넨 인간을 하나 살해했어. 자네는 감옥으로 가는 거야. 자넨 교수형을 당할지도 몰라!"

"아, 그런 짓들을 하리라고는 믿기지 않아." 초조함의 증상이 더 심해지기는 했어도 유쾌하게 킥킥 웃으면서 알피가 대답했다. 그는 무의식적으로 짤막한 손가락으로 파이프의 구멍을 더듬거리다가 담배 부스러기를 엎질렀다. "아니, 어림도 없지. 이 착한 알피한테 교수형이라니 말이야." 그는 다시 킥킥 웃었다. "그 여자는 하녀에 지나지 않았어. 날마다 수천 명씩 목숨들을 잃고 있는 판에 그까짓 보잘것없는 이탈리아 하녀 한 명 때문에 그렇게 소란을 떨리라고는 믿기 힘들어, 안 그래?"

"이봐!" 마치 기쁘기라도 한 듯 요사리안이 소리쳤다. 그가 귀를 쫑긋 세우고 알피의 얼굴에서 흘러내리는 피를 쳐다보고 있자니까 경찰 사이렌이 희미하게 울렸고, 그러더니 거의 순식간에 사방에서 그들에게로, 방 안으로 몰려드는 엄청난 소리의 울부짖고 진동하고 휘몰아치는 불협화음처럼 사이렌 소리가 높아졌다. "알피, 자네를 잡으려고 오는구먼." 소음 속에서도 들리게 고함을 지르며 그는 밀어닥치는 동정심을 느꼈다. "자네를 체포하려고 그들이 오고 있어, 알피. 이해가 안 가? 비록 보잘것없는 하녀라고 할지라도 자넨 다른 인간의 목숨을 빼앗고도 무사할 수는 없어. 모르겠나? 이해가 안 가?"

"아, 아니지." 힘없는 미소를 짓고 멋쩍게 웃으면서 알피가 우겼다. "그들은 날 체포하러 오는 것이 아니야. 이 착한 알피는 아니지."

순식간에 그는 병든 모습이 되었다. 그는 떨리고 멍한 기분으로 의자에 주저앉았고, 그의 뭉툭하고 유연한 두 손은 무릎 사이에서 흔들렸다. 바깥에서 차들이 미끄러지며 멈췄다.

탐조등이 당장 창문을 비추었다. 자동차 문들이 쾅쾅 닫히고 경찰 호루라기들이 빽빽거렸으며 목소리들이 거칠게 높아졌다. 알피는 새파래졌다. 그는 기계적으로 머리를 자꾸만 흔들면서, 묘하고 맥 빠진 미소를 짓고는 힘없고 공허하고 단조로운 목소리로 그들은 자기를, 이 착한 알피를 잡으러 오는 것이 아니라는 말을 되풀이하고, 발자국 소리가 층계를 달려 올라와서 쿵쾅거리며 다가온 다음, 심지어는 귀가 먹먹해질 만큼 무지막지한 힘으로 주먹이 네 번 문을 두드릴 때까지도 자기 말이 옳다고 스스로 납득시키려고 기를 썼다. 그러더니 숙소의 문이 활짝 열리며 덩치가 크고, 거칠고, 늠름하고, 눈이 차갑고, 턱은 단단하고, 근육이 발달하고, 웃을 줄 모르는 헌병 두 사람이 재빨리 들어오더니 방을 뚜벅뚜벅 건너와서 요사리안을 체포했다.

그들은 출장증 없이 로마로 왔다는 이유로 요사리안을 체포했다.

그들은 불쑥 뛰어들어 미안하다고 알피에게 사과하고는, 요사리안의 두 팔을 쇠수갑처럼 단단한 손가락으로 한쪽에서 하나씩 움켜쥐어 끌고 나갔다. 내려가는 동안 그들은 그에게 아무 말도 하지 않았다. 몽둥이를 들고, 딱딱하고 하얀 헬멧을 쓴 키 큰 헌병 두 명이 바깥문을 닫은 차에서 기다리고 있었다. 그들은 요사리안을 뒷자리에 태웠고, 차는 요란한 소리를 내며 빗발과 지저분한 안개를 헤치고 경찰서로 갔다. 헌병들은 네 벽이 돌로 되어 있는 감방에 그를 밤새껏 잡아 두었다. 새벽이 되자 그들은 변기로 쓸 물통을 주고는 그를 차에 태워 공항으로 나갔는데, 그곳에서는 몽둥이를 들고 하얀 헬멧을 쓴 거인 헌병들이 수송기에서 기다리고 있었으며, 그들이 도착했을 때 비행기의 엔진은 이미 예열되어서 원통 같은 초록빛 엔진 커버에서는 응결된 물방울이 파르르 떨리며 흘러내렸다. 헌병들은 자기들끼리라도 서로 얘기를 나누는 사람이 없었다. 그들은 목례조차 하지 않았다. 그토록 딱딱한 얼굴을 요사리안은 여태껏 본 적이 없었다. 비행기는 피아노사로 날아갔다. 착륙 활주로에는 또 두 명의 말 없는 헌병이 기다리고 있었다. 그들의 숫자는 이제 여덟이 되어서, 훈련이 잘된 정밀한 몸가짐으로 한 줄로 두 차에 나눠 오르고는 타이어 소리를 윙윙 울리며 비행 중대를 넷 지나서 비행 대대 본부로 갔는데, 그곳에도 헌병 두 사람이 주차장에서 기다리고 있었다. 키가 크고, 튼튼하고, 힘세고, 말이 없는 열 명의 남자들은 모두 그의 주위에 우뚝 서서 입구로 향했다. 까맣게 탄 땅바닥에서 그들의 발자국 소리가 요란하게 박자를 맞춰 으드득거렸다. 그는 점점 더 가속되는 서두름을 느꼈다. 그는 겁에 질렸다. 열 명의 헌병은 모두가 한주먹에 그를 으스러뜨려 죽일 만큼 힘이 세어 보였다. 그들이 묵직하고 단단하고 바위 같은 어깨로 그를 누르기만 해도 그의 몸이 눌려 목숨이 날아갈 터였다. 그가 자신을 구하기 위해서 할 수 있는 일은 하나도 없었다. 그는 헌병들로 이루어진 촘촘하게 늘어선 두 줄의 기둥 사이로 빠른 속도로 끌려가면서 그의 겨드랑이를 움켜잡고 있는 두 사람이 누구인지조차 볼 수 없었다. 그들의 걸음이 빨라졌고, 그는 땅에서 두 다리가 둥둥 떠 날아가는 기분을 느끼며 단호한 보조로 널따란 대리석 층계를 올라갔고, 그곳에는 또다시 딱딱한 얼굴의 헌병 두 사람이 기다리고 있다가 더욱 빠른 걸음걸이로 그를 이끌고 거대한 로비 위에 매달린 기다란 외팔보 발코니를 내려갔다. 둔탁한 타일 바닥 위에서 행진하던 그들의 발자국 소리는 으스스하고 점점 속도가 빨라지는 북소리처럼 건물의 텅 빈 중앙에서 천둥처럼 울렸고, 그들이 훨씬 더 속도를 내어 캐스카트 대령의 사무실로 가까이 가자 전율의 광포한 바람이 요사리안의 귀에 울렸고, 운명이 기다리는 사무실로 그들이 그를 밀어 넣었고, 안에서는 콘 중령이 캐스카트 대령의 책상에 엉덩이를 편안하게 깔고 앉아 기다리다가 그에게 친근한 미소를 지으며 말했다.

"우린 자넬 귀국시키기로 했어."

40
캐치-22

물론 거기에는 함정이 있었다.

"캐치-22요?" 요사리안이 물었다.

"물론이지." 무관심하게 손을 까딱하고 약간 경멸하는 듯 머리를 끄덕여 우람하고 덩치가 큰 헌병들을 내보내고 낸 다음에 (가장 냉소적일 때 언제나 그렇듯이 아주 느긋한 태도로) 콘 중령은 유쾌하게 대답했다. 요사리안을 쳐다보는 그의 테 없는 네모꼴 안경은 간사한 장난기로 번득였다. "뭐니 뭐니 해도 이제는 출격을 거절했다고 해서 우리가 자네만 그냥 귀국시키고 나머지 사람들은 이곳에 남겨 둘 수야 없는 노릇이겠지? 그렇다면 그들에겐 공평한 일이 아니니까."

"그렇고말고!" 화가 나서 식식거리고 입술을 빼물며 숨찬 들소처럼 볼썽사납게 왔다 갔다 하던 캐스카트 대령이 불쑥 말했다. "난 저 친구의 손과 발을 묶어서 출격이 있을 때마다 비행기에 태워 내보내고 싶어. 내가 하고 싶은 건 그거야."

콘 중령은 캐스카트 대령에게 조용하라고 손짓하고는 요사리안에게 미소를 지었다. "자네도 알겠지만, 자네 때문에 캐스카트 대령님은 정말로 고생이 막심했어." 그 사실이 자기에게는 조금도 불쾌하지 않다는 듯 상쾌한 기분으로 그가 설명했다. "장병들은 마음이 언짢고 사기는 저하되어 있어. 그리고 그건 모두 자네 탓이야."

"당신들이 출격 횟수를 올린 탓이죠." 요사리안이 따졌다.

"아냐, 출격하지 않겠다고 거절한 자네의 탓이지." 콘 중령이 반박했다. "장병들은 자신들에게 선택권이 없는 것으로 알고 있는 한 우리가 요구하는 대로 얼마든지 출격하면서도 완전히 만족했어. 이제는 그들에게 자네가 희망을 불어넣어서, 그들은 불행해졌지. 그러니까 모두 자네 탓이야."

"저 친구는 전쟁이 계속되고 있다는 것도 모르나?" 아직도 발을 구르며 왔다 갔다 하던 캐스카트 대령이 요사리안은 쳐다보지도 않으면서 시무룩하게 물었다.

"틀림없이 알고 있을 겁니다." 콘 중령이 대답했다. "아마 그렇기 때문에 출격을 거부하는지도 모르죠."

"그래도 저 친구한테는 아무런 상관이 없나?"

"전쟁이 계속되고 있다는 사실을 의식하면 그 전쟁에 참여하기를 거부하려는 자네의 결심이 누그러질 수도 있겠나?" 캐스카트 대령의 목소리를 흉내 내어 비꼬는 진지함을 드러내며 콘 중령이 물었다.

"아뇨, 중령님." 콘 중령에게 맞받아 미소를 지으려고 하면서 요사리안이 대답했다.

"그럴 줄 알았어." 조심스러운 한숨을 지으며 콘 중령이 한마디 하고는, 매끄럽고 넓고, 벗어져 반짝이는 머리 위에서 손가락으로 깍지를 끼었다. "자네도 알지만, 아주 공정하게 생각했을 때, 우린 정말 자넬 나쁘게 대하지 않았어, 그렇지? 우린 자넬 제때에 먹여 주고 봉급도 주었지. 우린 자네한테 훈장을 주고 심지어는 대위로 만들어 주기도 했어."

"저 친구를 절대로 대위로 만들어 줘서는 안 되는 건데 그랬어." 캐스카트 대령이 고통스럽게 말했다. "그가 페라라 출격을 엉망으로 만들고 다시 돌아가기로 했을 때 그를 군사재판에 거는 건데 그랬어."

"진급을 시키지 말라고 내가 그랬잖아요." 콘 중령이 말했다. "하지만 당신은 내 얘기를 듣지 않았죠."

"아냐, 자넨 그러지 않았어. 자넨 나더러 그를 진급시키라고 했어, 그렇지?"

"승진시키지 말라고 그랬죠. 하지만 당신은 내 말을 들으려고 하지 않더군요."

"들었어야 하는 건데."

"당신은 내 얘기를 듣는 법이 없어요." 입맛을 다시면서 콘 중령이 계속했다. "그렇기 때문에 우리가 이 꼴을 당했어요."

"좋아, 거지같이. 그 얘기는 꺼내지 마, 알았지?" 캐스카트 대령은 두 손을 주머니 속으로 깊숙이 쑤셔 넣고는 흐느적거리며 돌아섰다. "내 잘못만 따지는 대신에 그를 어떻게 해야 할지나 궁리해 보지 그래?"

"우린 그를 고향으로 보내 줘야 할 것 같아요." 요사리안을 보려고 캐스카트 대령에게서 몸을 돌렸을 때 콘 중령은 승리감에 차서 킥킥 웃고 있었다. "요사리안, 자네한테는 전쟁이 끝났어. 우린 자넬 귀국시키기로 했으니까. 자네도 알듯이 자넨 정말 그럴 만한 자격이 없고, 그런 까닭에 난 귀국시키는 일을 개의치 않아. 지금은 자네를 위해 우리가 모험해야 할 일이 따로 없으니까 자넬 미국으로 보내기로 작정했어. 우린 이 조그만 타협을……."

"무슨 타협요?" 요사리안이 절망적인 불신을 느끼며 물었다.

콘 중령은 머리를 뒤로 젖히고 웃었다. "아, 완전히 비열한 타협이니까, 그렇게 알아 두게. 그건 아주 역겨운 것이지. 하지만 자넨 그것을 당장 받아들이게 될 거야."

"너무 자신 있어 하지 마세요."

"그것이 고약하기 짝이 없는 것이기는 해도, 자네가 받아들이리라는 것에 대해서는 조금도 의심하지 않아. 아 참, 자넨 출격을 다시는 나가지 않겠다고 거절한 얘기를 아무한테도 하지 않았겠지, 안 그래?"

"안 했습니다, 중령님." 요사리안이 재빨리 대답했다.

콘 중령은 마음에 든다는 듯 머리를 끄덕였다. "좋았어. 난 자네가 거짓말하는 방법이 마음에 들어. 점잖은 야심만 좀 지녔다면 자넨 이 세상에서 출세를 많이 하겠어."

"그는 전쟁이 벌어지고 있다는 걸 모르나?" 캐스카트 대령은 갑자기 고함을 지르고는 불신감을 그의 담뱃대로 힘차게 불어 냈다.

"알고 있으리라고 믿습니다." 콘 중령이 시틋하게 대답했다. "조금 아까 당신이 그것과 똑같은 얘기를 했으니까요." 콘 중령은 간사하고 용감한 조롱이 담긴 눈을 엉큼하게 깜박거린 후 요사리안의 편을 들어 주기 위해서 짜증스럽게 얼굴을 찌푸렸다. 그는 두 손으로 캐스카트 대령의 책상 언저리를 움켜쥐고 펑퍼짐한 엉덩이를 잔뜩 뒤로 빼더니, 짧은 두 다리를 달랑거리며 모서리 쪽에 올라앉으려고 힘을 썼다. 그의 구두가 노란 참나무에 가볍게 부딪쳤고, 대님이 없는 구정물처럼 갈색인 그의 양말이 놀랄 만큼 작고 하얀 발목 밑에서 축 늘어진 동그라미를 이루며 흘러내렸다. "자네도 알겠지만 말이야, 요사리안." 그는 조롱하는 듯하기도 하고 진지하게도 여겨지는 태연한 태도로 다정하게 말했다. "난 정말로 자네를 약간은 탐탁하게 생각하지. 자넨 위대한 도덕적인 개성을 지닌 이지적인 인물이며 무척 용감한 태도를 보여 주었어. 난 도덕적인 개성이 전혀 없는 이지적인 인물이어서, 그것을 제대로 평가할 이상적인 입장이지."

"지금은 무척 중대한 시기야." 콘 중령의 말에는 신경도 쓰지 않으며 사무실의 저쪽 귀퉁이에서 캐스카트 대령이 심술궂게 주장했다.

"정말 무척 중대한 시기죠." 침착하게 머리를 끄덕이며 콘 중령이 동의했다. "상부의 지휘관들이 얼마 전에 바뀌었으니, 우린 셰이스코프 장군이나 페켐 장군에게 나쁜 인상을 줄 만한 입장이 아네요. 하시려던 얘기가 그거죠, 대령님?"

"그에게는 애국심도 없나?"

"자넨 조국을 위해서 싸우고 싶지 않나?" 캐스카트 대령의 거칠고 독선적인 어투를 흉내 내면서 콘 중령이 다그쳤다. "자넨 캐스카트 대령과 나를 위해서 목숨을 버릴 각오는 없는가?"

콘 중령의 결론짓는 말을 듣자 요사리안은 놀라서 잔뜩 긴장했다. "그게 무슨 소리죠?" 그가 소리쳤다. "당신하고 캐스카트 대령님이 내 조국과 무슨 상관이 있어요? 당신들하고 국가는 달라요."

"어떻게 자넨 우릴 떼어 놓을 수가 있나?" 콘 중령이 미묘한 차분함을 보이며 물었다.

"맞았어." 캐스카트 대령이 힘주어 외쳤다. "자넨 우리 편이거나 반대편이지, 양쪽 다 될 수는 없어."

"자네가 그에게 걸려들었군." 콘 중령이 말을 덧붙였다. "자넨 우리 편이거나 국가와 반대편이지. 아주 간단해."

"아, 아네요, 중령님. 난 그런 얘기에 넘어가지 않아요."

콘 중령은 당황하지 않았다. "솔직히 얘기하자면 나도 그렇긴 하지만, 다른 사람들은 모두 넘어갈 거야. 자네 입장이 그렇게 되었지."

"자넨 군복에 대한 수치야!" 처음으로 요사리안을 마주 보려고 몸을 돌리면서 캐스카트 대령이 화를 벌컥 내며 선언했다. "자네가 어떻게 대위가 되었는지 정말 궁금하군."

"당신이 그를 진급시켰어요." 코웃음을 억지로 참으면서 콘 중령이 달콤하게 일깨워 주었다. "생각이 안 나나요?"

"어쨌든 난 절대로 그래선 안 되는 거였는데."

"그러지 말라고 내가 얘기했죠." 콘 중령이 말했다. "하지만 당신은 내 얘기를 들으려고도 하지 않더군요."

"제기랄, 그 얘기는 이제 꺼내지 않을 수 없어?" 캐스카트 대령이 소리쳤다. 그는 이마를 찌푸리면서, 의심으로 가늘게 뜬 눈으로 콘 중령을 노려보고 주먹을 엉덩이에서 불끈 쥐었다. "이봐, 도대체 자넨 어느 편이야?"

"당신 편이죠, 대령님. 내가 어느 편이 되겠어요?"

"그렇다면 나한테 따지고 들지 말아, 알겠어? 날 그만 물고 늘어지란 말이야, 알겠지?"

"난 당신 곁에 있어요, 대령님. 난 애국심으로 충만하죠."

"그렇다면 그걸 잊지 않도록 해." 캐스카트 대령은 불완전하게 납득하고 잠깐 더 머뭇거리다가 몸을 돌리고는 기다란 담뱃대를 만지작거리며 다시 걷기 시작했다. 그는 요사리안을 엄지손가락으로 가리켰다. "그의 문제를 해결하지. 난 저 친구를 어떻게 해야 옳은지 알아. 나는 그를 밖으로 끌고 나가서 총살시키고 싶어. 그것이 내가 하고 싶은 일이야. 드리들 장군이라면 그렇게 하겠지."

"하지만 드리들 장군은 이제 우리하고 같이 있지 않아요." 콘 중령이 말했다. "그러니까 우린 그를 끌고 나가서 총살시킬 수가 없죠." 캐스카트 대령과의 긴장된 순간이 지나고 나자, 콘 중령은 마음을 놓고는 다시 캐스카트 대령의 책상을 발로 툭툭 치기 시작했다. 그는 요사리안에게로 말머리를 돌렸다. "그래서 대신에 우린 자넬 귀국시키는 거야. 좀 생각해 볼 필요는 있었지만, 우린 자네가 뒤에 남겨 두고 갈 친구들 사이에 많은 불만을 야기시키지 않으면서 자네를 고향으로 보낸다는 이 무시무시한 계획을 짜냈어. 그래, 자넨 즐겁지 않은가?"

"무슨 계획요? 그것이 마음에 들지 안 들지 자신이 없군요."

"자네 마음에 들지 않으리라는 건 나도 알아." 다시 만족스럽게 머리 위에서 손을 깍지 끼며 콘 중령이 웃었다. "자넨 그걸 싫어할 거야. 그건 정말 속이 뒤집힐 일이어서, 틀림없이 자네 마음이 상하겠지. 하지만 자넨 서슴지 않고 동의할 거야. 두 주일 안에 자네는 안전하고 건강하게 귀국할 터이고 자네한테는 선택권이 없으니까 아마 당장은 자네도 동의를 하겠지. 동의하지 않으면 군사재판이야. 받아들이거나 말거나 선택해야지."

요사리안이 코웃음을 쳤다. "큰소리는 그만 치세요, 중령님. 중령님은 적지에서의 탈영죄로 날 군사재판에 회부할 수 없으니까요. 그랬다간 중령님 입장이 곤란해질 것이고, 아마 유죄 판결도 내릴 수 없을 겁니다."

"하지만 자넨 출장증도 없이 로마에 갔으니까 우린 자넬 탈영죄로 군사재판에 걸 수 있어. 그리고 그걸 증명할 수도 있고. 조금만 생각해 보면 자넨 우리가 그럴 수밖에 없다는 걸 이해하겠지. 우린 자넬 처벌하지도 않고 멋대로 반항하며 돌아다니게 내버려 둘 수는 없어. 다른 사람들도 모두 출격하지 않으려고 할 테니까 말이야. 비록 문제가 많이 생기고 캐스카트 대령이 형편없이 점수가 깎이는 한이 있더라도, 우린 자넬 군사재판에 회부하겠어."

캐스카트 대령은 "점수가 깎인다."라는 말에 움찔하고는, 분명히 아무런 생각도 미리 해 보지 않고서, 상아와 마노로 만든 가느다란 담뱃대를 나무 책상 위에다 세차게 집어던졌다. "맙소사!" 그가 갑자기 소리를 질렀다. "난 이 거지 같은 담뱃대가 싫어!" 담뱃대는 책상에서 튀어 벽으로 날아가 창턱을 스치고 마룻바닥으로 떨어져 그가 서 있는 곳에서 멈추었다. 캐스카트 대령은 화가 나서 얼굴을 찌푸리고 그것을 노려보았다. "저게 정말 나한테 도움이 되는지 알 수가 없어."

"그건 페켐 장군에게서 점수를 따겠지만, 셰이스코프 장군에게는 점수가 깎일 물건이죠." 짓궂게 순진한 표정을 지으며 콘 중령이 그에게 알려 주었다.

"난 누구의 비위를 맞춰야 하지?"

"두 사람 다요."

"어떻게 내가 두 사람의 비위를 다 맞춘단 말이야? 그들은 서로 미워하는데. 내가 어떻게 페켐 장군에게 묵사발 나지 않으면서 셰이스코프 장군에게 점수를 따지?"

"열병식요."

"그래, 열병식이지. 그의 비위를 맞추는 길은 그것뿐이야. 열병식. 열병식." 캐스카트 대령은 심술이 나서 얼굴을 찌푸렸다. "한심한 장군들이지! 그들은 군복에 대한 수치야. 그 두 사람은 장군이 될 수 있는데 어째서 난 빠지는지 알 길이 없구먼."

"당신은 출세할 거예요." 콘 중령은 전혀 확신하지 않으면서 그를 안심시키고는 킬킬 웃으며 요사리안에게로 돌아섰는데, 요사리안의 굽힐 줄 모르는 반발과 불신의 표정을 보자 그의 건방진 기쁨이 더욱 높아졌다. "그리고 문제의 핵심은 이거야. 캐스카트 대령은 장군이 되고 싶어 하며 난 대령이 되고 싶고, 그래서 우린 자넬 귀국시켜야 해."

"대령님은 왜 장군이 되고 싶어 하나요?"

"왜냐고? 내가 대령이 되고 싶은 것과 똑같은 이유에서이지. 우리가 할 일이 또 뭐가 있겠나? 더 높은 것을 향해 포부를 가지라고 모두들 우리에게 가르치지. 장군은 대령보다 높고, 대령은 중령보다 높아. 그래서 우린 두 사람 다 포부를 지녔어. 그리고 자네도 알겠지만, 요사리안, 우리가 포부를 지녔기 때문에 자네한테는 다행이지. 그에 대해서 자네가 택한 시간은 완벽한데, 아마 자네도 그런 속셈이 있었겠지."

"난 속셈이 있어서 한 일은 하나도 없어요." 요사리안이 반박했다.

"그래, 난 정말 자네가 거짓말하는 방법이 마음에 들어." 콘 중령이 대답했다. "자네의 사령관이 장군으로 승진하고, 어느 누구보다도 개인당 출격 횟수의 평균치가 높은 부대에서 자네가 복무했다는 걸 생각하면 자랑스럽지 않아? 자넨 표창을 더 받고, 공군 훈장을 더 타고 싶지 않아? 자네의 부대 정신은 어떻게 되었어? 자넨 출격을 더 나감으로써 이 위대한 업적에 공헌하고 싶은 생각이 없나? 이것이 자네가 좋다고 말할 수 있는 마지막 기회야."

"싫어요."

"그렇다면 자넨 우릴 궁지에 몰아넣었으니……." 화를 내지 않으면서 콘 중령이 말했다.

"저 친구는 부끄러워할 줄도 모르는구먼!"

"……우린 자넬 귀국시켜야 해. 우리를 위해서 조금만 자네가 호의를 베푼다면…….”

“무얼 말입니까?” 요사리안이 도전적인 걱정에 휩싸여 말을 가로막았다.

“아, 시시한 작은 일들이지. 사실 우리가 제안하는 건 자네에게는 무척 너그러운 거야. 우린 자네를 미국으로 돌려보내는 명령을 낼 것이고, 정말이야, 우린 그럴 거야, 그리고 자네가 그 대가로…….”

“뭔데요? 내가 무엇을 해야 하는데요?”

콘 중령이 무뚝뚝하게 웃었다. “우릴 좋아해야지.”

요사리안은 눈을 깜박였다. “당신들을 좋아해요?”

“우리들을 좋아해.”

“당신들을 좋아해요?”

“그래.” 요사리안의 숨김없는 놀라움과 당황한 표정에 무한히도 기분이 좋아져서 콘 중령이 말했다. “우릴 좋아해. 우리하고 한편이 돼. 우리 친구가 되라고. 여기에서, 그리고 미국에 가서 우리 칭찬을 해. 우리 부하가 되란 말이야. 자, 그만하면 요구가 심한 건 아니지?”

“당신은 내가 그냥 당신들을 좋아하기만 바라나요? 그것뿐이에요?”

“그것뿐이야.”

“그게 전부예요?”

“그저 마음속으로 우릴 좋아해.”

콘 중령이 진담으로 그런다는 것을 알고 놀란 요사리안은 한껏 웃고 싶었다. “그건 별로 간단하지가 않겠어요.” 그가 입가에 냉소를 지었다.

"아, 그건 생각했던 것보다 훨씬 쉬울 거야." 요사리안의 가시 돋친 말에 놀라지 않은 콘 중령이 마주 뻗대었다. "일단 시작하면, 우릴 좋아하기가 얼마나 간단한지 알게 되어 놀랄 거야." 콘 중령은 헐렁헐렁하고 펑퍼짐한 바지의 허리를 추켜올렸다. 그의 네모난 턱에 박힌 깊고 검은 주름이 깔보고 꾸짖는 듯한 기쁨으로 다시 뒤틀렸다. "이봐, 요사리안, 우린 자네를 봐주려고 이러는 거야. 우린 자네를 소령으로 진급시키고 훈장도 주겠어. 플룸 대위는 벌써부터 페라라 상공에서 자네가 보여 준 용맹성과, 부대에 대한 자네의 깊고 변함없는 충성심과, 의무에 대한 자네의 철저한 헌신에 대한 보도 자료를 다듬고 있지. 한 가지 말해 두지만, 내가 한 말은 그 기사에서 그대로 인용한 거야. 우리가 자네에게 영광을 돌려 영웅으로서 자네를 고향으로 보내면, 국방성은 사기 진작과 선전을 위해 자네를 잊지 않고 다시 부를 거야. 자넨 백만장자처럼 살게 되겠지. 모두들 자네를 굉장하게 생각하고. 자네를 위해서 행진이 벌어지고, 자넨 전쟁 채권 모금을 위한 연설도 하고.. 자네가 우리 친구만 된다면, 호화로운 새 세계가 자넬 기다리고 있어. 멋있지 않아?"

요사리안은 자기도 모르게 환상적인 설명의 자세한 내용에 열심히 귀를 기울이고 있었다. "난 연설하고 싶은 생각은 별로 없어요."

"그렇다면 연설은 집어치우지. 자네가 이곳에 있는 사람들에게 하는 얘기가 중요한 거니까." 이제는 미소를 짓지 않으면서 콘 중령은 몸을 앞으로 수그렸다. "우린 자네가 이제는 출격을 나가지 않겠다고 거부했기 때문에 자넬 고향으로 보낸다는 걸 비행 대대의 어느 누구도 알게 되기를 원하지 않아. 그리고 우리 사이에 조금이라도 마찰이 있었다는 낌새를 페켐 장군이나 셰이스코프 장군이 눈치 채는 것도 싫고. 그렇기 때문에 우린 이렇게 친한 친구가 되어야 해."

"왜 다시는 출격을 나가지 않겠다고 그랬는지 나한테 물었던 사람들에게는 뭐라고 대답을 하죠?"

"그들에게는 자네가 미국으로 돌아가리라는 것을 미리 통보받았고, 그래서 한두 번 출격을 더 나갔다가 생명의 위협을 받기가 싫어서 그랬다고 해 둬. 친구들 사이의 사소한 말다툼이었다고 말이야."

"그들이 그 말을 믿을까요?"

"우리가 얼마나 다정한 친구가 되었는지 알게 되고, 보도 자료를 보고 자네가 나와 캐스카트 대령님에 대해서 칭찬하는 기사들을 읽게 되면 그들은 물론 믿겠지. 그 사람들 걱정은 하지 말아. 자네만 없어지면 그들을 휘어잡고 버릇을 고치기는 간단한 일이니까. 그들이 까다롭게 구는 건 자네가 아직 이곳에 있는 동안만이지. 자네도 알지만, 성한 사과가 하나 있으면 나머진 다 썩은 사과야." 콘 중령은 의미심장한 아이러니로 결론을 내렸다. "정말이지, 이젠 진짜 멋지게 일이 풀릴 터이고, 자넨 그들이 출격을 더 나가도록 하는 동기가 될지도 몰라."

"만일 내가 미국으로 돌아가서 당신들을 비난한다면 어떻게 되죠?"

"자네가 훈장을 받고, 진급도 하고, 떠들썩한 환영을 다 받고 난 다음에 말인가? 자네를 믿을 사람은 아무도 없을 것이고, 자네가 그런 짓을 하라고 군대가 가만히 있지도 않을 테고, 그리고 도대체 무엇 때문에 자네가 그런 짓을 하겠나? 자넨 우리 부하가 되는 거야, 잊지 않았겠지? 자넨 부유하고, 보람 있고, 호화롭고, 특권을 누리며 살게 되지. 도덕적인 신념 하나 때문에 그것을 모두 던져 버린다면 자네는 바보일 수밖에 없는데, 자네는 바보가 아냐. 그만하면 타협이 되겠어?"

"모르겠어요."

"싫다면 군사재판이지."

"그런 짓을 한다면 비행 중대의 다른 사람들에게는 내가 꽤 못된 장난을 치는 셈이죠, 안 그래요?"

"냄새나는 일이지." 콘 중령은 다정하게 동의하고 은근한 환희로 반짝이며 요사리안을 참을성 있게 지켜보면서 기다렸다.

"하지만 알 게 뭐예요!" 요사리안이 소리쳤다. "만일 그들이 출격을 더 나가고 싶지 않다면, 내가 그랬던 것처럼 그들도 맞서서 수를 쓰라고 내버려 두면 되죠. 그렇죠?"

"물론이지." 콘 중령이 말했다.

"그들을 위해서 내가 목숨을 걸 이유는 없어요. 그렇죠?"

"물론이지."

요사리안은 재빨리 히죽 웃으면서 결론을 내렸다. "좋습니다!" 그는 유쾌하게 선언했다.

"좋았어." 요사리안이 기대했던 것보다 훨씬 덜 점잖은 태도로 그 말을 한 다음, 콘 중령은 캐스카트 대령의 책상에서 미끄러져 내려와 마룻바닥에 섰다. 그는 사타구니에 낀 바지와 속옷의 주름을 펴고는 악수를 하자고 요사리안에게 흐물흐물한 손을 내밀었다. "우리 편이 되었으니 환영하네."

"감사합니다, 중령님. 난……."

"날 블래키[60]라고 불러, 존.[61] 우린 이제 친구 사이야."

"그럼요, 블래키. 친구들은 나더러 요요라고 하죠. 블래키, 난……."

"친구들이 그를 요요라고 한답니다." 콘 중령이 캐스카트 대령에게 소리쳤다. "그가 택한 분별 있는 행동에 대해서 요요에게 축하해 주시지 그래요?"

"그건 정말 분별 있는 행동이었어, 요요." 캐스카트 대령이 미련한 열광을 보이면서 요사리안의 손을 잡아 흔들며 말했다.

"고맙습니다, 대령님. 난……."

"대령님은 처크[62]라고 불러." 콘 중령이 말했다.

"그래, 날 처크라고 해." 어색하고도 통쾌하게 웃으면서 캐스카트 대령이 말했다. "이제 우린 모두 다 친구야."

"그럼요, 처크."

"미소를 지으면서 나가지." 세 사람이 문으로 나가는 동안 그들의 어깨에 손을 하나씩 얹고 콘 중령이 말했다.

"언제쯤 우리하고 저녁 식사나 같이하게 찾아와, 요요." 캐스카트 대령이 친절하게 초청했다. "오늘 밤이 어떨까? 대대 식

---

60) '깜씨'라는 뜻의 별명.

61) 서로 이름이나 별명을 부르는 것은 친한 사이임을 뜻한다.

62) 찰스의 애칭.

당에서."

"좋습니다, 대령님."

"처크라고 부르라니까." 콘 중령이 꾸짖듯이 고쳐 주었다.

"미안합니다, 블래키. 처크죠. 버릇이 안 들어서요."

"상관없어, 친구."

"상관없고말고, 친구."

"고맙습니다, 친구."

"천만에, 친구."

"잘 가, 친구."

요사리안은 새로운 친구들에게 다정하게 손을 흔들어 작별 인사를 하고 천천히 발코니 복도로 나와서는 혼자 있게 되자마자 노래라도 부르고 싶은 기분이었다. 그는 자유가 되어 고향으로 돌아갈 터이고, 그는 목적을 달성했고, 그의 반항적인 행위는 성공을 거두었으며, 그는 안전했고, 그는 누구에게도 부끄러워할 것이 하나도 없었다. 그는 상쾌하고 환희에 찬 기분으로 층계를 향해 나아갔다. 초록빛 작업복 차림의 이등병이 그에게 경례했다. 요사리안은 호기심을 느끼며 그 이등병을 쳐다보면서 즐겁게 답례했다. 이등병은 이상하게도 낯이 익었다. 요사리안이 답례하자 초록빛 작업복을 입은 이등병은 갑자기 네이틀리의 갈보로 둔갑해서 살인적으로 그에게 달려들어, 치켜든 그의 팔 밑 옆구리를 뼈로 손잡이를 댄 부엌칼로 찔렀다. 요사리안은 비명을 지르며 마룻바닥에 주저앉았고, 여자가 다시 찌르려고 칼을 치켜드는 것을 보자 밀어닥치는 공포에 휩싸여 눈을 감았다. 콘 중령과 캐스카트 대령이 사무실에서 뛰어나와 겁을 주어 그녀를 쫓아 버리고 그의 생명을 구했을 때쯤 요사리안은 이미 의식을 잃었다.

41
스노든

“째.” 어느 군의관이 말했다.

“자네가 째.” 다른 군의관이 말했다.

“째지 말아요.” 어색한 볼멘소리로 요사리안이 말했다.

“별것이 다 참견을 하는구먼.” 군의관 한 사람이 불평했다. “공연히 끼어들고 야단이야. 수술할 거야, 말 거야?”

“이 사람은 수술이 필요 없어.” 다른 사람이 불평했다. “작은 상처니까 말이야. 우리가 할 일이라고는 출혈을 막고, 닦아내고, 몇 바늘 꿰매기만 하면 되지.”

“하지만 난 여태껏 수술해 볼 기회가 없었어. 어떤 것이 외과용 수술 칼이지? 이것이 수술 칼인가?”

“아냐, 저쪽 것이 수술 칼이야. 좋아, 하고 싶다면 어서 째. 절개를 하라고.”

“이렇게?”

"거기는 아냐, 이 병신아!"

"절개는 하지 말아요." 무감각의 안개가 걷히는 동안에 두 낯선 사람이 당장이라도 그의 살을 도릴 것이라고 깨달은 요사리안이 말했다.

"별것이 다 참견을 하는구먼." 첫 번째 의사가 비꼬아 말했다. "내가 수술하는 동안 이 사람 줄곧 저렇게 떠들 건가?"

"내가 그를 접수하기 전에는 여러분은 수술할 수 없어요." 사무원 한 사람이 말했다.

"내가 신분 조사를 끝내기 전에는 당신은 그를 접수할 수 없소." 발그레하고 큼직한 얼굴에 콧수염을 기른 뚱뚱하고 통명스러운 중령이 말하고는 요사리안에게로 얼굴을 바싹 가져가서 거대한 튀김 냄비의 바닥처럼 열기를 발산했다. "자넨 어디서 태어났지?[63]"

그 뚱뚱하고 통명스러운 중령을 보자 요사리안은, 군목을 심문하고는 유죄라고 판결을 내린 뚱뚱하고 통명스러운 중령이 머리에 떠올랐다. 요사리안은 유리 같은 막을 통해서 그를 노려보았다. 포름알데히드 소독약과 알코올의 짙은 냄새가 공기를 들척지근하게 했다.

"전투지에서요." 그가 대답했다.

"아니, 아니. 어느 주(州, State)에서 태어났지?"

"순결한 상태(State)에서요."

"아냐, 아냐. 자넨 말을 못 알아듣는구먼."

---

63) 원문은 "어디서 실려왔지?"라는 뜻도 된다.

"내 해보지." 독살스러운 눈이 푹 꺼지고 입술은 악착스럽게 얇고, 얼굴은 도끼 같은 남자가 나섰다. "자네 누구하고 장난하자 이거야?" 그가 요사리안에게 물었다.

"그는 혼수상태예요." 의사 한 사람이 말했다. "왜 우리가 그를 다시 안으로 데리고 들어가서 치료를 하게 가만 놔두지 못하죠?"

"혼수상태라면 여기다 그냥 놔둬. 무슨 죄를 불어 버릴지도 모르니까."

"하지만 아직도 피를 철철 흘리고 있어요. 안 보입니까? 죽을지도 모르고요."

"죽으면 좋겠어!"

"이 간첩 같은 새끼가 제대로 죗값을 받게 되는 꼴이니까." 뚱뚱하고 퉁명스러운 중령이 말했다. "좋아, 존, 우리 털어놓고 얘기하지. 우린 진실을 알고 싶어."

"모두들 나를 요요라고 부르죠."

"우린 자네가 협조해 주길 바라, 요요. 우린 자네 친구들이니까, 자네가 우릴 믿어 주었으면 좋겠어. 우린 자넬 해치지 않아."

"이 친구 상처에 우리 엄지손가락을 쑤셔 넣고 후벼 팝시다." 얼굴이 도끼 같은 남자가 제안했다.

요사리안은 힘없이 눈을 감고는 그가 의식을 잃었다고 그들이 생각하기를 바랐다.

"졸도했어요." 그는 어느 의사가 하는 말을 들었다. "너무 늦기 전에 지금 우리가 치료할 수 없나요? 죽을지도 모르는데."

"좋아, 데리고 가. 그 새끼 죽었으면 좋겠구먼."

"내가 접수하기 전에 당신들이 그를 수술할 수는 없어요." 사무원이 말했다.

요사리안은 사무원이 서류를 뒤적이면서 접수를 하는 동안 눈을 감고 죽은 척했고, 그러자 그는 뜨거운 백열등이 위에 달린 답답하고 어두운 방으로 천천히 굴러 끌려갔으며 안에서는 소독약과 들척지근한 알코올의 짙은 냄새가 더욱 강하게 풍겼다. 유쾌하게 스며드는 냄새가 그를 취하게 만들었다. 그는 마취약 냄새를 맡았고 유리가 짤랑거리는 소리도 들었다. 그는 은밀하고 이기적인 기쁨을 느끼면서 두 의사의 목쉰 듯한 숨소리에 귀를 기울였다. 자기가 의식을 잃은 줄 알고 얘기를 듣고 있는 줄도 모르고 있다니, 그는 재미가 났다. 모든 것이 다 우스꽝스러웠는데, 갑자기 의사 한 사람이 말했다.

"이 사람 목숨을 우리가 건져 줘야 한다고 생각해? 우리가 그랬다간 그들이 핏대를 올릴 텐데."

"수술을 하지." 다른 군의관이 말했다. "어서 이 사람을 째고 당장 본격적인 수술로 들어가야 해. 이 사람은 자기의 간에 대해서 자꾸만 걱정하더군. 이 엑스레이를 보니까 이 사람 간이 꽤 작은 것 같아."

"그건 췌장이야, 이 병신아. 이것이 간이고."

"아냐, 그렇지 않아. 이건 심장이야. 이것이 그의 심장이라는 쪽에다 5센트 걸 테니 내기를 해. 내가 수술해서 알아낼 테니까. 난 우선 손을 씻어야 하나?"

"수술은 그만둬요." 눈을 뜨고 일어나 앉으려고 하면서 요사리안이 말했다.

"별것이 다 참견을 하는구먼." 군의관 한 사람이 화를 내며 말했다. "이 사람 입 좀 닥치게 할 수 없을까?"

"전신마취를 시키지. 마취약은 여기 있어."

"전신마취는 안 돼요." 요사리안이 말했다.

"별것이 다 참견하는구먼." 어느 군의관이 말했다.

"전신마취를 시켜서 뻗어 버리게 하지. 그런 다음에는 우리 마음대로 그를 주무를 수 있을 테니까."

그들은 전신마취를 시켜서 요사리안을 뻗어 버리게 만들었다. 그는 에테르 증기에 취해 독방에서 갈증을 느끼며 정신이 들었다. 그의 침대 옆에서는 콘 중령이 평퍼짐하고 우중충한 올리브색 모직 셔츠와 바지를 입고 차분히 의자에 앉아 기다리고 있었다. 뺨에 수염이 묵직한 갈색 얼굴에 멋없고 무기력한 미소를 지으며 그는 양쪽 손바닥으로 얌전하게 그의 대머리 표면을 문질렀다. 그는 요사리안이 깨어나자 킬킬 웃으면서 몸을 앞으로 수그리고는 다정하기 짝이 없는 목소리로 만일 요사리안이 죽지 않는다면 그들이 약속한 것은 아직도 유효하다고 그를 안심시켰다. 요사리안은 구토를 했고, 첫 번째 기침과 함께 콘 중령은 날쌔게 벌떡 일어나서 구역질이 난다는 듯 도망쳤고, 요사리안이 기억하기로는 모든 구름이 은으로 테를 두른 듯한 느낌이 들더니 그는 다시 숨 막히는 몽롱함 속으로 빠져 들어갔다. 손가락이 날카로운 어떤 사람의 손이 그를 거칠게 흔들어 깨웠다. 그는 얼굴을 돌리고 눈을 떠서, 비열하게 생긴 낯선 남자를 보았는데, 그는 독살스럽게 얼굴을 찌푸리며 입술을 비틀더니 뽐내었다.

"자네 친구가 우리한테 당했어, 이 친구야. 자네 친구가 우리한테 당했어."

요사리안은 몸이 싸늘해져서 기절하고는 땀을 흘렸다.

"내 친구가 누구죠?" 콘 중령이 앉아 있던 자리에 앉아 있는 군목을 보고 그가 물었다.

"아마 내가 당신 친구인지도 모르죠." 군목이 대답했다.

그러나 요사리안은 그의 말이 들리지 않았고, 그는 눈을 감았다. 그는 잠이 들었다가 무척 기분이 좋아서 깨었고, 군목에게 미소를 지어 주려고 머리를 돌렸더니 그곳에는 알피가 있었다. 요사리안은 본능적으로 신음을 하고는 알피가 낄낄 웃으면서 기분이 어떠냐고 묻자 짜증이 나서 괴롭게 얼굴을 찡그렸다. 어째서 그가 감옥에 들어가 있지 않은지 의아해하면서 요사리안은 그가 가 버리라고 눈을 감았다. 눈을 다시 떴을 때, 알피는 없어지고 대신 군목이 있었다. 요사리안은 군목의 유쾌한 미소를 보자 웃음을 터뜨리고는 도대체 뭐가 그렇게 기분이 좋으냐고 그에게 물었다.

"당신 때문에 마음이 즐거워요." 흥분된 기쁨과 허심탄회함을 나타내며 군목이 대답했다. "대대에서 얘기를 들었는데, 당신이 무척 심한 부상을 입어서, 살아난다고 해도 귀국을 시켜야만 한다고들 그러더군요. 당신의 상태가 심각하다고 콘 중령이 말했어요. 하지만 방금 어느 군의관한테서 얘기를 들은 바로는 당신 상처가 사실 무척 가벼운 것이라서, 아마 당신은 하루나 이틀 있으면 떠날 수 있을 거라던데요. 당신은 위험할 것이 없어요. 전혀 탈이 없죠."

요사리안은 굉장한 안도감을 느끼며 군목이 전해 주는 소식에 귀를 기울였다. "그것 참 잘되었네요."

"그래요." 뺨에 장난기 어린 즐거움의 발그레한 홍조가 스미면서 군목이 말했다. "그래요, 참 잘되었어요."

군목과의 첫 대화를 회상하며 요사리안이 웃었다. "생각나시죠, 내가 당신을 처음 만난 건 병원에서였어요. 그리고 지금 난 다시 병원에 와 있어요. 최근에 만난 일이라고는 병원에서뿐이었죠. 어디에 그렇게 숨어 있었죠?"

군목이 어깨를 추슬렀다. "난 기도를 많이 했어요." 그가 고백했다. "난 될 수 있는 대로 내 천막 안에서 오래 지내고, 휘트콤 병장이 보지 못하게 그가 자리를 뜨기만 하면 기도를 하죠."

"그것이 조금이라도 도움이 되나요?"

"걱정거리들을 잊어버릴 수가 있으니까요." 또 한 번 어깨를 추스르면서 군목이 대답했다. "그리고 그러면 난 할 일도 생기는 셈이죠."

"그렇다면 도움이 되는 쪽이군요, 그렇죠?"

"예." 전에는 그런 생각을 해 보지 못했다는 듯이 열을 올리며 군목이 동의했다. "그래요, 도움이 되는 것 같아요." 그는 거북살스럽게 걱정하며 충동적으로 몸을 앞으로 수그렸다. "요사리안, 당신이 여기 있는 동안에 내가 도와줄 어떤 일이나, 갖다줄 것이 없나요?"

요사리안은 유쾌하게 그의 애를 태웠다. "장난감이나 사탕과자나 껌 따위 말이에요?"

군목은 다시 얼굴을 붉히고, 어색한 듯 미소를 짓더니 무척 공손해졌다. "책 같은 것이나 무엇이라도요. 내가 당신을 즐겁게 해 줄 수 있는 것이 무엇이라도 있었으면 좋겠어요. 당신도 알겠지만, 요사리안, 우린 모두 당신을 무척 자랑스럽게 생각해요."

"자랑스럽다뇨?"

"그래요, 물론이죠. 그 나치 암살자를 막느라고 당신이 목숨을 걸었다니 말이에요. 그건 정말 숭고한 행동이었어요."

"무슨 나치 암살자 말이에요?"

"캐스카트 대령과 콘 중령을 죽이려고 이곳에 왔던 자 얘기죠. 그리고 당신이 그들을 구했어요. 발코니에서 당신이 맞붙어 싸우는 동안 당신은 그의 칼에 찔려 하마터면 죽을 뻔했죠. 당신이 살아나다니 다행한 일이에요."

요사리안은 이해가 가자 한심하다는 듯 코웃음을 쳤다. "그건 나치 암살자가 아니었어요."

"그럴 리가 없어요. 콘 중령이 그러던데요."

"그건 네이틀리의 여자 친구였죠. 그리고 그 여자가 노리던 사람은 캐스카트 대령이나 콘 중령이 아니라 나였어요. 그 여자는 네이틀리가 죽었다는 소식을 내가 그녀에게 전해 준 이후로 줄곧 나를 죽이려고 쫓아다녔죠."

"하지만 그럴 리가 있나요?" 답답하고 섭섭한 혼란을 느끼며 군목이 항의했다. "캐스카트 대령과 콘 중령 두 사람 다 그가 도망치는 걸 보았어요. 공식 보고서에는 그들을 죽이려는 나치 암살자를 당신이 막았다고 되어 있어요."

"공식 보고서는 믿지 마세요." 요사리안이 냉담하게 충고했다. "그것도 합의 사항의 일부이니까요."

"무슨 합의 사항요?"

"내가 캐스카트 대령과 콘 중령과 한 타협이죠. 만일 내가 모든 사람들에게 그들을 칭찬하고, 나머지 다른 사람들이 출격을 더 하도록 만든 데 대해서 누구에게도 절대로 비난하지 않는다면 그들은 날 영웅으로 만들어서 귀국시키기로 되어 있어요."

군목은 기가 막혀서인지 의자에서 반쯤 일어섰다. 그는 반항적인 놀라움으로 불끈 화가 치밀었다. "하지만 그건 무서운 일이에요! 그건 부끄럽고, 놀라운 타협이에요, 그렇죠?"

"냄새나는 타협이죠." 뒤통수만 베개에 대고 딱딱하게 천장을 올려다보면서 요사리안이 대답했다. "우리가 사용했던 단어가 '냄새나는'이었을 거예요."

"그렇다면 어떻게 당신은 그 합의에 찬성할 수가 있었나요?"

"그러지 않았다간 군사재판이었으니까 그렇죠, 군목님."

"아." 손등으로 입을 가리고, 심한 자책감을 느끼는 표정으로 군목이 개탄했다. 그는 불안하게 의자에 앉았다. "난 얘기도 하지 않았어야 하는데 그랬군요."

"그들은 날 범죄자들과 함께 무더기로 감옥에 집어넣을 거예요."

"물론이죠. 그렇다면 당신은 당신이 옳다고 느끼는 일을 해야 됩니다." 군목은 토론의 결론이라도 내리듯이 혼자 머리를 끄덕이고는 당황해서 입을 다물었다.

"걱정 마세요." 시간이 조금 흘러간 다음에 요사리안은 구슬프게 웃고 말했다. "난 그런 짓은 하지 않을 테니까요."

"하지만 당신은 해야만 해요." 걱정스럽게 몸을 앞으로 굽히면서 군목이 주장했다. "정말 당신은 해야 돼요. 난 당신에게 영향을 줄 권리가 하나도 없어요. 정말이지 난 아무 얘기도 할 권리가 없어요."

"당신은 나한테 영향력을 끼치진 않았어요." 요사리안은 몸을 굴려 모로 누워서는 엄숙하게 조롱하듯 머리를 저었다. "맙소사, 군목님! 그런 죄를 어떻게 생각하십니까? 캐스카트 대령의 생명을 건져 주는 거 말예요! 난 그런 죄목은 내 기록에 넣고 싶지 않아요."

군목은 조심스럽게 다시 아까 얘기로 돌아갔다. "그렇다면 당신은 어떻게 하려고요? 그들이 당신을 감옥에 집어넣도록 가만히 내버려 둘 수는 없어요."

"난 출격을 더 나갈 겁니다. 아니면 아마 난 정말 탈영을 하고, 그들더러 잡을 수 있으면 잡아 보라고 할지도 몰라요. 그들은 아마 날 잡아내겠죠."

"그리고 당신을 감옥에 집어넣을 겁니다. 당신도 감옥에 가기야 싫겠죠."

"그렇다면 난 전쟁이 끝날 때까지 계속해서 출격만 나가야 될는지도 모르겠군요. 우리도 살아남는 사람이 좀 있어야 하니까요."

"하지만 당신은 죽을지도 모르죠."

"그렇다면 난 출격을 더 나가면 안 되겠군요."

"어떻게 하겠어요?"

“모르겠어요.”

“그들이 당신을 귀국시키게 내버려 두겠어요?”

“모르겠어요. 바깥은 날씨가 더운가요? 이 안은 무척 덥군요.”

“밖은 무척 추워요.” 군목이 말했다.

“글쎄 말이에요.” 요사리안이 기억을 더듬었다. “아주 희한한 일이 있었는데…… 아마 난 그걸 꿈에서 보았는지도 모릅니다. 내가 기억하기로는 어떤 이상한 남자가 아까 이곳으로 들어와서 자기가 내 친구를 해치웠노라고 나한테 알려 주더군요. 그것이 허깨비가 아니었는지 모르겠어요.”

“헛것을 보지는 않았을 거예요.” 군목이 그에게 일러 주었다. “아까 내가 여기 들어왔을 때 당신은 그 얘기를 나한테 해 주려고 그랬죠.”

“그렇다면 그 사람이 정말 그런 말을 했군요. ‘자네 친구가 우리한테 당했어, 이 친구야. 자네 친구가 우리한테 당했어.’라고 그가 말했죠. 그 친구 태도는 여태껏 내가 본 일이 없을 만큼 악의에 차 있었어요. 내 친구라니 누군지 궁금하군요.”

“난 내가 당신의 친구라고 생각하고 싶군요, 요사리안.” 겸손한 진지함을 나타내며 군목이 말했다. “그리고 난 확실히 그들한테 당했어요. 그들은 나를 명단에 올리고, 나를 감시하고, 항상 날 그들 멋대로 할 수가 있죠. 심문을 할 때 그런 말을 나한테 하더군요.”

“아뇨, 난 그가 당신을 두고 그런 말을 했다고는 생각지 않아요.” 요사리안이 단정했다. “그건 네이틀리나 던바 같은 어떤 사람을 두고 한 말이었을 겁니다. 아시죠, 클레빈저나 오르나 도브스나 키드 샘슨이나 맥워트처럼 전쟁에서 죽은 사람요." 요사리안은 놀라서 한숨을 내쉬고는 머리를 저었다. "방금 생각이 났어요." 그가 소리쳤다. "내 친구들이 모두 그들에게 당했어요, 안 그래요? 남은 사람이라고는 헝그리 조하고 나뿐입니다." 그는 군목의 얼굴이 창백해지는 것을 보고는 겁이 나서 오싹했다. "군목님, 왜 그래요?"

"헝그리 조도 죽었어요."

"하느님 맙소사! 출격을 나가서 그랬나요?"

"잠이 들어 꿈을 꾸다가 죽었죠. 그의 얼굴 위에 고양이가 앉아 있는 걸 사람들이 발견했어요."

"불쌍한 녀석." 요사리안은 이렇게 말하고는 어깻죽지에 눈물을 감추며 울기 시작했다. 군목은 잘 있으라는 말도 없이 자리를 떴다. 요사리안은 무엇인가 먹고는 잠을 잤다. 한밤중에 어느 누군가의 손이 그를 흔들어 깨웠다. 그는 눈을 뜨고는, 환자의 욕의와 잠옷을 입은 야위고 비열한 남자가 그를 보고 흉측하게 벌쭉 웃고 놀리는 것을 보았다.

"자네 친구가 우리한테 당했어, 이 친구야. 자네 친구가 우리한테 당했어."

요사리안은 정신이 나가는 듯했다. "도대체 무슨 수작을 부리는 거야?" 그는 전율이 이는 것을 느끼면서 애원했다.

"자넨 알게 될 거야, 이 친구야. 자넨 알게 될 거야." 요사리안은 한 손으로 그를 괴롭히는 자의 목을 잡으려고 몸을 던졌지만, 그 남자는 힘도 안 들이고 미끄러져 나가서는 악의에 찬 웃음소리와 더불어 복도로 사라졌다. 요사리안은 가슴을 두근거리며 몸을 떨고 누워 있었다. 그는 식은땀으로 흠뻑 젖었다. 그는 그의 친구가 누구일까 궁리했다. 병원 안은 깜깜하고 아주 고요했다. 시계가 없어서 시간을 알 수가 없었다. 그는 말짱하게 깨어 있었고, 동이 트려면 영원히 기다려야 하는 밤에 잠을 못 이루고 병상에 갇힌 포로가 된 자신의 처지를 의식했다. 냉기가 그의 다리를 타고 흘렀다. 그는 추웠다. 그는 도브스가 인터콤을 통해서 포수를 도와주라고, 제발 포수를 도와주라고 그에게 애걸해, 비행기의 뒤쪽에 있는 폭탄 투하실로 통로를 기어 들어갔을 때, 옆쪽의 포좌를 통해 쏟아져 들어온 거세고 노란 햇살을 얼굴에 가득 받으며 죽을 지경으로 꽁꽁 얼고 심하게 부상을 당한 스노든을, 그의 친구였던 적은 없지만 막연하게 친했던 스노든을 생각했다. 처음 그 기괴한 광경을 보았을 때 요사리안은 뱃속이 울렁거렸는데, 그는 완전히 속이 뒤집혀 잠깐 동안 겁에 질려 멈칫했다가 밑으로 내려가 구급함이 담긴 쭈글쭈글하고 밀봉을 한 상자의 옆에 있는 폭탄 투하실에서 몸을 엎드려 쪼그렸다. 스노든은 그의 방탄복과 헬멧과 낙하산 멜빵과 구명대에 아직도 거추장스럽게 눌려서 다리를 뻗고 바닥에 누워 있었다. 별로 멀지 않은 곳에는 키가 작은 후미 포수가 바닥에 죽은 듯이 넘어져 있었다. 스노든의 넓적다리 바깥쪽에 있는 상처는 요사리안이 보기에 축구공만큼이나 크고 깊은 것 같았다. 어디까지가 피에 젖은 전투복 자락이고 어디까지가 찢어진 살점인지를 분간하기가 불가능했다.

구급함에는 모르핀이 없었고, 벌어진 상처를 보고 느낀 얼얼한 충격 이외에는 스노든을 고통으로부터 보호할 길이 없었다. 열두 개의 모르핀 소형 주사기는 없었으며, 상자 속에는 대신 "엠 앤드 엠 기업을 위해서 좋은 것이라면 국가를 위해서도 좋다. 마일로 마인더바인더."라고 깨끗한 글씨로 적어 놓은 쪽지뿐이었다. 요사리안은 마일로에게 욕설을 퍼붓고 받아먹지도 못하는 잿빛 입술에 아스피린 두 알을 내밀었다. 그러나 그는 감각의 소용돌이에 휩싸였고, 그가 당장 유능하게 행동을 취해야 함을 알고, 자기가 완전히 미쳐 버릴까 겁이 나던 처음의 혼란한 순간에, 다른 생각은 떠오르지도 않았기 때문에 우선 서둘러서 스노든의 허벅다리를 지혈대로 감싸 주었다. 스노든은 아무 소리도 없이 줄곧 그를 지켜보았다. 피를 뿜어 대는 동맥은 없었지만, 지혈대를 다룰 줄은 알고 있었던 그여서, 요사리안은 지혈대를 감는 일에 완전히 몰두한 척했다. 스노든의 흐리멍덩한 눈이 자기를 응시하고 있다는 것을 의식하고 그는 기술과 침착성을 짐짓 지어 보이며 일했다. 그는 지혈대 감는 일이 끝나기 전에 자신감을 되찾고는 괴저(壞疽)의 고통을 덜어 주려고 곧 그것을 늦추었다. 그의 머릿속은 이제 말끔했고, 어떻게 일을 계속해야 하는지를 알았다. 그는 가위를 찾으려고 구급함을 뒤졌다.

"난 추워요." 스노든이 나지막이 말했다. "난 추워요."

"어이, 이제 별일 없을 거야." 요사리안이 히죽 웃으면서 그를 안심시켰다. "자넨 이제 괜찮아질 거야."

"난 추워요." 스노든은 나약하고 어린애 같은 목소리로 다시 말했다. "난 추워요."

"어이, 어이." 뭐라고 다른 말을 해야 할지 몰라서 요사리안이 말했다. "어이, 어이."

"난 추워요." 스노든이 킹킹거렸다. "난 추워요."

"어이, 어이, 어이, 어이."

요사리안은 무서워져서 더 빠른 속도로 움직였다. 그는 마침내 가위를 하나 찾아서 상처의 위쪽, 사타구니 바로 밑에서 스노든의 작업복을 조심스럽게 째기 시작했다. 그는 일직선으로 허벅지를 한 바퀴 다 돌아 묵직한 개버딘 천을 잘랐다. 요사리안이 가위로 자르는 사이에 작은 후미 포수가 정신을 차리고는 그를 보더니 다시 기절했다. 스노든은 요사리안을 더 자세히 지켜보려고 머리를 다른 쪽으로 돌렸다. 힘이 없고 맥 빠진 그의 눈에서 희미하고 가라앉은 광채가 반짝였다. 당황한 요사리안은 그를 보지 않으려고 애썼다. 그는 안쪽 솔기를 타고 작업복을 밑으로 잘라 내려가기 시작했다. 벌어진 상처에서는 (기괴한 근육의 불끈거리고 경련을 일으키는 섬유질 뒤, 빨갛게 흐르는 피의 깊숙한 곳에 보이는 것이 미끈미끈한 뼈였을까?) 추녀에서 녹아 똑똑 떨어지는 눈처럼 몇 방울씩 피가 떨어졌으며, 떨어지는 동안에 벌써 빨갛고 찐득찐득하게 엉겼다. 요사리안은 바닥까지 계속해서 작업복을 자르고는 갈라진 다리에서 옷을 벗겨 냈다. 그것은 털썩 소리를 내며 바닥으로 떨어지면서, 목이 마른 듯 한쪽이 피를 흠뻑 빨아들여 얼룩진 카키색 속옷 자락을 드러냈다. 요사리안은 스노든의 노출된 다리가 너무나 미끈하고 참담하게 보여서, 그의 하얗고 묘한 종아리와 정강이에 난 솜털처럼 가느다랗게 꼬인 노란 털이 너무나 역겹고, 너무나 신비롭고 생명이 없어 보여서 놀랐다. 이제 보니 상처는 축구공처럼 크지는 않았지만, 너무나 끔찍하고 깊숙한 속까지 들여다보였다. 벗겨진 근육은 햄버거 고기처럼 불끈거렸다. 스노든이 죽을 위험은 없음을 알자 요사리안의 입에서는 안도의 긴 한숨이 흘러나왔다. 상처에서는 피가 이미 응고되고 있었으며, 비행기가 내릴 때까지 그저 붕대나 감고 그를 진정시키기만 하면 될 듯싶었다. 그는 구급함에서 술파닐아미드 꾸러미를 몇 개 꺼냈다. 요사리안이 그를 조금 옆으로 누이고 조심스럽게 누르자 스노든은 부르르 떨었다.

"내가 아프게 했나?"

"난 추워요." 스노든이 칭얼거렸다. "난 추워요."

"어이, 어이." 요사리안이 말했다. "어이, 어이."

"난 추워요. 난 추워요."

"어이, 어이, 어이, 어이."

"통증이 오기 시작해요." 스노든이 갑자기 비명을 지르며 괴롭다는 듯 성급하게 몸을 움츠렸다.

요사리안은 모르핀을 찾으려고 다시 구급함을 미친 듯이 뒤져 보았지만, 마일로의 쪽지와 아스피린 한 병밖에는 찾아내지 못했다. 그는 마일로에게 욕설을 퍼붓고는 아스피린 두 알을 스노든에게 내밀었다. 그에게 줄 물은 없었다. 스노든은 거의 눈에도 띄지 않을 만큼 머리를 흔들어 아스피린을 거절했다. 그의 얼굴은 창백하고 흐물흐물했다. 요사리안은 스노든의 헬멧을 벗기고는 그의 머리를 바닥에 내려놓았다.

"난 추워요." 눈을 반쯤 감고 스노든이 앓는 소리를 했다. "난 추워요."

그의 입가는 푸른 빛깔을 띠기 시작했다. 요사리안은 기겁했다. 그는 스노든의 낙하산을 펼치는 끈을 잡아당겨 나일론 천으로 그를 덮어 줘야 할지 어쩔지 알지 못했다. 비행기 안은 무척 더웠다. 갑자기 올려다보면서 스노든은 그에게 파리하고 협조적인 미소를 보내고는 요사리안이 술파닐아미드를 상처에 바를 수 있도록 엉덩이의 위치를 조금 바꾸었다. 요사리안은 다시금 자신감과 희망을 품고 일했다. 비행기는 에어 포켓에서 세차게 요동쳤고, 그는 낙하산을 앞쪽 기수에 두고 왔다는 생각에 깜짝 놀랐다. 어쩔 수 없는 노릇이었다. 그는 빨간 빛이 하나도 보이지 않을 때까지 피가 흐르는 타원형 상처에다 하얗고 말간 가루를 하나씩 하나씩 여러 봉투를 뿌리고는, 걱정스럽게 깊은 한숨을 쉬고, 이를 악물면서 용기를 내어, 맨손으로 대롱대롱 매달려 물기가 마르던 살점들을 상처 속으로 밀어 넣었다. 재빨리 그는 상처 전체를 커다란 솜 압정포(壓定布)로 덮고는 얼른 손을 치웠다. 짤막한 시련이 끝나자 그는 불안하게 미소를 지었다. 죽은 살점과의 실질적인 접촉은 그가 예상했던 것만큼 역겨운 일은 아니었고, 그는 자신의 용기를 스스로 확인하기 위해서 손가락으로 자꾸만 상처를 쓰다듬었다.

다음에 그는 거즈로 압정포를 고정시켜 잡아매기 시작했다. 스노든의 허벅다리를 두 바퀴째 감다가 그는 고사포탄 파편이 뚫고 들어간 안쪽의 조그만 구멍을, 가장자리가 시퍼렇고 피가 말라붙었으며 속의 중심부가 까만, 크기가 동전만 한 둥글고 쪼그라진 상처를 보았다. 요사리안은 그곳에다 술파닐아미드를 덮어씌우고는 계속해서 압정포가 고정될 때까지 스노든의 다리를 감느라고 붕대를 풀었다. 그런 다음에 그는 가위로 붕대를 끊고 끝을 가운데서 찢었다. 그는 말끔하게 매듭을 지어서 단단하게 마무리를 지었다. 붕대가 잘 매어졌다고 그는 믿었고, 자랑스럽게 쪼그리고 앉아서 이마의 땀을 씻고는 순간적인 친근감을 보이며 스노든에게 히죽 웃어 주었다.

"난 추워요." 스노든이 신음했다. "난 추워요."

"이젠 괜찮을 거야." 그의 팔을 두드려 주면서 요사리안이 안심시켰다. "모두 다 처리가 되었으니까."

스노든은 힘없이 머리를 저었다. "난 추워요." 돌처럼 둔감하고 멍한 눈으로 그가 되풀이했다. "난 추워요."

"어이, 어이." 점점 더 회의와 전율을 느끼면서 요사리안이 말했다. "어이, 어이. 조금 있으면 우린 착륙하고, 다네카 군의관이 자네를 돌봐 줄 거야."

그러나 스노든은 자꾸만 머리를 흔들다가, 결국은 턱을 조금 움직여서 그의 겨드랑이를 가리켰다. 요사리안은 몸을 앞으로 숙여 살펴보고는, 스노든의 방탄복에서 팔을 끼우는 구멍과 작업복이 맞닿은 곳에서 새어 나오는 이상한 빛깔의 얼룩을 보았다. 요사리안은 심장이 멈추는 듯하다가 숨을 쉬기도 곤란할 지경으로 두근거리는 것을 느꼈다. 스노든은 방탄복 속에 부상을 입었다. 요사리안은 스노든의 방탄복 자락을 찢어 열고는 그의 내장이 바닥으로 축축한 덩어리처럼 흘러내리고 계속해서 뚝뚝 떨어지자 미친 듯이 비명을 질렀다. 7센티미터도 넘는 거대한 고사포탄 파편이 다른 쪽 겨드랑이 밑을 뚫고 들어가 관통하고는 스노든의 얼룩얼룩한 내장을 휘감고 밖으로 튀어나오며 그의 옆구리에 커다란 구멍을 뚫어 놓았다. 요사리안은 두 번째로 비명을 지르고 두 손으로 그의 눈을 눌렀다. 그의 이빨은 공포로 덜덜거렸다. 그는 억지로 다시 쳐다보았다. 하느님이 내려 주신 풍요함이 여기에도 있도다, 그렇다, 하고 뼈아프게 생각하면서 그는 노려보았다……. 간과 허파와 신장과 위장과, 스노든이 그날 점심때 먹은 토마토 스튜 찌꺼기들을. 요사리안은 토마토 스튜를 싫어했으므로 어지러운 눈을 돌리고는, 타는 듯한 목을 움켜쥐고 토하기 시작했다. 요사리안이 토하는 동안 후미 포수는 정신이 들어 그를 보고는 다시 기절했다. 구토가 끝나자 요사리안은 피로와 고통과 절망으로 기운이 빠졌다. 그는 숨결이 더 빨라지고 나지막해졌으며, 얼굴이 더욱 창백해진 스노든에게로 힘없이 다시 눈을 돌렸다. 그는 도대체 어떻게 그를 구해야 할지 알 길이 없었다.

"난 추워요." 스노든이 징징거렸다. "난 추워요."

"어이, 어이." 너무 작아서 들리지도 않는 목소리로 요사리안은 기계적으로 웅얼거렸다. "어이, 어이."

요사리안 역시 추워서, 걷잡을 수 없이 떨었다. 스노든이 더러운 바닥에 온통 쏟아 놓은 흉측한 비밀을 허탈하게 내려다보면서 그는 온몸에 소름이 돋는 것을 느꼈다. 그의 창자가 전하는 뜻을 이해하기는 간단했다. 인간이란 물질이다. 이것이 스노든의 비밀이었다. 창문에서 던지면 그는 떨어지리라. 불을 붙이면 그는 타 버리리라. 그를 묻어 버리면 그는 다른 쓰레기나 마찬가지로 썩으리라. 영혼이 사라지면 인간은 쓰레기이다. 그것이 스노든의 비밀이었다. 모두가 곪았다.

"난 추워요." 스노든이 말했다. "난 추워요."

"어이, 어이." 요사리안이 말했다. "어이, 어이." 그는 스노든의 낙하산 줄을 당겨서 하얀 나일론 천으로 그의 몸을 덮었다.

"난 추워요."

"어이, 어이."

42
요사리안

"콘 중령이 그러는데 말이야." 댄비 소령은 좀스럽고 만족한 미소를 지으면서 요사리안에게 말했다. "약속은 아직 유효하다더군. 모든 일이 다 잘되어 간대."

"아뇨, 그렇지 않아요."

"아냐, 정말이야." 댄비 소령이 너그럽게 얘기했다. "사실은 만사가 더 잘되었지. 자네가 그 여자한테 죽을 뻔한 건 정말 행운이었어. 이제는 타협이 완벽하게 이루어질 수 있으니까."

"난 콘 중령하고 어떤 타협도 하지 않겠어요."

비등하던 댄비 소령의 낙관주의는 순식간에 사라졌고, 그는 당장 땀을 펑펑 쏟았다. "하지만 자넨 그와 타협했어, 안 그래?" 고뇌에 찬 혼란을 느끼며 그가 물었다. "합의를 보지 않았나?"

"그 약속을 난 깨뜨리겠어요."

"하지만 악수까지 했잖아, 안 그런가? 자넨 신사답게 약속을 했지."

"난 약속을 깨뜨리겠어요."

"이런, 세상에." 댄비 소령은 한숨을 짓고, 접은 하얀 손수건으로 걱정 어린 이마를 소용없이 닦아 내기 시작했다. "한데 왜 그러나, 요사리안? 그들이 자네에게 제안한 타협은 좋은 내용이던데."

"그건 거지 같은 타협이죠, 댄비. 그건 냄새나는 타협이에요."

"이런, 세상에." 숱이 많고 질기고 짧게 깎고 정수리까지 검고, 벌써 땀으로 흠뻑 젖은 머리털을 맨손으로 훑으면서 댄비 소령은 초조해했다. "이런, 세상에."

"댄비, 그게 냄새나는 것 같다고 생각하지 않아요?"

댄비 소령이 잠깐 생각에 잠겼다. "그래, 냄새가 난다고 해야겠군." 그는 마지못해 양보했다. 둥글고 툭 불거진 그의 눈은 시선이 상당히 산만해졌다. "하지만 마음이 내키지 않는다면 자넨 왜 그런 타협을 했지?"

"난 나약함의 순간에 그런 짓을 했어요." 요사리안은 음울한 아이러니를 곁들여 말장난을 했다. "난 내 목숨을 건지려고 했죠."

"이제는 목숨을 건지고 싶지가 않다는 얘긴가?"

"그러니까 난 그들이 나로 하여금 출격을 더 나가게 하지 못하도록 막는 겁니다."

"그렇다면 그들이 자네를 귀국시키게 내버려 두고, 그러면 자넨 더 이상 위험을 당하지 않겠지."

"내가 오십 회 이상 출격했기 때문에 그들이 나를 귀국시키도록 만들어야죠." 요사리안이 말했다. "내가 그 여자의 칼에 찔렸기 때문이나, 내가 그토록 고집불통인 말썽꾸러기가 되었기 때문이 아니고요."

댄비 소령은 안경을 쓴 사람답게 진지하고 격분한 표정으로 힘주어 머리를 흔들었다. "그랬다가는 그들은 거의 모든 사람을 다 귀국시켜야 해. 대부분의 사람들이 오십 회 이상 출격을 나갔으니까. 캐스카트 대령이 한꺼번에 그토록 많은 경험 없는 대체 병력을 신청했다가는 틀림없이 조사를 받게 될 거야. 그는 자기가 파 놓은 함정에 빠졌어."

"그건 그 사람의 문제죠."

"아냐, 아냐, 아냐, 요사리안."

댄비 소령은 부탁을 하듯 반박했다. "그건 자네 문제야. 만일 약속을 지키지 않는다면 자네가 병원에서 나가자마자 그들이 군사재판 수속을 추진할 테니까 말이야."

요사리안은 댄비 소령에게 약을 올리면서 느긋한 기분으로 웃었다. "잘도 그러겠어요! 나한테 거짓말하지 말아요, 댄비. 그들은 엄두조차 내지 못할 테니까요."

"어째서 그렇지?" 놀라서 눈을 깜박이며 댄비 소령이 물었다.

"이제는 그들이 나 때문에 진짜로 궁지에 몰렸으니까요. 그들을 죽이려고 시도하던 나치 암살자에게 내가 칼에 찔렸다고 적힌 공식 보고서가 있어요. 그런 다음에 날 군사재판에 넘긴다면 정말 우스운 일이죠."

"하지만 요사리안!" 댄비 소령이 소리쳤다. "사보타주 행위와 적에게 군사 비밀을 팔아넘기려는 광범위한 뒷거래 과정에서 죄 없는 한 여자가 자네를 칼로 찔렀다고 적힌 공식 보고서가 또 있어."

요사리안은 놀라움과 실망으로 심하게 주눅이 들었다. "또 다른 공식 보고서요?"

"요사리안, 그들은 마음이 내키는 대로 얼마든지 공식 보고서를 만들어서, 경우에 따라 필요한 것으로 선택하지. 자넨 그걸 모르고 있었나?"

"이런, 세상에." 그의 얼굴에서 핏기가 가시며, 요사리안은 무척 풀이 죽어 말했다. "이런, 세상에."

댄비 소령은 탐욕스러운 호의를 나타내는 표정으로 계속해서 밀어붙였다. "요사리안, 그들이 원하는 대로 하게 내버려 두고, 그들이 자네를 귀국시키게 해. 그러면 모든 사람을 위해서 다 좋을 테니까."

"그건 모든 사람이 아니라, 캐스카트하고 콘하고 나를 위해서만 좋은 일이죠."

"모든 사람을 위해서야." 댄비 소령이 우겼다. "그러면 모든 문제가 해결되니까."

"출격을 더 나가야만 하는 대대의 사람들을 위해서도 그런가요?"

댄비 소령은 멈칫하더니 잠깐 동안 거북한 듯 얼굴을 돌렸다. "요사리안." 그는 대답했다. "만일 자네가 캐스카트 대령으로 하여금 자네를 군사재판에 넘기게 해서 자네의 죄목이 모두 유죄 판결을 받는다면 그건 아무한테도 달가운 일이 아니지. 자넨 오랫동안 감옥에 들어가 있을 것이고, 자네 인생은 몽땅 망쳐 버리는 거야."

요사리안은 점점 더 걱정이 되어서 그의 얘기를 들었다. "그들이 나한테 무슨 죄를 덮어씌울까요?"

"페라라에서의 무능함, 반항, 적과의 전투 시 명령 불복종, 그리고 탈영."

요사리안은 긴장해서 두 뺨을 빨아들였다. "그들이 그 죄목을 모두 나한테 적용시킬 수가 있다 이거죠? 그들은 페라라 때문에 나한테 훈장을 주었어요. 이제 와서 어떻게 나더러 무능하다고 그러나요?"

"자네하고 맥워트가 공식 보고서를 허위로 꾸몄다고 알피가 맹세할 거야."

"그 새끼는 물론 그러겠죠!"

"그들은 또한 강간, 광범위한 암시장 활동, 사보타주 행위와 적에게 군사 비밀을 팔았다는 혐의도 유죄로 밝히겠지." 댄비 소령이 읊었다.

"그런 것들을 어떻게 증명해요? 난 한 가지도 범한 게 없는데."

"하지만 자네가 범했다고 맹세할 증인들이 있지. 자네를 파멸시키는 것이 국가를 위해서 좋은 일이라고 설득만 하면 그들은 필요로 하는 모든 증인을 간단하게 구할 수가 있어. 그리고 어떻게 보면 그건 정말 국가를 위한 일이지."

"어째서요?" 적개심으로 끓어오르면서 한쪽 팔꿈치를 괴고 천천히 몸을 일으키며 요사리안이 물었다.

댄비 소령은 조금 뒤로 물러나더니 다시 이마를 닦기 시작했다. "좋아, 요사리안." 그는 사과하는 투로 말을 더듬으며 얘기를 시작했다. "캐스카트 대령과 콘 중령이 지금 나쁜 평판을 받게 된다는 건 전쟁 활동에 전혀 도움이 되지 않지. 까놓고 얘기하세, 요사리안. 누가 뭐라고 해도, 비행 대대는 아주 훌륭한 기록을 소유하고 있어. 만일 자네가 군사재판으로 넘어갔다가 무죄로 판결이 난다면 아마 다른 사람들 역시 비행을 거부할 거야. 캐스카트 대령은 굴욕을 당하고, 이 부대의 군사적 능률성은 파괴되겠지. 그런 점에서 보면, 비록 자네가 무죄이더라도, 유죄 판결을 받고 감옥에 들어가는 것이 국가를 위해서 좋은 일이야."

"정말 말은 그럴듯하군요!" 통렬한 분노를 느끼며 요사리안이 쏘아붙였다.

댄비 소령은 얼굴이 새빨개져서 몸을 비비 틀고는 초조하게 곁눈질을 했다. "제발 날 탓하지는 말아." 초조한 진실성을 보이며 그가 부탁했다. "그것이 내 잘못이 아니라는 건 자네도 알지. 난 사물을 객관적으로 보고 아주 어려운 상황에서 해결 방법을 찾으려고 할 뿐이니까."

"그 상황은 내가 만들어 낸 것이 아니죠."

"하지만 자네가 그것을 해결할 수 있어. 그리고 자네한테 다른 무슨 뾰족한 수가 있겠나? 자넨 더 이상 출격하기 싫어하잖아."

"난 도망칠 수도 있어요."

"도망쳐?"

"탈영요. 달아나죠. 이 거지 같은 모든 일에 등을 돌리고 뛰기 시작하는 거예요."

댄비 소령은 충격을 받았다. "어디로? 자네가 어디로 갈 수 있겠어?"

"난 간단히 로마로 갈 수가 있죠. 그리고 그곳에 숨을 수가 있어요."

"그리고 어느 순간에라도 잡힐지 모른다는 위험을 안고 평생을 살아가? 아냐, 아냐, 아냐, 아냐, 요사리안. 그건 고생을 부르는 한심한 짓이지. 고민에서 도망쳐 봐야 해결은 절대로 안 돼. 날 믿어 줘. 난 자네를 돕고 싶을 뿐이야."

"내 상처를 엄지손가락으로 후비겠다고 결정하기 전에 그 친절한 형사도 그런 말을 했어요." 요사리안이 비꼬아 반박했다.

"난 형사가 아냐." 다시 빰이 붉어지며 댄비 소령은 화가 나서 대답했다. "난 옳고 그름에 대한 감각이 잘 발달한 대학교수이고, 자네를 속일 생각은 없어. 난 누구에게도 거짓말은 하고 싶지가 않아."

"이 대화에 대해서 비행 대대의 어떤 사람이 질문을 한다면 당신은 어떻게 하겠어요?"

"난 거짓말을 하겠지."

요사리안은 비웃었고, 댄비 소령은 거북하게 얼굴을 붉히면서도 마치 요사리안의 감정 변화가 제공하는 유예를 환영하듯, 안도감을 느끼며 몸을 뒤로 기대었다. 요사리안은 억제된 연민과 경멸이 뒤섞인 감정으로 그를 물끄러미 쳐다보았다. 그는 머리맡 침대막이에 등을 기대고 일어나 앉아서 담배에 불을 붙이고, 뒤틀린 쾌감으로 약간 미소 짓고, 아비뇽 출격이 있던 날 드리들 장군이 그를 밖으로 끌고 나가 총살을 시키라고 명령했을 때 댄비 소령의 얼굴에 영원히 뿌리박힌, 눈알이 튀어나올 만큼 생생한 공포를 변덕스러운 동정을 느끼면서 노려보았다. 놀라서 잡힌 주름은 깊고 검은 상처처럼 항상 남아 있을 터이고 요사리안은 결점이 대단치는 않고 고민거리도 가벼운 수많은 사람들에 대해서 불쌍하게 생각하듯이 이 점잖고 도덕적이고, 나이가 중년인 이상주의자를 불쌍히 여겼다.

짐짓 다정한 척하면서 그가 말했다. "댄비, 당신은 어떻게 캐스카트나 콘 같은 사람들하고 함께 일을 하죠? 속이 뒤집히지도 않나요?"

요사리안의 질문에 댄비 소령은 놀란 듯싶었다. "난 국가에 도움이 되려고 그러지." 대답은 뻔하지 않느냐는 듯이 그가 대답했다. "캐스카트 대령과 콘 중령은 나에게는 상관이고, 내가 전쟁에서 바칠 수 있는 공헌이라고는 그들의 명령에 복종하는 일뿐이야. 난 그것이 내 의무이기 때문에 그들과 함께 일을 해. 그리고 또한……." 고개를 숙이면서 그는 훨씬 나지막한 목소리로 덧붙였다. "난 별로 적극적인 사람이 아니기 때문이야."

"당신의 국가는 이제 더 이상 당신의 도움을 필요로 하지 않아요." 반발하지 않으면서 요사리안이 따졌다. "그러니까 당신이 하는 일이라고는 그들을 돕는 것뿐이죠."

"난 그런 생각을 하지 않으려고 애쓰지." 댄비 소령이 솔직하게 인정했다. "난 전체적인 결과에만 정신을 집중시키고, 그들이 성공하고 있다는 사실도 잊어버려. 난 그들이 아무 의미가 없는 존재인 척하지."

"아시겠지만 나도 그것이 문제죠." 팔짱을 끼면서 요사리안은 동정적으로 차분하게 말했다. "나와 모든 이상(理想) 사이에는, 셰이스코프나 페켐이나 콘이나 캐스카트 같은 사람들이 항상 끼어들어요. 그러면 이상이 달라지죠."

"그들을 생각해 주도록 자네가 노력해야지." 댄비 소령이 긍정적으로 충고했다. "그리고 자넨 그들이 자네의 가치관을 바꾸도록 내버려 두면 절대로 안 돼. 이상은 좋지만, 사람들은 가끔 좋지 않기도 하니까. 자넨 차원 높은 조화를 올려다봐야지."

요사리안은 회의적으로 머리를 흔들어서 그 충고를 저버렸다. "내가 아무리 올려다봤자 죽어 가는 사람들만 보이죠. 천당이나 성자나 천사는 보이지 않아요. 모든 훌륭한 충동적인 행위와 모든 인간적 비극이 이루어질 때마다 뒷전에서 속셈을 차리는 사람들이 보여요."

"하지만 그런 생각은 하지 않도록 노력해야지." 댄비 소령이 주장했다. "그리고 그런 것 때문에 흥분하지 말아야 하고."

"아, 그건 날 정말로 흥분시키지는 못해요. 내가 정말 화가 나는 건 그들이 날 병신 취급을 하기 때문이죠. 그들은 자기만 똑똑하고 나머지 사람은 모두 멍텅구리들이라고 생각해요. 그리고 댄비, 처음으로 방금 이런 생각이 떠올랐는데, 그들이 아마 옳을지도 몰라요."

"하지만 자넨 그런 생각도 해선 안 돼." 댄비 소령이 말했다. "자넨 국가의 안녕과 인간의 존엄성만 생각해야지."

"아무렴요." 요사리안이 말했다.

"내 얘긴 진담이야, 요사리안. 이건 1차 세계 대전이 아냐. 그들이 승리하는 경우에 우리 두 사람 다 살려 두지 않을 침략자들과 우리가 전쟁을 하고 있다는 걸 절대로 잊으면 안 돼."

"그건 알아요." 짜증스럽게 갑자기 왈칵 얼굴을 찡그리면서 요사리안이 짤막하게 대답했다. "맙소사, 댄비. 그들이 어떤 이유에서 주었는지는 알 바 없지만, 아무튼 난 그 훈장을 내 힘으로 벌었어요. 난 칠십 회 출격을 해냈죠. 내 나라를 구하기 위해서 싸운다는 얘긴 하지 말아요. 이제 난 나 자신을 구하기 위한 싸움을 좀 해야 되겠습니다. 나라는 이제 더 이상 위험에 처해 있지 않지만, 난 그래요."

"전쟁은 아직 끝나지 않았어. 독일군은 안트베르펜으로 향하고 있지."

"독일군은 몇 달 있으면 패배할 겁니다. 그리고 그다음 몇 달 더 있으면 일본이 패배하죠. 만일 지금 내가 내 목숨을 버린다면, 그건 내 국가를 위해서가 아니죠. 그것은 캐스카트와 콘을 위해서예요. 그러니까 난 폭격 조준기를 영원히 반납하려는 거예요. 이제부터 난 오직 나 자신만을 생각하겠어요."

댄비 소령은 어른스러운 미소를 지으면서 흐뭇하게 대답했다. "하지만 요사리안, 만일 모든 사람이 그런 식으로 생각한다면……."

"그런데 만일 내가 다른 식으로 생각한다면 난 그야말로 형편없는 바보겠죠, 안 그래요?" 요사리안은 묘한 표정을 지으며 일어나 앉았다. "누구하곤가 전에 똑같은 얘기를 했다는 이상한 기분이 들어요. 모든 것을 두 번째로 경험하는 군목의 느낌과 똑같은 거죠."

"군목은 그들이 자네를 귀국시키도록 자네가 가만히 있기를 바라더군." 댄비 소령이 말했다.

"군목더러 가서 물에 빠져 죽으라고 해요."

"이런, 세상에." 실망해서 섭섭하게 머리를 저으며 댄비 소령이 한숨을 지었다. "그는 자기가 자네한테 영향을 끼쳤을까 걱정하던데."

"그는 나한테 영향을 끼치지 않았어요. 내가 어떻게 하려는지 아세요? 난 이 병원 침대에 그대로 남아서 무위도식하겠어요. 난 바로 여기서 편안하게 무위도식이나 하면서 결정은 다른 사람들더러 내리라고 할 수 있겠죠."

"자네는 결정을 내려야 해." 댄비 소령이 따졌다. "사람이란 식물처럼 살아갈 수 없는 법이야."

"왜요?"

댄비 소령의 눈에는 아련하고 따스한 기운이 감돌았다. "식물처럼 살아가면 좋을 거야." 그는 그리워하는 표정으로 조금 양보했다.

"거지 같겠죠." 요사리안이 대답했다.

"아냐, 이런 모든 회의와 압박감에서 해방되면 무척 즐거울 거야." 댄비 소령이 우겼다. "난 중요한 아무 결정도 내리지 않으면서 식물처럼 살았으면 좋겠어."

"어떤 종류의 식물이요, 댄비?"

"오이나 당근."

"어떤 종류의 오이요? 좋은 거요, 나쁜 거요?"

"아, 그야 물론 좋은 거지."

"사람들은 당신이 한창 시절에 이르면 샐러드를 만들려고 당신을 썰겠죠."

댄비 소령은 얼굴을 떨어뜨렸다. "그렇다면 나쁜 거."

"그들은 당신이 썩게 내버려 두었다가 좋은 것들이 자라도록 도와주는 비료로 당신을 쓰겠죠."

"그렇다면 난 식물처럼 살아갈 생각이 없어지는군." 구슬픈 포기의 미소를 지으며 댄비 소령이 말했다.

"댄비, 정말 난 그들이 날 귀국시키게 가만히 있어야 하나요?" 요사리안이 진지하게 물었다.

댄비 소령은 어깨를 추슬렀다. "그것이 자기 자신을 구하는 길이야."

"그건 나 자신을 상실하는 길이에요, 댄비. 그건 아실 텐데."

"자넨 원하는 것들을 많이 얻을 수가 있어."

"난 내가 원하는 많은 것들을 원하지 않아요." 요사리안은 그렇게 대답하고는 분노와 좌절감을 터뜨리며 매트리스를 주먹으로 쳤다. "염병할, 댄비! 이 전쟁에서는 내 친구들이 죽었어요. 내가 이제 와서 타협할 수는 없죠. 그 쌍년한테 칼에 찔린 것이 나에게 있었던 일들치고는 가장 좋은 일이었어요."

"자넨 차라리 감옥으로 가고 싶단 말인가?"

"당신이라면 그들이 당신을 귀국시키도록 가만히 있겠어요?"

"물론 그렇지!" 댄비 소령이 확신을 지니고 선언했다. "난 틀림없이 그럴 거야." 덜 긍정적인 태도로 잠시 후에 그는 말을 덧붙였다. "그래, 내가 자네 같은 처지라면, 난 그들이 나를 귀국시키도록 그냥 내버려 두겠어.” 고민스러운 명상에 빠졌던 그가 어색하게 결정을 내렸다. 그러더니 그는 광포한 절망의 시늉으로 역겹다는 듯이 얼굴을 옆으로 돌리고는 불쑥 말했다. “아, 그래, 물론 난 그들이 나를 고향으로 보내게 내버려 두지! 하지만 난 너무나 형편없는 겁쟁이여서, 자네 같은 처지는 될 수가 없어.”

“하지만 만일 당신이 겁쟁이가 아니라면 어쩌겠어요?” 그를 자세히 살펴보면서 요사리안이 물었다. “만일 당신이 누구에겐가 항거할 만한 용기를 가지고 있다면 어쩌겠어요?”

“그렇다면 그들이 날 귀국시키게 가만히 내버려 두지는 않겠어.” 활기찬 기쁨과 열성을 나타내며 댄비 소령은 힘주어 맹세했다. “하지만 난 그들이 나를 군사재판에 넘기지 못하게 막겠어.”

“출격을 더 나가시겠어요?”

“아냐, 물론 안 나가지. 그건 완전한 항복이야. 그리고 난 죽을지도 모르지.”

“그렇다면 당신은 도망치겠어요?”

댄비 소령은 자부심을 나타내며 반박하려다가 갑자기 멈추었고, 반쯤 열렸던 턱은 맥없이 다시 다물어졌다. 그는 지치고 뿌루퉁해서 입술을 삐물었다. “그렇다면 나에게는 희망이 조금도 없는 셈이군, 안 그래?”

그의 이마와 툭 불거진 하얀 눈자위가 곧 초조하게 다시 번득이기 시작했다. 그는 무릎 위에 힘빠진 손목을 포개고는 거의 숨도 쉬지 않는 듯 가만히 앉아서, 묵묵한 패배를 느끼며 마룻바닥을 내려다보았다. 어둡고 가파른 그림자들이 창문에서 경사를 지었다. 요사리안은 엄숙하게 그를 쳐다보았고, 차가 바깥에서 빠른 속력으로 미끄러지듯 멈추고는 이어서 서둘러 건물 쪽으로 달려오는 발자국 소리가 시끄럽게 나도 두 사람 다 꼼짝도 하지 않았다.

"아녜요, 당신한테는 희망이 있습니다." 느릿느릿한 영감의 흐름에 힘입어 그는 생각했다. "마일로가 당신을 도와줄지 모르죠. 그는 캐스카트 대령보다 거물이고, 나한테도 신세를 몇 번 졌어요."

댄비 소령은 머리를 흔들고는 억양이 없는 목소리로 대답했다. "마일로하고 캐스카트 대령은 지금 친한 사이야. 그는 캐스카트 대령을 부사장 자리에 앉혔고, 전쟁이 끝나면 그에게 큼지막한 일거리를 주겠다고 약속했어."

"그렇다면 윈터그린 전직 일등병이 우릴 도울 겁니다." 요사리안이 소리쳤다. "그는 그들 두 사람을 싫어하니까, 이 얘기를 들으면 눈이 뒤집히겠죠."

댄비 소령은 또다시 암담하게 머리를 저었다. "마일로하고 윈터그린 전직 일등병은 지난주에 통합했어. 그들은 모두 엠 앤드 엠 기업의 동업자들이야."

"그렇다면 우리에게는 희망이 없군요, 안 그래요?"

"희망이 없어."

"전혀 희망이 없어요, 그렇죠?"

"그래, 전혀 희망이 없어." 댄비 소령이 인정했다. 그는 반쯤 어떤 생각에 젖어서 잠깐 동안 한눈을 팔았다. "그들이 다른 사람들을 사라져 버리게 했듯이 우리도 사라져 버리게 해서, 우리가 이 모든 벅찬 짐에서 풀려날 수 있다면 좋겠지?"

요사리안은 아니라고 말했다. 댄비 소령은 다시 눈을 떨어뜨리면서 우울하게 머리를 끄덕여 동의했고, 그들 두 사람들에게는 전혀 아무런 희망도 없던 터에, 갑자기 복도에서 발소리가 요란하더니 군목이 목청껏 소리를 지르면서 오르에 대한 깜짝 놀랄 소식을 가지고 방 안으로 뛰어들어 왔는데, 유쾌한 흥분에 어찌나 들떠 있었던지 얼마 동안 그의 얘기는 앞뒤가 맞지 않았다. 굉장한 기쁨의 눈물이 그의 눈에서 반짝였고, 요사리안은 마침내 말뜻을 이해하게 되자 믿기지가 않아서 소리를 지르며 침대에서 펄쩍 뛰어나왔다.

"스웨덴이라고요?" 그는 소리쳤다.

"오르가!" 군목이 소리쳤다.

"오르가요?" 요사리안이 소리쳤다.

"스웨덴요!" 기쁨의 황홀경에 머리를 아래위로 흔들어 대고, 미친 듯이 즐겁게 웃고 정신없이 왔다 갔다 하면서 군목이 소리쳤다. "그건 기적이었어요! 기적요! 난 다시 하느님을 믿어요! 정말 그래요. 바다에서 그토록 여러 주를 표류하다가 스웨덴으로 흘러가다니, 그건 기적이에요."

"흘러가다니, 무슨 소리!" 역시 이리 뛰고 저리 뛰면서, 환희에 들떠 벽과 천장과 군목과 댄비 소령에 대고 요란하게 웃어대면서 요사리안이 말했다. "그는 스웨덴으로 흘러간 게 아녜요. 그는 그곳으로 노를 저어 갔어요! 그는 그곳으로 노를 저어 갔어요, 군목님. 그는 그곳으로 노를 저어 갔어요."

"노를 저어 갔다고요?"

"그는 일부러 그렇게 계획을 짠 겁니다! 그는 미리 마음을 먹고 스웨덴으로 갔어요."

"어쨌든 난 개의치 않아요!" 군목은 정열이 조금도 누그러지지 않은 채로 다시 주장했다. "그래도 그것은 기적이어서, 인간의 지능과 인간의 인내가 만든 기적이죠. 그가 이룬 업적을 보세요!" 군목은 두 손으로 자기의 머리를 움켜잡고는 허리를 굽히며 웃어 댔다. "그 모습이 눈에 선하지 않아요?" 그는 놀랐다는 듯이 소리를 질렀다. "그 노란 구명정을 타고, 밤에 지브롤터 해협을 지나 그 작고 파란 노를 저어 가는 그의 모습이 눈에 선하지 않아요?"

"낚싯줄을 뒤에 길게 늘어뜨리고, 스웨덴에 도착할 때까지 줄곧 대구를 날로 먹고, 오후만 되면 제 손으로 차를 끓이고……."

"난 그의 모습이 눈에 선해요!" 숨을 돌리려고 축하를 잠깐 중단하면서 군목이 소리쳤다. "그것은 인간의 인내심이 이룬 기적이라고 말하고 싶어요. 그리고 내가 앞으로 하려는 것이 바로 그것이죠! 나는 인내할 겁니다. 예, 난 인내할 거예요."

"그는 처음부터 자기가 무엇을 하리라는 걸 항상 알고 있었어요!" 두 손으로 계시를 짜내기라도 하려는 듯이 마주 잡고 치켜들면서 승리감에 도취되어 기뻐하며 요사리안은 즐거워했다. 그는 몸을 회전시켜 댄비 소령을 마주 보며 멈추었다. "댄비, 이 바보 같은 양반! 따지고 보니 희망은 있어요. 모르겠어요? 클레빈저까지도 그 구름 속 어디엔가 살아 있어서, 밖으로 나올 만큼 안전해질 때까지 기다리고 있는지도 모르죠."

"무슨 소리를 하는 거야?" 혼란을 느끼면서 댄비 소령이 물었다. "두 사람 다 무슨 얘기를 하고 있지?"

"나한테 사과를 갖다줘요, 댄비, 그리고 밤도요. 어서요, 댄비, 어서요. 너무 늦기 전에 능금하고 호두도 좀 구해 주고, 당신 것도 구해요."

"호두를? 능금도? 도대체 그걸로 무얼 하려고?"

"뺨 속에다 넣으려고요." 자신을 꾸짖는 힘차고 절망적인 시늉으로 요사리안은 두 팔을 번쩍 치켜들었다. "아, 왜 나는 그의 말을 듣지 않았을까? 왜 나는 그토록 믿음이 모자랐을까?"

"자네 미쳤나?" 놀라고 당황한 댄비 소령이 물었다. "요사리안, 도대체 자네 무슨 소리를 하고 있는 건지 제발 얘기 좀 안 해 주겠나?"

"댄비, 오르는 그렇게 계획을 짠 거예요. 모르겠어요? 그는 처음부터 그렇게 계획을 짰어요. 그는 격추를 당하는 것까지도 연습했죠. 그는 출격을 나갈 때마다 그 연습을 했어요. 그런데도 난 그를 따라가지 않겠다고 그랬죠! 아, 나는 왜 귀를 기울이지 않았을까? 그는 나를 초청했지만, 난 같이 가지 않겠다고 했어요! 댄비, 전혀 아무도 어떤 똑똑한 면이 있다고 의심하지 못할 만큼 바보스럽고 순진한 표정하고, 뻐드렁니하고, 고장 난 밸브도 가져다줘요. 난 그런 것들이 모두 필요해요. 아, 왜 나는 그의 얘기에 귀를 기울이지 않았던가. 이제 와서야 나는 그가 하려던 얘기의 뜻을 이해하게 되었어요. 난 그 여자가 왜 그의 머리를 구두로 때렸는지도 이해하게 되었어요."

"왜 그랬죠?" 군목이 날카롭게 물었다.

요사리안은 몸을 홱 돌리더니 군목의 셔츠 앞자락을 잔뜩 움켜잡았다. "군목님, 날 도와줘요! 옷을 가져와요. 그리고 서둘러요, 아시겠죠? 난 당장 옷이 필요하니까요."

군목은 잽싸게 나가려고 했다. "그래요, 요사리안, 그러죠. 하지만 옷이 어디 있죠? 내가 그걸 어떻게 구하죠?"

"당신을 막으려는 사람이 있으면 공갈을 치고 인상을 써요. 군목님, 내 군복을 가져와요! 그건 이 병원 어디엔가 있을 거예요. 평생 단 한 번이라도, 무슨 일에 성공해 봐요."

군목은 결단력을 보이며 어깨를 펴고는 턱을 당겼다. "걱정 말아요, 요사리안. 내가 당신 군복을 가져올 테니까요. 하지만 그 여자는 왜 그의 머리를 구두로 때렸나요? 그 얘기 좀 해 줘요."

"그야 그가 돈을 주고 그렇게 시켰으니까 그렇죠! 하지만 그가 스웨덴으로 노를 저어 가야 할 몸이어서 아주 힘껏 때리지는 않았어요. 군목님, 내가 여기서 나갈 수 있게 내 군복을 찾아다 줘요. 더케트 간호사에게 부탁해요. 그 여자가 도와줄 겁니다. 그 여잔 날 떼어 버릴 수 있다면 무슨 짓이라도 할 테니까요."

"어디로 가려고 그러지?" 군목이 쏜살같이 방에서 나가고 난 다음에 댄비 소령이 걱정스럽게 물었다. "자네 어떻게 하려고 그래?"

"난 도망치겠어요." 벌써부터 잠옷의 꼭대기 단추를 끄르면서 요사리안은 활발하고 명쾌한 목소리로 선언했다.

"아, 안 돼." 댄비 소령은 신음하고, 두 손바닥으로 땀이 흐르는 그의 얼굴을 빠르게 토닥거리기 시작했다. "자넨 도망칠 수 없어. 어디로 도망친단 말인가? 어디로 갈 수가 있겠어?"

"스웨덴으로요."

"스웨덴으로?" 댄비 소령은 놀라서 소리쳤다. "자네가 스웨덴으로 도망을 가? 미쳤나?"

"오르는 해냈어요."

"아, 아냐, 아냐, 아냐, 아냐, 아냐." 댄비 소령이 애원했다. "아냐, 요사리안, 자넨 절대로 그곳에 도착할 수 없어. 자넨 스웨덴으로 도망칠 수가 없지. 자넨 노를 저을 줄도 모르잖아."

"하지만 당신이 이곳을 나간 다음에 내가 차를 집어탈 수 있는 시간만큼만 입을 다물면 난 로마에 갈 수 있어요. 그렇게 해 주겠어요?"

"하지만 그들이 자넬 찾아내겠지." 댄비 소령이 절망적으로 따졌다. "그래서 자넬 다시 끌고 와서는 더 심하게 처벌하겠지."

"이번에는 날 잡으려면 죽을 고생들을 좀 할 거예요."

"그들은 죽을 고생도 마다하지 않을 거야. 그리고 그들에게 붙잡히지 않는다고 해도, 그렇게 살아간다면 어떻게 되겠어? 자넨 항상 혼자일 테지. 아무도 자네의 곁에 있지 않을 것이고, 항상 배반당할 위험 속에서 자넨 살아가게 될 거야."

"지금도 난 그런 식으로 살아요."

"하지만 자넨 모든 책임에 등을 돌리고 무작정 도망칠 수는 없어." 댄비 소령이 주장했다. "그건 너무 부정적인 행동이야.

도피주의란 말이야."

요사리안은 흥겨운 조롱이 담긴 웃음을 웃고는 머리를 저었다. "난 내 책임에서 도망치는 것이 아니죠. 나는 책임을 향해서 달리는 거예요. 내 목숨을 건지기 위해서 도망친다는 건 부정적일 것이 하나도 없어요. 당신은 도피주의자들을 알아요, 안 그래요, 댄비? 나와 오르는 아니죠."

"군목, 제발 이 사람한테 얘기해 줘요. 그는 탈영을 한답니다. 스웨덴으로 도망치겠다고 그래요."

"멋있군요!" 요사리안의 옷을 가득 꾸려 넣은 베갯잇을 자랑스럽게 침대로 던지며 군목이 환호성을 질렀다. "스웨덴으로 도망쳐요, 요사리안. 그리고 난 여기 남아서 인내하죠. 그래요, 난 인내할 거예요. 난 캐스카트 대령과 콘 중령을 볼 때마다 그들에게 잔소리를 하고 못살게 굴겠어요. 난 무섭지 않아요. 난 드리들 장군에게도 덤비겠어요."

"드리들 장군은 밀려났죠." 바지를 끌어 올리고는 서둘러 셔츠 자락을 속으로 밀어 넣으면서 요사리안이 일깨워 주었다. "지금은 페켐 장군이죠."

군목의 수다스러운 자신감은 조금도 수그러들지 않았다. "그렇다면 난 페켐 장군에게도 덤비고 심지어는 셰이스코프 장군에게도 그러겠어요. 그리고 내가 또 무얼 하려는지 아세요? 난 다음에 만나기만 하면 블랙 대위의 콧등을 한 방 후려치겠어요. 그래요, 난 그의 면상을 후려치겠어요. 난 그가 나를 때릴 기회가 없게끔 다른 사람들이 잔뜩 있는 곳에서 그를 때리겠어요."

"두 사람 다 미쳤소?" 튀어나온 눈이 고통스러운 놀라움과 격분으로 긴장되면서 댄비 소령이 따졌다. "두 사람 다 정신을 휴가 보냈나? 요사리안, 들어 봐……."

"난 그것을 기적이라고 말하고 싶어요." 댄비 소령의 허리를 껴안고 왈츠에 알맞게 팔꿈치를 들고 빙글빙글 춤을 추면서 군목이 선언했다. "진짜 기적이죠. 만일 오르가 스웨덴까지 노를 저어 갈 수가 있었다면, 난 인내함으로써 캐스카트 대령과 콘 중령에게서 승리를 거둘 수 있을 거예요."

"군목님, 제발 입 좀 다물어 주겠어요?" 몸을 빼내고 어수선한 동작으로 이마의 땀을 씻어 내며 댄비 소령이 정중하게 애걸했다. 그는 구두로 손을 뻗은 요사리안을 향해 몸을 구부렸다. "그렇다면 대령은……."

"난 관심 없어요."

"하지만 이러다가는 정말……."

"두 사람 다 나가 죽으라죠!"

"이러면 오히려 그들에게 도움이 될지도 몰라." 댄비 소령이 끈질기게 주장했다. "그런 생각 해 봤어?"

"도망을 쳐서 그들을 난처하게 하는 것 말고는 그들을 막기 위해 내가 할 수 있는 일이라곤 하나도 없으니까, 새끼들 제멋대로들 하라죠. 나한테는 나 자신의 책임이 있어요, 댄비. 난 스웨덴에 도착해야만 해요."

"자넨 절대로 성공하지 못할 거야. 그건 불가능해. 여기서부터 그곳까지 간다는 건 지리적으로도 거의 불가능하지."

"염병할, 나도 그건 알아요, 댄비. 하지만 난 노력은 해보겠어요. 내가 찾을 수만 있다면 목숨을 구해 주고 싶은 어린 계집아이가 하나 로마에 있어요. 만일 그 계집아이를 찾을 수 있다면 난 그 애를 스웨덴으로 데려갈 테니까, 그건 이기적이기만 한 일은 아녜요, 그렇죠?"

"그건 완전히 정신 이상이야. 자넨 양심의 가책으로 마음이 편할 날이 없겠지."

"신의 은총이 내리소서." 요사리안이 웃었다. "난 강렬한 후회가 없는 삶은 바라지 않아요. 그렇죠, 군목님?"

"난 다음에 만나기만 하면 블랙 대위의 면상을 갈겨 주겠어요." 왼쪽 잽을 공중으로 두 번, 그러고는 엉성한 결정타를 넣으면서 군목이 멋을 부렸다. "이렇게요."

"수치스러움은 어쩌고?" 댄비 소령이 물었다.

"무슨 수치요? 난 지금이 더 수치스러운걸요." 요사리안은 두 번째 구두끈을 단단히 매듭지어 매고는 벌떡 일어섰다. "자, 댄비, 난 준비가 되었어요. 할 말이 있어요? 내가 차를 탈 때까지 입을 다물어 주겠어요?"

댄비 소령은 이상하고 슬픈 미소를 지으며 말없이 요사리안을 쳐다보았다. 그는 땀이 멎었고 마음은 완전히 진정된 듯싶었다. "내가 자넬 막으려고 한다면 어쩌겠나?" 그는 씁쓸하게 조롱하며 물었다. "날 두들겨 패겠어?"

요사리안은 그 질문에 대한 반응으로 아픈 놀라움을 보였다. "아뇨, 물론 아니죠. 왜 그런 소릴 해요?"

"당신은 내가 두들겨 패겠소." 댄비 소령에게 아주 가까이 춤추듯 가서는 권투하는 시늉을 하며 군목이 뽐냈다. "당신하고 블랙 대위, 그리고 봐서 휘트콤 상등병도. 이제는 더 이상 휘트콤 상등병을 내가 무서워하지 않는다는 걸 깨닫게 된다면 내 기분이 분명히 좋아지겠죠?"

"당신은 날 막을 겁니까?" 요사리안은 댄비 소령에게 묻고, 그를 빤히 쳐다보았다.

댄비 소령은 군목에게서 몸을 피해 도망치고는 잠깐 동안 더 머뭇거렸다. "아니, 물론 아니지!" 그는 불쑥 말하더니 갑자기 수선스럽고 황급한 시늉을 하며 두 팔을 문 쪽으로 흔들었다. "물론 난 자넬 막지 않겠어. 어서 가, 어서! 돈이 필요해?"

"돈은 좀 있어요."

"그럼 여기 또 좀 있어." 들뜨고 흥분한 열성을 보이며 댄비 소령이 두툼한 이탈리아 화폐 묶음을 요사리안에게 주고는 두 손으로 그의 손을 꽉 쥐어 주었고, 요사리안을 격려하기 위해서라기보다는 떨리는 손가락을 진정시키기 위해서 손에 힘을 주었다. "지금쯤 스웨덴에 가면 아주 좋을 거야." 그는 그리운 듯 말했다. "여자들이 아주 상냥하지. 그리고 사람들도 진보했고."

"잘 가요, 요사리안." 군목이 외쳤다. "그리고 행운을 빌어요. 난 여기 남아서 인내하고, 그리고 전쟁이 끝나면 우린 다시 만나겠죠."

"잘 있어요, 군목님. 고마워요, 댄비."

"기분이 어때, 요사리안?"

"좋아요. 아뇨, 아주 무서워요."

"그게 좋은 거야." 댄비 소령이 말했다. "그건 자네가 아직 살아 있다는 증거니까. 재미는 없을 거야."

요사리안이 떠날 채비를 했다. "아뇨, 재미있을 거예요."

"진담이야, 요사리안. 자넨 날마다 모든 순간에 항상 몸조심하고 지내야 해. 그들이 자네를 잡으려고 무슨 짓이건 다 할 테니까 말이야."

"난 항상 몸조심해야죠."

"자넨 뛰어야 해."

"뛰겠어요."

"뛰어!" 댄비 소령이 소리쳤다.

요사리안은 뛰었다. 문 밖에는 네이틀리의 갈보가 기다리고 있었다. 칼을 찍어 내렸지만 그를 몇 센티미터 간격으로 놓쳤고, 그는 도망쳤다.

역사와 배경과 비평 2부

다른 목소리들

조너선 R. 엘러* 엮음

미친 세상에서의 생존 논리/로버트 브루스틴

속임수/넬슨 올그린

22항 속임수는 탁월한 월척이다/스터즈 터클

이것이 풍자의 위대함이다/필립 토인비

여신의 아이들 — 그리고 아홉 명의 작가들/노먼 메일러

생명이 빛나는 책/알프레드 케이진

스물다섯 살이 된 『캐치-22』 — 극한의 미친 공포감/존 W. 올드릿지

서문/앤서니 버지스

인간 조지프 헬러/크리스토퍼 히친스

---

* 조너선 R. 엘러(Jonathan R. Eller)는 인디애나 인문대학교 미국사상연구소 선임 교재 편집위원이며 영어학과 교수다.

미친 세상에서의 생존 논리

로버트 브루스틴(1927~)은 『캐치-22』의 문학적 중요성을 처음으로 진지하게 다룬 유명 평론가들 가운데 한 사람이었다. 책이 출간되기 거의 한 달 전에 그는 사이먼 앤 슈스터의 니나 본에게 현실의 암울한 희극적 단면을 표출시키는 헬러의 놀라운 솜씨와 우리 시대 근본적인 사악함의 양상들을 감추려는 표피적인 환각을 꿰뚫어 보는 그의 투시력을 높이 평가하는 편지를 보냈다. 연극 비평가로 오랜 기간을 보내던 초기에 브루스틴은 《뉴리퍼블릭(The New Republic)》 1961년 11월 13일자 지면에 다음과 같은 평론을 실었다.

삶의 종말에 이르렀을 때 무슨 수를 써서라도 살아남아야 한다고 부르짖는 사람은, 인생에 의미를 부여하는 다른 모든 가치관을 희생할 각오가 되어 있는 까닭에, 정신적으로 이미 죽은 인간이나 마찬가지다.

— 시드니 훅[1]

"무릎을 꿇고 사느니 떳떳하게 일어서서 죽는 것이 낫기 때문이죠." 승리감이 넘치는 숭고한 신념을 보이며 네이틀리가 반박했다. "그 속담 들어 보셨겠죠?"

"그래. 물론 들어 봤지." 다시 미소를 지으며 도발적인 노인이

---

1) Sidney Hook(1902~1989). 미국의 실용주의 철학자. 젊어서 한때 공산주의에 공감했지만, 나중에는 파시즘과 마르크스주의 같은 전체주의를 맹렬히 비판했다.

말했다. "하지만 자네가 얘기를 거꾸로 한 것 같아. 떳떳이 일어서서 사는 것이 무릎을 꿇고 죽는 것보다 낫지. 속담에 그렇게 되어 있어."

―『캐치-22』에서

나는 『캐치-22』가 인간의 언어로 엮어 놓은 가장 뼈 아프게 웃기는 작품들 가운데 하나라고 단언하기를 주저하지 않겠는데 ― 모든 뛰어난 희극 작품들이나 마찬가지로 이 소설은 상식적인 화법을 벗어나긴 했지만 완전히 수긍이 가는 내면의 논리를 기초로 삼는다. 도입부에서 일찌감치 우리는 병원에서 꾀병을 부리는 여러 항공대 장교들을 만나게 되는데 ― 병사들의 편지에서 수식어를 모조리 삭제하고는 검열관의 이름을 "워싱턴 어빙"이라고 서명하는 장교와, 시간이 늦게 흘러가게 함으로써 수명을 연장하려는 목적으로 따분한 텍사스 사람들과 일부러 지루한 대화를 나누는 장교, 그리고 순진한 인상을 주기 위해 두 뺨에다 칠엽수 열매를 잔뜩 집어넣어 물고 버티는 장교에 이르기까지 ― 온갖 전통적인 기준에 따라 판단하자면 조지프 헬러가 구상한 여러 해괴한 등장인물들이 분명히 모조리 미치광이라는 사실을 독자는 깨닫게 된다. 헬러의 기교가 거두는 설득의 승리에 힘입어 우리는 어느새 하나, 가장 잘 미친 사람이 가장 논리적이며, 둘, 우리의 전통적인 기준들은 논리적 일관성이 철저히 결여되었다는 그의 설득 논리에 쉽게 공감한다. 그들 가운데 가장 정신이 말짱한 미치광이를 꼽자면 시리아계 미국인 존 요사리안 대위여서, 2차 세계 대전 중에 이탈리아의 신화적인 섬 피아노사에 주둔한 항공대의 폭격수인 그는 겉으로 보기에 정신이 완전히 나가 버린 주인공이다. 그가 미쳤지만 가장 안 미친 이유는 여러 동료 장교들이 자신의 생존 문제에 대해 무관심하고, 그의 상관들은 대부분 요사리안의 생존 노력을 노골적으로 짓밟아 대는 반면, 주인공은 살아야겠다는 치열한 결심 하나만으로 생동하기 때문이니.

> 이 전쟁은 더럽고 지저분해서, 요사리안은 이까짓 전쟁쯤은 없어도 얼마든지 영원히 살 자신이 있었다. 그의 동포들 가운데 아주 적은 숫자의 사람들만이 이 전쟁에서 이기려고 목숨을 버릴 터였지만, 그는 그러고 싶은 야심이 없었다. (……) 사람들이 죽으리라는 것은 필연성이었지만, 어떤 사람들이 죽느냐 하는 것은 상황이 결정했는데, 요사리안은 상황의 제물이 될 생각이 추호도 없었다.

이 짤막한 한 가닥의 서술은, 온갖 일화와 사건과 인물 묘사가 미친 듯 뒤엉킨 소설 속에서 — 조심성과, 비겁함과, 저항과, 속임수와, 전략과, 반역의 수단을 동원하고, 세숫비누로 부대원들의 음식을 오염시키는 농간과, 꾀병과, 농땡이를 동원해 가면서 — 캐치-22라고 설정된 상황에 밀리는 희생물이 되지 않기 위해 요사리안이 헤라클레스의 온갖 노역을 방불케 하는 투쟁을 필사적으로 벌이는 과정을 일목요연하게 집약한다. 캐치-22가 지배층에게 그들의 잔인한 방자함을 휘둘러 가며 인간의 권리를 제멋대로 박탈하는 권한, 간단히 얘기해서 악의적이고, 경직되고, 무능한 세상을 절대악의 원칙에 따라 지배하는 권한을 부여하는 불문율이기 때문이다. 캐치-22 때문에 정의는 조롱당하고, 순진한 자들이 희생당하고, 요사리안의 비행대는 공군 법령이 규정한 출격 횟수의 두 배나 되는 위험을 감수하도록 강요당한다. 캐치-22에 손발이 묶인 요사리안은 그와 함께 같은 폭격기에 탑승한 대원들이 무참하게 도륙당하고 가장 친한 친구들이 모두 파멸을 맞는 과정을 지켜보며 고뇌해야 하는 증인이 되고, 급기야 죽음을 맞은 사수[2]의 내장이 쏟아져 나와 옷이 온통 피투성이가 된 이후에 그는 죽음의 공포가 너무나 심해지자, 비행복을 몸에 걸치지 않겠다고 거부하여 발가벗고 지내다가 훈장 수여식에도 알몸으로 참석한다. 이때부터 오직 살아야 한다는 요사리안의 논리는 극명하게 단순해져서, 그의 존재를 말살하려는 뒤죽박죽 시끄러운 세상에서 생명을 부지하려는 목적에만 몰입하는 그를 모든 사람이 미쳤다고 생각하기에 이른다.

이 논리에 따르면 요사리안은 적대 세력에 의해 사방으로부터 둘러싸였고, 그의 적들은 국적보다는 그를 죽이려는 능력 여부에 따라서 식별이 가능하다. 따라서 요사리안은 기체를 뚫고 들어오기가 쉬운 비행기를 향해 대공포를 쏘아 댈 때마다 독일군에 대하여 발작적이고 극심한 분노를 느끼지만,

2) 요사리안은 폭탄을 투하하는 폭격수이고, 사수 스노든은 공중전이 벌어지는 경우 기관총으로 적기와 교전을 하는 임무를 맡는다. 스노든은 적군의 고사포 공격으로 비행 중에 전사한다.

그의 안녕과 생명에 대해 제멋대로 결정권을 행사하는 동족에 대해서도 똑같이 심한 증오심을 드러낸다. 따라서 너무나 교만하기 짝이 없기에 어찌 보면 풍자의 차원을 완전히 벗어나 사실성이 생생하고 괴이한 양상으로 그려진 다양하고 수많은 헬러의 아메리카 족속(genus Americanus) 등장인물들은 갖가지 우스꽝스러운 적대감과 원한의 지배를 받는다. 그런 대표적인 인물들로는 요사리안의 지휘관 캐스카트 대령이 있는데, 그는 자신의 사진이 《새터데이 이브닝 포스트》에 실렸으면 좋겠다는 절실한 일념 때문에 모든 위험한 임무를 도맡아 그의 휘하 장교들을 끊임없이 출격시키는가 하면, 작전 지시를 내리는 상황실에서 군목이 기도를 드릴 때마다 ("하나님의 나라가 어쩌고 죽음의 계곡이 저쩌고 하는 헛소린 듣고 싶지 않아. 그건 모두 너무나 부정적인 소리잖아. (……) 폭탄 투하 탄착점의 짜임새가 좀 더 말끔해지기를 바란다던가 뭐 그런 기도는 없나?"라는 훈수를 늘어놓으며) 중구난방 설치다가, 병사들도 똑같은 하나님에게 기도를 드린다는 사실을 알게 된 다음에야 잔소리를 그만두는가 하면, 연예단장 페켐 장군은 비행단 사령관 드리들 장군을 내몰고 미 공군의 모든 폭격기 부대를 장악하려는 전략적 목표를 달성하기 위해 정진하며 "적의 머리 위로 폭탄을 투하하는 것이야말로 특수 임무[3]가 아니고 무엇이겠는가."라고 주장하며, 비행단의 정보 장교 블랙 대위는 경

3) special service는 얼핏 들으면 '특공대'라는 말 같지만 사실은 위문 공연이나 오락 활동 따위를 관장하는 비전투 부서다.

쟁자들에게 골탕을 먹이기 위해 '영광된 충성의 맹세 대운동(the Glorious Loyalty Oath Crusade)'을 개시하고는, 모든 장교들로 하여금 방탄복을 지급받거나 봉급을 수령하거나 이발을 할 때마다 새로운 맹세 서류를 작성하도록 강요하지만 정작 공산주의자라고 밝혀진 경쟁자만큼은 열외로 인정하고, 열병식의 모범적인 귀감인 셰이스코프 중위는 능률적인 행진 대형의 구성에 너무나 몰두한 나머지 완벽한 90도 직각 보행을 시키기 위해 모든 후보생의 잔등에 니켈 합금 회전 고리를 장착할 계획을 수립하는가 하면, 병적으로 잔혹한 기간 요원 장교들과 곤봉 휘두르기를 즐기는 헌병들도 등장하고, CID 범죄수사대의 멍청한 대원들 가운데 두 명은 워싱턴 어빙을 잡겠다며 시도 때도 없이 희극에 등장하는 사설 탐정들처럼 사무실마다 출몰하던 끝에 결국 아무 죄가 없는 군목을 범인으로 지목한다.

이런 인물들이 요사리안의 적이며, 그들 모두가 다 함께 과장된 해학 속으로 녹아들어, 인간의 삶에 대한 전체적이고 기계적인 단 하나의 양상으로 부각된다. 헬러는 이런 종류의 군인 정신에 대해 뿌리 깊은 증오감을 느끼는 작가이며, 웃기면서도 소름 끼치게 만드는 해괴한 심사 위원회 장면에서 그는 요사리안과 적들이 전개하는 대결을 더욱 극렬하게 해부한다. 그러나 군대보다 훨씬 막강한 세력들과 전쟁을 벌이기 위해 헬러는 작품을 통해 전쟁 소설의 범주를 뛰어넘는 훨씬 보편적인 암시들을 제시한다. (복수는 차가울 때 가장 좋은 맛이 나는 음식과 같다는 이탈리아 사람들의 믿음에 틀림없이 공감할 듯싶은) 작가는 너무나 오랫동안 그의 원한을 곰삭이다 마침내 전후 미국의 현실로까지 공격 전선을 확대했다. 괴이한 희극 형식을 매개체로 삼아 헬러는 대규모 집단의 허풍과, 위선과, 잔인성 그리고 속속들이 젖어 든 어리석음에 맞설 한 가지 길을 찾아냈는데 — 대중의 그런 자질들을 인지한 다른 소수의 미국인들은 답답한 분노에 짓눌려 할 말을 거의 잃다시피 했지만 — 어떤 마법의 기적을 거쳐 피아노사는 우리 시대의 대우주에서 벌어지는 백치성 온갖 행태를 풍자적으로 축소하여 담아낸 소우주로 둔갑했다. 그리하여 작가는 정부가 지원하는 농업 정책("자신이 재배하지 않은 농작물의 수확량을 늘리기 위해 새로운 땅에 그가 벌지 않은 돈을 몽땅 투자하는" 그런 농부들)에 대하여 유베날리스[4]를 연상시키는 응징의 채찍을 휘둘렀고, 나아가 석유가 펑펑 쏟아지는 땅에서 쫓겨난 인디언들이 당하는 약탈과, 독선적인 정신과 의사들과, 탐욕스러운 전쟁 미망인들과, 의기양양한 미국의 청년층을 질타했으며, 특히 전쟁 모리배들에 대해 가장 모진 공격을 가했다.

기업 자본주의의 온갖 기발한 비법을 표적으로 삼은 이 마지막 부류에 대한 풍자의 화려한 칼부림은 낙천적이고 웅대한 탐욕의 화신인 중대 취사 장교 마일로 마인더바인더가 벌이는 환상적인 모험들의 형태로 펼쳐진다. 전쟁을 사업의 차원으로 재구성하고 싶은 열망에서 마일로는 확보가 가능한

4) 데키무스 유니우스 유베날리스(Decimus Iunius Iuvenalis, 55~ 140). 고대 로마의 풍자 시인.

모든 식품을 장악해 세계 시장을 쥐락펴락해 가며 엄청난 이익을 남기면서 먹을거리를 군부대 식당에 공급하는 기업 연합을 수립했다. (그런 거래를 통해 시칠리아 모든 도시의 시장이 되고, 오란의 둘째가는 지배자에 바그다드의 칼리프, 다마스쿠스의 이맘, 그리고 아라비아의 추장 자리에 올라) 성공의 황홀경에 빠진 마일로는 곧 활동 범위를 넓혀 비밀 군대를 조직하고는 경매에서 가장 비싼 가격으로 응찰하는 자에게 병력을 대여하는 지경에 이른다. 마일로가 독일군과 체결한 계약에 따라 피아노사의 관제탑에서 비행기들에게 지시를 내려 자신의 부대에 기총소사를 가하고 폭격을 감행하고는 그 행동을 "기업 연합을 위해 좋은 일이라면 국가를 위해서 좋은 일이다."라는 감격스러운 전투 구호로 정당화하면서 그의 위업은 절정으로 치닫는다. 마일로는 전쟁 분야를 개인 사업으로 둔갑시키려는 그의 야망을 실현하는 데 거의 성공을 거두지만, 이집트의 목화를 몽땅 사재기했다가 어디에서도 팔아넘길 시장을 찾지 못해 치명적인 낭패를 당한다. 초콜릿을 입힌 솜의 형태로 자신이 관장하는 장병 식당에서 막대한 양의 목화를 처분하려다 실패한 그는 결국 "혹시 말썽이 생기면, 국가의 안보를 위해 국내에서 이집트 목화 사업에 강력한 투기를 조장해야 한다고 모든 사람을 설득하라."라는 요사리안의 제안을 받아들여, 미국 정부로 하여금 그에게서 목화를 인수하도록 요인들을 뇌물로 매수한다. 마일로가 등장하는 대목들은 — 대부분의 경우 미국인들의 탐욕을 반영하는 애국적인 공염불을 풍자함으로써 이상주의와 경제 논리 사이에 존재하는 본질적인 괴리를 지적하면서 — 작품 전체의 전개 과정을 조명하는데, 위선을 무자비하게 조롱하는 이런 환상 익살극의 방식은 시뻘겋게 달군 쇠꼬챙이로 살이 통통하게 오른 엉덩이를 쑤셔 대는 악마적 풍자의 기교라고 하겠다.

그렇다고 하면 『캐치-22』는, 「오페라 극장에서의 하룻밤(A Night at the Opera)」 이래 가장 해괴한 몇몇 장면들에도 불구하고, 대단히 진지한 작품이라는 사실이 여러모로 분명해진다. 헬러는 맥스 형제들, 맥스 슐만[5], 킹즐리 애미스,[6] 앨 캡,[7] 그리고 S. J. 페럴만을 연상시키는 어떤 특이한 기술적인 양상들을 보여 주지만, 너대니얼 웨스트[8]에 훨씬 가까운 그의 신랄한 지성은 단순히 웃기는 표피적 차원을 뚫고 들어가 자신의 영달만 꾀하는 무자비함, 소름 끼치는 잔혹함, 인간의 생명을 초개같이 여기는 극악무도함의 세상 — 간단히 얘기해서, 우리 자신의 현실과 아주 많이 닮은 세계를 보다 완벽한 형태로 인식하기 위해 확대경으로 왜곡한 세상을 발가벗겨 보여 준다. 표피적인 사실성에 대한 그의 무관심을 고려하자면, 헬러를 심리적 사실주의 기준으로 (그리고 악한을 주인공으로 삼

---

5) Max Schulman(1919~1988). 텔레비전에서 많이 활동한 미국의 해학가.
6) Kingsley Amis(1922~1955). 희극적이고 참신한 건달 소설(乾達小說)로 유명한 영국 작가.
7) Al Capp(1909-1979). 본명은 앨프레드 제럴드 채플린. 덩치 큰 촌뜨기 청년 '꼬마 애브너'를 주인공으로 삼은 만화로 유명한 미국의 해학가.
8) Nathanael West(1903~1940). 「마음이 외로운 아가씨(Miss Lonelyhearts)」와 「메뚜기도 한철(The Day of the Locust)」 같은 암울한 풍자 소설로 유명한 미국 작가.

은 어떤 작품 못지않게 형식을 타파한 그의 책을 혹시나 조금이라도 상투적인 예술의 여러 기준에 따라) 판단하려는 시각은 가당치가 않은 일이다. 그는 얼핏 보기에 단순한 무의식 세계의 형식 타파인 듯싶지만 나름의 독특한 일관성과 진실성을 갖춘 초현실의 아슬아슬한 언저리를 향해, 유쾌한 웃음과 공포의 경계를 향해 전적으로 매진하는 작가다. 따라서 헬러는 그냥 웃기만 하자고 희극의 요소들을 동원하지는 않으며, 저마다의 익살은 교묘한 구조의 무늬 속에서 보다 깊은 의미를 담아내어, 웃음은 어떤 기괴한 폭로를 준비하기 위한 전주곡 노릇을 한다. 이런 기법은 독자들에게서 초현실주의적 이탈감의 효과를 이끌어 내는데, 그런 효과는 상당히 밋밋하고 괴이하며 비인간적인 서술체로 인하여 더욱 강렬해지고, 온갖 복잡한 반전과 신속한 장면 전환과 시간적인 흐름을 뒤엎는 돌발적인 파격, 그리고 (예를 들어 이름이 메이저 메이저 메이저인 병사가 어떻게 IBM 기계의 오작동으로 인하여 소령으로 진급했는지, 또는 빤히 실패로 끝날 임무를 띠고 출격한 꾀병쟁이가 꼼짝 않고 끝까지 앉아서 버티다가 서류상의 오류로 전사자로 분류되어, 그들의 운명이 끝까지 그런 상태로 이어 가는 따위의) 등장인물들에 얽힌 정체성 조작의 장치를 통해 마치 모든 인간이 무자비하고 미쳐 버린 기계로 인해 운명이 아무렇게나 결정되는 듯한 무기력 효과를 빚어낸다.

그렇게 헬러는 무시무시한 희극적 양상들을 부각시킴으로써 총체적인 전쟁의 섬뜩한 불결함을 사실적인 묘사나 서술보다 훨씬 효과적으로 이입시키는 해결책을 자주 찾아낸다. 그리고 또한 그럼으로써 지극히 섬세한 자극만으로 그는 우리로 하여금 익살극의 경계를 넘어 환상계로 진입하도록 밀어 넣는다. 절정에 이르는 대목에서 소설은 사실상 희극적 화법을 통째로 버리고는 공포의 괴이한 악몽의 형태를 취한다. 이쯤에서 요사리안은, 지옥의 길거리들을 순회하듯 로마의 뒷골목을 이리저리 방황하면서, 술에 취한 여자들을 괴롭히는 군인들과, 누더기를 걸친 자식을 구타하는 아버지들과, 아무 잘못이 없는 구경꾼을 곤봉으로 두들겨 패는 경찰관들을 둘러보다가, 급기야 사악함의 심연으로 온 세상이 빨려 들어가는 환각을 만난다.

> 밤은 공포로 가득했고, 그는 세상을 돌아다니며 그리스도가, 미치광이들로 가득 찬 병동을 돌아다니는 정신과 의사가, 도둑들로 가득 찬 형무소의 희생자가 느꼈음 직한 기분이 들었다. (……) 폭도들 (……) 경찰관들로 이루어진 폭도들 (……) 몽둥이를 든 폭도들이 모든 곳을 장악했다.

여기에서 소설은 전쟁으로부터 등을 돌리고 멀어지며, 헬러가 여기까지 구사한 희극 화법이 초월적인 사악함을 보는 그의 시각을 예술적으로 표현한 반응이었을 따름이고, 웃음은 험난한 세상을 벗어나는 유일한 도피의 탈출구였음이 마침내 확실해진다.

이 세상은 요사리안이 저항하기로 작정한 이념들이나 영역들로 하나씩 조각조각 잘라 내기가 불가능하다. 그래서 그가 느끼는 공포와 역겨움이 극한 지경에 이르렀을 때 요사리안은 더 이상 출격 임무를 수행하지 않겠다고 단도직입적으로 거부한다. 모든 사람이 그런 식으로 생각하게 되면 어떻게 되겠냐고 어느 상관이 묻자 그는 확고한 논리를 내세워 이렇게 대답한다. "다들 그렇게 생각한다면 그렇지 않다고 생각하는 나 혼자만 한심한 바보가 되는 셈이죠." 혼자만의 평화를 찾겠노라고 일단 결론을 내린 요사리안은 남들이 조롱하고, 따돌리고, 심리적인 압력을 가하고, 군사 법정에 세우겠다는 협박 따위의 고난에도 불구하고 그 신념을 관철한다. 마침내 캐스카트 대령의 실책을 덮어 주려는 옹졸한 타협에 동의만 해 준다면 귀국을 허락하겠다는 제안을 받기는 하지만, 그는 결국 두 가지 불가능한 선택에 발목이 잡히게 된다. 그러나 훨씬 더 논리적이었던 친구의 선례에 힘입어, 요사리안은 그의 특이한 논리에 따라 탈영이 훨씬 훌륭한 용기를 발휘하는 소행이라고 결론을 내리기에 이르며, (작품에서 가장 맥이 풀리는 부분이기는 할지언정 기발한 상황 설정을 거쳐) 그는 중립국 스웨덴으로 도망치게 되는데 — 그곳은 "몽둥이를 휘두르는 폭도들"이 장악하지 않은 피난처로서는, 영국을 제외한다면, 유일한 나라였다.

이기적이고, 비겁하고, 영웅적이지 못한 패배주의자 요사리안의 독선적인 궤변은 우리 국가가 지향하는 이상들에 비추어 보면 별로 달가운 성향은 아니었다. 그러나 다른 한편으로는 무정부주의적 개인주의를 반영하는 그런 오만한 시각들이 존재하지 않았다면 국가가 추구하는 모든 이상적인 대상들은 상당히 공허한 개념의 차원을 벗어나기 어렵다. 전체주의이건 민주주의이건 거대한 집합을 이룬 국가는 폴스타프[9]식의 무책임한 행태를 점점 더 일방적으로 적대시해 왔기 때문에, 요사리안의 반영웅주의는 사실상 거꾸로 뒤집어 놓은 영웅 숭배의 일종이어서, 우리가 진지하게 평가를 검토해야 마땅하다. 그 이유는, 살아야겠다는 요사리안의 병적인 집념은 애국적 이념에 따른 탁상공론 견해와 정면으로 대치하여, 최근 문학에 등장하는 인물들 가운데 요사리안은 도덕적으로 죽어 버리기는커녕 정신적으로 가장 생명력 넘치는 주인공으로 부각되어서 — 미국적인 삶의 몽상에 빠져 처량할 지경으로 현명하고, 눈치 빠르고, 고분고분 순응하는 현대 소설의 방탕아 주인공들에 비하면 가히 의지력의 거인이라고 해도 손색이 없겠기 때문이다. 현대를 살아가는 가장 두드러진 재능을 갖춘 인물들 가운데 한 사람이 조지프 헬러라고 나는 믿어 마지않는다. 그는 자화자찬과 격정에 휘말리지 않으면서 메일러의 급진주의적 열정을 발산하고, 인정하기가 불가능한 대상을 긍정하려는 욕구를 벨로우의 활력에 얹어 강화했고, 샐린저의 재치를 갖추었으면서도 간지러운 재간을 부리려 하지 않는다. 잔혹성과 살육과 비인간성과 분노로 인해 자멸하려는 세상에서 자유의 개념에 담아야 할 절대 가치들을 찾아낸 헬러는 낡은 이상을 기초로 한 새로운 도덕성을 수립했으니, 그것은 거부하는 정의감의 도덕성이었다. 아마도 이제는 — 가장 치명

---

9) 셰익스피어의 여러 희곡에 등장하는 허풍쟁이 건달 기사.

적인 핵전쟁에서 『캐치-22』의 형태가 모습을 드러내는 현실이고 보니 — 우리의 운명은 생존의 논리마저 작동하지 못하는 지경에 이르렀다고 여겨진다. 하지만 적어도 우리는 폭발적이고, 참혹하고, 반역적이고, 찬란한 이 책에서만큼은 반항과 자유의 정신을 고무하는 솔직함의 영향력에 아직 기대를 걸어 볼 여지를 인지한다.

속임수

넬슨 올그런(1909-1981)은 1962년 6월 23일 자 《시카고 데일리 뉴스》에 헬러 소설의 지속적인 호소력을 높이 평가하는 글을 실어 중서부 서민층 사이에서 『캐치-22』의 인기를 증폭시켰다. 순응하지 않고 전통의 바깥에서 버티는 열외자들에 대한 변함없는 사랑과 부패에 대한 증오심으로 인해서 올그런은 일찌감치 『캐치-22』의 애독자가 되었고, 1961년 11월 4일 자 《네이션》에 실린 다음과 같은 평론을 통해 그 작품에 대한 첫 평가를 내렸다.

함정이 하나 있다면 그것은 캐치-22였는데, 그 규칙은 긴박한 현실적인 위험의 면전에서 자신의 안전을 걱정하는 행위를 합리적인 심리의 전개 과정이라고 정의했다. 오르는 미쳤고 그래서 비행 근무를 해제받을 수 있었다. 그가 할 일이라고는 신청하는 절차뿐이었는데, 그가 신청만 하게 된다면 그는 더 이상 미친 상태가 아니어서 다시 출격을 계속 나가야 한다. 출격을 더 나간다면 오르는 미치게 되며, 그러지 않는다면 정상적인데, 만일 정상적이라면 그는 출격을 나가야 한다. 요사리안은 이 구절이 내포한 절대적 단순성에 깊은 감동을 느껴서 존경스럽다고 휘파람 소리를 냈다.

"그 캐치-22라는 거 굉장하구먼." 그가 말했다.

"최고 수준이지." 다네카 군의관이 동의했다.

요사리안은 밤낮으로 심한 마음의 동요를 일으켰고, 무엇보다 더 그의 마음을 어지럽힌 요인은 그들이 자신을 살해하려고 기회를 노린다는 사실이었다.

"그들이란 누구를 의미하는 거야?" 클레빈저가 알고 싶어 했다. "자네를 죽이려고 한다는 자들이 구체적으로 누구냐고?"

"그들 모두이지." 요사리안이 대답했다.

"그들 모두라니?"

"그들 모두가 누군지 자넨 모르겠어?"

"통 모르겠어."

"그렇다면 그들이 아니라는 걸 자네는 어떻게 알지?"

요사리안에게는 증거가 있었으니, 그가 그들에게 폭탄을 투하하려고 그들의 영공으로 날아 들어갈 때마다 얼굴조차 모르는 그들이 그에게 포를 쏘아 댔고, 그러니 클레빈저가 "자넬 죽이려고 하는 사람은 아무도 없다."라고 얘기해 봤자 아무 소용이 없었다.

"그럼 그들은 왜 나한테 포를 쏘지?"

"그들은 누구에게나 포를 쏴."

"그래도 어쨌든 마찬가지야."

"자네하고는 다투지 않겠어." 클레빈저가 선언했다. "자넨 자신이 누굴 미워하는지조차 몰라."

"나를 독살하려는 놈은 누구라도 미워."

"자넬 독살하려는 사람은 없어."

"그놈들이 내 음식에 두 차례나 독을 넣었어. 안 그래? 페라라하고 볼로냐 대공방전 때 그놈들이 내 음식에 독을 넣지 않았단 말야?"

"그들은 모든 사람들의 음식에 독을 넣었어." 클레빈저가 설명했다.

"그래서 어쨌단 말이지?"

회피 동작[10]에 대한 공식은 미리 결정된 바가 없었다. 거기에 필요한 동기는 두려움이 전부였고, 두려움이라면 요사리안이 전문가였다. 그는 출격을 나갈 때마다 폭탄을 쏟아 버리자마자 목숨아 날 살려라 마구 도망치기에 바빴다. 그의 비행단 소속인 모든 사람이 수행해야 했던 삼십오 회의 출격을 완수한 다음 그는 귀국시켜 달라는 신청을 냈다.

그러나 캐스카트 대령은 어느새 출격 횟수의 책임량을 사십 회로 올려 놓은 다음이었다. 사십 회의 출격을 마친 다음 요사리안이 귀국 신청을 냈다. 캐스카트 대령은 출격 책임량을 다시 사십오 회로 늘렸는데 — 그렇다면 어딘가에 틀림없이 속임수가 숨어 있었다. 요사리안은 황달로 발전하기 직전 간에서 통증을 느껴 야전병원에 입원했다. 차라리 황달이었다면 군의관들이 말끔히 치료할 수 있는 병이었다. 황달로 악

10) 전투 중 적의 공격을 피하기 위한 위기 대처 행동. 소설에서는 온갖 속임수 행태를 간접적으로 뜻하기도 한다. 요사리안이 살아남기 위해 취하는 온갖 행태는 회피 동작에 해당된다.

화되지 않고 저절로 낳는다면 군의관들은 그를 퇴원시키면 그만이었다. 그는 날마다 체온을 38.1도로 유지함으로써 전쟁이 끝날 때까지 남은 기간을 병상에서 보내기로 작정했다. 그는 나름의 속임수를 발견한 것이다.

군대식 사고방식에서 공식화한 광기에 맞서 그의 온전한 정신을 지켜 내기 위해 요사리안은 미친 사람이 될 수밖에 없었다. 그럼에도 불구하고 요사리안은 돈벌이에 정신이 팔린 마일로 병사보다는 애국적이었다. 미군 비행기 한 대를 격추시킬 때마다 1000달러씩 지급하겠다고 제안하며 마일로가 독일군과 결탁하자 요사리안조차 반발했다. 마일로는 경악을 금치 못했다. 그가 요사리안에게 "사업을 위한 계약의 신성한 의무를 존중할 줄 모르시나요?"라고 질타하자, 요사리안은 창피해져서 몸 둘 바를 몰랐다.

입이 아플 지경으로 마구 터져 나오는 『캐치-22』 폭소의 밑바닥에는 2차 세계 대전이 빚어낸 소설 분야에서 우리 문명을 가장 강력하게 거부하는 발언이 깔려 있다. 『나자와 사자』와 『지상에서 영원으로』[11]는 『캐치-22』 속으로 함몰해 자취를 감춘다. 우리가 이른바 기독교 사상을 구성하는 중심 요소라고 언제부터인가 간주하게 된 공포와 위선, 탐욕과 자만심, 그리고 끝없는 교활함과 끝없는 우매함을 여기에서 절대

11) 소설에서는 권투 시합에서 상대방 선수가 목숨을 잃은 다음 주인공 로버트 E. 리 프루윗 병사가 권투를 하지 않겠다고 끝까지 버티지만, 중대장은 부대의 명예를 위해 그를 출전시켜 우승하려는 욕심으로 그를 온갖 방법으로 괴롭힌다.

가치로 다루었다고 한들 그런 가치관을 거역하는 개념의 의미가 조금이라도 퇴색하진 않는다. 테리 서던의 『매직 크리스천』[12]을 우연히 접하고 즐거워했을 소수의 독자들은 발언이 너무 심하지 않을까 싶어 조금쯤은 서던이 입조심을 했음 직한 소재들을 헬러는 전혀 아무런 거리낌도 없이 거침없는 화법으로 쏟아낸다는 사실에 더욱 기뻐할 듯싶다. 호평을 한다면서 『캐치-22』를 『착한 병사 슈베이크』에 비유하는 시각이 어딘가 미흡하다고 여겨지는 까닭은, 헬러의 작품이 단순히 2차 세계 대전을 배경으로 삼은 최고의 미국 소설이라는 위상에 머물지 않고, 지역과 분야를 막론하고 오래간만에 등장한 최고의 미국 소설이기 때문이다.

12) Terry Southern(1924~1955). 미국의 소설가. 돈이면 무엇이나 다 되는 세상을 극렬하게 풍자한 소설 『매직 크리스천』은 자유분방한 줄거리 전개와 부조리한 어휘의 안무가 『캐치-22』와 매우 비슷하다. 스탠리 큐브릭 감독이 피터 셀러스와 링고 스타를 주연으로 삼아 영화로 만들기도 했다.

22항 속임수는 탁월한 월척이다

스터즈 터클(1912-2008)은 기나긴 활동 기간 가운데 마지막 몇 십 년에서처럼 문인으로서 대단한 두각을 아직 나타내지 못했을 무렵에, 중서부 지역에서는 처음으로 『캐치-22』에 주목한 평론을 발표했다. 그는 시카고의 라디오 대담 진행자로 유명한 인물이었으며, 1961년 11월 26일 자 《시카고 선타임스》에 실린 기고문에서는 등장인물들과 그들의 상호 관계에 대해 깊은 관심을 보였다.

늙은 이탈리아 여인이 요사리안에게 푸념을 늘어놓자, 폭격수가 이렇게 말한다. "22항은 그들이 못 하도록 우리가 막지 못하는 건 무엇이나 마음대로 할 권리가 그들에게 있다고 합니다." 착하지 못한 병사 슈베이크라고 할 요사리안은 그들을 막아 내려고 희한한 방법들을 시도한다. '그들'이란 군대의 사고방식이다. '그들'은 미친 전쟁을 벌이는 사람들의 세상이기도 하다.

위험할 정도로 정신이 말짱한 요사리안은 그들에게 그가 폭탄을 투하한다고 해서 끊임없이 그에게 고사포를 쏘아 대는 미치광이 낯선 사람들뿐만이 아니라 위험한 출격 횟수를 자꾸만 올리는 캐스카트 대령도 똑같이 두려워한다. 요사리안은 그런 두려움을 견뎌 낼 엉뚱한 방법과 핑계를 찾아내어, 원인을 알 길이 없는 간장 질환을 만들어 내고, 모든 것을 두 번씩 보고, 뒤로 걸어가고, 벌거벗은 채로 대열에 끼어들고, 탈영까지 한다.

이 놀라운 소설에서 독자는 오랫동안 본 적이 없는 가장 독특한 인물들을 만나게 되는데, 계급의 고하를 막론하고 저마다 미쳐 버린 그들 중에는 재수 없이 헨리 폰다와 닮았다는 이유로 마지못해 황금 잎사귀[13]를 달아야 하는 메이저 메이저 메이저, 체온이 높은데도 불구하고 사망 진단을 받는 다네카 군의관, 휴플의 고양이에게 주먹을 휘두르며 싸움을 벌이는 헝그리 조, 어느 누구보다 막강한 권력을 휘두르는 일등병 경력의 윈터그린이 포함된다.

폭소와 공포가 난무하는 이 곡마단의 모든 출연자들 가운데 가장 눈길을 끄는 인물은 취사 장교 마일로 마인더바인더다. 그는 개인 기업의 고전적인 선구자다. 그는 독일군이 그에게 작전 비용의 원가에 6퍼센트의 이익을 얹어 주겠다는 점잖은 제안을 하자 아군의 비행장에 폭격을 감행한다.

그가 반역을 저질렀다느니 어쨌다느니 모두 그를 비난하면서 일이 심상치 않게 돌아가자 마일로는 결국 장부를 공개하는데, 모든 사람에게 상당한 이익이 배당되리라는 사실이 밝혀진다. 모든 사람이 마일로의 기업 조직에 소속되어 있기 때문에 모든 사람에게 혜택이 돌아가는 탓이다. 심지어 적에게도 똑같이 적용되는 보상이다.

어쨌든 계약의 신성함을 준수해야 하는 세상이고 보니, 마

13) 미군의 소령 계급장.

일로가 당당하게 화를 낼 때는, 과연 누가 그를 비난한단 말인가? 그는 혁명적인 사상가여서, 전쟁 업무를 정부로부터 자기가 이양받아야 되겠다고 주장한다. 그는 개인 기업이 국가보다 전쟁을 훨씬 더 잘 수행하리라고 믿는다.

책장을 넘길 때마다 독자는 함성을 올리고 고함을 지르고 싶어진다. 나처럼 의자에서 나둥그러질 사람도 있으리라. 그러다가 갑자기 독자는 정색하고 일어나 앉아 혼잣말을 하게 된다. "무엇이 그렇게 우습다는 말인가?" 『캐치-22』를 우리 시대의 가장 훌륭한 희극적 소설이라고 말한다면, 그것은 잘못 짚은 얘기다.

우리 시대에 대한 초현실적인 비판이라는 표현도 어울리지 않는다. 벽돌이나 금속은 전혀 망가뜨리지 않고 오직 인간만을 죽이도록 확실하게 설계한 중성자탄보다 『캐치-22』가 얼마나 더 초현실적인가?

카프카, 슈베이크, 맥스 형제들이 우리 머리에 줄줄이 떠오른다. 루이스 캐럴이 훨씬 더 비슷할지 모르겠다. 앨리스의 갖가지 모험이라고 해서 요사리안의 도전보다 조금이라도 더 황당무계하지는 않다.

혹시 조지프 헬러가 이제부터 다른 작품을 하나도 더 발표하지 않는다고 해도, 우리는 이 종말론적인 걸작을 잘 기억하게 될 것이다. 건져 올릴 월척(catch)은 한 마리뿐이고 (……) "22항 속임수(Catch-22)"가 바로 그 월척이다.

이것이 풍자의 위대함이다

역사가 아널드 토인비의 아들 필립 토인비(1916~1981)는 20세기 중반 영국의 저명한 지식인이었으며, 런던의《옵저버》에서 오랫동안 문학 비평가로 활동했다. 1962년 6월 17일 자《옵저버》에 게재한 그의 『캐치-22』 평론에서 인간 조건의 희비극적 핵심을 깊숙이 파고드는 헬러의 풍자를 분석한 시각은 (토인비는 공산주의자였던) 그가 초기에 표방한 반체제 견해들과 더불어 자신의 소설에서 성공을 거둔 실험적인 형태의 글쓰기를 기저로 삼았다.

『캐치-22』를 처음 읽기 시작했을 때 나는 그것이 미국 공군의 일상에 대한 익살스러운 풍자라고 생각했다. 얼마 후에는 헬러의 공격 목표가 현대에 벌어진 전쟁과 그 전쟁을 일으킨 데 대한 책임을 져야 할 모든 사람이라고 믿게 되었다. 그러다가 좀 더 읽어 내려간 다음에 보니 우리의 사회 구조 그리고 거기에서 권력을 긁어모아 특전을 누리는 모든 인간을 그가 비판한다는 생각이 들었다. 그러나 책을 다 읽고 난 다음에는 헬러가 격렬한 분노와 혐오감(이라고 설명할 수밖에 없는 감정)을 표출한 대상이 인간의 조건 자체임을 나는 확실하게 깨달았다.

평론가는 그가 발행하는 통화의 시세에 항상 긴장하며 주의를 기울여야 한다. (비록 한없이 인색하게만 굴다가는 그 또한 나름의 대가를 치러야 한다는 사실을 우리는 자칫 망각하기 쉽기는 하지만) 만일 비평하는 사람이 지나치게 많은 작품을 걸작이라고 인정해 찬사를 남발하면 물가 폭등의 위험을 초래한다. 별로 오래전 일도 아니지만, 여러 주일 전에 나는 말콤 라우리[14]의 『화산 아래서(Under the Volcano)』를 20세기가 탄생시킨 위대한 소설들 가운데 하나라고 단언했는데, 그로부터 얼마 지나지 않아 나는 윌리엄 게하디[15]의 빼어난 재능을 홀대하지 말고 똑같이 깊은 관심을 보여야 한다고 독자들에게 다시 촉구한 바가 있다.

하지만 부풀리기의 위험성을 감수하면서라도 나는 『캐치-22』가 『에러혼(Erewhon)』[16] 이래 영어로 집필된 가장 위대한 풍자 소설이라고 규정할 수밖에 없다. 그 이유는 이 책에 대해 내가 줄줄이 내린 모든 해석이, 비록 먼저 내린 결론들은 어떤 면에서 부분적으로 불완전하기는 했을지언정, 지금 나에게는 하나같이 정확했다고 여겨지기 때문이다. 『캐치-22』는 엄청난 파괴력을 지닌 주제를 담았지만, 당연히 그래야 하겠기에, 필자로서는 그 주제를 현실의 관찰을 통해서 설명해야 옳겠다.

---

14) Malcolm Lowry(1909~1957). 영국의 시인이자 소설가.

15) William Gerhardi(1895~1977). 영국 출신 러시아 시인에 극작가. 혁명 소설 『허망(Futility)』을 발표했다.

16) 19세기 영국의 사회를 지옥으로 풍자한 새뮤얼 버틀러의 소설.

부풀린 사실성

나는 『캐치-22』가 미국은 고사하고 전쟁에 임한 어느 다른 국가이건 그 나라의 공군 장병들이 겪는 일상적인 삶을 사실적으로 기록한 작품이라고 주장할 생각은 없다. 풍자를 하는 방식은 현실을 부풀려서, 부분적으로 숨겨 두었던 갖가지 흠결을 엄청나게 끔찍하고 노골적인 기형의 모습으로 재생하는 기법이다. 훌륭한 풍자의 묘미는 우리로 하여금 공포감을 느끼며 웃게 만드는 효과다. 그리고 이것은 풍자의 대상으로 동원되는 사회나 인간 개인의 사악함들이 실제로 우리 주변에 존재하며, 독자들이 그것을 진실이라고 느끼게 함으로써, 풍자한 작가의 상상력이 부풀려 빚어낸 결과들을 보고 독자가 비록 겉으로 웃기는 할지언정 현실처럼 받아들이도록 만들어야 한다는 작업을 의미한다.

예를 하나 들겠다. 『캐치-22』에 등장하는 굉장히 많은 황당한 인물들 가운데 마일로 마인더바인더라는 장교가 있는데, 그는 지중해 작전 지역 내에서 한없이 기기묘묘한 형태의 갖가지 사업을 추진하느라고 모든 시간을 보낸다. 어느 대목에서인가 그는 아군의 활주로를 폭격하는 대가로 작전 비용에 6퍼센트를 가산한 금액을 독일군으로부터 수령한다는 계약을 맺는다. 그의 친구 몇 명이 목숨을 잃지만, 마일로는 워낙 소중한 존재이기 때문에 미군 당국으로부터 처벌을 받기는커녕 꾸중조차 듣지 않는다.

한심한 눈속임

전혀 불가능한 설정일까? 물론 가공의 설정으로서는 가당치 않을지 모르겠다. 1941년 북서부 해안 지역에서 내가 복무하던 당시 콘크리트로 만들어 바닷가에 설치한 용의 이빨이 석 달 만에 삭아서 부스러지는 사건이 발생했다. 조사 결과 청부업자가 부서지기 쉬운 콘크리트로 껍질만 씌우고는 속을 모래로 채웠다는 사실이 밝혀졌다. 그럼에도 불구하고 이 한심한 눈속임의 작태에 대해 내가 격한 비난을 토로하자, 문제를 일으킨 인물이 너무나 막강한 지역 인사이기 때문에 그에게 책임을 묻기 위한 어떤 조처도 취할 길이 없다는 설명만 돌아왔다. 그의 행동이 마일로의 사례만큼 대단한 사건은 사실 아니었지만, 그렇다고 해서 극악함과 악랄함의 본질이 조금이나마 상대적으로 가볍다고 주장할 수야 없는 노릇이 아니겠는가?

『캐치-22』에서 무슨 대가를 치르더라도 상관들의 비위를 맞추는 일 말고는 무엇 하나 관심이 없는 캐스카트 대령의 경우도 마찬가지로 해석해야 옳겠다. 그러기 위해서 그는 휘하 장병들이 휴가를 가기 위한 조건으로 충족시켜야 하는 출격의 책임량을 계속해서 끊임없이 올린다. 처음에는 사십 회였던 출격 임무가 소설이 끝날 때는 팔십 회까지 올라갔다.

비록 비행사들이 어떤 종류의 저항에도 돌입하지 않기는 했더라도 고위층에서는 이런 사태가 벌어지지 않도록 미리 조처를 취했을지 모르겠다고 우리는 논리적인 추측을 할 수가 있다. 하지만 군대에서 같은 상황에 처한 많은 사령관들이, 만일 책임을 회피하며 빠져나갈 구멍이 있다고 믿는 경우라면, 캐스카트 대령과 똑같은 행동을 취했으리라는 사실을 나는 조금도 의심해 마지않는다. 이프러스(Ypres)의 세 번째 전투[17]에서 헤이그[18]가 보여 준 행동은 과연 얼마나 달랐을까?

『캐치-22』에서 일관된 주제를 하나라도 찾아본다면 그것은 전투 임무를 회피하기 위해서 아시리아계 미국인 주인공 요사리안이 벌이는 끈질긴 노력을 꼽아야겠다. 소설은 장병들이 육체적으로 비겁해질 권리, 사실상 정신적인 의무라고 분류해야 마땅할 그들의 권리를 옹호한다. 예를 들면 용감한 자들이 거의 언제나 다른 전우들로 하여금 무의미하고 비인간적인 전쟁의 폭력에 순응하도록 만든다고 소설은 지적한다. 육체적인 비겁함을 냉혹하게 압살할 용기를 갖춘 자들만이 결국 현장에서 어떤 역할도 전혀 수행하지 않겠다고 거부함으로써 전쟁을 통제 불가능한 현상으로 몰아가는 유일한 종류의 인간이다.

현대 문학에서 가장 공감을 불러일으키는 주인공들 가운데 한 사람인 요사리안은 결국 이러한 결론에 이른다.

---

17) 이프러스는 벨기에 서부 베스트플란데런주의 도시. 1차 세계 대전에서 독일 제국과 연합국 간의 격전지였던 곳이다. 이 전투에서 1만 6000명의 사상자가 발생했다.

18) Douglas Haig(1861~1928). 1차 세계 대전 중 영국의 영웅 취급을 받았으나 사후 재평가를 통해 휘하 장병 200만 명을 죽음으로 몰고 갔다고 해서 '백정(Butcher)'이라는 악명을 얻었다.

"이제부터 난 나만 생각해야 되겠어요."

댄비 소령은 느긋하게 미소를 지으며 아이를 타이르듯 말했다. "하지만, 요사리안, 모두 그런 식으로 생각하면 어떻게 되겠어?"

"다들 그렇게 생각한다면 그렇지 않다고 생각하는 나 혼자만 한심한 바보가 되는 셈이죠."

바로 그것이 정답이고, 분명히 헬러는 결국 모든 사람이 그런 식으로 생각하게 되기를 열렬히 바란다.

끓어오르는 연민

내 생각에 이것은 진지하게 따져 볼 만한 여지가 있는 시각이지만, 그에 대한 반론이 내 머리에는 별로 떠오르지 않는다. 하지만 그런 시각이 헬러를 아주 강력한 풍자의 위치에 올려놓기는 할지언정, 그것만으로는 위대한 작품을 탄생시킬 충분한 조건이 되지는 않는다. 그가 성공하게 된 원동력은 깊고도 절박한 공감이었으며 끓어오르는 그의 연민은, 치유가 가능하고 구체적인 여러 부당한 사악함의 현상들보다, 인간 존재의 본질 그 자체에 대한 관심이다.

"그리고 하느님의 신비한 능력 따위는 들먹이지 말아." 그녀의 대꾸를 무시해 버리면서 요사리안은 말을 이어 갔다. "신비할 것이라곤 별로 없으니까. 하느님은 전혀 일을 하지 않아. 하느님은 놀기만 해. 아니면 하느님은 우리를 몽땅 잊어버렸거나. 당신 같은 사람들이 들먹이는 하느님이란 그런 거야. 미련하고, 서투르고, 두뇌가 없고, 잘난 체만 하고, 지저분한 시골뜨기 같은 존재이지. 맙소사, 자기가 창조한 신선한 체계에 가래침이나 썩은 이빨 따위가 생겨나는 그따위 현상을 포함시킬 필요성을 느끼는 궁극적인 존재를 얼마나 숭배해야 속이 시원하겠어? 하느님의 뒤틀리고, 허약하고, 오락가락하는 머릿속에서 도대체 무슨 생각이 떠올랐기에 늙은이들이 창자를 제대로 단속하지 못해서 똥을 싸게 만들었을까? 하느님은 어째서 고통을 창조했을까?"

"고통?" 셰이스코프 소위의 아내는 그 말을 신이 나서 물고 늘어졌다. "고통은 쓸모 있는 현상이야. 고통은 육체적인 위험에 대한 경고이니까."

"그리고 그 위험은 누가 창조했지?" 요사리안이 다그쳤다.

하지만 이 소설의 첫 번째 공격 목표는 죽음 자체이며, 그것은 헬러가 경악하고 분노하는 원한의 주요 대상이다. 속물적인 옛사람 칼라일[19]과는 달리 그는 우주의 섭리라는 개념을 받아들여야 할 필요성을 느끼지 않는다. 전반부에 등장하는 이 인용문은 나중에 로마의 길거리를 배회하는 요사리안

---

19) 토머스 칼라일(Thomas Carlyle, 1795~1881). 19세기 영국의 역사가이자 사상가.

을 악몽처럼 괴롭히는 끈질기고 압도적인 공포감으로 다시 부연된다. 그리고 그 장황한 악몽은 작품의 끝부분에 이르러서야 열변을 토하는 마무리 노릇을 한다.

그럼에도 불구하고 『캐치-22』가 우울하고 답답하기는커녕 아주아주 웃기는 책이라고 주장하기는 별로 어려운 일이 아니다. 죽음에 대한 공포를 상쇄하기 위하여 헬러는 음란하고 성적인 삽화를 다채롭고 희극적으로 즐겁게 펼쳐 내기를 서슴지 않는데, 다행인 점은 그 화법이 로런스의 분위기와는 거리가 멀다는 사실이다. 어떤 면에서는 특이한 듯싶기도 하며 대단히 감탄할 만한 점을 하나 꼽자면, 헬러는 한두 쪽이 넘어가는 사이에 익살극에서 어느새 비극으로 우리를 끌고 들어가곤 하는데, 독자는 그런 반전에 전혀 거부감을 느끼지 않는다.

『캉디드(Candide)』[20]에서는 주인공이 극도로 처참한 온갖 신체적 손상을 입지만, 우리는 그런 끔찍함을 전혀 심각하게 받아들이려고 하지 않는다. 캉디드의 팔다리가 잘려 나간다고 한들 그것은 풍자 문학의 흔하디흔한 장치 이상의 아무런 의미가 없기 때문이다. 하지만 『캐치-22』에서 예를 들어 키드 샘슨이 수영을 하다가 갑자기 두 동강으로 몸이 잘려 나가는 장면에서 우리는 그 순간을 현장에서 목격한 사람들과 똑같은 공포감에 휩싸인다.

---

20) 18세기 프랑스 작가 볼테르가 낙천적 세계관을 조롱하고 사회적 부조리를 고발한 풍자 소설.

반역의 소설

『캐치-22』에도 단점이 없지는 않다. 소설이 좀 지나치게 길고 반복 또한 심하다. 아주 가끔이긴 하지만 해학이 비교적 부박하고 수다스러운 말장난의 형태로 나타나기도 한다. "그는 열심히 일하는 근면함을 부르짖고 그를 거부한 여자들을 천박하다고 못마땅하게 생각했다."라는 식의 서술이 그런 사례다. 루이스 캐럴처럼 황당무계한 해학이 지나치게 심한 편이며, 때로는 '직설적인' 공포나 연민을 담아내는 대목들이 조금쯤은 비위에 거슬리기도 한다. 어느 모로 보나 헬러는 지나칠 정도로 설명을 많이 하고, 그가 전하려는 신념들을 독자가 적극적으로 받아들이려는 수준을 넘어 식상해지는 지경까지 강조하려는 경향을 보이기도 한다. 하지만 이런 지적들은 사소한 흠결에 지나지 않는다고 생각하기 때문에 나는 모든 사람에게 『캐치-22』를 읽어 보라고 일독을 권하고 싶다. 가장 좋은 의미에서 진정한 반역 소설인 『캐치-22』의 저자는 뉴욕에서 '선전 관리(promotion executive)'를 담당한 서른아홉 살의 인물이라고 하는데 — 그것이 무슨 직책인지 모르겠어서 아쉬움이 남는 정보다. 이런 작품은 우리로 하여금 보다 확실하게 구석구석 이해하도록 최대한 도와줘야 옳을 듯싶다.

그리고 "캐치-22"는 도대체 무슨 말인가?

요사리안은 그를 말똥말똥 쳐다보고는 다른 방법을 찾아보려고 했다. "오르는 미쳤나?"

"확실히 그렇지." 다네카 군의관이 말했다.

"자넨 그에게 비행 근무를 헤제시킬 수가 있나?"

"물론 그럴 수 있어. 하지만 우선 그가 신청을 해야지. 그것이 규정의 일부이니까."

"그럼 왜 그는 신청을 하지 않는 거야?"

"그야 미쳤으니까 그렇지." 다네카 군의관이 말했다. "그렇게 여러 번 죽음의 위기를 당하고도 계속해서 출격을 나간다니 미쳤을 수밖에 없어. 물론 난 오르의 비행 근무를 면제시킬 수 있어. 하지만 우선 그가 신청을 해야지."

"그러면 자네가 그의 비행 근무를 해제시킬 수 있나?" 요사리안이 물었다.

"아니. 그러면 난 그의 비행 근무를 해제할 수가 없어."

"그런 속임수(catch)가 있단 말이지?"

"물론 함정(catch)이 있지." 다네카 군의관이 대답했다. "22항(Catch-22)이 있으니까. 전투 임무를 면하기를 바라는 사람은 누구라도 정말로 미치지는 않았어."

"그 캐치-22라는 거 굉장하구먼." 요사리안이 말했다.

"최고 수준이지." 다네카 군의관이 동의했다.

여신의 아이들 — 그리고 아홉 명의 작가들

「여신의 아이들 — 그리고 아홉 명의 작가들」은 전통적인 문학 평론이라기보다 특정한 동시대인들의 작품에 대해 개인적으로 느낀 감상문이라고 하겠는데, 여기에는 헬러와 『캐치-22』에 대하여 노먼 메일러(1923-2007)가 의미심장한 평가를 내린 대목이 포함되어 있다. 솔 벨로 그리고 윌리엄 S. 버로우스와 더불어 헬러는 메일러에게서 다른 작가들보다 훨씬 높은 점수를 받았는데, 헬러에 관한 대목은 1963년 7월호 《에스콰이어》에 통째로 전재되었다.

여기에서 다룬 모든 작품들 가운데 평가의 기준을 가장 심한 혼란에 빠트린 소설은 조지프 헬러의 『캐치-22』다. 이것은 내가 끝까지 읽어 내는 데 가장 오랜 시간이 걸린 작품으로, 나는 하마터면 읽기를 거의 포기하다시피 할 지경에 이르기까지 했었다. 그럼에도 불구하고 이제부터 일 년이 흘러간 다음쯤에 나는 이 소설을 『마지막 방어선(The Thin Red Line)』[21] 보다 훨씬 생생하게 기억하리라고 생각한다. 독창적인 소설이기 때문이다. 이것은 어느 누구도 읽어 보지 못한 그런 작품이다. 하지만 짜증이 나게 만들기도 한다. 『캐치-22』는 잭슨 폴록의 어떤 그림을 생각나게 한다. 2.5미터 높이에 폭이 6미터

---

21) 제임스 존스가 『지상에서 영원으로』의 속편으로 구상한 작품. 태평양 과달카날 전투에서 존스가 겪은 체험을 담았다.

인 그 작품은 자로 재어 파는 옷감처럼 어디서 잘라 내도 상관이 없는 그림이었다. 『캐치-22』에서는 중간쯤 어디에서나 100쪽가량을 삭제하더라도 작가가 전혀 눈치를 채지 못했을 듯싶다. 하지만 어느 대목을 봐도 다른 부분들과 비슷한 데다 부담스러울 정도로 길기만 해서 사람을 미치게 만드는 기묘한 원동력으로 작동하며, 소설은 저절로 혼자서 한없이 자라나다가 마지막 50쪽을 남겨 놓고는 대단한 수준에 오르지만, 할리우드에 눈독을 들이느라 발작적이며 감상적으로 돌변해 마무리를 짓는 마지막 다섯 쪽을 거치며 망가지고 만다.

이것은 반응의 피상에 불과하다. 만일 내가 저명한 비평가였다면, 『캐치-22』에 대한 결정판 분석을 써 내기 위해서는 대단한 안목의 묘기를 부려야 할 듯싶다. 그러려면 1만 단어 이상의 서술이 필요하겠다. 그 이유는 이미 같은 지옥의 여로를 다녀왔으며 이제는 극장에서 유명세를 누리는 버로스[22]만큼은 예외로 꼽힐지 모르겠지만, 과거의 어떤 미국 작가들보다 훨씬 집요하게 헬러가 그의 독자들을 지옥의 길로 몰아넣기 때문인데, 그래서 "조지프 H.의 지옥 여행기"를 분석하기 위해서는 연옥의 여러 다른 모형들을 제시하고 그런 기록들이 이 작가의 여로보다 더 극적인지를 따져 볼 필요가 있겠다.

『캐치-22』는 이탈리아 연안 어느 가상의 섬에 주둔한 미군

---

22) William S. Burroughs(1914~1997). 앨런 긴즈버그와 잭 케루악과 함께 1960년대 미국 '두들겨 맞은 세대(Beat Generation)'의 비트족(Beatnik) 반문화 운동을 이끌었으며, 대부분 반자전적인 그의 소설들은 마약 중독자로서의 삶을 다루었다.

폭격기 비행대대에서 벌어지는 악몽을 소재로 다룬다. 주인공은 오십 회 출격을 마치고 더 이상 전투에 참여하고 싶어 하지 않는 요사리안이라는 이름의 폭격수다. 이런 기본적인 설정 위에 소설의 사건들과, 쉰 명의 등장인물과, (평균 한 쪽에 네다섯 가지에 달하는) 2000가지 욕구 불만, 그리고 또 다른 욕구 불만인 한 가지 단순한 동기가 문신처럼 깔린다. 요사리안의 대대장은 장군들에게서 점수를 따기 위해 출격 횟수를 오십오 회로 올린다. 비행사들이 오십사 회의 출격을 마칠 때쯤이면 그는 숫자를 육십 회로 늘린다. 그러는 사이 모든 등장인물은 작품이 진행되는 내내 책장이 하나 넘어갈 때마다 민속춤에서 하찮은 시골 농부가 발을 맞추듯 공식에 따라 일정한 동작을 취한다. 학교를 다닐 때 우리가 자주 입에 올리던 농담이 하나 있었다. 이런 내용이었다.

"누구 얘길 하는 거야?"
"허버트 후버."
"들어 본 적이 없는 이름인데."
"누구 이름을 못 들었다고?"
"허버트 후버."
"그게 누군데?"
"방금 네가 얘기한 사람."
"허버트 후버는 들어 본 적이 없는 이름인데."

그런 식이다. 『캐치-22』는 그런 식으로 진행된다. 록 앤드 롤

같은 소설이다. 우리는 그 사례의 원조를 신병 훈련소에서 발견한다. 우리는 토요일 내무반 검열 때 홑이불이 깨끗한지 확인받으라는 명령을 받았다. 하지만 어느 주일에 우리에게는 부대 세탁실에서 깨끗한 홑이불이 지급되지 않았고, 그래서 매트리스를 그냥 깔고 잤더니 더럽게 때가 탔다. 검열이 끝난 다음 소대는 숙소에서 외출을 나가지 못하는 벌을 받았다. "깨끗한 홑이불을 내놓지 않았기 때문"이라고 선임 하사가 설명했다.

"깨끗한 홑이불을 받지도 않았는데 어떻게 깨끗한 홑이불을 내놓으라는 말입니까?"

"그걸 내가 어떻게 알아?" 선임 하사가 말했다. "귀관들은 규칙상 깨끗한 홑이불을 내놓아야 한다고."

"하지만 깨끗한 홑이불을 지급받지도 않았는데 어떻게 깨끗한 홑이불을 내놓나요?"

"그러면 뺑이를 쳐야지." 선임 하사가 말했다.

그것이 '캐치-22'라는 개념에 제대로 어울리는 표현이다. 군대는 좌충우돌하는 관료주의적 행태들의 집합이고, 그들의 여러 명령이 상충하여 불가능한 온갖 상황을 유발한다. 헬러는 이 멋진 농담 하나를 휘둘러 똑같이 멋진 2000가지의 농담으로 변주하는데, 그런 묘기를 부리는 사이에 현대 세계에 대한 합리적인 형태를 추출해 낸다. 그렇지만 현대 세계의 형태를 더 이상 인식하지 못하기 때문에 우리는 이성의 위기를 맞는다. 헬러는 이성을 추구하는 합리적인 인간이라면 세상이 미쳤으며 그 세상에서 자신만이 혼자 말짱한 정신이라거나 (이 가능성을 전혀 탐색하지 않았다는 점이 『캐치-22』의 약점이라고 하겠지만) 정신이 말짱한 사람이 사실은, 그가 제시하는 합리적인 사항들이 실존주의적인 이성에 근거하지 않았기 때문에, 오히려 제정신이 아니라는 결론에 이르러야 마땅하다는 논리를 펼쳐 보여 준다.

179쪽에서는 신에 대한 토론이 벌어진다.

> " (……) 자기가 창조한 신선한 체계에 가래침이나 썩은 이빨 따위가 생겨나는 그따위 현상을 포함시킬 필요성을 느끼는 궁극적인 존재를 얼마나 숭배해야 속이 시원하겠어? (……) 하느님은 어째서 고통을 창조했을까?"
>
> "고통?" 셰이스코프 소위의 아내는 그 말을 신이 나서 물고 늘어졌다. "고통은 쓸모 있는 현상이야. 고통은 육체적인 위험에 대한 경고이니까."
>
> (……)
>
> "고통 대신에 왜 초인종을 누르거나 천국의 성가대를 동원해서 우리에게 알려 주질 않지?"

바로 여기에 헬러는 그의 우주론에서 이성의 깃발을 펄럭일 전조를 가장 일찌감치 심어 두었다. 그는 어떤 해답도 찾으려고 하지 않지만, 진정제의 발견이 악마의 주도하에 이루어졌다는 논리와 똑같은 이유로, 만일 인간의 영혼이 불멸하다면 우리 가운데 누군가는 오직 고난을 통해서만 그 불멸성에 접근하도록 신이 우리에게 고통을 마련해 주었다고 해석이 가능한 해답을 제시하기는 한다. 몇 달에 걸쳐 차라리 병을 앓는 편이 질병으로부터 도망치기보다 현명한 선택일지 모르는 까닭은 자신의 몸 한가운데서 시작되는 죽음의 엄습에 점차적으로 익숙해지는 학습의 여유가 가능하기 때문이다.

재능에는 보상이 돌아가야 마땅하다. 『캐치-22』는 발랄한 재능을 지닌 작가의 첫 작품이다. 헬러가 언젠가는 고골과 같은 경지에 오를지 모른다. 하지만 그의 첫 작품이 위대하거나 대표작이라고 부르기가 조심스러워 주저하게 되는 까닭은 그가 겨우 지옥의 미약한 양상밖에는 아직 파악하지 못했기 때문이다. 가장 견뎌 내기 힘든 대상은 철저한 좌절감에 빠져야 하는 군대의 세상보다 한밤중에 찾아오는 절반 세상의 좌절감이어서, 인간이 자신의 영혼이 전해 주는 소리에 귀를 기울여야 하는 시간, 의식이 희미해 귀가 멀어 가는 시간, 그리고 심지어 정작 죽음이 오기 전에 죽어 가면서 억지로 자신의 죽음을 응시해야 하는 시간이 주어질지도 모르는 볼드윈의 다른 나라[23]다. (헤밍웨이는 아마도 그런 경지를 겪었을지 모르겠다.) 그런 경지에서 인간이 인지하는 실존주의적 불안(angst)의 고뇌를 전쟁이 우리로 하여금 잊게 해 줄지도 모른다. 전쟁과는 관련이 없는 다른 죽음, 신경이 기능을 잃으면서 찾아오는 바로 그 죽음이 지옥의 가장 참혹한 통로들을 열어 보인다. 그리고 다시 살아나서 그런 지옥을 소설로 써 낸 사람은 아직 아무도 없다.

---

23) 흑인 작가 제임스 볼드윈(James Baldwin, 1924~1987)의 『다른 나라(Another Country)』는 1950년대 미국 문학에서 금기시되었던 양성애, 흑백 간의 결혼, 혼외정사 같은 주제들을 다루었다.

생명이 빛나는 책

알프레드 카진(1915-1998)은 20세기의 가장 저명한 문학 평론가들 가운데 한 사람이다. 그의 저서 『미국 문학의 고찰(On Native Grounds)』(1942)은 과거 사십 년 동안의 소설 문학에 대한 지배적인 관점을 수립했고, 속편 『생명이 빛나는 책』(1973)에서는 그 이후 삼십 년에 걸쳐 등장한 작품들의 평가와 분석을 계속했다. 『생명이 빛나는 책』 가운데 「전쟁의 쇠락(Decline of War)」 대목에서 20세기 중반에 등장한 전쟁 소설에 대한 개괄론과 함께 카진이 『캐치-22』에 대해 내린 평가를 여기에 옮겨 싣는다.

히로시마, 아우슈비츠, 드레스덴,[24] 3000만 명의 사망자,[25] 독일군에게 포로로 잡혔었다는 죄로 귀국한 다음 조국의 정부로부터 옥살이를 당한 소련의 군인들, 핵무기로 세계가 통째로 파괴되리라는 위협 — 이런 문제들을 인류가 뒤늦게 직시해야 하는 과정을 거치면서 2차 세계 대전의 개념은 이십오 년 동안에 아주 다른 전쟁으로 변질되었다. 『아다노의 종』,[26]

---

24) 엘베 강변 제2의 도시 드레스덴의 유대인 가운데 7100명이 나치 정권에 의해 죽임을 당하고 마흔한 명만 살아남았다고 한다. 4000명을 더 '처리'할 땅굴을 파던 연합군 포로와 수감자들의 작업은 1945년 2월 13~15일 미국과 영국 공군의 대폭격으로 중단되었다. 폭격 당시 포로로 잡힌 미군이었던 커트 보니것이 드레스덴에서 겪은 체험을 담은 소설이 『제5도살장』이다.

25) 2차 세계 대전의 희생자.

26) 1944년 퓰리처상을 받은 존 허시(John Hersey, 1914~1993)의 소설. 파시스트들이 무기를 만들려고 녹여 버린 시칠리아 마을의 종을 미군 장교가

『젊은 사자들』, 『케인호의 반란』, 『갈레리아 움베르토』[27]처럼 자유주의를 구가하는 개인적인 참전 체험에 입각해 우리가 인식하는 전쟁과 대조를 이루는 형태의 '새로운' 전쟁에 대해서 우리는 남북 전쟁을 언급하며 휘트먼이 "진짜 전쟁은 책에 담을 수가 없다."라고 한 말밖에는 더 이상 설명할 길이 없다. 문학에 반영된 어떤 개인적인 체험도 전쟁의 본질을 제대로 밝히지 못했고, 가장 흔하고 극악무도한 갖가지 경험들은 우리가 글로 읽어 보면 항상 비현실적이라고 여겨진다. 1945년 4월 15일에 벨젠(Belsen)으로 진격한 영국군은 병들고 굶주려 죽어 가는 4만 명의 수감자들과 더불어 여러 무더기로 산더미처럼 쌓인 1만 구가 넘는 시체들을 찾아냈다. 벨젠은 가장 극악한 나치 집단 수용소는 아니었고, 첫 번째로 세상에 알려진 학살의 시설일 따름이었다. 《런던 타임스》 특파원은 그가 송고한 기사의 서두를 이렇게 시작했다. "인류의 상상력이 미치지 못하는 무엇인가를 서술해야 하는 일이 나의 의무가 되었다." 이것은 2차 세계 대전에 대해 유일하게 진지하고 솔직한 견해를 밝힌 최초의 글이 되었고, 1950년대를 거치면서 너무나 많은 공포의 진상이 밝혀지고, 너무나 많은 새로운 전쟁들이 인류의 시계(視界)에 떠오르고, 불길한 징조들이 계속 만방에 나타나면서 자유주의 지성인들이 서술하던 2차 세계 대전의 개념은 무너졌고, "그 전쟁"이라는 개별적인 어휘는 곧

다시 마련해 주는 내용이다.

27) 2차 세계 대전 승전국 아메리카의 이상과 편견에 대한 회의적인 시각을 담은 존 혼 번스(John Horne Burns)의 소설.

어느 시기 어느 곳에서나 일어나는 일상적인 현상을 지칭하게 되어 — 전혀 끝날 줄 모르는 "만성적 전쟁"을 뜻하게 되었다. 전쟁은 그리하여 20세기 인간의 만성적인 체험으로 자리 잡았다.

문학적 측면에서 전쟁을 관찰한 사실주의 화법으로는, 비록 집단 수용소에서 직접 겪은 솔직하고 꾸밈없는 자신의 체험이라고 할지언정, 이제는 더 이상 "그 전쟁"을 다루었던 그런 방식으로 "만성 전쟁"을 서술하기가 불가능해졌다. 만성 전쟁이 실체로 굳어짐으로써 작품으로 재현이 가능했던 사건은 공간과 시간에 갇혀서, 무한대로 팽창하는 적대감과 인류가 멸망할 가능성이라는 종말론적인 인식에 어느새 자리를 내주었다. 무엇보다 우리는 세계가 총체적으로 똑같아졌다는 인식을 갖게 되었고, 견딜 만한 삶을 살아가는 계층에 의해 사회에서 자행되는 거부권을 지칭하는 그럴싸한 표현인 '부조리'의 개념 또한 사람들이 받아들였지만, 진실은 그렇게 간단하지 않다. 『시지프 신화(Le Mythe de Sisyphe)』에서 알베르 카뮈가 '부조리'라고 정의한 바는, 낭만적 개인주의 전통에 따라 현대 작가들이 본질적인 한계성으로 인해, 좌절감에 시달리는 인간의 우월성을 설명하느라고 오래전부터 구사했던 개념과 별로 다를 바가 없어졌다. D. H. 로런스가 지적한 바와 같이 인간은 항상 월권을 행사해 왔다. 인간이 그에게 주어진 삶 그리고 죽음의 조건에 반항하고, 자신의 이성 말고는 무엇에 대해서도 불만을 느끼고, 과욕을 부리거나 열외자가 되기를 원하고 — 그리하여 자신을 '부조리'하다고 느끼는 현상은 자연스러운 일이었다. 하지만 이제는 사회 자체가 '부조리' 해졌으며, 인간 개체의 '부조리'는 시효가 끝난 용어로 쇠락했건만, 전쟁을 일으켜 지구상의 생명을 모조리 파괴하는 국가의 권력을 통제하기가 불가능해진 시대를 서술하기에는 여전히 잘 어울리는 개념이다. 전쟁을 해야 한다는 명분을 제공했던 기존의 상식적인 가치관과 인간적 충성심을 부추기며 전쟁을 벌이려는 준비가 이루어지고, 가시적인 해체 작업과 거기에 동원되는 무기가 수반하는 공포는 한 세대를 통째로 지배하는 힘으로 우리 일상 어디에나 존재하는 조건이 되었으며, 그렇게 세상은 누구나 "만성 전쟁"을 정상적인 현실이라고 간주하는 단계에 이르렀다.

조지프 헬러의 『캐치-22』와 커트 보니것의 『제5도살장(Slaughterhouse-Five, or The Children's Crusade)』 같은 소설의 본질은, 얼핏 생각하기에 둘 다 작가들이 직접 참전했던 1941년에서 1945년에 벌어진 전쟁을 소재로 다루는 듯싶지만, 사실은 제한이 없을 뿐 아니라 의미조차 없으며, 싸울 사람이 한 명도 남지 않게 되기 전에는 끝나지 않을 "다음 전쟁"을 조명한다. 특히 『캐치-22』의 주제는 전쟁의 총체적인 발광 상태, 전쟁의 법칙에 순응하는 모든 사람의 발광 상태, 그리고 요사리안이라는 한 인간이 집단의 광기와 개체의 건강한 인식의 차이를 깨닫고 그런 와중에 살아남으려고 버티는 투쟁이다. 하지만 사실상 주인공만 제외하고는 모든 사람이 발광 상태에 호응하는 체제 속에서 홀로 의지력을 발휘해 정신이 말짱한 체해 가면서 미치광이 노릇을 하려는 인물을 내세워 작가가 소설적인 의미를 구성하고 서술체를 전개하는 일이 과연 어떻게 가능할까? 그에 대한 해답으로 『캐치-22』는 철저한 거부가 가능한 세상을 가설로 제시하는데, 그것은 분노한 인간의 심성 자체만으로 "세상"이 혼란을 일으켜 일사불란하게 획일적으로 작동하지 않는 한 어쩌면 불가능할지 모르는 어려운 과제이긴 하지만 — 2차 세계 대전 이후 많은 미국인들이 자기 자신에 대해 느낀 그런 정치적 무기력함을 표현해 왔다. 그래서 헬러는 철저한 평화주의자로서의 고결함과 유대인[28] 특유의 사이비 합리성을 함께 곁들여 비아냥거리는 전통적 해학으로 버무려 가면서 요란한 희극적 묘기를 이렇게 줄줄이 뽑아낸다. "요사리안의 천막에 있는 죽은 사람이라면 함께 지내기가 쉽지 않은 존재였다." "지중해 작전 지역의 모든 천막을 워싱턴 기념비를 향해 돌아보도록 출입구를 나란히 줄을 맞춰 치라고 페켐 장군이 최근에 내린 지시 사항 때문에 드리들 장군은 화가 잔뜩 났다." 소설은 전쟁에 관하여 요사리안이 제시하는 민감하고, 인간적이고, 논리적인 질문들의 흐름을 따라 진행되는데, 그에 대한 대답들은 사람을 미치게 만들 지경으로 황당하다. 익살스럽게 비인간적인 이러한 배경 속에서 요사리안 한 사람만 인간적인 존재이고, 정신을 똑바로 차리고 이 미치광이들의 무대를 지켜 나가는 사람은 헬러 자신이다. 이러한 우스개들은 유대인 사회에 널리 알려진 고전적

---

28) 헬러는 러시아 이민자인 가난한 유대인 부모에게서 태어났고 카진의 부모 역시 유대인 이민자들이었다.

인 재담을 변주한 내용인데, 어느 순진무구한 신병이 참호 속에서 살그머니 머리를 들고 살펴보니 모든 병사들이 사방으로 총을 쏘아 대고, 그래서 너무나 놀란 신병이 이렇게 외쳤다고 한다. "이런 곳에서 어물쩍거리다가는 사람이 죽겠어!"

하지만 『캐치-22』의 인상적인 분위기는 "흑색 해학(black humor)"이나 진보적인 정치에 대한 최근의 논평에서 자주 사용하는 용어인 "총체적으로 부조리한" 논리적 정서보다는 공포감이다. 고사포를 맞고 부서진 비행기 안에서 어느 폭격수의 창자가 쏟아져 나오는 원시적이고 끔찍한 장면으로 소설이 되돌아갈 때마다, 비참하게 직설적으로 제시된 참혹한 상황을 접하는 독자들은 『캐치-22』가 왜 우리를 괴롭게 만드는 작품인지를 깨닫게 된다. 웃기는 구절들은 폭력에 의해서 지금 당장이라도 어느 누구에게나 닥칠지 모르는 죽음의 긴박감을 선명하게 부각시키려고 긴장의 끈을 당기는 비책이어서, 바로 이것이 "전쟁을 묘사하기"가 불가능하게 만드는 전통적인 문학 기법을 벗어나는 돌파구 노릇을 한다. 웃기는 대목들이 줄을 지어 이어짐에도 불구하고 『캐치-22』의 뚜렷한 본체적인 요소는 확고부동하여 흔들리지 않고, 흔들릴 수도 없다. 공격을 받으면서 비행기 안에 갇힌 채 생매장을 당한 기분으로 창자가 몸 밖으로 쏟아져 나와 죽어 가는 전우의 모습을 지켜보는 주인공은 도피할 길이 없고, 움직이지도 못하는 철저한 무기력 상태로 빠져든다. 그리고 이렇게 공포로 얼어붙어 꼼짝도 못 하게 된 상황은 자조적이고 뒤틀린 농담이 아니라 직설적이고 "진지한" 폭력의 묘사를 통해서 전해진다.

전방 폭격수는 원형 포탑의 사수 자리가 더 좋으리라고 생각했다. 거지 같은 망할 놈의 고사포 포연이 그의 주변과 위와 밑에서 온통 터지고, 폭음을 내고, 바람에 날리면서 떠오르고, 작렬하고, 흔들리고, 귀청을 때리고, 하나의 거대한 불꽃과 더불어 그들을 모두 산산조각으로 찢어 몰살시키겠노라고 위협하고, 꿰뚫고, 덜커덩거리고, 흔들리고, 튀고, 진동하는 변화무쌍하고 우주 철학적인 사악함 속에서, 거지같이 고색창연한 어항 속의 거지같이 고색창연한 금붕어처럼 이 앞에 나와 앉아 있기보다는, 선택할 권리가 그에게 조금이라도 있다면 그는 탈출구 위에 올라 앉아 있고 싶었다.

헬러의 작품에서 떠오르는 절박한 정서는 이렇듯 너와 나의 적을 따로 가리지 않고, 우리가 피신할 수 있는 아군의 영역을 확인하기 어려운 집단들이 벌이는 전쟁 행위에 휘말려, 누군가의 총구가 겨냥하는 사선(射線)에 포착되어 꼼짝달싹 못 하는 치명적인 함정에 빠졌다고 오늘날 모든 개인이 저마다 느끼는 그런 인식이 되었다. 『캐치-22』의 심리학은 처형장으로 끌려가는 인간을 주제로 삼으며, '관급품'[29]이라는 글자가 또렷하게 박힌 올가미 밧줄이 목에 감겨드는 느낌이 너무

29) 官給品. 영어로 General Issue 또는 Government Issue라고 하며 줄여서 G. I.라고 하는데, 군복과 각종 장비나 마찬가지로 군인을 인간이 아니라 정부에서 관리하는 소비재 품목으로 취급한다는 의미로 쓰이는 표현이다. 불특정 인물을 지칭하는 한국의 군대 용어 '홍길동'처럼 G. I. Joe는 남자 병사 그리고 G. I. Jane은 여군을 뜻한다.

나 생생하게 전해지는 "사형대로 가는 길"에 관한 농담을 연상시킨다. 여럿이 함께 하나의 보호막을 형성하는 대규모 집단의 구성원인 군인으로서가 아니라 자신의 정체성을 아무도 알지 못하는 상황에서 아무도 모르게 죽어 가야 하는 비참하고 고립된 존재로 보는 이런 인식은 2차 세계 대전 문학에서 점점 두드러지는 양상으로 떠올랐다. 그런 시각은 에드워드 루이스 월런트의 『전당포』[30]와 솔 벨로의 『새믈러 선생의 세상』,[31] 그리고 모데카이 리츨러의 『세인트 어베인의 영웅』[32] 처럼 전후 유대인 작가들이 발표한 모든 소설의 언저리에서 유령처럼 어른거린다. 새로운 세대들이 태어날 때마다 홀로코스트[33]가 점점 더 현실감을 상실함에 따라, 그 시대를 온몸으로 거쳐 온 유대인 작가들은 이러한 추세에 대응하기 위해 그것을 유대인들에게만 적용되는 유일무이한 형태의 원죄로

---

30) Edward Lewis Wallant(1926~1962)의 소설. 대학 교수였다가 집단 수용소로 끌려가 가족을 모두 잃고 혼자 살아남아 미국으로 건너온 유대인이 악몽에 시달리며 뉴욕에서 전당포 주인으로 힘겹게 살아가는 이야기다.

31) 콜럼비아 대학교 교수가 달나라 정복 따위의 미래에 대한 꿈같은 약속에 미친 사람들을 지켜보면서 홀로코스트 생존자인 자신의 기억 때문에 상대적인 좌절감에 빠지는 내용이다.

32) Mordecai Richler(1931~2001)는 캐나다 태생의 작가. 에스파냐 내전에 참전했던 모험가의 나치 전범 사냥을 환상적으로 다룬 내용이다.

33) 나치 독일의 유대인 대학살을 뜻하는 홀로코스트(holocaust)의 그리스어 어원은 holos[몽땅] kaustos[불태움]으로, 짐승을 산채로 구워 신 앞에 바치는 유대교 의식 '번제(燔祭)'를 지칭했으며, 이제는 핵전쟁으로 인한 인류의 멸망을 뜻하기도 한다. 일부 유대인 지식층에서는 '홀로코스트'가 갖가지 대량 학살을 뜻하는 보통 명사로 남용되는 데 대한 반발이 일어나기도 했다.

정의하여 — 속죄를 하지 않은 죄악, 설명도 되지 않고 처벌도 받지 않았으며 심지어 인류 대부분이 믿으려고조차 하지 않았던 죄악으로 개념을 정립했다. 그래서 유대인 작가들이 1933~1945년의 홀로코스트에 대해 후대에 전해 주려고 남긴 모든 기록은, 아무리 희미하고 까마득한 기억을 더듬은 이야기일지언정, 입증이 불가능하고 설명하기가 어려운 죄악을 고발하는 혼자만의 기록이 되어 — 흔히 대수롭지 않다고 여겨지는 단 한 명의 증인이 전해 주는 "세상"의 진실은 환각처럼 여겨지는 차원으로 퇴색했다. 원죄에 대한 개인의 관계를 기초로 삼아 전통적인 기독교[34]의 시문학과 서사시가 후기 고전시대 문학의 탄생에 도움을 주었듯이, 워낙 많은 현대 소설이 자유주의 정치가 설명하지 못하고 진보적인 상상력이 제대로 대변하지 못하는 무능함 때문에 "용납하기 불가능한" 지경에 이른 죄악과의 투쟁을 기본 소재로 삼았다. 3000만 명이 죽어나간 2차 세계 대전처럼 엄청난 규모의 파괴 행위를 정당화할 목적을 제시하기가 불가능하기 때문에, 미국의 현대 전쟁 소설에는 정치가 존재하지 않는다. 히로시마, 나가사키, 드레스덴에서 파괴 행위가 저질러진 까닭은 이들 도시가 작전 계획 명단에 올랐기 때문이고, 또한 그런 파괴를 행할 무기가 존재했기 때문이었다.

34) 유대인들이 세운 나라가 이스라엘이어서 동양인들은 동일하다고 착각하기 쉽지만, 기독교와 유대교 사상 사이에는 상당한 괴리감이 존재한다.

스물다섯 살이 된 『캐치-22』 — 극한의 미친 공포감

전후의 많은 작가들이 존 W. 올드릿지(1922-2007)를 20세기 중반 미국 소설 분야에서 가장 특출한 학구적 통찰력을 보여 준 비평가라고 간주했다. 1951년에 그가 발표한 독창적인 연구서 『길 잃은 세대 그 이후(After the Lost Generation)』는 1985년에 재출간되었으며, 여기에 소개하는 글은 출간 25주년을 맞은 『캐치-22』를 재조명하는 내용으로 1986년 10월 26일 자 《뉴욕 타임스》 서평집에 수록된 바 있다.

이십오 년 전 이번 달에 출간된 『캐치-22』가 거쳐 온 족적을 돌이켜보면 — 그 작품이 전적으로 밝은 길만 밟아 왔노라고 말하기는 비록 어려울지언정 괄목할 만한 문학사적 위치를 확보했다는 사실을 우리는 확인할 수가 있다. 이 소설은 — 많은 사람들이 『캐치-22』를 좋아했던 여러 이유들이 다른 한편에서는 같은 작품을 싫어하게 만드는 근거로 작용했던 탓으로 — 독자들과 비평가들 사이에서 처음에는 그리 요란하지 못한 수준의 성공을 거두었지만, 일찌감치 청년층에서 보여 준 사이비 종교 수준의 열광적인 호응과 엄청난 판매 실적에 힘입어 성전(聖典)의 반열에 올라 이제는 미국 현대 문학의 기념비적인 고전이 되었으니, 이스터섬의 석상들만큼이나 장수를 누릴 듯싶다.

하지만 최근에 이르러서야 우리는, 이스터 석상들의 경우나 마찬가지로, 이 기묘한 작품을 어떤 방식으로 읽어 내야 할지를 깨닫기 시작했고, 아마도 이런 책이리라고 우리가 한때 이해했던 바와는 달리 진정 어떻게 그리고 왜 『캐치-22』가 지금과 같은 자리에 오르게 되었는지 또한 이해하기에 이르렀다. 『캐치-22』의 역사는 사실상 현대 비평의 역사에서 역시 중요한 하나의 획을 긋게 되어 — 비평의 화법이 꾸준히 발전을 지속하고, 낡아빠진 사고력이 더불어 진화했으며, 무엇보다도 소설이라는 매체가 단순히 전달 언어[35]로 머물지 않고, 많은 경우 불연속적으로 분리되기는 했지만 서로 연결이 가능한 많은 양의 정보를, 물론 작품의 저변에 깔린 상상력의 복잡한 구조와 전달을 받는 독자의 민감한 지각에 의존할 수밖에 없기는 하지만, 소설이라는 매체가 전달할 수 있는 기능을 지녔다는 사실을 비평계가 깨우치도록 이끌었다.

이 마지막 사항은 『캐치-22』가 1961년에 출판된 이후 한두 해 사이에 쏟아진 아주 다양한 반응을 통해 다분히 야비하고 저속한 방식으로 입증되었다. 평가의 잣대에서 가장 밑바닥에 속하는 어떤 악평들은 치졸할 정도로 이해력이 부족한 발상의 소치였고, 가장 두드러진 어떤 호평들은 예언적인 통찰력을 보였으며, 그들 중간쯤에는 견해의 피력을 삼가는 감상문과, 영문을 모르면서 열광하거나, 어느 쪽에 서야 할지 판단이 서지 않아 짜증을 부리는 견해가 줄을 지었고, 도덕적으로 경직된 분노를 쏟아낸 사람들도 적지 않았다.

---

35) 'the medium is the message'라는 마셜 맥루언의 논리를 인용했다.

헷갈리는 여러 반응들 가운데 가장 대표적인 사례 하나를 꼽자면 1961년 10월 22일 이곳 《뉴욕 타임스》 서평집에 실렸던 리처드 G. 스턴의 짤막하지만 요란했던 비평이 아닐까 싶다. 스턴은 『캐치-22』를 "우스꽝스러운 열정을 잔뜩 쏟아 가며 부지런히" 마련한 "인물 소묘의 전시장으로, 갖가지 장면들이 행진을 벌이고, 그래도 몇 가지나마 훌륭한 일화들을 섞어서 모아 놓은 잡동사니"라고 못 박았다. 하지만 "기교와 감수성이 부족해 숨이 턱에 차는 인상"을 준다면서 그는 이 정도라면 소설도 아니라고 이렇게 결론을 지었다. "조지프 헬러는 연습장에 그려 두었던 모든 자료를 단 하나의 화폭에 쑤셔 넣어, 충격과 매력의 파편들이 빈곤한 구성을 상쇄해 주기를 바라는 기발한 화가와 같다."

상충하는 비평의 대결이 벌어지는 싸움터의 정반대 쪽에는 이 작품의 괴이한 형식 따위는 전혀 개의치 않으면서 극찬을 늘어놓은 필진이 따로 포진했다. 그들 가운데 가장 두드러진 인물은 넬슨 올그런과 로버트 브루스틴이었다. 올그런은 《네이션》에 기고한 글에서 『캐치-22』가 "단순히 2차 세계 대전을 배경으로 삼은 최고의 미국 소설이라는 위상에 머물지 않고, 지역과 분야를 막론하고 오래간만에 등장한 최고의 미국 소설"이라고 평했다. 브루스틴은 《뉴 리퍼블릭》에 게재한 평론에서 『캐치-22』에 대해 어찌나 뛰어나게 지적인 분석을 했던지, 그 이후에 나온 대부분의 평론은 그가 기본적으로 제시한 논리를 거의 아무도 더 이상 발전시키지 못했다. 예를 들면 그는 2차 세계 대전에 임하는 공군이 작품에서 피상적인 배경에 지나지 않으며, 헬러의 업적은 전후 시대를 통틀어 고통스러운 질병처럼 "우리 시대의 대우주에서 벌어지는 백치성 온갖 행태를 풍자적으로 축소하여 담아낸 소우주로 둔갑"시키려고 그 배경을 눈부시게 활용한 솜씨에서 찾아야 한다는 사실을 한눈에 간파했다. 브루스틴은 또한 훗날 비평가들이 상당한 기간 동안 애매한 갑론을박을 거친 다음에야 인정하게 될 결론을 예견하는 안목도 보였는데, 그것은 작품의 종결 부분에서 이루어지는 공포의 주마등 환각으로의 침몰이 희극 형식을 파기하는 반역이 아니라 "웃음은 험난한 세상을 벗어나는 유일한 도피의 탈출구였음이 마침내 확실해진다."라는 타당한 장치였다고 공감하는 시각이었다.

마지막으로 브루스틴은, 똑같은 개척자적인 논리에 따라, 그리고 헬러가 내놓은 전제들에 입각해, 탈영을 결심하게 된 요사리안의 판단이 비평가들 사이에서 많은 논란의 대상이 되기는 했지만, 그 결정은 작품의 미흡한 종결이라는 주장과는 거리가 멀어서 사실은 치밀하게 준비해 내놓은 결론이었다고 인정했다. 철저하게 무책임한 세상의 모든 등장인물들 가운데 오직 요사리안만이 혼자 도덕적으로 살아 있으며 자신의 생명에 대한 책임을 질 능력을 갖추었다는 증거가 된다는 이유만으로도 그것은 "사실상 거꾸로 뒤집어 놓은 영웅 숭배의 일종"이어서, "무정부주의적 개인주의를 반영하는 그런 오만한 시각들이 존재하지 않았다면 국가가 추구하는 모든 이상적인 대상들은 상당히 공허한 개념의 차원을 벗어나기가 어려워진다."라는 결론이었다.

***

브루스틴의 호평 같은 반응이 1961년에 희귀했던 한 가지 이유는 아마도 대부분의 평론가들이 보수적인 시각에 갇혀 있었으며, (얼마 후 분명히 드러난 바와 같이) 전쟁 소설이 어때야 하는지에 관한 그들의 고정 관념이 낡았기 때문이었다. 누가 뭐라고 하든 그들은 1차 세계 대전을 다룬 유명한 소설들의 유형에 길이 들었고, 2차 세계 대전이라면 노먼 메일러, 어윈 쇼, 존 혼 번스, 제임스 존스 같은 작가들의 화법에 지나치게 익숙했던 터여서 전쟁 체험을 서술하는 정통 기법이라면 가혹한 사실주의적 기록이 제격이라고 기대했었다. 물론 예외가 없지는 않아서, 마리온 하그로브[36]와 토머스 헤겐[37]의 달콤하고 건전한 작품들은 — 대부분 전투 지역과는 거리가 먼 후방에서 벌어지는 내용으로 — 맥줏집에 모인 친목회의 친구들이 한껏 신나게 떠들어 대는 농담처럼 희극적인 분위기를 선보였다.

이러한 풍토에서 등장한 『캐치-22』는 분명히 변칙적이고 평균 수준을 좀 초과할 정도로 불길하게 여겨질 만한 작품이었다. 그것은 만화에서나 등장할 듯싶은 괴이한 미치광이 주인

36) Marion Hargrove(1919~2003). 군 생활을 소재로 삼은 희극적인 내용의 고정란을 신문에 집필했으며, 소설가로서보다는 영화와 텔레비전 각본을 위주로 활동했다.

37) Thomas Heggen(1918~1949). 브로드웨이 연극과 존 포드 영화로도 개작된 「미스터 로버츠(Mister Roberts)」의 원작자.

공들이 우글거리는 공군 부대를 배경으로, 그때까지는 전쟁 소설에서 — 아니, 어떤 종류의 소설에서이건 전혀 찾아볼 길이 없었던 난장판이 최고조의 발광 상태에 이르며 전개되는 내용의 작품이었다. 그럼에도 불구하고 소설이 결과적으로 빚어낸 효과는 폭소를 자아내거나 머리를 끄덕이게 만드는 반응이 아니었다. 이것은 누군가를 즐겁게 해 주기 이전에 독자들의 마음을 착잡하게 만들고 권위를 전복시켜, 에릭 마리아 레마르크나 도스 파소스[38]나 메일러의 가장 반체제적인 전쟁 소설들처럼 궁극적으로 그리고 치열하게, 무자비하며 암울하고 추악한 고발 형태를 갖춘 새로운 종류의 희극이었다. 희극의 가면 뒤에 숨어서 헬러가 전쟁의 어리석음뿐만이 아니라 우리가 살아가는 삶의 방식 전체에 대하여, 그리고 그것이 기본으로 삼는 잘못된 가치관에 대하여 무엇인가 황당무계한 소리를 하고, 용서받지 못할 정도로 괘씸한 얘기를 늘어놓는 목소리를 실제로 많은 독자들이 읽어 냈을 듯싶다. 그가 폭로한 공포의 대상은 전쟁터나 폭격 임무에 제한되지 않고 권력 체제의 미로와 같은 구조 전체로 스며들어 있는 현상이다. 그 공포는 권력의 사용을 정당화한다며 내세우는 공적인 목표들에 대한 가장 극단적이고 냉담한 무관심 그리고 자신을 지키려는 지극히 미미하고 하찮은 수단들을 가장 철저하게 비인간적으로 개인에게서 박탈하는 착취를 표출시키는 형태를 취

38) John Dos Passos(1896~1970). 젊어서 사회주의에 탐닉했다가 환멸을 느꼈으며, 미국의 역사와 사회를 기록 영화처럼 생생하고 극렬하게 서술한 『U. S. A.』 삼부작이 그의 대표작이다.

했다.

『캐치-22』가 단순히 전쟁에 대한 고발의 차원을 넘어 훨씬 넓은 영역의 어떤 대상을 겨냥했으리라는 인식은 — 1961년에는 대부분의 독자들이 잠재의식의 차원에서만 어렴풋이 감지했을 듯싶지만 — 그 후 십 년에 걸쳐 꾸준히 굳어졌으리라는 사실은 의심할 나위가 없다. 그 이유는 베트남 전쟁이 무책임하게 격화되는 현상이 영원히 계속되는 분위기 속에서 역사가 마침내 이 작품의 예언을 따라잡았으며, 미국이 그런 악몽과 같은 상황으로 빨려 들어가는 듯싶은 작품 속의 비유적인 진단을 점점 더 많은 사람들이 수긍하기에 이르렀기 때문이었다.

우연의 일치이긴 했지만, 『캐치-22』가 등장한 같은 해에, 필립 로스[39]는 《발언대》[40]에 「미국적인 소설 쓰기」라는 유명한 수필을 발표하여, 당시의 삶에서 일어나는 대부분 상황들에서 드러나는 괴이한 불가사의들을 접하면서 그가 느끼는 당혹감과 좌절감을 토로했다. 그가 한 이 말을 사람들이 자주 인용한다.

> "20세기 중반을 살아가는 미국인 작가로서는 미국의 현실 가운데 많은 부분이 이해를 하고, 그런 다음에는 서술하고, 그러고는 소설 속의 현실을 독자들이 믿게끔 만드는 작업을 도저히 감당하기가 어렵다. 그 현실은 작가로 하여금 경악하고, 역

39) Philip Roth(1993~2018). 미국의 소설가.
40) 유대인 사회를 위한 월간 평론지.

겨움을 느끼고, 분노하게 만들어서, 나중에는 자신이 타고난 빈약한 상상력만으로는 도저히 따라가지 못하겠다는 일종의 당혹감에 빠지게 만든다. 실제 상황들은 끊임없이 우리의 재능보다 앞서간다."

***

이어서 로스는 노먼 메일러, J. D. 샐린저, 버나드 맬러머드,[41] 윌리엄 스타이런,[42] 허버트 골드를 비롯하여 그 같은 시대에 활동했던 몇몇 작가들을 논하면서 그들의 작품이 미국의 현실을 담아내는 데 실패한 증거들을 지적했는데 — 그는 그것이 불가피한 실패였다고 이렇게 설명했다.

"작가들이 무엇을 소재로 삼았겠는가? 그들이 둘러본 풍경? 작가로 하여금 소설을 쓰도록 이끌어 가는 동력은 현실의 견인력, 현실이 지닌 신비성과 매혹이라고 하겠는데 — 그렇다면 신비함보다 멍청함에 사로잡힌 작가는 어떻게 하라는 말인가? 이끌리기는커녕 역겨운 혐오감 때문에 현실로부터 등을 돌리고 싶다면? 우리에게 주어진 자료로는 역사 소설이나 현대 풍자물밖에 엮어 내지 못할 터이며 — 어쩌면 아무것도 쓰지 못할 지경에 이를지도 모른다. 작품들은 그렇게 사라진다."

41) Bernard Malamud(1914~1986). 미국의 소설가.
42) William Styron(1925~2006). 미국의 소설가.

로스는 물론 우리가 상식적으로 믿기 힘들거나 많은 경우 상당히 역겨운 현상들이 각별히 두드러지던 시대에 작품 활동을 했다. 아이젠하워 대통령 집권 기간의 여러 가지 실책, 값비싼 대가를 치러야 했던 한국 전쟁, 매카시 시절의 치졸한 뒷조사들, 로젠버그 처형,[43] 닉슨과 케네디의 토론 따위가 줄을 이었다. 그렇기는 하지만 헬러도 같은 시대의 체험을 작품에서 다루었던 인물이며, 로스의 수필이 역사적인 측면에서 흥미로운 점은 미국 현실의 비현실을 직시하려는 노력이 1961년에 첫 작품을 내놓은 윌리엄 개디스[44]와 존 바스[45] 같은 작가들에 의해 이미 시작되었으며, 이 년 후 토머스 핀천이 내놓은 『브이』뿐 아니라 조지프 헬러의 『캐치-22』에서도 맥을 이어 갔음을 인지했거나 그런 가능성을 상상이나마 했으리라는 기미를 어디에서도 보여 주지 않았다는 사실이다.

이런 작가들은 모두가, 저마다 방식이 다르기는 하지만, 로스가 지적한 어려움들을 포용하여 소설을 창조하는 길을 추

43) 미국의 공산당원 줄리우스와 에텔 로젠버그 부부는 소련에 첨단 무기에 관한 정보를 제공한 간첩으로 기소를 당해 1953년에 처형되었다.

44) William Gaddis(1922~1998). 미국 최초의 후기 현대파 작가. 괴테의 『파우스트』 같은 작품으로 구상한 『예술의 경지(The Recognitions)』를 첫 작품으로 발표했으나 "잘난 체가 심하며 장황하고 구역질 나는" 소설이라고 혹평을 받았다. 1940~1950년대를 무대로 삼아 미국의 정신세계를 비관적으로 그려 낸 이 소설은 나중에 《타임》이 20세기 미국의 100대 걸작 소설 가운데 하나로 선정했다.

45) 후기 현대파 문학이 등장하기 이전에 존 바스(John Barth, 1930~)가 발표한 첫 소설 『노래하는 유람선(The Floating Opera)』은 실존주의와 허무주의를 담은 구조 소설(metafiction)의 전형으로 꼽힌다.

구했다. 그리고 그들은 전통적인 사실주의를 몰아내어 본질적으로 새로운 종류의 소설을 창조하는 목적을 달성했는데 — 형식은 그 자체가 걸림돌이라고 여겨지던 어려움이었기 때문에 가장 비효율적인 수단이었으므로 — 그들이 동원한 장치는 흑색 해학, 초현실주의, 그리고 대부분의 경우 비현실을 실제보다 더욱 비현실적으로 서술함으로써 비현실 자체를 극화하는 괴이한 비유의 기술이었다.

이런 작가들, 그리고 그들과 공감했던 다른 소설가들의 작품에서 떠오른 복합성과 독창성은 비평계가 세련된 궤변에 적응해야 한다는 과제를 강요했으며, 이런 추세는 『캐치-22』에 대한 비평이 성장하도록 분명히 일조했다. 그에 대한 증거를 찾아보고 싶다면 『캐치-22』가 출판된 직후 몇 년에 걸쳐 비평가들로 하여금 당혹하고 짜증 나게 만들었던 대부분의 의문점들에 대한 해답이 무엇인지가 이제는 밝혀졌으며, 그러는 과정에서 헬러가 성취한 업적의 크기 또한 처음에 사람들이 생각했던 것보다 엄청나게 커졌다는 사실만 우리가 살펴보더라도 충분히 납득이 간다.

예를 들면, 이 소설에서 처음에 사람들을 우려하게 만들었던 두 가지 양상은 사실상 사건의 전개를 뒷받침하기 위해 상당히 충분한 준비를 거쳐 설정된 요소들이었다는 점이 최근의 연구 논문들을 통해 확인되었다. 그 첫 번째는 탈영하겠다는 요사리안의 결정이었는데, 브루스틴이 일찌감치 제시한 설명은 가장 납득이 가는 해석이어서 많은 사람들이 공감하는 시각으로 남아 있다. 두 번째는 폭소를 터뜨리게 만드는 익살에서 극도로 어두운 해학의 장면으로, 얼핏 보기에 갑작스럽게 돌변하는 반전이라고 여겨졌던 종결 부분이다. 역시 브루스틴의 전철을 따라 훗날 보다 감각이 예리한 비평가들은 공포가 사실은 처음부터 저변에 깔려 있었지만, 그 강렬함이 희극적인 힘에 가려 무뎌졌다는 증거들을 예시(例示)했다. 복잡한 과정을 거쳐, 세부적인 서술과 언급을 수없이 반복하고, 자벌레처럼 몸을 동그랗게 움츠렸다가 앞으로 뻗는 기법을 동원함으로써, 발푸르기스의 밤[46]을 맞는 "영원한 도시 로마" 대목에서 웃음은 마침내 쫓겨나고, 발작적인 도피에 불과했던 웃음이 사라진 다음에는 끔찍한 죽음에 대한 강박관념이 발가벗은 모습을 그대로 드러낸다.

***

지나치게 반복적이고 마구 뒤엉킨 구조가 압도하는 설득력을 발휘해 가며, 캐치-22라는 핵심적인 상징이 지닌 이중적인 반복의 결속력을 비롯하여, 소설의 주제를 공식적으로 천명하는 데 완전히 성공했다는 사실 역시 밝혀졌다. 도입부에 등장하는 하얀 군인이라는 인물이 몸에서 배출한 액체를 끝없이 그의 체내로 다시 주입한다는 설정, 무엇이나 둘로 보이던 군인, 책임량을 끝없이 자꾸 올리는 출격 횟수, 무한 증식

46) 독일 민간 전설에서 마녀들이 광란의 축제를 벌인다는 5월 1일 전야. 8세기에 독일에서 수녀원장을 지낸 잉글랜드의 수녀 성자 발푸르가(Walpurga)는 각종 질병과 마법을 물리치는 힘을 지녔다고 한다.

을 계속하는 세부적인 서술의 중첩 — 이 모두가 결합하여 많으면 많을수록 좋고 가장 많으면 최고로 좋다는 양적 가치관의 원칙에 기초를 둔 하나의 세계가 존재한다는 가설을 예시한다. 하지만 그 세계에서는 과잉 집적된 어느 한 가지 요소의 종합이 변증법적 반(反, antithesis)인 어떤 다른 요소가 그보다 커지는 경우에 언제라도 잡아먹히기 마련이어서, 희극성은 결국 그보다 큰 공포와 죽음의 힘에 제압당하고, 그래서 캐치-22의 치명적인 만유 군림은 궁극적으로 논리와 이성의 모든 요구를 짓밟는다.

수많은 독창적인 예술 작품의 경우가 그러하듯, 『캐치-22』는 우리가 살아가는 세상에서 사람들이 당연하다고 여기지만 그래서는 절대로 안 되는 모든 것, 우리가 구태여 인지하려는 노력을 기울이지 않는 광증, 우리가 진실과 구분하려는 의지를 보이지 않는 기만과 거짓이 무엇인지를 다시 한번 상기시키는 소설이다. 이십이 년이 지난 다음에도 우리는 헬러가 묘사한 상황이, 비록 더욱 복잡해지지는 않았을지 모르겠지만, 1944년이나 1961년의 현실과 마찬가지로 위험하고 혼란스럽다는 진실을 확인한다. 공포로 끝나는 희극적인 그의 우화는 날이 갈수록 우리가 살아가는 세상, 우리가 앞으로도 살아가고 싶어 하는 세상에서 전혀 희극적이지 않고 무섭기만 한 현실을 점점 더 확실하게 반영하는 양상을 보인다.

서문

앤서니 버지스(1917-1993)는 『캐치-22』의 거침없는 풍자에 매료되었고, 1962년 6월 28일 자 《요크셔 이브닝 포스트》에 기고한 서평에서 이 소설을 "눈부시게 엮어 놓은 작품"이라고 단언했다. 1972년에 뉴욕 시립 대학교의 석학 교수로 재임하면서 그는 동료 교수였던 조지프 헬러와 친분을 맺었다. 버지스는 런던의 트랜스월드 출판사에서 25주년을 기념하는 문고판으로 1986년에 재출간하게 된 『캐치-22』를 위해서 다음과 같은 서문을 준비했다.

2차 세계 대전은 영국인들에게 길고, 고통스럽고, 기진맥진하게 힘겨운 경험이었으며, 한 가지 바람직한 위안으로서는 그로부터 창출된 걸작 문학 작품의 출현이 아니었을까 싶다. 하지만 우리에게 주어진 보상은 이블린 워의 『명예로운 길』[47]이 고작이었는데, 이 작품은 눈부신 재치가 넘치기는 하건만 관점이 심하게 제한되어, 워 자신과 같은 신분 계급과 종교적인 신념의 소유자인 한 남자[48]의 전쟁 체험 대장정을 서술한다. 우리는 문벌가[49] 출신들이 주도한 전쟁에 관한 글을 많이

47) 「전사들(Men at Arms)」(1952), 「장교와 귀족(Officers and Gentlemen)」(1955), 「무조건 항복(Unconditional Surrender)」(1961)으로 구성된 삼부작.

48) 워는 명문 출신 후손이며 천주교 전통에 매우 집착했다.

49) 고대 로마와 중세 이탈리아 여러 공화국의 귀족. 톨스토이의 『전쟁과 평화』 같은 작품에서 쉽게 확인이 가능하듯 19세기와 20세기 초에 이르기까

읽었는데, 그런 전쟁에서는 영국의 하층 계급이 암묵적인 허락을 받은 상태에서 겨우 곁으로 끼어들어 싸우다가 죽어 갔다. 미국인들에게는 2차 세계 대전이 훨씬 민주적인 경험이었다. 그 전쟁은 또한 국가의 숨은 저력을 발휘할 기회를 마련해서, 전쟁이 끝난 다음에 서방에 대한 지배력을 미국이 확실하게 구축한 반면에, 영국인들은 세계를 주도하던 역할과 제국을 잃은 대가로 쇠락의 가치를 조금이나마 겨우 건졌다는 만족감을 위안으로 받아들여야 했다.

미국의 민주적 저력이 문학적 표현의 새로운 길을 찾아내고 전쟁에 대해 정말로 중요한 소설 작법을 구축했다는 사실은 놀랄 일이 아니다. 이것은 더 오랜 기간 동안 싸웠으며 더 많은 고통을 견뎌 낸 영국인들이 억울함을 느끼게 만드는 원인으로 작용할 수밖에 없는 사실이건만, 예술의 여신들에게는 진정한 정의감이 없는 모양이다. 영국인들이 못마땅해하건 말건, 상류층 가톨릭 계층의 반대편에 선 보통 사람들에게 전쟁이 무엇을 의미했는지를 진솔하게 얘기해 준 미국 소설들은 허먼 우크의 『케인호의 반란(The Caine Mutiny)』, 노먼 메일러의 『나자와 사자』, 그리고 조지프 헬러의 『캐치-22』였다. 이들 작가 모두가 유대인이라는 사실이 중요한지 어떤지는 판단하기 어렵지만, 그들 가운데 단 한 사람도 유대인 장병들의 체험으로 서술의 시각을 제한하지는 않았다.

우리는 이 사항을 어떤 특정한 전쟁에 대한 기록을 넘

지 유럽과 러시아의 장교들은 백작이나 공작 같은 귀족 계급이 많았다.

어 보편적으로 더 넓은 영역에 확대 적용하기가 어렵지 않으며, 전반적으로 20세기의 어느 나라가 겪은 어떤 전쟁을 다루었거나 간에 — 적어도 평범한 모든 참전병이 겪은 충격에 관해서라면 — 전통적으로 호전적 성향이 가장 적었던 아메리카에서 위대한 작품들이 태어났다는 점을 각별한 사실로 인정해도 되겠다. 토머스 핀천의 『중력의 포물선(Gravity's Rainbow)』[50]은 2차 세계 대전 못지않게 1차 세계 대전에 대해서 많은 이야기를 하면서, 우리가 아직도 '위대한 전쟁(Great War)'이라 부르고 싶어 하는 현실에 참여했으며, 그것을 기록하려고 했던 작가들이 체질적으로 역겨워하는 기존의 문학 풍토를 벗어나, 역사적으로 용납되지 않았던 영역에서 새로운 화법의 기술을 찾아내는 길을 열어 주었다. 핀천은 상징주의와 초현실주의 기법, 그리고 무엇보다 괄목할 만한 점이지만, 전쟁의 광증을 제대로 표현하기 위해 음란한 언어를 한껏 구사하는데, 이런 도전들은 로버트 그레이브스,[51] 시그프리드 서순,[52] R. C. 셰리프[53]로서는 감히 시도할 수 없는 일이었다. 2차

---

50) 2차 세계 대전 말기 독일 V2 로켓의 비행 궤적을 따라 숙명적으로 반복되는 역사의 폭력에 시달리는 인간의 숙명을 추적한 소설이다.

51) Robert Graves(1895~1985). 자서전 『모든 것과의 이별(Good-Bye to All That)』을 통해 그가 체험한 전쟁과 오랜 영국적 전통을 통렬하게 비판한 영국의 시인이다.

52) Siegfried Sassoon(1886~1967). 『전쟁 시(War Poems)』를 남긴 영국의 시인. 유대인 명문 출신으로 낭만적 영웅심을 보이며 1차 세계 대전에 참전했다가 전쟁의 참혹함을 겪으며 반전주의자가 되었다.

53) Robert Cedric Sheriff(1896~1975). 명문 출신의 영국 작가. 1차 세

세계 대전을 소재로 다루었지만 한국과 베트남의 전쟁을 예언한 듯싶은 『캐치-22』는 파괴된 이성과 평범한 인간적 품위의 상실을 반영한 연장선상에서 언어를 파괴하는 특별한 풍자 기법을 동원했다.

우리는 일찌감치 1장에서 미국 민간인들의 집단을 형체조차 보이지 않는 군대 조직의 불가항력 작동 요소들 속으로 몰아넣는 치매 현상을 어휘들만 가지고서는 표현하기가 더 이상 녹록지 못하다는 사실을 깨닫게 된다. 요사리안은 장병들의 편지를 검열하다가, 따분한 작업의 단조로움을 벗어나려고 재미있는 놀이를 하나 생각해 낸다. "어느 날 그는 모든 수식어를 사형에 처하기로 해서, 그의 손을 거친 모든 편지에서는 모든 형용사와 모든 부사를 날려 버렸다. 다음 날은 관사와의 전쟁을 벌였다. 그다음 날은 좀 더 높은 수준의 창의력을 발휘하여 a와 an과 the만 남겨 두고 편지 내용을 몽땅 새까맣게 지워 버렸다." 개개인의 이름은 의미를 상실해서, 어느 고위 장교는 "도대체 무슨 놈의 이름이 요사리안이냐?"라고 묻기도 한다. 하지만 진짜 광증은 빙글빙글 돌아가며 A는 A가 아님과 같다는 논리가 담긴 제목 자체에서 드러난다. "캐치-22"는 이제 관용적인 표현이 되어 책을 한 번도 읽어 보지 못한 사람들까지도 널리 사용한다.

얼마 전 나는 19세기 언어학자들이 처했던 어느 상황에 관

계 대전에 장교로 참전한 체험을 바탕으로 한 희곡 『여정의 끝(Journey's End)』이 대표작이다.

한 글을 쓸 기회가 있었다. 그들은 학위가 없으면 그들의 전문 분야에 대해 대학에서 가르칠 수가 없었는데, 그들이 대학에서 그 과목을 가르쳐 전공 과목이 생겨나기 전에는 해당 학위를 취득할 방법이 없었다. 이것이야말로 캐치-22 상황에 해당한다고 나는 생각한다. 그러나 본디 그런 표현의 저변에 깔린 문맥은 정말로 완전히 치명적인 불가항력을 의미했다. 다네카 군의관은 비행사들이 미쳤다면 그들에게 지상 근무의 조처를 내릴 권한이 있었지만, 그러려면 비행사들이 먼저 군의관에게 신청을 해야 한다. 하지만 자살 행위나 마찬가지인 출격을 수행할 마음의 준비가 되었다고 해서 꼭 그의 정신 상태가 정상이라는 확실한 증거가 되지 못하기 때문에, 그런 신청을 할 능력이 있는 사람은 진짜로 미치지를 않았다. 그것이 캐치-22라고 다네카 군의관은 말한다. 비겁한 자들에 대한 징벌은 무엇인가? 죽음이다. 비겁함이란 무엇인가? 죽음을 피하고 싶어 하는 욕망이다. 미 공군 조직의 어디를 살펴보거나 간에 우리는 논리의 형태를 갖추기는 했지만 뒤집혀 버린 논리가 지배하는 비정상에 직면하게 된다.

미국인들은 이탈리아에서 나치들과 전쟁을 벌이지만, 나치는 희극적인 원한의 대상이 되지 않는다. 적은 울타리의 이쪽 편에 있다. 참전 경험이 있는 어떤 병사라도 헬러의 미친 풍자 너머에 도사린 진실을 인지하기가 어렵지 않다. 아군의 진영에서는 벌써부터 적개심에 워낙 익숙해져서, 정작 적에 대한 반발심을 느낄 여지가 남아 있지 않으며, 일차적으로 그런 적대감은 신문이 제공하는 정보에 젖어 버린 민간인들의 몫이었다. 우리가 거꾸러트리려고 분투하는 나치 체제에 대한 혐오감은 상당한 부분이 과거에 몰래 나치들이 자행한 믿기 어려운 악행처럼 나중에야 알게 된 사례를 거꾸로 거슬러 올라가 사후에 응징하려는 반응이었다. 적이건 아군이건 병사들은 다른 병사들에 대해 동질감을 느끼며, 전문적인 사고방식을 따르는 최고위층과 강경파 주전론자들을 역겨움의 진정한 대상으로 남겨 둔다. 항상 그런 식이었다. 그렇더라도 『캐치-22』의 독자는 미국 공군이 나치들을 위해 자기 편 기지를 폭격하는 장면에서 어느 정도의 거북함을 느끼고, 비위가 약한 사람이라면 인류 역사상 최악의 집단을 응징하고 제거하기 위해 촉발된 20세기 전쟁을 다루는 소설에 풍자가 과연 적절한 형식인지 의문을 가질지도 모른다. 전투 이야기 따위는 온갖 의롭지 못하고 쓸데없는 전쟁이 벌어지는 신화의 영역으로 보내 버리고 나서, 황당한 희극이야말로 어리석고 냉혹한 군사 조직을 서술하기에 잘 어울리는 유일한 문학적인 대응이라고 받아들이는 편이 상책이겠다.

냉소주의는 잘 선택한 수단이었다. 취사 장교는 공군들의 구명조끼에서 이산화탄소를 저장한 작은 병을 뽑아 장교 식당에 내놓을 아이스크림 음료수를 만든다. 사상자의 가장 가까운 연고자에게는 이런 내용의 규격 편지를 발송한다.

“친애하는 (아무개) 부인, 선생님, 양 또는 내외분께, 당신의 남편, 아들, 아버지, 형, 동생이 전투 중에 전사를 당했다, 부상을 당했다, 또는 행방불명이 되었다는 보고를 받았을 때 본인이 느낀 깊은 애도를 무엇이라고 형언해야 할지 알 길이 없습니다.(해당되지 않는 사항은 모두 지워 버릴 것.)"

징집병들을 제물로 삼는 전통과 고위층 지휘관들의 가공할 이기주의를 가볍게 취급하는 형식 자체가 대담한 영웅적인 행위다. 요사리안은 그냥 살아남고 싶을 따름이며, 『파르마의 수도원』[54]이나 『전쟁과 평화』와 마찬가지로 헬러의 포복절도할 소설은 평범한 어느 남자가 광기를 이겨 내고 살아남으려는 집념을 성취하는 과정을 열심히 추적한다. 『캐치-22』라는 소설이 신기하고 고무적인 점은 비스 코미카(vis comica)[55]가 인간의 진실한 면모를 발현하는 데 있어서 전혀 아무런 장애를 일으키지 않는다는 사실이다. 아무리 최고위층 괴물들이라고 할지언정 너무나 끔찍하게 인간적이기 때문이다.

마이크 니콜스가 영화로 만든 『캐치-22』가 성공을 거두지 못한 이유는, 헬러가 우리에게 언어로 제공한 체험의 맛을 무시하고, 시각적인 효과를 극대화해 가면서 공포감을 노골적으로 처참하게 표출하려 했기 때문이었다. 소설의 공포는 영상보다 언어와 생각의 변태적인 양식을 통해 표현되었는데, 미치광이의 착란보다 더 무서운 공포는 세상에 존재하지 않는다. 니콜스의 영화와 내 소설을 큐브릭 감독이 영상화한 「시계태엽 오렌지」가 개봉되었을 무렵에 나는 뉴욕 시립 대학교에 헬

---

54) 스탕달의 소설.
55) 희극적인 힘이나 효과.

러와 함께 석학 교수로 출강했으며, 우리 두 사람은 문체의 충격을 생명으로 삼은 작품들을 영화로 만들기가 불가능하다는 견해를 피력했다. 당시 헬러는 전후의 아메리카 민간 사회에 풍자의 기교를 접목할 준비가 부족했던 탓으로 (유럽 작가들에게는 영화 작업에서나 나타나는 증상이며) 아주 미국적인 고질이라고 할 작가의 침체기[56]라는 병에 시달리는 듯싶었다. 『무슨 일이 있었지』와 『골드처럼 좋은 것』을 발표함으로써 헬러는 소설가로서 그가 가장 중요하게 생각하는 주제가 20세기에 만연한 광기이며, 그것을 표현할 가장 훌륭한 수단이 언어에 의한 소통을 극단적으로 부조리하게 붕괴시키는 길임을 멋지게 과시했다. 사람들은 그토록 형이상학적인 이성을 지닌 그토록 섬세한 문장가라면 폭넓은 대중적 인기를 얻기가 불가능하리라고 생각할지 모르지만, 『캐치-22』가 거둔 엄청난 성공은 빼어난 문학 작품이 때로는 정말로 아주 넓은 독자층을 확보하기도 한다는 가능성을 보여 주었다. 이 놀라운 소설이 처음 출간된 지 25주년을 맞았다는 사실은 축하해 마지않을 경사이며, 그 축하객들 가운데 나도 한자리를 차지했음을 기쁘게 생각한다.

56) 대단히 성공적인 처녀작을 발표한 다음 그 기세를 이어 가기가 힘들어 많은 작가들이 좌절감에 빠져드는 현상이다.

인간 조지프 헬러

크리스토퍼 히친스(1949-2011)는 다방면에서 많은 글을 남긴 영국계 미국 언론인으로, 『캐치-22』의 선견지명과 문화적 통찰력을 아더 쾨슬러[57]가 『한낮의 어둠(Darkness at Noon)』에서 고발한 여론 조작용 보여 주기식 인민재판의 폭로와 조지 오웰이 『1984』에서 지적한 지정학적 외삽(外揷)에 항상 그가 부여한 바와 거의 비슷한 수준의 가치로 인정했다. 조지프 헬러가 보여 준 강렬한 풍자 재능과 인고하는 극기의 정신에 대한 히친스의 헌사가 담긴 이 글은 헬러가 사망한 직후인 1999년 12월 15일 자 《네이션》에 실렸다.

언젠가 헬러는 내게 다음과 같은 얘기를 해 주었다. 첫 소설의 원고를 출판사로 보낸 다음에 그는 편집자 로버트 고틀립으로부터 만나자는 초대를 받았고, 편집자는 다짜고짜 작품이 채택되었다는 말부터 했다. 하지만 제목이 문제라고 알려 주었다. 같은 출판사에서 이미 리온 유리스의 『밀라 18번지』를 출판할 계획을 세워 두었기 때문이었다. 그들의 소설은 둘 다 2차 세계 대전에 관한 내용이었고, 둘 다 유대인 작가의 작품이었고, 둘 다 표지에 18이라는 숫자가 나올 터이니, 참으로 난처하게 되었노라고 편집자가 털어놓았다. "그러니, 헬러 선생님, 아주 미안한 말씀이지만 선생님 책의 '캐치-18'이라는 제목을 바꿔야만 할 것 같습니다." 조는 "혹시 마땅한 다른 제

57) 한때 공산주의자였다가 염증을 느껴 나중에는 반공 소설을 열심히 썼다.

목이 있겠냐."라고 물어보았다. "글쎄요. 저도 상당히 고민을 많이 해 봤는데, 같은 숫자가 반복되는 '캐치-22'가 적절하겠다는 생각이 드는군요."

22라는 난해하고 신비한 상징적 숫자가 아닌 어떤 다른 표현을 제목으로 삼았더라면 과연 웃기는 미국의 카프카가 그토록 대단한 성공을 거두리라고 누군가 상상이나 했겠는가? 하지만 어쨌든 성공이 가능했으리라고 나는 믿고 싶다. 실제로 어떻게 되었는지를 살펴보자면, 《네이션》에 게재한 비평에서 "2차 세계 대전이 배출한 최고의 미국 소설"이라고 한 넬슨 올그런의 언급을 제외하고는, 그의 작품은 별로 신통한 주목을 받지 못했고, 대부분의 독자는 전보를 통한 홍보의 효과 덕택에 확보한 계층이었다. 시기 또한 절묘하게 맞아떨어져서, 어떻게 돌아가리라고 아무도 알지 못했던 1960년대 미래의 현실을 보여 주기 위해 그가 막을 올린 셈이었다. 벤째[58]를 살려 내기 위해서는 그곳을 초토화해야 했다는 1968년 베트남 발신 AP 통신의 보도를 내가 읽었을 즈음에는, 나를 비롯하여 수많은 사람들이 이미 부조리나라(Absurdistan)의 암울한 전선으로부터 날아오는 그런 보도에 상당히 익숙해져 헬러의 소설을 읽어 낼 준비가 갖춰진 다음이었다. 시도 때도 없이 교장 선생님들과 사관 후보생들을 가르치는 교수들, 그리고 문단과 일반 계층의 논객들로부터 "이봐요, 히친스, 만일

58) 베트남 남부 메콩 삼각주의 벤째(Bēn Tre)는 1960년 2월 베트콩이 공격을 개시하여 몇 개 지역을 점령함으로써 베트남 전쟁이 본격적으로 발발한 곳으로 알려졌다.

모든 사람이 당신처럼 생각한다면 어떤 일이 벌어질까요?"라는 질문을 받았던 나로서는, 그런 영원한 우격다짐에 (다들 그렇게 생각한다면 그렇지 않다고 생각하는 나 혼자만 한심한 바보가 되는 셈이 아니겠냐는 식으로) 맞서는 요사리안의 촌철살인 반론을 접하고는, 통쾌한 승리의 함성을 지르며 책을 하늘로 던져 올리고 싶은 심정이었다. 그렇다! 그들에게는 그런 질타를 퍼부어야 마땅하다! 그리고 올리버 노스[59]의 조직이 반역과 폭력 행위를 수행할 물자와 용역 지원을 적에게 제공하는 거래를 했다는 기사를 읽으면서 마일로를 생각하지 않았을 사람이 어디 있었겠는가.

제대로 평가받지 못한 헬러의 후속 작품들, 특히 『골드처럼 좋은 것』과 『무슨 일이 있었지』는 변덕스럽고 줏대가 없는 현실의 한가운데서 냉철함과 기민함을 초지일관 잃지 않은 소중한 작품들이라고 하겠다. 헬러는 수많은 그의 경쟁자들과는 달리 《발언대》에서 불평불만을 토로하는 논객은 되지 않았으며, 닉슨과 키신저에 대한 그의 증오심은 차라리 착한 순수성과 진솔함을 담은 감정에 가까웠다. 최근 출간된 끔찍한

---

59) 요사리안과 극명하게 대조되는 실존 인물인 올리버 노스(Oliver North, 1943~)는 군인 정신이 투철한 전형적인 모범 해병 장교로, 베트남 참전 이후 국가안전보장회의에 근무하던 무렵 레바논에서 인질로 잡힌 미국인들을 구하기 위해 니카라과의 반군을 간접적으로 돕는 우회 전략으로 이란의 호메이니 정권에 무기를 판매하는 뒷거래를 주도했다. 하원 청문회에서 자신의 행동에 대하여 노스 중령은 "나는 군인이고, 군인은 명령에 복종한다."라는 인상적인 명언을 남긴 철두철미한 직업 군인의 표상이었다.

회고록에서 노먼 포드호레츠[60]는 헬러에게 제법 너그러운 찬사를 보냈다. 포드호레츠는 대부분의 경우 관계를 끊는 권리를 먼저 행사하는 편이었는데, 노먼 메일러나 앨런 긴즈버그와의 관계가 그러했다. 하지만 포드호레츠가 회고록에서 애처롭게 고백한 바에 의하면 헬러는 그와의 인연을 먼저 끊어 버렸다. 잘한 일이었다. 1996년 닉슨의 장례식에서 클린턴이 허튼 소리[61]를 하자 헬러는 더 이상 그에게서 듣고 싶은 말이 없어졌고, 더 이상 인연을 계속할 필요가 없다고 판단했다. 단호한 판단이 많은 경우 최고의 선택이다.

세상을 떠나기 직전까지 대단한 미남이었고 (탐욕스럽기도 했으며) 성적인 매력이 넘쳤던 조 헬러는 아마도 너무나 쉽게 그가 이미 죽었을 가능성이 컸으리라는 생각에서 오히려 활력을 얻었던 듯싶다. 그에게 군대 논리를 일깨워 준 이탈리아 전선에서 그는 죽음을 맞았을 수도 있으며, 기엥-바레 증후군[62]과의 지옥 같은 만남에서도 (그의 특이한 반어법을 빌려 표현하자면) 죽을 지경으로 운이 좋았기 때문에 이겨 냈는지도 모른다. 그의 행운은 거기에서 그치지 않고, 이 두 번째 불가항

60) Norman Podhoretz(1930~). 《발언대》를 통해 주로 활동한 미국의 신보수파 논객.

61) 당시 대통령이었던 빌 클린턴은 닉슨을 "영원한 평화를 구축한 정치인"이라고 치하했는데, 히친스의 과민한 비판과는 달리 그것은 행정 수반으로서 관례에 따라 망자에 대한 예우를 갖춘 발언이었다.

62) 헬러는 1981-1982년에 뇌염의 일종인 이 병을 심하게 앓았고, 이때 그를 도와준 오랜 친구 스피드 보글과 함께 당시의 경험을 『웃을 일이 아니다』라는 책으로 펴냈다.

력과의 전면전에서 살아남은 결과로 발레리[63]를 만났다. 그가 낚은 대어(Catch)는 어떤 다른 제목을 붙이더라도 마찬가지로 큰 공명을 불러일으켰겠고, 불멸성의 이론 따위는 그에게 관심이 없는 일이었겠지만, 신랄한 풍자의 만신전에는 그의 자리가 벌써부터 마련되어 있었다.

63) 투병 기간에 그를 돌보았던 간호사 발레리 험프리스는 1987년 헬러의 두 번째 아내가 되었다.

CREDITS

The publisher wishes to thank Jonathan R. Eller of Indiana University, Sarah Shoemaker of Brandeis University, and Jack Begg of the *New York Times* for their help with the supplementary material for this edition of *Catch-22*.

작품 해설

헬러의 수수께끼

『캐치-22』라는 작품의 수수께끼를 풀기 전에 제목에 담긴 catch라는 단어부터 살펴보기로 하자. 출간 50주년을 기념하여 수집해 놓은 여러 평론가들의 해설만 가지고는 우리나라 독자들이 얼핏 이해가 안 가는 구석이 있어서다.

도대체 Catch-22가 구체적으로 무슨 의미일까? 쉬운 단어일수록 의미가 여러 가지로 쓰여서 갖가지 혼란을 일으킨다. catch에는 '잡다'라는 말 이외에도 '노림수'와 '속임수'와 '묘수' 그리고 낚시를 해서 잡은 '월척 대어,' '횡재,' 심지어 여자가 낚은 '대단한 남편감' 따위의 온갖 의미가 즐비하다.

예를 들어 조너선 R. 엘러의 「캐치 22의 탄생 비화」에서 언급한《뉴욕 타임스》광고 문안 "What's the Catch?(캐치가 뭘까요?=함정이 뭘까요?=무엇이 솔깃할까요?")가 독자들의 눈길을 끈 이유가 그런 애매함(catch)을 미끼로 삼은 노림수(catch)였다.

도대체 무슨 의미로 catch라는 단어를 썼는지 헷갈려 궁금한 사람들은 호기심을 풀려고 광고 문안을 끝까지 열심히 읽어야 했다.

헬러의 기고문 「『캐치-22』라는 대어를 낚아 올리기(Reeling in Catch-22)」에서 원투(遠投) 낚시 용어인 reel(줄을 감다)을 사용한 목적은 그의 소설을 '월척 대박(catch)'이라는 의미로 활용한 암시 용법이었고, 넬슨 올그런의 「속임수(The Catch)」는 '대성공(big catch)'을 결말로 썼다. 스터즈 터클 평론의 제목 「22항 속임수는 탁월한 월척이다(There's Always a Catch, Especially 22)」 역시 비슷한 용법이다.

그런가 하면 쉽게 풀릴 듯싶으면서도 좀처럼 해결이 나지 않는 '걸림돌'이나 꼼짝달싹못하게 만드는 '함정'과 '올가미'와 '약점' 역시 catch라고 한다. 그래서 catchy라고 하면 무슨 뜻인지 아리송하기 짝이 없어 어떻게 해야 옳은지 까다롭기 짝이 없는 "함정이 있는 난관"이나, 전염성이 강해서 쉽게 현혹되어 '덩달아 따라하도록' 귀가 솔깃하게 만드는 '거짓말'이나 '선동 구호'까지 함축한다.

영어권에서 모순에 가득 찬 관료 제도 따위를 일컫는 보통명사가 되어 버린 '캐치-22'의 catch라는 영어 단어는 이 소설에서 '조항'과 '함정'을 동시에 뜻하는 동음이의(同音異義, pun) 기법으로 쓰였다. 헬러 제목의 catch는 본디 '항목'이라는 뜻이다. 법률이나 규약은 흔히 조항(條項)으로 이루어져서, Article 4 Catch 3라고 하면 4조(條) 3항(項)이라는 의미다. 그래서 Catch-22의 순진무구한 표면적 의미는 '22항'이지만, 여기에

catch(속임수)가 숨어 있다.

"good news(기쁜 소식)와 bad news(나쁜 소식) 가운데 어느 쪽 얘기를 먼저 듣고 싶으냐."라는 흔한 표현에서 좋은 말 뒤에 숨겨 놓은 나쁜 소식을 catch라고 한다. 당근과 채찍의 선동적 설득에서 사탕발림부터 해 놓고 내미는 채찍의 노림수나 속임수 역시 그런 둔갑을 부리는 요물(catch)이다. 이런 말장난(pun)은 영문 글쓰기에서 간접 비유(metaphor), 직접 비유(simile), 인유(allusion) 등과 더불어 매우 자주 쓰이는 흔하디흔한 문학적 기법이다.

캐치-22는 이런 모든 의미가 뒤엉켜 난장을 벌이는 표현으로, 실제로는 존재하지 않는 법조항이지만, 그 위력은 어떤 법보다도 대단하다. 그리고 그 규정은 항상 모든 사람에게 불리한 의미로만 적용된다. 그래서 소설 『캐치-22』에서는 제대로 되거나 뜻대로 풀리는 일이 거의 없다.

미국이 아니고서는 세계의 어느 나라에서도 출판이 불가능했으리라고 알려진 다섯 편의 반전 소설 가운데 하나이며, 20세기 미국 문학에서 고전의 반열에 당당히 오른 『캐치-22』의 가장 큰 매력은 그 특이한 고발 방식이라고 하겠다. 이 소설에서는 정색을 하고 심각하게 따지려는 의도가 표면에 나타나지 않는다. 광대의 웃음에 담긴 아픔처럼 말이다.

2차 세계 대전을 배경으로 해서 이탈리아 해안의 피아노사라는 섬을 주요 무대로 삼은 이 냉혹한 풍자 소설의 주인공 요사리안은 미 공군의 폭격수로서, 자신이 정신이상자이기 때문에 출격을 나가면 안 된다고 주장한다. 그러나 자신이 정신

이상이라는 사실을 논리적으로 증명할 능력을 갖춘 사람이라면 정신 이상하고는 거리가 멀다. 그래서 그는 목숨을 걸고 계속 비행기를 타야 한다. 이렇듯 '귀에 걸면 귀걸이요 코에 걸면 코걸이'가 되는 이율배반성, 그리고 논리로는 설명이 불가능한 비논리적 논리성을 요즈음 사람들은 영어로 '캐치-22'라고 말한다.

수없이 많은 주인공들이 벌이는 행동 또한 캐치-22 상황이기는 마찬가지다. 군사 재판에 회부된 사람은 어째서 자기가 그런 처벌을 받아야 하는지를 알 길이 없고, 폭격을 해야 할 폭격수는 목표물이 아니라 지상에서 날아오는 포탄만 관측하느라고 바쁘다. 질서는 없고 혼돈뿐이며, 희망과 꿈은 없고 악몽뿐이다.

인디언 화이트 하프오트 추장이 가는 곳에는 항상 석유가 쏟아져 나와서, 백인들의 석유 회사에 쫓겨 다니기만 하던 그는 피아노사에 와서야 겨우 평화를 찾는다. 낙태 수술로 큰돈을 벌려다가 징집되어 인생 설계를 좌절당한 다네카 군의관은 살아서 죽은 상태로, 죽어 버린 자기의 생존을 증명하려고 발버둥 친다.

출격만 나가면 격추를 당하던 기계 미치광이 오르는 결국 탈영을 위해 일부러 추락 연습을 반복했음이 나중에야 밝혀진다. 전쟁 사기꾼은 오르뿐이 아니다. 전 세계를 주름잡는 개인 기업체를 운영하던 마일로는 개당 7센트에 사온 달걀을 5센트에 팔아서 목적을 달성하고, 독일군과 계약을 맺어 자기 부대를 폭격한다.

매일 밤 시계처럼 정확한 시간에 악몽을 꾸는 헝그리 조는 나체 사진을 촬영하려고 정신없이 여자들을 쫓아다니지만 언제나 실패한다. 취사장의 스나크 상등병은 인간의 무지를 혐오한 나머지 고구마에 비누를 짓이겨 섞어 넣어서 장병들이 식중독에 걸리도록 만든다. 중대장이 못 되어서 샘이 난 블랙 대위는 부대원들에게 충성의 맹세를 시키느라고 작전에도 차질을 가져온다. 캐스카트 대령은 하느님이 사병과 장교의 얘기에 똑같이 평등하게 귀를 기울인다는 사실이 못마땅해서 기도회를 취소한다. 알피는 하녀를 강간하고 나서 창밖으로 내던져 죽인 다음에, 수많은 사람이 전쟁에서 죽어 가는 마당에 그까짓 하녀 하나쯤 무슨 관계가 있느냐고 조금도 죄의식을 느끼지 않는다.

그리고 창녀를 미칠 듯이 사랑하는 네이틀리와 세상의 모든 외로움을 혼자 누리는 메이저 메이저 메이저, 열병식에 환장한 셰이스코프, 요사리안을 죽이려고 끈질기게 추적하는 창녀……. 어느 누구 하나도 제정신인 주인공이 없다.

무엇이나 다 둘로 보이다가 죽은 주세페의 대역을 하느라고 죽는 시늉을 해야 하는 요사리안, 병원 안에서의 말끔한 죽음과 바깥의 처절한 죽음, 하얀 군인의 존재에 대한 토론, 클레빈저를 처벌하려는 징계 위원회에서 벌어지는 짜증스럽고 어처구니없는 대화, 미국과 이탈리아의 뒤바뀐 승리와 패배, 그리고 미국과 개구리를 비교하는 네이틀리와 노인의 역설적 모순이 담긴 언쟁, 서로 죽이는 행위가 자신을 죽이는 짓이나 마찬가지임을 상징하는 듯한 마일로의 폭격과 기총소사, 맥워트의 비행기 프로펠러에 상반신이 잘려 나가고 다리만 남은 키드 샘슨의 죽음, 군목을 체포하여 지하실에 끌어다 놓고 벌이는 심문, 폭격보다는 회피 동작에 더 열중하는 요사리안…….

이것이 『캐치-22』를 엮어 내려고 뒤엉킨 날실과 씨실이다.

전쟁 중에 지중해에서 제12 공군 소속으로 폭격수 경험을 했던 헬러는 전쟁의 광증과 인생의 광기를 조명한 이 작품에서 비열하고 야심적인 미국 지휘관들이 독일군보다 더 무서운 적이라고 생각하는 요사리안을 주인공으로 내세웠는데, 어떤 비평가들은 취사 장교 출신으로 돈벌이에 눈이 멀어 전우들의 고통과 죽음을 초래하는 마일로 마인더바인더라는 등장인물이 자본주의 관행을 고발하기 때문에 요사리안 못지않게 중요한 역할을 한다고 지적하기도 했다.

『캐치-22』는 미국에서만도 1000만 부 이상이 팔리고 이제는 세계 각국어로 번역되었지만, 초기에는 별로 빛을 보지 못하는 불운을 겪기도 했다. 존 파인(John Pine)은 《라이브러리 저널》에서 "소설을 엄청나게 많이 구비하려는 도서관에나 어울리는 따분한 책"이라고까지 혹평했다. 하지만 입소문을 타고 꾸준히 젊은이들 사이에서 독자층을 넓혀 나가던 『캐치-22』에 대해 1960년대 중반 《뉴스위크》는 "헬러 열풍(Heller cult)"이라는 표현을 썼고, 베트남으로 끌려가지 않으려는 대학생들은 요사리안이라는 이름을 박은 명찰을 붙인 군복을 입고 다녔는가 하면, 헬러는 1960년대에 대학가를 돌아다니며 베트남 전쟁을 반대하는 강연도 많이 했다.

소설가 E. L. 닥터로(E. L. Doctorow)는 이런 해석을 남겼다. "『캐치-22』가 처음 출판되었을 때는 '2차 세계 대전은 이런 전쟁이 아니었다.'라고 반발하는 사람들이 많았지만, 미국이 베트남 전쟁의 수렁에 빠져들자 이 소설은 그 시대의 양심을 대변하는 일종의 증언이 되었다. 소설은 어떤 변화도 가져오지 못하지만, 한 세대의 의식을 이끌어 가는 힘은 분명히 지니고 있다."

*

요사리안은 헬러가 1994년 발표한 소설 『마감 시간』에서 다시 주인공으로 등장한다. 『캐치-22』의 속편인 『마감 시간』에는 요사리안 이외에도 원작의 여러 등장인물이 다시 나오는데, 사람들과 조직을 뒤에서 조종하는 능력이 탁월한 마일로 마인더바인더는 억만장자 무기 중개상이 되었고, 마일로의 단짝이며 입이 험한 윈터그린 전직 일등병도 다시 만날 수 있다. 군목 태프먼은 소변 대신 중수(重水)를 배설한다는 사실이 의사들에 의해 밝혀지자 비밀 병기로 특별 관리를 당한다.

헬러는 한 권의 작품을 쓰기 위해서라면 어느 누구보다도 많은 시간과 공을 들인다고 자부하는 과작의 작가였다. 헬러는 1974년에 발표한 두 번째 작품 『무슨 일이 있었지』 역시 집필에만 십 년이 걸렸는데, 이 소설은 시시한 회사의 중견 간부인 밥 슬로컴(Bob Slocum)이 출세를 하기 위해 겪는 고뇌와 좌절을 집요하게 추적한다. 돈과 여자를 열심히 추구하는 슬로

컴은 끝내 얻지 못한 한 여인 때문에 인생에 대한 참된 보람을 느끼지 못하고, 아내는 그에게서 사랑을 얻지 못하자 방탕한 성생활에서 대신 위안을 찾는다. 그런가 하면 주인공은 세대 차이 때문에 자식들에 대해 심한 단절감을 느낀다.

그가 남긴 다른 소설과 희곡 그리고 회고록들은 첫 작품 『캐치-22』와 같은 인기를 누리지를 못하고 그런 탁월한 수준에 이르지도 못했는데, 어느 기자가 "『캐치-22』만큼 훌륭한 작품이 당신의 손에서 다시는 나오지 못했다."라고 지적하자 헬러는 "그럼 누구의 손에서는 나왔느냐?"라고 되물었다는 일화도 전해진다.

헬러는 1923년 5월 1일 브루클린에서, 제빵 공장의 배달 트럭을 운전하던 아버지 아이작 도널드 헬러(Isaac Donald Heller)와 그의 두 번째 아내 리나 헬러(Lena Heller) 사이에서 출생했다. 그에게는 열네 살 연상인 이복형 리(Lee)와 일곱 살 위인 이복누이 실비아(Sylvia)가 있었으며, 아버지가 세상을 떠난 다음에는 리가 대신 그의 아버지 노릇을 했다. 어머니는 하숙을 쳐서 생활을 꾸려 나갔으며, 어릴 적부터 장난이 심하고 말솜씨가 특이한 아들 조지프더러 "넌 머리가 배배 꼬였다."라는 소리를 자주 했다고 한다. 그는 열 살 때 호메로스의 『일리아스』 청소년판을 읽고는 나중에 무사히 어른으로 성장한다면 작가가 되겠다는 결심을 했다.

《뉴욕 타임스》에서 서평을 쓰던 미치코 가쿠다니는 『무슨 일이 있었지』와 『마감 시간』처럼 상실감이 역력한 작품들은 어린 시절이라는 사라진 세계에 대해서 헬러가 느끼는 향수에 뿌리를 두고 있으며, 주인공들을 괴롭히는 죽음에 대한 강박관념은 어렸을 때 경험한 아버지의 죽음과 2차 세계 대전에서 그를 얽어맨 죽음의 위기에서 받은 영향 때문이라고 분석했다.

헬러는 1941년 6월 에이브러햄 링컨 고등학교를 졸업했는데, 학교를 다니며 전보 배달원으로 일하면서도 작가에 대한 꿈을 버리지 않았다. 그래서 그는 단편 소설 몇 편을 발표하여 호평을 받기도 했지만, 곧 전쟁의 소용돌이에 휘말리게 된다. 헬러는 소위로 임관하여 요사리안처럼 코르시카로 가서는 프랑스와 이탈리아로 출격을 나갔다.

1995년 5월 《뉴욕 타임스》에서 밝혔듯이, 그는 서른일곱 회의 출격 동안 전쟁이나 죽음에 대해 전혀 두려움을 느끼지 못했다. "그때까지는 무슨 즐거운 놀이라도 하는 기분이었다. 나는 할리우드 영화에서 만들어 내는 영웅적인 무용담에 어찌나 철저히 세뇌가 되었는지, 적군이 아무도 우리에게 반격을 가해 오지 않아 처음에는 크게 실망했을 정도였다."

하지만 전우들이 탄 비행기가 전투 중에 불타고 격추되는 광경을 직접 목격한 다음부터는 '즐거움'이 갑자기 사라졌다. 그리고 그가 탄 B-25 폭격기가 고사포에 맞고 선회 포탑의 사격수가 부상을 당하자 헬러는 전쟁에서 도망치고 싶어졌다. 그는 예순 회의 출격을 거쳐 1945년 6월에 제대했으며, 군에서 전역 장병에게 제공하는 장학금 혜택을 받아 캘리포니아 대학교로 진학했다.

헬러는 텔레비전 방송극도 집필했으며, 1960년대와 1970년대 초기에는 제임스 본드 영화의 희작(spoof)인 존 휴스턴 감독의 「007 카지노 로얄(Casino Royale)」(1967)과 프랭크 시나트라의 장난스러운 MGM 서부극 「지저분한 딩거스 매기(Dirty Dingus Magee)」(1970) 같은 영화의 대본을 쓰기도 했다.

1968년에 발표한 희곡 『우리는 뉴헤이븐을 폭격했다(We Bombed in NewHaven)』는 『캐치-22』에서 다룬 주제들을 재탕한 작품으로서 브로드웨이에서는 별로 빛을 보지 못했는데, 우리나라에서는 정진수의 번역으로 민중극장이 무대에 올렸다.

1979년 작 『골드처럼 좋은 것(Good as Gold 또는 Tan Bueno Como Oro)』은 자신을 혐오하는 중년의 유대인 학자 브루스 골드라는 인물이 백악관 정치꾼들과 교류하는 상황을 조명함으로써 미국의 가치관과 정치 풍토 그리고 헨리 키신저 같은 실제 인물들을 풍자했다. 이어서 1984년에 발표한 『하느님은 아신다(God Knows)』는 구약성서를 기초로 삼아서 라블레적이기는 하지만 진지하게 다윗의 생애를 그린 작품이다. 적대적인 현실 세계에서 유대인이 겪는 체험을 그린 이 소설은 이듬해 프랑스에서 '최고 해외 문학상(Prix Medici Etranger)'을 수상했다.

1988년에 발표한 소설 『이런 그림(Picture This)』은 화가 렘브란트가 철학자 아리스토텔레스의 상반신을 그림으로 그리는 내용이다. 렘브란트가 그린 그림이 살아나면서 서양 문명의 과거 2500년을 되새기는 과정이 시작된다. 그로부터 십 년 후인 1998년에 그는 1920년대와 1930년대 코니아일랜드에서 보낸 성장기의 슬픈 경험을 담은 회고록 『어른과 아이(Now and

Then: From Coney Island to Here)』를 발표했고, 이듬해인 1999년 12월 12일 심장마비로 세상을 떠났다.

2021년 11월
안정효

작가 연보

1923년 5월 1일 브룩클린에서 트럭 운전사인 아버지 아이작 도널드 헬러와 그의 두 번째 아내 리나 헬러 사이에서 태어났다.

1933년 호메로스의 『일리아스』 청소년판을 읽고 작가가 되기로 결심했다.

1941년 6월 에이브러햄 링컨 고등학교를 졸업했다.

1942년 미국이 2차 세계대전에 참전하자 브룩클린의 몇몇 친구들과 함께 육군 항공대에 입대, 병기학교로 배속되었다가, 사관후보생 과정을 마치고 소위로 임관하여, 코르시카로 가서 폭격수로서 프랑스와 이탈리아로 출격했다.

1945년 육십 회 출격 끝에 6월에 제대했다.

1946년 군에서 전역 장병에게 제공하는 장학금을 받아 캘리포니아 대학교로 진학했다가 뉴욕 대학교로 전학하여 영문학을 전공했다.

1948년 뉴욕 대학교를 졸업하고 컬럼비아 대학교에서 문학 석사 학위를 받았다.

1950년 풀브라이트 장학금으로 영국의 옥스퍼드 대학교에서 학업을 마치고 미국으로 돌아와 펜실베이니아 주립대학교에서 기초 창작법을 강의했다.

1952년 1956년까지 《타임》 광고부에서 근무했다.

1957년 《룩》 광고부 근무했다.

1958년 《매콜》 잡지사로 옮겨 1961년까지 일했으며, 잠시 레밍턴 랜드 타자기 회사의 광고부에서도 근무했다.

1961년 공군 장교로 참전했던 경험을 토대로 1950년대에 쓴 단편소설을 장편으로 개작하여 『캐치-22(Catch-22)』를 발표했다.

1967년 컬럼비아 영화사의 「007 카지노 로얄(Casino Royale)」의 대본을 집필했다.

1968년 희곡 『우리는 뉴 헤이븐을 폭격했다(We Bombed in New Haven)』를 발표하지만 브로드웨이에서 빛을 보지 못했다.

1970년 MGM 사의 영화 「지저분한 딩거스 매기(Dirty Dingus Magee)」의 대본을 집필. 마이크 니컬스 감독이 앨런 아킨, 아서 가펑클, 존 보이트, 앤서니 퍼킨스, 오손 웰스 등을 기용하여 『캐치-22』를 영화화. 이 영화가 크게 성공하여 책이 육 주 사이에 100만 부가 판매되었다.

1974년 십 년에 걸쳐 집필한 두 번째 소설 『무슨 일이 있었지(Something Happened)』를 발표했다.

1979년 정치 풍자소설 『황금처럼 좋은 것(Good as Gold)』을 발표했다.

1984년 구약성서를 기초로 삼아 다윗의 생애를 그린 작품 『하느님은 아신다(God Knows)』를 발표했다.

1985년 『하느님은 아신다』로 프랑스에서 '최고 해외 문학상'을 수상했다.

1986년 길랑바르 증후군이라는 신경병을 앓고 난 다음 스피드 보겔과 함께 『웃을 일이 아니다(No Laughing Matter)』를 집필했다.

1988년 화가 렘브란트가 철학자 아리스토텔레스의 상반신을 그림으로 그리는 내용을 담은 소설 『이런 그림(Picture This)』을 발표했다.

1994년 『캐치-22』의 주인공 요사리안과 여러 인물이 재등장하는 속편 『마감 시간(Closing Time)』을 발표했다.

1998년 코니아일랜드에서 보낸 성장기의 슬픈 경험을 담은 회고록 『과거와 현재(Now and Then: From Coney Island to Here)』를 발표했다.

1999년 12월 12일 심장마비로 세상을 떠났다.

세계문학전집 187

캐치-22 Ⅱ

1판 1쇄 펴냄 2008년 8월 22일
1판 20쇄 펴냄 2021년 2월 22일
2판 1쇄 찍음 2021년 11월 10일
2판 1쇄 펴냄 2021년 11월 16일

지은이 조지프 헬러
옮긴이 안정효
발행인 박근섭, 박상준
펴낸곳 (주)민음사

출판등록 1966. 5. 19. (제 16-490호)
서울특별시 강남구 도산대로1길 62(신사동) 강남출판문화센터 5층 (우편번호 06027)
대표전화 02-515-2000 팩시밀리 02-515-2007
www.minumsa.com

ISBN 978-89-374-6187-3 04800
ISBN 978-89-374-6000-5 (세트)

세계문학전집 목록

44 **데미안** 헤세 · 전영애 옮김 노벨 문학상 수상 작가

45 **젊은 예술가의 초상** 조이스 · 이상옥 옮김 서울대 권장도서 100선

46 **카탈로니아 찬가** 오웰 · 정영목 옮김

47 **호밀밭의 파수꾼** 샐린저 · 공경희 옮김 《타임》 선정 현대 100대 영문소설 | 미국대학위원회 선정 SAT 추천도서 | 《뉴스위크》 선정 100대 명저 | BBC 선정 꼭 읽어야 할 책

48·49 **파르마의 수도원** 스탕달 · 원윤수, 임미경 옮김

50 **수레바퀴 아래서** 헤세 · 김이섭 옮김 노벨 문학상 수상 작가 | 국립중앙도서관 선정 청소년 권장도서

51·52 **내 이름은 빨강** 파묵 · 이난아 옮김 노벨 문학상 수상 작가

53 **오셀로** 셰익스피어 · 최종철 옮김 서울대 권장도서 100선

54 **조서** 르 클레지오 · 김윤진 옮김 노벨 문학상 수상 작가

55 **모래의 여자** 아베 코보 · 김난주 옮김

56·57 **부덴브로크 가의 사람들** 토마스 만 · 홍성광 옮김 노벨 문학상 수상 작가

58 **싯다르타** 헤세 · 박병덕 옮김 노벨 문학상 수상 작가

59·60 **아들과 연인** 로렌스 · 정상준 옮김 《뉴스위크》 선정 100대 명저

61 **설국** 가와바타 야스나리 · 유숙자 옮김 노벨 문학상 수상 작가 | 서울대 권장도서 100선

62 **벨킨 이야기 · 스페이드 여왕** 푸슈킨 · 최선 옮김

63·64 **넙치** 그라스 · 김재혁 옮김 노벨 문학상 수상 작가

65 **소망 없는 불행** 한트케 · 윤용호 옮김 노벨 문학상 수상 작가

66 **나르치스와 골드문트** 헤세 · 임홍배 옮김 노벨 문학상 수상 작가

67 **황야의 이리** 헤세 · 김누리 옮김 노벨 문학상 수상 작가

68 **뻬쩨르부르그 이야기** 고골 · 조주관 옮김

69 **밤으로의 긴 여로** 오닐 · 민승남 옮김 노벨 문학상 수상 작가 | 미국대학위원회 선정 SAT 추천도서

70 **체호프 단편선** 체호프 · 박현섭 옮김

71 **버스 정류장** 가오싱젠 · 오수경 옮김 노벨 문학상 수상 작가

72 **구운몽** 김만중 · 송성욱 옮김 서울대 권장도서 100선 | 국립중앙도서관 선정 청소년 권장도서

73 **대머리 여가수** 이오네스코 · 오세곤 옮김

74 **이솝 우화집** 이솝 · 유종호 옮김 논술 및 수능에 출제된 책(1998~2005)

75 **위대한 개츠비** 피츠제럴드 · 김욱동 옮김 《타임》 선정 현대 100대 영문소설

76 **푸른 꽃** 노발리스 · 김재혁 옮김

77 **1984** 오웰 · 정회성 옮김 《타임》 선정 현대 100대 영문소설 | 《뉴스위크》 선정 100대 명저

78·79 **영혼의 집** 아옌데 · 권미선 옮김

80 **첫사랑** 투르게네프 · 이항재 옮김

81 **내가 죽어 누워 있을 때** 포크너 · 김명주 옮김 노벨 문학상 수상 작가

82 **런던 스케치** 레싱 · 서숙 옮김 노벨 문학상 수상 작가

83 **팡세** 파스칼 · 이환 옮김

84 **질투** 로브그리예 · 박이문, 박희원 옮김

85·86 **채털리 부인의 연인** 로렌스 · 이인규 옮김

87 **그 후** 나쓰메 소세키 · 윤상인 옮김

88 **오만과 편견** 오스틴 · 윤지관, 전승희 옮김 미국대학위원회 선정 SAT 추천도서

89·90 **부활** 톨스토이 · 연진희 옮김 논술 및 수능에 출제된 책(1998~2005)

91 **방드르디, 태평양의 끝** 투르니에 · 김화영 옮김

92 **미겔 스트리트** 나이폴 · 이상옥 옮김 노벨 문학상 수상 작가

93 **뻬드로 빠라모** 룰포 · 정창 옮김

94 **차라투스트라는 이렇게 말했다** 니체 · 장희창 옮김 국립중앙도서관 선정 청소년 권장도서

95·96 **적과 흑** 스탕달 · 이동렬 옮김 국립중앙도서관 선정 청소년 권장도서

97·98 **콜레라 시대의 사랑** 마르케스 · 송병선 옮김 노벨 문학상 수상 작가 | BBC 선정 꼭 읽어야 할 책

99 **맥베스** 셰익스피어 · 최종철 옮김 서울대 권장도서 100선 | 미국대학위원회 선정 SAT 추천도서

100 **춘향전** 작자 미상 · 송성욱 풀어 옮김 서울대 권장도서 100선

101 **페르디두르케** 곰브로비치 · 윤진 옮김

102 **포르노그라피아** 곰브로비치 · 임미경 옮김

103 **인간 실격** 다자이 오사무 · 김춘미 옮김

104 **네루다의 우편배달부** 스카르메타 · 우석균 옮김

105·106 **이탈리아 기행** 괴테 · 박찬기 외 옮김

107 **나무 위의 남작** 칼비노 · 이현경 옮김

108 **달콤 쌉싸름한 초콜릿** 에스키벨 · 권미선 옮김

109·110 **제인 에어** C. 브론테 · 유종호 옮김 미국대학위원회 선정 SAT 추천도서 | BBC 선정 꼭 읽어야 할 책

111 **크눌프** 헤세 · 이노은 옮김 노벨 문학상 수상 작가

112 **시계태엽 오렌지** 버지스 · 박시영 옮김 《타임》 선정 현대 100대 영문소설 | 《뉴스위크》 선정 100대 명저

113·114 **파리의 노트르담** 위고 · 정기수 옮김 미국대학위원회 선정 SAT 추천도서

115 **새로운 인생** 단테 · 박우수 옮김

116·117 **로드 짐** 콘래드 · 이상옥 옮김 《뉴스위크》 선정 100대 명저

118 **폭풍의 언덕** E. 브론테 · 김종길 옮김 미국대학위원회 선정 SAT 추천도서

119 **텔크테에서의 만남** 그라스 · 안삼환 옮김 노벨 문학상 수상 작가

120 **검찰관** 고골 · 조주관 옮김

121 **안개** 우나무노 · 조민현 옮김

122 **나사의 회전** 제임스 · 최경도 옮김 미국대학위원회 선정 SAT 추천도서

123 **피츠제럴드 단편선 1** 피츠제럴드 · 김욱동 옮김

124 **목화밭의 고독 속에서** 콜테스 · 임수현 옮김

125 **돼지꿈** 황석영

126 **라셀라스** 존슨 · 이인규 옮김

127 **리어 왕** 셰익스피어 · 최종철 옮김 서울대 권장도서 100선 | 논술 및 수능에 출제된 책(1998~2005) | 《뉴스위크》 선정 100대 명저

128·129 **쿠오 바디스** 시엔키에비츠 · 최성은 옮김 노벨 문학상 수상 작가

130 **자기만의 방** 울프 · 이미애 옮김

131 **시르트의 바닷가** 그라크 · 송진석 옮김

132 **이성과 감성** 오스틴 · 윤지관 옮김

133 **바덴바덴에서의 여름** 치프킨 · 이장욱 옮김

134 **새로운 인생** 파묵 · 이난아 옮김 노벨 문학상 수상 작가

135·136 **무지개** 로렌스 · 김정매 옮김

137 **인생의 베일** 서머싯 몸 · 황소연 옮김

138 **보이지 않는 도시들** 칼비노 · 이현경 옮김

139·140·141 **연초 도매상** 바스 · 이운경 옮김 《타임》 선정 현대 100대 영문소설

142·143 **플로스 강의 물방앗간** 엘리엇 · 한애경, 이봉지 옮김 미국대학위원회 선정 SAT 추천도서

144 연인 뒤라스 · 김인환 옮김

145·146 이름 없는 주드 하디 · 정종화 옮김

147 제49호 품목의 경매 핀천 · 김성곤 옮김 《타임》 선정 현대 100대 영문소설 | 미국대학위원회 선정 SAT 추천도서

148 성역 포크너 · 이진준 옮김 노벨 문학상 수상 작가 | 퓰리처상 수상 작가

149 무진기행 김승옥

150·151·152 신곡(지옥편 · 연옥편 · 천국편) 단테 · 박상진 옮김 서울대 권장도서 100선 | 미국대학위원회 선정 SAT 추천도서 | 국립중앙도서관 선정 청소년 권장도서 | 《뉴스위크》 선정 100대 명저

153 구덩이 플라토노프 · 정보라 옮김

154·155·156 카라마조프가의 형제들 도스토옙스키 · 김연경 옮김 서울대 권장도서 100선 | 국립중앙도서관 선정 청소년 권장도서

157 지상의 양식 지드 · 김화영 옮김 노벨 문학상 수상 작가

158 밤의 군대들 메일러 · 권택영 옮김 퓰리처상 수상 작가

159 주홍 글자 호손 · 김욱동 옮김 서울대 권장도서 100선 | 미국대학위원회 선정 SAT 추천도서

160 깊은 강 엔도 슈사쿠 · 유숙자 옮김

161 욕망이라는 이름의 전차 윌리엄스 · 김소임 옮김

162 마사 퀘스트 레싱 · 나영균 옮김 노벨 문학상 수상 작가

163·164 운명의 딸 아옌데 · 권미선 옮김

165 모렐의 발명 비오이 카사레스 · 송병선 옮김

166 삼국유사 일연 · 김원중 옮김 서울대 권장도서 100선

167 풀잎은 노래한다 레싱 · 이태동 옮김 노벨 문학상 수상 작가

168 파리의 우울 보들레르 · 윤영애 옮김

169 포스트맨은 벨을 두 번 울린다 케인 · 이만식 옮김

170 썩은 잎 마르케스 · 송병선 옮김 노벨 문학상 수상 작가

171 모든 것이 산산이 부서지다 아체베 · 조규형 옮김 《타임》 선정 현대 100대 영문소설 | 《뉴스위크》 선정 100대 명저

172 한여름 밤의 꿈 셰익스피어 · 최종철 옮김 미국대학위원회 선정 SAT 추천도서

173 로미오와 줄리엣 셰익스피어 · 최종철 옮김 미국대학위원회 선정 SAT 추천도서

174·175 분노의 포도 스타인벡 · 김승욱 옮김 노벨 문학상 수상 작가 | 《타임》 선정 현대 100대 영문소설

176·177 괴테와의 대화 에커만 · 장희창 옮김

178 그물을 헤치고 머독 · 유종호 옮김 《타임》 선정 현대 100대 영문소설

179 브람스를 좋아하세요... 사강 · 김남주 옮김

180 카타리나 블룸의 잃어버린 명예 하인리히 뵐 · 김연수 옮김 노벨 문학상 수상 작가

181·182 에덴의 동쪽 스타인벡 · 정회성 옮김 노벨 문학상 수상 작가

183 순수의 시대 워튼 · 송은주 옮김 《뉴스위크》 선정 100대 명저 | 퓰리처상 수상작

184 도둑 일기 주네 · 박형섭 옮김

185 나자 브르통 · 오생근 옮김

186·187 캐치-22 헬러 · 안정효 옮김 《타임》 선정 현대 100대 영문소설 | 《뉴스위크》 선정 100대 명저 | BBC 선정 꼭 읽어야 할 책

188 숄로호프 단편선 숄로호프 · 이항재 옮김 노벨 문학상 수상 작가

189 말 사르트르 · 정명환 옮김

190·191 보이지 않는 인간 엘리슨 · 조영환 옮김 《타임》 선정 현대 100대 영문소설 | 미국대학위원

회 선정 SAT 추천도서 | 《뉴스위크》 선정 100대 명저

192 왑샷 가문 연대기 치버 · 김승욱 옮김 퓰리처상 수상 작가

193 왑샷 가문 몰락기 치버 · 김승욱 옮김 퓰리처상 수상 작가

194 필립과 다른 사람들 노터봄 · 지명숙 옮김

195·196 하드리아누스 황제의 회상록 유르스나르 · 곽광수 옮김

197·198 소피의 선택 스타이런 · 한정아 옮김 퓰리처상 수상 작가

199 피츠제럴드 단편선 2 피츠제럴드 · 한은경 옮김

200 홍길동전 허균 · 김탁환 옮김

201 요술 부지깽이 쿠버 · 양윤희 옮김

202 북호텔 다비 · 원윤수 옮김

203 톰 소여의 모험 트웨인 · 김욱동 옮김

204 금오신화 김시습 · 이지하 옮김

205·206 테스 하디 · 정종화 옮김 미국대학위원회 선정 SAT 추천도서 | BBC 선정 꼭 읽어야 할 책

207 브루스터플레이스의 여자들 네일러 · 이소영 옮김

208 더 이상 평안은 없다 아체베 · 이소영 옮김

209 그레인지 코플랜드의 세 번째 인생 워커 · 김시현 옮김 퓰리처상 수상 작가

210 어느 시골 신부의 일기 베르나노스 · 정영란 옮김

211 타라스 불바 고골 · 조주관 옮김

212·213 위대한 유산 디킨스 · 이인규 옮김 서울대 권장도서 100선 | BBC 선정 꼭 읽어야 할 책

214 면도날 서머싯 몸 · 안진환 옮김

215·216 성채 크로닌 · 이은정 옮김

217 오이디푸스 왕 소포클레스 · 강대진 옮김 서울대 권장도서 100선 | 미국대학위원회 선정 SAT 추천도서

218 세일즈맨의 죽음 밀러 · 강유나 옮김

219·220·221 안나 카레니나 톨스토이 · 연진희 옮김 서울대 권장도서 100선

222 오스카 와일드 작품선 와일드 · 정영목 옮김

223 벨아미 모파상 · 송덕호 옮김

224 파스쿠알 두아르테 가족 호세 셀라 · 정동섭 옮김 노벨 문학상 수상 작가

225 시칠리아에서의 대화 비토리니 · 김운찬 옮김

226·227 길 위에서 케루악 · 이만식 옮김 《타임》 선정 현대 100대 영문소설 | 《뉴스위크》 선정 100대 명저

228 우리 시대의 영웅 레르몬토프 · 오정미 옮김

229 아우라 푸엔테스 · 송상기 옮김

230 클링조어의 마지막 여름 헤세 · 황승환 옮김 노벨 문학상 수상 작가

231 리스본의 겨울 무뇨스 몰리나 · 나송주 옮김

232 뻐꾸기 둥지 위로 날아간 새 키지 · 정회성 옮김 《타임》 선정 현대 100대 영문소설 | 《뉴스위크》 선정 100대 명저

233 페널티킥 앞에 선 골키퍼의 불안 한트케 · 윤용호 옮김 노벨 문학상 수상 작가

234 참을 수 없는 존재의 가벼움 쿤데라 · 이재룡 옮김

235·236 바다여, 바다여 머독 · 최옥영 옮김

237 한 줌의 먼지 에벌린 워 · 안진환 옮김 《타임》 선정 현대 100대 영문소설

238 뜨거운 양철 지붕 위의 고양이 · 유리 동물원 윌리엄스 · 김소임 옮김 퓰리처상 수상작

239 지하로부터의 수기 도스토옙스키 · 김연경 옮김

240 **키메라** 바스 · 이운경 옮김
241 **반쪼가리 자작** 칼비노 · 이현경 옮김
242 **벌집** 호세 셀라 · 남진희 옮김 노벨 문학상 수상 작가
243 **불멸** 쿤데라 · 김병욱 옮김
244·245 **파우스트 박사** 토마스 만 · 임홍배, 박병덕 옮김 노벨 문학상 수상 작가
246 **사랑할 때와 죽을 때** 레마르크 · 장희창 옮김
247 **누가 버지니아 울프를 두려워하랴?** 올비 · 강유나 옮김
248 **인형의 집** 입센 · 안미란 옮김
249 **위폐범들** 지드 · 원윤수 옮김 노벨 문학상 수상 작가
250 **무정** 이광수 · 정영훈 책임 편집 서울대 권장도서 100선
251·252 **의지와 운명** 푸엔테스 · 김현철 옮김
253 **폭력적인 삶** 파솔리니 · 이승수 옮김
254 **거장과 마르가리타** 불가코프 · 정보라 옮김
255·256 **경이로운 도시** 멘도사 · 김현철 옮김
257 **야콥을 둘러싼 추측들** 욘존 · 손대영 옮김
258 **왕자와 거지** 트웨인 · 김욱동 옮김
259 **존재하지 않는 기사** 칼비노 · 이현경 옮김
260·261 **눈먼 암살자** 애트우드 · 차은정 옮김 《타임》 선정 현대 100대 영문소설
262 **베니스의 상인** 셰익스피어 · 최종철 옮김
263 **말리나** 바흐만 · 남정애 옮김
264 **사볼타 사건의 진실** 멘도사 · 권미선 옮김
265 **뒤렌마트 희곡선** 뒤렌마트 · 김혜숙 옮김
266 **이방인** 카뮈 · 김화영 옮김 노벨 문학상 수상 작가 | 미국대학위원회 선정 SAT 추천도서
267 **페스트** 카뮈 · 김화영 옮김 노벨 문학상 수상 작가 | 국립중앙도서관 선정 청소년 권장도서
268 **검은 튤립** 뒤마 · 송진석 옮김
269·270 **베를린 알렉산더 광장** 되블린 · 김재혁 옮김
271 **하얀 성** 파묵 · 이난아 옮김 노벨 문학상 수상 작가
272 **푸슈킨 선집** 푸슈킨 · 최선 옮김
273·274 **유리알 유희** 헤세 · 이영임 옮김 노벨 문학상 수상 작가
275 **픽션들** 보르헤스 · 송병선 옮김 서울대 권장도서 100선
276 **신의 화살** 아체베 · 이소영 옮김
277 **빌헬름 텔 · 간계와 사랑** 실러 · 홍성광 옮김
278 **노인과 바다** 헤밍웨이 · 김욱동 옮김 노벨 문학상 수상 작가 | 퓰리처상 수상작
279 **무기여 잘 있어라** 헤밍웨이 · 김욱동 옮김 미국대학위원회 선정 SAT 추천도서
280 **태양은 다시 떠오른다** 헤밍웨이 · 김욱동 옮김 《타임》 선정 현대 100대 영문 소설
281 **알레프** 보르헤스 · 송병선 옮김
282 **일곱 박공의 집** 호손 · 정소영 옮김
283 **에마** 오스틴 · 윤지관, 김영희 옮김
284·285 **죄와 벌** 도스토옙스키 · 김연경 옮김 미국대학위원회 선정 SAT 추천도서
286 **시련** 밀러 · 최영 옮김
287 **모두가 나의 아들** 밀러 · 최영 옮김
288·289 **누구를 위하여 종은 울리나** 헤밍웨이 · 김욱동 옮김 노벨 문학상 수상 작가 | 《뉴스위

크》 선정 100대 명저

290 구르브 연락 없다 멘도사·정창 옮김

291·292·293 데카메론 보카치오·박상진 옮김

294 나누어진 하늘 볼프·전영애 옮김

295·296 제브데트 씨와 아들들 파묵·이난아 옮김 노벨 문학상 수상 작가

297·298 여인의 초상 제임스·최경도 옮김 미국대학위원회 선정 SAT 추천도서

299 압살롬, 압살롬! 포크너·이태동 옮김 노벨 문학상 수상 작가

300 이상 소설 전집 이상·권영민 책임 편집

301·302·303·304·305 레 미제라블 위고·정기수 옮김

306 관객모독 한트케·윤용호 옮김 노벨 문학상 수상 작가

307 더블린 사람들 조이스·이종일 옮김

308 에드거 앨런 포 단편선 앨런 포·전승희 옮김 미국대학위원회 선정 SAT 추천도서

309 보이체크·당통의 죽음 뷔히너·홍성광 옮김

310 노르웨이의 숲 무라카미 하루키·양억관 옮김

311 운명론자 자크와 그의 주인 디드로·김희영 옮김

312·313 헤밍웨이 단편선 헤밍웨이·김욱동 옮김 노벨 문학상 수상 작가

314 피라미드 골딩·안지현 옮김 노벨 문학상 수상 작가

315 닫힌 방·악마와 선한 신 사르트르·지영래 옮김

316 등대로 울프·이미애 옮김 《타임》 선정 현대 100대 영문소설 | 《뉴스위크》 선정 100대 명저

317·318 한국 희곡선 송영 외·양승국 엮음

319 여자의 일생 모파상·이동렬 옮김

320 의식 노터봄·김영중 옮김

321 육체의 악마 라디게·원윤수 옮김

322·323 감정 교육 플로베르·지영화 옮김

324 불타는 평원 룰포·정창 옮김

325 위대한 몬느 알랭푸르니에·박영근 옮김

326 라쇼몬 아쿠타가와 류노스케·서은혜 옮김

327 반바지 당나귀 보스코·정영란 옮김

328 정복자들 말로·최윤주 옮김

329·330 우리 동네 아이들 마흐푸즈·배혜경 옮김 노벨 문학상 수상 작가

331·332 개선문 레마르크·장희창 옮김

333 사바나의 개미 언덕 아체베·이소영 옮김

334 게걸음으로 그라스·장희창 옮김 노벨 문학상 수상 작가

335 코스모스 곰브로비치·최성은 옮김

336 좁은 문·전원교향곡·배덕자 지드·동성식 옮김 노벨 문학상 수상 작가

337·338 암 병동 솔제니친·이영의 옮김 노벨 문학상 수상 작가

339 피의 꽃잎들 응구기 와 시옹오·왕은철 옮김

340 운명 케르테스·유진일 옮김 노벨 문학상 수상 작가

341·342 벌거벗은 자와 죽은 자 메일러·이운경 옮김 퓰리처상 수상 작가

343 시지프 신화 카뮈·김화영 옮김 노벨 문학상 수상 작가

344 뇌우 차오위·오수경 옮김

345 모옌 중단편선 모옌·심규호, 유소영 옮김 노벨 문학상 수상 작가